LA DAME
DU NIL

Pauline Gedge

LA DAME DU NIL

roman

*Traduit de l'américain
par Catherine Méliande*

BALLAND

Titre original : Child of the Morning.

La version originale a été publiée par l'éditeur canadien anglais Macmillan of Canada Toronto, et l'éditeur américain Dial Press.

© 1954, Cottrell. Extraits de *Land of the Pharaohs*. avec la permission de l'agence littéraire Ann Elmo.

© Balland, 1980, pour l'adaptation française.

AVERTISSEMENT

La dame du Nil a réellement existé et apparaît, encore aujourd'hui, comme un des personnages les plus fascinants de l'Antiquité.

Reine de la 18ᵉ dynastie (XVIᵉ s. avant J.-C.) Hatchepsout, fille du pharaon Touthmôsis Iᵉʳ épousa, à la mort de ce dernier, son demi-frère Touthmôsis II. D'un tempérament exceptionnel, elle supplanta rapidement son mari et s'imposa, fait unique dans l'histoire égyptienne, comme pharaon. Elle sut réorganiser son royaume affaibli par les guerres et renforça le pouvoir monarchique. Mais son nom restera, pour toujours, attaché à la construction de son temple funéraire. Edifié à Thèbes, face à Karnak, et creusé en partie dans la montagne, Deir-el-Bahari est un des monuments les plus grandioses de la Haute-Egypte.

N'ayant pas eu la joie de donner le jour à un fils elle dut résister à la pression de Touthmôsis III, son neveu et beau-fils et luttant farouchement contre les grands prêtres afin de conserver intactes sa puissance et ses prérogatives royales.

Après la mort d'Hatchepsout, Touthmôsis III s'efforça de proscrire sa mémoire en faisant disparaître son nom des stèles et des bas-reliefs.

Première partie

1.

Bien que le mur nord de la salle de classe ouvrît sur le jardin, le vent d'été n'exhalait pas le moindre souffle entre les colonnes d'un blanc éblouissant. La chaleur était suffocante. Les élèves, assis en tailleur, genou contre genou sur leur natte de papyrus, copiaient laborieusement la leçon du jour. Khaemwese, les bras croisés, sentit le sommeil l'envahir. Il jeta un rapide coup d'œil à la clepsydre. Il était presque midi. Il toussa et une douzaine de petits visages se levèrent vers lui avec curiosité.

— Avez-vous tous terminé ? Qui peut me réciter la morale d'aujourd'hui ? Je devrais plutôt dire, qui possède assez de sagesse pour me répéter la leçon d'aujourd'hui ? Il sourit de son bon mot, et un petit rire poli se répandit parmi les élèves.

— Toi, Menkh ? Ouser-amon ? Je sais bien qu'Hapousenb en est capable, donc je ne lui demanderai rien. Qui est volontaire ? Toi, Touthmôsis !

Touthmôsis réussit à se relever, fort mécontent, tandis qu'Hatchepsout, assise à côté de lui, le poussait du coude en lui faisant la grimace. Il fit semblant de ne pas la voir, en proie au plus grand désarroi.

— Commence ! Hatchepsout, tiens-toi tranquille.
— J'ai appris que tu... que tu...
— T'es livré.
— Ah ! oui, t'es livré. J'ai appris que tu t'es livré à la recherche du plaisir. Ne te détourne pas à mes paroles. As-tu abandonné ton esprit à tout... à tout...
— Ce qui est sourd.

— Ah ! oui. A tout ce qui est sourd ?

Khaemwese soupira en entendant ânonner le petit garçon. De toute évidence, Touthmôsis ne serait jamais ni brillant, ni cultivé. Dépourvu de toute passion pour la magie des mots, il se contentait de dormir pendant la classe. L'Unique en viendrait peut-être à l'enrôler de bonne heure dans l'armée, mais la simple vision de Touthmôsis, arc et javelot en main, à la tête d'une compagnie de vieux combattants endurcis, désola Khaemwese. Le jeune garçon hésita encore, le doigt sous le hiéroglyphe coupable, et regarda son professeur d'un air perdu.

Le vieil homme se mit en colère.

— Ce passage, dit-il d'un ton aigre en frappant violemment sur son rouleau, ce passage fait référence au judicieux et estimable usage que l'on fait du fouet d'hippopotame sur le postérieur des garçons paresseux. Le scribe pensait probablement à un garçon dans ton genre, Touthmôsis. As-tu besoin de goûter un peu de mon fouet ? Apportez-le-moi tout de suite !

Quelques grands se mirent à rire sous cape, mais Néférou-khébit leva la main.

— Je vous en prie, Maître, pas aujourd'hui. Vous l'avez battu hier, et père s'est mis très en colère !

Touthmôsis rougit et lui lança un regard furieux. Le fouet d'hippopotame n'était qu'une vieille plaisanterie éculée, une baguette de saule fuselée et flexible que Khaemwese portait sous le bras comme un bâton de maréchal. Le véritable fouet était destiné aux criminels et aux mécontents. A voir une fille prendre sa défense, le garçon sentit comme l'effet du sel sur une blessure ouverte, et il grommelait quand le maître lui ordonna de se rasseoir.

— Très bien. Puisque tu veux que sa punition soit levée, Néférou, tu réciteras la leçon à sa place. Lève-toi et continue.

Néférou-khébit avait un an de plus que Touthmôsis, mais nettement plus d'intelligence que lui, et elle n'eut aucun mal à réciter la leçon.

Le cours s'acheva avec la traditionnelle prière à Amon. Quand Khaemwese sortit, les bavardages commencèrent.

— Ne t'en fais pas, Touthmôsis, dit gaiement Hatchepsout, en enroulant sa natte. Viens avec moi après la sieste, nous irons au zoo voir la petite gazelle. Père a tué sa mère et elle n'a plus personne pour l'aimer. Tu viendras ?

— Non, répondit-il sèchement. Je ne veux plus aller me promener avec toi. D'ailleurs, il faut que j'aille m'entraîner à la caserne tous les après-midi. Aahmès pen-Nekheb va m'apprendre à manier l'arc et le javelot.

Ils empilèrent leurs nattes dans un coin et sur un signe de Néférou-khébit à l'esclave nue qui attendait patiemment près de la grande jarre d'argent, la femme tira de l'eau et la leur présenta, prosternée.

Hatchepsout but avec avidité, en faisant claquer ses lèvres.

— Que cette eau est délicieuse ! Et toi Néférou, veux-tu venir avec moi ?

Néférou sourit à sa jeune sœur.

— Tu t'es encore mis de l'encre sur ta robe, Hatchepsout. Quand donc te comporteras-tu comme une grande fille ? Si Nosmé le permet, je t'accompagnerai. Mais juste un petit moment. Tu es contente ?

La petite fille sauta de joie.

— Oui ! Viens me chercher à ton réveil !

Elles étaient seules dans la pièce, avec leur suivante. Les autres enfants rentraient chez eux, accompagnés de leurs esclaves, sous une chaleur accablante qui semblait les faire ployer de sommeil.

Touthmôsis bâilla.

— Je vais retrouver ma mère. Je suppose que je devrais te remercier, Néférou-khébit, de ce que tu as fait pour moi, mais j'estime que tu ferais mieux de t'occuper de tes affaires. Les autres se sont bien amusés et tu m'as humilié.

— Tu préfères être battu que d'être un peu ridicule ? lui demanda Hatchepsout d'un air méprisant. Touthmôsis, tu es vraiment trop fier. Et en plus, c'est vrai, tu es un paresseux.

— Chut ! dit Néférou, tu sais très bien, Touthmôsis, que j'ai seulement voulu te rendre service. Attention, voilà Nosmé ! A tout à l'heure, petite.

Elle déposa un baiser sur le front d'Hatchepsout et disparut dans l'éclat éblouissant du jardin.

Nosmé s'autorisait envers les enfants royaux autant de libertés que Khaemwese. En tant que gouvernante royale, elle les grondait, les consolait, à l'occasion les corrigeait, mais elle les aimait passionnément. Elle répondait envers le pharaon de leur sécurité, sur sa vie. Engagée comme nourrice par Moutnefert, la seconde épouse du pharaon, à la naissance des jumeaux Ouazmès et Amenmès, Amhès l'Epouse Divine lui avait confié ensuite la garde de Néférou-khébit et d'Hatchepsout ses filles. Moutnefert avait nourri elle-même Touthmôsis, son troisième fils, sur lequel elle veillait comme un aigle, car, enfant royal, il était d'autant plus précieux que ses deux autres fils étaient morts de la peste. Nosmé, revêche, le visage en lame de couteau, était d'une maigreur telle que ses épais vêtements flottaient sur son corps décharné et lui battaient les chevilles lorsque tout agitée, elle tançait les esclaves et réprimandait les enfants, à qui elle avait cessé de faire peur. Seule Hatchepsout l'aimait encore, car avec l'égoïsme changeant de l'enfance, aimée de tous, elle n'éprouvait aucune crainte de voir ses désirs contrariés.

En voyant Nosmé entrer, Hatchepsout courut à elle pour l'embrasser.

Nosmé la serra contre sa poitrine et cria à l'esclave :

— Enlève cette eau et lave la coupe. Balaye le sol pour les cours de demain. Tu iras te reposer dans ta chambre ensuite. Dépêche-toi !

Elle jeta un regard pénétrant à Néférou-khébit, mais à présent que la jeune femme avait revêtu la robe de l'âge adulte, et que de belles tresses noires pendaient sur ses épaules, Nosmé avait perdu toute autorité sur elle. Elle se contenta de maugréer...

— Où va-t-elle donc à cette heure-ci ?

Elle prit la petite fille par la main et la conduisit à travers le dédale des salles aux grandes colonnes et des sombres portiques, jusqu'à la porte de l'appartement des enfants, à côté du quartier des femmes.

Le palais était plongé dans un lourd silence. Les oiseaux même se taisaient. Dehors, au-delà des jardins, s'écoulait le grand fleuve d'argent. Pas un bateau n'en froissait la surface et, dans ses fraîches profondeurs boueuses, les poissons attendaient la venue du soir. Comme sous un charme, la ville entière était assoupie. Les cabarets étaient fermés, les rideaux des échoppes baissés et les portiers somnolaient à l'ombre de leurs petites guérites, sous les murs des vastes et nobles villas qui longeaient le fleuve sur une grande distance. Pas un mouvement sur le port, à l'exception des petits voleurs qui grappillaient ce qu'ils pouvaient sur les épaves. De l'autre côté du fleuve, dans la Cité des Morts, les temples et les tombeaux luisaient dans la brume et la chaleur faisait onduler les falaises brunes qui les surplombaient. Le blé et l'orge, le trèfle, le lin et le coton étaient prêts à être moissonnés. Les canaux d'irrigation s'asséchaient lentement, malgré les efforts prodigieux et éreintants des paysans pour actionner les chadoufs. Le vert poussiéreux des dattiers et des sombres palmiers alignés au bord du fleuve, et le vert vif des roselières roussissaient peu à peu. Et, éternellement présente dans un ciel sans nuage, d'un bleu profond, puissante et invincible, la splendeur de Râ, chauffé au rouge.

Un léger souffle parcourut l'appartement de son altesse royale, la princesse Hatchepsout Khnoum-Amon. Les prises d'air installées sur le toit canalisaient la moindre brise venant du nord et provoquaient de petits tourbillons chauds et lourds. Au moment où Nosmé et l'enfant entraient dans la pièce, les deux esclaves se levèrent pour les saluer, puis ramassèrent leurs éventails. Nosmé les ignora. Tout en ôtant la jupe de toile blanche d'Hatchepsout, elle lança un ordre sur un ton sec et une autre esclave apparut, apportant de l'eau et des serviettes. La nourrice lava rapidement le petit corps nerveux.

— Ton pagne est encore tout taché d'encre, dit-elle. Pourquoi es-tu si maladroite ?

— Je suis vraiment désolée, répondit l'enfant qui ne l'était aucunement. Elle tombait de sommeil tandis que l'eau bienfaisante ruisselait le long de ses bras et sur son ventre brun. Néférou-khébit m'a déjà grondée. Je te promets que je ne sais pas comment j'ai fait.

— Est-ce que ta leçon d'aujourd'hui était bien ?

— Je suppose. Je n'aime pas tellement l'école. Il y a trop à apprendre et j'ai toujours peur que Khaemwese ne s'en prenne à moi. Cela ne me plaît pas non plus d'être la seule fille.

— Il y a Son Altesse Néférou.

— Ce n'est pas la même chose. Néférou se moque du ricanement des garçons.

Nosmé aurait aimé répondre que Néférou avait l'air de se moquer de tout, mais elle se souvint à temps que cette petite fille au regard vif, si jolie, qui ne pouvait réprimer ses bâillements tandis qu'elle se dirigeait vers sa couche, faisait la joie du pharaon et lui répétait sans aucun doute tout ce qui se disait dans le quartier des enfants. Nosmé désapprouvait toute entorse à la tradition, et la simple idée que des filles, fussent-elles des enfants royales, puissent étudier en compagnie de garçons, était pour elle un motif d'indignation inépuisable. Mais ainsi en avait décidé le pharaon. Il voulait que ses filles soient dotées d'instruction. Nosmé ravala les propos hérétiques qu'elle avait au bord des lèvres et se pencha vers la petite main pour l'embrasser.

— Dormez bien, Altesse. N'avez-vous besoin de rien ?

— Non, Nosmé, Néférou m'a promis de m'emmener voir les animaux tout à l'heure. Puis-je y aller ?

La requête était habituelle et aussi prévisible que le goût de l'enfant pour les sucreries, et un sourire plein de tendresse passa sur le visage de Nosmé.

— Bien entendu, à condition que tu te fasses accompagner d'une esclave et d'un garde. A présent repose-toi. Je reviendrai te voir tout à l'heure.

Elle fit signe aux silhouettes immobiles et muettes qui se tenaient dans l'ombre et quitta la chambre.

Les deux femmes s'approchèrent, leurs peaux brunes luisant de sueur, et leurs éventails s'agitèrent lentement, sans un bruit, au-dessus de la tête d'Hatchepsout.

De légers souffles d'air se déplaçaient au-dessus d'elle et elle regarda un moment les plumes bruire et frémir tandis qu'un sentiment de paix et de sécurité l'envahissait. Ses paupières se fermèrent et elle se tourna sur le côté. La vie était bien agréable, même si Nosmé était sévère et Touthmôsis peu gentil en ce moment.

« Je me demande bien pourquoi Touthmôsis est si maussade, pensa-t-elle confusément. Il aimerait être soldat et apprendre à bander l'arc et lancer la lance. Il aimerait défiler avec les troupes et se battre. »

Auprès d'elle, l'une des Nubiennes toussa et, de l'autre côté de la porte, elle entendit Nosmé s'étendre lourdement sur sa couche en soupirant. Le petit oreiller d'ébène semblait doux au cou de Hatchepsout et son esprit bascula dans le rêve.

Lorsqu'elle se réveilla, le soleil était encore haut, mais il avait perdu de sa force. Tout autour d'elle, le palais sortant de sa léthargie s'acheminait vers la fin d'une nouvelle journée, tel un gros hippopotame émergeant de la boue. Dans les cuisines, les cuisiniers bavardaient et les plats s'entrechoquaient bruyamment ; les couloirs résonnaient de bruits de pas et de rires. Hatchepsout sortit, propre, fraîche, impatiente. Les jardiniers avaient repris leurs travaux et, le dos courbé, désherbaient et taillaient les nombreuses fleurs exotiques, arrosaient les centaines de sycomores et de saules qui faisaient du domaine royal une forêt odorante. Les oiseaux multicolores voletaient çà et là, et le ciel était aussi bleu que le fard des yeux de sa mère. Elle se mit à courir, l'esclave et le garde s'efforçant de la suivre. Les travailleurs se redressaient à son passage et la saluaient, sans attirer grande attention de sa part. Dès sa plus tendre enfance, les gens la vénéraient, elle, la fille du dieu, et aujourd'hui, à dix ans, le sentiment de son destin lui apportait l'assurance naturelle de la légitimité de son univers. Il y avait le roi : son père, le dieu. Il y avait sa mère, l'Epouse Divine. Il y avait Néférou-khébit, sa sœur, et aussi Touthmôsis, son demi-frère. Et enfin, il y avait le peuple, n'existant que pour l'adorer, et la merveilleuse Egypte qui s'étendait au pied des murs imposants du palais, terre qu'elle n'avait jamais vue mais qui l'entourait de toutes parts et l'impressionnait fortement.

L'année précédente elle avait fomenté, en compagnie de Menkh et de Hapousenb, un petit complot. Ils devaient sortir du palais et aller dans la ville au moment de la sieste. Ils se rendraient chez Menkh, plus en amont, pour jouer dans le bateau de son père. Mais le portier les aperçut par le judas des grandes portes de cuivre et les rattrapa. Menkh avait été fouetté par son père, Hapousenb également, mais elle-même s'était simplement fait gronder. Elle était encore trop jeune, lui avait expliqué son père, pour quitter la sécurité du palais. Sa vie était un bien précieux. Elle appartenait à l'Egypte entière et devait être protégée. Puis, il l'avait fait asseoir sur ses genoux et lui avait donné des gâteaux au miel et du vin doux.

A présent, Hatchepsout avait pratiquement oublié l'aventure. Elle en avait appris une chose : quand on est grand, on peut faire ce que l'on veut ; mais il faut attendre, attendre.

Néférou attendait seule, près de l'enclos. Elle sourit à Hatchepsout qui arrivait, essoufflée. Néférou était pâle, les yeux tirés, car elle n'avait pas dormi. Hatchepsout glissa sa main dans celle de sa grande sœur et elles se mirent en route.

— Où est ton esclave ? lui demanda Hatchepsout. La mienne est venue avec moi.

— Je l'ai renvoyée. J'aime bien être seule parfois. Et je suis assez grande pour faire ce que je veux. Tu t'es bien reposée ?

— Oui. Nosmé ronfle comme un taureau, mais j'ai quand même réussi à m'endormir. Je regrette de ne plus t'avoir à côté de moi. La pièce paraît si grande, si déserte.

— Mais c'est une toute petite pièce, chère Hatchepsout, lui répondit Néférou en éclatant de rire. Tu t'en apercevras bien vite quand on te mettra dans un appartement aussi vaste que le mien.

Il y avait une pointe d'amertume dans sa voix, mais l'enfant ne s'en rendit pas compte.

Elles franchirent la barrière et descendirent une large allée bordée d'arbres, de chaque côté de laquelle se dressaient des cages où l'on tenait enfermés des animaux du pays, comme l'ibis, les lions et les gazelles, ou d'autres rapportés par leur père des pays où il s'était battu dans sa jeunesse. La plupart des bêtes dormaient, nonchalamment étendues à l'ombre, et leur odeur chaude et réconfortante enveloppait les fillettes à leur passage. L'allée s'arrêtait au pied du mur principal, si proche d'elles qu'il semblait s'élever dans les cieux et leur cacher le soleil. Tout contre le mur s'adossait une petite maison de torchis, composée de deux pièces, où vivait le gardien du zoo royal. Il attendait sous le porche et, à leur approche, sortit et s'agenouilla, baissant la tête jusqu'au sol.

— Je te salue, Nébanoum, dit Néférou. Tu peux te relever.

— Je vous salue, Altesse. L'homme se releva et resta devant Néférou, tête baissée.

— Je te salue ! dit à son tour Hatchepsout. Allez, viens Nébanoum, où est la petite gazelle ? Comment va-t-elle ?

— Très bien, Altesse, répondit gravement Nébanoum, mais elle a toujours faim. Je l'ai mise dans le petit enclos, juste derrière ma maison, si vous voulez bien me suivre. C'est un bébé très bruyant. Elle a bramé toute la nuit.

— Oh ! la pauvre ! Sa mère lui manque. Crois-tu que je pourrais lui donner à manger ?

— Si votre Altesse veut essayer, j'ai préparé du lait de chèvre. Mais je dois vous mettre en garde, ce bébé est fort et pourrait donner un coup à votre Altesse ou renverser son lait sur la robe de votre Altesse.

— Cela n'a aucune importance. Vous deux, restez ici, dit-elle en se tournant vers les serviteurs. Asseyez-vous sous un arbre ou là où vous voudrez. Je ne me sauverai pas. Allons-y, ajouta-t-elle en allant vers Nébanoum.

Le petit groupe fit le tour de la maison. A quelques pas de là, le mur, au pied duquel se trouvait un petit enclos provisoire, projetait une ombre douce. Une tête brune, aux yeux limpides et aux longs cils apparut. Hatchepsout avec un cri de joie se précipita pour caresser l'animal, qui ouvrit sa bouche lisse et sortit une langue rose.

— Regarde, Néférou ! cria-t-elle. Regarde, il me lèche les doigts ! Dépêche-toi Nébanoum, il a si faim qu'on devrait te fouetter ! Va chercher le lait !

Nébanoum étouffa un rire. Il s'inclina à nouveau et disparut derrière la maison.

Néférou s'approcha de l'enclos.

— Comme il est beau, dit-elle en caressant le cou lisse de la bête. Le pauvre. Etre prisonnier !

— Ne dis pas de bêtises ! répliqua Hatchepsout. Si père ne l'avait pas ramené ici, il serait mort dans le désert, mangé par les lions, les hyènes...

— Je sais bien. Mais il a l'air si émouvant, si assoiffé d'amour, si seul...

Hatchepsout se retourna avec agacement ; le mot qu'elle allait prononcer mourut sur ses lèvres. Néférou pleurait, les larmes coulaient sans retenue sur ses joues. Hatchepsout la regarda avec stupéfaction, car elle n'avait jamais vu Néférou autrement que digne et composée.

Elle retira sa main de la bouche du faon et l'essuya sur sa robe.

— Que se passe-t-il Néférou ? Qu'as-tu, es-tu malade ?

Néférou secoua la tête violemment et se détourna en silence, luttant pour se ressaisir. Puis avec le bord de sa robe elle s'essuya le visage.

— Excuse-moi, Hatchepsout. Je ne sais ce qui m'est arrivé. Je n'ai pas dormi de la journée et je dois être un peu fatiguée.

— Oh ! répondit Hatchepsout, qui ne sut qu'ajouter, mal à l'aise. Lorsque Nébanoum surgit en portant avec précaution une grande jarre étroite, elle se précipita vers lui avec soulagement.

— Laisse-moi la porter ! Est-ce lourd ? Ouvre-lui la bouche, et je verserai le lait.

Nébanoum et la petite fille entrèrent dans l'enclos. Il prit doucement l'animal entre ses genoux, et des deux mains lui ouvrit la bouche.

Hatchepsout approcha la jarre de la gazelle affamée et commença à verser le lait. Elle vit du coin de l'œil Néférou s'éloigner. Maudite Néférou ! pensa-t-elle furieuse, qui lui avait gâché cette belle journée ! Sa main trembla et le lait dégoulina sur son visage et se répandit désagréablement jusque sur ses pieds nus.

Nébanoum lui prit la jarre et le faon recula en trébuchant, se lécha les babines et les regarda d'un œil endormi.

— Merci Nébanoum. C'est plus difficile que ça en a l'air. Je reviendrai essayer demain. Au revoir.

L'homme salua très bas.

— Au revoir Altesse. C'est toujours un plaisir que de vous voir ici.

Hatchepsout rattrapa Néférou au moment où elle passait la barrière, et dit en lui prenant le bras :

— Ne sois pas fâchée, Néférou. T'ai-je déplu en quoi que ce soit ?

— Non. La grande fille passa son bras autour des frêles épaules de sa sœur. A qui pourrais-tu déplaire ? Tu es belle, intelligente et gentille. Tout le monde t'aime, Hatchepsout, même moi.

— Que veux-tu dire ? Je ne te comprends pas, Néférou-khébit. Je t'aime. Ne m'aimes-tu pas toi aussi ?

Néférou la conduisit à l'ombre des arbres, laissant les serviteurs attendre au milieu de l'allée.

— Je t'aime aussi. Mais, plus tard... Oh, je ne sais pas pourquoi je t'en parle : tu es beaucoup trop jeune pour comprendre. Mais je dois me confier à quelqu'un.

— As-tu un secret, Néférou ? s'écria Hatchepsout. Tu en as un ! J'en suis sûre ! Es-tu amoureuse ? Je t'en prie raconte-moi ! Elle tira Néférou par le bras et elles s'assirent toutes les deux sur l'herbe fraîche. Est-ce pour ça que tu pleurais ? Tes yeux sont encore tout gonflés.

— Que peux-tu en savoir ? répondit doucement Néférou en jouant avec un brin d'herbe. Pour toi, la vie ne sera qu'un jeu sans fin. Le moment venu, tu pourras épouser qui te plaît et vivre où bon te semblera... hors de la ville, dans les montagnes. Tu seras libre de tes mouvements ; tu ne feras que ce que toi et ton époux aurez choisi de faire, et vous vous amuserez avec vos enfants. Mais moi...

Elle jeta au loin le brin d'herbe et s'adossa au tronc de l'arbre en serrant les poings. Sous le coup de l'émotion, son teint olivâtre pâlit et les muscles de son cou saillirent et se tendirent comme des cordes. Elle n'avait plus rien de royal ni de majestueux. Toute la joliesse de ses mains, de son nez fin, de ses longs cheveux noirs disparaissait sous la détresse qui l'étreignait.

— Je suis mise à l'écart, continua-t-elle imperturbablement. Nourrie des mets les plus fins et vêtue des tissus les plus précieux. Les bijoux débordent de mes coffrets, et les esclaves et les nobles se prosternent devant moi toute la journée. Je suis condamnée à ne voir que le sommet de leurs crânes. Lorsque je me lève, ils m'habillent ; lorsque j'ai faim, ils me nourrissent ; lorsque je suis fatiguée, une douzaine de mains se présentent pour préparer ma couche. Ils sont là, toujours là, jusqu'au temple où je vais prier et chanter.

Elle fit un geste de lassitude et, les cheveux défaits, elle ajouta :

— Je n'ai aucune envie de devenir Grande Epouse Royale. Je ne veux pas être une Epouse Divine. Je ne veux pas épouser ce gentil fou de Touthmôsis. Je ne désire que la paix, Hatchepsout, et vivre comme il me plaît.

Elle ferma les yeux et se tut. Hatchepsout timidement caressa le bras de sa sœur. Elles restèrent main dans la main tandis que le soleil déclinait et qu'imperceptiblement les ombres s'allongeaient.

Puis Néférou se redressa.

— J'ai fait un rêve, murmura-t-elle. Un rêve horrible, qui revient chaque fois que je dors. C'est pourquoi je n'ai pas voulu aller me reposer aujourd'hui. Je suis restée dans les jardins, sous un arbre, jusqu'à ce que mes yeux brûlent de fatigue : le monde me paraissait irréel.

J'ai rêvé... J'ai rêvé que j'étais morte et que mon kâ se trouvait dans une vaste salle obscure où régnait une odeur de chair roussie. Il faisait très froid. Au fond de la salle, dans l'encadrement d'une porte, les chauds rayons du soleil brillaient. Je savais qu'Osiris m'attendait. Mais mon kâ se trouvait dans l'obscurité, affligé d'un profond désespoir. Une balance me séparait de la porte, et entre la balance et moi, Anubis était là.

— Pourquoi aurais-tu peur d'Anubis, Néférou ? Il n'est là que pour équilibrer les deux plateaux de la balance.

— Je sais bien. Toute ma vie, j'ai essayé de bien agir pour n'avoir rien à craindre au moment où mon cœur sera pesé. Mais cela ne se passait pas ainsi dans mon rêve.

Elle s'agenouilla et entoura de ses mains tremblantes les épaules d'Hatchepsout.

— Je m'approchai du dieu. Il tenait à la main quelque chose de palpitant. Je savais que c'était mon cœur. La plume de Maât était posée sur un des plateaux de la balance. Anubis déposa le cœur dans l'autre plateau, et la balance se mit à pencher. J'étais glacée. La balance penchait, penchait toujours plus, puis, le plateau qui contenait mon cœur toucha la table avec un son mat. Je compris alors que j'étais perdue, que je ne rejoindrais jamais Osiris, mais je ne criai pas... non, jusqu'au moment où le dieu, levant la tête, me regarda.

Hatchepsout eut soudain envie de s'enfuir le plus loin possible, pour ne pas entendre la fin de cet horrible rêve. Elle essaya de se dégager de l'étreinte de sa sœur, mais Néférou la retenait, dardant sur elle ses yeux étincelants.

— Et sais-tu ce qui se passa, Hatchepsout ? Il me regarda, mais ses yeux brillants n'étaient pas ceux du chacal. Non. Car c'était toi qui me condamnais, Hatchepsout. Toi, sous l'apparence du dieu, mais avec ton visage d'enfant. Ce fut bien plus terrible que si Anubis avait tourné vers moi sa tête de chien, ouvert la bouche et grondé. Je criai, mais tes yeux étaient aussi froids et morts que le vent qui soufflait dans ces lieux maudits. Je criai, criai, et c'est en criant que je m'éveillai, la tête lourde.

Sa voix n'était plus qu'un murmure ; elle prit dans ses bras la petite fille effrayée et perplexe.

Serrée contre sa poitrine, Hatchepsout entendait le battement saccadé du cœur de Néférou. Le monde avait perdu d'un seul coup sa sécurité et son insouciance. Elle entrevit pour la première fois les domaines inconnus qui s'étendaient au-delà du regard souriant de ses proches. Elle eut l'impression d'avoir vécu le rêve de Néférou-khébit, mais de l'autre côté de la porte, près d'Osiris, scrutant les sinistres ténèbres de la salle du Jugement. Elle se dégagea brusquement, et se leva, en brossant les brins d'herbe collés au lait répandu sur sa robe.

— Tu as parfaitement raison, Néférou-khébit. Je ne comprends pas. Tu m'as fait peur, et je n'aime pas ça. Pourquoi ne pas consulter les médecins ?

— Je l'ai déjà fait. Ils ont hoché gravement la tête, souri, et ont déclaré que je devais être patiente, car il est fréquent que les jeunes gens nourrissent des idées étranges en grandissant. Et les prêtres ! Ils m'ont conseillé de faire davantage d'offrandes. Amon-Râ a le pouvoir de vous délivrer de toute crainte, ont-ils dit. J'ai donc fait un plus grand nombre d'offrandes et j'ai prié, mais le rêve a persisté.

Néférou se leva à son tour, et Hatchepsout s'accrocha à son bras pour regagner l'allée.

— En as-tu parlé à père et à mère ?

— Mère aurait souri et m'aurait offert un nouveau collier. Tu sais aussi que père se met souvent en colère lorsque je demeure en sa présence trop longtemps. Non, je pense qu'il me faut prendre patience. Je verrai bien si ce rêve disparaît avec le temps. Je suis désolée de t'avoir bouleversée. Je connais beaucoup de monde maintenant, mais je n'ai pas d'amis, ma chérie. J'ai souvent le sentiment que personne ne se préoccupe de ce que je peux ressentir.

Je sais que père ne s'intéresse pas à cela ; alors qui d'autre au monde cela pourrait-il intéresser ? Car le monde, c'est lui, n'est-ce pas ?

Hatchepsout soupira. Elle avait déjà perdu le fil des propos de Néférou.

— Néférou, pourquoi dois-tu épouser Touthmôsis ? lui demanda-t-elle.

— Je crois que tu es incapable de comprendre cela aussi, et je suis trop fatiguée pour me mettre à te l'expliquer maintenant. Demande-le au pharaon quand tu le verras, répondit-elle amèrement.

Elles terminèrent leur promenade en silence. Lorsqu'elles arrivèrent au vestibule ensoleillé qui conduisait aux quartiers des femmes, Néférou s'arrêta et retira doucement son bras.

— Va retrouver Nosmé et prendre un autre bain. A te voir, on pourrait croire que tu n'es qu'un mendiant crasseux échoué ici par hasard, dit Néférou en riant faiblement. Je dois regagner mes appartements et songer à la façon dont je m'habillerai ce soir, ajouta-t-elle. Vous pouvez partir vous deux, dit-elle aux esclaves qui attendaient derrière elle. Vous ferez votre rapport à la nourrice royale plus tard.

D'un air absent, elle donna une petite tape amicale à Hatchepsout, et s'éclipsa dans un cliquetis de bracelets.

Hatchepsout rentra chez elle en proie à un étrange état d'esprit. Tout était si simple et agréable autrefois, lorsque chaque jour apportait sa moisson de jeux et de rires. Ne devrait-elle pas se contenter de jouer avec les jeunes aristocrates et les fils des dignitaires qu'elle côtoyait chaque jour à l'école, en laissant Néférou grandir et disparaître de sa vie ? Un tel fossé avait déjà commencé à se creuser entre elles. Après la cérémonie qui avait marqué l'entrée de Néférou dans l'étrange et inquiétant royaume des femmes, on l'avait installée dans l'aile nord du palais, où elle jouissait d'un jardin personnel agrémenté d'un bassin, possédait des esclaves, des conseillers et des hérauts, et disposait des services d'un prêtre pour les sacrifices qu'elle désirait accomplir. Hatchepsout avait vu sa sœur se transformer d'une douce jeune fille insouciante en une jeune femme pleine de dignité et renfermée sur elle-même, qui se promenait, indifférente et distante, escortée de sa suite.

En entrant dans ses appartements, Hatchepsout fit le vœu de ne pas devenir comme sa sœur, et décida qu'elle serait toujours gaie, qu'elle ferait de beaux rêves toutes les nuits et aimerait les animaux.

Mal à son aise, elle ne prêta aucune attention aux reproches que lui fit Nosmé après avoir découvert le déplorable état de sa seconde robe propre de la journée. Le rêve de Néférou planait sur elle comme un lourd nuage sombre qui refusait de se dissiper. Les récriminations de la nourrice finirent par l'atteindre et l'enfant se rebella :

— Tais-toi, Nosmé, dit-elle. Enlève-moi cette robe, mais je t'en prie, tais-toi !

Le résultat fut surprenant. Après un instant de silence pendant lequel Nosmé, interloquée, resta bouche bée, elle s'inclina et s'éloigna. Elle avait compris que le dernier poussin dont elle avait la charge se mettait à voler de ses propres ailes, et que ses jours en tant que nourrice royale étaient comptés.

Le soleil finit par décliner. Râ se couchait lentement et sa barque laissait derrière elle d'ardentes traînées rouges dans les jardins impériaux lorsqu'Hatchepsout alla saluer son père. Le grand Horus était installé sur son siège majestueux, le ventre débordant de sa ceinture ornée de joyaux. Son imposante poitrine étincelait d'or et sur sa tête massive se dressaient les symboles de la royauté, brillant dans les rayons obliques du Père Céleste.

Touthmôsis Ier, à près de soixante ans, dégageait encore cette impression de force animale et d'obstination qui lui avait permis de reprendre la crosse et le fléau que lui avait légués son prédécesseur et de s'en servir pour anéantir les vestiges de la domination Hyksôs. Il jouissait d'une immense popularité parmi le peuple égyptien, lui, le dieu de vengeance et de liberté qui avait affermi les frontières de son royaume et qui, brillant tacticien en campagne, avait largement fait profiter les dieux et le peuple de ses butins, apportant à son pays la paix et la sécurité. Il avait été autrefois général dans l'armée du pharaon Aménophis, qui avait répudié ses propres enfants pour lui remettre la double couronne. Touthmôsis avait alors abandonné sa première femme pour épouser Ahmès, fille d'Aménophis, et légitimer ainsi son accession au trône. Les deux fils qu'il avait eus du premier lit, aujourd'hui des hommes, avaient été enrôlés dans son armée. Ces courageux soldats assuraient pour leur père la garde des frontières. Son pouvoir et sa popularité étaient grands, plus grands peut-être que ceux d'aucun autre pharaon avant lui, mais ils ne l'avaient ni affaibli ni adouci. Sa détermination, inébranlable comme le granit, permit à son pays de se remettre enfin de ses tourments, de vivre et de s'épanouir en paix.

Touthmôsis, assis près du lac en compagnie de son épouse, de ses scribes et de ses esclaves, se reposait avant le souper et contemplait les petites rides rosées que faisait naître la brise tardive à la surface de l'eau. Au moment où Hatchepsout s'approcha de lui, pieds nus, il s'entretenait avec son vieil ami Aahmès pen-Nekheb dont chaque trait, chacun des mouvements dénonçaient l'embarras. Touthmôsis était préoccupé. Il regarda le lac encore quelques instants, puis soudain sa voix, où l'exaspération perçait, parvint aux oreilles d'Hatchepsout :

— Allons, allons, Pen-Nekheb, toi et moi nous avons passé de longs moments ensemble, sur les champs de bataille et partout ailleurs. Ne t'ai-je pas posé une question ? N'ai-je pas exigé une réponse ? Je désire que tu me fasses un rapport sur les progrès de mon fils, et tout de suite.

Pen-Nekheb s'éclaircit la gorge : — Votre Majesté s'est toujours montrée bonne pour son humble serviteur, et, s'il doit encourir votre ire, votre humble serviteur s'en excuse par avance...

Touthmôsis frappa l'accoudoir de son siège de sa main baguée.

— Ne joue pas au plus fin avec moi, mon ami. Je connais bien ton orgueil, mais je connais aussi ton talent. Fera-t-il ou non un bon soldat ?

Pen-Nekheb se mit à transpirer sous sa courte perruque noire.

— Majesté, permettez-moi de vous dire que Son Altesse royale n'est pas venue à l'exercice depuis longtemps. Dans ces conditions, on peut se hasarder à considérer ses progrès comme satisfaisants... Sa voix se perdit dans un murmure, et Touthmôsis lui fit signe de s'asseoir.

— Assieds-toi, assieds-toi ! Mais qu'as-tu donc aujourd'hui ? Crois-tu que je t'aie chargé de l'entraînement militaire de mon fils pour tes talents de jardinier ? Fais-moi un rapport clair et circonstancié, autrement tu peux rentrer chez toi sans dîner.

Ahmès se détourna en esquissant un sourire. S'il y avait un homme en qui son époux eût entière confiance, c'était bien ce grand soldat, au visage disgracieux, qui se tenait gauchement à distance respectueuse. Certes, convaincue qu'il était peu judicieux de discuter un tel sujet le ventre vide, elle trouvait néanmoins la situation amusante. Or elle n'avait pas si souvent l'occasion de s'amuser ces derniers temps.

Pen-Nekheb semblait avoir pris une décision. Bombant le torse, il déclara :

— Majesté, il me coûte beaucoup d'avoir à vous avouer cela, mais j'estime que le jeune Touthmôsis n'a pas l'envergure d'un soldat. Il est mou et maladroit en dépit de ses seize ans. Il n'a aucun goût pour la discipline. Il est...

L'homme eut du mal à poursuivre, mais il se lança avec l'énergie du désespoir : — Il est paresseux, il a peur des coups et de la violence. Peut-être fera-t-il de brillantes études ? conclut-il plein d'espoir.

Dans le long silence qui suivit, une des esclaves pouffa d'un rire hystérique, et on la fit taire brutalement. Touthmôsis ne répondit rien. Le rouge lui monta au visage, et il laissa errer son regard sur les murs du palais, le lac et la tête penchée de son épouse. Inquiets, ils attendaient tous, car ils avaient reconnu les symptômes. Mais le pharaon remarqua sa fille, souriante, au premier rang de la foule. Il lui fit signe d'approcher, et tous poussèrent alors un soupir de soulagement. La bourrasque tant redoutée ne serait en fin de compte qu'un vif zéphir.

— Je me rendrai en personne sur le champ de manœuvres, déclara Touthmôsis. Dès demain tu mettras mon fils à l'épreuve. Si tu m'as menti, Pen-Nekheb, je te retirerai tout pouvoir. Hatchepsout, ma chérie, viens donc m'embrasser et raconte-moi un peu ce que tu as fait aujourd'hui.

Elle courut à lui et s'assit sur ses genoux, en se blottissant contre son cou.

— Oh! Comme vous sentez bon, père.

Elle se pencha pour embrasser Ahmès.

— Mère, j'ai vu la petite gazelle. Nébanoum m'a laissée la nourrir. Et Touthmôsis a encore failli recevoir une autre correction ce matin, à l'école...

Avec la fine intuition des enfants, elle comprit vite en voyant le visage de son père s'assombrir l'erreur qu'elle avait commise.

— Il a simplement failli, ajouta-t-elle précipitamment. Néférou la lui a évitée...

La respiration du pharaon s'accéléra et Hatchepsout descendit rapidement des genoux de son père pour se réfugier près d'Ahmès. Elle décida de faire une autre tentative. La journée avait commencé d'une façon si agréable, pensait-elle, et voilà qu'elle s'achevait comme dans les horribles contes de Nosmé.

— Père, dit-elle de sa petite voix chantante, ce serait très gentil de votre part de donner quelqu'un d'autre en mariage à Touthmôsis. Néférou ne veut pas de lui et elle est tellement malheureuse...

Elle s'interrompit brusquement, voyant l'expression amusée de son père faire place à une colère croissante. Consciente du silence oppressant qui l'environnait, elle se mit à sauter d'un pied sur l'autre.

— Je sais, je sais, dit-elle, je m'occupe toujours de ce qui ne me regarde pas...

— Hatchepsout, murmura sa mère d'une voix angoissée, que t'est-il donc arrivé aujourd'hui ? As-tu encore bu la bière des serviteurs ?

Son père se leva, et toute sa suite après lui.

— Je pense qu'il est grand temps, dit-il avec sérieux, que nous ayons une petite discussion tous les deux, Hatchepsout. Mais pour l'instant je suis fatigué et affamé. Je suis las des sottises de mes enfants.

Il jeta un coup d'œil à Pen-Nekheb, puis à sa malheureuse épouse.

— Ahmès, tâche de t'enquérir auprès de Nosmé sur ce qui a bien pu se passer ; je veux le savoir ce soir. Quant à toi, Hatchepsout, viens me voir dans mes appartements avant d'aller te coucher. Et fais des vœux pour me trouver de meilleure humeur.

Il les regarda tous d'un air furieux et partit, ses gens dans son sillage.

Pen-Nekheb se leva péniblement, et commença sa promenade vespérale autour du lac avant d'aller dîner. Les brefs éclats de mauvaise humeur de l'Unique ne l'impressionnaient pas outre mesure, mais il avait fait une chaleur accablante et ses os lui paraissaient aussi fragiles que des roseaux.

Ahmès sourit à sa fille tandis qu'elles se dirigeaient vers les appartements royaux.

— Tu as vraiment manqué de tact tout à l'heure, lui dit-elle, mais ne t'inquiète pas. Ce n'est pas à toi qu'il en veut, mais à Touthmôsis. Il n'aura pas grand-chose à te dire ce soir. S'il ne t'avait pas, il serait perdu, Hatchepsout, ajouta-t-elle tristement. Il veille sur toi comme l'aigle sur ses petits. Pauvre Néférou !

— Maman, je suis moi aussi fatiguée et affamée. Nosmé m'a fait mettre une robe trop rêche, qui me gratte. Ne pouvons-nous pas changer de sujet ? Hatchepsout regarda Ahmès de ses grands yeux noirs, et sa mère poussa un soupir.

« Amon, pria-t-elle en silence au moment où elles pénétraient dans son vaste appartement frais, alors que les esclaves allumaient les lampes, elle est votre fille. Elle est votre incarnation même. Protégez-la contre elle-même. »

Pour le pêcheur solitaire qui descendait le Nil dans sa petite embarcation fragile, en pleine obscurité, le palais de Thèbes devait paraître comparable aux splendeurs promises du paradis d'Osiris. A la tombée de la nuit, les milliers de lampes s'allumèrent brusquement, comme si un géant avait lancé sur terre une poignée d'étoiles lumineuses et scintillantes qui se seraient disposées autour des vastes salles et des nombreuses allées pavées de ce royaume dans le royaume, se reflétant en tourbillons dansants sur le fleuve plongé dans la nuit.

Le domaine comprenait un ensemble de jardins, d'autels, de petites maisons et d'écuries, de granges et de communs, sans compter le palais lui-même, avec ses gigantesques salles de réception et de festin, ses portiques aux colonnes élevées, ses promenoirs rehaussés de vives couleurs et pavés de représentations de poissons et d'oiseaux, de chasseurs et de gibier, de plantes... de tout ce qui pouvait agrémenter l'existence. L'ensemble jouxtait le temple et ses sombres pilastres, ses innombrables statuettes du fils du dieu, Touthmôsis, assis dans une pose hiératique, les mains sur les genoux, le même visage impassible, répété à l'infini, contemplant son domaine inviolable.

Les jardins aussi étaient illuminés, jonchés de lampes rougeoyantes et, tandis que des esclaves nus et parfumés leur éclairaient le chemin, les femmes, les concubines et les nobles, les dignitaires et les scribes flânaient dans l'air embaumé de la nuit.

Sur le fleuve, la barque royale rehaussée d'or, d'argent et de bois précieux flottait doucement, amarrée au pied des larges degrés qui donnaient sur une grande cour pavée bordée d'arbres superbes, entre lesquels s'échappaient les avenues conduisant aux salles blanches et or qui abritaient le cœur de l'Egypte.

Le pêcheur ne s'attarda pas sur la rive droite du fleuve. C'est là que s'étend la nécropole, au pied des sombres falaises qui marquent la limite du désert. Les lumières sur le fleuve, celles des demeures des prêtres et des artisans travaillant aux tombeaux et aux temples consacrés à Osiris, étaient plus douces et plus rares. La vent de la nuit soufflait à travers les autels désertés, et les hommes avaient refermé leurs portes derrière eux jusqu'au moment où Râ les appellerait pour une nouvelle journée de labeur dans les Maisons des Morts. Les colonnes élancées et les nécropoles vides, jonchées d'offrandes de nourriture et de fleurs fanées destinées à tous ceux qui avaient désormais rejoint leur dernière demeure, offraient un reflet infidèle, déformé et lugubre de la vie palpitante et frémissante de la cité impériale de Thèbes.

La nuit était calme et chaude, le vent du soir était tombé. Hatchepsout, Nosmé et tous les serviteurs affectés à la garde des enfants empruntèrent les couloirs éclairés par les torches, et bordés de files de serviteurs immobiles, vers la salle à manger. Si aucune fête en l'honneur de quelque délégation étrangère ne se déroulait ce soir, la salle était tout de même remplie d'hôtes, de nobles, de favoris et d'amis de la famille royale. La rumeur de leurs discussions et de leurs rires parvint aux oreilles de la petite fille avant même qu'elle n'entendît le chef des hérauts annoncer solennellement : « La princesse Hatchepsout Khnoum-Amon. »

L'assemblée se tut un instant, salua, puis les conversations reprirent. Hatchepsout chercha son père des yeux, mais il n'était pas encore arrivé. Elle ne vit pas Néférou non plus. Par contre, elle aperçut, assis dans un coin de la pièce, Ouser-amon, en compagnie de Menkh. Elle se fraya un chemin jusqu'à eux, en évitant de bousculer les esclaves qui versaient le vin et installaient des coussins ou des petits sièges pour les convives. Elle ramassa en passant une fleur de lotus que quelqu'un avait dû perdre et la fixa dans ses cheveux. L'épais et entêtant parfum parvint très vite à ses narines, et elle en huma profondément l'arôme tout en s'asseyant en tailleur auprès des garçons.

— Je vous salue. Que faites-vous donc ici ensemble ?

Menkh répondit mollement à son salut et fit un clin d'œil à Ouser-amon. Ils aimaient bien Hatchepsout, mais on avait l'impression qu'elle était partout à la fois, et s'immisçait dans leurs petites intrigues, qu'ils le veuillent ou non. Depuis leur tentative d'expédition ratée, ils avaient tout fait pour l'éviter, mais elle surgissait toujours au moment où l'on s'y attendait le moins. Néanmoins on avait beau dire, elle n'était certainement pas ennuyeuse.

Ouser-amon, le rejeton d'une des plus anciennes et plus nobles familles du royaume, la traitait en égale. Son père, le vizir du sud du pays, l'un des hommes les plus puissants après le pharaon, surveillait la plupart du temps les tribus dont il avait la charge, et en son absence Ouser-amon vivait au palais. Il lui fit une profonde révérence, quelque peu extravagante.

— Je vous salue, Majesté ! Votre beauté est plus éblouissante que celle des étoiles. Ah ! C'en est trop pour mes pauvres yeux, je ne peux plus vous regarder !...

Hatchepsout éclata de rire.

— Un jour je te ferai répéter ces propos face contre terre, Ouser-amon. De quoi parlez-vous donc ?

— De chasse, répliqua Ouser-amon en se redressant. Le père de Menkh nous emmène avec lui demain matin, très tôt. Il se pourrait que l'on ramène un lion !

— Bah ! Les hommes eux-mêmes ont déjà du mal à tuer un lion. Commencez par en trouver un, répondit Hatchepsout.

— On va aller dans les collines, dit Menkh. Et on campera dehors toute la nuit.

— Puis-je venir avec vous ? demanda vivement Hatchepsout.

— Non ! répondirent les deux garçons avec un bel ensemble.

— Et pourquoi pas ?

— Parce que tu es une fille, et parce que l'Unique ne te laissera jamais venir avec nous, répondit calmement Ouser-amon. Les petites princesses ne vont jamais à la chasse.

— Mais les grandes princesses y vont, elles. Quand je serai grande, j'irai chasser tous les jours. Et je serai la meilleure chasseresse du royaume.

Menkh sourit. L'amour qu'Hatchepsout portait aux animaux ne lui permettrait jamais de tuer autre chose que des canards, et elle le savait fort bien. Mais bien qu'elle n'eût que dix ans, son orgueil la poussait à vouloir être la meilleure en tout.

— Où étais-tu ajourd'hui ? lui demanda-t-il. Je ne t'ai vue nulle part.

— Je me suis attiré des ennuis, grommela-t-elle. Ah ! Voilà père et mère. Nous allons pouvoir dîner.

Tous les fronts s'inclinèrent jusqu'à terre. La voix du grand héraut s'éleva claire et nette :

— ... Le Puissant Taureau de Maât, Horus incarné, le préféré de deux déesses, étincelant au cœur du diadème...

— Crois-tu que ta mère va encore s'enivrer ce soir ? glissa-t-elle tout doucement à Menkh.

— Oh! chut! chuchota-t-il furieusement. Ne peux-tu pas rester tranquille cinq minutes?
— Non. J'ai faim! Ça fait des heures que j'ai faim!
D'un geste, Touthmôsis fit se relever la cour et tout le monde se remit à parler. Les invités s'assirent, chacun à une table basse, et les esclaves se glissèrent entre eux portant leurs plateaux à bout de bras. L'esclave d'Hatchepsout s'approcha d'elle et la salua.
— Oie rôtie, Altesse? Bœuf? Concombre farci?
— Un peu de tout!
Tout en mangeant, elle chercha anxieusement Néférou des yeux, mais ne la découvrit nulle part. Les musiciens entrèrent sur un signe de son père : un homme portant une grande harpe, des femmes aux longues robes plissées, un cône de parfum sur la tête, leurs instruments sous le bras. Hatchepsout remarqua avec plaisir que les femmes allaient jouer de ce nouveau luth récemment rapporté des contrées sauvages du Nord-Est. Elle se promit d'en faire venir une jouer pour elle dans sa chambre un peu plus tard, mais elle se souvint, la mort dans l'âme, qu'elle devait aller retrouver le pharaon. Alors que la musique commençait, elle repoussa ses plats, trempa ses doigts dans un bol rempli d'eau, puis les essuya sur sa robe. Elle se faufila jusqu'à sa mère, entre les tables des convives. Son père était en grande conversation non loin de là, avec le père de Menkh, Inéni, son architecte; sa mère lui sourit et la fit asseoir sur un coussin près d'elle.
— Tu es très belle ce soir, dit-elle. Tu devrais porter plus souvent des fleurs dans les cheveux. Cela te va très bien.
Hatchepsout s'agenouilla sur le coussin.
— Mère, où est Néférou-khébit? Si père s'aperçoit de son absence, il sera très mécontent. Et c'est moi qu'il va gronder ce soir.
Sa mère reposa la grenade qu'elle allait manger et soupira.
— Je devrais peut-être envoyer quelqu'un la chercher. Etait-elle indisposée aujourd'hui?
— Oui. Elle m'a dit qu'elle avait fait un rêve affreux. Va-t-elle tomber malade?
Ahmès but une gorgée de vin. La musique exécutée en sourdine couvrait légèrement le bavardage des invités; le rire sonore du pharaon retentit bientôt, suivi d'un autre éclat de rire. Les effets bénéfiques de la nourriture sur l'homme, fût-il pharaon, se révélaient stupéfiants, pensa-t-elle. Elle se tourna vers sa fille.

— Je n'en sais rien, chérie. Je ne pense pas. Mais hier nous nous promenions toutes deux près du fleuve et les lévriers de Pen-Nekheb gambadaient au bord de l'eau, comme tu l'imagines. Soudain, l'un d'eux lui sauta dessus. Elle se mit à hurler et à le bourrer de coups de poings. Tu sais combien ton père déteste les accès de mauvaise humeur et l'agacement chez une femme. Je ne lui en ai donc pas parlé, mais ce fut là une bien triste expérience.

— Elle a rêvé d'Anubis.

— Alors je comprends sa réaction. Elle s'est mise aussi à porter l'amulette de Ménat. Pourquoi est-elle donc si sotte ? La fille aînée du puissant Touthmôsis n'a pourtant rien à craindre.

« Moi, si. » Cette idée vint brusquement à l'esprit de Hatchepsout, mais elle demeura imperturbable malgré les battements précipités de son cœur. « Moi ? Bah ! Néférou a réussi à me communiquer sa peur. »

Ahmès fit un signe à Hétéphras, son esclave et fidèle compagne.

— Va voir si Néférou est dans ses appartements et tâche de savoir pourquoi elle n'est pas là ce soir, lui ordonna-t-elle. Sois discrète. Je ne veux pas que le pharaon en connaisse la raison avant moi, as-tu compris, Hétéphras ?

La femme sourit.

— Parfaitement, Majesté, lui répondit-elle en s'inclinant, puis elle s'éclipsa.

— Maman, pourquoi Néférou doit-elle épouser Touthmôsis ?

Ahmès leva les bras au ciel.

— Oh ! Hatchepsout, faut-il vraiment que tu sois mise au courant de tout ? Je vais quand même t'expliquer. Mais tu ne comprendras pas.

— Est-ce un mystère ?

— D'une certaine manière. Ton immortel père n'était que général dans l'armée du mien, jusqu'à ce que mon père décidât que ce serait lui le prochain pharaon. Mais pour qu'il pût le devenir effectivement, il a fallu qu'il m'épouse, car c'est en nous, les femmes royales, que coule le sang du dieu. Nous transmettons la lignée et aucun homme ne peut devenir lui-même pharaon s'il n'épouse une femme de pure lignée royale, dont le père ait été pharaon. C'est ainsi qu'il en sera toujours, c'est bien ainsi que Maât en a décidé. Néférou-khébit est de pur sang royal, mais Touthmôsis ne l'est qu'à moitié par ton père, car Moutnefert, sa seconde épouse, n'est que fille de noble.

Il n'y avait dans son ton aucune nuance de désapprobation, elle se contentait de constater des faits, qui faisaient partie des choses de la vie et ne changeraient jamais.

— Ton père n'a pas encore désigné son héritier, mais il y a de fortes chances pour qu'il choisisse Touthmôsis. S'il en est ainsi, Néférou devra alors l'épouser pour qu'il soit pharaon.

— Mais, maman, si nous les femmes, — sa mère sourit — si nous les femmes possédons ce sang royal et que les hommes ont besoin de nous épouser pour pouvoir gouverner, alors pourquoi ne pas nous en passer ? Pourquoi ne pouvons-nous pas être nous-mêmes pharaon ?

Sa mère rit en voyant le petit visage se concentrer sous l'effort de la réflexion.

— Cela aussi, c'est la loi de Maât. Seuls les hommes sont autorisés à gouverner. Aucune femme ne pourra jamais devenir pharaon.

— Moi, si.

Ces mots sortirent à nouveau indépendamment de sa volonté, spontanément. Le cœur d'Hatchepsout battit à se rompre et elle se mit à trembler.

Ahmès prit les petites mains froides dans les siennes.

— Les petites filles font souvent de beaux rêves, sais-tu, mais ce n'est qu'un rêve. Tu ne pourras jamais être pharaon, et je suis persuadée que si tu y penses sérieusement, tu n'en auras plus aucune envie. Quand bien même les femmes auraient la possibilité de gouverner, c'est Néférou, qui est plus âgée que toi, qui monterait sur le trône.

— Elle ne le voudrait pas, répliqua Hatchepsout posément. Elle ne le voudrait jamais.

— Retourne à ta table à présent.

Ahmès était lasse de ce déferlement de questions.

— Ton assiette va être froide. Quand Hétéphras sera de retour, je te donnerai des nouvelles de Néférou, mais ne t'inquiète plus pour elle. Je crois qu'elle est plus forte qu'elle n'en a l'air.

« Je n'en crois pas un mot », pensa Hatchepsout en se levant. Ahmès, toujours souriante, se remit à dîner, et Hatchepsout s'en revint à sa place, au bout de la salle. Elle passa près de Touthmôsis et s'accroupit spontanément à côté de lui.

— Es-tu toujours de mauvaise humeur, Touthmôsis ?

— Laisse-moi tranquille, Hatchepsout. Je suis en train de dîner.

— Je le vois ! Tu crains que je ne te coupe l'appétit ? Sais-tu que ton père ira demain au champ de manœuvres pour se rendre compte par lui-même de ta maladresse ?

— Je sais. Ma mère me l'a dit.

— Est-elle ici ?

— Là-bas, dit Touthmôsis en la montrant du doigt. Allez, va-t'en. J'ai assez de soucis comme ça, épargne-moi donc tes sarcasmes.

Moutnefert, la seconde épouse, croulant sous les bijoux qu'elle adorait, enfournait de la nourriture d'un air déterminé. Elle avait toujours aimé manger, mais à présent, c'était sa passion. Les courbes voluptueuses qui avaient attiré le pharaon se transformaient peu à peu en disgracieux bourrelets de graisse. Comparée à la charmante et délicate Ahmès, Moutnefert était plutôt lourde, mais sa capacité à s'amuser de tout était demeurée intacte. Hatchepsout la trouvait stupide, et elle s'assit en haussant les épaules. Les hommes ! Méritaient-ils d'être compris ? Son plat était froid, elle le repoussa.

— Voulez-vous quelque chose de chaud, Altesse ? lui demanda son esclave.

Elle refusa d'un geste de la tête.

— Apporte-moi de la bière.

— Mais Votre Altesse n'aimera pas ça.

— J'aimais bien ça il y a quelques jours. Et cesse de m'apprendre ce que j'aime ou n'aime pas.

Tout en buvant, elle vit Hétéphras se glisser dans la salle et murmurer quelque chose à l'oreille de sa mère. Ahmès hocha la tête, puis se remit à manger. Ce ne devait donc être rien de grave, pensa Hatchepsout.

Menkh et Ouser-amon avaient terminé leur repas et se battaient par terre, au milieu des convives ; la mère de Menkh buvait son vin aussi goulûment qu'un soldat en permission. Les chants avaient cessé. Le pharaon avait la migraine. Les musiciens continuaient à jouer doucement, les convives dînaient encore, buvant et riant, les heures s'écoulaient. Hatchepsout s'installa, le menton dans les mains, légèrement enivrée par la bière forte, en attendant que Nosmé vienne lui signaler qu'il était temps d'aller se coucher. Son père, enfin, repoussa sa table et se leva. Tous ceux qui le pouvaient encore se levèrent aussi et s'inclinèrent.

Il se dirigea majestueusement vers sa fille et lui offrit son bras.

— Viens, Hatchepsout. C'est l'heure de notre petite conversation.

Tu pourras regagner ta couche ensuite. Tu as de grands cernes autour des yeux. Nosmé !

La nourrice se précipita.

— Accompagne-nous.

La musique reprit tandis qu'ils quittaient la salle et s'engageaient dans les vastes couloirs.

Les salles de réception privées et les appartements du pharaon étaient aussi peu meublées que le reste du palais, mais on y reconnaissait bien le centre du pouvoir. Les portes étaient encadrées de deux statues de grès recouvertes d'or, véritables cerbères qui jetaient sur quiconque en franchissait le seuil leurs sombres regards menaçants. Au-delà des portes en cuivre repoussé représentant le couronnement de Touthmôsis, s'étendait l'appartement dont les murs, scintillants sous la lumière des innombrables lampes dorées, étaient ornés de dieux d'argent, d'arbres dorés, d'oiseaux. Des colonnes élancées s'élevaient vers le plafond incrusté de lapis-lazuli. L'or, ce don des dieux, ce don sacré, était présent partout : la couche du pharaon était en or, de même que les quatre pattes d'un grand lion dont la tête représentait Amon lui-même, jetant sur son fils un regard protecteur. Aux quatre coins de la pièce, quatre dieux figés dans leur immobilité, une couronne d'or sur la tête, projetaient leurs ombres sur le sol immense. C'était exactement le genre de pièce qui pouvait remplir une petite fille d'effroi et d'orgueil.

Touthmôsis se laissa tomber dans le grand fauteuil doré près de sa couche et fit signe à sa fille de s'asseoir. Il la regarda un long moment et elle soutint fermement son regard, un peu étourdie par la bière, les mains fortement serrées entre ses genoux bruns. Il était réellement impressionnant, ce père qui était le sien, avec son crâne chauve, ses larges épaules puissantes et son menton agressif pointé en avant.

— Hatchepsout, dit-il enfin. Elle se leva en sursautant. J'espère que tu n'oublieras jamais ce que je vais t'apprendre, car si c'était le cas, tu t'en repentirais toute ta vie.

Il attendit qu'elle répondît quelque chose, mais aucun son ne sortit de sa bouche ouverte, et il poursuivit donc :

— Il ne se passe aucun moment dans la journée sans que des milliers de gens ne sachent où je me trouve et ce que je suis en train de faire. J'ordonne et ils obéissent. Je me tais et ils tremblent. Mon nom est sur toutes les lèvres, du plus novice des prêtres du temple jusqu'à mes propres conseillers, et le palais bourdonne continuellement de rumeurs, de conjectures, de spéculations sur ce qui concerne mes actions à venir ou les fruits de mon esprit. Je suis cerné par les complots, les contre-complots, les suspicions, les petites intrigues. Mais je suis pharaon, et un mot de moi signifie la mort ou la vie. Par contre il est une chose qu'ils ne peuvent pas connaître, aucun d'entre eux, et c'est ce qui, en dernier ressort, représente réellement mon pouvoir.

Il montra son front de son doigt orné de bagues.

— Mes pensées. Mes pensées, Hatchepsout. Il n'est pas un mot que je ne prononce sans l'avoir mûrement pesé et pensé, car je sais qu'une fois dites, mes paroles sont répétées dans tout le pays. Voilà la leçon que je voulais t'apprendre. Tu ne dois, sous aucun prétexte, jamais révéler, ni à moi ni à quiconque, tes frayeurs ou tes conclusions irréfléchies devant qui n'est pas ton ami le plus intime. Et crois-moi, il n'y a en fin de compte personne en qui un pharaon puisse avoir confiance. Au sommet du pouvoir, il n'est qu'une personne en laquelle il puisse se fier : lui-même. T'imagines-tu qu'en ce moment même les paroles que tu m'as dites cet après-midi sont colportées, murmurées dans les cuisines, dans les écuries, dans les cellules du temple ? Néférou-khébit est malheureuse. La princesse ne veut pas épouser le jeune Touthmôsis. Cela veut-il dire que l'Unique a choisi son fils pour lui succéder ? Et ainsi de suite... Tu m'as fait du tort aujourd'hui, ma fille, t'en rends-tu compte ?

Il se pencha vers elle.

— Le temps où une telle étourderie se révélera lourde de conséquences approche à grands pas. Car je n'ai pas encore choisi Touthmôsis comme successeur. Non, pas encore, et la décision n'est pas facile à prendre. Les prêtres sont puissants, et ils me pressent de leur faire connaître ma réponse. Plus je vieillis, plus mes conseillers s'inquiètent. Eux aussi veulent savoir. Mais je réserve ma réponse. Sais-tu pourquoi, ma petite ?

— N... non, père, réussit à dire Hatchepsout.

Touthmôsis se cala dans son fauteuil et ferma les yeux en soupirant profondément. Lorsqu'il les rouvrit, il la fixa de son regard sombre et direct.

— Tu ne ressembles pas à ta mère, la charmante et soumise Ahmès, que j'aime d'ailleurs. Tu ne ressembles pas non plus à la pâle et timide Néférou, ta sœur, ni à ton demi-frère si paresseux et nonchalant. Je reconnais en toi la force pure de ton grand-père

Aménophis et la ténacité de son épouse Aahotep. Te souviens-tu de ta grand-mère, Hatchepsout ?

— Non, père. Mais il m'arrive de rencontrer Youf de temps en temps quand il se promène en parlant tout seul. On dirait une vieille prune toute sèche. Les enfants se moquent de lui.

— Il y a très longtemps, le prêtre de ta grand-mère était un homme extrêmement puissant et vénérable. Ne lui manque jamais de respect.

— Cela ne m'arrive jamais. Je l'aime bien. Il me donne souvent des sucreries et me raconte les histoires du temps jadis.

— Et l'écoutes-tu ?

— Oh ! oui ! J'adore les histoires de mon ancêtre le dieu Sékhénenré qui a mené notre peuple combattre le méchant Hyksôs et qui est mort en se battant. C'est passionnant ! Quel héros a-t-il dû être ! dit-elle de sa voix aiguë et enfantine.

— Oui, et brave aussi. Je trouve que tu lui ressembles beaucoup, ma chérie, et toi aussi, un jour, tu seras comme lui, capable de soumettre les hommes à ton pouvoir. Mais tu as encore beaucoup à apprendre.

« Les faits sont là, pensa-t-il. Et qu'y puis-je ? »

— Mais, père, dit Hatchepsout timidement, je ne suis qu'une fille.

— Qu'une fille ? s'écria-t-il. Qu'une fille ? Mais que veux-tu dire ? Ne t'inquiète pas, Hatchepsout. Grandis et embellis, mais rappelle-toi toujours ma leçon. Tourne ta langue sept fois dans ta bouche avant de parler.

Et, souriant légèrement, il conclut en se levant :

— Et ne crois pas que la conduite de Néférou m'ait échappé, même si ta mère se plaît à croire que cela m'arrive parfois. Je m'occuperai de Néférou quand il en sera temps. Et il en sera selon ma volonté. Nosmé !

La nourrice entra et attendit les ordres, tête baissée.

— Emmène-la se coucher, et continue à veiller sur elle. Quant à toi, mon petit feu follet, médite un peu les paroles du dieu Imhotep : « Que ta langue ne soit pas telle un drapeau claquant au vent de chaque rumeur. »

— Je m'en souviendrai, père.

— Prends-y bien garde. Bonne nuit, dit-il en se penchant vers elle pour l'embrasser.

— Bonne nuit.

Elle serra ses paumes l'une contre l'autre, s'inclina, puis ajouta :

— Et merci.
— De quoi donc ?
— De ne pas m'avoir grondée bien que je vous aie contrarié.
— Je suis heureux que tu aies aussi bien retenu les leçons de ton maître, répondit-il en riant.

Il lui fit une petite caresse, et elle s'élança vers Nosmé et, sans un bruit, les portes se refermèrent derrière elles.

2.

Quinze jours après qu'Hatchepsout se soit fait réprimander par son père, un jeune homme incapable de trouver le sommeil s'assit au bord de sa paillasse. On était dans le mois de Pakhet. L'air était lourd. Le fleuve commençait à s'enfler et ses eaux coulaient plus vivement. Ordinairement d'un calme argenté, elles se teintaient à présent de rouge et leur grondement, au lieu de bercer le jeune homme, l'irritait et l'empêchait de se reposer. Il roula finalement sur le sol en terre battue, et se retrouva au pied de son lit, en sueur et affamé. Son dos lui faisait mal. Ses genoux aussi étaient endoloris. Il avait passé la semaine à frotter le sol des appartements des prêtres chargés des cérémonies funéraires, ce qui l'avait mis de mauvaise humeur. Ce n'était pas pour en arriver là qu'il était venu à Thèbes, trois ans auparavant, ses précieuses sandales et son unique pagne enveloppés dans un ballot. Il était tout émoustillé alors, imaginant par avance son ascension rapide parmi les prêtres, jusqu'à ce qu'un jour, sait-on jamais, le pharaon lui-même en vienne à le remarquer et qu'il devienne du jour au lendemain... quoi donc ? Il passa la main sur son crâne rasé et soupira dans l'obscurité. Un grand architecte. Un homme capable d'inscrire dans la pierre le rêve des rois. Ah ! Ces trois années passées au service des prêtres ; lui, le plus humble parmi les humbles, il avait lavé, balayé, fait les commissions pour son maître, ici ou là, jusqu'au temple de Louxor. Ses espérances de richesse et de célébrité s'étaient évanouies peu à peu, faisant place à une amertume et à une ambition brutale qui troublaient son sommeil et chassaient sa gaieté naturelle.

Il n'abandonnerait pas ! Tel fut le serment qu'il fit ardemment aux murs invisibles. Il méritait mieux que tout cela.

Il pensa à son maître d'école, dans le petit village où son père vivait péniblement sur ses quelques arpents de terre.

— Tu as une grande agilité d'esprit, lui avait-il dit, et une bonne compréhension des données d'un problème. Ton père ne peut-il t'envoyer étudier quelque part dans un temple ? Tu es fait pour aller loin, Senmout.

Ainsi lui parlait-il alors qu'il n'avait que onze ans.

Il avait quitté la ferme en compagnie de son père pour se rendre à Thèbes, où un des frères de sa mère était novice. Après des jours d'attente, où il fut houspillé en tous sens, où un garnement lui vola ses sandales à sa barbe, le surveillant du séminaire leur accorda enfin une audience. Senmout ne se rappelait que très peu cette visite. Il était surtout fatigué et intimidé, et n'avait qu'une idée en tête : rentrer chez lui et oublier tous ses projets. Mais, parlant à voix basse, son père l'avait poussé en avant et avait déployé le rouleau sur lequel le maître avait inscrit ses bons résultats. L'homme, vêtu de blanc, aussi parfumé que la déesse Hathor en personne, émit quelques grognements désapprobateurs, manifestant son profond ennui, mais finit par attribuer une cellule et une tenue sacerdotale à Senmout. Il quitta donc son père avec regret, après l'avoir remercié de tout ce qu'il avait fait pour lui.

— Quand tu seras devenu un homme important, un vizir peut-être, tu nous achèteras un beau tombeau pour ta mère et pour moi ; ainsi les dieux pourront se souvenir de nous, lui dit-il en souriant.

Le vieil homme plaisantait à demi ; une pointe de tristesse perçait à travers ses propos. Il n'imaginait pas une seconde que son fils pût faire autre chose que les basses tâches domestiques du temple ; il deviendrait éventuellement maître des Mystères, mais sûrement rien de plus. Il n'avait aucune illusion sur le monde froid et dangereux dans lequel allait pénétrer Senmout. Après l'avoir embrassé sur les deux joues et lui avoir recommandé de se montrer bon à l'égard de tous, il prit le chemin du retour, ignorant quel dieu implorer pour protéger son fils. Il aurait certainement besoin que tous lui soient favorables.

« Ah ! Thèbes, pensa le jeune homme tout en frictionnant ses genoux douloureux, combien m'as-tu séduit lorsque je vis pour la première fois tes tours dorées scintiller à l'horizon, de l'autre côté du

grand fleuve ! Je me souviens de mon réveil ce matin-là ; Râ baignait toute chose de son éclat rose orangé, des collines jusqu'au désert. Je vis en me levant ses rayons lumineux traverser de part en part les palmiers et les grenadiers. Et je demandai à mon père :
— Qu'est-ce donc que cela ?
— C'est Amon-Râ qui embrase le sommet des tours de sa ville, me répondit-il.

J'étais muet d'admiration et de respect. Je t'adore encore, mais je me sens moins proche de tes mystères que je ne l'étais en cette lointaine matinée, bien que je ne te craigne plus », soupira Senmout.

Depuis, les journées s'étaient écoulées, identiques les unes aux autres, rythmées par le dur labeur : il passait ses matinées au séminaire du temple à étudier, ce qu'il appréciait par-dessus tout, et ses après-midi à faire le ménage, ce qu'il exécrait d'autant plus qu'il ne pouvait s'y dérober.

Parfois l'idée l'effleurait de devenir scribe, comme le lui conseillait son maître actuel, pour ne plus avoir jamais à exécuter les pénibles tâches ménagères. Il serait exempté de tout travail physique et n'aurait qu'à suivre son maître, à griffonner quelques mots ou à s'installer sur les marchés de Thèbes et attendre que quelqu'un vienne louer ses services. Mais au plus profond de lui-même, Senmout savait bien que s'il devenait scribe, il s'étiolerait et finirait par en mourir ; car ce serait réprimer cette force en lui qui réclamait dignité et honneurs. Mais comment y parvenir ? se demanda-t-il plein de lassitude en se levant de sa paillasse et en cherchant son manteau à tâtons. Certainement pas en devenant un prêtre surveillant dont les journées seraient entièrement consacrées à l'organisation pointilleuse des cérémonies.

« Lorsque je vis pour la première fois cette ville, ses tours majestueuses et ses colonnades, ses larges avenues pavées et ses innombrables statues, je crus, songea-t-il, que j'avais trouvé la solution. Je crus alors que j'allais passer mes soirées à boire de la bière de taverne en taverne, que je flânerais sur le port en regardant les pêcheurs s'interpeller et manœuvrer leurs frêles esquifs, en regardant les artisans travailler, les esclaves se vendre aux enchères et les nobles se promener dans leurs splendides litières. Mais aujourd'hui, je ne regarde rien. J'ai à présent quatorze années derrière moi. Il m'en reste peut-être cinq fois plus à vivre, et je suis déjà prisonnier. »

Il jeta son manteau sur ses épaules, sortit pieds nus de sa cellule, et dépassa sans un bruit les multiples cellules identiques à la sienne qui s'alignaient le long de la vaste salle. Le clair de lune éclairait son chemin entre les colonnes. Il s'arrêta pour regarder l'heure à la clepsydre placée à la porte de son surveillant. Dans cinq heures le soleil se lèverait. Senmout entra dans la cour aussi silencieusement qu'un fantôme. A sa gauche s'élevait la silhouette massive du temple, séparé de lui par un autre ensemble de cellules réservées aux prêtres et une plantation de sycomores. Il s'en détourna prestement, de peur de rencontrer quelqu'un. Il voulait aller dans les cuisines chercher quelque chose à manger, poussé par les tiraillements de son estomac. Il se glissa doucement par le passage étroit qu'empruntaient quotidiennement les esclaves pour transporter le grain. L'obscurité était totale. Il avança à l'aveuglette et se retrouva bientôt dans une grande pièce bien aérée, éclairée par le clair de lune qui se faufilait à travers les hautes fenêtres. Derrière lui, un trou noir dans le mur indiquait l'entrée du couloir par lequel les cuisiniers apportaient directement au temple les mets destinés aux dieux. Une légère odeur de graisse flottait dans l'air. Il se déplaça avec précaution, car le personnel des cuisines dormait non loin de là. Sur sa gauche, deux énormes jarres en pierre, placées de telle manière que l'air qui s'engouffrait à travers le passage venait les rafraîchir, contenaient l'une de l'eau, l'autre de la bière. Il prit le pot qui se trouvait là, hésita un instant, assoiffé. Il puisa finalement de l'eau, et but rapidement à grandes goulées ; puis il reposa le pot sans un bruit. Il se glissa entre les tables, soulevant un couvercle par-ci, un linge par-là, et ne fut pas long à dénicher deux cuisses de canard rôti, et la moitié d'une miche de pain d'orge. Il estima qu'une si petite quantité de nourriture, prélevée sur celle qui était destinée aux esclaves du dieu, ne léserait certainement personne. Il dissimula son repas dans les amples plis de son manteau et après avoir jeté un dernier coup d'œil pour s'assurer que tout paraissait bien en ordre, se faufila dans le passage, vers l'air libre.

Il s'arrêta pour se demander s'il irait manger dans sa petite cellule, aussi chaude et sombre qu'un four ; et décida de se diriger plutôt vers les jardins du temple, où il y avait des arbres et où les sentinelles chargées de la surveillance des allées qui menaient au lac sacré avaient peu de chance de le découvrir. Il connaissait le parcours de chacune d'elles, ainsi que les relèves, et il attendit à l'abri d'une colonne que la voie soit libre, puis il traversa lestement l'avenue et s'enfonça dans l'obscurité réconfortante d'une palmeraie.

Tout en s'élançant d'arbre en arbre, il huma une bouffée d'air. Un garçon de la campagne comme lui était capable de prévoir les changements de temps, et les signes qu'il reconnaissait ne lui plaisaient guère. Près du sol, l'atmosphère était si lourde et étouffante qu'il fallait fournir un réel effort pour respirer ou se mouvoir. Mais au-dessus des palmes sombres et frémissantes, l'air était agité, et les étoiles en partie cachées sous un léger voile de nuages. Le khamsin soufflait rarement dans ces contrées, mais il était absolument sûr de son instinct. D'ici quelques heures, le vent brûlant et destructeur viendrait troubler la surface du désert. Il n'y aurait rien d'autre à faire que de fermer volets et portes, jusqu'à ce qu'il s'éloigne. Et ensuite ? Il maugréa à haute voix. Ensuite, il faudrait enlever le sable qui se serait faufilé dans les moindres recoins de chaque bâtiment de l'enceinte sacrée.

Il choisit un arbre au large tronc renflé, et s'assit à son pied, le dos à l'allée. On pouvait voir au loin la fine ligne argentée que dessinait la lune sur les eaux du lac d'Amon, mais il lui était impossible de distinguer le temple lui-même ni les tours du palais au-delà. Il sortit la cuisse de canard et mordit dedans avec avidité, savourant chaque bouchée ; la faim le tenaillait sans cesse à force de travailler comme un esclave.

Quelques minutes plus tard, il jeta les os au loin et entama le morceau de pain qui, bien que rassis, n'en était pas moins délicieux. Il venait à peine de ramasser la dernière petite miette tombée sur son manteau, quand ce sixième sens né des longues nuits passées à garder les chèvres dans les collines infestées de bêtes sauvages le fit sursauter soudain, le cœur battant. Il venait d'entendre le bruit sourd d'une chute sur l'herbe et un murmure étouffé de voix. Il bondit sur ses pieds, sans faire le moindre bruit, et se colla contre le tronc rugueux de l'arbre en plaquant son manteau contre lui. Les chuchotements se rapprochèrent. Il s'enfonça un peu plus dans l'ombre, se confondant avec l'arbre et la nuit, jusqu'à ce que sa respiration eût repris son rythme normal, aussi paisible que l'heure tardive. C'est ainsi qu'il s'y prenait pour attraper les chats sauvages qui couraient après ses chevreaux. Sa réaction instinctive l'avait sauvé, car une seconde plus tard, deux personnages encapuchonnés se glissèrent furtivement à quelques pas de lui. Ce ne pouvait être les sentinelles faisant leur ronde. Il n'entendait pas le cliquetis des armes, et d'autre part, les sentinelles n'auraient pas craint de parler tout haut. Ces deux personnages s'étaient approchés si silencieusement qu'ils avaient bien failli lui tomber dessus. Il ferma les yeux, et les muscles tendus, il continua à respirer doucement et profondément. Les deux silhouettes floues se faisaient face et leurs chuchotements lui parvinrent aux oreilles.

— L'Unique va sûrement faire connaître sa décision sous peu. Quel sera son choix ? Il ne peut pas rappeler Amon-mose, ni Wadjmose. Ce sont des soldats. Ils ont été maintenus trop longtemps à l'écart du pouvoir, et n'y connaissent rien. Et pour ce qui est de leur noblesse... Le droit du jeune Touthmôsis dépasse le leur.

— Ce n'est qu'un garnement sans cervelle, mou et paresseux.

— Mais j'insiste, c'est lui qui sera désigné. C'est la seule possibilité. Il est plus que regrettable qu'il tienne à ce point de sa mère ; c'est une véritable catastrophe. Depuis de longues années, le pharaon, puisse-t-il vivre encore longtemps, a gouverné d'une main sans défaillance et rien ne lui a résisté. Nous ne serons pas les seuls à nous plaindre lorsque Touthmôsis héritera de la double couronne.

— Mais c'est un blasphème !

— Non, c'est la vérité. Seule une épouse puissante pourra sauver la situation, mais qui peut donc légitimer le pouvoir de Touthmôsis ? Son Altesse Néférou veut par-dessus tout se tenir à distance des contraintes de l'exercice du pouvoir. Elle désire surtout qu'on la laisse tranquille. L'Unique est fou de rage, mais il n'y peut rien.

— Nous n'allons tout de même pas empoisonner le fils unique du pharaon ! le seul qui lui reste ! Le pharaon n'aura de cesse qu'il ne nous ait broyé la cervelle !

— Du calme ! T'ai-je suggéré une telle extrémité ? Soyons réalistes ! Mais nous pouvons gagner du temps.

— Son Altesse la princesse Néférou ?

— Exactement. La jeune princesse Hatchepsout a encore de longues années devant elle avant d'atteindre l'âge adulte, mais elle paraît déjà dotée des qualités indispensables à une princesse consort. Le pharaon sera heureux de la voir grandir.

— Et si le pharaon va rejoindre le dieu ?

Il y eut un instant de silence pendant lequel Senmout, figé de peur, retint sa respiration.

— Alors nous assisterons le jeune pharaon et son épouse, car il aura beaucoup à apprendre.

Caché derrière son arbre, Senmout crut qu'il allait s'évanouir. Tout ce qu'il venait de manger avec un si grand plaisir lui pesait à présent sur l'estomac. La tête lui tourna, mais il serra les dents, luttant contre la nausée. Sans avoir encore mesuré exactement toute l'ampleur des propos qu'il venait d'entendre, il en avait entendu assez pour savoir que la moindre maladresse de sa part entraînerait irrémédiablement sa perte. Il serra encore plus fort son manteau contre lui, le dos tout en sueur.

— Ainsi nous sommes d'accord ?
— Absolument. Et je n'ai pas besoin de vous recommander la plus grande discrétion.
— Bien entendu. Ce sera pour quand ?
— Très bientôt. Je suis persuadé que le pharaon est sur le point de présenter son successeur. Laissez donc à mes soins les détails de l'opération. J'exige que mes ordres soient immédiatement exécutés et rien de plus.
— Et si nous sommes découverts ?

L'autre homme rit doucement, et Senmout tendit l'oreille. Il était certain d'avoir déjà entendu ce rire, mais incapable d'y mettre un visage. Le jeune garçon chercha fiévreusement à qui il pouvait bien appartenir.

— Ne pensez-vous pas que le pharaon a déjà prévu cette éventualité ? Ne pensez-vous pas qu'au fond de lui-même il souhaite que les choses se passent ainsi, bien qu'il n'ait pas le cœur de les prendre en charge personnellement ? Ne craignez rien. Nous réussirons.

Ces derniers mots furent murmurés, et Senmout réalisa avec un immense soulagement qu'ils étaient en train de s'éloigner.

Le silence s'instaura à nouveau, et il se laissa glisser par terre, les yeux clos, les membres brisés.

— Merci. Grand merci à toi puissant Khonsou, dit-il tout haut. Il se leva et se mit à courir, non dans la direction d'où il était venu, mais en décrivant un large cercle qui le conduisit des confins du lac sacré et loin derrière le temple jusqu'à sa cellule. Il se répétait en courant les mots qu'il venait d'entendre, et la panique qui montait en lui lui donnait des ailes. Quand il arriva, au lieu d'entrer dans sa cellule, il la dépassa et s'arrêta tout essoufflé devant la porte de la chambre de son surveillant, où il frappa doucement. Il jeta un coup d'œil à la clepsydre et fut surpris de constater que trois heures s'étaient déjà écoulées. La lune avait décliné et les premières lueurs du petit matin pointaient sur le dallage noir et blanc.

Il entendit quelqu'un bouger à l'intérieur.
— Qui est là ?
— C'est moi, maître. Senmout. Il faut que je vous parle.
— Entre donc.

Senmout poussa la porte et entra dans la pièce. Le surveillant, un homme jeune, au front fuyant et à la bouche mince, était assis sur sa couche, en train d'allumer sa lampe. La flamme surgit jaune et droite. Senmout le salua, conscient des traces de sueur et des égratignures qui striaient sa peau.

— Eh bien ! De quoi s'agit-il ? demanda le surveillant en se frottant les yeux, d'un air endormi.

A cet instant, alors que Senmout s'apprêtait à répondre, des réminiscences lui traversèrent l'esprit, et les murs se mirent à tourner. Il tendit les mains en avant pour se retenir.

— Parle. Mais parle donc ! Es-tu malade ? lui demanda l'homme sur un ton agacé.

Senmout comprit avec une certitude qui participait plus de l'instinct de conservation que de la réflexion, qu'il ne devait à aucun prix se confier à cet homme, son maître, pas plus qu'il ne devait parler à aucun prêtre de ce qu'il venait d'entendre. Car il était à présent capable de donner un corps à cette voix basse et rauque, un corps lourd et ridé, un visage rusé. L'homme n'était autre que le grand prêtre d'Amon en personne, le puissant Ménéna.

Il rassembla ses esprits, pour parler calmement, sans laisser apparaître les tumultueuses pensées qui l'envahissaient.

— Maître, veuillez m'excuser. J'ai de la fièvre, et mal au ventre. Je n'arrive pas à dormir.

— C'est la chaleur, grommela le surveillant. Retourne dans ta chambre. Le jour ne va pas tarder à se lever, et si tu te sens toujours mal, je t'enverrai un médecin. Tu es exempté de tes tâches pour une journée.

Senmout salua et murmura quelques paroles de remerciements. L'homme n'était pas méchant, mais assommant et tellement tatillon. Il souffrait lui aussi de maux d'estomac qui l'empêchaient de dormir.

Senmout se retourna brusquement vers lui.

— Si quelqu'un désirait obtenir une audience du pharaon, comment devrait-il s'y prendre ?

— Pour quoi faire ? demanda le surveillant plein de suspicion. Que veux-tu dire à l'Unique ?

Senmout eut l'air atterré et surpris.

— Moi ? Mais je n'oserais jamais souhaiter vivre un moment aussi exaltant ; je sais bien que seuls les grands de ce royaume peuvent jouir de ce privilège. Moi je ne l'ai vu qu'une seule fois, de loin, lors d'un défilé ; je voulais tout juste savoir.

— Arrête donc de rêver. Rien d'étonnant à ce que tu aies de la fièvre si tu passes tes nuits à penser à des choses pareilles. Personne de ta position ne peut espérer lui parler. Ce serait tout à fait impossible. Maintenant va-t'en et viens me voir demain matin si tu te sens mieux.

Senmout le salua de nouveau sans un mot et sortit en fermant la porte derrière lui. Conscient de l'immense fatigue mentale et physique qui l'envahissait et menaçait de le terrasser, il pénétra dans sa petite cellule avec soulagement et se jeta sur sa paillasse.

« Et si par miracle je me trouvais en sa présence, que lui dirais-je ? pensait-il. Et comment accueillerait-il ce que je lui dirais ? N'ai-je pas entendu le grand prêtre dire qu'au fond de lui-même le pharaon désire que les choses se passent ainsi ? Le salut de l'Egypte justifie-t-il une telle action ? »

Les yeux fermés, sur le point de s'endormir, Senmout pensait à la gracieuse princesse qu'il voyait de loin venir régulièrement au temple avec ses suivantes. Elle n'était pas belle, mais il se dégageait de sa personne une telle gentillesse qu'elle semblait beaucoup plus proche du peuple que ses hautains serviteurs.

Il chercha à qui il pourrait bien se confier et songea à son meilleur ami, Bénya, apprenti auprès d'un entrepreneur du temple. Mais Bénya se trouvait en ce moment à Assouan, où il surveillait avec son maître l'extraction des pierres dans les carrières. De toute façon, rien n'était sacré aux yeux de Bénya qui pourrait, de plus, ne pas savoir tenir sa langue.

Senmout remonta son manteau sur ses épaules et s'endormit, d'un sommeil troublé de rêves confus et angoissants. Il se réveilla en sueur et constata que le vent s'était bien levé. Le sable s'infiltrait par l'unique petite fenêtre haut perchée et des particules de poussière grise flottaient dans l'air fétide. Incapable de savoir combien de temps il avait dormi, il alla jeter un coup d'œil dans la salle, et constata en voyant les portes des cellules ouvertes que ses condisciples étaient déjà au travail. Il eut envie de se laver et appela un esclave. Puis il s'assit sur l'unique siège particulièrement inconfortable de sa cellule, fait de fagots de papyrus liés ensemble. Sa tête bourdonnait, et il se demanda si la fièvre n'était pas tout simplement à l'origine de ce qu'il croyait avoir vécu dans le jardin. Car après tout, lui-même et ceux qui gravitaient autour du pouvoir baignaient constamment dans une atmosphère de rumeurs, et le pharaon était le sujet favori de tous ces ragots Mais Senmout jouissait d'un esprit pratique et méthodique, qui ne laissait pas les vaines conjectures prendre le pas sur les réalités de la vie quotidienne. De plus, il était doté d'une capacité d'observation objective et implacable, d'une disponibilité des sens grâce auxquelles il remarquait et se souvenait des faits et gestes de tous ceux qui l'entouraient. Il ne pouvait croire une seconde qu'un événement aussi clair et net fût le fruit des divagations d'une imagination enfiévrée.

L'esclave arriva en courant, et il lui demanda d'apporter un pot d'eau chaude et du linge propre. Il s'enquit également de l'heure.

— Le soleil s'est levé depuis trois heures, maître.

— C'est bien ce que je pensais. Les autres prêtres ont-ils déjeuné ?

— Oui. Ils vaquent à leurs occupations. Le surveillant m'a chargé de vous envoyer un médecin si tel était votre désir. Dois-je aller le chercher ?

— Non. Non, je ne pense pas que ce soit nécessaire. Essaye de me trouver des fruits. Ensuite, tu nettoieras la cellule à ma place. J'ai été exempté de tout travail pour aujourd'hui, et je crois que je vais aller faire un tour près du fleuve.

— Vous feriez mieux de rester ici, maître. Le khamsin s'est levé.

— Oui, je sais.

Le jeune esclave sortit et revint en chancelant sous le poids d'une bassine pleine d'eau bouillante. Il la posa et repartit. Un moment après, il refit son apparition avec un plat de fruits et un pagne propre. Senmout le remercia, et, en poussant un soupir de bien-être se lava entièrement, en écoutant la plainte saccadée du vent qui faisait voler le sable dont les grains collaient à son corps encore humide. Il drapa la fine toile autour de sa taille, la fit plisser sur le devant et l'agrafa avec une épingle de bronze. Puis il glissa en haut de son bras le bracelet de bronze marqué de son titre.

« Comme j'étais fier, pensa-t-il, tout en prenant un fruit, la première fois que j'ai porté ce bracelet. J'étais loin d'imaginer alors qu'il serait le symbole de ma réclusion. »

Il ne comprenait pas comment les autres prêtres pouvaient se contenter de la vie qu'ils menaient, surtout les plus vieux qui ne pouvaient plus espérer le moindre avancement. « Pourquoi, pensa-t-il avec rage, pourquoi ne pouvons-nous posséder davantage d'esclaves pour faire la besogne ? » Mais il savait bien que les esclaves n'avaient pas le droit de pénétrer dans certaines enceintes sacrées, où les prêtres étaient obligés de faire eux-mêmes le ménage, besogne qu'aucun serviteur du palais ne se serait abaissé à accepter.

Senmout n'était pas animé de convictions religieuses aussi fermes que ses amis. Son père était pieux, sa mère priait chaque jour le dieu de leur village, mais une part de lui-même souriait déjà de leur naïveté. Sa présence au temple n'était pour lui qu'un moyen de recevoir une éducation. Si, pour atteindre son objectif, il était obligé de psalmodier des prières, de se laver quatre fois par jour et de se raser la tête, peu lui importait. Il savait que son avenir était entre ses seules mains et c'est bien ce qui le désolait le plus. Il avait foi en lui-même, mais il se heurtait à son impuissance, prisonnier dans un couloir sombre, étroit et infini, qui ne conduisait qu'aux corvées ménagères. Il n'était heureux qu'en classe, où on lui faisait découvrir les gigantesques réalisations de ses ancêtres, plus grands que des dieux. Il était impatient de contempler ces chefs-d'œuvre de pierre qui semblaient l'appeler à eux pendant la nuit.

Il ne se moquait pas comme Bénya des choses sacrées. Au pays de Bénya, en Hourrie, les dieux étaient au service des hommes. Mais ici en Egypte, le contraire se produisait. Senmout, tout en servant les dieux, cherchait à satisfaire les aspirations et les désirs des hommes. Pour lui le pharaon était un dieu plus grand que le puissant Amon. Le pharaon était un être visible, responsable de tout ce qui se passait dans le royaume. S'il nourrissait un sentiment de soumission, c'était bien envers cet homme à l'allure de taureau qu'il n'avait vu qu'une fois, se rendant à Louxor pour faire des offrandes. Voilà le dieu. Voilà le pouvoir. Si Senmout voulait accomplir son destin, il savait qu'il lui faudrait d'une manière ou d'une autre attirer l'attention du pharaon.

« Mais pas de cette façon-là, se dit-il en quittant sa chambre, pas en lui dévoilant cette intrigue sinistre à laquelle le pharaon lui-même est peut-être mêlé. J'y laisserais sûrement ma tête. »

3.

Deux jours plus tard, le vent soufflait encore. Il passait en rafales dans la salle de classe royale, soulevant les lourdes tentures ornées d'oiseaux et faisant voler des tourbillons de sable. C'était une triste matinée grise, le soleil était dissimulé par les bourrasques de sable qui s'élevaient depuis les hauteurs de Thèbes, poussées par le vent du désert au creux de la vallée.

Khaemwese s'efforçait de poursuivre la leçon en cours, mais le vent indisposait ses jeunes élèves, qui ne cessaient de s'agiter.

— Je vois bien que nous n'arriverons à rien aujourd'hui, dit-il en roulant son papyrus. Le scribe disait avec raison que l'oreille d'un garçon se trouve sur son dos, et qu'il n'entend que lorsqu'on le bat, mais ce matin il est difficile pour tout le monde d'entendre par-dessus le bruit du vent.

— S'il vous plaît, maître ?, dit Hatchepsout en levant le doigt.
— Oui ?
— Si, comme l'a dit le scribe, l'oreille du garçon se trouve sur son dos, où se trouve donc l'oreille de la fille ? demanda-t-elle avec un air de parfaite innocence.

Si Khaemwese avait eu quelques années de moins et beaucoup moins d'expérience de la rouerie des enfants, il aurait peut-être cru que sa question était inspirée du désir de savoir ; mais ce n'était pas le cas et il se pencha pour lui donner une petite tape sur l'épaule avec son rouleau de papyrus.

— Si tu tiens vraiment à le savoir, je vais te montrer. Lève-toi. Menkh, apporte-moi le fouet d'hippopotame. Tu vas découvrir très vite où se trouve l'oreille d'une fille.

— C'est ton tour maintenant, lui chuchota Hapousenb. Et Néférou n'est pas là pour te protéger.

— Mets-toi devant moi! lui ordonna Khaemwese. Menkh lui tendit la badine de saule avec un sourire narquois et il la fit siffler.

— Alors? Où se trouve l'oreille des filles? Qu'en penses-tu? lui demanda-t-il en retenant un sourire.

— Je pense que si vous me battez, le roi mon père vous fera fouetter, répondit-elle en avalant sa salive.

— Le roi ton père m'a chargé de t'éduquer. Tu m'as posé une question : « Où se trouve donc l'oreille de la fille? » Eh bien je vais te le montrer.

Les coins de la bouche nerveusement contractés Hatchepsout explosa.

— Vous ne me battrez pas! Je sais que vous ne le ferez pas! Je vous ai posé cette question pour vous contrarier.

— Mais je ne suis pas le moins du monde contrarié. Et je te répondrai que l'oreille des filles se trouve au même endroit que celle des garçons.

Hatchepsout releva la tête et examina lentement ses camarades de classe.

— Evidemment. Il n'y a aucune différence. Et qui plus est, une fille peut faire tout ce que fait un garçon, déclara-t-elle en s'asseyant.

— Une minute s'il te plaît. S'il en est ainsi, cela devrait t'être égal qu'on te batte, puisque j'ai déjà corrigé tous les garçons de cette classe au moins une fois à cause de cette fameuse oreille. Les oreilles des filles peuvent donc aussi flancher. Pourquoi, alors, ne t'ai-je pas battue? Lève-toi encore! ajouta-t-il en riant.

Elle le regarda en souriant, les yeux brillants.

— Maître, vous ne m'avez pas battue parce que je suis princesse, et que vous ne pouvez pas lever la main sur une princesse. Ainsi l'a voulu Maât.

— Maât n'en a rien décidé, répondit froidement Khaemwese. Les lois et les décrets, l'usage peut-être, mais pas Maât. J'ai bien battu Touthmôsis, qui est prince, pourtant.

Hatchepsout se tourna posément vers son demi-frère et le regarda, mais il était assis le menton dans la main et traçait des cercles dans le sable accumulé. Elle regarda à nouveau Khaemwese.

— Touthmôsis n'est qu'un demi-prince, dit-elle. Mais moi, je suis la fille du dieu. Voilà la loi de Maât!

La dame du Nil

La classe se tut soudain.

Khaemwese cessa de rire et la regarda fixement.

— Oui, dit-il lentement. Voilà la loi de Maât.

Pendant quelques instants, on n'entendit plus que le souffle du vent.

Hatchepsout leva de nouveau le doigt.

— S'il vous plaît, maître, puisque le vent nous empêche de travailler, pouvons-nous jouer à la balle ?

Il la regarda avec stupéfaction car il prévoyait une nouvelle malice ; mais elle attendait sa réponse avec anxiété.

— D'accord. Hapousenb, va chercher la balle. Vous autres, roulez vos nattes et rangez-les. Convenablement !

Il se fit un tohu-bohu général et personne n'entendit ses derniers mots, comme à l'accoutumée. Il retourna s'asseoir avec soulagement.

— Bien. Apportez-la ici. Touthmôsis, vas-tu jouer avec eux ?

Le beau visage lisse se leva vers lui. Touthmôsis secoua la tête.

— Je n'en ai pas envie. Le sable rend le sol trop glissant.

Les cris et les hurlements des enfants retentissaient déjà. C'est Hatchepsout qui détenait la balle et elle semblait peu disposée à s'en séparer. Elle tomba en poussant un cri perçant et la cacha sous elle tandis que Menkh lui fonçait dessus. Les autres enfants se précipitèrent à sa suite en se roulant par terre sous le regard détaché de Khaemwese.

Pour adorable qu'elle fût, il y avait chez la petite princesse un côté sauvage et impénétrable qui l'effrayait. Plus elle grandissait, plus la ressemblance avec son père était frappante. Mais quel père ? Il ne savait pas s'il devait ajouter foi aux bruits qui circulaient dix ans auparavant, selon lesquels Amon-Râ s'était introduit nuitamment auprès d'Ahmès, l'Epouse Royale, pour déposer en elle sa semence divine et si, au moment de la conception, Ahmès avait effectivement crié le nom de l'enfant à naître : Hatchepsout ! Mais il se souvenait que le nom avait été choisi bien avant la naissance de la petite fille, et que peu après, Touthmôsis son père l'avait conduite au temple où on lui donna le titre de Khnoum-Amon. Nombreux étaient les souverains qui, dans le passé, avaient prétendu descendre du dieu, mais rares ceux qui en étaient suffisamment sûrs pour s'attribuer ce nom : Celle-qui-descend-d'Amon. Hatchepsout jouissait assurément d'une beauté, d'une intelligence, d'une opiniâtreté et d'une vitalité débordante qui lui assuraient déjà un ascendant sur tous les hommes, bien qu'elle n'eût pas tout à fait onze ans. On pouvait se demander de qui elle tenait toutes ces qualités. Si Touthmôsis était fort, il n'était pas vraiment fin ; quant à Ahmès, que tous adoraient et vénéraient, elle n'était rien de plus qu'une Epouse Royale soumise. Il fallait chercher ailleurs, pensait Khaemwese, l'origine de cette énergie incommensurable et de ce charme irrésistible. Il écouta le mugissement du vent et se souvint avec quelle rapidité, quelques années auparavant, les deux fils du pharaon et de Moutnefert avaient trouvé la mort. Il regarda Touthmôsis, assis par terre d'un air boudeur, puis Hatchepsout sautant à cloche-pied, en riant. Il manipula nerveusement son amulette. « Je remercie les dieux, pensa-t-il, d'être un vieil homme et de n'avoir encore que peu d'années à vivre. »

Le mauvais temps mit fin au jeu assez rapidement. Les jeunes nobles se hâtèrent de rentrer chez eux, mais Nosmé vint en retard chercher l'enfant dont elle avait la charge.

Sale et hors d'haleine, Hatchepsout s'assit par terre à côté de Touthmôsis.

— Comment cela s'est-il passé, hier, avec les chevaux, Touthmôsis ? Elle essayait d'être gentille. Touthmôsis avait l'air si triste et malheureux qu'elle éprouvait des remords à se moquer de lui constamment.

Ils auraient pu être amis, mais cinq années les séparaient, et Touthmôsis trouvait dégradant pour lui de courir les jardins du palais, de grimper aux arbres, ou de se baigner avec Hatchepsout et ses amies écervelées. Mais en même temps il en était un peu jaloux.

Il la regarda sans un sourire.

— Père m'a retiré de l'entraînement militaire et m'a envoyé dans les écuries car il sait que je ne ferai jamais un bon soldat. Je ne ferai pas plus un bon conducteur de char. Je déteste les chevaux. Quelles sales bêtes ! J'aurais aimé qu'on les jetât dehors en même temps que cet Hyksôs qui nous les a amenés.

— Père dit qu'ils ont fait faire de grands progrès à notre armée. Nos soldats, lorsqu'ils les montent, se révèlent beaucoup plus agiles et à même de terrasser nos ennemis. Je trouve ça passionnant !

— Vraiment ? Essaye plutôt de rester en équilibre sur un char tous les jours, les bras tordus à force de retenir les rênes sous les cris d'Aahmès pen-Nekheb et la violente morsure de Râ. Je suis malheureux, Hatchepsout. Je préférerais rester auprès de ma mère jusqu'à ma dernière heure. Père ne devrait pas me forcer ainsi !

53

— Mais Touthmôsis, tu seras un jour pharaon. L'Egypte ne voudra pas d'un pharaon incapable de se battre !

— Et pourquoi pas ? Nous avons déjà livré tous les combats possibles. Grand-père et père s'en sont chargés. Pourquoi ne pas apprendre à gouverner, tout simplement ?

— C'est ce que tu feras dans quelques années. Mais je pense qu'en attendant tu devrais en profiter pour t'amuser dans les écuries. Le peuple apprécie tellement un pharaon capable de tout maîtriser.

— Tu ne sais pas de quoi tu parles. Tu n'es jamais sortie du palais, dit-il avec un petit rire. Laisse-moi tranquille. Trouve quelqu'un d'autre à qui raconter toutes ces histoires !

Hatchepsout se releva.

— Très bien. Je m'en vais. Je ne t'importunerai plus jamais. Je n'essayerai plus d'être gentille avec toi. Puisse Sobek t'engloutir ! Allez, va donc te fourrer dans les jupes de ta grosse vieille mère !

Avant même qu'il pût répondre, elle était sortie de la pièce en courant comme une jeune gazelle.

Furieux, Touthmôsis se leva et se dirigea vers la porte. « Un jour, cette prétentieuse petite peste me le paiera », se dit-il. Avait-elle déjà vécu les angoisses de la maladresse, des efforts déployés dans l'espoir d'obtenir une bonne parole de son puissant père, fût-elle prononcée à contrecœur ? Combien de fois était-il resté les mains derrière le dos, attendant gauchement un signe de l'Unique, qui n'avait d'yeux que pour Hatchepsout. Combien de fois avait-il tremblé devant lui, débordant d'un amour qui ne pouvait s'épancher en présence du puissant Horus, qui écoutait avec impatience les propos de ce fils rougissant, bredouillant et refoulant ses larmes. Il adorait son père, et Hatchepsout ; mais son amour était mêlé d'une étrange et impuissante jalousie jointe à un sentiment de culpabilité lancinant, car il lui arrivait d'imaginer son père sur son lit de mort, lui prenant la main et lui demandant pardon, tandis qu'Hatchepsout, toute tremblante, attendait que Touthmôsis déversât sur elle toute sa rage tandis qu'il gravissait triomphant les marches du trône d'Horus. Pendant les chaudes nuits d'été de son enfance, il restait éveillé et se plaisait à la punir allègrement et à lui pardonner ses offenses ; mais avec la lumière crue et impitoyable du matin, il retrouvait à nouveau ses angoisses. Rien n'avait changé. Une idée germa en lui un jour qu'il vit son père et sa sœur revenir d'une promenade en bateau. Ils étaient allés à la cueillette des lis d'eau. L'esquif croulait sous les fleurs blanches, et Hatchepsout arrachait des pétales pour les lancer sur le torse nu du pharaon qui riait avec elle comme un enfant. Ils se seraient sentis tellement plus libres sans lui ! Et que se passerait-il s'il mourait avant son père ? Ou s'il tombait malade ? Et si — l'idée lui vint sournoisement à l'esprit — et si l'on complotait pour le faire mourir ? Ses rêves éveillés ne lui apportaient plus aucun soulagement. Bien au contraire, ils étaient chargés d'appréhension, et le poison de la suspicion le rongeait. Personne ne pouvait partager ces pensées tumultueuses, pas même sa mère ; et peu à peu cet amour qu'il ne pouvait jamais exprimer se replia sur lui-même, commença à s'aigrir.

Touthmôsis prit le chemin qui menait aux appartements de sa mère. Les salles étaient désertes, les torches tremblotaient dans le vent qui semblait se glisser dans les moindres recoins du palais. Le bruit de ses pas et de ceux de son garde du corps résonnaient, sinistres, à travers l'obscure salle de réception, dont les multiples colonnes s'estompaient dans la pénombre. Il prit le passage qui conduisait à l'aile réservée aux femmes ; le garde le quitta et les eunuques le saluèrent. A un détour du chemin, il jeta un coup d'œil vers la gauche, là où les concubines se tenaient sans aucun doute assoupies dans leur prison de marbre, mais il prit en direction des appartements de sa mère.

En entrant dans le petit salon, il entendit des rires et des bavardages en provenance du cabinet particulier. Moutnefert en sortit pour l'accueillir, ses robes flottant autour d'elle.

— Touthmôsis, mon chéri, comment s'est passée l'école aujourd'hui ? Ce vent ne t'a-t-il pas trop fatigué ? Au moins, il n'y aura pas d'entraînement équestre cet après-midi. Suis-moi dans l'autre pièce.

Il l'embrassa et lui donna le bras. Elle le conduisit dans sa chambre où ses femmes étaient en train de jouer aux dames à la lumière de nombreuses petites lampes. Moutnefert s'étendit sur sa couche et lui offrit des sucreries dont elle se servit elle-même et qu'elle dégusta avec ravissement.

— Quelles friandises ! Elles m'ont été offertes par le chausseur du pharaon. Il a de toute évidence de bien meilleurs fournisseurs que l'Unique lui-même. Elle tapota les coussins, et Touthmôsis vint s'asseoir auprès d'elle.

Le vent se réduisait à un faible murmure, très lointain, car l'appartement de Moutnefert était entouré d'autres pièces, bien qu'elle disposât toutefois d'un passage privé qui passait derrière la salle des audiences et menait aux jardins. Elle n'était pas autorisée à se mêler à la famille royale, à moins que l'on ne l'y invitât, mais étant donné qu'ils dînaient tous ensemble ce n'était pas là trop grande privation. Quoi qu'il en soit, elle se serait mal accommodée de la présence continuelle de l'Unique. Elle appréciait assez sa position, car elle jouissait d'une bien plus grande liberté que les autres femmes du pharaon, ces belles esclaves qu'il avait ramenées de ses nombreuses campagne ou qui lui avaient été offertes par les délégations étrangères. Elles passaient leur vie enfermées entre quatre murs, loin des regards de tous les autres hommes, fors leur maître. Il lui arrivait de leur rendre visite à l'improviste, au milieu de la nuit, légèrement enivré de ses agapes, légèrement amoureux. Il se montrait toujours très bon pour elle, du fait qu'elle était la mère de son dernier fils vivant, mais ses visites s'espaçaient avec le temps, et elle savait bien qu'il préférait la compagnie de la douce Ahmès. Elle n'en éprouvait aucun ressentiment. Il lui restait Touthmôsis, son cher enfant, qu'elle dorlotait, fière de son œuvre, une œuvre qu'Ahmès s'était révélée incapable de réaliser. Elle n'était pas sotte et savait bien que si Touthmôsis montait un jour sur le trône d'Horus, sa propre position en serait aussitôt renforcée. Mais toutes les ambitions qu'elle avait pu caresser au temps de sa passion pour le père de son fils étaient à présent enfouies sous une oisiveté agréable, et elle consacrait son temps à écouter les piquants ragots que lui rapportaient ses compagnes. Son visage commençait à s'affaisser sous l'embonpoint dans lequel elle se complaisait, son menton se plissait, ses joues pendaient légèrement, mais ses yeux brillaient encore de leur éclat vert, empreints d'un amour de la vie qu'elle n'avait malheureusement pas su transmettre à son fils. Il ressentait cependant ce même attrait pour les plaisirs physiques et un certain laisser-aller, mais non cette disposition à la gaieté qui avait conduit sa mère dans le lit du pharaon. Elle se sentait pleine de sollicitude à l'égard de ce fils, déjà empâté pour son âge, et dont la mauvaise humeur masquait la beauté.

— Je ne t'ai pas encore demandé si tu aimais les chars.

— Vous êtes bien la seule. Mon père me l'a demandé hier, et Hatchepsout, aujourd'hui même. Eh bien ! je les déteste. Si j'arrive à m'y maintenir sans tomber, pourquoi devrais-je savoir les conduire ? Les rois n'ont pas à mener eux-mêmes leurs attelages.

— Tais-toi donc ! Les rois ont besoin de savoir tout faire, et toi, mon amour, tu seras bientôt roi.

De l'ongle elle se nettoya une dent puis reprit une friandise.

— Le palais bruisse de rumeurs. J'ai entendu dire que le roi est sur le point de faire une déclaration, et nous savons tous deux de quoi il s'agit. Son Altesse Néférou est en âge de se marier. Et toi aussi.

— Je le suppose. Néférou n'était pas à l'école aujourd'hui. Elle ne se sent pas bien. Elle dîne chaque soir dans son appartement, et n'en sortirait pas, même si père voulait lui parler. Je ne veux pas l'épouser. Elle est trop maigre.

— Mais il le faudra bien. Il faut que tu fasses tout ton possible pour plaire au roi ton père.

— J'essaye de lui plaire, mais c'est vraiment très difficile. Je crois que je le déçois. Je ne suis pas un guerrier, comme lui autrefois. Je ne suis pas intelligent, comme Hatchepsout l'est aujourd'hui. Lorsque je serai pharaon et que j'aurai des enfants, ils feront ce qui leur plaira.

— Ne dis pas de sottises ! Tu as encore bien des choses à apprendre, et tu ferais mieux de te dépêcher de le faire. Car, dès que l'Unique aura annoncé son héritier, ton temps sera strictement limité, et ta liberté aussi. Il te sera alors impossible de faire des bêtises, mon fils, aussi, fais-les donc maintenant, et tires-en le maximum de profit. Veux-tu jouer aux dominos ou aux dames avec moi ?

— Je préfère dormir. Il fait trop chaud pour jouer. J'aimerais tellement que cesse ce vent infernal.

Il se leva et lui prit affectueusement la main.

— Va. Je te verrai ce soir. Embrasse ta mère.

Elle lui tendit ses lèvres vermeilles qu'il effleura des siennes.

Les femmes se levèrent aussi et saluèrent, les bras tendus. Touthmôsis traversa de nouveau l'obscure salle de réception. Certains jours, le palais lui semblait lugubre, peuplé d'ombres étranges et de chuchotements désincarnés, surtout la nuit, ou lorsque, comme aujourd'hui, soufflait le khamsin.

Il pressa le pas, tête baissée, et arriva dans ses propres appartements hors d'haleine et tout en sueur ; la chaleur n'y était pour rien, mais bien la peur.

Au moment de dîner, le vent augmenta d'intensité. Le repas se déroula sur un fond sonore de sifflements réguliers, tandis que l'air brûlant fouettait les sentinelles postées autour du mur d'enceinte et retombait sur les bâtiments et les jardins. Le sable envahissait tout, les plats, les cheveux, les vêtements, et on le sentait crisser sous les pieds. Personne n'avait grand appétit. Hatchepsout, qui dînait aux côtés de sa mère, eut bientôt terminé. Le pharaon mangea peu et ne cessa de boire; ses yeux rougis, bordés de khôl, jetaient un regard inexpressif dissimulant fort bien les pensées qui l'agitaient. Inéni s'était retiré dans ses propriétés pour la nuit, et la salle se trouvait à moitié vide. Mais le fidèle Aahmès pen-Nekheb était assis auprès de Touthmôsis, sa jambe endolorie reposant sur un coussin, son manteau froissé bien enroulé autour de lui pour se protéger du sable. Néférou était absente, prétextant le même malaise que le matin; le pharaon, qui lampait son vin à grandes goulées, se demandait que faire à son égard. Il avait toujours été si facile de l'intimider, mais cette fois-ci, réellement révoltée, elle s'était obstinément refusée à se montrer. Le pharaon changea de position en s'agitant dans son fauteuil.

— Rentre chez toi Pen-Nekheb, dit-il brusquement. Ce n'est pas une nuit à rester loin de ses terres. Je ne te les ai pas offertes pour que tu restes ici planté dans mon domaine. Je vais te faire donner une escorte.

— Majesté, répondit Pen-Nekheb, je suis trop âgé pour rentrer chez moi par un vent pareil. Vous souvenez-vous de la nuit où nous sommes tombés sur les Réténous, et où le vent soufflait si fort qu'il nous était impossible de distinguer dans les ténèbres nos propres hommes de nos ennemis ?

— Je m'en souviens, répondit Touthmôsis. Il tendit sa coupe pour qu'on la lui remplît et se replongea dans ses sombres pensées. Ses bagues et ses yeux noirs brillaient du même feu. Cette nuit, il était en proie aux idées les plus noires. Ahmès elle-même évitait de croiser son regard.

Le repas avait pris fin, mais le pharaon demeurait assis, immobile. Aahmès pen-Nekheb somnolait dans son fauteuil, et tous les convives, inquiets, avaient réduit le ton de leurs conversations à un sourd chuchotement. Touthmôsis ne bougeait toujours pas.

En dernier recours, Ahmès se décida à faire signe à Hatchepsout.

— Va voir ton père, lui dit-elle à voix basse. Demande-lui la permission d'aller te coucher. N'oublie surtout pas de te prosterner devant lui, mais ne lui souris pas et ne le regarde dans les yeux sous aucun prétexte. As-tu bien compris ?

La petite fille acquiesça. Elle ramassa ses billes et les fourra dans sa ceinture, puis se mit à genoux aux pieds du pharaon, le front touchant le sol. Elle demeura dans cette position, les coudes et les genoux dans le sable qui commençait à lui entrer dans la bouche. Tous les yeux étaient fixés sur elle, dans l'expectative.

Touthmôsis vida sa coupe avant de s'apercevoir de sa présence.

— Debout! dit-il. Que se passe-t-il?

Elle se releva et s'époussetta les genoux sans le regarder.

— Puissant Horus, dit-elle en fixant ses sandales incrustées de pierreries, puis-je avoir la permission d'aller me coucher?

Il se pencha vers elle, et, malgré les recommandations de sa mère, elle ne put s'empêcher de le regarder en face. Il avait les yeux hagards et injectés de sang ce qui l'impressionna fort. Cet homme n'était pas son père, mais un étranger.

— Te coucher? Mais bien sûr que tu peux aller te coucher. Qu'est-ce qui te prend? lui demanda-t-il en s'adossant à nouveau, ce qui parut mettre fin au repas, mais il ne se leva pas.

Un soupir semblable à un battement d'aile parcourut l'assistance. Hatchepsout s'attardait, sans trop savoir que faire. Un esclave s'approcha, s'inclina et remplit de nouveau la coupe du pharaon qui la porta à ses lèvres et la vida. La petite fille se tourna vers sa mère qui lui fit un signe de tête, d'un air tendu, et Hatchepsout prit une grande inspiration. Elle s'avança, plaça son genou entre la cuisse de Touthmôsis et le bord du fauteuil, puis se hissa à hauteur de son oreille.

— Père, murmura-t-elle, il fait mauvais cette nuit, et les convives sont eux aussi fatigués. Ne voulez-vous point donner le signal du départ?

— Fatigués? Fatigués, oui, ils sont fatigués. Moi aussi je suis fatigué, et je ne peux pas me reposer. Je suis oppressé. Ce vent hurle comme l'âme des damnés, dit-il doucement.

Il tituba en se levant.

— Allez tous vous coucher! hurla-t-il. Moi, le Taureau puissant, le bien-aimé d'Horus, je vous ordonne d'aller vous coucher! Viens là! dit-il à Hatchepsout en retombant lourdement dans son fauteuil. Es-tu satisfaite, ma petite?

Elle grimpa sur lui et l'embrassa sur la joue.

— Tout à fait, père, lui répondit-elle, en se précipitant vers Ahmès avant qu'il pût ajouter un mot. Ses jambes tremblaient sous elle.

L'un après l'autre, les invités s'éclipsèrent, et Ahmès fit signe à Nosmé d'emmener sa fille.

— Merci Hatchepsout, lui dit-elle en baisant ses lèvres chaudes. Il ira mieux demain matin.

A leur tour elles quittèrent la salle tandis que Pen-Nekheb somnolait encore et que le pharaon se remettait à boire.

Au beau milieu de la nuit, Hatchepsout émergea brusquement d'un profond sommeil. Elle avait rêvé de Néférou, sous les traits du petit faon enfermé dans sa cage. La pauvre Néférou ouvrait sa bouche de faon et bêlait : « Hatche-e-epsout ! Hatche-e-epsout ! »

Hatchepsout se dressa d'un bond sur son lit, le cœur battant douloureusement, et entendit Néférou l'appeler à nouveau. « Hatchepsout ! » La veilleuse installée sur la table à côté d'elle diffusait sa pâle lueur et le vent, gémissant à travers les persiennes fermées, cognait avec une étrange insistance. Sa couche était recouverte d'une fine pellicule de poussière. Elle resta un moment assise, l'oreille aux aguets, encore absorbée par son rêve, mais la voix ne retentit plus. Elle s'allongea et ferma les yeux. Nosmé ne ronflait pas cette nuit, ou alors les rafales du vent couvraient ses ronflements ; dans un coin de la pièce, son esclave dormait, roulée en boule sur sa natte. Hatchepsout contemplait le tremblotement irrégulier de la flamme de la veilleuse, et allait se rendormir lorsqu'elle entendit des chuchotements derrière la porte : la voix du garde et celle de quelqu'un d'autre. Elle essaya d'écouter, mais ne distingua que des bruits de pas qui s'éloignaient furtivement vers les appartements de Néférou. Encore tout ensommeillée elle se glissa hors de sa couche et courut, nue, vers la porte. Au garde, tout surpris, elle demanda ce qui se passait.

Il prit un air très ennuyé, mais fut bien obligé de répondre.

— Je ne sais pas exactement de quoi il s'agit, Altesse, mais il se passe quelque chose dans les appartements de son Altesse Néférou. Le régisseur royal vient de me demander à l'instant si j'avais vu quelqu'un pénétrer chez vous cette nuit.

La gorge d'Hatchepsout se noua et elle revit tout à coup le visage de faon de Néférou, déformé par la peur, qui l'appelait avec angoisse. Sans un mot, elle tourna les talons et se mit à courir dans la salle. Le garde bredouillait : « Altesse ! Princesse ! » et ne savait s'il devait la rattraper ou réveiller sa suite endormie. Il prit le parti de lui courir après, mais elle était agile, et il ne poursuivait qu'une ombre qui se glissait le long des murs, s'allongeait entre les torches et rétrécissait brusquement lorsqu'elle s'en approchait.

Hatchepsout passa devant les gardes à l'entrée des appartements de Néférou et déboula, hors d'haleine, dans le petit salon richement décoré de sa grande sœur. Personne. Elle entendit la mélodie des psaumes qui venait de la chambre et sentit l'odeur épaisse de l'encens qui s'en échappait. En réprimant un sanglot, elle se força à entrer dans la pièce et s'arrêta net, le cœur battant à s'en faire éclater la poitrine.

La pièce était pleine de monde. Des prêtres se pressaient autour de la couche comme une nuée d'oiseaux blancs, le grand prêtre psalmodiait, entouré de ses aides qui portaient les encensoirs luisants dont le parfum emplissait l'atmosphère déjà chaude et étouffante d'une brume suffocante. A la tête du lit, elle aperçut son père, en simple tenue de nuit, qui la regarda sans paraître la reconnaître. Soudain il ressemblait à un vieillard, le visage ridé, les yeux creusés. Ahmès était assise dans un coin de la pièce, drapée dans un manteau transparent qui retombait amplement sur le sol. Elle tenait à la main la petite couronne d'argent de Néférou, qu'elle tournait entre ses doigts d'un air absent, tout en murmurant des prières. Le régisseur et la suite du pharaon, amassés près de la porte, parlaient à voix basse.

Personne ne prêta la moindre attention à Hatchepsout. Elle se fraya un chemin entre les prêtres et Ménéna jusqu'à ce qu'elle parvint à toucher les doigts glacés qui pendaient au bord du lit.

— Néférou, appela-t-elle doucement, la voix étranglée d'amour et de peur.

Le médecin royal avait placé un carré de tissu sur la maigre poitrine de la jeune fille étendue, et y avait posé de puissantes amulettes. Des petits pots, des pilons et des jarres étaient disposés sur une table à côté de lui, mais il semblait persuadé que seuls les dieux auraient le pouvoir de la guérir. Il s'agenouilla près de Néférou, lui attacha délicatement une cordelette magique autour du front et prépara les charmes destinés à chasser le démon de ce corps fragile. Mais au fond de lui-même, il savait bien que rien ne pourrait la secourir, car Néférou avait été empoisonnée. Il regarda le roi, son maître. Les yeux du pharaon demeuraient fixés sur le visage de sa fille, et seule sa main, agrippée au lit doré, trahissait son émotion. Le médecin, désespéré, abandonna ses incantations. Il n'avait pas réussi à faire vomir la jeune princesse, ce qui représentait sa seule chance de salut. Celui qui était à l'origine de tout cela savait ce qu'il faisait, et la douleur minait la vie de Néférou avec une sauvage fatalité après une nuit de soins empressés. Elle déclinait rapidement et le vent continuait de gémir.

Soudain, Néférou ouvrit les yeux et le médecin s'accroupit sur ses talons, rempli d'inquiétude. Hatchepsout, devant ce visage gris, trempé de sueur, se jeta aux côtés de sa sœur et enfouit sa tête dans l'oreiller. Néférou gémit et bougea faiblement.

La voix de Touthmôsis retentit dans le silence.

— Redresse-la. Mets-lui un coussin sous la tête.

Alors que le médecin obéissait, Hatchepsout la regarda, toute tremblante.

— Je t'ai entendue m'appeler, Néférou, et je suis venue. Oh ! Néférou, vas-tu mourir ?

Néférou ferma les yeux en proie aux spasmes de l'agonie et Hatchepsout se mit à pleurer.

— Ne meurs pas. Je t'en supplie. Que deviendra le petit faon ? Et moi ?

Néférou tourna la tête, les yeux à nouveau grands ouverts. Chaque mot lui coûtait un effort extrême et une légère écume ourlait ses lèvres. Ses pupilles étaient dilatées et Hatchepsout pouvait y lire la panique mêlée à une immense tristesse.

— Te souviens-tu de Ouazmès et d'Amenmès qui sont morts, Hatchepsout ?

La voix n'était qu'un murmure, aussi faible que le bruissement des roseaux dans le vent d'hiver.

Hatchepsout secoua la tête sans mot dire.

— Te souviens-tu de grand-mère, qui est morte ?

Hatchepsout demeura immobile. Elle tenait la main de Néférou et craignait de sentir les sanglots affluer à sa gorge si elle tentait de parler. Elle faisait tout son possible pour se maîtriser.

Néférou se tut ; Hatchepsout sentit contre sa joue la respiration chaude et saccadée de sa sœur qui tentait de se relever dans un suprême effort. Déjà, les ténèbres de la Salle du Jugement pénétraient dans son esprit et un vent glacial l'entraînait.

— Tu te souviendras de moi, Hatchepsout. Tu te souviendras de cette nuit et tu en tireras la leçon. Mes rêves disaient vrai. Anubis m'attend près de la balance et je ne suis pas prête. Je ne suis pas prête !

Ses yeux sondaient l'âme de la petite fille avec une fiévreuse intensité, et les sanglots moururent dans sa poitrine tandis qu'elle essayait de deviner leur message.

— Souviens-toi de mes paroles et profites-en bien.

Son regard quitta Hatchepsout et parcourut l'assemblée jusqu'à ce qu'il rencontrât celui de Ménéna.

— Je n'ai jamais souhaité un destin glorieux. Jamais. Je te l'offre Hatchepsout, fais-en bon usage. Je ne veux que... la paix.

Ces derniers mots furent prononcés dans un soupir ; Hatchepsout ne cessait de scruter ces yeux qui ne la voyaient plus mais semblaient regarder au loin. Elle prit le bras glacé et le secoua en criant :

— Je ne comprends pas, Néférou. Je ne comprends jamais rien ! Je t'aime !

La tête de Néférou qui reposait sur l'oreiller, entourée d'une masse de cheveux noirs et brillants, fut soudain secouée de convulsions.

— Elle rêve, dit Touthmôsis d'une voix basse mais posée. Elle est proche de la fin.

Hatchepsout se leva, le visage baigné de larmes.

— Non ! hurla-t-elle à son père. Néférou ne mourra jamais !

Elle se détourna et s'enfuit terrorisée. Son garde l'attendait à la porte, mais elle l'évita et emprunta le passage privé de Néférou vers les jardins, en courant comme un léopard traqué. Avant que le garde ait atteint l'entrée du passage, elle était déjà hors du palais, fuyant dans les ténèbres.

4.

Lorsqu'elle quitta l'abri du mur, le vent la heurta de plein fouet. Elle chancela et s'égratigna le coude, mais elle sentit à peine la douleur qui lui traversait le poignet. L'allée pavée menait à la rivière, mais elle choisit bientôt de la quitter pour la rassurante obscurité des arbres, en suivant les chemins sinueux qui s'enfonçaient dans la partie la plus sauvage et retirée de la propriété, loin des parterres de fleurs et des sources jaillissantes. Le vent parvenait à l'atteindre sous les grands sycomores et elle dut ralentir le pas. Ses yeux, ses narines et sa bouche haletante étaient pleins de sable ; mais elle ne se laissa pas abattre et l'acharnement qu'elle portait en elle lui donna la force de courir jusqu'à épuisement. Lorsque la douleur qu'elle ressentait au côté et dans les bronches lui devint insupportable, elle sortit des arbres et déboucha au pied d'une des petites statues du dieu son père, qui ornait l'entrée du temple. Elle savait que se trouvait à présent devant elle, au-delà des portes monumentales du temple et d'un autre bosquet d'arbres, le lac sacré d'Amon où était amarrée Sa barque. Elle avançait d'un pas hésitant, obsédée par cette eau. Allait-elle la boire, s'en purifier, ou bien s'y jeter ? Elle ne le savait pas encore, mais elle courait, emportée par un chagrin croissant qui venait de remplacer sa colère sourde. Néférou ! Néférou ! Néférou ! Au cours de toutes ces années de bonheur enfantin, elle n'avait jamais ressenti pareille émotion, une émotion qui l'étreignait au plus profond de ses entrailles.

Elle arriva au bord du lac plus vite qu'elle l'aurait imaginé et, les bras grands ouverts, elle s'y laissa tomber. L'eau se referma sur elle. Le vent cessa brutalement de souffler faisant place à un calme surprenant. Le sable et la poussière se détachèrent peu à peu de son corps et elle se mit à flotter, les yeux fermés, la tête bourdonnante. « Ô Amon, mon père », pensa-t-elle avec délice. Elle le sentait venir à elle, tandis qu'elle se laissait lentement dériver. Le vent ridait la surface des flots, et son corps se balançait doucement au gré des vagues comme la barque sacrée, attendant que le dieu vienne la prendre.

« Je pourrais rester ici éternellement et ne plus jamais revenir », pensa-t-elle. Ces mots lui rappelèrent le rêve de Néférou, et elle se mit à pleurer de nouveau, mais cette fois tout doucement non seulement à la pensée de sa propre solitude, mais aussi en raison du réel chagrin qu'elle éprouvait en songeant à sa sœur et aux années de bonheur perdu.

A ce moment-là, elle sentit une forte poigne l'attraper par l'épaule. Elle suffoqua et se débattit, mais l'emprise était ferme et elle se sentit inexorablement tirée vers la rive et déposée sans ménagement sur l'herbe. Elle se prit à trembler en reprenant son souffle. Elle ne pouvait pas distinguer dans l'obscurité les traits de son agresseur.

— Savez-vous ce qui aurait pu vous arriver si les prêtres vous avaient surprise dans le lac sacré ? Qu'y faisiez-vous ?

La silhouette vague se détachait à peine, dans l'obscurité profonde du ciel nuageux, sur la masse noire du temple. La voix était jeune, mais ferme. Hatchepsout, prise de peur, tenta de s'enfuir, mais il la rattrapa et la jeta sur son épaule, non sans l'étourdir quelque peu.

— Non, tu ne t'en iras pas, dit-il.

Elle retrouva ses esprits et constata qu'il longeait la face ouest du temple en la ballottant comme un sac de grain.

Ils contournèrent le lac et Hatchepsout perdit bientôt tout sens de l'orientation. Elle n'avait jamais mis les pieds derrière le temple, dans le quartier des domestiques, les greniers, les cuisines, et les entrepôts. Elle se rendit compte chemin faisant que l'herbe avait laissé place aux pavés, puis à la terre battue. Elle vit à un moment défiler sous elle un dallage peint qui lui sembla familier. Lorsqu'il la remit sur ses pieds dans un étroit vestibule obscur, sur lequel donnaient de nombreuses portes fermées, elle grelottait de peur et de froid. Il la prit par la main et la conduisit d'un pas assuré dans un passage que le clair de lune ne pouvait atteindre. Il ouvrit une porte, la poussa à l'intérieur et referma la porte à clé derrière lui. Elle l'entendit fouiller dans ses affaires et soudain une flamme s'éleva, éclairant une petite cellule blanche, meublée d'une paillasse, d'une chaise rudimentaire, et d'un coffre grossièrement taillé qui devait servir de table et de malle à vêtements, sur lequel l'homme déposa la lampe.

Il se retourna pour la regarder et sans plus de peur elle lui rendit son regard. Ce n'était pas un homme après tout, enfin, pas un adulte en tout cas, mais un jeune homme de l'âge de Néférou, aux traits nets et réguliers et au regard perçant. Son crâne rasé donnait un indice sur sa condition, et la robe sale et tachée qui lui descendait jusqu'aux pieds le lui confirma : c'était un jeune prêtre et elle devait se trouver dans l'enceinte du temple. Elle commença à se détendre, bien qu'il ne fût pas particulièrement plaisant de se voir brutalement enlevée à son monde familier pour se retrouver soudain dans une atmosphère étrangère et inquiétante, tout particulièrement par une nuit aussi sinistre.

— Tu trembles encore, lui dit-il d'une voix qui n'était pas encore vraiment celle d'un homme. L'air est très chaud, mais le vent est mortel.

Il prit sur sa paillasse une couverture de laine déchirée, et avant qu'elle ait pu protester, il se mit à l'en frotter vigoureusement, exactement comme Nosmé avait l'habitude de le faire.

La vigueur et la force de la friction firent disparaître toute trace d'irréalité et, tandis que son corps commençait à se réchauffer et que ses dents cessaient de claquer, elle put enfin penser clairement aux événements de la nuit. Néférou était en train de mourir. Néférou était sûrement déjà morte. Et Hatchepsout, épuisée, pensait à l'avenir qui s'ouvrait devant elle, tandis qu'un jeune homme insufflait de nouveau la vie dans ses membres brisés. Une autre pensée lugubre lui traversa l'esprit en pensant à la mort certaine de Néférou. Hatchepsout était désormais la seule fille de sang royal. Les conséquences de cette constatation étaient beaucoup trop subtiles pour qu'elle les comprît toutes, mais elle se souvint des paroles de sa mère : « C'est en nous, les femmes royales, que coule le sang du dieu... et aucun homme ne peut devenir pharaon s'il n'épouse une femme royale. »

Senmout entoura gentiment la couverture autour de ses épaules soulevées de sanglots, et l'entraîna vers la paillasse.

— Là, dit-il en s'asseyant sur un siège, de telle façon que son visage fût complètement éclairé par la lumière qui en faisait ressortir les traits et les expressions fugitives qui l'animaient en parlant.

— Ne crains rien. Dis-moi ce que tu faisais près du lac aux alentours du temple. Es-tu tombée à l'eau par accident ?

Elle ne répondit pas et demeura assise, immobile, les yeux baissés, le visage baigné de larmes dépassant de la couverture brune. Senmout la regarda avec un mélange d'impatience et de pitié.

— Allons. Tu dois me le dire. Si tu ne m'expliques pas comment tu t'es retrouvée en pleine nuit dans le lac du puissant Amon, alors tu devras t'en expliquer au maître des Mystères et la disgrâce, ou pire, tombera sur toi et toute ta famille. Si tu es tombée dans le lac par hasard, je te raccompagnerai chez toi et personne n'en saura rien. Mais comment as-tu bien pu échapper aux gardes ? Alors ? Vas-tu parler ? Ou dois-je aller chercher mon surveillant ? Etait-ce un accident ?

Hatchepsout n'arrivait pas à s'arrêter de pleurer et son nez coulait. Elle s'essuya le visage avec la couverture et se moucha, mais elle se remit à pleurer et ne put trouver l'usage de la parole.

Le jeune homme attendit.

— Tu n'as pas à avoir peur, répéta-t-il. Je ne vais pas te faire de mal. Mais pour l'amour de Seth, arrête donc de pleurer !

Il ne savait pas très bien pourquoi, mais cette présence le mettait un peu mal à l'aise. Le petit visage aigu avec son menton carré et obstiné, son large front, et ce nez fin et aristocratique lui rappelaient quelqu'un, de même que ce port de tête sur ce long cou, et cette façon solennelle de lever le menton en le regardant. Elle n'était peut-être pas en train de se noyer, après tout. Il se rappela soudain le flacon de vin qu'il avait pris aux cuisines la nuit précédente. Il déplaça la lampe et, après avoir fouillé dans son coffre, en sortit une coupe en bois grossièrement taillé. Puis il prit le flacon derrière la chaise Il remplit la coupe, qu'il tendit à la jeune fille.

— Tiens. Bois un peu de vin. Ça te fera du bien.

Elle cessa de renifler et tendit la main. Sans un mot de remerciement, elle but, le nez froncé en poussant de grands soupirs. Elle lui rendit la coupe.

— Ce vin n'est pas très bon. Il a un goût amer.

— Tiens ! Tu as donc une langue ?

Elle s'essuya le visage encore une fois et se redressa, le menton au creux de la main qui retenait la couverture.

— Je te le demande pour la dernière fois, petite, es-tu tombée dans le lac par accident ?

— Oui. Non ! Je n'en sais rien.

— Dans quelle maison travailles-tu ? Tes parents sont-ils esclaves dans la cité ?

— Absolument pas ! Je vis au palais.

— Alors tu travailles aux cuisines ? Au harem ?

Ses yeux noirs, sous les paupières gonflées par les larmes, le foudroyèrent.

— Comment osez-vous me parler ainsi ! Si j'ai envie de me baigner dans le lac de mon père en pleine nuit, en quoi cela vous regarde-t-il, vous, un prêtre ? Et vous-même que faisiez-vous là-bas ?

En fait, Senmout était en train de regagner sa cellule après une de ses fréquentes visites aux cuisines. Il avait dégusté du bœuf froid et des gâteaux au miel, près du temple, à l'abri du vent. Il avait contourné le lac afin d'éviter les sentinelles. C'est par le plus grand des hasards qu'il avait entendu le bruit de sa chute dans l'eau. Il la regarda un peu plus attentivement et un doute affreux se mit à germer dans son esprit. Il remarqua soudain, sur sa mèche, les rubans blancs et bleus aux couleurs de la famille impériale. Il ferma les yeux.

— O magnanime Isis, non, murmura-t-il en un souffle. Je t'en supplie, non.

Lorsqu'il rouvrit les yeux, la petite bouche était close.

— Vous ne savez donc pas qui je suis ?

Il secoua la tête, lentement.

— Je croyais que vous étiez en train de vous noyer. Je pensais que vous étiez une esclave qui se promenait là où elle n'aurait pas dû. Je voulais simplement vous sauver de la disgrâce.

Le visage d'Hatchepsout s'illumina soudain d'un grand sourire, plaisant et amical, qu'il ne lui retourna pas. Il savait que sa vie était entre ses mains. Il avait osé lever la main sur une personne de sang royal, et il lui faudrait payer ce geste de sa vie.

— C'est bien aimable à vous, dit-elle d'un air moqueur, d'avoir voulu me sauver de la disgrâce, moi, la princesse Hatchepsout.

Elle s'adossa au mur, les yeux brillants.

— Comme c'est drôle ! Vous pensiez vraiment que j'étais en train de me noyer ?

— Oui, Altesse, répondit-il la gorge serrée.

— Alors, je vous pardonne. Vous êtes un véritable fils de Maât. Mais qu'allez-vous faire de moi ? Les gardes doivent me chercher partout, car ils savent que je suis sortie. Mon père sera fou de rage, et Nosmé doit pleurer toutes les larmes de son corps, parce qu'elle sait bien qu'elle sera battue pour ne pas être demeurée près de moi. Mais ce n'est pas de sa faute. Elle dormait quand je me suis échappée.

Senmout sentait son cœur chavirer un peu plus encore.

— Altesse, puis-je me permettre de vous poser une question ?

— J'aurais dû me douter, répliqua-t-elle méchamment, qu'après avoir porté les mains sur moi, m'avoir chargée sur votre épaule, m'avoir fait traverser tout le domaine, et m'avoir frictionnée avec votre vieille couverture toute sale, vous n'hésiteriez pas en plus à me poser des questions. Mais..., conclut-elle avec une pointe d'admiration, le fait est que vous avez de très larges épaules. Je m'enfuyais parce que... parce que ma chère Néférou... Elle se remit à pleurer sans bruit, le regard fixe, et Senmout la regarda, en proie à une angoisse impuissante.

— Ma Néférou bien-aimée est en train de mourir.

Un pressentiment et une horrible impression le parcoururent comme les pattes douces et velues d'une araignée mortelle. Il se retint à son siège. La chose s'était donc produite. Et si rapidement. Tout ce qu'il avait été capable de faire, c'était de se cacher la tête dans le sable de sa sécurité personnelle, comme ces sottes autruches nubiennes, alors que pendant ce temps-là, dans la pureté blanche et or du palais, une jeune fille luttait contre la mort, le corps brisé, miné par un poison que Senmout aurait très bien pu lui administrer lui-même. « Que ton jugement est juste, puissant Amon, pensa-t-il. Je vais mourir et je mérite la mort, mais pas pour le crime dont on va m'accuser. » Il réprima une brusque envie d'éclater de rire.

La petite princesse était pelotonnée contre le mur, et pleurait fort, la tête dans ses bras, comme si ses larmes pouvaient entraîner avec elles l'horreur de sa situation.

— Je l'ai entendue m'appeler en rêve et je suis allée la trouver ; elle avait l'air tellement malade... elle va mourir... Oh ! Néférou, Néférou...

Puis elle se leva et lui tendit les mains.

— Prenez mes mains, je vous en prie. J'ai si peur, et personne ne me comprend, personne.

Pourquoi refuser, maintenant ? pensa-t-il amèrement. Il quitta sa chaise pour venir s'asseoir à côté d'elle sur la paillasse. Il la prit entre ses bras, la serra contre lui, la réconforta, sentant ses épaules, frêles comme les ailes d'un oiseau, tressaillir sous les sanglots. Elle enfouit son visage au creux de son cou comme s'il représentait son unique planche de salut.

— Chut, petite princesse, murmura-t-il en la caressant. La vie suit son cours. Nous naissons et nous mourons, seuls les dieux en connaissent le jour. Pleurez tout votre saoûl.

Il prit soudain conscience de l'ironie contenue dans ses paroles et ne dit plus mot.

Elle finit par s'endormir, la tête reposant sur son épaule. Au bout d'une heure, il la réveilla doucement. Elle remua en poussant un petit gémissement.

— Altesse, il est temps de partir. Le vent se calme et nous allons avoir une belle journée ensoleillée.

Il l'aida à se relever et lui donna un peu de vin qu'elle but sans discuter, étourdie de fatigue.

— Je vais vous ramener auprès de votre père. Vous devriez garder ma couverture sur vous.

Il resserra sa ceinture et passa la main sur son crâne rasé. La pâle lueur de l'aube pointait déjà, et cette lumière naissante lui donnait l'air légèrement plus âgé, comme si les larmes avaient à jamais chassé la réalité de son enfance.

— Quel est votre nom ? lui demanda-t-elle.
— Senmout, Altesse.
— Senmout. Senmout, je vais rentrer toute seule, comme je suis partie, et je ne prendrai pas votre couverture. Vous croyez peut-être que je ne sais pas ce qu'il arrivera si père apprend ce que vous avez fait cette nuit ? Conduisez-moi jusqu'au lac, et de là je retrouverai mon chemin. Et surtout ne craignez rien. Mon père m'a appris à me taire, et je crois que je commence à comprendre sa leçon. Je ne parlerai de vous à personne.

— Princesse, il serait bon que l'Unique soit mis au courant dès à présent, avant que la rumeur et les bavardages ne lui apprennent ce que je devrais lui dire moi-même.

— Sottises que tout cela ! Les ragots se nourrissent de faits, du moins c'est ce que dit ma mère ; et les faits ne sont connus que de vous et moi. Je vous ai dit que je ne parlerai pas. Doutez-vous de ma parole ?

Il n'en doutait pas le moins du monde. Il émanait de toute sa personne l'arrogance née du sang royal, tandis qu'elle défaisait la couverture et la laissait tomber par terre. Il s'inclina devant elle et ils quittèrent la pièce sans ajouter un mot.

Tout était calme au-dehors. Ils traversèrent la cour en silence et disparurent dans l'ombre des greniers ; le ciel était très clair et du bleu laiteux de l'aube. Les obélisques et les tours du temple n'étaient plus dissimulés par la moindre brume ; les deux jeunes gens parvinrent rapidement aux berges du lac sacré dont les eaux ondoyaient à peine sous la brise matinale.

Ils s'arrêtèrent et se regardèrent.

— Le khamsin est tombé. Il soufflait pour elle, pour Néférou. Il est venu la chercher. J'en suis sûre. Je vous remercie, Senmout, d'avoir risqué votre vie pour moi, et, lorsque vous avez découvert qui je suis, de ne pas avoir reculé ; vous m'avez consolée comme un frère. Je ne l'oublierai jamais.

Il n'eut aucune envie de sourire en regardant ce petit visage décidé. Il s'agenouilla et baisa l'herbe à ses pieds.

— Altesse, lui dit-il, vous êtes la dame la plus courageuse et la plus sage que j'aie jamais rencontrée. Longue vie à vous !

— Levez-vous, levez-vous ! lui répondit-elle en riant. Votre salut est bien plus noble que la joue de ce fou d'Ouser-amon. A présent, je ferai bien de partir vite avant que père ne fasse exécuter tous les gardes !

Elle disparut en un clin d'œil, derrière les arbres, aussi lestement qu'une biche et son corps nu brillait dans les premiers rayons du soleil.

5.

On la vit qui traversait la pelouse bordant le portail ouest et, lorsqu'elle arriva au palais, son père, seul, l'attendait sur le seuil. Les esclaves étaient déjà occupés à balayer les petits monticules de sable qui s'étaient amoncelés un peu partout, mais ce jour-là personne ne chantait en travaillant, et le silence régnait sur le palais. L'air semblait chargé de funestes présages, malgré la présence de Râ dans la poussière dorée soulevée par les balayeurs, sur les mosaïques et entre les blanches colonnes. Hatchepsout, consciente de cette atmosphère oppressante, alla s'agenouiller devant Touthmôsis pour lui demander pardon, et sentit son regard froid posé sur elle.

Après le bain on lui avait ceint les reins de toile jaune. Seul un pectoral en or et en faïence bleue, orné de deux aigles de chaque côté de l'œil d'Horus, pendait sur sa poitrine. Il portait sur la tête un couvre-chef rayé, noir et jaune, dont les deux pans retombaient sur les épaules, paré sur le devant du cobra royal dressé, l'uræus brillant sur son large front. Il n'avait ni dormi ni mangé, et ses yeux injectés de sang sous le khôl lui donnaient l'apparence d'un vieillard. Il ne lui ordonna pas de se relever et elle demeura face contre terre, en s'efforçant de reprendre sa respiration. Touthmôsis se mit à arpenter la pièce.

— Où étais-tu ?
— Je me suis promenée dans les jardins, père.
— Tiens donc ! Pendant plus de quatre heures ?
— Oui, puissant Horus.
— En pleine nuit ? Dans le vent de sable ?
— Oui.
— Tu mens, dit-il tranquillement. Les jardins ont été passés au

crible depuis ton départ et mon capitaine sera fouetté pour ne pas t'y avoir trouvée. Alors, réponds-moi !

Son ton se fit plus cassant.

— Je suis ton père, mais je suis aussi pharaon. Je peux te faire fouetter toi aussi, Hatchepsout. Où étais-tu ?

Elle vit ses pieds se rapprocher de son visage. Elle commençait à ressentir une crampe provoquée par l'inconfort de sa position ; une odeur de pain frais lui parvenait aux narines, lui rappelant sa faim, mais elle ne bougea pas.

— J'étais bien dans les jardins, père, mais après je suis allée au temple.

Elle entendit le pied de son père frapper le sol à la hauteur de son oreille gauche.

— Tiens ? Ne trouves-tu pas bizarre que les gardiens du temple, qui l'ont fouillé de fond en comble pendant des heures, soient toujours en train de te chercher ?

— J'étais bien au temple, père, mais pas à l'intérieur. Je suis allée... je suis montée dans la barque sacrée, où je me suis abritée du vent.

Incapable encore de mentir sans trembler, elle était heureuse que son père ne puisse voir son visage.

— Vraiment ? Et pourquoi t'es-tu sauvée ?

— Je voulais être auprès de mon Père. Je voulais penser à... à ma chère Néférou.

Touthmôsis marqua un temps d'arrêt, puis il alla s'asseoir sur une de ses chaises basses d'enfant.

— Relève-toi, Hatchepsout, et viens ici, dit-il avec douceur. J'ai vécu des moments d'extrême inquiétude cette nuit à cause de toi, et j'ai passé ma colère sur les soldats et les domestiques. Quand apprendras-tu la prudence ? As-tu faim ?

Elle se releva et courut vers la table tandis que son père retirait la nappe qui protégeait le pain chaud, le poisson fumé et une salade verte à l'odeur de papyrus et d'oignon qui lui mit l'eau à la bouche.

— Mange.

Il négligea d'appeler un esclave pour lui laver les mains, et cela ne la gêna guère. « Je me suis entièrement lavée dans les eaux de mon Père », pensa-t-elle. Après avoir jeté un regard coupable à Touthmôsis, elle s'assit en tailleur sur un coussin et brisa d'une main ferme la miche de pain. Il attendit patiemment qu'elle eût avalé la dernière miette de son poisson et vidé jusqu'à la dernière goutte le lait de sa coupe. Quand elle eut terminé, il lui dit à voix basse :

— Néférou est morte, Hatchepsout.

Elle hocha la tête.

— Je sais, père. Elle avait peur depuis très longtemps. Elle faisait d'horribles cauchemars. Pourquoi fallait-il que le sort tombât sur elle? demanda-t-elle en tournant son visage vers lui. Elle voulait simplement être heureuse.

— Nous devons tous mourir un jour, Hatchepsout. Certains un peu plus tôt que d'autres, mais nous nous retrouverons tous aux pieds d'Osiris. Néférou n'était pas heureuse de la vie qu'elle menait.

— Mais elle aurait pu l'être. Si vous n'aviez pas décidé son mariage avec Touthmôsis. Si elle n'avait pas été la fille aînée du pharaon...

— Aurais-tu l'intention de bouleverser l'immuable, ma chère fille? Elle était l'aînée. Je n'ai pas d'autre fils pour me succéder. Aurais-tu voulu pour épargner son sort à Néférou que j'éloigne Touthmôsis du pouvoir?

— Vous ne le lui avez pas épargné, répondit calmement Hatchepsout. La mort était son destin.

Touthmôsis perçut un changement dans la profondeur de ces yeux calmes et limpides. Doté d'une sensibilité particulière, l'acuité de ses perceptions s'était trouvée renforcée par l'exercice du pouvoir. Les circonstances de la mort de Néférou menaient, selon lui, à une seule conclusion. A force d'avoir assisté, au cours de son règne, à des morts violentes il avait appris à reconnaître l'œuvre du poison. Il connaissait également les aspirations de ses ministres, et avait plus d'une fois déjoué leurs pressions. Il ne faisait aucun doute à ses yeux qu'on s'était livré, une fois de plus, à une manœuvre pour altérer le cours de son règne ou pour satisfaire les ambitions d'un prêtre ou d'un dignitaire. Mais il ressentait toutefois un immense soulagement, à se savoir désormais dispensé de prendre la décision qu'on attendait de lui. Certes, Néférou était la seconde femme du royaume, la fille de son sang, mais il redoutait la proclamation par laquelle il aurait remis entre les mains d'un garçon incapable et d'une fille faible son pays bien-aimé. Ce n'était pas pour en arriver là qu'il avait à maintes reprises risqué sa vie, n'épargnant ni son kâ ni son corps. Il souhaitait presque ne jamais éclaircir les circonstances de la mort de sa fille, ce qui, en fin de compte, convenait parfaitement à ses projets. Mais toutes les intrigues qu'elle recélait, et le risque de nouveaux complots susceptibles de mettre sa dynastie en danger, l'incitaient à rester sur ses gardes et à mener son enquête, dût-il ne jamais mettre le coupable en accusation ni le traîner devant sa justice.

— Non, dit-il à la petite fille résignée qui se tenait devant lui. Son sort était bien de devenir Epouse Royale, mais il s'en sera rien. Elle a remis son destin entre tes mains, t'en souviens-tu, Hatchepsout ? Elle t'a dit : « Je n'ai jamais voulu d'une glorieuse destinée. Jamais... je te l'offre... »

— « Je te l'offre... et fais-en bon usage », poursuivit Hatchepsout. Je ne comprends toujours pas. Néférou disait souvent des choses que je ne parvenais pas à comprendre ; j'essayais pourtant.

Touthmôsis l'attira sur ses genoux.

— Néférou a été transportée à la Maison des Morts il y a deux heures, dit-il calmement, et cela va entraîner beaucoup de conséquences pour toi, ma petite. Tu es désormais la seule femme de sang royal.

Il sentit le petit corps se raidir.

Elle détourna la tête et dit d'une voix sourde :

— Grand Pharaon, allez-vous me faire épouser Touthmôsis à présent ?

— Tu es trop jeune pour parler de mariage. N'aimes-tu pas Touthmôsis ?

— Non. Il est ennuyeux.

— Hatchepsout, tu as encore de nombreuses années devant toi, et tu les mettras à profit pour comprendre les responsabilités auxquelles Néférou a refusé de faire face. Et c'est pour cela qu'elle est morte, tu comprends ?

— Non, répondit-elle sans hésiter. Bien sûr que non. Je ne comprends jamais rien.

— Tu sors d'un moule différent, poursuivit-il. Amon lui-même t'as prise sous sa protection. Mais il importe désormais que tu te montres particulièrement attentive à tes moindres gestes et paroles. Et ne te préoccupe pas de l'avenir. Il est entre ses mains ; mais si j'estime que tu dois épouser Touthmôsis, tu m'obéiras, n'est-ce pas ?

— Si vous me l'ordonnez.

Il la secoua gentiment.

— Il t'est déjà arrivé de me désobéir ! Mais ne parlons plus de l'avenir, occupons-nous plutôt du présent. Dis-moi ce que tu as réellement fait cette nuit.

Elle se dégagea de son étreinte et se tint en face de lui, les mains derrière le dos.

— Je suis désolée, père, je ne puis vous le dire. Mais je n'ai rien fait de mal.

— C'est bon. Il changea de sujet, comprenant qu'il ne pourrait rien en tirer de plus. Le deuil de Néférou va commencer. Il n'y aura pas d'école, et tu ne pourras voir aucun de tes amis. Ta mère est en train de dormir et je te conseille d'en faire autant. Tu m'as l'air très fatiguée. Et ne t'étonne pas de ne pas voir Nosmé ces jours-ci. Je l'ai rabaissée au rang d'esclave, et je l'ai affectée aux cuisines de façon qu'elle sache que si moi, le pharaon, je l'ai élevée au rang de nourrice royale, je puis aussi la ravaler au rang de simple souillon.

— Ce n'est pas de sa faute si je me suis enfuie, dit Hatchepsout en souriant.

— Tu étais placée sous sa responsabilité. Il frappa dans ses mains et Tiyi, la seconde nourrice royale, se présenta. Mets-la au lit. Et veille à ce qu'elle y reste toute la matinée, lui ordonna Touthmôsis. Surtout ne la quitte pas un seul instant. Il se pencha pour embrasser Hatchepsout.

Elle lui entoura brusquement le cou de ses bras.

— Je vous aime, père.

— Je t'aime aussi, petite Hatchepsout. Et je suis heureux qu'il ne te soit rien arrivé.

— Comment aurait-il pu en être autrement, avec deux pères aussi puissants pour me protéger ? dit-elle gravement. Elle sortit en souriant, la main dans celle de Tiyi.

Pendant soixante-dix jours, tandis que le fleuve en crue transformait la terre en un vaste lac rouge et brun, le corps de Néférou, prêt à être embaumé, reposa dans la Maison des Morts, où on le préparait cérémonieusement à prendre possession de sa nouvelle demeure. La chair lisse et plombée qui s'était réchauffée aux rayons du soleil et avait connu la parure de l'or et la douceur des caresses, connaissait à présent une paix bien différente de celle à laquelle la jeune fille aspirait. Les prêtres enveloppaient les membres fragiles de fines bandelettes et remplissaient son corps non de nourriture, de vin ou d'amour, mais de tissus imbibés de nitre, sous le regard aveugle de ses yeux résignés. Dans les ateliers du temple, les artisans mettaient une dernière touche aux sarcophages dans lesquels elle allait reposer. De l'autre côté du fleuve, gênés dans leurs tâches par l'eau qui venait se glisser jusque sur les dallages, les peintres, les sculpteurs et les tailleurs de pierres travaillaient nuit et jour à achever le petit temple mortuaire dont Néférou avait posé la première pierre, pour y recevoir après sa mort les offrandes de ceux qui viendraient lui confier leurs peines et leurs souhaits. Cela n'aurait pas dû se produire aussi rapidement. Il y avait quelque chose de désolant dans cette biographie qui s'inscrivait brièvement sur les murs du sanctuaire à peine terminé, où les ouvriers s'efforçaient de finir leur œuvre avant que Néférou ne passât de l'autre côté de la falaise, vers le profond silence de son tombeau de pierre dont l'entrée serait dissimulée à tous les regards, excepté aux siens.

L'inondation avait été importante. Les récoltes seraient excellentes et les impôts relevés. Les paysans, dans l'impossibilité de vaquer aux travaux des champs pendant les mois de crues, avaient loué leurs services pour participer aux projets de construction du pharaon, heureux de recevoir en échange le pain et les oignons. Sous un soleil éclatant, le pays semblait rempli d'oiseaux et de libellules aux fragiles ailes bleues et mauves qui s'élançaient à travers les champs inondés pour gober les moustiques dont la prolifération menaçait les hommes et les bêtes. L'Egypte tout entière résonnait des accents puissants de la fécondité et de l'opulence. Mais dans les ténèbres de la Maison des Morts, on s'appliquait à rembourrer les joues de Néférou, pour lui donner l'apparence d'une jeune fille endormie, avant que les bandelettes ne viennent lui recouvrir les yeux à jamais.

Aucune musique, aucun éclat de rire ne retentissait dans le palais. Dans les appartements de Néférou, les suivantes s'affairaient à réunir ses vêtements, ses ustensiles, ses meubles et ses petits pots de cosmétiques, tout ce qu'elle avait coutume d'utiliser et qu'elle utiliserait encore dans la solitude de sa tombe. Ses bijoux étaient enveloppés et rangés dans des coffrets d'or, et ses couronnes gisaient au fond de leurs écrins. Dans l'appartement des enfants, Nosmé et Tiyi empaquetaient ses vieux jouets, ses balles de cuir rouge et jaune, ses toupies, ses poupées de bois, sa petite oie peinte, et les petites cuillères avec lesquelles on la nourrissait, bébé, ainsi que les rubans et les robes qu'elle avait portés, enfant. Ses perruques furent brûlées à l'occasion d'une cérémonie brève et poignante, et les vastes pièces demeurèrent vides, en attendant leur prochain occupant, la nouvelle héritière de la couronne royale. Les portes furent fermées et les scellés posés, mais les rayons du soleil parvenaient à se faufiler à l'intérieur, répandant une poussière dorée comme si Râ était à la recherche de sa fille perdue.

Cette période fut pour Hatchepsout un moment d'extrême ennui mêlé au chagrin le plus profond. Elle passait de longs moments au zoo royal, à regarder grandir le petit faon, à nourrir les oiseaux, à faire la tournée des cages avec Nébanoum pendant qu'il abreuvait et nourrissait ses bêtes. Elle s'asseyait en sa compagnie sur la pelouse, à l'ombre des murs, effeuillant les marguerites jaunes et blanches parsemées dans l'herbe et l'interrogeant sur tout ce qui poussait, volait ou chassait. Nébanoum était un homme simple, solitaire et heureux, au savoir inépuisable. Il se prit de tendresse pour la petite fille soudain si désorientée. Il lui parlait des mœurs des oiseaux, des nombreuses variétés de fleurs, du repaire des daims dans le désert, et elle l'écoutait attentivement. Elle venait souvent seule, sans esclave ni escorte et, lorsque cela se produisait, il espérait de tout son cœur que l'Unique lui avait bien donné la permission de se promener ainsi à sa guise. Rien n'était moins sûr, mais elle avait dans une certaine mesure besoin de sa présence, et il gardait le silence.

Il n'y avait pas d'école. Khaemwese, le précepteur royal, restait à dormir au soleil dans un coin des jardins. Le jeune Touthmôsis passait son temps en compagnie de sa mère, maussade et ahuri. Quant aux fils des dignitaires, camarades de classe de Touthmôsis et d'Hatchepsout, ils restaient chez eux, profitant de ce congé inattendu.

Ahmès ne quittait pas ses appartements où elle prenait ses repas, solitaire, servie par la seule Hétéphras. Elle ne confiait à personne son chagrin. Née au palais, où son père était pharaon, et avant lui son père, elle savait parfaitement de quelle façon elle devait se comporter. Elle adressait de nombreuses prières à Isis, sa bienfaitrice, agenouillée devant l'autel qu'elle avait fait dresser dans sa chambre, de longues années auparavant. Elle priait plus souvent pour Hatchepsout que pour Néférou, qui avait sans doute rejoint Amon-Râ dans sa barque céleste et n'avait plus besoin de ses prières.

Quant au pharaon, il prit l'habitude d'arpenter les salles et les couloirs de son vaste domaine en pleine nuit, déconcertant les domestiques et surprenant les sentinelles qui veillaient dans le silence pesant. Pendant la journée, il se rendait en personne au temple afin d'y faire les sacrifices ordinairement offerts à sa place par ses représentants religieux. Il savait à présent ce qu'il voulait ; il ne transmettrait pas le pouvoir à Touthmôsis. Au cours de ses promenades nocturnes, il s'était longuement demandé s'il fallait ou non rappeler ses fils Wadjmose et Amon-mose qui gardaient les frontières et offrir à l'un d'eux la couronne royale, mais il avait rejeté ce parti. Soldats depuis fort longtemps ils avaient tous deux atteint la quarantaine mais ce n'était pas ce qui le gênait le plus. Il reculait par sentimentalité devant la nécessité d'offrir Hatchepsout, une fillette de dix ans, en mariage à l'un d'eux, même si cette solution paraissait plus réaliste que l'étrange projet qu'il caressait. Par ailleurs, tous deux avaient des épouses et des familles dans leurs propriétés, en dehors de Thèbes ; tous deux s'étaient tenus éloignés de la politique depuis de nombreuses années ; et puis... et puis...

« Et je ne suis pas maître de ma volonté, se disait-il, agenouillé au pied de son dieu, dans le grand sanctuaire obscur. Ma volonté est celle d'Amon, mais il y a loin entre vouloir quelque chose et faire que cela soit. »

Enfin, au milieu du mois de Mésore, lorsque le fleuve eut commencé à regagner son lit et que la riche terre noire réapparut, le cortège funèbre se forma sur la rive pour conduire Néférou à sa dernière demeure. La foule silencieuse regardait le cercueil qui allait être hissé sur la barque, avec tout ce qui l'avait rattachée à la vie. En cette matinée fraîche et ensoleillée la terre mouillée embaumait. Déjà, de jeunes pousses pointaient sur les terres gorgées d'eau des jardins. Affligés et perdus dans leurs pensées, les prêtres, le cortège funèbre et la famille prirent place dans les barques, pour gagner l'autre rive.

Hatchepsout se mit à frissonner. Ses mains recherchèrent la chaleur réconfortante de celles de sa mère.

Lorsque les barques heurtèrent doucement le rivage, Hatchepsout, Ahmès et le pharaon attendirent que le cercueil et les coffres soient descendus à terre.

Moutnefert et son fils se tenaient un peu à l'écart. Hatchepsout sentit les regards obliques que lui jetait le jeune Touthmôsis, mais son angoisse étouffa le déplaisir qu'elle en ressentit. Elle lui tourna délibérément le dos et se rapprocha de sa mère.

Touthmôsis la dévisageait d'un air sombre. Sa mère lui avait appris qu'à présent, il lui faudrait épouser Hatchepsout pour devenir roi. Il en avait été un instant fort mécontent, mais comme à son habitude, il avait enfoui sa révolte sous le moelleux coussin de ses pensées paresseuses et sa mine maussade en était la dernière trace.

Moutnefert, pratiquement méconnaissable ce jour-là, disparaissait sous les plis volumineux d'une étoffe bleue rehaussée de bijoux. Les yeux pétillants, elle jetait des regards furtifs au roi, son époux, persuadée que d'ici peu son fils serait prince héritier et, une fois marié, viendrait facilement à bout de la sauvagerie d'Hatchepsout. La mort de la princesse, bien que regrettable, ne représentait pas une telle catastrophe en fin de compte. Certes, Néférou aurait fait une épouse plus soumise et plus docile qu'Hatchepsout ; mais qu'y faire !

Le cortège funèbre se forma. A sa tête, une douzaine d'esclaves portant sur leurs épaules les vases d'albâtre rose contenant la nourriture et les précieux onguents ; puis venaient d'autres esclaves chargés des longs coffres en cèdre où l'on avait disposé les effets et les bijoux de Néférou. Enfin suivait le traîneau sur lequel étaient disposés les quatre vases à l'effigie des quatre fils d'Horus renfermant les viscères de la jeune morte.

Ménéna s'avança et salua profondément Touthmôsis qui, d'un geste, ordonna le commencement de la cérémonie. Hatchepsout entendait s'élever derrière elle la longue plainte des pleureuses et, les yeux rivés aux talons du prêtre qui la précédait, elle s'efforçait de ne pas regarder le cercueil et de ne pas penser à son contenu. Haut dans le ciel bleu deux faucons planaient au-dessus de la foule. Leurs cris perçants couvraient le faible murmure des prêtres. Tout au long du chemin, les officiants de la nécropole formaient une double haie qui ployait tels les blés sous le vent au passage de Touthmôsis.

Soudain, la voix du prêtre de Néférou, le jeune Ani, s'éleva claire et sonore. « Réjouissez-vous pour elle, car elle a rejoint l'Horizon ! »

Au moment où la foule répondait : « Elle vit ; elle vivra éternellement ! » Hatchepsout fondit en larmes. Sa petite main se glissa brusquement dans celle de son père, mais elle n'en retira aucun réconfort.

La procession s'arrêta à l'entrée du tombeau, où attendaient les officiants. La foule était loin derrière. Les pleureuses se turent et le cercueil fut dressé à la verticale. L'espace d'un instant Hatchepsout leva les yeux et crut que les paupières dorées de Néférou allaient se relever, mais il n'en fut rien. Les faucons poussèrent encore une fois leur cri strident et d'un battement d'ailes s'éloignèrent. Les prêtres s'approchèrent pour procéder aux libations ; Ménéna, le couteau sacré à la main, s'avança et la cérémonie de l'Ouverture de la Bouche commença.

Durant quatre jours et quatre nuits, le cortège campa devant le petit temple. La toile des tentes bleues et blanches, telles les ailes de lourds oiseaux captifs, claquait doucement ; la foule des prêtres psalmodiait en agitant les encensoirs, d'où s'élevaient de petites colonnes de fumée grise qui disparaissaient bientôt dans la brise du désert.

Hatchepsout, assise en tailleur, le menton dans la main, à l'ombre du dais de sa mère, cherchait tristement des yeux quelque animal réfugié sur les rouges escarpements. A cette époque de l'année il était possible d'apercevoir sur les pentes montagneuses quelque jeune daim, un ibis ou bien une grue, une hirondelle, peut-être même la fugitive silhouette du lion des montagnes, mais rien ne bougeait dans les rochers. La petite fille alla se rafraîchir dans le fleuve. Par deux fois un faucon l'aperçut et tournoya lentement autour d'elle ; elle tomba à genoux pour rendre hommage au puissant Howatit, le roi des cieux.

Le faucon poussa un cri et s'éloigna en direction du palais ; alors Hatchepsout se releva et fit quelques pas sur le sable marécageux. Elle ne pouvait admettre que l'on pût souffrir, vieillir ou mourir en ces jours printaniers. Le cœur gros, elle se dirigea vers les tentes et leur population silencieuse. Après tout, peut-être son père avait-il raison ; Néférou était un être fragile.

Devant le cercueil toujours dressé contre la paroi de la falaise les prêtres chantaient encore. Hatchepsout alla s'allonger sous sa tente et se mit à pleurer. Elle se sentait irrémédiablement seule...

Enfin, le quatrième jour, au coucher du soleil, tout le monde se réunit devant le tombeau et les prêtres et les officiants de la nécropole conduisirent Néférou à l'intérieur de la montagne. Touthmôsis, Ahmès et Hatchepsout les suivirent pieds nus, les bras chargés de fleurs, frissonnants en pénétrant dans l'obscurité glaciale.

Hatchepsout, qui ne quittait pas sa mère des yeux, parvint sans s'en apercevoir à la chambre funéraire, et jeta autour d'elle des regards apeurés. On avait placé Néférou entourée de ses trésors, déjà lointains et gris comme la mort, dans son sarcophage que les officiants s'apprêtaient à fermer. L'assistance attendait ; Hatchepsout n'osait faire un geste de peur de toucher quelque chose et de déclencher... mais quoi donc ? Le grincement du couvercle du cercueil ? Un mouvement des mains blanches sous les fines bandelettes ?

Enfin les hommes se reculèrent et Ménéna entonna le dernier chant rituel de sa voix voilée et étouffée par le silence solennel et pesant. Ahmès réprima une forte envie de pleurer. Touthmôsis semblait taillé dans la même pierre que celle des gigantesques gardiens sculptés et peints ; mais son esprit travaillait fiévreusement et, derrière un regard sans expression, il traquait sa proie. Le grand prêtre se tut, salua et sortit. Touthmôsis s'avança alors et déposa des fleurs sur le sarcophage de sa fille. Ahmès fit de même, puis ils disparurent ensemble dans le passage souterrain.

Hatchepsout se retrouva seule. C'était son tour à présent. Elle s'approcha de Néférou et, terrifiée, prit soudain conscience que la qualité du silence avait changé.

— Tu n'es pas vraiment morte, n'est-ce pas Néférou ? murmura-t-elle.

Derrière elle, l'esclave qui portait une seule lampe rassurante s'agitait nerveusement. La petite fille jeta à terre une pluie verte et rose de fleurs et s'élança dans l'obscurité pour rattraper le pharaon, en criant son nom.

6.

Après avoir retraversé le fleuve en toute hâte, ce fut avec un immense soulagement que chacun rentra au palais, et regagna ses quartiers, avide de chaleur, de festin et de divertissement. Touthmôsis et Hatchepsout prirent leur repas dans les appartements d'Ahmès, installés sur des coussins, éclairés par une multitude de petites lampes. Ils dînèrent de bon appétit, servis par les esclaves silencieux qui présentaient le vin, l'oie rôtie, les desserts et l'eau chaude. Touthmôsis lui-même se montrait détendu à présent que le deuil avait pris fin. Le lendemain, il convoquerait ses espions, pour leur ordonner de se mettre en chasse, mais pour l'instant il souriait, plaisantait et regardait tout le monde avec bonté.

Pour Hatchepsout, les sombres mystères s'étaient évanouis. Il était grand temps de penser à l'avenir, à l'école et à ses amis, à Nébanoum et aux animaux. A la fin du repas, sa mère fit venir la musicienne qui touchait le nouveau luth de façon si plaisante ; la jeune femme s'approcha et montra à la petite fille comment exécuter une mélodie. Hatchepsout était ravie.

— J'en voudrais un à moi ! dit-elle. Tu viendras tous les matins dans ma chambre pour m'apprendre à jouer ! J'aimerais tant connaître les merveilleux chants de ton pays. M'en donnez-vous la permission ?, ajouta-t-elle en se tournant vers Touthmôsis.

— Fais ce qu'il te plaît, répondit-il. Du moment que tu travailles bien à l'école et que tu obéis à Nosmé. Tu peux t'en aller, dit-il à la jeune musicienne qui salua en rougissant et obéit. Quel peuple extraordinaire, ajouta-t-il à l'adresse d'Ahmès. Malgré les impôts que lèvent mes vizirs, ils trouvent encore le temps de faire une musique sublime. Aujourd'hui, ces gens du Nord chantent et dansent dans toutes les tavernes de Thèbes ; Ipouky l'aveugle apprend lui aussi à jouer de ce luth. Hatchepsout, dit-il en se levant de table, tu retournes à l'école demain. Dors bien.

Elle le salua en faisant la grimace.

— Et le paresseux Touthmôsis lui aussi ! ronchonna-t-elle. Oh ! père, je préférerais aller chasser dans les marais avec vous ce printemps, plutôt que de rester assise à côté de ce garçon grincheux et ennuyeux.

Un éclair de plaisir parcourut le visage de Touthmôsis.

— Vraiment ? Et tu préférerais aussi tenir les rênes du char plutôt que ta plume de roseau ?

— Oh oui ! Que ce serait bien ! dit-elle les yeux brillants d'excitation.

— Et les rênes du gouvernement, ma petite fleur ? poursuivit-il.

Ahmès retint une exclamation et se redressa brusquement.

— Et un pays où laisser l'empreinte de ton nom, petit Horus ?

Les paupières baissées, il sourit à demi sous le regard stupéfait d'Hatchepsout.

— Il y a beaucoup de choses que je ne comprends pas, père. Mais il y en a une que je commence à savoir. Une femme ne peut pas gouverner. Une femme..., poursuivit-elle en jetant un regard à sa mère qui évita soigneusement de le lui rendre, une femme ne peut pas devenir pharaon.

— Et pourquoi pas ?

— Alors là, je n'y comprends plus rien, répondit-elle en riant. Puis elle se glissa vers son père et lui caressa le bras.

— Pourrais-je apprendre à manier les chevaux ? Et à lancer le javelot ?

— Je ne vois aucune objection à ce que tu prennes quelques leçons. Tu commenceras avec le lancer, car les chevaux exigent une poigne solide.

Hatchepsout se dirigea en dansant vers la porte, où l'attendait Nosmé.

— Touthmôsis ne va pas être content ! Il sera même furieux ! Merci, puissant Horus, vous ne serez pas déçu.

Après leur départ, Ahmès se tourna vers le roi, son époux.

— Grand Pharaon, ma position m'autorise à vous faire part à l'occasion de mon avis. Puis-je le faire à présent ?

Touthmôsis la regarda, plein d'une tendresse légèrement embrumée par le vin.

— Parlez. Vous savez l'importance que j'accorde à vos paroles, dit-il en prenant une noix.

Ahmès alla s'installer sur un siège.

— Je ne connais pas vos projets en ce qui concerne votre succession au trône. Je ne les connaissais pas non plus auparavant, mais du vivant de Néférou cela ne présentait aucun problème. Touthmôsis l'aurait prise pour épouse en vous succédant, selon la coutume de nos ancêtres et ainsi que l'exige Maât. Mais à présent tout se complique. L'Egypte se retrouve avec un fils de sang royal, mais sans fille en âge de légitimer ses prétentions, car la petite Hatchepsout est bien évidemment trop jeune pour se marier. Or, chaque jour qui passe, mon cher époux, vous vous faites plus vieux.

Elle hésita à poursuivre, mais devant le silence du pharaon, sa voix s'éleva de nouveau et les mots se précipitèrent sur ses lèvres.

— Faites-moi part de vos pensées. Je souffre! Je sais votre sentiment sur Touthmôsis. Je sais combien il vous est cruel de n'avoir que lui pour fils; quant à Wadjmose et Amon-mose, ce sont des hommes à présent; ils ont bâti leur vie et implanté leur famille loin de Thèbes. Allez-vous rappeler l'un d'eux? Vous ne pouvez en aucun cas espérer remettre la double couronne à Hatchepsout! Les prêtres ne le permettraient jamais!

Elle ouvrit grand les bras d'un air suppliant et Touthmôsis leva les yeux vers elle.

— Ne changez rien, grand Horus! N'allez pas à l'encontre des lois de Maât! La guerre et le crime en seraient le prix!

Touthmôsis but une gorgée de vin, en savoura le bouquet, puis se rinça les doigts. Il esquissa un pâle sourire, se dirigea vers la couche d'Ahmès et s'y laissa tomber lourdement en attirant à lui son épouse. Il prit son visage dans ses mains et l'embrassa.

— Allons-nous donner au royaume une autre petite fille? Ou bien un fils? Vais-je rappeler du désert mes fils et favoriser l'un au détriment de l'autre? Vais-je m'empresser de marier Touthmôsis et Hatchepsout?

La main qui serrait l'épaule d'Ahmès n'avait plus rien de tendre, les traits de Touthmôsis s'étaient durcis, mais Ahmès savait bien qu'elle n'était pas l'objet de son courroux.

— Ils s'attendaient à trouver en moi un pauvre vieux fou, prêt à se laisser manipuler comme un malheureux eunuque nubien ! Chère Ahmès, je suis Maât, et tant que je vivrai, l'Egypte et ma personne ne feront qu'un. Ma décision est prise. A vrai dire, voilà plusieurs semaines que je me suis décidé, alors que Néférou gisait encore dans la Maison des Morts. Je ne laisserai pas Touthmôsis, ce fils écervelé et incapable, s'asseoir sur le trône et mener le pays à la ruine. Par ailleurs, je n'ai pas l'intention d'imposer à ma petite Hatchepsout un joug aussi pénible que fastidieux. Les chaînes qui lui sont destinées sont des chaînes d'or. Elle est Maât. Bien plus que moi-même, bien plus que ce stupide Touthmôsis. Elle est l'enfant d'Amon. C'est elle que je nommerai prince héritier, et ce dès demain.

Il se serra plus près de son épouse.

— Je n'ai que faire des objections des prêtres. L'Egypte entière m'adore et me vénère. Ils m'obéiront, ajouta-t-il en cherchant à nouveau les lèvres d'Ahmès.

« Tout cela est parfait, pensait Ahmès, mais que se passera-t-il à votre mort, puissant pharaon ? »

Le jour suivant, la déclaration de Touthmôsis secoua davantage le pays que deux cents ans d'invasion, de guerre et de famine. Les hérauts du royaume sillonnèrent la contrée du nord au sud, enflammant à l'annonce de leurs nouvelles Memphis, Bouto, Héliopolis, dont les rues s'emplissaient d'une foule curieuse. Au sud de la Nubie, les hommes du Kouch et les nomades Chasous écoutèrent ces nouvelles dispositions d'une oreille belliqueuse, en essayant de deviner de quel côté allait tourner le vent. Dans les fermes et les champs, les paysans y prêtèrent une attention distraite, et retournèrent à leur labeur en haussant les épaules. Le dieu savait ce qui était juste, cela seul leur importait. Mais au palais-même, le jeune Touthmôsis écouta le discours de son père dans un silence pesant, sans que rien ne trahît sa haine grandissante.

Seule Hatchepsout reçut calmement la nouvelle. Tout en le dévorant de ses grands yeux noirs, elle écouta son père avec sérénité.

— Je suis bien le prince héritier Hatchepsout ? demanda-t-elle posément.

— Oui.

— Je serai pharaon ?

— Oui.

— Vous avez le pouvoir qu'il en soit ainsi ?
— Oui encore, répondit-il en souriant.
— Et les prêtres ?

Sa question le surprit. En la regardant, vêtue de son pagne d'une propreté douteuse, le ruban de ses cheveux et l'une de ses petites sandales dénoués, il fut envahi d'une bouffée de tendresse et d'angoisse. A certains moments, elle lui paraissait impénétrable ; non plus une enfant, mais un être en communion étroite avec les dieux dont elle tirait son aura. Il sentait profondément en elle une volonté, une détermination, et une puissance naissante qui ne demandaient qu'à s'employer.

Il lui répondit comme à l'un de ses ministres.

— J'ai discuté avec Ménéna, cette nuit. Il n'est pas content. A vrai dire, il est blessé, mais je lui ai fait comprendre qu'il est en mon pouvoir de nommer un autre grand prêtre à sa place.

En fait il ne s'était pas contenté de proférer des menaces à l'encontre de Ménéna, mais il ne voulait pas accabler d'un trop lourd fardeau les frêles épaules de sa fille en lui révélant la véritable cause de la mort de sa sœur. En outre, il hésitait à rendre public un sujet aussi délicat, susceptible de prendre tournure de scandale. Il tenait à éviter toute souffrance à sa petite fleur, dût-il se sentir coupable du soulagement qu'il avait éprouvé à la mort de Néférou.

Au lever du jour, l'un des prêtres du temple était venu l'informer de certaines rencontres mystérieuses dans les jardins entre Ménéna et un autre individu. Après l'avoir écouté avec intérêt, Touthmôsis avait convoqué Ménéna. Avec une sorte d'admiration teintée de dégoût il étudia le visage de son ancien ami, qui ne laissait rien percer de son inquiétude, à l'exception d'un léger mouvement de sourcil.

Après s'être prosterné, le grand prêtre attendit calmement, les mains dissimulées sous sa robe, les yeux au loin. Le pharaon accorda un dernier entretien à celui qui avait été à la fois un père, un frère et un confident pour lui, celui auquel il avait confié par amour et par gratitude les pouvoirs qui avaient fini par le corrompre.

— Je suis au courant de tout, lui dit-il posément, de cette voix suave qui avait le don de faire fuir les esclaves. Quelle maladresse de ta part, mon ami ! Néférou-khébit morte et une fois mon fils marié à la petite Hatchepsout, les prêtres auraient vu leur pouvoir s'étendre considérablement après ma disparition.

Il s'approcha de Ménéna au point de l'obliger à rencontrer son regard.

— Et parlons-en de ma disparition ! T'apprêtais-tu également à la favoriser ? Parle ! Mais parle donc si tu tiens à la vie !

Ménéna recula de quelques pas, les yeux baissés.

— Tel le dieu, vous voyez tout et savez tout. A quoi bon parler ? Si je parle, n'est-ce pas livrer ma tête au bourreau ?

Touthmôsis le regarda encore quelques secondes avant de s'exclamer d'un air méprisant :

— Vous les prêtres ! Vous n'êtes que des intrigants ! de rusés hypocrites ! Et quand je songe qu'entre tous, c'est toi qui fus capable d'en arriver à cette extrémité ! Toi, mon ami, mon allié dans l'adversité du temps de notre jeunesse ! Mais aujourd'hui, tu es une vipère, Ménéna ! Nous n'avons plus rien à nous dire. Au nom de notre ancienne amitié, je ne vais ni te condamner à mort, ni te déshonorer. Je t'exile. Tu as deux mois pour disparaître. Moi, bien-aimé d'Horus, je veux qu'il en soit ainsi jusqu'à la fin des temps.

Touthmôsis se tut un instant, puis s'éloigna vers sa table.

— Emmène avec toi tes répugnants amis, ajouta-t-il.

Ménéna ricana.

— Majesté, répondit-il en se dirigeant vers la porte, de tout ce que vous avez dit, chaque mot est vrai. Mais ne négligez pas pour autant d'examiner votre âme. Voyez ! Ne vous ai-je pas rendu malgré moi un grand service ? Mon cœur est peut-être noir et rongé d'ambition, comme vous le dites, mais qu'en est-il du vôtre ? Et au nom de qui vous mettez-vous en colère ? Au nom de Touthmôsis, votre fils ?

Avec un petit rire sarcastique, Ménéna sortit.

Touthmôsis s'était rassis lourdement, tremblant et essoufflé. « Je vieillis », avait-il pensé.

Maintenant, en se remémorant ce pénible moment, la colère accélérait les battements de son cœur.

— Les prêtres s'agitent, mais ils doivent se consacrer au dieu, et tu es l'enfant du dieu, n'est-ce pas ?

Hatchepsout sourit, et le pharaon lui rendit son sourire. Main dans la main ils sortirent admirer les fleurs dans les jardins. Touthmôsis se sentait à nouveau étonnamment jeune, le cœur soulagé d'un grand poids ; quant à son fils, il n'y songeait pas le moins du monde. « Je lui donnerai une épouse, deux s'il le désire, et le nommerai vice-roi en province. Mais il n'aura pas ma petite Hatchepsout », pensa-t-il joyeusement. Il savait bien que de tels projets ne cadraient pas avec la rigoureuse discipline du gouvernement, qu'ils n'auraient pas dû effleurer l'esprit d'un pharaon ; mais pour la première fois de sa vie, il avait choisi d'écouter la voix du cœur, et cela le rendait heureux. Il lui apprendrait l'art de gouverner, et tout serait pour le mieux.

— N'as-tu pas un désir à exprimer, Hatchepsout ? lui demanda-t-il soudain. N'y a-t-il aucune faveur que je puisse t'accorder ? Tu sais que les responsabilités qui t'incombent à présent ne seront pas de tout repos.

Elle réfléchit un instant tout en mâchonnant un brin d'herbe. Soudain son visage s'illumina.

— Une faveur ? Oui, père, j'en ai une à vous demander car j'ai contracté une immense dette envers quelqu'un et je ne suis pas sûre de pouvoir m'en acquitter. Par contre, cela vous serait certainement facile...

— Comment peux-tu donc devoir quoi que ce soit ?

— Un jeune novice m'a rendu service, il y a quelque temps. Pourrais-je lui demander ce qui lui ferait plaisir ?

— Certainement pas ! Ce n'est qu'un paysan !

Touthmôsis prit un air renfrogné et se mit à taper nerveusement du pied ; les serviteurs attendaient, indécis, pour prendre la fuite ou bien des coups.

Hatchepsout cracha le brin d'herbe et fit face à son père, les poings sur les hanches et les sourcils froncés.

— Vous m'avez promis une faveur, et je vous ai fait part de mon souhait. Un pharaon ne revient jamais sur une parole donnée. Puissant Horus, tous les prêtres sans exception sont-ils indignes de vos regards ? Quant à ce jeune novice, ce paysan, il m'a rendu un tel service, que s'il avait été noble vous l'auriez nommé sur-le-champ prince Erpa-ha !

Touthmôsis leva les sourcils d'un air surpris.

— Vraiment ? Prince Erpa-ha ? Quelle générosité ! Pour bénéficier d'un tel honneur, il lui aurait fallu au bas mot sauver la vie du prince héritier !

La petite fille frappa du pied pour dissimuler la surprise que lui causait la pénétrante perspicacité de son père.

— Puis-je lui parler ? Le faire venir dans mes appartements ? Je vous en prie !

— Ceci est du plus haut intérêt, ma petite fille. Tu peux le faire appeler. Occupe-t'en demain, je viendrai et honorerai ce... ce paysan de mon auguste présence.

— Non !

Elle naviguait à présent dans les mêmes eaux dangereuses et imprévisibles que lors de cette fameuse nuit où soufflait le khamsin.

— Votre présence l'intimidera, père. Il n'osera rien dire et je ne pourrai savoir quel est son vœu le plus cher.

— Fais ce que tu veux, répondit brusquement Touthmôsis en secouant la tête. Mais tu viendras me voir après et me raconteras tout ce qui s'est passé.

Il reprit sa promenade, Hatchepsout trottant sur ses talons. A vrai dire, elle avait totalement oublié Senmout, jusqu'au moment où son père avait parlé de faveurs ; mais à présent, tout excitée, elle se mit à penser à leur entretien. Soudain, elle s'arrêta net. Elle parvenait parfaitement à se rappeler sa voix — forte, aimable, déjà virile — elle s'en souvenait avec plaisir, mais par contre, son visage lui était totalement sorti de l'esprit.

7.

Senmout, quant à lui, n'avait pas oublié Hatchepsout. Pendant la journée il ne goûtait aucun répit. Ses nuits étaient hantées de rêves où la princesse le montrait du doigt aux gardes de Sa Majesté qui se précipitaient pour l'arrêter. Pendant le deuil rien ne lui était arrivé, mais il restait convaincu de sa culpabilité dans l'empoisonnement de Néférou, ce qui le rendait fort malheureux. Il était toutefois parvenu à se dégager de la peur d'une arrestation imminente et les jours défilaient, identiques, au rythme de ses occupations quotidiennes.

« Ai-je été sot d'imaginer que je pourrais m'élever au-dessus de ma condition de simple officiant dans le temple, se disait-il. Aujourd'hui seuls les princes, les prêtres, les nobles, ont accès au pouvoir ; je dois essayer d'oublier mes rêves et retourner à mes humbles travaux. »

Mais son cœur lui dictait le contraire : « Continue à croire à la chance que les dieux pourront t'accorder. Et continue aussi à souhaiter que la petite princesse, dans son étourderie, ne soit pas longue à oublier l'audace d'un paysan. »

Il finit par se joindre à ses compagnons pour assister au retour de la famille royale de la nécropole. Bénya l'accompagnait. Ce fougueux jeune homme venait de rentrer d'Assouan ignorant tout de la tragédie qui frappait le palais. Il devait accompagner le nouveau chargement de pierres à Medinet-Habou, dans le nord du pays, mais toute circulation étant interdite durant les mois de deuil, il avait erré dans Thèbes en compagnie de Senmout, buvant, discutant avec les marchands et les artisans du marché, regardant les forgerons du temple marteler l'électre pour le transformer en feuilles destinées au revêtement de la vaisselle sacrée. Ils avaient aussi passé de longs moments avec les tailleurs de pierre, avides tous deux de connaissances. Les maîtres d'œuvre connaissaient bien Bénya, son esprit vif et son inépuisable endurance au travail. Mais Senmout leur posa des questions auxquelles ils ne pouvaient répondre. Certes, ils pouvaient lui parler des veines de la pierre, de la façon dont il faut placer des chevilles de bois mouillé pour obtenir une cassure claire et nette, lui dire quelle pierre serait la plus apte à supporter tel ou tel type de construction, quelle autre ne résisterait pas, mais quant aux idées d'ensemble, aux conceptions, aux projets, aux innovations, aux proportions, à tout ce qui suivait ou précédait leur travail, ils étaient bien incapables de dire quoi que ce soit.

— Vous devriez vous adresser à l'un d'entre eux, lui répondit, agacé, un des ouvriers en désignant du coude un groupe d'hommes en perruques courtes affairés autour de nombreux rouleaux de papyrus. Ils pourront répondre à toutes vos questions.

Senmout vit en se retournant un groupe d'architectes, les hommes les plus respectés, honorés et loués de toute l'Egypte. Le grand Inéni s'entretenait quotidiennement avec l'Unique, et il avait de si nombreuses responsabilités que son scribe devait les lui rappeler.

C'est ainsi que Senmout et Bénya apprirent à connaître Thèbes. Il arrivait parfois à Bénya de faire cavalier seul, en raison de son goût pour les sensations fortes de la vie nocturne et pour les maisons closes. Quant à Senmout, il ne connaissait pas d'autres femmes que sa mère, sa cousine Mout-ny et les petites mendiantes des rues, et sa sensualité se contentait d'apprécier les lignes et les courbes, le mouvement d'une chevelure, le reflet du soleil sur des dents éclatantes de blancheur. Ses désirs étaient encore enfouis en lui. Lorsqu'il se retrouvait seul le soir dans sa cellule, il se prenait à penser aux monuments éternels et stupéfiants qu'il élèverait pour perpétuer sa mémoire.

Deux jours après l'enterrement de Néférou, Senmout était assis sous les arbres en compagnie de Bénya, auprès du pylône qui marquait l'entrée du temple. Le travail ayant repris au temple de Medinet-Habou, Bénya était venu lui faire ses adieux, après avoir préparé ses affaires, pendant que le matériel était chargé dans les embarcations et les pierres arrimées sur les radeaux.

— Combien de temps comptes-tu t'absenter cette fois-ci? lui demanda Senmout. La solitude qui l'attendait à nouveau le désolait.

Bénya s'allongea aux côtés de son ami avec un soupir de bien-être.

— Quelle belle matinée ! Ce sera agréable de naviguer aujourd'hui, sans rien faire d'autre que de regarder défiler les rives. Qui sait quand nous nous reverrons. Peut-être dans deux mois, lorsque l'équipe de construction prendra la relève. Nous aurons encore beaucoup de pierres à tailler et mon maître déteste se presser. Je pense revenir au moment des grandes chaleurs.

Senmout regardait avec envie son ami qui ne dissimulait pas sa joie.

— Et moi ? Que ferai-je en attendant ? Je pense que je devrais aller voir ma famille pour quelques jours, dit-il sur un ton peu convaincu.

Bénya sursauta :

— Comment ? Tu veux quitter Thèbes ? Thèbes si belle, si séduisante en été, pour aller t'enfermer à la campagne ? Tu es malade, Senmout !

— Thèbes ne m'a pas encore séduit, répliqua Senmout avec amertume, au moment où les cors sonnaient depuis le toit du temple pour indiquer que la moitié de la matinée venait de s'écouler.

— Je me demande si je n'aurais pas mieux fait de rester auprès de mes parents, à me briser les reins dans les champs plutôt que sur les carrelages du puissant Amon.

— Ô puissant Amon, déclara Bénya en riant, les yeux fermés. Puisse Senmout quitter ton carrelage pour se réfugier sur tes genoux ! Ô roi des dieux !

Senmout éclata de rire malgré lui et se dérida quelque peu. L'abattement se mariait fort mal avec son caractère.

— Ce qu'il te faut, c'est une jolie fille, capable de te distraire, de te flatter et de t'intéresser à autre chose qu'au savon et à l'eau. J'ai ce qu'il te faut ! Une perle délicate qui appartient à ce gros Libyen... comment s'appelle-t-il déjà ? Tu l'aurais pour presque rien ; je pourrais peut-être me débrouiller pour...

Bénya continua à bavarder ainsi, sans s'apercevoir que son ami ne l'écoutait plus, car il voyait passer en rêve la princesse Néférou, accompagnée de sa suite, des sistres à la main. « Ne parviendrai-je donc jamais à l'oublier ? » se demanda-t-il.

Bénya s'était tu. Il se leva prestement tandis que Senmout s'adossait à un arbre et laissait ses regards errer sur les jardins.

— J'y vais, dit Bénya. Embrasse-moi.

Senmout se redressa et serra son ami dans ses bras.

— Qu'Isis te protège, ajouta Bénya en ramassant ses affaires.

Il allait partir quand tout à coup il glissa à l'oreille de Senmout :

— Un soldat de Sa Majesté et un héraut. Ils viennent vers nous !

Senmout acquiesça d'un signe, le cœur battant à se rompre, les mains moites. Ils s'approchèrent de lui et le héraut salua.

— Vous êtes bien Senmout, l'un des prêtres du puissant Amon ? demanda-t-il doucement non sans remarquer l'étrange pâleur de son interlocuteur, puis il fit le salut impérial, le poignet droit contre l'épaule gauche.

— Je suis chargé de vous transmettre une convocation de la part du prince héritier Hatchepsout Khnoum-Amon. Elle vous ordonne de comparaître devant elle d'ici une heure, au bord du lac du puissant Amon. Soyez ponctuel. Ne parlez pas avant qu'elle ne vous en ait prié et gardez bien les yeux baissés. Ce sera tout.

Il sourit, salua de nouveau et s'éloigna suivi du soldat.

— Par Osiris, Senmout, que signifie cela ? demanda Bénya tout tremblant. Qu'as-tu fait pour que l'héritière de l'Unique désire te voir ? As-tu des ennuis ?

Senmout attrapa Bénya par les épaules et le secoua.

— Mais non ! Mais non ! Aucun ennui, cher Bénya ! Si l'on devait m'arrêter, elle n'aurait pas envoyé de héraut ! Je vais bénéficier d'une audience !

— Je vois bien ! répondit Bénya qui se dégagea en riant de l'étreinte de son ami. Mais pour quelle raison ? Est-ce un secret ?

— Dans un certain sens, oui. J'ai rendu service à la princesse. Ou plutôt, non, j'ai fait montre d'une imprudence folle, et elle... C'était une erreur, Bénya, qui m'a obsédé durant des semaines. J'en ai été malade. Et à présent...

— Je vois que je vais partir sans avoir rien élucidé, dit Bénya en jetant son sac par-dessus son épaule. Ecris-moi, Senmout. Je veux savoir ce qui se passe ici. Ma curiosité est à son comble ! Envoie-moi un rouleau correctement rédigé, écrit par un scribe avisé et sensible, ou alors à mon retour je ne te parlerai plus.

Il allait partir pour de bon, mais il ne put s'empêcher de se retourner une dernière fois.

— Tu es bien sûr de ne pas avoir d'ennuis ?

— Tout à fait sûr. Je crois... je crois que finalement un heureux destin m'est promis, déclara Senmout en écartant les bras en un geste d'extase et de délivrance.

— Je te souhaite d'avoir raison. Au revoir, Senmout.

— Au revoir, Bénya.

— Ecris-moi !
— Sans faute !

Avant même que son ami soit hors de vue, Senmout courut à sa cellule et appela un esclave. Il lui fallait de l'eau et du linge propre, se raser la tête, et le tout en moins d'une heure. Sans faute, se disait-il en se dépêchant, sans faute... Il ne savait déjà plus ce qu'il disait.

Une heure plus tard exactement, lavé, rasé et habillé de frais, il escaladait la petite colline verte au sommet de laquelle il s'arrêta pour contempler le lac d'Amon où se balançait mollement la barque sacrée, ses mâts dorés et ses rames argentées étincelant dans le soleil. Mais ses regards ne s'y attardèrent pas, car, non loin de là au milieu de coussins, étendues sur des nattes bleues, l'attendaient deux femmes et une petite fille. Oui, c'est bien elle, pensa-t-il envahi d'une bouffée de plaisir jusqu'alors inconnue. Agenouillée près d'un panier d'osier, elle conversait avec Nosmé et Tiyi. Elle sentit sa présence et leva les yeux vers lui. Senmout se précipita et tomba à genoux, les bras tendus, le visage contre l'herbe douce et tiède.

Elle toucha légèrement son épaule du pied.
— Vous voilà enfin, dit-elle. Vous pouvez vous relever.

Il se releva sans oser lever les yeux.

Au bout d'un moment, elle s'exclama sur un ton irrité :
— Regardez-moi ! Un tel comportement ne vous sied guère, vous qui n'avez pas hésité à me faire traverser mon domaine sans grands ménagements !

Sa voix n'avait pas changé ; toujours aussi impérieuse, chargée de défi, tout en rendant le son aigu et strident des voix juvéniles. Mais lorsqu'il releva la tête et vit ses grands yeux noirs, son petit menton énergique et sa jolie bouche si bien dessinée, il resta stupéfié. C'était bien elle, et pourtant elle avait changé ; élancée et frêle pour son âge, elle avait cependant perdu au cours de ces derniers mois son allure enfantine. Il sentait en elle se développer la jeune femme qu'elle ne tarderait pas à devenir. Mais il y avait plus encore, la conscience toute fraîche de son sang et de son histoire, le sombre reflet du pouvoir qui brillait confusément derrière son regard inquisiteur et son léger sourire.

Ils se dévisagèrent un moment, puis Hatchepsout hocha la tête l'air satisfait et lui indiqua les coussins.

— Asseyez-vous ici, à côté de moi. Je crains de ne pouvoir vous offrir de vieille couverture, mais j'espère que ma vieille natte vous conviendra ? Vous savez, j'avais complètement oublié à quoi vous pouviez bien ressembler, mais en vous revoyant, je me demande comment il a pu en être ainsi. Vous n'avez pas beaucoup changé, n'est-ce pas ?
Elle se rapprocha de lui.
— Avez-vous eu récemment l'occasion de sauver d'autres jeunes filles dans le lac d'Amon ? lui demanda-t-elle en riant.
Elle plongea les deux mains dans le panier d'osier et en sortit deux chatons. Elle déposa délicatement l'un d'eux sur les genoux de Senmout.
— Ce sont les petits de la chatte de Nébanoum. Il me les a donnés. Ils sont tout particulièrement sacrés. Leur mère vient du temple de Bast et elle est capable de voir les démons la nuit. En voulez-vous un ?
Senmout caressa la soyeuse fourrure grise et le petit chat miaula en tentant vainement de lui donner des coups de griffes. C'étaient de très beaux animaux, minces et élancés, au museau pointu et aux yeux bridés. Comme tous les Egyptiens Senmout aimait les chats et il la remercia pour sa générosité.
— Je dois demander l'autorisation à mon maître, mais je ne pense pas qu'il me la refusera, du fait que la mère de ce chaton est particulièrement remarquable.
— Eh bien, prêtre, qu'avez-vous donc fait depuis notre dernière rencontre ? lui demanda-t-elle.
Il déposa le petit chat sur l'herbe, se carra confortablement dans les coussins et admira le calme du lac avant de répondre. Il ne savait toujours pas l'objet de cette audience et ne pouvait donc en prévoir l'issue, mais il demeurait persuadé qu'il lui fallait peser ses mots. L'idée de se servir d'Hatchepsout afin de mener à bien ses projets ne l'avait pas effleuré un seul instant. Il désirait simplement faire plus amplement sa connaissance, car il lui semblait que la chance les avait réunis et lui avait offert une nouvelle amie.
— Je me suis livré aux occupations qui m'incombent au temple, car tel est le devoir d'un bon prêtre, princesse.
— Frotter les carreaux et faire les commissions ?
Il la regarda d'un air pénétrant, mais elle n'avait mis aucune malice dans sa question.
— Oui. C'est cela.

La dame du Nil

— Et vous avez l'intention d'y consacrer toute votre vie ?

Elle examinait avec attention les longs doigts effilés de Senmout croisés sur son vêtement de lin et ses larges épaules carrées. Sous ses épais sourcils bruns, ses yeux étaient doux, et elle se sentit à l'aise auprès de lui, sans la moindre envie de le taquiner ni le tourmenter, ainsi qu'elle en avait l'habitude avec Touthmôsis. Il serait tellement plus habile que Touthmôsis à conduire le char et à lancer le javelot.

Il lui jeta un rapide coup d'œil mais, cette fois-ci, elle ne sourit pas.

— Comme tout le monde, Altesse, j'ai des rêves, des rêves secrets qui ont fort peu à voir avec la réalité.

— Bien sûr. Mais j'ai entendu dire qu'un homme déterminé et sûr de lui pouvait réaliser ses rêves s'il en prenait la peine.

— Je ne suis pas encore un homme, Altesse.

Cela voulait tout dire et ne rien dire à la fois. L'éducation judicieuse qu'avait reçue Senmout ne l'avait pas laissé ignorant de la diplomatie.

Hatchepsout poussa un soupir et remit son petit chat dans le panier.

Senmout allait se lever, croyant l'entretien terminé, mais elle posa la main sur son bras nu et il tressaillit.

— Savez-vous que je suis à présent prince héritier ? lui demanda-t-elle doucement.

— C'est, Altesse, un grand honneur pour l'Egypte, lui répondit-il, la tête baissée.

— Je vous dois une faveur, prêtre, et j'ai l'intention de m'en acquitter maintenant. Mon père m'a donné toute liberté à cet égard ; je voudrais vous accorder quelque chose.

Elle le regarda anxieusement.

— Vous ne refuserez pas ?

— Vous ne me devez rien du tout, Altesse. J'ai fait ce que j'estimais être mon devoir, rien de plus. Mais puisque vous jugez que mon devoir mérite récompense, alors je ne refuserai pas.

— Joliment dit ! se moqua-t-elle gentiment. Eh bien, pensez-y. Que souhaitez-vous ?

Senmout regarda glisser les cygnes sur le lac. Il vit voler les mouettes et les petites poules d'eau s'ébrouer dans l'eau. Il remarqua les deux suivantes en train de bavarder. Il entendit la légère respiration de la princesse et du coin de l'œil observa la gaze aérienne de ses vêtements qui bruissait dans la brise. Mais tout cela fut bientôt submergé par le flot de son ambition débordante. Il eut la nette impression que quelque main invisible le mettait soudain en présence de tous ses rêves, de ses espoirs, de ses souffrances. Il pensa à Ka-mes, son père, qui ne souhaitait pour son fils que la sécurité et l'anonymat ; il pensa à son maître et à ses maux d'estomac ; mais il pensa surtout au pharaon, à ce géant au pouvoir illimité.

Il s'agenouilla aux pieds d'Hatchepsout.

— Altesse, plus que tout au monde, je désire étudier l'architecture avec le grand Inéni. C'est cela que je désire, cela et rien d'autre.

— Vous ne voulez pas une belle maison ? lui proposa-t-elle en faisant la moue.

— Non.

— Alors une terre ? Deux épouses ? Un grand domaine ?

Senmout éclata d'un grand rire tant il se sentait soulagé et heureux.

— Non, non et non ! Je veux simplement devenir un architecte, si modeste soit-il. Je ne sais pas encore si j'aurais du talent, mais c'est ce que je dois découvrir ! Me comprenez-vous, Altesse ?

Hatchepsout se leva d'un air hautain.

— Vous me faites penser à ma chère Osiris-Néférou. Elle passait son temps à me demander si je la comprenais, et je dois avouer qu'il m'arrivait parfois de trouver bien ennuyeux d'avoir à essayer. Mais oui — elle prit la main de Senmout qui la serra malgré lui — je crois que je comprends. J'ai abrégé votre rêve, n'est-ce pas ?

Il se pencha pour embrasser la petite paume.

— Exactement, lui répondit-il. Vous l'avez abrégé de la longueur d'une vie entière !

Elle retira sa main et appela ses suivantes.

— Vous êtes bien sûr ? insista-t-elle.

— Tout à fait sûr.

— Je vais donc en parler à mon père, qui en parlera à Inéni. C'est un vieux personnage grincheux qui n'acceptera certainement pas de gaieté de cœur un nouvel élève. Mais vous, vous serez heureux. Je l'ordonne !

Senmout prit le chaton tout endormi.

— Prends le panier, dit Hatchepsout à Nosmé.

Elle était déjà loin, ayant laissé Tiyi plier la natte et ranger les coussins. Senmout, seul et éperdu de bonheur, s'aperçut alors qu'elle n'avait pas même attendu qu'il la saluât.

Touthmôsis fit dîner sa fille à ses côtés pour qu'elle lui rendît compte de son entrevue avec Senmout. Le récit de son escapade l'amusa fort. Lorsqu'elle lui apprit le souhait de ce novice effronté, il laissa échapper une exclamation mi-outrée, mi-moqueuse. L'assemblée tourna vers lui des yeux pleins d'inquiétude, mais il cria aux musiciens de continuer à jouer et dépêcha un messager chez Inéni. Tout en dégustant un pigeon grillé, il se fit de nouveau raconter ce qui s'était passé. Hatchepsout en fut quelque peu contrariée, car son père ne lui laissait pas une seconde de répit et son repas était en train de refroidir.

Inéni arriva enfin. Il se prosterna, impeccable et imperturbable, bien qu'il ait dû abandonner ses occupations toutes affaires cessantes afin de répondre à la convocation impériale. Inéni était nettement plus grand que la moyenne et encore svelte en dépit de son âge avancé. Le nez aquilin sur une bouche décidée, le crâne étonnamment lisse et protubérant, complètement rasé, sans perruque, son visage aurait pu sembler dur et impitoyable n'était l'expression malicieuse de ses yeux gris. Mais il savait rire et son amour de la vie l'aidait à supporter les tourments de son génie.

— Inéni, cria Touthmôsis. Assieds-toi là, près d'Hatchepsout. Son Altesse a quelque chose à te dire.

L'architecte ne témoigna aucune surprise. Il accepta le vin que lui offrait l'esclave du pharaon, le but avec lenteur, et attendit en examinant ses bagues.

Hatchepsout était furieuse. Elle raconta son histoire pour la troisième fois, en termes brefs et secs. Contrairement à son père, Inéni ne rit pas, mais l'écouta attentivement sans la quitter des yeux. Son récit à peine terminé, au moment où elle allait enfin manger une bouchée de pain de seigle, il lui demanda :

— Altesse, vous dites que ce prêtre n'est qu'un novice ? Une sorte de paysan ?

C'en était trop !

— Je dis que je vous ordonne de vous taire et de me laisser dîner. Et je dis que je répondrai plus tard à toutes vos questions. Je meurs de faim moi, même les esclaves ont déjà pu se restaurer.

Inéni attendit, Touthmôsis attendit, Ahmès attendit, les esclaves attendirent pendant qu'elle mangeait et buvait à satiété. Enfin, elle repoussa sa table et s'installa plus confortablement en soupirant d'aise.

— C'est un jeune homme intelligent et des plus convenables. Il me plaît. Il est aimable et respectueux et ne se plaint pas comme...

Elle allait dire « comme Touthmôsis », mais elle se souvint à temps que son père lui avait fortement recommandé de garder ses opinions pour elle ; elle poursuivit :

— Comme certains. Par ailleurs, je lui dois effectivement cette faveur et me suis engagée à la lui accorder avec l'autorisation de mon père. J'espère, cher Inéni, que vous lui donnerez la possibilité de faire ses preuves. Il y a en lui tant d'impatience !

Inéni ne répondit rien, mais grimaça un sourire. Il avait, lui aussi, une certaine affection pour son nouveau prince héritier qu'il trouvait infiniment plus énergique et capable que le jeune timoré auquel ce titre était normalement destiné.

— C'est un plaisir de vous obéir, Altesse, finit-il par articuler. Envoyez-moi cette personne, je m'en occuperai.

A vrai dire, Inéni n'avait aucune envie d'assumer à son âge la formation d'un nouvel élève. Il désirait se retirer le plus vite possible et jouir enfin des avantages que lui avaient valu ses bons et loyaux services, de ses épouses, de son fils, de ses jardins. Mais il ne pouvait sous aucun prétexte repousser une telle requête.

« Nous allons bien voir quelles sont les capacités de jugement de la petite princesse », pensa-t-il en sortant du palais.

Tôt le lendemain, Senmout fut réveillé par un coup frappé à sa porte ; avant qu'il ait pu se lever, sa chambre fut envahie. Son maître, l'air toujours aussi épuisé, le salua sèchement. Deux esclaves en costume bleu et blanc du palais attendaient derrière lui.

— Vous êtes prié de quitter votre cellule et de vous rendre sur-le-champ chez le noble Inéni, lui apprit son maître avec une certaine irritation. Je ne sais pas de quoi il s'agit et ne désire pas le savoir. Dépêchez-vous de vous habiller. Ces hommes s'occuperont de vos affaires.

Il tourna les talons et sortit sans ajouter un mot.

Senmout, encore tout ensommeillé, vit les esclaves ranger dans son coffre ses quelques biens, sa coupe, ses sandales, son meilleur vêtement et quelques autres babioles. Les rares rouleaux appartenant à la bibliothèque du temple furent posés sur la paillasse déjà dégarnie et les deux hommes disparurent sans lui laisser le temps de leur demander le chemin.

Il se lava hâtivement et enfila sa tunique de la veille. Un garde l'attendait pour le conduire au palais. Ensemble ils quittèrent le temple. Senmout partit sans se retourner.

Quelques minutes plus tard, ils s'engageaient dans une allée bordée de statues du dieu Touthmôsis, dépassaient bientôt le bosquet de sycomores et parvenaient à la porte ouest du palais. Là, son compagnon s'arrêta, glissa un mot aux gardes qui les laissèrent passer, et Senmout pénétra pour la première fois de sa vie dans l'enceinte royale.

Bien réveillé à présent c'est avec quelque crainte et une légère déception qu'il regarda autour de lui. Les lieux offraient peu de différence avec ceux qu'il venait de quitter.

Il sut par la suite qu'il se trouvait alors fort loin des appartements royaux et de la grande salle d'audience. On l'avait conduit directement dans l'aile réservée aux bureaux et aux ministères, où le pharaon se rendait presque tous les jours, pour exercer ses fonctions administratives, ce qui expliquait l'absence de tout décorum. Les couloirs étaient étroits et silencieux.

« Je ne retrouverai jamais mon chemin dans ce dédale », pensait Senmout.

Son escorte s'arrêta enfin devant une porte en cèdre finement sculptée et rehaussée d'argent. A peine eut-il frappé, qu'un jeune esclave ouvrit en saluant profondément.

— Vous êtes attendu, dit-il d'un ton hésitant.

Un Syrien probablement, pensa Senmout en remarquant sa ressemblance avec Bénya. Son garde salua à son tour et s'éclipsa. L'esclave l'introduisit dans une pièce éclatante de soleil, qui le laissa ébloui et atterré comme un animal que l'on sort brutalement de sa tanière.

— Avancez, lui ordonna une voix douce et claire. J'aimerais vous voir de plus près.

Senmout s'éloigna de la porte fermée. Devant lui s'étendait un carrelage noir et blanc au bout duquel se trouvait une immense table massive recouverte de monceaux de rouleaux de toutes sortes. A sa droite s'élevait un mur lisse orné d'une frise représentant le dieu Imhotep présidant à l'édification des grandes pyramides. A sa gauche la pièce donnait sur une allée dallée à l'air libre, au bout de laquelle brillait le lac sacré. De nombreux arbres plantés entre le lac et l'allée donnaient à Senmout l'impression de se trouver à la lisière d'une forêt baignée de soleil.

Un homme se tenait debout derrière le bureau, et Senmout sut immédiatement qu'il se trouvait en présence du plus grand des architectes après l'homme-dieu qui avait édifié les tombeaux royaux représentés sur le mur, un homme à respecter, voire à craindre, mais aussi à aimer.

Inéni attendait, les bras croisés. Senmout bomba le torse, s'avança vers lui et salua. Inéni sourit.

— Je suis Inéni, dit-il posément. Vous êtes Senmout, mon nouvel élève n'est-ce pas ?

— Oui.

— Pour quelle raison êtes-vous ici ?

Senmout sourit à son tour et Inéni fut bien impressionné. Les yeux de l'architecte détaillèrent les épais sourcils, les yeux sombres et décidés, les pommettes saillantes, la bouche sensuelle et énergique du jeune homme ; il y reconnut les attributs de la noblesse. « Ma princesse disait vrai, se dit-il. Ce garçon promet. »

— Je suis ici pour apprendre comment transformer les rêves royaux en réalité tangible. C'est à cela que je suis destiné, noble Inéni.

— Vraiment ? Et pensez-vous avoir en vous la volonté, le courage et la force de travailler tant qu'il faudra ou alors de mourir ?

— Je ne m'y suis jamais essayé, mais je le crois.

Inéni décroisa ses bras et indiqua du doigt le bureau surchargé.

— Eh bien, nous allons nous y mettre. Vous allez lire tout ceci, sans interruption, sauf pour manger et dormir, jusqu'à ce que vous ayez pris connaissance de toutes ces informations. Votre lit est là-bas, ajouta-t-il en montrant une petite porte. Cet homme est votre esclave, il vous apportera tout ce dont vous aurez besoin. D'ici un jour ou deux, nous reparlerons, et alors...

Il se dirigea vers la porte.

— Alors nous verrons. Je me mets au travail de bonne heure, comme vous avez pu le constater. Je termine tard. J'espère que vous ferez de même. Et ne vous inquiétez surtout pas. Je vous aime bien. Le prince héritier également. Que demander de plus ?

Inéni sortit sur un petit signe de tête. Senmout reprit enfin sa respiration et s'approcha des rouleaux. Il ne pouvait voir le bas de la pile, mais il posa la main dessus, conscient de la gravité du moment. La clé de l'énigme se trouvait là, sous sa main, douce et accueillante.

— Apporte-moi à manger ainsi qu'un peu de vin, demanda-t-il distraitement à l'esclave qui attendait derrière lui.

Il saisit le premier rouleau et, assis derrière le bureau, le déroula et commença sa lecture.

Au bout d'une année éprouvante, passée à s'abîmer les yeux à lire à n'en plus pouvoir, plongé dans les vieux plans et les diagrammes, à apprendre les us et les coutumes de son métier, Senmout fut enfin autorisé à aller voir certaines réalisations d'Inéni. Il eut accès au rabot, aux outils du géomètre, à la plume du dessinateur. Son regard perspicace et son talent naturel lui permirent de découvrir facilement un angle incorrect, de résoudre un problème de construction. Il passa son temps à s'instruire avec le plus grand plaisir. Pour la première fois de sa vie, il était heureux, réellement heureux et plus rien n'existait pour lui en dehors des moments qu'il passait avec son maître.

Inéni était à la fois content et surpris. Il prit peu à peu plaisir à la compagnie de ce jeune garçon qui devenait un bel homme, à l'esprit vif et clair, et progressivement il prit l'habitude de consulter Senmout pour chacun de ses projets. Le temple de Medinet-Habou fut achevé. D'autres furent édifiés à Ombo, Ibrim, Semneh, et Koumneh. Seul le projet favori de Touthmôsis, le temple d'Osiris à Abydos restait un secret pour Senmout. Inéni était le seul autorisé à y travailler et lorsque l'Unique venait consulter son architecte, Senmout partait se promener dans les jardins, au bord du lac.

Senmout souhaitait parfois apercevoir la petite princesse. Mais cela ne se produisait jamais. Tout se passait comme s'ils ne s'étaient jamais rencontrés. Il fit la connaissance du fils d'Inéni, le jeune Menkh, et c'est grâce à lui qu'il apprit quelques anecdotes sur Hatchepsout : comment, lors de sa première chasse au canard dans les marais, elle avait adroitement visé un oiseau de sa flèche et comment, après son premier cri de joie, elle avait fondu en larmes et bercé le petit corps ensanglanté dans ses bras. Menkh lui apprit également qu'elle se distinguait à l'entraînement militaire. Aahmès pen-Nekheb la réprimandait comme n'importe quelle autre jeune recrue, ce qu'elle acceptait sans broncher, et elle faisait trotter les chevaux comme un homme. Senmout aimait bien Menkh. Il possédait la tranquille et amicale assurance que lui conférait le rang de son père, mais il approuvait le désir de Senmout de se rapprocher du pouvoir et le traitait avec sympathie. Malgré la différence de leurs conditions, les deux jeunes hommes se découvrirent de nombreux points communs.

Quelque temps après ses premières leçons avec Inéni, Senmout se rendit au marché de Thèbes pour y louer les services d'un scribe. Il lui dicta une lettre pour Bénya, où il lui en racontait autant que le lui permettait sa bourse, car le scribe était payé au mot, et les mots se précipitaient sur ses lèvres. Un mois plus tard, il reçut une réponse enthousiaste dans laquelle Bénya lui annonçait qu'il ne rentrerait pas avant le printemps prochain.

Il fit l'acquisition d'un beau bracelet en électre, sur lequel était gravée sa nouvelle situation sociale, afin que nul ne l'ignore, et embellit son vêtement de fil d'or. Il était encore prêtre mais il n'allait que très rarement au temple. Les rites du culte l'intéressaient fort peu et il préférait se promener parmi les obélisques et les colonnes de Karnak, songeant à ce qu'il ferait si on lui demandait de compléter cet impressionnant alignement de monuments. Il prenait plaisir à y recevoir les hommages de ceux qui, peu de temps auparavant, ne lui auraient prêté aucune attention et il aimait discuter dans les carrières avec les autres architectes, sans manifester toutefois la moindre suffisance. Il savait qu'il y avait loin de l'apprenti à l'homme de confiance du pharaon, même si ses vêtements étaient plus luxueux et si son vin venait de Charou.

Il n'oublia pas non plus la jeune fille à laquelle il devait un tel changement de fortune. Mais il semblait que s'étant libérée de sa dette, elle ne s'intéressât plus à son sort.

8.

Il n'était pas vraiment exact qu'elle l'eût oublié. Lorsqu'il lui arrivait de penser à lui, Hatchepsout demandait à Inéni des nouvelles de son élève ; mais comme il semblait s'acquitter fort bien de sa nouvelle tâche, elle se désintéressa quelque peu de lui.

Deux ans après leur rencontre, Hatchepsout s'aperçut, à sa plus vive surprise, qu'elle était devenue femme. Le rite du passage à l'âge adulte s'accomplit. Nosmé rangea ses jouets et les effets de son enfance, que les prêtres sortiraient à nouveau pour les placer un jour dans son tombeau. Ani brûla les cheveux dans une coupe d'argent, sous le regard indifférent d'Hatchepsout qui songeait combien sa peine à la mort de Néférou n'avait cessé de s'estomper au point que sa sœur était tout à fait reléguée à présent parmi les souvenirs de sa tendre enfance.

La fumée âcre des cheveux brûlés flottait dans la chambre. Par la chaleur torride de cette journée d'été, elle attendait avec impatience le moment de se plonger dans les eaux fraîches du lac sacré. A la fin de la cérémonie, elle se contenta d'un adieu poli à Nosmé qui allait habiter désormais hors du palais, et courut aussi vite que la décence le lui permettait. L'appel du lac était plus impérieux que toute forme de devoir. Plus tard, elle regretta sa brusquerie et retourna voir la vieille femme.

Au début de l'après-midi, elle fut conduite dans son nouvel appartement, qui n'était pas tellement plus grand que l'ancien et à peine moins dépouillé, car elle n'avait pas encore été nommée héritière royale. Elle continua à se rendre à l'école. A douze ans elle jouissait d'une relative liberté. Ses nouvelles servantes se montraient plus respectueuses à son égard et plus faciles à commander. Par contre, son père recherchait plus souvent sa présence, la faisait appeler, ou survenait à l'improviste avant son départ pour l'école. Il se révélait un gardien bien plus efficace que ne l'avait jamais été Nosmé. Des soldats en armes, de la suite de Sa Majesté, gardaient sa porte. Elle ne parvenait donc que très rarement à échapper à leur surveillance pour rendre visite à Nébanoum et à ses animaux.

Par une après-midi suffocante, alors qu'elle avait approché ses coussins de la fenêtre pour y faire la sieste, Ahmès se fit annoncer. Hatchepsout avait peu vu sa mère depuis la cérémonie rituelle. Elles se rencontraient aux repas et bavardaient ensemble de ses études et de ses prouesses au javelot, mais Ahmès n'avait jamais évoqué sa nouvelle situation de prince héritier. La désapprobation de sa mère avait creusé entre elles un fossé et Hatchepsout se sentait à la fois intriguée et blessée. Elle avait encore besoin du réconfort, de la compréhension et de la sympathie de sa mère, mais il ne lui vint jamais à l'idée que sa froideur apparente tenait à son extrême angoisse quant à l'avenir de la fleur de l'Egypte.

Cette visite était bien une surprise. Hatchepsout bondit pour embrasser sa mère, toute vêtue de bleu, sa couleur préférée. Ahmès la serra dans ses bras et renvoya les suivantes. Le palais était silencieux. Ahmès esquissa un sourire et resta debout. Quant à Hatchepsout, elle se laissa tomber sur sa couche, les jambes croisées.

— J'essayais de me rafraîchir un peu, dit-elle. Mais je n'arrive pas à dormir. Et vous, mère ? Vous ne faites pas la sieste ?

— Je ne puis trouver le sommeil. Je me fais du souci à ton sujet, Hatchepsout, et je voulais te parler de ta toilette.

— Ma toilette ?

Hatchepsout n'avait jamais fait attention aux vêtements qu'elle portait.

— Oui. Te voilà presque femme et j'estime que tu devrais mettre une robe au lieu de courir en pagne comme les garçons, telle une petite sauvageonne. Une fois atteint l'âge adulte, toute jeune fille se doit de porter le costume des femmes. Et toi, Hatchepsout, tu dois tout particulièrement te montrer attentive à la façon dont tu t'habilles.

— Mais pourquoi donc ? Je suis presque une femme, mais je n'en suis pas encore une. Si je porte une robe, je ne pourrai plus grimper aux arbres ni gagner Menkh à la course. Est-ce si important, mère?

— C'est très important, répondit Ahmès avec une fermeté inattendue.

Cette jeune personne aux longues jambes brunes, à la taille si fine, qui balançait son pied et la regardait avec une tendre condescendance était dangereusement en passe de devenir pour elle une étrangère.

— Une princesse ne doit pas se montrer habillée en garçon.

— Mais je ne suis pas une princesse, répliqua calmement Hatchepsout. Je suis un prince, et pas n'importe quel prince. Je suis prince héritier. C'est père qui l'a dit. Un jour, je serai pharaon; et comme aucune femme ne peut devenir pharaon, c'est pourquoi je suis un prince.

Elle pouffa de rire et Ahmès reconnut la petite fille sous les traits de la femme en herbe. Hatchepsout se leva.

— Je ne vois absolument pas quelle importance il y a à ce que je continue à porter mes pagnes au lieu de m'engoncer dans une robe. Je ne veux pas être déjà une femme. Oh mère! poursuivit-elle avec sérieux, en prenant sa mère par la taille, comment pourrais-je me maintenir en équilibre sur mon char ou bien tirer à l'arc, si je dois me sentir gênée dans mes mouvements et faire attention à ce que je porte?

— Alors maintenant c'est l'arc et les flèches, n'est-ce pas?

— Mais oui, voyons! Pen-Nekheb est content de moi et père m'a donné son accord.

— Et Touthmôsis? Pen-Nekheb s'occupe-t-il toujours de lui?

— Je suppose. Il ne me parle plus.

Frappée d'une crainte réelle, Ahmès attrapa sa fille par le bras et la repoussa sur sa couche, en restant au-dessus d'elle.

— Ecoute-moi bien, Hatchepsout. Je connais la vie depuis bien plus longtemps que toi et j'ai appris qu'il existe un abîme entre les souhaits et leur réalisation; un abîme sombre où grouillent les serpents de la désillusion et du désespoir.

Hatchepsout la dévisagea avec stupéfaction. Ce ton autoritaire, impérieux était fort inusité chez cette femme à la douceur et à la gentillesse légendaires. Elle se redressa, et Ahmès poursuivit:

— Ton père t'a désignée prince héritier. Tu es donc prince héritier. L'avenir t'apparaît comme une éternelle prairie verdoyante, merveilleuse et aussi grande que le paradis des dieux. Mais d'ici quelques années, ton père aussi s'en ira rejoindre le dieu, et c'est alors que tu te retrouveras à la merci des prêtres et de Touthmôsis.

La jeune fille fronça les sourcils ; elle avait abandonné toute désinvolture.

— Touthmôsis ? Mais c'est un garçon stupide et faible.

— C'est possible, mais il n'en est pas moins le fils du roi auquel reviendra un jour la double couronne, quoi que fasse ton père pour l'éviter. Et tu devras l'épouser, Hatchepsout. Cela ne fait aucun doute, j'en suis intimement convaincue.

— Mais les prêtres sont au service d'Amon et je suis l'incarnation d'Amon sur terre. Touthmôsis n'y pourra rien changer, répliqua-t-elle les yeux brillants d'émotion.

— Ils sont nombreux au temple à désirer un pharaon faible et niais pour mieux s'enrichir ; par ailleurs, personne ne croira une jeune fille inexpérimentée capable de supporter la lourde charge d'un pays, que dis-je, d'un empire fondé sur la guerre et cimenté grâce à une vigilance incessante.

— Mais lorsque mon père prendra place dans la barque de Râ, je ne serai plus une jeune fille inexpérimentée. Je serai une femme.

— Je croyais que tu ne voulais pas devenir femme, répondit Ahmès malicieusement.

La jeune fille resta bouche bée. Elle fit à sa mère un sourire étrangement triste.

— Je veux être pharaon, répondit-elle, mais je ne veux pas encore être une femme.

— Il n'empêche que tu vas quitter ces habits d'enfant et te vêtir correctement, ainsi que l'exige ta position, ajouta froidement Ahmès.

— Non ! s'écria Hatchepsout en bondissant sur ses pieds. Je m'habillerai comme il me plaira !

Ahmès se redressa aussi et, tout en arrangeant sa toilette, se dirigea vers la porte.

— Je constate que Khaemwese est bien trop âgé à présent pour se charger de l'éducation des enfants royaux. Il semble incapable de t'enseigner le respect dû à ta propre mère. Je vais en parler à ton noble père. Tu n'es qu'une enfant gâtée et capricieuse, Hatchepsout, et il est grand temps que tu t'habitues aux responsabilités qui t'incombent. Nous verrons bien.

Elle sortit de la pièce, toute droite dans sa robe bleue transparente.

Hatchepsout fit la grimace et se blottit dans les coussins d'un air mutin. Jamais, pensa-t-elle. Et malgré l'heure avancée et sa fatigue, elle ne parvint pas à s'endormir.

Touthmôsis ne la força pas à porter de robe. Lorsque Ahmès aborda le sujet, il l'interrompit brutalement.

— Laisse donc cette enfant porter ce qu'elle veut. Le temps de l'étouffer sous les attributs de l'âge adulte n'est pas encore arrivé. Je ne veux pas lui rendre pénibles ses études. Ainsi en ai-je décidé.

Vexée, Ahmès s'était donc retirée dans ses appartements, en proie à une violente migraine. Elle n'implora pas Isis. La déesse devait avoir mieux à faire car, sinon, elle aurait répondu depuis longtemps à ses vœux, pensa-t-elle.

Hatchepsout, à moitié nue et échevelée, continua de gambader dans les jardins et le palais, poussant comme l'une de ces merveilleuses fleurs de lotus bleu qu'elle aimait tant, sauvage et exotique. En classe, en compagnie de Menkh, d'Ouser-amon, d'Hapousenb et de Touthmôsis, elle se mit à acquérir quelques notions de sagesse. Mais à l'entraînement militaire, elle apprenait tout autre chose : comment viser juste malgré les soubresauts du char, comment viser au cœur, comment ruser, comment prévoir les mouvements de l'ennemi. Elle adorait regarder les manœuvres à l'abri de sa tente dans la chaleur caniculaire : les nuages de poussière, les soldats vêtus de cuir obéissant aux ordres rauques de leur chef et conduisant leurs chars avec une étonnante dextérité. Elle se sentait tellement à l'aise, toute droite et ardente dans son petit pagne, pieds nus, que de loin elle ressemblait effectivement à un petit prince passant ses hommes en revue, recevant gravement le salut d'une armée de lances dressées.

La vie était douce. Chaque nerf de son corps parfait se tendait, concentré sur sa tâche, malgré les chuchotements des hommes ou leurs cris d'encouragement. Et elle savait que non loin de là se trouvait son père, bien campé sur ses deux jambes écartées, les poings sur les hanches, qui attendait la fin de la séance pour donner son avis.

Par une aube glacée du mois de Thot, alors qu'Hatchepsout dormait profondément, blottie sous les couvertures devant la tiédeur des brasiers, son père vint la réveiller. Elle sentit une main se poser sur son épaule et la secouer doucement, ce qui la réveilla d'un seul coup. Il lui mit un doigt sur les lèvres et lui fit signe de se lever. Elle obéit, l'esprit encore embrumé de doux rêves. Son esclave avait disparu et elle chercha à tâtons de quoi se vêtir. Son père lui tendit un épais manteau de laine et une paire de sandales. Il sortit, et elle le suivit en se demandant ce qui se passait. Une fois qu'ils eurent traversé sans un bruit le passage qui menait à son petit jardin particulier, il s'arrêta. Les étoiles étincelaient encore dans la nuit noire et les palmiers en bordure du fleuve se détachaient dans l'obscurité. Un vent froid cingla le visage d'Hatchepsout, tandis qu'elle attendait patiemment une explication.

Le pharaon se pencha vers elle et lui murmura :

— Nous allons faire une petite promenade avec ta mère et Inéni. Personne ne doit en connaître la destination. Nous allons traverser le fleuve.

— Nous allons chez les morts ? Elle avait l'impression de les sentir dans ce silence pesant qui précède le lever du jour.

— Un peu plus loin. Nous conduirons nous-même la barque et partirons sans esclave. Il vaut mieux que nous partions tant qu'il fait encore frais, pour revenir en fin de matinée.

Il fit demi-tour et rejoignit l'allée bordée d'arbres, sa fille sur les talons, silencieuse comme un chat.

Ils furent arrêtés une fois en chemin, mais Touthmôsis repoussa l'archer, releva son capuchon et découvrit son visage. Le soldat confus salua et les laissa passer. Ils parvinrent au débarcadère doucement battu par les flots au clair de lune. Deux silhouettes encapuchonnées attendaient, immobiles dans un frêle esquif. Touthmôsis souleva Hatchepsout et Ahmès la reçut dans ses bras, l'installa sur une planche grossière jetée en travers de la barque.

« Il m'arrive toujours beaucoup d'aventures sur l'eau ! » pensa Hatchepsout, alors que Touthmôsis dégageait d'une forte poussée la barque du rivage. Il se débarrassa de son manteau et se remit à manier la perche sous le regard admiratif d'Hatchepsout qui n'avait jamais vu son père se livrer à la moindre activité réservée d'ordinaire aux esclaves.

« Que faisons-nous ici, au beau milieu du fleuve ? Que s'est-il passé ? Sommes-nous en train de fuir ? L'Egypte a-t-elle été envahie ? » Mais elle savait bien que si tel avait été le cas, Touthmôsis, loin de s'enfuir, aurait plutôt marché au combat. Alors qu'elle commençait à se laisser bercer par le mouvement de la barque et le bruissement de l'eau, son père sauta du bateau et leur fit grimper l'Escalier des Morts. Hatchepsout fut parcourue d'un frisson d'angoisse en posant le pied sur la pierre grise et glacée. Sa mère la suivit. Inéni tendit son manteau à Touthmôsis, sauta doucement de la barque et l'amarra solidement. Puis, sans un mot, il prit la tête de la colonne.

Tout le monde évita de regarder à droite. Les temples et le ruban blanc et désert de la route transmettaient une impression de désolation, une sorte d'avertissement, une atmosphère chargée d'hostilité qui leur fit presser le pas. Soudain Inéni s'arrêta en poussant une exclamation de satisfaction, et tous l'entourèrent. Le ciel était légèrement plus clair. Ils avaient laissé la ville loin derrière eux, de l'autre côté du fleuve, mais plus loin au sud une lumière vive annonçait Louxor et l'autre demeure d'Amon.

Inéni montra le sol du doigt, puis les falaises de l'ouest.

— Le sentier est par ici, Majesté, dit-il d'une voix sourde. Nous allons nous engager à l'intérieur des terres. Le chemin sera un peu dur. Le prince devrait peut-être marcher derrière sa mère et vous me suivre.

Touthmôsis acquiesça et ils se remirent en route en suivant un sentier de chèvres qui serpentait à travers les acacias et les figuiers. Hatchepsout, en queue de file, regardait avec attention où elle mettait les pieds. Les cailloux tranchants abondaient, cachés sous une fine couche de sable. La marche avait réchauffé Hatchepsout, dont le cœur battait fort. Touthmôsis ordonna une petite halte et lui demanda si on ne marchait pas trop vite pour elle. Haletante, elle secoua énergiquement la tête, les yeux pétillants et ce fut par considération pour Ahmès qu'on ralentit l'allure.

Soudain Touthmôsis leva la main et Inéni s'arrêta comme s'il avait deviné les pensées de son maître. Les deux femmes attendirent.

— Une fois encore Râ apparaît, déclara Touthmôsis. Arrêtons-nous pour lui rendre hommage.

La petite troupe se tint immobile, les yeux rivés sur la crête déchiquetée de la falaise. Le vent tomba brusquement. Les rochers et le sable, les buissons, tout et tous attendaient, retenant leur souffle, la douce caresse de chaleur et de vie. Hatchepsout absorbée par la solennité du moment semblait de marbre.

Tout à coup, au moment où le calme et l'attente devenaient insoutenables, le sommet des falaises se teinta de rose et tous les quatre, ils tombèrent à genoux. Râ dans toute sa splendeur s'élevait à l'horizon, et à ce moment précis Hatchepsout ressentit pour la première fois qu'elle était bien la fille du dieu, son incarnation parfaite.

Puis ils se remirent en route, dans la tiédeur matinale et le bruissement des nuées d'oiseaux qui saluaient le jour nouveau.

Ils ne furent pas longs à atteindre la partie du sentier qui s'enfonçait dans la montagne, et serpentait à l'ombre, entre deux parois escarpées avant de déboucher sur une vallée.

L'endroit était particulièrement silencieux. Le soleil y dardait ses rayons. La vallée s'étendait jusqu'au pied d'une imposante falaise. A droite et à gauche, la montagne descendait en gradins, et le sentier qu'ils allaient suivre serpentait le long de la face nord pour disparaître à l'horizon. Au sud, au pied de la falaise, se nichait une petite pyramide aux angles nets, dont les parois de calcaire blanc luisaient au soleil. Tout autour gisait un impressionnant amoncellement de blocs de pierre et de colonnes écroulées.

— C'est tout ce qui reste du temple mortuaire d'Osiris, abandonné depuis de longues années, expliqua tristement Touthmôsis.

L'étrange atmosphère du lieu semblait l'oppresser. Mais il reprit bien vite ses esprits et s'engagea à nouveau sur le chemin. Inéni et Ahmès le suivirent, mais Hatchepsout ne pouvait s'arracher au calme enchanteur de la petite vallée. Elle admira tour à tour, frappée de stupeur, les parois rocheuses, la petite pyramide, le sable gris et ocre.

« Cette vallée est la tienne, se dit-elle. C'est un lieu sacré. Je ferai construire ici plus tard, mais que sera-ce donc ? Je n'en ai pas la moindre idée pour le moment. Tout ce que je sais c'est que je viens de découvrir le lieu destiné à la fille d'Amon. »

Lorsque, inquiète, sa mère l'appela, il lui sembla qu'elle aussi était de pierre, et ne pouvait faire un pas. La vallée l'appelait à elle. Cependant, elle se résigna à rejoindre les autres. Tout empreinte de l'irrésistible magie du lieu, elle ne trébucha pas une seule fois sur les cailloux du sentier.

Ils atteignirent enfin le sommet et durent redescendre brutalement le long d'un défilé sinueux. Enfin ils parvinrent à destination.

— Voilà l'endroit dont je parlais, déclara Inéni à Touthmôsis. Seul le plus audacieux des voyageurs oserait s'y aventurer, et comme vous pouvez le constater, il est possible de creuser dans ce défilé une centaine de tombeaux dont l'entrée serait cachée aux regards indiscrets par ces gigantesques rochers. Par ailleurs, ajouta-t-il en haussant les sourcils et pointant le doigt, Elle est là.

Hatchepsout regarda dans la direction indiquée et aperçut, au fond de la vallée, un énorme rocher triangulaire, isolé, qui semblait en défendre l'entrée.

Ahmès chercha son amulette.

— Prends garde à la déesse du pic de l'ouest, murmura-t-elle, car elle frappe sans prévenir.

— Meret-Seger, Meret-Seger, dit Touthmôsis. Amie du silence. Quelle redoutable gardienne ! Inéni, montre-moi l'endroit exact que tu as choisi. Ahmès, Hatchepsout, restez là. Mettez-vous à l'abri du soleil sous un rocher.

Touthmôsis et Inéni s'éloignèrent et disparurent rapidement. Le silence était pesant. Hatchepsout sentait posé sur elle le regard inquisiteur et jaloux de la déesse et se prit à murmurer quelques incantations. Ahmès, allongée sur le sol, les yeux clos, semblait avoir du mal à respirer. Hatchepsout vit revenir son père et Inéni trempés de sueur avec un soulagement extrême.

— J'approuve ton choix, dit Touthmôsis et je t'incite, Hatchepsout, à accepter également la tombe qu'Inéni t'a choisie. Cet endroit convient parfaitement à une reine.

— Ou à un pharaon ?

Touthmôsis ne sourit pas. Il était fort las et à présent qu'il avait mené à bien cette entreprise, il désirait boire et se restaurer.

— S'il me convient, il sera satisfaisant pour tout autre que moi, lui répondit-il sèchement. Inéni, tu installeras le campement des ouvriers dans le désert et tu élargiras et nivelleras autant que possible ce déplorable sentier. Choisis avec discernement tes ingénieurs et n'engage pas trop de monde. Cette fois-ci, ils mourront tous une fois leur ouvrage achevé. Je dois, ainsi que ma famille, me préserver des profanateurs de sépultures. La première victime sera offerte en action de grâce à Amon ; et la deuxième à Meret-Seger. Allons-nous-en à présent. Ce silence a des oreilles, je ne me sens pas à mon aise ici.

Et, comme si ses derniers mots avaient déclenché une réelle panique dans leur groupe, ils se précipitèrent tous hors de la vallée en jetant de furtifs coups d'œil derrière eux.

Lorsqu'ils parvinrent à l'embarcadère, la barque se balançait plaisamment, l'eau étincelait et, de l'autre côté du fleuve, les

oriflammes de la cité impériale flottaient gaiement dans le vent
 Ils prirent place à bord de la barque et larguèrent les amarres
Enivrée du parfum des fleurs qui lui parvenait des berges du Nil, Hatchepsout rêvait à sa vallée.

Deuxième partie

9.

Senmout avait dix-huit ans et le vague à l'âme. Il s'ennuyait depuis que son maître l'avait abandonné pour réaliser quelque mystérieux projet dans les collines de Thèbes, accompagné de Bénya et de quelques jeunes ingénieurs. Pendant une ou deux semaines, Senmout s'était amusé à dessiner des plans grandioses pour son futur tombeau, mais il se lassa vite et relégua au loin ses travaux. Le printemps avait de nouveau fait son apparition. Les marais regorgeaient de gibier d'eau.

Ce jour-là, le troisième du mois de Paopi, il enveloppa dans un tissu du poisson fumé, un morceau de pain et de fromage, une poignée de figues ainsi qu'une fiasque de vin et partit en direction du fleuve. Il n'avait pas pris d'exercice depuis longtemps et rien ne lui parut plus plaisant en cette matinée ensoleillée que de faire une longue promenade. Il prit un chemin à la sortie de la ville qui le mena jusqu'au fleuve, sinuant à travers les marécages et les roseaux vert vif. Senmout ne cherchait qu'à échapper à l'ennui et à une paresse naissante. Il avait troqué ses beaux habits contre le pagne des paysans, court et lourd, pour être libre de ses mouvements. Ses pieds nus s'enfonçaient voluptueusement dans le sable humide et l'herbe. Au-delà des champs où s'affairaient les paysans, s'élevaient dans l'air limpide du matin les collines et les falaises, véritables remparts de l'Egypte contre le désert et la guerre en même temps que gardiennes de sa fertilité.

Aux environs de midi, il parvint au bord du fleuve. Il s'installa à l'ombre d'un palmier dattier et sortit son repas. La promenade lui avait ouvert l'appétit et il mangea avec plaisir non sans songer que peu de temps auparavant, il en était réduit à effectuer une descente dans les cuisines du temple pour apaiser sa faim. Lorsqu'il eut fini son repas, il s'allongea, les mains croisées sur son ventre, et le sommeil l'envahit bientôt. Il avait largement le temps de faire une petite sieste avant de regagner sa chambre.

Tout à coup quelque chose le heurta de plein fouet en pleine poitrine si violemment qu'il bondit sur ses pieds, plié de douleur, le souffle coupé. Après avoir retrouvé ses esprits, il s'aperçut qu'il avait sous les yeux un canard mort au plumage vert et bleu, la tête écrasée et il entendit soudain un bruissement dans les hautes herbes qui s'écartèrent, livrant passage à une jeune fille.

Elancée et presque aussi grande que lui, elle était chaussée de sandales à très fines lanières et chacun de ses doigts de pied était orné d'une pierre bleue. Ses orteils et ses ongles étaient peints en rouge, de même que sa bouche où se lisait à présent la plus vive surprise. Ses yeux paraissaient immenses, prolongés en triangle aux deux coins extérieurs et bordés de khôl. Ses paupières étaient recouvertes d'une fine couche de poudre bleue. Ses cheveux coupés droit lui barraient le front en une frange sévère d'un noir profond et retombaient raides sur ses épaules. Un bandeau d'or épais lui ceignait le front et les bras ; et sur sa poitrine un lourd pectoral d'électre serti de turquoises brutes lançait ses feux à chaque respiration. Elle portait le pagne court des petits garçons, rehaussé d'une ceinture dorée. Il ne pouvait voir de ses seins qu'un léger renflement sous le pectoral. Senmout était bouleversé et n'eut aucun regard pour l'esclave qui se glissa aux côtés de sa maîtresse, ni pour le jeune noble vêtu de cuir qui surgit à sa suite.

— Face contre terre ! ordonna soudain l'apparition sur un ton de surprise offensée. Sans lâcher la flèche, Senmout s'agenouilla le sourire aux lèvres. Il ne pouvait se méprendre sur cette voix, quoiqu'elle fût devenue plus grave et plus mélodieuse en quatre ans. C'était bien elle, sa petite bienfaitrice ! Mais comme elle avait changé !

— Paysan, mon canard est à vos pieds, et ma flèche dans votre main. Seuls les nobles ont ce privilège. Lâchez-la.

Il ouvrit lentement la main et l'esclave se pencha pour ramasser la flèche.

Ce fut comme si elle lui avait traversé le cou.

— Et mon canard, poursuivit-elle, que vouliez-vous en faire ?

Depuis combien de temps attendiez-vous l'occasion de vous enfuir avec? Vais-je le laisser parler, Hapousenb?

— C'est à vous de décider, prince, répondit gravement le jeune homme. Mais puisque vous me demandez mon avis, je suis surpris qu'un paysan porte l'insigne d'architecte au bras et le crâne rasé du prêtre.

Il se fit un profond silence. Puis une voix très calme s'éleva.

— Relevez-vous, prêtre. C'est bien vous, n'est-ce pas? Mais bien sûr, c'est vous! Je ne connais aucun autre prêtre assez fou pour se déguiser à la fois en architecte et en paysan.

Senmout se leva en se frottant les genoux. Cette fois, il ne chercha pas à fuir son regard. Elle lui rendit son sourire et d'un vif mouvement affectueux s'approcha de lui.

— Nous semblons destinés à nous rencontrer dans les plus étranges circonstances, dit-elle en riant. Je ne serai donc jamais débarrassée de vous? Que faites-vous si loin de Thèbes? Attrapez-vous des anguilles, prêtre?

Senmout détailla son compagnon, les bras croisés sur sa large poitrine. Sa lance était retenue par un lacet à sa ceinture de cuir rehaussée d'or. Un sourire imperceptible lui passa sur les lèvres.

— J'avais besoin de marcher un peu, finit par dire Senmout. Ensuite je me suis reposé ici, j'ai déjeuné et me suis endormi. Votre canard, prince, m'est tombé dessus comme la foudre.

— Mais qu'en est-il de vos travaux? lui demanda-t-elle.

— Je n'ai rien à faire pour le moment. Le noble Inéni est absent et je ne sais à quoi occuper mes journées.

— Evidemment, dit-elle en soupirant. Inéni travaille pour mon père. Eh bien, voulez-vous vous joindre à nous pour chasser, prêtre? Je suis persuadée que je serai capable de remplir vos journées.

Elle se retourna brusquement vers Hapousenb.

— C'est le prêtre qui m'a rendu un service, dit-elle. Et tu vois, il me suit comme un petit chien.

Ses yeux brillaient du plaisir qu'elle avait à faire ce genre de plaisanteries, auquel elle ne pouvait résister.

Senmout salua solennellement le fils du vizir de la Basse-Egypte, tout étourdi de se trouver en telle compagnie.

Hapousenb, pour sa part, inclina la tête.

Il avait à peine un an de plus que Senmout, et, comme Menkh, il possédait l'arrogance inconsciente dans ses manières et son comportement que lui conférait sa position sociale ; mais, contrairement à Menkh, il était réfléchi, prévoyant et déjà capable de remplacer son père avec autorité dans ses fonctions d'administrateur. Hatchepsout avait toujours eu confiance en lui car c'était un garçon loyal. Ils avaient souvent joué et chassé ensemble, tout comme ils avaient fréquenté l'école ensemble, recherchant chacun l'approbation de Khaemwese, puis en constante rivalité, qu'il s'agisse de tir à l'arc ou de la conduite du char.

— Je vous salue, prêtre, dit-il. Vous avez beaucoup de chance d'avoir pu rendre service à l'espoir de l'Egypte.

— L'espoir de l'Egypte ! gloussa Hatchepsout. La fleur de l'Egypte ! Allez, retournons au bateau car le jour avance et un unique canard fait un piètre tableau de chasse.

Elle se retourna et s'enfonça dans les roseaux, Hapousenb à sa suite. Senmout ramassa le sac qui contenait son repas et tout étourdi les suivit. Ils débouchèrent peu après sur le fleuve où se balançait un esquif peint en rouge et jaune, orné d'oriflammes bleues et blanches. L'entrée de la cabine était protégée de lourds rideaux damassés derrière lesquels Senmout aperçut de nombreux coussins ainsi qu'une carafe de vin et une coupe de fruits sur une table basse. A la proue, un marin attendait, la perche à la main ; un petit mât doré auquel était attachée une voile soigneusement repliée se dressait devant lui. Un baldaquin avait été déployé à l'arrière où un groupe de jeunes gens et jeunes filles se prélassaient nonchalamment. Au-dessus de leurs têtes des éventails de plumes d'autruche s'agitaient doucement dans le bleu profond du ciel. Une petite passerelle reliait l'entrée de la cabine au rivage où attendait patiemment un soldat.

Les bavardages et les éclats de rire parvinrent à Senmout bien avant que la barque ne fût en vue, et il souhaita soudain de tout son cœur se trouver ailleurs, en un lieu connu et rassurant, dans le bureau d'Inéni par exemple ou tout simplement en train de dormir sous son palmier. Il n'avait aucune envie de devenir le point de mire et le protégé de ces jeunes nobles, si supérieurs à lui, avec leurs riches vêtements et leurs bijoux précieux, mais il était trop tard pour faire marche arrière.

Les conversations moururent sur leurs lèvres et les têtes s'inclinèrent lorsqu'Hatchepsout traversa la passerelle, Hapousenb imperturbable sur ses talons. Senmout monta le dernier, affreusement conscient de sa grossière tenue de paysan, de son absence de perruque, de ses genoux sales, et de son pauvre sac caché sous un bras. Il sentit dans son dos le regard désapprobateur de la sentinelle, mais déjà il était à bord et dépassait l'ombre et la fraîcheur rassurantes de la cabine. Hatchepsout fit signe à l'homme à la perche. Ils se laissèrent glisser au fil du courant et, à sa grande surprise, il sentit Hapousenb le prendre par le bras et l'attirer à l'ombre du baldaquin. Hatchepsout s'était jetée sur les coussins et buvait frénétiquement de grandes coupes d'eau en faisant claquer ses lèvres ; la lance qu'elle portait à son côté heurtait le pont de l'embarcation. Il y eut un silence. Comme il le redoutait, tous les yeux étaient fixés sur Senmout, qui soutint les regards avec hauteur. Hapousenb lui mit la main sur l'épaule.

— Voici le prêtre... quel est votre nom ? chuchota-t-il.

— Je suis Senmout, répondit-il à haute voix, prêtre d'Amon et architecte auprès du grand Inéni.

Il s'aperçut qu'il avait presque crié ces quelques mots qui résonnaient encore à ses oreilles.

La petite assemblée se redressa, sous l'œil approbateur d'Hapousenb, alors qu'Hatchepsout installait des coussins auprès d'elle.

Sans en croire ses yeux, Senmout s'approcha d'elle, s'assit en tailleur et accepta la coupe qu'elle lui offrait. Les conversations reprirent de plus belle, et il sentit quelques gouttes de sueur perler sur ses tempes. « Est-ce bien moi qui me trouve assis ici, au milieu des satins les plus précieux, auprès des femmes les plus en vue et les plus puissantes de l'Egypte ? » se demandait-il.

— C'est bien, dit Hapousenb. Chacun ici respecte celui qui sait parler pour son propre compte. Dites-moi, Senmout, quel effet cela vous fait-il de travailler pour Inéni ? J'avais peur de lui étant enfant. Lorsqu'il venait voir mon père il nous traitait comme des galopins. « Dehors ! » nous disait-il et cela faisait rire mon père.

Senmout le regarda avec reconnaissance sachant qu'il essayait de le mettre à l'aise ; il répondit à Hapousenb du mieux qu'il put. Il avait un visage ouvert, sympathique, et sans trop savoir pourquoi il le considéra tout de suite comme un allié. Le jeune noble était beau ; le menton énergique et les yeux profondément enfoncés inspiraient la confiance. Senmout se surprit à bavarder avec abandon, mais simultanément quelque chose en lui-même lui conseillait de rester sur ses gardes. « Fais bien attention à ce que tu dis, car tu te trouves en compagnie d'immortels. Ne dis surtout rien qui puisse porter à conséquence. » Il sentit tout à coup qu'on lui touchait l'épaule et vit un visage brun et espiègle qui lui souriait.

— Menkh ! s'écria-t-il soulagé. Le jeune homme s'installa à ses côtés.

— Voilà un drôle d'endroit pour un jeune prêtre, dit Menkh. Attends un peu que mon auguste père l'apprenne ! Va-t-il perdre son élève favori ?

— Certainement pas ! répondit joyeusement Senmout.

La barque fendait toujours silencieusement les eaux dans le soleil éblouissant. Hatchepsout alla s'agenouiller au bord du bateau, et laissa traîner sa main chargée de bracelets dans l'eau limpide.

Tout en parlant, Senmout portait fréquemment ses regards vers sa chevelure emmêlée par le vent, son profil si pur et si parfait. Il se sentait attiré vers elle, et connaissait les tourments de la passion, ce qui le rendait honteux et fasciné à la fois. Elle semblait aussi lointaine qu'une déesse. Il n'avait pas le droit, pensait-il, de ressentir pour elle les mêmes sentiments que pour une esclave des tavernes. Et pourtant, ce n'était pas exactement cela non plus. Il y avait entre eux une attirance tacite, une reconnaissance de la main du destin, cette main du destin qui avait fait germer en lui son ambition durant ces longues années de travail harassant au temple, la main du destin qui l'avait déposé dans la barque royale.

Il sentit posés sur lui les regards curieux des femmes où ne perçait croyait-il aucune admiration. Il ne pouvait se rendre compte de ce qu'elles voyaient : un grand jeune homme doté de la grâce et de la force légendaires de la panthère et de traits sensuels qui appelaient au plaisir. Elles chuchotaient et riaient entre elles, pendant que Senmout, sans leur accorder la moindre attention, écoutait Hapousenb et Menkh parler de choses qu'il comprenait très vaguement, et leur répondait prudemment, sans toutefois se montrer évasif.

A un moment, Hatchepsout poussa un cri. Ils quittèrent tous leurs coussins pour s'approcher du bord du bateau. Ils virent un grand crocodile quitter furtivement son abri dans les roseaux et se jeter à l'eau, la gueule grand ouverte.

A peine l'énorme forme grise se fut-elle éloignée, que Menkh se saisit de son arc.

— Voulez-vous que je le tue, Altesse ? demanda-t-il.

— Non. C'est un animal sacré, le compagnon des dieux ; en outre je pense que c'est un présage. Laisse-le vivre, lui répondit-elle en secouant la tête.

Tout en parlant elle avait jeté un regard furtif à Senmout, puis détourné la tête. Mais il avait saisi son regard embarrassé, quelque peu inquiet, et il resta avec les autres à regarder le crocodile disparaître, le cœur battant. « Comme elle a changé ! » pensa-t-il. Que restait-il donc de la tendre enfant coléreuse du lac ?

A la fin de l'après-midi ils levèrent une bande d'oies blanches qui s'échappèrent des marais en criant. Hatchepsout lui tendit sa lance sans un mot, dans le but de le défier.

En un instant, il revit la ferme paternelle, ses tournois avec Senmen et leurs difficultés à manier les lourdes perches de bois qui leur tenaient lieu de lances. Ce jouet de noble était léger et finement équilibré ; il le souleva, visa et le lança. Le trait s'élança droit sur la cible et l'oiseau tomba comme une pierre. Senmout entendit autour de lui un murmure admiratif. Menkh lui donna une claque dans le dos. Hapousenb leva les sourcils.

— Vous visez bien pour un prêtre, lui dit Hatchepsout tout étonnée.

La colère qui l'envahit le fit se retourner plus vite qu'il ne l'aurait voulu.

— Mon père est paysan, dit-il. Les paysans n'apprennent pas à leurs enfants à chasser avec des lances.

— Je le sais, répondit-elle simplement, et la colère de Senmout tomba.

On approcha le bateau du rivage et Menkh courut chercher l'oiseau mort.

— Vous devriez le prendre, dit-elle à Senmout en caressant les plumes blanches de la bête. Demandez aux cuisiniers de le préparer et nous pourrions peut-être le manger ensemble.

Il prit délicatement l'animal sans mot dire, puis ils regagnèrent Thèbes, côte à côte, dans le vent de cette fin d'après-midi dorée.

— Cela vous ferait-il plaisir de rencontrer mon père ? lui demanda-t-elle en arrivant au débarcadère.

Sa voix était toute proche et il lui fit face, légèrement troublé, s'imaginant une seconde qu'elle lui avait proposé de monter dans la barque céleste. Sa peau brillait d'un éclat cuivré et sa chevelure semblait s'embraser sous les rayons du soleil couchant. Elle se tenait

La dame du Nil

si près de lui qu'il pouvait sentir le parfum de la myrrhe, parfum sacré entre tous.

— Vous avez été particulièrement calme aujourd'hui, prêtre, poursuivit-elle. Cette journée vous a-t-elle été propice ?

— Je ne sais pas, répondit-il gauchement, mais c'est une journée dont je me souviendrai.

Senmout tenait encore l'oie à la main.

— Donnez-la-moi, dit-elle, je vais la faire préparer tout spécialement pour vous et nous la mangerons vous et moi en compagnie de mon père. Allez vous reposer un peu, je vous ferai appeler. Mais peut-être préférerez-vous que nous en restions là et retourner à vos travaux ?

Il savait qu'elle ne se référait pas au dîner avec le pharaon, mais il secoua la tête.

— Non, Altesse, répondit-il doucement. Je vous remercie pour cette journée.

— Une journée qui en promet d'autres ? Je suis contente qu'elle vous ait plu.

Il la salua, et elle partit, suivie d'un essaim de femmes. Senmout reprit doucement le chemin du bureau d'Inéni et de sa petite chambre.

Un esclave vint le chercher à l'heure du dîner et le conduisit à travers l'obscurité embaumée des jardins, jusque devant la double porte de la salle du banquet, où un héraut se tenait prêt à l'annoncer. Senmout allait bredouiller son nom lorsque l'homme poussa d'un geste les deux battants et clama : « Senmout, prêtre du grand Amon, architecte », et Senmout se lança dans la foule. La salle lui parut gigantesque, aussi grande que la cour extérieure du temple ; le plafond se perdait dans l'obscurité, malgré les centaines de petites lampes disséminées un peu partout. La pièce ouvrait d'un côté sur une forêt de colonnes à travers lesquelles on devinait la nuit noire qui baignait le jardin. En cette saison printanière, les petites tables basses étaient ornées de fleurs fraîches de sycomores blancs, de grenadiers orange ; quant aux coussins et aux manteaux, des milliers de fleurs de lotus bleues et roses les recouvraient.

Une petite esclave, nue et timide, à peine plus âgée qu'une enfant,

La dame du Nil

s'approcha de lui et après l'avoir salué profondément, lui attacha un cône de parfum autour de la tête. Un autre esclave apparut à sa suite.

— Veuillez me suivre, noble Senmout, lui dit-il respectueusement.

Après s'être frayé un chemin parmi la foule des invités, ils parvinrent à un petit dais situé entre la porte et la colonnade du jardin. L'esclave lui indiqua un groupe de quatre petites tables dorées, recouvertes de fleurs, dont les pieds étaient cachés sous un amoncellement de coussins. Devant l'hésitation de Senmout, l'esclave lui précisa :

— Ce soir, vous dînez avec le pharaon.

Puis, après que Senmout eût gravi les deux marches de l'estrade, l'homme ajouta :

— Voulez-vous du vin ?

Senmout acquiesça et l'esclave disparut dans la foule. Il attendit son vin la gorge sèche, les nerfs tendus, étourdi par le parfum mêlé des corps tièdes et des cônes. On lui présenta une coupe d'or repoussé si fin qu'il pouvait voir ses doigts au travers en la portant à ses lèvres. Enfin, il vit s'ouvrir les portes toutes grandes et aperçut l'éclat des pierres précieuses briller dans l'obscurité. Les conversations s'arrêtèrent ; seule la brise poursuivit sa douce plainte.

Le héraut prit une grande inspiration et annonça :

— Horus, le Taureau puissant, Aimé de Maât, Seigneur de Nekhbet et Pen-Ouarchet, Fils du Soleil, Touthmôsis, l'éternel. Ahmès, Grande Epouse royale, Grande Reine, Sœur Royale, Aimée du Pharaon. Le Prince héritier Hatchepsout Khnoum-Amon, Aimée d'Amon, Fille d'Amon.

Tous les genoux se plièrent, les bras se tendirent en avant, les fronts touchèrent le sol.

Senmout, exposé à tous les regards, se prosterna aussi sous le dais. Il fut saisi d'une horrible inquiétude. Que se passerait-il s'il ne plaisait pas au pharaon ? Que se passerait-il s'il ne répondait pas correctement et se faisait honteusement chasser de la salle ? L'idée de la disgrâce lui était plus pénible que celle de la mort.

Lorsqu'il l'avait vu pour la première fois, de loin, Senmout ne s'était pas rendu compte à quel point l'autorité du pharaon nimbait sa personne. Ses épaules lui parurent beaucoup plus larges, ses jambes plus musclées, sa tête plus guerrière, son regard plus incisif, mobile et pénétrant. Ce soir-là, il était habillé de jaune, sa couleur préférée. Son pectoral était formé de deux mains de cristal rehaussées d'un filet d'or, tenant entre elles l'œil d'Horus en turquoise bleue incrustée d'améthyste. Sa coiffe était en cuir jaune, dont les deux côtés retombaient presque jusqu'à la taille ; et au-dessus de son front se dressaient le cobra et le vautour qui posaient sur la foule leur regard froid et cristallin.

Senmout contempla Ahmès avec un intérêt non dissimulé. Il n'avait jamais vu auparavant la mère d'Hatchepsout et fut déçu de trouver entre elles aussi peu de ressemblance. Hatchepsout portait encore le pagne des jeunes garçons, mais ce soir-là, personne ne pouvait se méprendre sur son sexe. Ses grands yeux noirs étaient maquillés de khôl vert foncé. Des boutons de fleurs blanches parsemaient ses lourdes tresses surmontées d'une petite couronne d'argent. Un collier d'argent enserrait son cou et des serpents du même métal montaient le long de ses bras. Sa ceinture et ses sandales étaient aussi en argent. Seule la lune n'avait rien à envier à la froide luminosité de son éclat.

Touthmôsis se laissa lourdement tomber sur les coussins qui jonchaient le dais, Ahmès prit place à ses côtés et Hatchepsout, toute souriante, vint s'asseoir auprès de Senmout.

— Je suis contente que vous soyez là, lui dit-elle. J'ai très grand faim. Votre oie ne va pas tarder à arriver et nous allons bien voir si vous vous y connaissez en chair tendre ! Que pensez-vous de mes bracelets ? C'est le vizir qui me les a offerts. Père, ajouta-t-elle en lui donnant une petite tape, voici le prêtre dont je vous ai parlé. Inutile de vous lever encore une fois, prêtre. Vous avez fait assez d'exercice pour la journée.

Senmout rencontra le regard le plus troublant, le plus pénétrant et perçant qui se soit jamais posé sur lui, et il lui fallut toute sa volonté pour ne pas détourner les yeux.

Après un moment qui lui parut une éternité, le pharaon rompit à deux reprises le silence.

— Vous êtes insaisissable, jeune homme, lui dit-il d'une voix forte et profonde mais amicale. Voilà des semaines que j'entends parler de vous sans avoir eu l'occasion de vous apercevoir. Inéni pense beaucoup de bien de vous. Il affirme que vous possédez à la fois le talent et l'imagination. Ma fille vous aime bien. Vous avez de la chance.

D'un geste il balaya les fleurs qui encombraient la table.

— N'avez-vous que ce malheureux habit de prêtre à vous mettre ?

Où est passée votre perruque ? Eh bien ? Et votre voix aussi, où est-elle passée ?

Hatchepsout les regardait d'un air amusé.

Senmout s'efforça de donner au pharaon une réponse aussi prudente qu'à Hapousenb.

— Je ne suis qu'un apprenti, Majesté, et un novice au service des autres prêtres. Il ne conviendrait pas a quelqu'un comme moi de revêtir les mêmes atours que ceux qui me sont supérieurs.

Touthmôsis lui jeta un regard rusé de dessous ses épais sourcils.

— Bien répondu. Mais les grands sentiments ne nourrissent pas son homme, comme disait le grand Imhotep.

— Je mange à ma faim, Majesté. Mon maître me fait travailler dur, mais il est juste.

— Je suis mieux placé que vous pour le savoir. Où habitez-vous ?

— J'occupe une pièce derrière le bureau de mon maître.

— Bien. Hatchepsout, je t'autorise à le fréquenter. Il me plaît assez. A présent, mangeons. Où sont les musiciens ?

Il se détourna d'eux brusquement et Senmout poussa un soupir de soulagement. Un esclave attendait avec patience derrière lui, chargé d'un plateau. Il se sentit envahi d'un appétit féroce. Hatchepsout était déjà en train de dîner. Senmout piqua une fleur de lotus dans sa ceinture et commença son repas. Il désirait profiter pleinement de la soirée, s'enivrer autant que les autres, rire et danser et ne regagner sa chambre qu'à l'aube ; mais un autre lui-même se tenait toujours à ses côtés, sans rien perdre de ce qui l'entourait et jetant sur tout son regard froid, cynique et calculateur. Senmout savait bien qu'il ne s'abandonnerait pas aux plaisirs de l'ivresse, qu'il n'éclaterait pas de rire et qu'il n'applaudirait pas trop bruyamment les exploits des jeunes danseuses. Sa nature était peu encline à de tels abandons. Il dîna calmement, et lorsque Hatchepsout eut terminé son repas, elle lui chuchota à l'oreille, tout excitée, les menus ragots qui touchaient certains des invités, en les lui montrant du doigt.

— Vous voyez là-bas, à droite de la cinquième colonne, sous la lampe, la grosse femme ? C'est Moutnefert, la seconde épouse, la mère de mon frère Touthmôsis ; elle a interdit à mon père l'entrée de ses appartements depuis qu'il m'a désignée prince héritier. On dit qu'elle a une aventure avec le chef des hérauts, mais je n'en crois rien. Si c'était vrai, mon père l'aurait fait tuer.

— Touthmôsis n'est pas là, répondit-elle à sa timide question.

Père l'a envoyé faire la tournée des garnisons du Nord avec Pen-Nekheb. Il s'imagine que Touthmôsis en tirera quelque enseignement, mais il sera déçu. Touthmôsis voulait emmener sa concubine et père a failli exploser... Regardez, là-bas, Menkh vous fait signe !

C'était bien en effet le jeune et fringant jeune homme ; Senmout répondit à son geste. Menkh tenait une jeune fille sur ses genoux, quelques plumes d'autruche crânement plantées dans sa perruque. Hapousenb était en grande conversation avec son père, sous le dais et, bien que Senmout fût certain qu'il l'avait vu, il ne tourna pas les yeux de son côté.

A la fin du repas, peu avant le début des réjouissances, le vizir et son fils s'approchèrent du pharaon. Touthmôsis leur fit signe.

— Que se passe-t-il, mon ami ?

— Veuillez m'excuser, Pharaon, mais j'aimerais rentrer chez moi. Le voyage m'a beaucoup fatigué.

— Allez-y. Et toi aussi, Hapousenb. Vous me ferez votre rapport demain, une heure après le lever du soleil, dans la salle des audiences.

Il les congédia et, au moment où ils partaient, Hapousenb croisa le regard de Senmout et lui sourit chaleureusement. Après leur départ, le pharaon se leva.

— Silence vous tous ! Ipouky est-il là ?

Du fond de la salle, le musicien aveugle fut conduit jusqu'au dais par un de ses fils. Il tenait son nouveau luth sous le bras.

— Je suis là, Majesté, dit-il.

D'un signe de tête, le pharaon ordonna à un esclave d'amener le vieil homme auprès de lui et le fit s'asseoir à ses pieds.

— Donne-moi ton luth, lui commanda Touthmôsis. Le prince héritier a appris à jouer de cet instrument et aimerait recevoir ton avis.

Hatchepsout fit une grimace à Senmout et se leva. Il se trouva soudain ramené loin en arrière, par cette douce nuit au bord du lac d'Amon, témoin de sa rencontre avec cette enfant nue et éplorée. « J'ai parcouru du chemin depuis », pensa-t-il non sans tristesse.

Hatchepsout mit un pied sur la table et posa le luth sur son genou. La tête légèrement penchée, les lèvres serrées par la concentration, elle chercha les premiers accords de son chant ; une coupe de vin à la main, Senmout se carra au milieu des coussins. Ipouky attendait calmement, les mains jointes sur ses genoux. Puis Hatchepsout releva la tête et parcourut l'assemblée des yeux. Deux accords plaintifs, aussi doux et émouvants qu'une nuit d'hiver résonnèrent et elle se mit à chanter.

Sa voix était haute et pure, tel l'appel ému d'un oiseau dans l'aube endormie ; et Senmout se sentit envahi d'une crainte surnaturelle. Elle était bien la fille du dieu !

Chacun restait immobile et silencieux. Tous connaissaient bien ce chant d'amour ancien. Mais Hatchepsout l'interprétait étonnamment, avec une innocence et une simplicité extrêmes.

L'assistance subjuguée oublia ses intrigues et ses inimitiés pour les tourments de l'amour naissant. Puis, après un instant de silence stupéfait, tout le monde se leva et laissa éclater sa joie et son enthousiasme. Hatchepsout rendit calmement son luth à Ipouky et se rassit, indifférente au tumulte général.

— Les imbéciles ! dit-elle sèchement à Senmout. Ils ne savent pas ce qu'ils applaudissent. Ils crient parce que je suis belle et que je chante la beauté. Mais ce chant est facile à interpréter et je n'ai pas une très grande voix. Lorsque le merveilleux Ipouky remplit le temple de ses accents suaves et puissants, ils applaudissent du bout des doigts... Quels imbéciles !

A la fin de l'ovation, Touthmôsis demanda son avis au grand musicien.

Ipouky resta un moment silencieux, puis énonça son opinion.

— Ce chant est assez facile à interpréter, mais Son Altesse l'a chanté de manière à dissimuler que sa voix n'a pas encore atteint toute l'amplitude et la profondeur de son registre. Son accompagnement au luth est correct.

Hatchepsout l'applaudit vivement et murmura à l'oreille de Senmout :

— Vous voyez !

Touthmôsis remercia le vieil homme. Les tables furent repoussées sur le côté pour dégager un espace, et l'on entendit venir du fond de la salle le son des castagnettes et des tambourins.

— Les danseuses vont arriver, dit Hatchepsout. Asseyons-nous par terre à côté de Menkh, afin de mieux voir leurs pieds.

Sa coupe de vin à la main, Senmout la suivit.

A leurs nez busqués et à leur peau bistre, Senmout reconnut des Syriennes dans les sept jeunes filles qui firent leur entrée. Leurs cheveux noirs descendaient jusqu'aux genoux. Elles tenaient à la main un tambourin et une clochette. Seuls des bracelets bruyants et une multitude d'anneaux habillaient leurs corps luisants. Etourdi par le vin, les parfums entêtants et la présence du prince, Senmout ne fit guère attention à la danse. Lorsqu'elles eurent disparu dans un roulement de castagnettes, les jongleurs apparurent à leur tour, puis un magicien qui répandit une pluie d'or sur l'assistance et fit sortir de boules de feu d'innombrables pétales de fleurs.

Le pharaon était d'humeur joyeuse. Il riait et buvait allègrement, tandis qu'Ahmès commençait à s'assoupir. Lorsque tomba la dernière goutte de la clepsydre et que le ciel se teinta légèrement de gris, il se leva en s'écriant :

— Au lit, tous tant que vous êtes ! et il se dirigea lourdement vers la porte.

La musique cessa. Les esclaves s'empressèrent auprès des invités trop ivres pour marcher et les autres s'éclipsèrent vers les couloirs du palais ou les jardins.

Les yeux brûlants, fatigué et heureux, Senmout se leva avec plaisir pour aller rejoindre sa couche.

Hatchepsout, qui avait déjà revêtu son manteau, lui prit le bras.

— Venez au champ de manœuvres demain, avant midi, vous pourrez y gagner votre propre lance, lui dit-elle.

Elle disparut dans l'obscurité du jardin tandis qu'il la saluait profondément. Son esclave se présenta pour le reconduire et il le suivit avec reconnaissance, envahi d'une bienheureuse fatigue.

L'été de cette même année, Ahmès mourut. Elle se réveilla par une nuit particulièrement chaude et demanda de l'eau. Hétéphras alla en puiser dans la grande jarre de pierre déposée dans la fraîcheur de l'entrée. Après avoir vidé la coupe, Ahmès en réclama davantage et se plaignit d'avoir mal aux bras, une main crispée sur la poitrine. Puis elle se réveilla une seconde fois pour appeler, terrorisée, Touthmôsis. Son agitation était telle qu'Hétéphras alla chercher elle-même le pharaon, mais à leur retour, elle était morte.

Hatchepsout dormait profondément, et cette fois-là aucun rêve prémonitoire ne vint la tirer de son sommeil. On la fit prévenir et conduire auprès de sa mère. Ahmès avait l'air aussi doux dans la mort que de son vivant ; une paix incommensurable l'avait envahie.

— Vous êtes jeune à nouveau, dit Hatchepsout, citant le Livre des Morts. Père, comme elle a dû être belle ! Je ne ressens aucune peine pour elle. C'est pour nous tous qu'elle aima vivre, et la voici à présent dans les prés sacrés d'Osiris.

Touthmôsis ne fut nullement surpris. Il savait qu'Ahmès avait davantage prié l'épouse d'Osiris que le puissant Amon et qu'elle serait récompensée de sa foi, mais l'intuition de sa fille l'étonna une fois de plus.

— Le tombeau de la vallée est presque terminé, dit-il. Elle y reposera en paix.

Il dissimula ses propres pensées une fois encore, sous le masque de la royauté et s'installa pour veiller Ahmès sur un petit tabouret, à ses côtés, les yeux rivés sur elle. Hatchepsout regagna sa chambre et le laissa seul.

Pendant les soixante-dix jours de deuil qui suivirent, un grand recueillement s'empara de la ville de Thèbes. Touthmôsis vaquait silencieusement à ses occupations et Hatchepsout passait le plus clair de son temps avec Nébanoum et ses bêtes, comme cela lui arrivait auparavant. Mais cette fois-ci, la tranquillité du parc, la confiance et la docilité des animaux, l'affection de Nébanoum lui apportaient une merveilleuse sensation de bonheur. Elle pensa soudain à la petite vallée qui lui était apparue dans l'aube violacée, et une idée se mit à germer dans son esprit. Un temple. Un temple qui sans chercher vainement à rivaliser avec les inaccessibles falaises serait en quelque sorte leur complément, leur achèvement, l'expression de leur grandiose beauté. Il lui fallait un architecte, doté d'un esprit vif, familiarisé avec ses rêves ; ce n'était pas à Inéni qu'elle pensait. Elle héla un garde qu'elle envoya chercher Senmout.

Elle retourna s'asseoir sur une petite terrasse, dans le parc, et attendit impatiemment. Le crépuscule commençait à tomber, quand elle l'aperçut à travers les arbres, précédé par un soldat. On avait dû le surprendre pendant son bain, car il ne portait qu'un pagne court et n'avait pas mis son insigne d'architecte. Le soldat montra Hatchepsout du doigt. Lorsqu'il se trouva devant elle, toute la joie qui épanouissait le visage de Senmout avait fait place à une attentive politesse, celle du serviteur appelé devant son maître. Elle remarqua alors la sombre couleur de sa peau, ses pommettes saillantes, sa bouche sensuelle.

— Bonjour, prêtre. Vos épaules sont encore mouillées. Etiez-vous en train de prendre un bain ? Venez donc vous asseoir ici, près de moi, nous regarderons ensemble le coucher du soleil.

Tenant compte des recommandations de son instructeur militaire, il avait effectué plusieurs traversées du fleuve dans la journée, et ses membres étaient rompus d'une saine fatigue. Depuis la fête, son corps s'était musclé et sa voix était devenue plus grave. Aussi les esclaves préposés à l'entretien des bureaux d'Inéni commençaient-ils à le craindre, quoiqu'il ne fût encore qu'un jeune garçon.

— Je suis allée dans les écuries aujourd'hui et j'ai donné un peu d'avoine au cheval noir ; celui que vous préférez. Il manque d'exercice.

— Les esclaves devraient le faire courir un peu, répondit Senmout. Lorsque le deuil sera terminé, il sera capricieux et rétif.

— Etes-vous content de pouvoir enfin vous entraîner au lancer et à la conduite des chars ? Votre vie vous satisfait-elle ?

— Oui, je suis heureux, mais je dois avouer que les leçons d'Inéni me manquent... Je ne vous ai pas remerciée pour mon petit appartement, ni pour les esclaves et le grain que vous avez fait envoyer à ma famille.

— Je ne vous en ai pas laissé le temps.

— Altesse, vous avez été si bonne pour moi, ajouta Senmout, puis-je vous en demander la raison ?

— Vous le pouvez, répliqua-t-elle, mais il se peut que je ne vous réponde pas. A vrai dire, je ne le sais pas très bien moi-même. Je crois que c'est parce que je vous vois tel que j'aurais aimé que fût mon frère, et cela me met en colère. Pourquoi cet ectoplasme recevrait-il la meilleure éducation et quelqu'un comme vous serait-il condamné aux basses besognes pendant que sa famille meurt de faim ?

Elle s'exprimait avec une telle véhémence que Senmout ne savait que répondre.

Au plus profond d'elle-même elle avait peur de Touthmôsis, et comme Ahmès, elle commençait à se demander si, contrairement à ce que lui assurait son père, elle ne serait pas quelque jour obligée de l'épouser.

— Je ne sais pas, mon ami, ajouta-t-elle. Un prince héritier n'est-il pas libre d'agir à sa guise ? Mais je vous ai fait venir pour une raison précise. Il est un endroit que j'aimerais vous montrer, un endroit sacré à mes yeux. Ce que je veux y édifier m'est apparu à l'esprit, mais j'ai besoin de votre aide. Voulez-vous que nous allions le visiter ensemble ?

— Certainement, Altesse ! Où est-ce donc ?

Hatchepsout tendit le bras vers l'ouest, de l'autre côté du fleuve.

— Dans une petite vallée cachée, par là-bas, la demeure du grand Mentou-hotep-hapet-Râ. Je ne vous dirai rien de plus avant que vous ne l'ayez vue. Nous irons demain. Rendez-vous au débarcadère, une heure après le lever du soleil, et prenez vos sandales car le chemin est difficile.

— J'y serai. Mais pourquoi moi, Altesse ? Dans quelle mesure puis-je vous être utile ?

— Vous comprendrez lorsque je vous aurai fait part de mon rêve. Inéni serait incapable de le réaliser, même avec la meilleure volonté du monde. Bien que nous ne nous soyons pas vus au total plus de dix fois, nous avons eu l'occasion de nous mesurer l'un à l'autre. Vous me connaissez bien, n'est-ce pas ?

— Je vous vénère, prince, mais je crois que personne ne sera jamais capable de vous connaître. Vous voulez dire que vous avez confiance en moi. Vous n'avez rien à craindre de moi parce que je ne suis rien, tout juste un petit novice.

— Vous avez cessé d'être un novice dès l'instant où vous avez rencontré Inéni, rétorqua-t-elle. Mais qu'êtes-vous à présent ?

Le garde d'Hatchepsout et l'esclave de Senmout attendaient patiemment au pied des marches tandis que les deux jeunes gens s'absorbaient dans leurs pensées. Il faisait si sombre qu'ils pouvaient à peine se voir.

Lorsque la sonnerie du dîner retentit, ce fut elle qui rompit le silence.

— Je n'irai pas dîner ce soir. A présent, rentrez, nous nous reverrons demain.

C'était un ordre. Il se leva maladroitement et la salua, mais elle ne le regardait déjà plus. Elle scrutait les jardins comme si, à travers la profonde obscurité, elle allait voir apparaître sa vallée. Il descendit de la terrasse, prêt à accepter son destin.

Le lendemain matin il se précipita au débarcadère où elle l'attendait déjà en compagnie d'une suivante sur le pont de son petit esquif. Elle était tout habillée de blanc pour se protéger du soleil, et contrastait avec son esclave, une Nubienne noire comme la nuit.

— Abritons-nous à l'ombre, dit-elle. Il fait déjà trop chaud. Mon père m'a bien recommandé de ne pas m'enfoncer dans les collines plus que nécessaire. Je me demande même si je pourrai faire un pas par cette chaleur. Vous auriez dû mettre du khôl pour vous protéger de la réverbération du soleil, ajouta-t-elle. Ta-kha'et !

Une esclave sortit de la cabine et attendit ses ordres.

— Apporte le coffret à maquillage et les petites brosses ! lui ordonna Hatchepsout.

La jeune fille s'éloigna avec un balancement des hanches si étonnant que Senmout ne put détacher ses yeux de son dos cambré.

— C'est Ta-kha'et, ma nouvelle esclave, remarqua Hatchepsout, qui avait surpris le regard approbateur de Senmout. Elle est serviable et très docile, mais elle ne parle pas beaucoup. Ta-kha'et, dit-elle à la jeune fille, qui entre-temps était revenue, mets-lui un peu de khôl. Elle choisit une petite brosse et la lui tendit. Dépêche-toi, nous sommes presque arrivés à la nécropole.

Ta-kha'et s'agenouilla devant Senmout. Elle plongea la petite brosse dans le pot de khôl noir et lui dit en souriant :

— Maître, fermez les yeux s'il vous plaît.

Senmout obéit et il sentit ses mains chaudes frôler ses joues et la douce brosse humide caresser ses paupières ; elle sentait le miel et l'anis. A peine eut-elle terminé son ouvrage que la barque accosta.

— Elle a du talent, dit Hatchepsout. Le khôl vous va bien. A présent dépêchons-nous, car nous avons beaucoup de chemin à parcourir. Approchez ma litière, ordonna-t-elle aux bateliers.

Senmout la suivit sur le rivage où la litière fut déployée. La Nubienne ouvrit le parasol et Hatchepsout s'installa, allongée sur un coude de manière à pouvoir continuer de parler à Senmout.

Senmout, l'esclave nubienne et les deux porteurs se mirent en marche, aussitôt indisposés par l'écrasante chaleur renvoyée par le sable et les rochers. Au moment où le sentier tournait soudain sur la droite, Senmout aperçut un autre chemin, plus récent et plus large, couvert de nombreuses empreintes de pieds humains et de sabots de bœufs. Il en resta perplexe, mais se dirigea néanmoins vers la droite sur l'ordre d'Hatchepsout, et commença l'ascension de la colline.

A l'instant où il se sentait incapable de faire un pas de plus sans se désaltérer, ils parvinrent à l'ombre d'un rocher et Hatchepsout ordonna une halte. On sortit un carafon de la litière et tous burent avidement. Hatchepsout ordonna aux bateliers de les attendre en cet endroit. Elle fit signe à un Nubien de prendre le parasol et de les suivre.

— Il est sourd, dit-elle froidement. Nous ne serons donc pas gênés pour parler.

Ils se remirent tous les trois en route et aperçurent bientôt une vallée qui s'étendait devant eux, encerclée sur trois côtés par de hautes falaises.

— La demeure sacrée d'Osiris-Mentou-hotep, dit Hatchepsout en poussant un soupir.

Ils restèrent silencieux tandis que la troublante majesté du lieu envahissait Senmout. Il se sentit soudain déplacé, insignifiant et muet d'admiration. Aucun son ne vint déranger le lourd sommeil de la cuvette incandescente.

— C'est ici que je désire édifier un monument, dit Hatchepsout. Voilà la vallée sacrée que je dédierai à ma personne. Les hommes viendront m'y rendre hommage. Mais quel temple sera-t-il digne de moi ? Quel monument sera-t-il aussi beau que moi ? Je n'y vois pas une pyramide comme Mentou-hotep, car les falaises l'écraseraient et lui enlèveraient toute sa puissance. Mais quoi donc alors ? Nous trouverons tous les deux le parfait joyau à incruster dans la couronne de ces gigantesques parois.

Senmout ne répondit pas. L'architecte en lui était occupé à calculer les distances, à évaluer les proportions, à mesurer les hauteurs.

— Le plus grand temple du monde pourrait être bâti en ces lieux, dit-il lentement. L'endroit est fort judicieusement choisi, Majesté. Je vois quelque chose de léger, de frais, des colonnades peut-être. Des angles, mais assurément pas de pignons élevés qui rivaliseraient en vain avec la falaise. Je vais y penser plus précisément. Me permettez-vous de venir me promener ici à ma guise ?

— Venez-y quand il vous plaira, répondit-elle. Et lorsque vous serez fixé, nous commencerons. Que pensez-vous d'un sanctuaire taillé à même le roc, où je pourrais m'asseoir et entendre les prières !

— Ce serait envisageable, mais l'aide d'un bon ingénieur me sera indispensable. Un ingénieur capable de comprendre la pierre au plus profond d'elle-même.

Il pensa tout de suite à Bénya. Bénya était le seul à savoir où tailler et jusqu'où. Mais les dieux seuls savaient où il était, en train de travailler avec le noble Inéni au projet secret du pharaon. Senmout en parla à Hatchepsout dont le visage s'altéra soudain.

— C'est votre ami? C'est sûrement un bon ingénieur! Sinon il ne travaillerait pas pour Inéni.

Son regard se porta alors derrière eux, en direction du chemin qui s'enfonçait dans la falaise.

Senmout sentit sa gêne.

— Vous avez besoin de cet homme?

— Je le connais, Altesse, et j'ai confiance en son jugement. Nous pourrons faire ensemble un excellent travail.

— Je crains que cela soit impossible, répliqua-t-elle brutalement. Il se peut qu'il ne revienne jamais.

Elle jeta un autre regard furtif au haut de la falaise.

Une peur soudaine envahit Senmout, amplifiée par la présence d'Hatchepsout et l'étrangeté du lieu, mais il en savait suffisamment pour ne plus poser de questions.

Elle s'enroula dans son manteau, les bras croisés sur la poitrine, le Nubien à ses côtés, immobile comme la pierre. Tous deux semblaient avoir oublié sa présence.

— Je vais voir ce que je puis faire, annonça-t-elle tout à coup. Mais je ne peux rien vous promettre. Seul mon père a le pouvoir de rappeler ce Bénya et de le laisser vivre.

— Il en est hautement digne, ajouta Senmout précipitamment.

— Tout comme vous, Senmout, dit-elle en souriant.

L'usage inattendu de son nom le mit en joie.

— Je vous adore, Altesse, murmura-t-il avec une parfaite sincérité. Je vous servirai jusqu'à ma mort.

Hatchepsout comprit que ces paroles venaient du fond du cœur et non des lèvres bassement flatteuses d'un courtisan; elle lui prit la main et la posa sur la sienne quelques instants.

— J'en suis convaincue depuis longtemps, répondit-elle. Je sais aussi que vous m'êtes entièrement dévoué, quelle que soit mon attitude envers vous, est-ce vrai?

Cette question qu'elle se plaisait souvent à poser le fit sourire.

— Vous avez raison, dit-il.

Puis ils rejoignirent lentement la litière et les bateliers ivres de chaleur.

Le lendemain matin, Senmout fut convoqué auprès du pharaon. Touthmôsis faisait les cent pas dans le bureau du vizir des Etats du

La dame du Nil

Sud, une liasse de rouleaux à la main. Lorsqu'on annonça Senmout, il les jeta sur le bureau d'Ouser-amon qui sortit en saluant.

Le pharaon avait l'air contrarié et Senmout attendit tout tremblant de savoir ce qu'on lui reprochait.

— Vous voulez Bénya, le Hourrite, hurla-t-il.

— Oui, Majesté.

— Prenez l'un de mes ingénieurs. Il y a au palais un assez grand nombre d'ingénieurs pour construire un temple par jour ! Prenez-en un. N'importe lequel !

— Majesté, je connais Bénya depuis longtemps. C'est un bon ingénieur et un homme estimable. C'est lui que je veux et personne d'autre.

— Que pouvez-vous savoir sur ce qui est estimable ? s'écria Touthmôsis, vous qui n'êtes pas encore un homme !

— Cette année m'en a appris beaucoup sur le bien et le mal, répondit calmement Senmout, les mains moites et les genoux flageolants. Et je connais un bon ingénieur qui est également un homme estimable.

Touthmôsis partit soudain d'un grand rire et prit Senmout par les épaules.

— Voilà qui est bien parlé ! Ma fille est sage, mais elle est aussi gâtée et capricieuse. « C'est Senmout que j'ai choisi, a-t-elle dit fièrement. Il bâtira pour moi avec l'aide de ce Hourrite. Envoyez-le chercher, père, je vous en prie. » Mais ce n'était pas une prière, c'était un ordre de mon petit prince !

Il se calma et se laissa aller dans un fauteuil.

— Et pourtant, grommela-t-il, et pourtant... vous savez bien, Senmout, que ce Bénya doit mourir dans trois jours.

Les murs se mirent à tourner et Senmout, malgré lui, tendit les bras en avant. Son cœur se mit à battre à coups sourds et réguliers. Il sentit qu'il avait blêmi, mais Touthmôsis ne regardait pas dans sa direction.

— Dans trois jours, ma chère Ahmès rejoindra son tombeau, un tombeau dont personne ne connaît le lieu, à part ma fille et Inéni. Les hommes qui ont participé à sa construction seront exécutés à l'aube du troisième jour. Le Hourrite en sait trop. Il a travaillé jusqu'au bout avec Inéni et ne reviendra pas.

Senmout comprit alors la brusque inquiétude d'Hatchepsout dans la petite vallée, mais il répondit calmement au pharaon.

— Majesté, je comprends la nécessité de tenir ce secret éternellement gardé, et de sacrifier tous les esclaves. Mais dans la mesure où vous épargnez le grand Inéni, car vous avez confiance en lui, épargnez également mon ami car j'ai la même confiance en lui. Si vous exaucez mon vœu, je suis prêt à répondre de son silence par ma vie. Bénya n'a que faire des bienfaits et des récompenses. Il est incorruptible. Il n'aime que la pierre, et c'est pourquoi j'ai besoin de lui. La tâche que m'a confiée le prince est ardue, et sans Bénya elle sera également extrêmement longue à réaliser. Certes, je pourrais choisir un autre ingénieur, mais en combien de temps parviendrai-je à lui faire comprendre ce que désire la fleur de l'Egypte ? Un homme qui a échappé de si près à la mort n'en travaillera qu'avec plus d'ardeur.

— Sottises que tout cela, trancha Touthmôsis. Puis il se leva. Je deviens sénile, ajouta-t-il. Je m'adoucis. Il y a vingt ans, j'aurais sacrifié votre ami et je vous aurais fait fouetter. Que je ne vous y reprenne plus ! s'écria-t-il en agitant un doigt menaçant devant le visage réjoui de Senmout. A la moindre contrariété de mon enfant bien-aimée, c'est avec votre sang qu'on lavera les carreaux du temple ! A présent, sortez. Je vais envoyer un messager dans les collines et il vous ramènera ce fortuné jeune homme. Veillez à servir mon Hatchepsout avec la même loyauté.

Senmout prit congé et se dirigea vers l'allée qui menait au temple. Pour la première fois de sa vie il allait remercier le dieu dont la fille était capable de produire de tels miracles. Bénya allait rester en vie.

A l'aube du troisième jour, tandis que Senmout se trouvait auprès de Bénya, les soldats du roi, armés de couteaux, fondirent sur les ouvriers impuissants et leur tranchèrent la gorge. Un scribe était chargé de noter chaque mort afin que personne n'en échappe et ne revienne par la suite piller le tombeau.

Les deux jeunes gens entendirent la procession funèbre se former dans les jardins et Senmout envoya un esclave chercher du vin.

— Buvons à ton salut, proposa-t-il à Bénya, ainsi qu'à la Grande Epouse Royale Ahmès.

— Et à ta chance ahurissante ! ajouta Bénya avec ferveur. Sans la bonté du petit prince je serais à l'heure actuelle face contre terre.

— Elle n'est plus si petite, précisa Senmout. Cela fait longtemps que tu es arrivé à Thèbes, et les enfants grandissent...

Senmout regarda son ami avec tendresse. Il n'avait pas changé. La menace d'une mort certaine l'avait à peine ébranlé et il avait vite retrouvé son enthousiasme juvénile.

— Le prince t'a épargné dans un but bien précis, lui rappela-t-il.

— Ah! oui. Un grand ouvrage en perspective! Et que suis-je donc censé faire? Vais-je travailler sous tes ordres, Senmout?

— Nous travaillerons ensemble. Il n'est pas question entre nous de rapports hiérarchiques!

Senmout lui parla de la vallée et des intentions du prince. Bénya l'écouta attentivement.

— Cela me rappelle le jour où j'ai contemplé la grande vallée du haut des collines...

Il se tut brusquement, consterné.

— Pas un mot de plus, Bénya! coupa Senmout avec fébrilité. Tiens ta langue ou tu seras responsable de ma mort!

— Pardonne-moi, mon ami, répondit humblement Bénya. Dorénavant je ne ferai plus jamais allusion à ce que j'ai vu.

— Prends-y bien garde.

Ils se livrèrent de nouveau à quelques libations, puis Bénya intervint :

— Pour ce qui est du temple, commence à faire les plans, et ensuite je te dirai quelle est la pierre la plus appropriée. Il me semble que tu préféreras le grès, mais le granit est plus solide.

— La pierre devra se confondre au premier abord avec la falaise.

— Mais elle désire un sanctuaire taillé profondément dans la roche. Comment vas-tu concilier tout cela?

— C'est mon problème. Nous pourrions peut-être aller étudier le site ensemble, puis je ferai un croquis pour Son Altesse. Où habites-tu en ce moment?

— Dans mon ancienne cellule, à côté de chez le contremaître.

— C'est beaucoup trop loin pour moi. Nous devons travailler plus près l'un de l'autre. Je vais essayer de t'obtenir une chambre ici.

Bénya regarda son ami avec surprise, mais ne dit rien. Son assurance était aussi nouvelle que son appartement, son esclave et la couche confortable de sa petite chambre. Mais son regard posé et son étrange sourire n'avaient pas changé.

Ils visitèrent ensemble le site, étudièrent longuement les parois rocheuses, examinèrent la vallée sous tous les angles ; cependant Senmout ne pensait à aucun plan précis et il n'avait pas revu Hatchepsout depuis les funérailles de sa mère.

10.

Le dernier jour du mois d'Apap, alors que le Nil venait une fois de plus de déborder de son lit dans la plaine où se reflétait le pâle ciel hivernal, Touthmôsis fit venir Hatchepsout auprès de lui. La célébration de son anniversaire venait de s'achever et elle entrait à présent dans sa seizième année. Toujours férocement attachée aux pagnes courts de son enfance, on commençait à deviner la douce courbe de ses hanches et la rondeur de sa poitrine sous les bijoux qu'elle adorait. Dédaignant les perruques, elle portait les cheveux libres qu'elle ornait toutefois de nombreux diadèmes d'or, d'argent et d'électre.

Un vent de changement soufflait sur le palais. La saison n'était guère agréable. Les moustiques avaient fait leur apparition et la maladie commençait à terrasser les enfants. Le pharaon se sentait particulièrement mal à l'aise. Seule Hatchepsout était de belle humeur et tous attendaient l'orage avec impatience.

Touthmôsis accueillit aimablement sa fille, l'embrassa et disposa devant elle du vin chaud et des pâtisseries. Elle s'assit sur le bord de son siège, les yeux fixés sur son père, debout en face d'elle, les mains sur les hanches.

— La nouvelle année approche et avec elle de grands changements, dit-il. Voilà longtemps que tu es prince héritier, Hatchepsout. Ce titre est réservé aux enfants, or tu n'es plus une enfant. Je suis fatigué et j'ai besoin à présent de l'aide d'un régent. Nous allons faire un voyage tous les deux, une tournée royale. Je vais enfin te montrer ton royaume et ses merveilles. Ainsi tu n'en apprécieras que mieux le don que t'ont fait les dieux. A notre retour, je te ferai couronner héritière royale.

— Allez-vous m'épouser, père ? A présent que mère est morte, vous avez besoin d'une autre femme de sang royal pour conserver le trône ?

Il éclata de rire, ce qui contraria fort Hatchepsout.

— Ma question est bien naturelle ! On m'a toujours dit qu'un pharaon devait légitimer son trône en épousant une femme de lignée royale, et puisque vous semblez, cher père, absolument immortel, j'imagine que vous devez m'épouser.

— Penses-tu que j'aie besoin d'une autre épouse pour légitimer mon pouvoir ? Moi qui, depuis de si longues années, suis maître du sort de l'Egypte ? Non, Hatchepsout, un tel mariage est inutile. Je t'ai promis la double couronne et tu l'auras, mais la tâche sera lourde. Es-tu prête ?

— Je suis prête depuis des mois, lui lança-t-elle, et mon impatience est extrême. Mais j'ai confiance en vous. Amon m'a engendrée pour cela. C'est vous qui me l'avez dit et j'en suis intimement persuadée. Je gouvernerai bien ; j'en suis également persuadée.

— Oui, c'est pour cela que tu es née, Hatchepsout, dit-il en s'approchant d'elle. De même qu'Inéni est né pour dessiner et Pen-Nekheb pour combattre. Mais tu dois savoir que tous ne voient pas d'un bon œil ton accession au trône. Et si ma mort survient trop tôt, tu risques des ennuis avec les légitimistes.

— Bah ! Ces vieillards plongés dans leurs grimoires... L'armée vous est fidèle, elle me le sera également ; qui d'autre aurai-je à craindre ?

— Tu m'étonnes. Tu n'as effectivement rien à craindre de l'armée. Les soldats t'estiment, toi le prince capable de toucher ta cible depuis un char lancé à toute allure. Mais qu'en est-il de Touthmôsis, ton frère, et des prêtres d'Amon ?

— Touthmôsis n'a pas plus d'ambition qu'un moustique ! Tant que vous le fournirez en femmes et en mets raffinés, il se tiendra tranquille. Quant à l'habile Ménéna, il y a longtemps que vous l'avez chassé.

— Oui, mais nombreux sont les prêtres qui pensent que sous la férule d'une femme le pays va s'affaiblir, que les frontières seront de nouveau menacées, et que le tribut des Kouchites ne sera plus versé aux mains avides des serviteurs du dieu. Ils iront se mettre au service de Touthmôsis jusqu'à ce qu'ils constatent combien il redoute les aléas du combat.

— Que dois-je faire alors ?

— Laisse-moi te couronner et travaille à mes côtés. Apprends de ton mieux l'art de gouverner, et ainsi, à ma mort, peut-être seras-tu capable d'étouffer dans l'œuf les sursauts de révolte qui ne manqueront pas de se produire.

Elle se leva vivement et se mit à marcher de long en large.

— Cela promet d'être difficile. Je commence à comprendre les craintes de Néférou, bien qu'au plus sombre de ses cauchemars elle n'eût jamais imaginé que le trône d'Egypte puisse me revenir un jour. Je vais être la reine. Mais non, plus que reine. Je vais être pharaon !

— A ma mort seulement, lui rappela Touthmôsis amusé. Mais il se peut qu'alors tu sois lassée des corvées du pouvoir et préfères la tendre couche d'un mariage avec Touthmôsis à l'incorfortable trône royal.

Il s'amusait à la provoquer, mais devant son regard horrifié, il cessa bien vite de sourire.

— O père ! Plutôt coucher avec le plus humble des soldats qu'avec Touthmôsis, dit-elle en frémissant. Je ne peux pas supporter les imbéciles.

— Méfie-toi ! ajouta-t-il sèchement. Ne parle plus jamais de ton frère en ces termes ! Ta mère avait raison de redouter ta langue trop bien pendue ! Il se peut qu'en dépit de tous mes décrets, ton frère obtienne plus qu'on ne croit. Il peut encore monter sur le trône d'Horus.

— A ma mort seulement, répondit Hatchepsout. A ma mort.

— Je l'espère. Nous consacrerons le mois de Mésore à visiter les anciennes merveilles de ce pays et tu te dois de rendre ainsi hommage aux dieux dont les tombeaux t'attendent. Tu seras couronnée à notre retour. Après avoir consulté de nombreux astrologues, j'ai choisi le début de la nouvelle année pour la cérémonie. Consacre le reste de ce mois à te préparer, et ne souffle mot à quiconque, car j'ai l'intention d'attendre notre retour pour annoncer cela. Tiens compte aussi des doutes que tu pourrais avoir. Tu dois te sentir convaincue que c'est bien cela que tu veux. En es-tu bien sûre ?

— Je n'ai pas besoin d'y penser plus longtemps, répliqua-t-elle fermement. Je n'ai aucun doute à ce sujet et n'en aurai jamais. Ce don n'est pas seulement le vôtre, pharaon. Je sais de toute éternité qu'il est aussi celui du dieu. N'ayez aucune crainte. Je gouvernerai bien.

— Je n'ai aucun doute à cet égard ! A présent va rejoindre tes chats et tes fleurs, et profite bien des derniers jours de réelle liberté qui te restent.

Elle l'embrassa sur la joue et s'élança vers la porte.

— Je serai toujours libre, père, car je ne fais que ce que je veux. Chaque homme devrait agir ainsi. Mais, puisque ce n'est pas le cas, les forts commandent aux faibles comme Touthmôsis.

Elle s'éclipsa en dansant et le pharaon se fit apporter ses cartes. Aucun dieu ne devait être oublié et les rives du Nil étaient parsemées de tombeaux, tout au long de son cours majestueux.

Une semaine plus tard, Senmout reçut un rouleau des mains d'un messager royal. Il l'emporta sur-le-champ dans ses appartements, car il était en train de déjeuner avec Bénya dans le quartier des ingénieurs. Ce n'était pas une lettre de son père et, les mains tremblantes, il rompit le sceau imposant. De noirs hiéroglyphes lui apparurent alors.

« Je suis sur le point de m'embarquer avec mon père et serai absente tout le mois de Mésore. Poursuivez le travail que je vous ai assigné. J'entends commencer les travaux dès mon retour. Je vous offre mon esclave Ta-kha'et ; traitez-là selon votre bon plaisir. Ne la laissez pas oisive. »

Le rouleau était signé, au nom d'Hatchepsout, par Anen lui-même, le grand scribe royal. A peine Senmout eut-il terminé sa lecture, qu'un coup retentit à la porte.

— Entrez ! cria-t-il.

Ta-kha'et se glissa dans la pièce et se prosterna à ses pieds. Senmout regarda avec stupéfaction sa lourde chevelure rouge répandue.

— Debout !

Elle se releva et demeura devant lui, les yeux baissés.

— Mais que suis-je censé faire de toi ? lui demanda-t-il. Regarde-moi !

De grands yeux verts le fixèrent tout à coup et il put y lire une grande joie.

— Le prince héritier m'a donnée à vous pour que vous ne sortiez plus jamais en plein soleil sans khôl, dit-elle, d'une voix hautement perchée à l'accent très prononcé ; sa peau était pâle, presque blanche, mais il savait qu'elle venait d'un pays très lointain. Le prince a dit aussi que je devais vous distraire pendant son absence et vous rendre les nuits d'hiver moins pénibles.

— D'où viens-tu ? lui demanda Senmout en souriant. Où es-tu née ?

Elle le regarda quelques instants sans comprendre puis, avec un éloquent mouvement d'épaules, répondit :

— Je ne sais pas, Maître. Je me souviens qu'il faisait très froid, qu'il y avait la mer... Je suis restée longtemps au service du fils du vizir du Nord.

— Comment donc es-tu arrivée au palais ?

— Le prince Hapousenb m'a offert à Son Altesse à cause de mon talent pour l'usage des cosmétiques.

Senmout finit par éclater de rire et elle lui sourit.

— Je suppose que tu as d'autres talents ?

Elle baissa les yeux et s'appliqua à lisser les pans de son pagne.

— Ce sera à vous d'en juger, Maître.

— Nous verrons. Tu es toutefois un don précieux.

— Je l'espère. Le prince m'a recommandé de faire mes preuves le plus vite possible.

Il la renvoya, puis s'assit au bord de son lit en souriant. Il retourna enfin à ses travaux et dîna de nouveau avec Bénya. Lorsqu'il rentra chez lui, protégé des rigueurs de l'hiver par son manteau, il trouva un brasier rougeoyant dans un coin de la chambre, les lampes allumées, et l'encens qui brûlait devant le petit autel dédié à Amon.

Ta-kha'et le salua dès son arrivée. Le léger vêtement qu'elle portait faisait comme un halo autour de sa silhouette ; elle avait adroitement orné ses cheveux tressés de fleurs mauves et vertes.

— Désirez-vous du vin chaud aux épices pour vous réchauffer ? lui demanda-t-elle tandis que son regard semblait lui proposer de plus enivrants réconforts.

Il ne put lui répondre. Il s'avança vers elle, lui abandonnant son manteau qui glissa de ses épaules ; elle le déposa sur un tabouret, derrière elle, et se retourna vers lui. Ses mains se mirent à lui caresser les épaules, et Senmout glissa un bras autour de sa taille en l'attirant à lui. Il fut envahi d'une bouffée de lourd parfum alors que ses lèvres recherchaient la tiédeur de son cou. Elle rit doucement en le conduisant vers sa couche. Les petites lampes étaient sur le point de s'éteindre lorsqu'il lui adressa de nouveau la parole.

Et c'est ainsi que Senmout, paysan, prêtre et architecte, finit par perdre sa virginité. Il tomba amoureux de Ta-kha'et, de ses agréables silences, de ses élans de passion soudains et muets. Sa présence réconfortante lui permit de se livrer plus efficacement à ses travaux. « Le petit prince devait bien se douter qu'il en serait ainsi, pensa-t-il avec amusement Comme elle est perspicace et astucieuse ! »

Il retournait à ses plans avec un nouvel entrain et à sa couche avec un appétit toujours renouvelé.

11.

Hatchepsout et Touthmôsis se mirent en route le premier jour du mois de Mésore. Pendant qu'il l'attendait dans la barque royale, elle se rendit au temple afin de sacrifier un taureau à Mentou. Elle laissa les prêtres en brûler la carcasse et rejoignit son père sur le bateau. C'était une belle journée d'hiver, tiède et légèrement venteuse. Tandis qu'ils s'éloignaient du rivage, l'assemblée réunie sur la berge brûla de l'encens en l'honneur d'Hapi, dieu du Nil et jeta des poignées de fleurs sur l'eau.

Hatchepsout et Touthmôsis regardaient la ville s'éloigner. Leur petit déjeuner les attendait à l'ombre de la cabine, dont les parois de toile avaient été relevées pour qu'ils puissent admirer le paysage tout en déjeunant. Hatchepsout poussa un soupir de satisfaction. Elle n'avait jamais quitté Thèbes et tant de nouveauté l'enchantait. Elle se réjouissait à la perspective des plaisirs variés et des journées entières qu'elle passerait en compagnie de son père, à contempler le rivage de l'Egypte, bercée par le roulis du bateau.

Touthmôsis était heureux de son bonheur, de l'éclat pétillant de ses yeux, et de se savoir débarrassé pour un bon moment des corvées du pouvoir, qui incomberaient désormais à Inéni et à ses vizirs. Les pieds fermement campés sur le pont, la tête en arrière, il humait le vent. Il avait eu l'occasion de quitter Thèbes autrefois, pour guerroyer au loin, ou pour visiter le site des monuments qu'il édifiait, mais il était aussi ému que sa fille et impatient de lui montrer les incomparables merveilles de son pays, véritable don des dieux. Avant qu'ils ne se décident à s'installer dans la cabine, Thèbes était déjà loin derrière eux et le fleuve serpentait doucement à travers les champs inondés et les palmeraies. De part et d'autre, dans le lointain, les collines se profilaient dans le brouillard et une légère brume montait du fleuve à mesure que le soleil s'élevait dans le ciel. Ils déjeunèrent avec appétit, en échangeant des plaisanteries, puis ils s'installèrent sous un dais dressé sur le pont. Le fleuve faisait une grande boucle vers l'est et les falaises s'éloignaient en direction du désert.

— Nous les retrouverons demain, lui dit Touthmôsis. Elles ne sont jamais bien loin, et c'est une bonne chose, car à elles seules, elles remplacent des bataillons entiers en nous protégeant efficacement des tribus nomades du désert. Dans deux ou trois jours, nous serons à Abydos, lieu sacré par excellence, mais nous ne descendrons pas à terre. Nous jetterons l'ancre pour y passer la nuit, avant de pousser plus avant.

Hatchepsout ne répondit rien, tout absorbée dans la contemplation du paysage qui se déroulait comme un gigantesque rouleau de papyrus. Le soleil devenait plus chaud et le fleuve plus rapide. Ils dépassèrent de petits villages aux huttes de terre, et virent de nombreux animaux l'air désolé devant leurs pâturages inondés. Mais l'eau baissait et, en certains endroits, les paysans s'étaient remis à l'œuvre, courbés sur la terre fertile.

Ils arrivèrent à Abydos dans la soirée du quatrième jour. Le soleil déclinait derrière la petite ville, et, lorsque la lune et les étoiles l'eurent remplacé dans le ciel bleu foncé, Hatchepsout distingua le toit blanc des bâtisses à l'abri des palmiers, et au loin, les pylônes et les colonnes d'un temple. Elle se pelotonna dans son manteau, fascinée par ce silence auquel le vacarme incessant du palais ne l'avait pas habituée.

— Voici Abydos, où repose le tête d'Osiris, lui dit doucement Touthmôsis. De même que ta mère m'aimait, Isis aimait le dieu et elle est allée rechercher les morceaux de son corps dispersés aux quatre coins de la terre. J'ai fait construire ici des monuments, mais nous ne nous y attarderons pas. Abydos n'est pas bien éloigné de Thèbes et tu auras l'occasion d'y revenir. Je vais me coucher. Demain matin nous procéderons aux cérémonies consacrées à Osiris, puis nous repartirons.

Il embrassa son front glacé et s'éloigna. Hatchepsout, encore avide de jouir de la nuit, resta un long moment à contempler le reflet des petites lampes qui scintillaient à la surface de l'eau lisse et calme. Elle médita sur le meurtre du fils du Dieu-Soleil et sur l'amour d'Isis. Elle arpenta le pont du bateau, en écoutant les ronflements de son père ainsi que les rires et les voix en provenance de la barque des serviteurs, et ne regagna sa couche qu'au moment où le silence s'installa totalement sur la rive.

Au petit matin, tout le monde se réunit sur la berge pour sacrifier à Osiris. L'humeur était à la joie et, la cérémonie terminée, ils remontèrent tous à bord et firent vivement voile vers le large du fleuve. Hatchepsout avait dormi d'un sommeil profond et sans rêve et c'est le chant des oiseaux et la fraîcheur de l'air matinal qui l'avaient réveillée. Elle s'installa en face de Touthmôsis pour déjeuner, tandis que les bateliers s'appliquaient à mener la barque au milieu du fleuve. Un bon vent arrière gonfla soudain les voiles. Hatchepsout aperçut un amoncellement de ruines au nord de la ville et elle en fit la remarque à Touthmôsis qui posa son pain d'un air renfrogné.

— C'était il y a bien longtemps le temple de Khentamentiou, le dieu-chacal d'Abydos, grommela-t-il. Et à présent il n'en reste presque plus rien. Immondes Hyksôs ! Il en a fallu du temps pour que tes illustres ancêtres parviennent à les chasser d'Egypte ! Mais leurs saccages leur ont survécu.

— Khentamentiou, dit Hatchepsout, ce devait être un dieu très puissant pour les habitants d'Abydos. Je reconstruirai ce temple pour eux, et pour lui.

— Vraiment ? lui demanda Touthmôsis fort surpris. Parfait ! J'ai bien essayé moi-même, mais sans grand résultat. J'aurai une autre ruine à te montrer dans cinq jours. Tu iras écouter toi-même ce que veut t'apprendre la déesse, car il s'agit d'Hathor dont le temple de Cusae est livré à l'abandon.

Dans les jours qui suivirent, le paysage ne changea guère. Le fleuve continuait à regagner son lit et çà et là la terre apparaissait par plaques brunes et noires, où surgissaient de petites pousses vertes. De temps à autre la demeure d'un riche noble s'offrait aux regards, avec son mur d'enceinte le long du fleuve, et son débarcadère pavé ; mais cela n'arrivait pas souvent, car ils se trouvaient à présent fort loin de toute grande ville.

Au bout de cinq jours, ils arrivèrent à hauteur d'une route qui semblait s'enfoncer directement dans le fleuve. Le pharaon ordonna de jeter l'ancre et de descendre les litières.

— Cusae se trouve juste derrière les falaises, dit Touthmôsis. Voici la route qu'empruntaient les villageois pour descendre au fleuve. Il n'y passe presque plus personne aujourd'hui et j'ai pensé y poster un détachement d'hommes armés, car les brigands et les nomades du désert commencent à rôder dans ces collines et à menacer les derniers habitants.

Touthmôsis et Hatchepsout prirent place dans leurs litières et se mirent en route, encadrés par quatre gardes à l'affût du moindre mouvement, mais seuls quelques oiseaux volant haut dans le ciel limpide venaient troubler l'horizon.

En plein été une telle excursion n'aurait pas été supportable, mais à cette époque de l'année c'était une plaisante randonnée. Après avoir franchi un étroit défilé encaissé entre deux énormes rochers, ils débouchèrent au-dessus du village de Cusae : il n'en restait que quelques huttes de terre, apparemment habitées puisque de minces filets de fumée s'en échappaient, et les ruines de plusieurs riches demeures dont les occupants avaient fui lors de l'occupation barbare. A la lisière du village s'élevait un petit temple en ruine parmi les herbes folles. Hatchepsout put deviner les contours de ce qui avait été sans doute un charmant jardin.

— Je vais t'attendre ici, dit Touthmôsis. Continue toute seule, voilà le temple d'Hathor auquel tu dois rendre hommage.

Obéissante, Hatchepsout descendit de sa litière. Le sable était chaud sous ses pieds et rendait la marche pénible. Mais bientôt le sol se raffermit et elle s'aperçut qu'elle cheminait sur une ancienne allée dallée. Après avoir dépassé les ruines à demi enfouies sous le sable de l'entrée du temple, elle pénétra dans le vestibule aux dalles brisées et disjointes, entre lesquelles poussaient de petits buissons d'épineux. Des débris de colonnes gisaient alentour, rongés par le temps. Elle se fraya un chemin vers le sanctuaire et ses colonnes blanches, et constata qu'il ne restait plus rien de ce qui fit la splendeur de ce lieu sacré ; seul le désert vibrant de soleil s'étendait au-delà.

Elle regarda autour d'elle et l'infinie désolation du lieu lui fit monter les larmes aux yeux. Soudain, elle sentit qu'on lui touchait timidement la main. Quatre enfants, qui s'étaient glissés jusque-là la contemplaient avec le regard sauvage et direct de l'extrême jeunesse. L'un d'eux tenait un arc grossier en papyrus, un autre une lance fabriquée à l'aide d'une branche. Ils étaient très maigres, les os saillants, et leur peau avait la couleur passée des plantes brunes sur lesquelles ils marchaient. Une petite fille lui toucha la main et recula, un doigt dans sa bouche. Hatchepsout se retint de rire.

— Mais que faites-vous ici ? leur demanda-t-elle sévèrement. Vous ne savez donc pas que ce lieu est sacré ?

Ils la regardèrent un moment sans comprendre, puis l'un des garçons intervint.

— Nous sommes venus jouer, dit-il fermement. C'est notre garnison et nous la défendrons jusqu'à la mort. Pour le pharaon, ajouta-t-il après avoir remarqué le riche vêtement et les sandales incrustées de joyaux de la visiteuse.

Avant qu'Hatchepsout eût le temps de répondre, la petite fille la tira par le pagne.

— Je sais ce que vous faites là, chuchota-t-elle. Vous êtes venue voir la belle dame ?

— Exactement, approuva Hatchepsout. Veux-tu me conduire auprès d'elle ?

L'enfant tendit une main maculée de sable à Hatchepsout et ensemble elles regagnèrent la cour extérieure, où la petite fille se fraya un chemin jusqu'à un pan de mur encore debout.

— La voilà, susurra-t-elle avant de courir rejoindre ses amis.

Etonnée Hatchepsout baissa la tête et vit à ses pieds un grossier panier renfermant les reliefs d'une offrande : du pain sec, des fruits ratatinés, une fleur de lotus fanée. Et, contre le mur, à l'abri d'un éboulement de pierres, se dressait la déesse, encore parée de bleu, de rouge et de jaune, le sourire figé, ses deux cornes de vache dressées, l'une d'elles encore recouverte d'or. Hatchepsout tomba à genoux et embrassa les pieds d'Hathor. Puis elle s'assit et récita ses prières, non sans quelques difficultés car elle n'avait pas prié la déesse depuis son enfance. Elle lui demanda de bénir son règne.

— Faites que je devienne aussi belle que vous et je m'engage à relever toutes ces ruines et à y envoyer des prêtres pour brûler l'encens en votre honneur.

Hatchepsout se releva, baisa encore une fois les pieds de la statue et s'éloigna rapidement.

Les enfants l'attendaient de l'autre côté de la cour.

— Voulez-vous voir le pharaon ? leur demanda-t-elle tout à coup.

Incapables de lui répondre, ils éclatèrent de rire.

— Vous vous moquez de nous, dit un garçon. Que ferait donc ici le pharaon, loin de son trône et de sa couronne ?

— Peu importe, il est ici, répliqua-t-elle en le prenant dans ses bras. Suivez-moi.

Ils la suivirent non sans de nombreux chuchotements et regards incrédules. Peu après, Touthmôsis la vit arriver, suivie d'une horde de petits paysans. Il descendit de sa litière en grommelant.

— Père, s'écria-t-elle, voici les enfants de Cusae qui veulent rencontrer le pharaon !

Les enfants levèrent les yeux sur ce petit homme solide, aux yeux noirs étincelants, dont l'uræus royal brillait sur le heaume.

— Prosternez-vous, prosternez-vous ! murmura impérativement le garçon aux autres enfants. C'est bien lui !

Hésitants, ils s'agenouillèrent tous, comme ils avaient l'habitude de le faire pour jouer, sans trop savoir comment se comporter.

— Relevez-vous, leur dit Hatchepsout en leur caressant la tête. Voici donc le pharaon. Vous pourrez raconter à vos parents ce que vous avez vu aujourd'hui !

Elle était tout excitée et rouge de plaisir.

— Je t'envoie chercher la déesse et voilà que tu me ramènes un petit troupeau d'oies du Nil ! lui dit Touthmôsis en éclatant de rire. Eh bien, vous, qu'avez-vous à dire ? Toi, là, donne-moi ton arc.

En une enjambée il fondit sur le petit garçon et lui prit son arc des mains.

— C'est toi qui l'as fait ?

— Oui, Majesté, parvint-il à répondre.

— Hmmm... et tu arrives à tirer avec ?

— Il ne marche pas très bien. Je n'ai pas réussi à trouver le bon morceau de bois, alors ma flèche ne part pas très loin.

Touthmôsis jeta l'arme et appela le capitaine de ses gardes.

— Kénamon ! cria-t-il. Donnez votre arc et vos flèches à cet enfant.

L'enfant n'en crut pas ses yeux, et prit les objets avec des mains tremblantes. L'arc était bien aussi grand que lui. Il en fit vibrer la corde.

— Oh ! merci, puissant Horus ! articula-t-il.

— Souviens-toi de ce jour, dit Touthmôsis en souriant. Lorsque tu seras grand, c'est pour moi que tu te serviras peut-être de cet arc. Maintenant, allons déjeuner. Viens vite, Hatchepsout, avant que toute la population ne vienne dépouiller mes soldats.

Ils repartirent sur leurs litières. Lorsque peu après Hatchepsout se retourna, elle aperçut quatre petites silhouettes noires, immobiles, qui se détachaient au loin devant les blanches colonnes du temple d'Hathor.

— C'est aujourd'hui que nous arrivons dans la plaine des pyramides, annonça Touthmôsis à sa fille.

Leur voyage durait depuis deux semaines et, pour Hatchepsout, tenait étrangement du rêve : des journées consacrées aux bains de soleil, à la bonne chère, aux discussions à bâtons rompus devant un paysage sans cesse renouvelé ; des nuits de profond sommeil, bercées par le clapotis des vagues dans quelque baie retirée. L'Egypte était un bien beau pays, bien plus extraordinaire que tout ce qu'elle avait pu imaginer.

— Je tiens à te montrer cette plaine Hatchepsout, poursuivit Touthmôsis, plus que toute autre merveille, car c'est elle qui te fera prendre pleinement conscience de ta destinée. Tu n'en croiras pas tes yeux. Ce sont tes ancêtres qui ont bâti toutes ces splendeurs. Mais je n'en dirai pas plus. Regarde bien la rive gauche du fleuve ; les collines vont reculer et tu ne les verras bientôt plus.

La matinée s'écoulait et Hatchepsout avait fortement envie d'aller s'asseoir à l'ombre, mais son père restait immobile, sans qu'un mouvement vienne troubler son visage tendu vers l'occident.

Soudain un des bateliers poussa un cri.

— Regarde à l'horizon, s'écria Touthmôsis, voici la première !

Elle regarda. Une forme au sommet aplati se dessinait, petite, lointaine, surgissant de la plaine. Alentour aucun champ cultivé, aucune habitation ; seule une large bande de roseaux verts se frayait un chemin à travers le sable et l'eau. La pyramide ressemblait à un énorme galet tombé du ciel. On leur approcha des sièges et des parasols sous lesquels ils s'installèrent sans un mot ; les bateliers et les serviteurs aussi demeuraient silencieux. La silhouette se rapprocha, s'éclaircit et s'imposa à eux, entourée d'autres pyramides, ce qui mit Hatchepsout au comble de l'excitation. Ils se trouvaient juste à sa hauteur, et la jeune fille vit qu'elle était entourée de pierres éboulées ; mais son sommet aplati et sa base massive semblaient défier les ravages du temps et des hommes.

— Elle n'a pas toujours revêtu cet aspect, remarqua Touthmôsis. Elle fut autrefois recouverte de la chaux la plus blanche et elle brillait

La dame du Nil

comme le soleil dans l'éclat de sa puissance. Personne ne sait quel dieu se trouve enterré là, mais on pense qu'il s'agit du pharaon Snéfrou.

Ils passèrent devant une autre pyramide dont le sommet pointait vers les cieux. Hatchepsout retint son souffle. Il lui semblait déjà impossible que tout ceci fût l'œuvre des hommes, mais que de plus ces hommes fussent ses ancêtres voilà qui la bouleversait profondément.

— Mais ce n'est encore rien, ajouta Touthmôsis. D'ici jusqu'à Memphis, à une journée de bateau, les pyramides jonchent le désert et leur diversité t'étonnera. Que penses-tu de tout cela ?

Il jeta un coup d'œil à sa fille, mais elle ne l'avait pas entendu. Le visage impassible, elle suivait des yeux le majestueux passage des tombeaux.

Ils atteignirent Memphis au cours de la nuit, et accostèrent légèrement en amont pour se reposer. Seules les pyramides se détachaient dans l'obscurité, mais Hatchepsout, étendue sur sa couche, pouvait entendre les rumeurs de la ville, le raclement des bateaux à l'amarre, l'écho des voix, toute une cacophonie de bruits nocturnes qui l'empêchaient de dormir. Son père lui avait peu parlé de la ville, dont elle savait seulement qu'elle était autrefois la capitale de l'Egypte. Les bruits citadins lui firent regretter Thèbes, le confort de son appartement, les visages familiers. Elle pensa soudain à Senmout et à la petite vallée de l'autre côté du fleuve. Elle ne savait toujours pas exactement ce qu'elle allait y faire construire, mais elle souhaita de tout son cœur que Senmout parvienne à édifier en son honneur des monuments aussi splendides que les pyramides. Mais comment ? Les fatigues de la journée l'avaient épuisée et elle désirait ardemment dormir, car le lendemain, elle aurait à revêtir une fois de plus ses parures royales et à recevoir les hommages du vice-roi. Néanmoins le sommeil ne vint pas.

A l'aube, elle s'enveloppa dans son manteau et descendit sur le rivage. Elle respira quelques instants les parfums humides d'une palmeraie qui s'étendait alentour, puis regagna sa cabine en frissonnant et se plongea avec délices dans le bain chaud que lui avait préparé son esclave. Elle se laissa baigner. Elle avait accepté à titre exceptionnel de revêtir une robe qu'au sortir du bain l'esclave lui passa et retint à la taille avec une ceinture dorée, incrustée de lapis-lazuli et ornée de franges d'or. Elle s'assit, prête à être maquillée : un fard doré pour les paupières, du khôl autour des yeux, du henné sur les lèvres et la paume de ses mains délicates. On lui brossa les cheveux, avant de poser la lourde perruque de cérémonie, formée d'une centaine de petites tresses brunes qui lui descendaient jusqu'aux épaules. C'est avec la plus grande difficulté qu'elle parvint à bouger la tête pour choisir ses bijoux. Elle décida de porter un pectoral en or : deux oiseaux d'Horus porteurs de la double couronne, face à face, retenus par deux serpents entrelacés, des bracelets d'électre, et une petite calotte dorée, recouverte de plumes en turquoises.

Une fois habillée et chaussée, elle alla retrouver Touthmôsis qui l'attendait en regardant la rive proche. Il avait lui aussi revêtu ses vêtements de cérémonie, or et bleu pâle, rehaussés de cuir blanc. Son visage était soigneusement maquillé, et c'est d'un air absent qu'il la salua, les yeux fixés sur l'assemblée de notables massés le long du débarcadère. Une large avenue menait directement aux murailles blanches de la ville et à sa porte de bronze grande ouverte, qui laissait entrevoir les maisons, les obélisques et les jardins d'un temple.

— Voilà le célèbre Mur blanc de Ménès, dit Touthmôsis, et au loin les pylônes de la demeure de l'épouse du dieu Ptah. Nous déjeunerons ce matin avec le grand prêtre de Memphis ; mais auparavant, nous nous rendrons au temple.

Une passerelle fut installée et la sonnerie des cors retentit. Hatchepsout et le pharaon descendirent lentement vers les dignitaires. Le chef héraut de Touthmôsis énonça tous ses titres, et le grand prêtre s'avança vers eux et se prosterna à leurs pieds.

— Relève-toi, dit Touthmôsis.

Le grand prêtre, un jeune homme bien en chair, au nez crochu et au regard vif, se dressa et dit avec gravité :

— Heureux soit ce jour ! L'Egypte entière se réjouit au passage de la fleur de l'Egypte. Heureuse soit la ville de Memphis, bien-aimée de Ptah !

Un cortège se forma en direction de la ville, sous les tumultueuses ovations de la foule prosternée. Les enfants couraient en avant jonchant le chemin de fleurs de lotus. C'était un jour exceptionnel pour les habitants de Memphis. Le dieu et sa fille seraient leurs hôtes pendant deux jours. Les échoppes et les écoles resteraient fermées, et toute la population se masserait dans les rues, dans l'espoir d'apercevoir ce petit prince dont l'Egypte entière louait la beauté et l'arrogance, ainsi que ce pharaon déjà légendaire.

Les appartements royaux du temple avaient été préparés et, dans la salle du banquet, le soleil levant inondait déjà de sa lumière les tables, les fleurs, les tapis, les coussins et les coupes de vin. Un brasier avait été allumé en prévision de la fraîcheur de l'aube, et Hatchepsout tendit les mains vers la flamme. Elle avait laissé son manteau sur le bateau, afin que la foule pût mieux la contempler, et elle commençait à avoir froid. Après nombre de discours et de prosternations, une petite cloche retentit et le repas commença. Hatchepsout fut charmée de se voir proposer ses mets favoris : des concombres au poisson, de l'oie en sauce, et des salades variées. Elle en fit compliment au grand prêtre.

— Comment vous appelez-vous ? lui demanda-t-elle.
— Ptahmès, Altesse. Mon père est le vice-roi du pharaon.
— Je suppose que vous servez l'épouse de Ptah avec diligence, car autrement vous n'auriez pas été nommé grand prêtre.

Ptahmès rougit et s'inclina.

— J'ai eu le bonheur de plaire au dieu et il m'en a récompensé, dit-il en regardant avec une franche curiosité ce visage maintes fois décrit par ses amis à leur retour d'un voyage à Thèbes. Mais devant ce large sourire et ces yeux noirs et captivants comme une nuit d'été, il constata qu'aucun n'avait su décrire le gracieux geste de cette main, la charmante inclinaison de ce long cou, la voix douce et particulièrement mélodieuse.

— Il y a longtemps que j'adore Sekhmet, lui dit-elle, et ce fut un immense plaisir pour moi ce matin que de me trouver devant elle pour la première fois. Amon est très puissant, mais Sekhmet, comme Hathor, comprend le cœur des femmes.

Elle s'était légèrement penchée vers lui pour lui faire ces confidences et il fut conquis. A vrai dire, on lui avait aussi parlé de son obstination, de son orgueil, de ses colères soudaines, et il avait passé la nuit dans l'angoisse d'être disgracié.

— Sekhmet est très puissante ! approuva-t-il avec ferveur.

Elle lui sourit.

— Demain, nous procéderons ensemble à un sacrifice, lui dit-elle. Je crois que mon père et moi devons nous rendre à l'aube auprès du Taureau Sacré, mais je vous ferai appeler après le déjeuner.

— Ce sera un grand honneur pour moi, Altesse, répondit-il. Le pharaon et mon père ont affaire ensemble, je pourrais donc, si vous le désirez, vous montrer ma belle ville de Memphis.

Il regretta un instant son audace, mais elle reposa sa coupe et se rinça les doigts, puis hocha la tête d'un air sérieux.

— J'en serais très heureuse, Ptahmès. Et vous viendrez dîner avec votre père sur la barque royale. Nous voyageons avec fort peu de moyens de divertissements, mais j'ai pris mon luth. Peut-être connaîtrez-vous quelque musicien local susceptible de jouer pour nous ? J'ai une passion pour la musique.

— Je vais m'en occuper, Altesse. Il y a longtemps que nous attendons votre visite. La dernière fois que j'ai vu votre père, je n'étais qu'un enfant, mais depuis, j'ai beaucoup entendu parler de la fleur de l'Egypte.

— Quelles sont ces flatteries, noble Ptahmès ?

— Votre Altesse n'a nul besoin d'être flattée par son humble serviteur, répondit-il en rougissant. Il allait poursuivre, mais le pharaon fit signe à Hatchepsout de le suivre et ils quittèrent la salle.

Le reste de la journée se passa en visites protocolaires. Ils allèrent déjeuner avec le père de Ptahmès, en compagnie de sa timide épouse et de leur fille. Dans l'après-midi, ils retournèrent faire la sieste sur le bateau. Hatchepsout, fatiguée des discours et des déplacements, n'eut aucun mal à s'assoupir, malgré l'inconfortable appui-tête d'ébène destiné à maintenir sa perruque en place.

Lorsque le soleil commença à décliner, Touthmôsis se rendit au palais de Justice, portant la crosse et le fléau, afin d'y entendre les prévenus, Hatchepsout à ses côtés. A la nuit tombée, ils retournèrent au bateau tout illuminé. Ptahmès s'y trouvait, plus à l'aise à présent, ainsi que son père et toute sa famille. Hatchepsout les régala de nombreuses petites histoires de la cour tandis que défilaient les plats et les carafes et que résonnaient les chants et les accords des musiciens du vice-roi. Tard dans la nuit Touthmôsis congédia ses invités, qui s'éloignèrent lentement, étourdis par la bonne chère.

Au petit matin, Hatchepsout et Touthmôsis se rendirent à l'enclos du Taureau Sacré de Memphis. Apis, symbole de la fertilité de la terre et de l'homme, était vénéré dans toute l'Egypte, et Touthmôsis lui rendait régulièrement hommage.

Le dieu était abrité dans un petit temple jouxtant le Mur blanc, de l'autre côté de la ville. Au moment où Hatchepsout et Touthmôsis entrèrent dans la première cour, une violente odeur de bétail leur parvint aux narines. Le prêtre qui les attendait leur tendit des guirlandes pour le dieu qu'ils entendirent trépigner et souffler dans le sanctuaire proche.

Ils s'agenouillèrent sur la litière de paille. Touthmôsis remplit l'encensoir, et ils entonnèrent ensemble les litanies, sous les regards paisibles du Taureau Sacré. Puis Hatchepsout s'approcha pour lui jeter des fleurs sur les cornes. Elle se pencha par-dessus la barrière dorée, et la bête leva la tête et lui lécha le bras. Ravie, elle se pencha davantage et le gratta derrière les oreilles. Le taureau gronda et ferma les yeux. Le prêtre ne put réprimer son étonnement car Apis avait la réputation de se montrer brutal et maints novices chargés de le laver étaient repartis meurtris et terrorisés.

Une fois dehors, le prêtre s'inclina profondément devant elle.

— Tout au long de votre règne, le pays jouira d'une grande prospérité, dit-il. Nous en avons la preuve. Longue vie et santé à Votre Majesté !

C'était la première fois qu'Hatchepsout s'entendait appeler Majesté et, stupéfaite, elle jeta un coup d'œil à Touthmôsis. Fort surpris lui aussi par son pouvoir sur l'animal, il lui fit un petit salut, la prit par le bras et la conduisit hors du temple. Le soleil surgissait à peine de l'horizon et toute la ville baignait dans une lumière rosée.

— A présent que nous avons rendu hommage à Ptah, créateur du monde, dit Touthmôsis, rendons hommage à nos estomacs. Es-tu fatiguée, Hatchepsout ?

— Non. Je suis aussi résistante que vous, père, et vous le savez bien ! Mais les beaux discours commencent à m'ennuyer.

— Tu n'en as encore jamais prononcé ! se moqua-t-il gentiment.

Pendant que Touthmôsis s'entretenait avec le vice-roi, le grand prêtre fit faire à Hatchepsout le tour de la ville en litière. Il lui montra l'ancien palais royal, siège du pouvoir depuis des siècles, et l'emmena au sommet du Mur blanc d'où elle put admirer le paysage alentour, loin au-delà de l'océan de palmiers dattiers, jusqu'à la frange des falaises rouges qui s'élevait à l'ouest. Ils visitèrent les marchés et les chantiers navals. Elle avait un commentaire à faire sur tout ce qu'elle voyait, de telle sorte que le grand prêtre, pour son plus vif soulagement, n'eut aucun silence à combler. Hatchepsout aimait cette ville qui semblait survivre fièrement à ses splendeurs passées, sans amertume aucune. Elle promit à Ptahmès d'y revenir plus tard.

— Lorsque vous viendrez à Thèbes, je vous montrerai *ma* ville, dit-elle en quittant le jeune homme bouleversé et conquis par son charme.

— Avant de partir, nous allons nous rendre à l'ouest de la ville, lui apprit Touthmôsis. Je n'ai pas voulu faire part de ce projet au bon peuple de Memphis, car je voudrais que tu voies la nécropole déserte.

Après avoir parcouru un méandre du fleuve, ils accostèrent de nouveau sur la rive gauche. Touthmôsis s'empressa de faire descendre les litières, et c'est une Hatchepsout maussade et épuisée qui mit pied à terre, la tête douloureuse, les yeux brûlants de sommeil, persuadée d'avoir déjà fait plus que son devoir pour ce jour-là.

Au bout d'une heure de marche Touthmôsis fit arrêter les porteurs. Il descendit de sa litière et tendit la main à sa fille ; d'un geste elle dédaigna son offre et mit pied à terre toute seule en défroissant son pagne d'un air agacé.

Il remarqua sa moue boudeuse et son regard renfrogné mais sans faire la moindre réflexion il lui prit le bras et l'attira un peu plus loin.

— Regarde, voilà les ruines de la Cité des Morts, la nécropole de l'ancienne Memphis, dit-il. Regarde les réalisations du grand dieu Imhotep en personne.

Hatchepsout se protégea les yeux du soleil et regarda autour d'elle, toute sa colère évanouie. Une plaine s'étendait à perte de vue, parsemée çà et là de quelques palmiers isolés, et, émergeant du sable, avec ses tours, ses chaussées dallées, ses pyramides et ses pans de murs, surgissait Saqqara, cité de la poussière. C'était un endroit particulièrement impressionnant, et la beauté chaotique du lieu bouleversa Hatchepsout qui saisit la main de Touthmôsis.

— C'est Imhotep, génie et dieu, qui a créé tout cela, dit-il posément.

Hatchepsout aperçut une pyramide en escalier, dont les degrés montaient vers un sommet écroulé depuis longtemps.

— C'est le monument funéraire de Djoser, guerrier et roi puissant, qu'Imhotep a construit de ses propres mains. Le roi a fait graver au-dessus de son portrait : « Chancelier du roi de Basse-Egypte, administrateur du grand palais, seigneur héréditaire, grand prêtre d'Héliopolis, Imhotep, architecte et sculpteur. » Que reste-t-il de son palais et de ses jardins embaumés ? Regarde et apprends, Hatchepsout.

— C'est assurément un lieu saint, dit-elle, mais très inquiétant. Regardez, regardez ces colonnes lotiformes ! Que sont devenus ceux auxquels étaient destinées ces merveilles ?

Touthmôsis fit demi-tour.

— Cela aussi fait partie de ton héritage. Il est indispensable pour un roi de se souvenir qu'en fin de compte il ne reste que des pierres.

Avant de remonter à bord, ils s'arrêtèrent dans la chapelle d'Imhotep, et admirèrent, comme beaucoup l'avaient fait avant eux, le visage profond et intelligent de celui que l'Egypte vénérait comme le dieu de la guérison. Hatchepsout pensait aux ruines et au considérable effort de conception nécessaire pour réaliser un tel chef-d'œuvre. Ses pensées se portèrent sur Senmout qui travaillait sans doute à ses plans en attendant son retour.

Ils regagnèrent le bateau, et s'endormirent épuisés, tandis que Saqqara disparaissait peu à peu à l'horizon.

A Gizeh, au nord de Memphis, ils se firent à nouveau porter à l'intérieur des terres vers ce qui constituait aux yeux de Touthmôsis la preuve irréfutable de la divinité de ses ancêtres.

Hatchepsout était en proie à la plus vive impatience, sachant que ce qu'elle allait contempler était d'une extrême importance en regard de tout ce qu'elle avait pu voir jusqu'à présent. Elle avait l'intention de faire édifier le plus extraordinaire monument de tous les temps, et les pyramides et les temples qu'elle avait admirés ne faisaient que stimuler son appétit de gloire. En pensant à sa vallée, elle sentait encore une fois l'appel de sa destinée, l'appel muet des falaises.

— Regarde, lui dit Touthmôsis, voici les trois joyaux de l'Egypte.

Des silhouettes d'un blanc éclatant se détachaient à l'horizon. Lorsque Hatchepsout mit pied à terre, elle eut besoin de la poigne énergique de son esclave pour ne pas tomber, si forte était son extase. Quand elle retrouva ses esprits, elle voulut s'approcher des pyramides, en faire le tour, les toucher, les examiner ; mais après avoir contourné la première, elle abandonna son projet et, perplexe, s'approcha de Touthmôsis.

— Ceci ne peut être l'œuvre des hommes ! dit-elle. Les dieux sont descendus sur terre et ont érigé ces monuments à leur gloire !

La parfaite symétrie de leurs arêtes la ravissait et elle admirait leurs formes simples et fières, aiguës comme les dents de Seth ainsi que leur imposante supériorité.

— C'est pourtant l'œuvre des hommes, répondit Touthmôsis. Des milliers d'esclaves ont travaillé à ériger ces tombeaux royaux. C'est ici que reposent Khéops, Khéphren et Mikérinos. Seules ces pyramides sont dignes de protéger leurs corps sacrés. Mais viens voir une autre merveille.

Ils se dirigèrent vers le sud, et Hatchepsout se trouva soudain entre les pattes gigantesques d'un lion.

— C'est la représentation du roi Khéphren, lui apprit Touthmôsis. Il garde l'entrée de sa tombe pour l'éternité. Des formules magiques ont été gravées sur son poitrail. Il a été taillé directement dans la falaise, accroupi, toujours aux aguets, prêt à bondir sur tous ceux qui ne sont pas dignes de l'approcher.

« En suis-je digne ? » se demanda Hatchepsout la gorge serrée, écrasée par la statue gigantesque de l'animal et l'inquiétant avertissement gravé dans la pierre. Elle demeura immobile un très long moment, jusqu'à ce que l'ombre du lion s'étendît loin vers le désert et les tombeaux solitaires.

Touthmôsis, assis sur un rocher, regardait la petite silhouette blanche. Il savait parfaitement ce que sa fille ressentait, car il avait lui aussi voulu relever le défi après avoir vu pour la première fois les réalisations extraordinaires de ses ancêtres. C'est par la guerre qu'il avait réussi à répondre aux dieux, et il se demandait quelle serait la réponse d'Hatchepsout ? Lorsque l'obscurité l'eut totalement cachée à sa vue, il envoya Kénamon la chercher ; le soldat la trouva assise sur une des pattes du Dieu-Soleil, le menton dans la main, fixant la nuit noire de ses beaux yeux embués. Il s'inclina devant elle et elle le suivit, remplie d'admiration, et aussi d'accablement. En apercevant les petites lumières du bateau, clignotant dans la nuit, elle fut à nouveau submergée par le poids de ses rêves, passés et présents, et c'est avec le plus grand soulagement qu'elle se laissa laver et habiller. Une fois confortablement installée, une coupe de vin à la main, les rêves s'estompèrent, faisant place au sentiment d'avoir déposé aux pieds de Khéphren une partie de son enfance.

Il y avait à peine une demi-journée de voyage entre Gizeh et Héliopolis et ils parvinrent au cœur même de l'Egypte aux environs de midi. Les notables montèrent à bord présenter leurs hommages au couple royal qui ne descendit pas à terre. Hatchepsout devait recevoir sa première couronne au temple du Soleil. Assise sur sa petite chaise, elle admirait, par-dessus les têtes des nobles penchées pour lui baiser les pieds, les tours étincelantes de la ville. Derrière elle, sur la rive gauche, s'élevaient d'autres pyramides. Touthmôsis alla se reposer quelques instants, après le départ des dignitaires. Mais Hatchepsout fit placer son siège dans la direction de Thèbes et médita sur son destin.

Elle resta dans cette position jusqu'au soir, refusant toute nourriture, et Touthmôsis la laissa seule. Saisi par le soudain désir de chasser, il partit dans les marais avec ses serviteurs, laissant Hatchepsout immobile, les pieds nus baignés par les derniers rayons du soleil. Le dîner fut servi avant le retour du pharaon et elle se restaura rapidement, avant d'aller se coucher. Les exclamations de son père au retour d'une fructueuse chasse la réveillèrent au milieu de la nuit. Le lever du soleil la retrouva de nouveau assise sur le pont. Son esclave vint la prier de rentrer dans sa cabine afin d'y être préparée pour la cérémonie et elle la suivit docilement, sans un mot. Elle en ressortit une heure plus tard, toute vêtue de blanc, la tête nue.

— Je suis prête, dit-elle en souriant à Touthmôsis qui l'attendait.

Les prêtres la conduisirent au temple, par des rues bordées d'une foule silencieuse, consciente de la solennité de la cérémonie. A la porte du temple elle trouva tous les dignitaires d'Héliopolis rassemblés, impatients de voir celle qui n'était finalement qu'une pâle enfant intimidée. Elle marcha lentement jusqu'à la Pierre Sacrée, et perdue dans ses pensées, resta un moment à contempler cette pierre jaillie du premier rayon du soleil, au premier jour de la création. Puis elle se détourna, et d'un brusque mouvement laissa tomber sur le sol le tissu dont elle était drapée. Une exclamation étouffée s'éleva de la foule ; son corps était entièrement recouvert d'or, incrusté de pierres précieuses, et seule sa tête était nue.

Prosternée, elle s'avança jusqu'à la représentation d'Amon-Râ, placé sur un trône à côté de la Pierre Sacrée, puis les dieux firent leur entrée dans un halo d'encens. Elle les vit tous en se relevant : Thot et sa tête d'ibis ; Horus et ses yeux perçants de rapace ; et Seth le fier, le cruel. Elle gardait l'air indifférent et froid envers tout ce qui l'entourait, mais lorsque Touthmôsis s'approcha d'elle pour l'embrasser, elle se jeta contre lui, la tête enfouie au creux de son cou. Elle savait qu'il lui faisait en cet instant son dernier présent, le don de son trône, de façon bien plus irrévocable que lors de toutes les cérémonies qui se dérouleraient encore, et elle fondit en larmes, sans nulle honte, sous les cris de joie de l'assemblée. Touthmôsis la tint fermement d'une main, et de l'autre imposa le silence.

— Adorée ! lui glissa-t-il à l'oreille. Adorée, poursuivit-il à haute voix, toi que je tiens dans mes bras, tu es mon héritière et toi seule !

Il la repoussa, le visage baigné de larmes, sans qu'elle fît un geste pour les dissimuler.

Alors Thot, dieu de la sagesse, parla au nom de tous :

— Mettez-lui le diadème sur la tête, devant tous les dieux et les hommes.

Hatchepsout sentit des mains lui poser sur la tête la belle couronne qu'avait portée sa mère et avant elle, toutes les reines. Le grand prêtre commença à énoncer les titres qui avaient été ceux d'Ahmès, mais sa voix se perdit dans le tonnerre des applaudissements et des cris lorsque Hatchepsout leva les bras en signe de triomphe.

Touthmôsis l'étreignit encore une fois, et sa voix forte couvrit les exclamations de la foule.

— C'est Hatchepsout, ma fille, qui prendra désormais ma place. Dorénavant, c'est elle que vous devrez suivre. Quiconque lui obéira vivra, mais quiconque s'opposera à elle mourra assurément !

Le pharaon et sa fille sortirent du temple, et à chaque pas, les hommes se prosternaient en essayant de leur baiser les pieds.

On avait dressé de grandes tentes au bord du fleuve, et un festin les attendait. Touthmôsis et Hatchepsout festoyèrent en compagnie des nobles qui ne se réjouissaient pas tous. Certains doutaient de la santé mentale du pharaon qui commençait à se faire vieux et à devenir particulièrement émotif ; d'autres, devant le charmant petit visage et la fragilité apparente de la régente, se prenaient à craindre pour l'avenir du pays, et souhaitaient que Touthmôsis régnât quelques années encore.

Touthmôsis connaissait leurs réticences. Il les lisait dans leurs yeux, mais se gardait de formuler la moindre observation, le regard tourné vers Hatchepsout, sa bien-aimée, en grande conversation avec Kénamon.

— Je préfère une bride courte et un mors rigide, expliquait-elle, car comment voulez-vous maîtriser votre cheval au cœur de la bataille si vous ne l'avez pas habitué à tout cela dès le début ?

Touthmôsis vida sa coupe d'un trait et se passa la langue sur les lèvres d'un air satisfait.

Pendant trois jours entiers, ils furent les hôtes d'Héliopolis et levèrent l'ancre le quatrième jour.

— Thèbes, ma belle ville de Thèbes, soupira Hatchepsout. Père, malgré les plaisirs de ce voyage, je suis tout de même heureuse de rentrer chez nous.

Le cobra qu'elle portait sur la tête scintillait à chaque mouvement.

— L'entraînement militaire commence à me manquer sérieusement et je suis impatiente de commencer les travaux de mon temple.

— Tu sais donc ce que tu vas faire construire ?

— A peu près, mais je ne peux rien en dire avant d'avoir consulté Senmout.

— Ah ! oui, le jeune et bel architecte ! Il doit être submergé de travail à présent, car Inéni a été nommé gouverneur de Thèbes et aura fort peu de temps à consacrer à ses précieux travaux...

— Comme je suis heureuse ! s'exclama-t-elle. Je suis sûre que mère aurait été contente de me voir couronnée au temple !

— Rien n'est moins sûr, répliqua doucement Touthmôsis. Ton avenir l'inquiétait énormément et la couronne que tu portes aujourd'hui n'est rien comparée à celle qui sera la tienne très prochainement. Non, je crois qu'elle s'y serait farouchement opposée, ajouta-t-il en riant franchement.

— Vous avez peut-être raison. Et c'est moi qui ai hérité de tous ses titres. Grande Epouse Royale. Comme cela est étrange. C'est ainsi que je l'ai entendu nommer, depuis ma plus tendre enfance. L'Egypte entière l'adorait...

Elle se demanda si le peuple allait l'aimer à son tour, et décida que cela avait somme toute peu d'importance. L'important, c'était le pouvoir, le pouvoir de se faire obéir pour le bien de l'Egypte, et elle commençait déjà à le détenir.

12.

Ils accostèrent aux marches du débarcadère deux jours avant le premier de l'an. Le fleuve avait regagné son lit et la terre se préparait à recevoir les semences. Dans les jardins du palais, les arbres bourgeonnaient. Elle écouta patiemment les hommages de bienvenue et constata non sans plaisir que ses nouveaux titres lui étaient donnés par tous. Elle gratifia Inéni d'un large sourire et, voyant qu'il allait s'entretenir avec son père, appela son escorte et se fit conduire auprès de Senmout.

Elle le trouva étendu sur le dos, dans l'herbe, au bord d'un étang abrité par un bosquet de sycomores, Ta-kha'et à ses côtés. Hatchepsout les entendit rire et s'aperçut, à sa grande surprise, que cela ne lui plaisait guère. Elle s'avança vers eux et à sa vue Senmout, d'un mot, éloigna rapidement Ta-kha'et, courut à sa rencontre et se jeta dans l'herbe à ses pieds.

La colère d'Hatchepsout fondit en un instant.

— Relevez-vous, prêtre, dit-elle. Je vois que pendant mon absence vous avez fait bon usage de votre temps.

Elle avait pris un ton badin, mais Senmout n'eut aucun mal à deviner derrière son sourire forcé une irritation certaine. Il s'inclina de nouveau.

— Je n'ai pas perdu mon temps, Divine, quoique votre somptueux cadeau m'ait plutôt enclin à la paresse.

Son regard direct chercha le sien, mais elle détourna les yeux sans plus d'animosité.

— J'ai quelques plans à vous soumettre, ajouta Senmout.

— Eh bien, voyons cela tout de suite, car je suis impatiente de commencer les travaux maintenant que je sais ce que je veux, répondit-elle.

Puis ils se sourirent un long moment, heureux d'être à nouveau réunis. Il savait qu'elle serait régente sous peu. Certes le pharaon n'avait encore fait aucune déclaration officielle, mais la nouvelle de son couronnement s'était vite propagée. « Le cobra sied tout à fait à son visage, pensa-t-il. Il symbolise le pouvoir latent et l'impatiente puissance qu'elle porte en elle, et la double couronne lui ira à merveille. » Elle le regarda avec un plaisir évident, les yeux mi-clos, le visage balayé par sa chevelure noire. Un peu plus au fait de la nature féminine grâce à Ta-kha'et, il prit conscience non seulement de sa beauté fascinante et mystérieuse, en tant que reine et déesse, mais aussi en tant que femme. Les bras croisés, il attendit ses ordres.

— Conduisez-moi dans vos appartements, dit-elle enfin, et nous étudierons ensemble ces plans, en dégustant des gâteaux au miel avec du vin.

A leur arrivée, Ta-kha'et salua sa maîtresse et apporta du vin rouge dans des jarres d'albâtre, des petites coupes dorées, et un plateau de dattes confites et de sucreries. Puis Senmout la congédia négligemment tout en sortant ses rouleaux de papyrus ; il l'avait oubliée avant même qu'elle eût fermé la porte derrière elle.

— Voilà ce que j'ai imaginé, dit-il en déroulant ses plans sur le bureau.

Hatchepsout se pencha et dans le mouvement ses cheveux et ses colliers se balancèrent en avant. Malgré sa présence toute proche, Senmout ne pensait déjà plus qu'à ses croquis qui s'étalaient en lignes noires et nettes sur les feuilles jaunes.

— Comme vous pouvez le constater, Altesse, j'ai abandonné toute idée de hauteur car, comme vous le disiez vous-même, rien ne peut rivaliser avec la falaise. J'ai donc conçu une série de terrasses s'étageant du bas de la vallée jusqu'au sanctuaire creusé à même la roche.

Elle prit un gâteau au miel qu'elle mordit avec application tout en examinant les plans.

— C'est un très bon début, dit-elle, mais les terrasses doivent être plus larges et plus longues, afin que la falaise n'ait pas l'air de les écraser. Allez-y, dessinez !

Il saisit son pinceau de roseau et, quelques instants plus tard, elle s'exclama :

— Oui, c'est cela ! L'ensemble doit être léger et délicat, exactement comme moi.

— Il n'y aura pas de marches, ajouta-t-il, mais je pense qu'une longue rampe légèrement inclinée serait du plus bel effet. Et entre la première et la seconde terrasse, de même qu'à l'entrée du sanctuaire, je prévois des colonnes assez espacées.

En quelques secondes il compléta son dessin. Les yeux d'Hatchepsout brillèrent de plaisir.

— Il faudrait édifier d'autres sanctuaires, identiques au mien, dit-elle, un pour Hathor, un autre pour Anubis, l'ensemble étant bien entendu dédié à mon père, Amon, qui aura lui aussi son sanctuaire.

— Dans la roche ? Tous ?

— Parfaitement. Ce sera à votre ingénieur de résoudre le problème. Et maintenant, servez-moi un peu de vin.

Ils passèrent le reste de l'après-midi à deviser sur la réalisation du temple et laissèrent largement passer l'heure de la sieste.

— Je veux que les travaux commencent tout de suite, dès demain, apprit-elle à Senmout. Rassemblez une équipe de terrassiers et préparez le site. Si vous le désirez, vous pouvez utiliser les ruines du temple de Mentou-hotep.

— La préparation du terrain prendra un certain temps, Altesse. Il faudra égaliser le sol au pied de la falaise.

— C'est votre affaire. Réquisitionnez tout le monde qu'il faudra. Les prêtres ont approuvé le choix du site et rien ne s'oppose à ce que nous commencions les travaux le plus vite possible. Je vais montrer à mon frère ce dont une reine est capable !

Elle sembla soudain envahie de sombres pensées et, tout en buvant, il remarqua l'altération de ses traits, le pli sur son front habituellement lisse sous le petit serpent doré. Le regard glacial et inquisiteur qu'elle jeta à Senmout le fit frémir. C'était le regard du pharaon son père.

— D'ici deux jours, je serai couronnée régente d'Egypte, dit-elle.

Mais Senmout ne répondit rien, attendant de savoir où elle voulait en venir.

— Ma vie en sera transformée, prêtre. Ils seront nombreux, ceux qui avaient l'habitude de me saluer avec condescendance, à dissimuler leurs regards et leurs pensées devant leur roi. Je vais être obligée de ne m'entourer que de gens de confiance.

Elle lui jeta l'un de ses regards perçants.

— Des gens pour qui j'éprouve une confiance absolue, insista-t-elle posément, d'un air légèrement songeur, sans le quitter des yeux. Cela vous plairait-il d'être nommé majordome du domaine d'Amon ?

— Je ne saisis pas très bien, Altesse, répondit-il sous le choc de cette proposition.

— Je pense que vous comprenez très bien, au contraire, dit Hatchepsout avec un petit rire. Depuis le début de notre rencontre vous vous êtes montré discret. Vous m'avez prouvé votre orgueil et votre loyauté envers moi ainsi qu'envers votre ami, jusqu'à tenir tête au pharaon, tâche fort malaisée. J'ai besoin de vous Senmout. J'aime le dieu, mon père, et je rends hommage à ses serviteurs, mais je ne suis pas inconsciente. Je suis un peu jeune et inexpérimentée pour gouverner. Un certain nombre de prêtres vont se mettre à me surveiller car ils craignent pour leurs privilèges. En tant que majordome du domaine d'Amon, vous aurez tout pouvoir sur eux, et je sais que vous me servirez fidèlement. Comprenez-vous à présent ?

Senmout ne put s'empêcher de penser au jour funeste de son arrivée à Thèbes où il avait vu son père supplier ce prétentieux et hautain serviteur du dieu qui l'avait écouté avec un ennui non feint. Un soupçon d'amertume et d'arrogance perça dans ses paroles.

— Je vous ai déjà dit que je veux consacrer ma vie à vous servir, répondit-il, et c'est ce que je ferai. Vous seule êtes digne de mon adoration.

— Eh bien nous sommes d'accord, conclut-elle, non sans avoir remarqué avec un certain plaisir son changement de ton. Vous veillerez à ne placer au temple que des serviteurs absolument dignes de confiance, et vous n'aurez à craindre personne d'autre que moi. Vous viendrez tous les jours me faire votre rapport à l'heure des audiences ; je vous fournirai un messager et des scribes. Vous serez majordome du troupeau d'Amon et de ses jardins, car je connais votre expérience en ces matières, et attention à celui qui vous désobéira !

Il resta assis à la regarder, préoccupé par cette écrasante responsabilité.

— Demeurez dans cet appartement jusqu'à nouvel ordre. Je vous ferai bientôt bâtir un palais ; vous aurez votre propre bateau ainsi qu'un char et tout ce qui convient à votre position.

Dans la douce pénombre de la pièce, elle tendit la main vers lui, le visage toujours impénétrable, attentif et serein. Il savait qu'elle avait besoin de lui et il avait envie de lui avouer son amour, de lui dire que ce temple ne serait pas seulement son offrande au dieu, mais aussi la plus grande preuve d'amour envers elle. Elle devina sans doute tout ce qu'il n'osait dire, car elle lui sourit tristement.

— Vous avez l'âme noble, Senmout. Je vous aime beaucoup. Vous rappelez-vous combien j'étais furieuse lorsque vous m'avez essuyée avec votre vieille couverture ? Et quand je me suis endormie sur votre épaule ?

— Je m'en souviens, Altesse. Vous étiez alors une jolie petite fille. Et vous êtes à présent une très belle femme.

Ces quelques mots prononcés avec froideur et simplicité flottèrent un instant dans la pièce, et il se mordit la lèvre, les yeux baissés.

— Je suis le dieu, répondit-elle fermement, en brisant le charme du moment, puis elle se leva.

— L'heure du dîner approche. Venez donc avec moi, nous bavarderons avec Menkh et Hapousenb. Ouser-amon sera peut-être là. Vous ne l'avez toujours pas rencontré et j'aimerais savoir ce que vous pensez de mes amis, car il se peut qu'ils deviennent bientôt plus encore que cela. Je voudrais également vous faire rencontrer mon frère Touthmôsis ; il vient juste de rentrer des provinces du Nord pour mon couronnement.

Senmout se leva et s'inclina.

— Altesse, je viens de penser à l'instant que mon frère Senmen me serait une aide considérable dans mes nouvelles fonctions. Puis-je le faire venir et éventuellement envoyer un esclave à sa place pour aider mon père ? Je sais qu'il a besoin de lui, mais il sera plus utile auprès de moi.

— Vous n'avez pas besoin de me demander ce genre de choses. Rassemblez autour de vous tous les hommes dont vous aurez besoin. Vous aimez votre frère ?

— Oui. Nous avons souvent travaillé ensemble.

— Moi aussi, j'ai souvent travaillé avec mon frère ! répliqua-t-elle, mais je dois avouer qu'il est horriblement ennuyeux. Mais peut-être vous entendrez-vous avec lui car il adore bâtir et a déjà réalisé de grandes choses en Egypte.

Ils marchèrent côte à côte dans l'obscurité, éclairés par les esclaves qui leur ouvraient le chemin. La nuit les enveloppa de sa poignante douceur, magnifiée par les myriades d'étoiles, les exquises senteurs apportées par le vent et le sentiment de leur intimité soudaine.

Le jour de son couronnement, Hatchepsout fut tirée de son sommeil par la sonnerie métallique des cors. Une chaude lumière rosée éclairait la pièce. Elle se rendit toute nue dans la salle où l'attendait un bain chaud et parfumé ; elle se plongea dans le bassin de marbre jusqu'au menton.

— Quel temps fait-il ? demanda-t-elle à l'esclave chargée de la laver et de la frictionner.

Le temps était beau et chaud. Les habitants de Thèbes avaient déjà pris place le long du parcours qui menait au temple. Les étendards impériaux flottaient sur la ville, et les bateaux chargés de dignitaires et de nobles arrivaient en grand nombre de Memphis, d'Hermonthis, d'Assouan et de Nubie, de Bouto et d'Héliopolis. Les visiteurs affluaient déjà au palais. Les vice-rois et les gouverneurs des provinces conquises remplissaient les salles ainsi que leurs suites pittoresques d'esclaves aux dialectes étranges. Une atmosphère d'attente pesait également sur tous.

Hatchepsout sortit de l'eau et se fit sécher, puis elle s'allongea sur une table pour se faire oindre et masser. Son majordome Amon-hotep fit son entrée avec sa coupe matinale et lui présenta son rapport. Tout se passait pour le mieux. Sa coiffeuse et sa dame d'atour l'attendaient dans l'antichambre.

Son père était en train de se préparer dans ses appartements et, dans ceux des épouses et des concubines, Moutnefert s'agitait, mangeait fébrilement, tout en s'apprêtant pour la cérémonie. Elle s'était remise de sa déception, et n'aurait voulu pour rien au monde manquer les festivités. Touthmôsis, son fils, se tenait dans ses appartements, et dictait à son scribe. Pendant son éloignement forcé dans le nord du pays, il avait compris qu'il n'obtiendrait jamais rien par ses bouderies ou ses silences dépités, et, comme sa mère, il avait abandonné toute amertume ; mais contrairement à elle, il attendait son heure. Son voyage l'avait transformé. L'éloignement de sa mère, et les fréquentes dépenses physiques liées à ses expéditions avaient eu raison de son embonpoint. Privé de ses femmes et de nourritures raffinées, il avait appris la patience. Il saurait attendre, pendant des années peut-être, mais il deviendrait un jour pharaon. Sa sœur ne parviendrait pas à l'en empêcher.

Hatchepsout avait revêtu une ample robe d'intérieur ; sa coiffeuse rassembla son abondante chevelure au sommet de la tête pour que le diadème tienne facilement. Comme tout pharaon, elle aurait dû recevoir la couronne le crâne rasé, mais devant son opposition farouche, son père avait cédé et l'avait autorisée à conserver ses lourdes tresses. Elle se laissa maquiller et l'image que lui renvoya le miroir de cuivre la ravit : un large front haut, une jolie ligne de sourcils prolongée jusqu'aux tempes par le khôl, de grands yeux fendus en amandes, un nez fin et droit et des lèvres sensuelles et vivantes, toujours prêtes à sourire. Seul le menton pouvait trahir son caractère. Carré, arrogant, déterminé et intransigeant, il apportait la preuve de son indomptable volonté.

Elle fut portée au temple sur une litière surmontée d'un trône imposant. Un esclave se tenait derrière elle en agitant au-dessus de sa tête ravissante de grandes plumes d'autruche rouges ; la foule admirative tentait d'apercevoir ce corps superbe recouvert d'or, avant de se prosterner sur la chaussée poudreuse. A la suite venaient les nobles du royaume : Inéni et son fils ; le vizir du Nord et le grave Hapousenb, son fils ; le majestueux vizir du Sud en grande conversation avec le plaisant Ouser-amon. Le jeune Djéhouti d'Hermopolis suivait avec solennité, le regard fixé droit devant lui. Les riches propriétaires terriens, de vieille ou de récente souche, défilaient lentement, vêtus de leurs plus somptueux atours. Senmout venait ensuite, le crâne recouvert d'une perruque longue, paré d'une robe neuve qui lui battait les chevilles. Ta-kha'et l'avait soigneusement maquillé et oint d'huile parfumée, mais il ne portait pas encore les signes distinctifs de sa nouvelle fonction et aucun secrétaire ne le précédait.

Devant les lourdes portes du temple grandes ouvertes, le grand prêtre attendait, revêtu de la peau de léopard, ainsi que les autres officiants. La litière s'arrêta et Hatchepsout en descendit, lançant des éclairs dorés à chaque mouvement. Elle attendit son père dans la plus parfaite immobilité, tandis que la fumée d'encens s'élevait dans le ciel. Touthmôsis lui offrit son bras et, précédés par le grand prêtre, ils pénétrèrent dans le temple.

Les portes du sanctuaire avaient été ouvertes et tous essayaient d'entrevoir le puissant Amon. Touthmôsis s'approcha du dieu et, prosterné sur le sol doré, il déposa à ses pieds son fléau et sa crosse, puis il prononça ces mots devant l'assemblée.

« Je me prosterne à tes pieds, roi des dieux. En retour de tout ce que j'ai fait pour toi, accorde à ma fille, Enfant du Soleil, Maât-Ka-Râ, Immortelle, l'Egypte et les terres rouges, comme tu me les a accordées. »

Il se releva et du regard fit signe à Hatchepsout.

Elle s'allongea sur le sol et se mit à ramper vers le dieu. Les carreaux d'or exhalaient une odeur d'encens, de fleurs et de poussière et, étrangement, c'est à sa mère qu'elle pensa. Puis elle concentra son attention sur le dieu, et se mit à le prier à voix basse alors que les pieds divins se rapprochaient. Le silence attentif des nobles était tel qu'on pouvait entendre sa respiration haletante dans l'atmosphère chargée d'encens. Enfin ses doigts touchèrent le dieu, et elle resta prosternée, le visage contre le sol, les yeux clos.

— Accordez-moi votre faveur, Amon, roi de la terre entière! s'écria-t-elle en levant vers le dieu un regard implorant. Du coin de l'œil elle apercevait les pieds de son père et les jambes du nouveau grand prêtre. La peau de léopard drapée autour de lui pendait la tête en bas, et un grimaçant sourire découvrait les dents blanches de la bête. Hatchepsout songea à Ménéna et à ses comparses exilés dans le nord du pays, qui devaient nourrir sans doute de sombres desseins. L'angoisse commençait à la gagner. Un profond silence pesait sur l'assemblée et personne ne bougeait.

Du fond de la salle, Senmout ne pouvait apercevoir que le crâne du pharaon et du grand prêtre. Il ne voyait pas Hatchepsout, mais contemplait par contre le visage froid et distant du dieu assis sur son trône, couvert de plumes dorées.

Soudain un murmure de plus en plus fort s'éleva dans la foule lorsque Amon, lentement, avec une grâce infinie, inclina sa tête dorée. Senmout sentit ses mains devenir moites, un frisson lui parcourir le dos. Mais déjà tout le monde sautait de joie. Le bruit des castagnettes et des sistres couvrit les cris de l'assemblée. Lorsque le silence s'instaura de nouveau, et qu'il eut repris ses esprits, il grimpa sur le socle d'une colonne pour dominer l'assemblée, et il la vit enfin, pâle et radieuse, aux pieds du dieu. La voix de Touthmôsis retentit :

« C'est entre les mains de ma fille bien-aimée, qui t'adore et qui t'est intimement attachée, que tu as remis le monde. Tu l'as choisie pour reine ! »

Les paroles de son père résonnaient encore à ses oreilles lorsque Bouto et Nekhbet, déesses du Nord et du Sud, apportèrent en silence à Hatchepsout la double couronne. « Le monde ! Le monde ! Le monde ! » pensait-elle, et dans son extase elle entendit à peine leurs propos sur la couronne rouge du Nord et la blanche du Sud. « Je vous remercie, puissant Amon et vous aussi puissant Touthmôsis, bien-aimé d'Horus ! » Elle sentit la double couronne peser sur sa tête et c'est en l'assurant d'une main qu'elle aperçut Senmout, émergeant de la foule, le bras autour d'une colonne ; leurs regards se croisèrent un instant.

Elle fut aspergée d'eau, puis la lourde robe incrustée de pierres précieuses fut posée sur ses épaules ; Touthmôsis lui remit enfin la crosse et le fléau. Elle les saisit sauvagement et les serra contre sa poitrine.

Touthmôsis la conduisit jusqu'au trône sur lequel elle prit place avec précaution, légèrement étourdie par le parfum exquis du lotus bleu du Sud et du papyrus du Nord.

Le chef des hérauts énuméra ses titres et, au moment où il allait se retirer, Hatchepsout leva la main. Tout le monde se tut.

— De par ma divine naissance, j'ai droit à tous ces titres, dit-elle d'une voix forte et claire. Mais je voudrais changer de nom. Le nom d'Hatchepsout, chef des femmes nobles, seyait à la princesse que j'étais, mais à présent je suis reine. Dorénavant je serai Hatchepset, première des favorites.

Senmout la suivit des yeux tandis qu'elle faisait le tour du sanctuaire dignement et lentement en raison du poids de sa couronne et de sa robe. Comme il l'aimait, son arrogante petite princesse, qui n'hésitait pas à clamer sa supériorité à la face des dieux !

Il sortit de la salle et partit rejoindre Bénya qui avait décidé d'aller à la pêche, assuré de ne trouver personne sur les rives du fleuve. Senmout avait l'impression de vivre sa dernière journée de liberté ; bien qu'enchanté à l'idée de ses nouvelles fonctions, il songea comme à des dons précieux à sa jeunesse passée.

Les festivités durèrent toute la nuit. Tous les habitants de la ville avaient déserté leurs logis et leurs travaux pour danser et boire dans les rues, jusqu'à l'aube. Au palais, les invités quittèrent les salles bondées pour la fraîcheur des jardins, où de petites lampes avaient été accrochées aux arbres, des coussins et des sièges disposés sur les pelouses. Hatchepsout, Touthmôsis et quelques nobles avaient pris place sur l'estrade ; quant à Senmout, en compagnie de Menkh, d'Hapousenb, d'Ouser-amon, et de Djéhouti, il passa son temps à boire, à écouter les chants, à applaudir fougueusement et à crier, sans cesser pour autant de manger. A la fin du repas, il tomba dans une douce rêverie d'où le tira Hapousenb qui s'installa à ses côtés.

— J'ai appris que vous occupiez une nouvelle position, Senmout, dit-il.

Senmout acquiesça. Il ne se sentait pas encore tout à fait à l'aise en la compagnie de ce jeune homme si maître de lui et se tint sur la défensive, attentif à ce qui allait suivre.

— Il va nous falloir apprendre à travailler ensemble, poursuivit doucement Hapousenb, car moi aussi je suis entièrement dévoué au service de la reine et je lui ai consacré ma vie. Mon père est très âgé, ajouta-t-il, et je prendrai bientôt sa place de vizir du Nord, ce qui signifie que j'aurai à m'absenter souvent et pourrai ne pas être là en cas de besoin.

« Cet homme me cache quelque chose », pensa Senmout inquiet en reposant sa coupe. Hapousenb continua à le regarder en souriant, mais Senmout savait qu'il était en train de le jauger.

— Le jeune Touthmôsis est entré en correspondance avec Ménéna, exilé par le pharaon. Je ne sais pas encore exactement ce que cela signifie. Seul le temps nous l'apprendra. Mais je mets à votre disposition tous mes domestiques, mes messagers et mes espions pour que vous puissiez agir à ma place en mon absence.

Il regarda Hatchepsout qui riait aux éclats, puis Senmout.

— Tant que le pharaon sera en vie, elle n'aura rien à craindre. Ai-je besoin de m'expliquer davantage ?

Senmout secoua la tête, tout en se demandant s'il avait été pénible pour ce jeune aristocrate de s'abaisser à lui faire une telle offre. Hapousenb, sans attendre sa réponse, retourna s'asseoir près d'Ouser-amon, et Senmout eut l'impression désagréable que sa vie allait se compliquer singulièrement et qu'il lui faudrait désormais peser ses moindres mots. Il se sentit soudain las et impatient de retrouver son lit et le corps tiède de Ta-kha'et ; il quitta la fête bien avant la fin des réjouissances.

Hatchepsout le vit partir, mais la troupe de danseurs venait de faire son entrée et elle ne put le suivre.

Hatchepsout était devenue reine. Touthmôsis se faisait une joie de passer ses vieux jours à évoquer ses souvenirs et à jouer aux dames dans les jardins avec son vieux compagnon Pen-Nekheb. Il s'appliqua à faire inscrire pour la postérité sur les monuments qu'il avait fait construire les dernières recommandations de son règne. Il se sentait fatigué, brisé par ses anciennes batailles, usé par l'exercice du pouvoir. S'il avait des remords en pensant à la mort de sa fille aînée, il n'en montrait rien, et ne se préoccupait guère de son fils. Il croyait avoir fait tout ce qu'il avait pu pour assurer la sécurité de son pays en le remettant entre les mains expertes de sa fille.

Pendant plusieurs mois, Hatchepsout accompagna son père tous les matins au temple d'Amon, puis à la salle des audiences pour l'écouter donner ses instructions aux gouverneurs, prendre connaissance des dépêches, régler les différends. Son couronnement semblait avoir libéré toutes ses forces et elle passait d'une activité à l'autre avec fureur, ne ménageant ni sa personne ni sa suivantes, nimbée d'un pouvoir qui chaque jour devenait plus évident.

Le père d'Hapousenb mourut un après-midi au cours d'une partie de chasse. Son fils, nommé vizir du Nord, quitta Thèbes sur-le-champ pour procéder à l'inspection de ses provinces. Senmout, aux prises avec ses nouvelles responsabilités, courait au temple au site de la vallée où œuvraient déjà des centaines d'esclaves sous un soleil torride, tandis que s'élargissait l'excavation dans la falaise du premier sanctuaire.

Chaque fois qu'elle le pouvait, Hatchepsout s'échappait du palais et traversait le fleuve pour voir travailler les hommes et s'élever le mur de la première terrasse, le mur noir d'Hathor. La nuit, elle imaginait son temple achevé, reposant avec tous ses secrets dans un soleil éclatant de blancheur.

Elle ne négligeait aucun de ses devoirs au temple d'Amon, et sentait plus que jamais la main du dieu posée sur elle. Elle prenait plaisir à danser au temple avec ses prêtresses, parmi les fleurs et la myrrhe, et passait de longs moments à prier seule dans sa chambre.

Elle se savait sans égale au monde, et sa royale solitude spirituelle impressionnait son entourage. Touthmôsis la voyait embellir avec un plaisir un peu las, et bientôt la laissa gouverner seule. Toutefois elle venait parfois le retrouver dans les jardins, à la fin de la journée, pour lui demander conseil et ils bavardaient longuement à bâtons rompus. Elle invitait souvent Senmout à se joindre à eux, car Touthmôsis appréciait ce fier jeune homme et prenait plaisir à sa compagnie.

Elle avait catégoriquement refusé d'occuper les anciens appartements de Néférou, de même que ceux de sa mère, et ordonné la construction pour son usage personnel d'un nouveau palais relié à l'ancien. Elle fit redécorer à l'intention de Senmout l'appartement de sa sœur, afin qu'il fût plus proche d'elle.

Senmen arriva de la campagne, timide et ahuri, avec ses grossiers vêtements et son accent provincial. Senmout l'installa dans ses anciens appartements où il se terra comme un renard du désert, impressionné par ce frère aussi beau et puissant qu'un dieu.

Hatchepsout avait pris l'habitude d'apporter des offrandes au temple mortuaire de Néférou à l'aube; elle y demeurait seule, écoutant la plainte du vent matinal entre les colonnes. Elle comprenait à présent les angoisses et les craintes de sa sœur, ses tentatives désespérées pour se libérer du fardeau de l'existence et, pour la première fois, elle se sentit réellement affligée de sa disparition.

Elle vit son père s'épaissir, s'affaiblir, malgré l'éclat d'un regard encore capable de terroriser. Elle suivit également la transformation du jeune Touthmôsis. Ce garçon doux et bien en chair semblait s'approprier la vie qui échappait à son père.

Certes, il était toujours affable et paresseux, capable de brusques colères devant les plaisanteries de sa sœur. Mais on le voyait partout à la fois : au temple, dans les fêtes, autour de la ville sur son char. Hatchepsout ne parvenait pas à s'expliquer l'appréhension qu'elle ressentait à son sujet. C'est pourquoi elle redoubla d'efforts pour apprendre, saisir et savoir tout ce qui se passait dans son royaume.

Troisième partie

13.

Un soir de printemps, cinq ans après le couronnement d'Hatchepsout, Touthmôsis s'endormit pour ne plus se réveiller. La fête de Min battait son plein. Amon avait quitté son temple pour se rendre à Louxor où il était devenu le dieu mangeur de laitue. Thèbes connaissait alors cette agitation incessante qui naît de l'ivresse et de la licence, et le palais se trouvait vidé de ses occupants.

Inéni découvrit le vieux roi allongé sur ses coussins, les yeux clos et la bouche entrouverte. Le rictus de la mort découvrait ses dents saillantes. Il contempla un instant l'homme qui avait tant compté pour lui, puis, après avoir fait mander d'urgence le médecin royal et les prêtres de Sem, il se rendit dans les appartements d'Hatchepsout. Pour entrer, il lui fallut s'emporter contre le garde qui finit par lui laisser franchir le seuil sans avoir pu l'annoncer. Il la trouva occupée à se parer pour les rites de la nuit, prête à se rendre en litière à Louxor. Les bracelets cliquetant, le regard enflammé, la reine s'avança vers lui.

— Inéni, avez-vous perdu l'esprit ? Je suis fort pressée, comme vous le voyez. Je devrais vous faire arrêter.

Des signes d'épuisement se dessinaient sur son visage, après tant de longues nuits passées à danser. Elle tripotait nerveusement sa couronne en forme de cobra en attendant que ses esclaves viennent la coiffer.

Inéni salua profondément, mais ne trouva rien à dire. Le pied royal martelait le sol.

— Parlez, mais parlez donc ! Qu'y a-t-il ? Vous êtes malades ?

Il finit par ouvrir la bouche, effrayé par les mots qu'il allait devoir prononcer. Elle devina, à son visage, qu'il était porteur de mauvaises nouvelles.

— Mon père. Il est malade ?

Inéni acquiesça d'un signe de tête.

— Le roi est mort, Majesté. Il est passé dans la Salle du Jugement pendant son sommeil. J'ai fait appeler les prêtres et le grand médecin. Vous devriez peut-être envoyer un message à son fils.

Elle le fixa longuement du regard, puis se tourna brusquement pour déposer la petite couronne sur sa couche.

Il lui offrit une coupe de vin qu'elle refusa. Il demeura immobile, désarmé, sans savoir que faire. Elle releva la tête.

— Je sais combien il fut difficile pour vous, noble seigneur, de venir m'apprendre cette nouvelle, dit-elle avec douceur ; allez quérir mon héraut et mandez-le à Louxor. Le dieu doit rentrer et les festivités cesser. Oh! mon père! gémit-elle soudain, pourquoi m'as-tu quittée si tôt ? Nous avions encore tant à faire ensemble, toi et moi !

En sortant, Inéni envoya chercher Senmout ; il savait d'instinct qu'il pouvait lui apporter le réconfort dont elle avait besoin. Il savait que d'un jour à l'autre, l'Égypte allait connaître une atmosphère d'incertitude. Il pensait aussi au jeune Touthmôsis, sans doute dans les bras de quelque prêtresse au temple de Louxor, et il sentit sa gorge se serrer.

Senmout accourut aussi vite que le vent. La nouvelle lui parvint au moment où, en compagnie de Bénya et de Menkh, il quittait une taverne aux environs de Louxor. Il avait l'intention de regarder le spectacle des danseurs dans le jardin du temple avant de retourner auprès de Ta-kha'et. Mais lorsqu'il eut compris le message chuchoté par le héraut essoufflé et tout en émoi, il se précipita au-dehors et couvrit au pas de course la distance qui le séparait de Thèbes. La soirée était fraîche, calme et douce. Les eaux du Nil, le long de la route, coulaient sombres et silencieuses. Il courait sans relâche, maudissant son char resté aux écuries, maudissant son bateau qui se balançait au mouillage, maudissant les porteurs qui l'avaient laissé seul à la fête. Arrivé au jardin privé de la reine, il fit une courte pause pour retrouver le souffle, puis, adressant un signe au garde, il franchit le seuil des appartements royaux.

Debout au milieu de la pièce, Hatchepsout, désemparée, se tordait les mains. Elle le reconnut et, avec un cri, alla se blottir contre lui. D'un geste naturel, il la prit dans ses bras et, sur un ton sec, pria les esclaves de sortir. Une fois la porte refermée, il la fit asseoir sur son lit et caressa sa chevelure brune.

— Je suis désolé, profondément désolé, Majesté, lui dit-il avec douceur, tandis qu'elle s'abandonnait à ses larmes. Il ne s'était jamais senti aussi désemparé. Il prit le parti d'aller prendre un linge sur sa table de toilette qu'il imbiba de vin et lui passa sur le visage. Les yeux de la reine étaient cernés d'ombres noires et ses paupières gonflées. Les larmes avaient fait couler le khôl sur ses joues et jusque dans son cou. Il l'essuya avec délicatesse, puis, l'entourant à nouveau de son bras, il lui présenta la coupe. Elle but lentement en laissant échapper quelques sanglots, puis ferma les yeux et posa la tête sur son épaule.

— Je ne puis sortir d'ici, dit-elle.

— Il le faut, répliqua-t-il. Il y a fort à faire et une reine ne peut se permettre de pleurer dans la solitude de sa chambre.

— Non ! dit-elle. C'était mon père, mon père ! O puissant père, où es-tu à présent ? La lumière de l'Egypte s'est éteinte.

— La lumière de l'Egypte, c'est vous, dit-il d'un ton rude. Vous êtes la reine. Sachez résister à votre douleur et montrer à vos sujets dans quel métal vous avez été coulée.

Elle secoua la tête en pleurant à nouveau.

— Je ne peux pas, répéta-t-elle dans un cri du cœur, le cri d'une femme abandonnée, puis d'un pas hésitant, elle s'approcha de sa table.

— Voici mes sceaux. Prenez-les, Senmout. Je ne quitterai cette chambre que pour aller accompagner mon père jusqu'à sa tombe dans la vallée. Veuillez vous charger de la conduite des affaires à la Salle des Audiences.

Senmout sentait croître l'angoisse d'Hatchepsout. Cet effondrement ne lui ressemblait pas. Il pensa au jeune Touthmôsis qui devait déjà attendre dehors, et la força à redresser la tête.

— Ecoutez-moi, dit-il, en criant presque, écoutez-moi bien. Vous n'êtes pas une simple paysanne en train de gémir, tapie dans l'obscurité de sa masure. Votre père vous a-t-il élevée à la position où vous êtes pour que dans un moment de faiblesse vous alliez détruire toute son œuvre ? Voulez-vous que vos ennemis puissent dire : « Regardez, la reine d'Egypte se brise, elle est aussi frêle que nous le pensions. » Soyez reconnaissante envers votre père qui vous a offert le monde ! Sachez faire front. Songez que le grand prêtre et vos gouverneurs vous attendent, ainsi que Touthmôsis votre frère. Allez-vous leur infliger le spectacle d'une femme défaillante ?

Elle se dégagea de son emprise et lui répondit, en se redressant de tout son haut :

— Comment osez-vous me parler ainsi ! Je vous ferai enchaîner dans mes prisons et j'irai moi-même vous donner le fouet.

Des éclairs froids et perçants jaillissaient de ses yeux. Il la fixa d'un regard qui ne défaillait pas. Soudain, elle baissa le sien et alla s'asseoir devant son miroir.

— C'est vous qui avez raison, ajouta-t-elle. Je vous pardonne ce que vous venez de dire. Ouvrez les portes, Senmout, et faites entrer mon esclave. Dès que je serai prête, j'irai parler aux autres.

— C'était un grand dieu, un grand pharaon, répondit Senmout avec calme. Il demeurera dans la mémoire de l'Egypte aussi longtemps que Râ le conduira dans la Barque Sacrée.

— C'est vrai, dit-elle, avec un pâle sourire. Je ne ternirai pas l'amour que nous nous portions. Il était mon père, mon protecteur, mon ami. J'agirai comme il l'aurait souhaité. L'Egypte m'appartient.

Senmout ouvrit la porte pour faire entrer Nofret, et la referma aussitôt au nez des dignitaires qui se pressaient sur le seuil. Il alla s'asseoir sur la couche d'Hatchepsout afin de s'assurer qu'elle était bien en train de se ressaisir. Lorsqu'il la vit assujettir la couronne sur sa tête, il sut qu'il pouvait alors la quitter.

C'était lui qui, à présent, chancelait de lassitude le long des couloirs qui conduisaient à ses appartements. Ta-kha'et s'était assoupie sur sa natte, le chat blotti contre elle, et il ne les réveilla pas. Il se dévêtit et se lava rapidement, mais avant de s'abandonner au sommeil, il fit porter à Hapousenb ce message bref et précis : « Venez vite, votre présence est nécessaire. »

Pendant les soixante-dix jours du deuil, Hatchepsout se montra sans défaillance. Elle administrait les affaires courantes du gouvernement avec froideur, en dissimulant l'intensité de sa peine. Les prêtres, qui étaient allés apprécier la hauteur du fleuve, rapportèrent que la crue atteignait une amplitude sans précédent. Ils lui conseillèrent d'augmenter tous les impôts, mais elle ne les écouta que d'une oreille et commanda à ses percepteurs de diminuer au contraire toutes les redevances pendant une année pour honorer la mémoire de

Touthmôsis. Elle reçut la visite du vice-roi de Nubie et d'Ethiopie, Inebni le Juste, qui lui apprit que les mines d'or donnaient à plein. Il lui conseilla même la prospection d'autres minerais aurifères, mais elle le renvoya à Senmout, qu'elle pria de se pencher sur ces questions. Comment pourrait-elle s'intéresser à trouver l'or nécessaire à son monument funéraire, à présent que son père n'était plus là pour grommeler son assentiment ?

Elle ne pouvait confier son chagrin qu'à Senmout et ne s'en privait pas, mais jamais elle n'encouragea de relations trop intimes. Elle se retranchait dans sa royale solitude, telle une étoile lointaine scintillant dans la nuit.

Le jour des funérailles, elle se rendit dans la nécropole aux côtés du jeune Touthmôsis. Dans un ultime geste de désespoir, Hatchepsout se jeta sur le cercueil, éparpillant les fleurs qu'elle venait de déposer. Lors des funérailles de sa mère, la chaleur de la main de son père dans la sienne lui avait apporté paix et réconfort. Mais à présent, dans l'obscurité de cette tombe entourée d'objets qui tous lui rappelaient des jours heureux, elle ne put retenir ses larmes. Touthmôsis, lui aussi, se sentait malgré lui gagné par l'émotion. D'un geste maladroit, il l'aida à se relever et, loin de le repousser, elle s'appuya sur son bras. Mais lorsqu'ils retrouvèrent la lumière du jour, elle se dégagea et s'éloigna sans un mot.

Au palais, aucune collation réconfortante ne l'attendait, aucun repas à partager avec un père qui savait d'un mot, d'une plaisanterie adoucir dans le cœur d'une petite fille la peine et le poids d'une mort. Elle gagna sa chambre silencieuse et s'y enferma.

Dans la nuit, Senmout fut éveillé par un messager venu du Nord. L'homme, les traits tirés, les vêtements fripés, arriva épuisé. Senmout passa son pagne et, en donnant de la lumière dans la pièce, il constata qu'on ne lui apportait ni rouleau, ni lettre.

— Il y a du pain et du vin sur la table, dit-il. Restaurez-vous, avant de me transmettre votre message.

L'homme déclina l'offre.

— J'arrive du delta, dit-il d'une voix altérée par la fatigue. Le message est court. Voilà trois semaines que Ménéna a quitté sa propriété et, en ce moment même, il se trouve dans les appartements de Touthmôsis-le-Jeune. C'est tout.

— C'est plus que suffisant. Vous êtes sûr que Ménéna est bien dans le palais ?

— Je l'ai vu de mes propres yeux, répondit le messager.
— Allez immédiatement chez le vizir Hapousenb. Il doit être en train de dormir dans sa maison au bord du fleuve. Emmenez mes gardes et ceci avec vous. Il prit un sceau dans son coffre d'ivoire. Dites-lui de venir sans tarder chez la reine. Nous nous retrouverons dans le jardin, à l'entrée de ses appartements.

Ta-kha'et, éveillée à présent, tendait attentivement l'oreille. Senmout l'appela :

— Eh ! petite fille, apporte-moi un manteau et mes sandales.

Ta-kha'et posa une main timide sur le bras de Senmout.

— Qu'y a-t-il, Maître ? sommes-nous en danger ?

Il posa ses lèvres sur les yeux encore gonflés de sommeil, mais ses pensées l'entraînaient ailleurs. Il était à la fois trop tard et trop tôt, se disait-il. Trop tard pour que la reine puisse encore échapper à l'inévitable, et beaucoup, beaucoup trop tôt pour réunir un gouvernement qui la nommerait pharaon. C'était un terrible coup du sort.

— Retourne te coucher et dors tranquille. N'aie pas peur. Je ne rentrerai pas de la nuit, mais tu ne risques rien.

Ta-kha'et retourna docilement à sa couche et le chat bondit aussitôt à côté d'elle.

Senmout allait et venait fiévreusement en attendant Hapousenb. La nuit était belle, éclairée par la pleine lune, mais pour une fois les yeux de Senmout ne la voyait pas. Les oiseaux gazouillaient dans les sycomores et un petit poisson sautait et plongeait dans le bassin. Enfin, une ombre dense s'anima au milieu des arbres. C'était Hapousenb qui approchait silencieusement. Senmout le mit rapidement au courant. Hapousenb écouta la nouvelle en silence, sans manifester une surprise excessive. Il dit enfin, en haussant les épaules :

— Il n'y a rien à faire pour l'instant. Je ne pense pas que Touthmôsis nourrisse de très hautes ambitions. Il désire simplement se rattraper des années passées sous l'œil critique de son père et je pense qu'il se satisfera du titre de pharaon dans la mesure où il n'aura pas à fournir trop d'efforts. L'Egypte n'en souffrira pas. Après tout, c'est un jeune homme plutôt aimable.

Hapousenb eut un léger sourire qui découvrit ses dents éclatantes. Il entoura les épaules de Senmout.

— Certes, c'est un esprit masculin qui habite le corps ravissant de la reine, et elle ne tolère de personne la moindre faiblesse. Mais Touthmôsis est son frère, et elle éprouve une certaine affection pour lui. Néanmoins, cette fade union l'irritera.

Ils quittèrent le jardin et se présentèrent à la porte de la reine où ils reçurent l'autorisation de pénétrer. Ils s'inclinèrent devant Hatchepsout qui se tenait assise près de son lit, Nofret à ses côtés. Elle portait un voile d'une grande finesse et ses cheveux tombaient librement sur ses épaules.

— L'heure doit être grave, dit-elle, pour que mes deux amis osent venir troubler le sommeil de leur reine. Parlez, je suis prête à vous écouter.

Elle croisa les mains.

— Touthmôsis a rappelé Ménéna, dit Senmout. En ce moment même, ils sont ensemble dans les appartements du prince.

Elle hocha la tête :

— Et alors ?

Il la regarda, l'air incrédule :

— Majesté, vous le saviez ?

— Je m'en doutais. Mes espions ne sont pas moins bien renseignés que les vôtres. Et quelles sont vos conclusions ?

Senmout et Hapousenb échangèrent un regard, et Senmout prit la parole.

— Je pense que Touthmôsis convoite le titre de pharaon et qu'il a rappelé Ménéna de son exil afin d'obtenir son soutien dans ce but. Je pense que les prêtres seront de son côté. Vous n'avez pas gouverné le pays assez longtemps, Majesté, pour entraîner l'adhésion du peuple.

— Hapousenb, et l'armée ?

— Majesté, si vous utilisez cet atout, vous mettrez l'Egypte à feu et à sang. Les généraux ont une prédilection pour Touthmôsis du fait qu'il est un homme. Certes, la troupe vous aime pour votre adresse à manier l'arc et à conduire les chars, mais le peuple aussi préfère Touthmôsis. Il honore en vous la fille du dieu et la puissante reine, mais c'est un homme qu'ils veulent sur le trône d'Horus.

— Fort bien, dit-elle, vous avez dit la vérité.

Elle demeura silencieuse pendant un si long moment que les deux hommes se demandèrent si elle n'avait pas oublié leur présence, mais elle se leva finalement et appela :

— Nofret, sors ma robe royale, celle que je portais lors de mon couronnement, et aussi ma perruque aux cent tresses d'or. Sors mon coffre à bijoux, et brise le sceau du pot d'albâtre contenant le khôl dont Inéni m'a fait présent. La peste soit de Touthmôsis et de son effronterie, ajouta-t-elle d'un air dédaigneux. C'est bon, je dois me soumettre, mais jamais il ne gouvernera, et personne n'aura moins de pouvoir que lui dans tout le pays. Elle pâlissait de colère. Mon père m'avait pourtant bien mise en garde. Ma mère n'avait cessé de conjurer Isis de me protéger. Mais je n'ai besoin de personne. Je suis le dieu et Touthmôsis apprendra qui est l'Egypte.

Senmout et Hapousenb s'inclinèrent et firent mine de sortir, mais elle leur ordonna de rester.

— Pourquoi partiriez-vous ? demanda-t-elle. N'êtes-vous pas, très chers, les conseillers de la reine ? Restez et voyons un peu ce que dira le traître Ménéna.

Elle ôta son vêtement et pénétra dans la salle de bains. Ils l'entendirent ordonner qu'on apporte sur-le-champ de la lumière, de la nourriture, des fleurs et le meilleur vin. Les esclaves, qui se reposaient dans la petite antichambre, s'empressèrent, et en un instant les lampes furent placées et allumées.

Hatchepsout s'apprêta en moins d'une heure ; elle s'assit sur son siège en roseau, plaqué d'or, devant une table chargée de nourriture et de fleurs. Elle plaça les deux hommes à ses côtés.

— Ne dites rien et surtout ne vous levez ni ne vous inclinez lorsque mon frère entrera. Sa qualité de prince n'en fait pas moins l'un de mes sujets. Versez le vin, Hapousenb, mais nous ne boirons pas pour le moment. Attendons-les patiemment. Nofret, fais entrer le chef des hérauts et mes serviteurs. Appelle le porteur de l'Eventail royal et le garde du Sceau. Mettez en faction deux soldats de l'escorte de Sa Majesté, de chaque côté de la porte. Car c'est à une reine qu'ils auront affaire.

Ils n'eurent pas longtemps à attendre. Peu après, un bruit de pas retentit dans le couloir et l'on frappa à la porte. Hapousenb fit signe aux soldats qui ouvrirent en barrant le passage de leurs lances croisées. Saisis d'étonnement, le grand prêtre et Touthmôsis regardèrent, effarés, la pièce resplendissante de lumière et ses occupants silencieux.

— Qui demande audience à la reine ? interrogea à voix haute l'un des soldats.

Touthmôsis dut énoncer devant tous son nom et ses titres. Sur un signe d'Hapousenb, les soldats relevèrent leurs lances. Ménéna, Touthmôsis et trois prêtres qui les accompagnaient franchirent le seuil et se trouvèrent tout décontenancés, face à un souverain et à ses conseillers. Ménéna et les prêtres saluèrent respectueusement. Touthmôsis, le visage empourpré par la gêne, s'inclina de mauvaise grâce. Hatchepsout laissa la suite de son frère inconfortablement prosternée sur le sol et ne s'adressa qu'à lui.

— Soyez le bienvenu, Touthmôsis, mais votre présence à une heure aussi tardive est pour le moins étrange, et plus étrange encore la compagnie dans laquelle vous vous trouvez. Depuis quand un prince de l'Egypte fraye-t-il avec un condamné au bannissement ?

Le ton frisait le sarcasme. Ménéna ne broncha pas. Son corps se tassa peut-être un peu, les rides de son visage s'accentuèrent, mais son regard ne perdit rien de sa vivacité. Touthmôsis semblait, quant à lui, en proie à un vif malaise. Debout, les mains dans le dos, il se tenait devant Hatchepsout tel un mauvais élève pris en faute.

— Je ne suis pas venu pour faire l'objet de vos moqueries, Hatchepsout, dit-il soudain. Père n'est plus et vous savez aussi bien que moi que le bannissement de Ménéna était un simple caprice. Pourquoi ne reviendrait-il pas à Thèbes alors que je l'en ai prié ?

— De sa vie, notre père ne fit jamais rien par caprice, répondit-elle avec fermeté. De plus, il appartient aux prérogatives de la reine, et non à celles du prince, de gracier un exilé.

Les mets fumaient sur la table, le vin était servi dans les coupes d'argent, mais personne ne bougeait. Tous sentaient la puissance qui habitait Hatchepsout, l'énergie que dégageait sa volonté presque surhumaine, mais aussi la détermination obstinée de Touthmôsis assisté par le grand prêtre. Tous attendaient, en retenant leur souffle.

— Une reine sans roi peut s'arroger de telles prérogatives, répondit-il enfin, mais j'ai décidé, sœur, de vous soulager du poids de ce fardeau, et je suis désireux de prendre immédiatement ma place légitime en tant que pharaon d'Egypte.

Personne ne fit un mouvement, mais on sentit que l'assemblée se détendait. Hatchepsout sourit à son frère qui la questionna, les bras croisés, fermement planté sur ses pieds.

— Eh bien, qu'avez-vous à dire ?

— Je sais parfaitement la raison de votre présence ici, lui répondit-elle, et j'attendais votre venue. Oh ! Touthmôsis, cessez donc votre petit jeu. Vous, Ménéna, levez-vous, ainsi que votre escorte. Je ne vous porte pas dans mon cœur et je ne vous ai jamais aimé ; mais il semble à présent que je doive faire abstraction de mes sentiments.

Le grand prêtre se leva, le visage empourpré mais serein et s'inclina sans mot dire. Hatchepsout ajouta avec un geste :

— Asseyez-vous tous, nous allons boire, manger et discuter de cette affaire comme il convient à notre rang. Mes conseillers sont autorisés à donner leur avis. Quant à vous, Ménéna, je souhaite ne pas entendre le son de votre voix.

Ils s'installèrent sur les coussins et Nofret commença le service. Hatchepsout leva sa coupe :

— Buvons, à présent, mes amis, dit-elle à l'intention d'Hapousenb et de Senmout, en leur adressant un sourire. Elle vida sa coupe et la reposa d'un geste brusque sur la table.

— Ainsi, Touthmôsis, si j'ai bien compris, vous désirez devenir pharaon. C'est bien cela ?

— Ce n'est pas une question de désir, répondit-il sur un ton irrité, c'est la loi. Une femme ne peut accéder au trône de l'Egypte.

— Ah oui ! et au nom de quelle loi ? La loi n'est-elle pas faite par celle qui gouverne ? La protégée de Maât, l'incarnation de Maât en personne ?

— Par *celui* qui gouverne, corrigea-t-il aussitôt. Notre père était Maât lui aussi, et pourtant il gouvernait selon les lois des pharaons. Il a fait de vous une puissante reine ; mais il n'était pas en son pouvoir de faire de vous un homme.

— Mon père est Amon, roi de tous les dieux. C'est lui qui m'a engendrée et qui a préparé pour moi le trône de l'Egypte. Il me l'avait réservé dès avant que je naisse de la douce Ahmès. Il me l'a confirmé d'un signe le jour de mon couronnement.

— Et pourquoi donc ne vous a-t-il pas faite homme ?

— Mon kâ est celui d'un homme, et s'il m'a faite femme, c'est parce que le puissant Amon voulait un pharaon plus beau que tous les êtres.

— Vous ne pouvez changer la loi, répéta-t-il avec humeur, le peuple n'acceptera pas un Horus femelle. C'est un homme qu'il veut pour le gouverner, pour offrir les sacrifices en son nom, pour mener l'armée à la bataille. Etes-vous capable de faire ces choses-là ?

— Bien sûr, j'en suis capable. En tant que reine je suis femme, mais en tant que pharaon, je gouvernerai comme un homme.

— Vous jetez la confusion dans le débat avec vos arguments

insensés. Le fait est que, par droit de naissance, je puis prétendre au trône d'Horus, et je l'exige. En outre, Hatchepsout, si vous gouvernez, qui sera votre époux ? quel titre portera-t-il ? Epoux divin ? Grande Femme Royale de l'Horus femelle ? Et si vous n'en prenez pas, l'Egypte devra-t-elle aller chercher hors de ses frontières un quelconque fils de roi à mettre sur son trône ? C'est bien ce que vous voulez ?

Hatchepsout baissa la tête, Senmout et Hapousenb échangèrent un regard. Toutes ces considérations leur avaient échappé, et ils comprirent que la reine était vaincue depuis le début. L'amour qu'elle vouait à son pays ne lui permettrait pas d'envisager la présence d'un étranger sur le trône d'Horus. Après un long silence, Hatchepsout interrogea Touthmôsis :

— Cherchez-vous le bien de l'Egypte ou est-ce le prestige de la double couronne sur votre tête qui vous attire ? Pour moi, l'Egypte est ma vie, et ma vocation est de la servir. Vos paroles sont vraies, mais elles n'émanent pas d'un cœur désintéressé.

— Vous êtes injuste, protesta-t-il. Assurément, j'aime l'Egypte et c'est en raison de cet amour que je désire vous épouser et accéder au trône sacré.

— Est-ce bien vrai ? murmura-t-elle, en se rapprochant de lui et en plongeant son regard dans ses yeux. Est-ce bien vrai ? Comme c'est noble, comme c'est aimable de votre part, cher frère.

— Nous ne nous sommes jamais compris, dit-il en baissant les paupières, mais peut-être serons-nous capables d'œuvrer ensemble pour une cause commune. Convenez-en, Hatchepsout, c'est moi que l'Egypte attend.

— N'a-t-elle pas besoin de moi aussi ? lui rétorqua-t-elle avec un sifflement. Où étiez-vous tandis que, levée dès l'aube, jour après jour, je présidais aux affaires du royaume ? Où étiez-vous pendant ces nuits où je demeurais éveillée avec le poids du gouvernement en guise de couverture et la dure nécessité pour oreiller ?

Elle serrait les accoudoirs de son siège, comme si elle luttait pour conserver son calme et elle s'absorba un instant dans ses pensées.

— C'est sans importance, reprit-elle. Je vais vous proposer un marché, Touthmôsis. Nous devons nous y résoudre puisque nous savons à présent qu'aucun de nous deux n'est aussi fort qu'il le croyait. J'œuvrerai avec vous et, en public, je paraîtrai derrière vous. Je vous assisterai au temple et je partagerai avec vous ma couche royale, afin de donner un héritier à l'Egypte. Ainsi le peuple sera satisfait. Mais vous me laisserez dans sa totalité le soin du gouvernement.

Ménéna laissa échapper une exclamation étouffée. Elle se tourna brusquement vers lui.

— Pas un mot, vous qui avez trahi la confiance du dieu, ou je vous arrache sur-le-champ l'insigne de votre rang pour le fouler sous mon talon.

Elle s'adressa de nouveau à Touthmôsis et lui dit sur un ton radouci :

— C'est la seule façon de préserver l'Egypte. Vous admettez que vous ne connaissez rien aux affaires du gouvernement. Or, je suis entourée de serviteurs loyaux prêts à me conseiller en toute occasion. N'est-ce pas la vérité ?

Abasourdi, Touthmôsis dévisageait Hatchepsout souriante. Il s'était attendu à une déclaration de guerre, à une violente explosion de rage faute d'avoir mesuré la profondeur de l'amour qu'elle vouait à son pays.

— Je serai donc pharaon ? demanda-t-il.

— Bien sûr, répondit-elle. Nous n'avons pas le choix. De toute façon, le peuple et les généraux me l'auraient demandé avant longtemps. Nous irons au temple, et je vous donnerai de mon sang pour que vous puissiez déposer sur votre tête la double couronne. Mais n'oubliez jamais, Touthmôsis, que je l'ai portée avant vous.

Piqué au vif par cette humiliation gratuite, il répondit avec emportement :

— Comment pourrais-je l'oublier ? Vous croyez sans doute que je ne ferai pas un bon pharaon ? Mais gardez présent à l'esprit que votre père est aussi le mien et que nous sommes, l'un et l'autre, du même sang royal !

— L'humour vous a toujours fait défaut, Touthmôsis, lui lança-t-elle. Allons, mangeons et buvons avant d'aller dormir. Demain matin, les hérauts annonceront la nouvelle et nous célébrerons notre mariage. Quant à vous, ajouta-t-elle en se tournant vers Ménéna, servez-le bien, sinon cette fois vous n'échapperez pas à la mort. J'assisterai moi-même à votre exécution.

Touthmôsis sortit avec son escorte et elle jeta un regard sur l'assemblée muette.

— Je rêvais, dit-elle avec nostalgie. Il était impossible de faire autrement. Mais buvons ensemble et accordez-moi votre confiance. J'ai autant besoin de vous que vous avez besoin de moi.

Ils achevèrent la nuit, assemblés autour d'elle, à boire et à converser dans une atmosphère pesante. Lorsqu'enfin le soleil parut à l'horizon, ils l'accompagnèrent au temple pour y célébrer les rites du matin et offrirent un sacrifice, avec elle et pour elle, la reine de l'Egypte.

14.

Le jour du couronnement, le ciel était clair et lumineux, mais un vent du désert soufflait sur les banderoles bleues et blanches qui flottaient une fois encore au sommet des mâts plantés dans la cité et le palais, faisant voler sans distinction la robe des prêtres, des gens du commun, des nobles ou des esclaves.

Hatchepsout s'était délibérément vêtue avec simplicité. Elle portait une robe agrémentée d'un peu d'argent, comme il convient à une reine. Sur sa tête, la petite couronne en forme de cobra miroitait au soleil, car en raison du vent les trônes surélevés d'Hatchepsout et de Touthmôsis n'étaient pas surmontés de dais.

Hatchepsout écoutait les acclamations délirantes de la foule. « J'ai parfaitement raison, pensait-elle. C'est lui qu'ils veulent. Il leur apporte ce sentiment de sécurité dont ils ont besoin. Je suis belle et puissante à leurs yeux, mais un roi leur semble plus digne de porter la double couronne. La sécurité, voilà ce qu'ils applaudissent avec tant d'enthousiasme. Eh bien ! qu'ils aient leur roi ! Que le peuple et le roi qu'il s'est choisi se complaisent dans le sentiment de leur félicité. Je suivrai pendant ce temps la route tracée par mon père et je m'attacherai le pays avec les chaînes du pouvoir. Qu'ai-je à faire de la couronne ? Seuls comptent pour moi le peuple et le pouvoir. Et, si j'ai perdu le peuple pour l'instant, je conserve le pouvoir. Pour tout l'or des mines que je possède, je ne voudrais être à la place de Touthmôsis. »

Touthmôsis saluait la foule de la main et le cortège s'ébranla au son des tambours et des fanfares. Hatchepsout contemplait la tête chauve de son nouvel époux émergeant au-dessus de ce trône qui avait été le sien lors de son couronnement. Le temps s'écoulait lentement et elle rêvait.

« Cinq années ont passé, se disait-elle. Cinq années seulement. J'ai vingt ans à présent et, une fois encore, ma vie va prendre une direction nouvelle. O Amon, mon père, ne serai-je rien d'autre pour toi et pour l'Egypte que l'épouse volontaire d'un pharaon faible et irrésolu ? »

Quelque chose au plus profond de son être affirmait avec violence qu'il n'en serait pas ainsi et qu'elle n'était pas née pour marcher sur les traces de son frère jusqu'à la fin de sa vie.

Lentement, elle rejoignit Touthmôsis, alourdi par le royal costume doré. Elle lui prit le bras comme son père avait pris le sien et, jetant un regard méprisant à Ménéna, revêtu de la peau de léopard propre à son office, elle franchit l'entrée du temple, tandis que les cors retentissaient et que les sistres tintaient dans les mains des prêtresses.

La cérémonie se déroula sans incidents. Touthmôsis était à présent Touthmôsis II, mais aussi l'Horus d'Or, le Seigneur de Nekhbet et de Pen-Ouarchet, le Roi et divin Souverain, le fils d'Amon, l'Emanation d'Amon, l'Elu d'Amon, le Vengeur de Râ, le Prince de Thèbes. Le Pharaon et son Epouse Divine furent reconduits au palais, à travers une foule en délire.

Au cours de la grande fête qui suivit, les seigneurs et les vassaux du royaume vinrent présenter leurs hommages comme il convenait à leur rang. Senmout se trouvait placé entre Senmen et le nouveau pharaon lui-même, qui se montrait peu enclin à la conversation. Il buvait et mangeait immodérément et ne levait les yeux que pour jeter un regard connaisseur sur le corps des danseuses nubiles. Senmout, en observant les mains épaisses trempées dans la nourriture et le ventre protubérant retombant sur la ceinture dorée, sentait la tristesse le gagner.

Hatchepsout, elfe menu et léger à côté de ce roi bouffi, semblait joyeuse. Elle riait et bavardait avec tous ceux qui passaient, mais Senmout crut déceler une note désespérée dans son rire aigu. Il savait que son bavardage incessant trahissait le désir fiévreux d'empêcher le temps de s'écouler.

L'après-midi passa et la nuit se fit de plus en plus noire. Touthmôsis but la dernière goutte de sa coupe et se leva, suivi du porteur d'étendard et des dignitaires qui devaient escorter le couple royal jusqu'au nouveau palais d'Hatchepsout. Elle interrompit aussitôt son bavardage pour prendre humblement sa place derrière son époux. Seul, Senmout vit le mouvement nerveux de ses doigts et la raideur de ses épaules.

Hapousenb vint le rejoindre.

— Calmez-vous mon ami, lui dit-il de sa voix posée et profonde. Et souvenez-vous que c'est blasphémer que de ne pas penser à elle comme à un être divin, à une grande et noble reine. Elle n'a que faire de vos regards anxieux. En outre, Touthmôsis est très porté sur les arts amoureux. Il a consacré la majeure partie de sa vie à faire étalage de sa virilité. Toutes ses petites esclaves et toutes ses concubines sont folles de lui.

Senmout ne parvint pas à rire, malgré le désir qu'il en avait.

— Venez chez moi cette nuit, proposa Hapousenb, venez avec votre frère. Nous nous assiérons dans le jardin et, pour une fois, nous bavarderons de futilités, de pêche, par exemple. Il n'y aura pas d'audiences demain, et vous pourrez dormir dans la chambre d'amis.

Senmout accepta l'invitation de bonne grâce. Il appela Senmen et ils quittèrent le palais par les jardins.

Hatchepsout renvoya la dernière esclave et ferma les portes à contrecœur. Elle se tourna pour faire face à son époux, dans la pâle lumière de la veilleuse qui se consumait près de sa couche jonchée de fleurs de lotus et de feuillage de myrrhe. Touthmôsis déposa avec précaution la double couronne sur la table, symbole de tout ce qu'elle avait recherché et perdu. Il versa du vin dans les coupes, tandis qu'elle s'avançait lentement vers lui, en frictionnant ses poignets meurtris par les lourds bracelets d'argent. Il lui en offrit une, mais elle refusa avec humeur, épuisée par les contraintes de la journée.

— Je n'ai pas envie de boire plus, dit-elle, et j'aurais pensé que vous aviez assez bu vous aussi.

— J'aime boire une dernière coupe avant de me coucher, répliqua-t-il.

Il délaça ses sandales et dénoua sa ceinture avec un soupir.

— C'est la dernière fois que je me déshabille moi-même.

Elle détourna vivement la tête, tourna les talons et se dirigea vers sa coiffeuse. Elle ôta sa couronne et sa perruque, et ses cheveux noirs, libérés, lui tombèrent sur les épaules en une vague parfumée. Elle y passa les doigts d'un geste impatient, tandis que Touthmôsis, soudain immobile, contemplait sa chevelure brillante.

— Lorsque vous viendrez me rendre visite, il faudra vous déshabiller vous-même, répondit-elle sur un ton aigre. Mes esclaves ne sont pas accoutumées à prodiguer leurs soins à un homme.

Il ne répondit pas. Devant l'expression qu'il arborait, elle jeta un rapide coup d'œil à son miroir.

— Ne me regardez pas comme si vous n'aviez jamais vu une femme de votre vie, lui dit-elle. Je sais la réputation que vous vous êtes taillée dans les chambres du harem.

— Tu es belle, répondit-il d'une voix lente et grave. Tes atours royaux te font paraître inaccessible, mais ainsi, avec tes cheveux dénoués et tes épaules nues, tu n'as pas ton égale en beauté dans toute l'Egypte.

Il s'approcha d'elle et posa sa bouche sur la sienne, plongeant ses mains dans sa chevelure et pressant son corps contre le sien. Elle fut agréablement surprise par la douceur de sa bouche et commença à s'émouvoir. Malgré elle, elle sentit se réveiller dans son corps un instinct que son esprit résolu avait étouffé jusqu'à ce jour. Il sourit intérieurement lorsqu'il la vit répondre à son étreinte.

— Ne pourrions-nous avoir un peu d'affection l'un pour l'autre? demanda-t-il doucement. Nous sommes frère et sœur. Faut-il qu'il soit si difficile de concevoir un héritier?

Sans un mot, elle agita la tête en le suppliant avec de petits gémissements. Au moment où ils roulaient sur le lit, deux pensées lui traversèrent l'esprit. L'une était pour Senmout, dont elle se remémorait dans un élan passionné les solides épaules. L'autre pour Touthmôsis lui-même, pour son caractère indécis, son aimable prodigalité. Elle comprit que son incapacité à déployer en temps normal la force et l'énergie qu'il exhibait en ce moment était ce qui lui faisait défaut dans l'exercice du pouvoir.

Après leur étreinte, elle aurait aimé lui parler, mais il s'endormit aussitôt et se mit à ronfler doucement.

Une vague de refus l'envahit soudain. Elle se leva, enfila sa robe et alla s'asseoir. L'aube commençait à poindre. Elle attendit, l'esprit et le corps vides, jusqu'à ce qu'elle pût clairement distinguer les fresques qui ornaient les murs. Alors, elle s'approcha du lit, se pencha sur Touthmôsis et le secoua doucement :

La dame du Nil

— Réveille-toi, le grand prêtre sera là dans quelques instants, murmura-t-elle.

Il laissa échapper un grognement, se retourna et posa sa tête sur sa main ornée de bagues, encore couverte de henné. Lorsque fut entonné l'Hymne de Louanges, il ouvrit les yeux ; assis ensemble sur le lit, ils écoutèrent les prêtres chanter l'hymne sacré. La cérémonie terminée, Touthmôsis lui donna un baiser et se leva :

— Je vais à la chasse, aujourd'hui, dit-il. Voulez-vous m'accompagner ?

— Non, pas aujourd'hui, j'ai d'autres devoirs.

— Evidemment, dit-il en haussant les épaules. Puis il sourit avec hésitation : Voudras-tu de moi cette nuit ?

Elle posa les yeux sur ses joues rondes, ses grands yeux et les mèches de cheveux bruns qui s'accrochaient encore à ses tempes dégarnies, et elle sentit naître en elle une vague de sympathie. D'une certaine manière, il était touchant comme un enfant. Elle inclina la tête :

— Tu pourras venir cette nuit, mais pas demain. J'aurai une journée chargée et je serai fatiguée.

— Très bien. Je suppose que les nobles sont rassemblés pour assister à mon bain. Hatchepsout, je te souhaite un déjeuner aussi savoureux que l'a été ma nuit.

Elle se leva et s'inclina vers lui, le pharaon de toute l'Egypte. Après son départ, elle ordonna aux esclaves de refaire le lit, puis se glissa dans son bain où elle reposa un moment les yeux clos. Elle s'assoupit pendant qu'on la massait et ce petit somme suffit à la remettre en forme.

Au milieu de la matinée, elle fit, accompagnée de Nofret, une promenade dans les jardins. Elle ne chercha pas à analyser ses sentiments au sujet de ce qui s'était passé avec Touthmôsis pendant la nuit. Elle n'avait encore jamais eu d'amant. Son cœur appelait Senmout, pour le réconfort qu'elle avait toujours trouvé dans ses yeux sombres, pour son sourire ironique. Mais elle ne chercha pas à le voir. Elle passa le plus clair da la journée dehors, à déambuler sans but.

Le soir venu, elle regagna sans entrain ses appartements pour se baigner à nouveau, car elle savait que Touthmôsis achèverait vite son repas afin de venir la rejoindre avant le coucher du soleil. Nofret, qui ne comprenait pas la raison des longs silences et des soupirs d'appréhension de sa maîtresse, lui apporta sa plus belle robe et parfuma la chambre de myrrhe et d'encens.

Au milieu du mois de Phamenoth, deux mois après le couronnement de Touthmôsis, le bruit que des troubles sévissaient en Nubie parvint jusqu'à Thèbes. Hatchepsout reçut le message des mains d'un soldat épuisé qui s'était enfui dans le désert où une caravane l'avait recueilli. Sans même prendre le temps de le lire jusqu'au bout, elle décida de convoquer son cabinet dans la salle des audiences, et envoya chercher Pen-Nekheb, Inéni et Touthmôsis en espérant qu'il ne serait pas encore parti à la chasse. Impatiente, elle arpentait la salle en les attendant, et se mit à harceler son scribe :

— Procurez-vous les cartes du Sud et de la Première Cataracte ainsi que la position des garnisons sur la frontière nubienne. Rassemblez les généraux. Trouvez-moi la liste de toutes les conscriptions. Je veux savoir où se trouvent mes troupes. Allons, dépêchez-vous !

Les uns après les autres les hommes arrivèrent, s'inclinèrent et prirent place autour de la grande table. Pen-Nekheb arriva le dernier et gagna sa place en clopinant. C'était la première fois qu'Hatchepsout le convoquait et son cœur tremblait, car il pressentait la guerre. Hatchepsout ordonna qu'on ferme les portes et s'assit au bout de la table.

— Je viens de recevoir un officier de notre police du désert, dit-elle. Il semble qu'une de nos garnisons ait été dévastée et qu'une horde de Nubiens se livre aux pillages à l'intérieur de nos frontières.

Le plus grand calme régnait dans la salle. Yamou-néfrou cracha sur le sol.

— C'était prévisible, Majesté. Chaque fois qu'un pharaon retourne auprès du dieu et qu'un autre le remplace, ces répugnants, ces exécrables habitants de Kouch fomentent une rébellion.

— Qu'est-il advenu du commandant ? demanda Ouser-amon.

— Nul ne sait s'il est mort ou vif et je ne sais même pas son nom, répondit Hatchepsout. Le scribe est en train de se renseigner. Anéni, apporte les cartes.

Senmout prit les rouleaux des mains du scribe et les déroula sur la table. Ils se levèrent tous pour mieux suivre le tracé qu'Hatchepsout indiquait du doigt.

— Voici Assouan, et voici la Cataracte. La route du désert quitte la rivière en ce point. Deux garnisons s'y tiennent, l'une à l'intérieur de nos frontières, et l'autre ici, dans le pays Kouch. On me dit que la région est encerclée, nos hommes massacrés, et que les Kouchites marchent sur les autres garnisons.

Elle laissa le papyrus s'enrouler d'un coup et se rassit en dévisageant chacun d'un air interrogateur.

— Hapousenb, dit-elle enfin, du fait que vous êtes vizir du Nord, je vous déclare ministre de la Guerre. Que pensez-vous de la situation ?

Les bras sur la table, Hapousenb répondit :

— Je pense, Majesté, et mon avis doit être partagé par tous ceux qui sont ici présents, qu'il s'impose de lever immédiatement un contingent et de l'expédier à vive allure dans le Sud. Il ne fait aucun doute que nous puissions rapidement mettre en déroute ces chiens malfaisants, dans la mesure où nous interviendrons avant qu'ils n'aient atteint la seconde garnison.

On entendit un murmure d'assentiment et la voix d'Aahmès pen-Nekheb s'éleva au-dessus des autres. Le vieil homme paraissait accablé :

— Majesté, suis-je autorisé à parler ?

Elle inclina la tête avec un sourire affectueux.

— J'espérais votre intervention, mon vieil ami. Mon père n'a jamais quitté Thèbes pour mener une expédition sans votre précieuse assistance. Parlez.

— Pour parler franc, je dois dire que je ne comprends pas comment la garnison est tombée. Cet endroit est le point fort de nos frontières, entouré de murailles solides, inexpugnables, défendu par des combattants aguerris. L'ennemi a souvent attaqué sauvagement le long de la frontière, massacré, pillé, volé les bons troupeaux égyptiens, mais il a rarement pénétré dans une garnison. Cela me semble de mauvais augure.

— Que craignez-vous, ô vénérable ? demanda Hatchepsout. Une trahison ?

— C'est possible... Ce ne serait pas la première fois que des hommes, aigris par un long service dans le désert, éloignés de leur famille, se laissent tenter par l'appât de l'or.

— Nous ne possédons encore aucun détail. L'officier que j'ai vu n'était pas présent lorsque la garnison fut prise. Ah ! voici le scribe de l'Assemblée.

L'homme approcha, les bras chargés de rouleaux qu'il déposa sur la table. Il était petit, voûté par tant d'années passées à écrire, et infirme d'une jambe.

— Vous pouvez poser vos questions à présent, Hapousenb.

Hapousenb demanda qui commandait la garnison intérieure. Le scribe s'éclaircit la voix, brassa ses feuillets et répondit d'une voix nasillarde :

— C'est le noble Wadjmose qui commande les cinquante unités placées en ces lieux par le père de votre Majesté.

Touthmôsis s'exclama :

— Wadjmose ! mon frère ! Qu'en dites-vous, Pen-Nekheb ? Un noble de la lignée du pharaon irait-il trahir son pays ?

Pen-Nekheb remua la tête :

— Il est toujours possible, Majesté, qu'une trahison intervienne à l'insu du commandant. Je n'écarterais pas cette hypothèse.

— Et moi non plus, ajouta Hatchepsout, en laissant transpercer son inquiétude.

Touthmôsis éclata soudain :

— Par Amon, notre frère doit être vengé. J'écraserai les Kouchites de toute la force de mes armées. Je détruirai tout. Je n'épargnerai aucun homme.

— J'admets que ces gens doivent recevoir une leçon salutaire, lui répondit Hatchepsout avec calme. N'est-ce pas en prévision d'un tel moment, Touthmôsis, que vous avez réclamé le trône ? Je suis heureuse que vous ayez l'entention de suivre la voie de vos ancêtres et de mener vos troupes à la bataille.

Il ne répondit rien. Sa colère semblait l'avoir déserté. Elle lui adressa un sourire désenchanté, sachant bien qu'il n'irait jamais combattre et elle fit un signe à Hapousenb :

— De combien de soldats disposons-nous, demanda-t-il au scribe. Vous ne compterez que ceux qui sont en mesure de couvrir la distance en une semaine.

— Cinq mille dans la cité, répondit promptement le scribe, mille parmi les troupes permanentes et quatre fois ce nombre en levant une conscription.

— Une division ? Il réfléchit un instant : Majesté, quelle est la puissance de nos ennemis ?

— Les chiffres ne sont pas précis, mais il ne peut y en avoir plus de trois mille.

— Ils ont des chars ?

Les lèvres d'Hatchepsout tremblèrent de mépris :

— Non, à moins qu'ils n'aient volé ceux de la garnison. Combien de chars y avait-il ? lança-t-elle au scribe.

Anéni répondit, toujours imperturbable :

— Un escadron, Majesté.

— Bien ! Si Wadjmose est le soldat que mon père disait, il aura tué tous les chevaux au début des engagements, afin de s'assurer que les Nubiens ne pourront utiliser les chars. A présent, donnez-nous votre sentiment, Hapousenb.

Le vizir se rassit et résuma les faits.

— Il semble qu'une horde de Kouchites, probablement indisciplinés et mal dirigés, fasse route quelque part dans le désert en direction de la seconde garnison. Ils sont environ trois mille. Je pense qu'il sera facile de les arrêter. Une demi-division et un escadron de chars devraient suffire.

Hatchepsout acquiesça.

— Mais la rapidité sera un élément capital, ajouta-t-elle. Quel est le nom de la division stationnée en ce moment à Thèbes ?

— La division d'Horus, Majesté. Nous avons aussi quelques unités de la division de Seth, venues ici pour effectuer des manœuvres.

— Merci, inutile que je vous retienne plus longtemps. Hapousenb, vous irez, bien évidemment, livrer bataille, vous aussi, Yamounéfrou.

Elle donna à chacun ses instructions. Tous murmuraient, mais le silence revint lorsque s'éleva de nouveau la voix claire d'Hapousenb :

— Majesté, qui commandera la bataille ? Il ne s'agit pas d'une guerre, mais d'une expédition punitive, et nous avons besoin d'un homme aguerri et qui connaisse bien le pays.

Tous les regards convergèrent sur Aahmès pen-Nekheb qui se leva, les mains au ciel, en secouant la tête :

— Majesté, je suis vieux, je puis donner des conseils tactiques, mais je ne puis combattre.

— Je comptais sur votre bras, noble Aahmès, mais s'il est trop

La dame du Nil

faible, peut-être pourrez-vous me suggérer un homme en qui je puisse avoir confiance.

Il hésita. — Un tel homme existe, Ô, Majesté, mais je ne sais si vous le jugerez acceptable. Il s'agit de Néhési.

A ce nom, un grondement s'éleva et Djéhouti s'écria :

— Vous ne pouvez pas nous mettre sous ses ordres, Majesté, il est nubien.

Touthmôsis éleva un bras imposant et le silence se rétablit soudain. Ils avaient tous oublié sa présence.

— Il est vrai que Néhési est noir, dit-il, mais il n'est pas nubien. Il est né sur le sol égyptien. Sa mère est une servante de la mère du pharaon, la douce Moutnefert, et son père était un esclave ramené par Inéni comme prise de guerre. Néhési est soldat depuis sa plus tendre enfance, et, selon moi, c'est un soldat de génie. Il est silencieux, sans passion et sans excès, mais ses prouesses à l'arc, à la hache et à la lance sont remarquables. De plus, il a l'esprit lucide et il est prévoyant.

Hatchepsout ordonna à son héraut :

— Trouve cet homme et amène-le-moi immédiatement.

Peu après, Néhési se présenta. Tous le regardaient avec une curiosité manifeste. Il était grand, beaucoup plus grand que la moyenne et plus noir que la nuit. Son pagne blanc paraissait léger et ridicule sur son corps de colosse. Son nez droit affirmait une lointaine ascendance égyptienne. Indifférent, il fixait le mur au-dessus de l'assemblée et, s'il remarqua le sourire de mépris de Djéhouti, il ne réagit pas.

— Approche-toi, lui dit Touthmôsis sur un ton aimable. Combien de temps as-tu servi dans l'armée ?

Sans hésitation, Néhési répondit d'une voix profonde :

— Quinze ans, Majesté.

— Quel est ton grade ?

— Commandant des troupes d'assaut. J'ai aussi participé à l'entraînement des conducteurs de chars et des Braves de Sa Majesté.

Le ton indifférent et froid qu'il employa éveilla un sentiment de respect dans l'assemblée. Les « Braves du Roi » étaient un corps d'élite qui menait tous les assauts sous la responsabilité directe du pharaon. Même Djéhouti perdit son air dédaigneux.

— A combien de combats as-tu pris part ? demanda Ouser-amon.

L'homme haussa avec impatience ses massives épaules :

— Il n'y a jamais eu de guerre depuis l'époque où j'étais un simple soldat dans les rangs de l'infanterie, mais j'ai participé à des expéditions punitives et à des incidents de frontière sans nombre. Mes troupes n'ont jamais connu la déroute, ajouta-t-il sans forfanterie.

— Que sais-tu en matière de stratégie ? lui demanda Hatchepsout.

— Je suis né pour combattre, dit-il, et je sens d'instinct la justesse et l'erreur d'un mouvement, mais cela seulement sur le champ de bataille. Je suis incapable de me décider en fonction d'une carte.

Aahmès intervint. Il avait observé d'un air amusé les réactions soulevées par son protégé. Il pensait qu'il serait bénéfique pour les jeunes aristocrates assemblés de faire leurs premières armes sous les ordres d'un tel homme.

— Majesté, je vous ai promis mes conseils. Néhési est l'homme qu'il nous faut. Je puis vous affirmer que la victoire est à nous si nous la préparons ensemble.

Touthmôsis bâilla :

— Bien, l'affaire est réglée, n'est-ce pas ?

Il regardait Hatchepsout d'un air anxieux. Elle hocha la tête :

— Je pense que oui. Hapousenb, établissez un campement au sud de la ville et préparez-vous à vous mettre en marche. Donnez les consignes à vos officiers avec l'assistance d'Aahmès. Néhési, je vous nomme général. Vous comprendrez que cette nomination est fondée sur ma conviction que vous servirez jusqu'à la mort et ne prendrez vos ordres que du roi ou de moi-même. Eprouvez-vous le moindre doute ? Cette expédition est menée contre vos compatriotes les Kouchites.

— Je les ai déjà combattus, dit-il, indifférent. Je ne fais pas de distinction entre les ennemis de l'Egypte, et c'est l'Egypte que je veux servir chaque jour de ma vie.

Sa nouvelle promotion ne semblait pas représenter grand-chose à ses yeux et Hatchepsout frémit devant une telle froideur. Elle congédia l'assemblée, Senmout, Hapousenb et Ouser-amon exceptés, et chacun se rendit où son devoir l'appelait, assuré que c'était bien la reine qui organisait l'expédition et que rien ne serait laissé au hasard.

Tandis que les trois hommes attendaient, Hatchepsout entraîna Touthmôsis à l'écart :

— Touthmôsis, vous mettez-vous en personne à la tête de vos troupes ?

Il prit un air pitoyable :

— Et pourquoi le ferais-je? répondit-il d'un air de défi. L'Egypte abonde en généraux capables, et les capitaines sont légion. Vous savez aussi bien que moi que je n'ai pas le tempérament guerrier. Laissons le commandement de mes troupes à Hapousenb.

— Hapousenb a son propre escadron à commander et l'ensemble de la campagne à conduire. Touthmôsis, assumerez-vous le commandement?

Rebelle, il répondit :

— Non! Je trouve ridicule d'exposer sans nécessité la précieuse personne du pharaon.

— Mais cela est nécessaire, plaida-t-elle. Les hommes ont besoin de vous voir à leur tête, dans l'éclat de votre attirail guerrier, pour stimuler leur ardeur au combat.

— Vous parlez comme ma mère, riposta-t-il. Je n'irai pas. Je me rendrai dans ma litière jusqu'à Assouan où j'attendrai leur retour. Je veux bien recueillir le butin et ordonner le sort des prisonniers, mais je n'irai pas guerroyer.

Elle se détourna de lui, écœurée.

— C'est bon, j'irai donc moi-même, et le peuple d'Egypte saura que sa reine sait se montrer digne de lui.

— Vous êtes folle, répondit-il, épouvanté. Vous n'avez jamais vu couler le sang humain ni connu le moindre danger. Etes-vous capable de couvrir une étape, d'endurer la soif et de dormir à même le sol?

— Et vous? lui rétorqua-t-elle sur un ton cinglant. Au nom du dieu, Touthmôsis, avez-vous si peu d'amour-propre? Je suis capable de lancer le javelot, de bander mon arc et de gagner à la course n'importe quel conducteur de char. J'ai confiance en mes hommes. Ils ne me lâcheront pas, car ils m'aiment.

— Tout le monde t'aime, aussi folle que tu sois. Même moi, grommela-t-il.

D'un air contrit, elle posa une main sur son bras :

— C'est moi qui irai si tu n'y vas pas, lui dit-elle avec douceur. Il n'y a aucun danger. Je serai entourée par les bras les plus puissants et les yeux les plus vigilants d'Egypte. Viens avec moi, Touthmôsis, montre à l'Egypte et au peuple Kouch ce que les pharaons ont toujours été.

Il la repoussa et lui dit en s'éloignant :

— Vous êtes folle, complètement folle.

Elle tourna les talons et s'approcha des trois hommes qui attendaient :

— Je pars pour la Nubie avec les troupes, leur dit-elle.

Ils la regardèrent, incrédules, et Senmout s'écria, alarmé :

— Non, Majesté, vous ne devez pas y aller. Une reine n'est pas à sa place sur un champ de bataille.

Elle lui adressa un sourire bizarre :

— Je ne suis pas une simple reine, dit-elle sur un ton glacial. Je suis le dieu, source de l'existence, et cessez de me dire ce que je dois faire, Senmout. Je veux y aller. Je conduirai les troupes du pharaon. Mes porteurs d'étendard me précéderont et les Braves du Roi me suivront avec Néhési.

— Alors, laissez-moi m'exprimer différemment, dit Senmout, désespéré par l'obstination qu'il lisait dans ses yeux. Si vous périssez, qu'adviendra-t-il de l'Egypte ? Et qui dirigera le pays en votre absence ?

— Je sais que je ne périrai pas. Amon me protègera. C'est vous, Senmout, qui gouvernerez en mon absence avec l'assistance d'Ouser-amon. Senmout, je vous nomme prince Erpa-ha.

Ils ne la quittaient plus du regard, incapables de prononcer une parole.

— J'aurais dû le faire depuis longtemps, ajouta-t-elle, car vous avez fait vos preuves à mon service. Je vous nomme Erpa-ha, prince héritier de Thèbes et de toute l'Egypte, vous et toute votre descendance, jusqu'à la fin des temps.

Il s'agenouilla d'un mouvement vif, lui saisit les chevilles et lui baisa les pieds. Lorsqu'il se redressa, la gorge serrée, il ne put dire un mot. Elle le prit dans ses bras :

— Jamais tel honneur n'a été à plus juste titre décerné, dit-elle. Puis elle se tourna vers Hapousenb. A vous, Hapousenb, j'offre le titre de chef des Prophètes du Nord et du Sud. En tant que vizir et fils de vizir, vous devez mesurer ce que cela représente ?

Il s'inclina.

— Je mesure bien, Majesté, l'ampleur du pouvoir que vous remettez entre mes mains. Sachez que je n'en abuserai pas.

— A présent, au travail. Senmout et Ouser-amon, nous passerons le reste de la journée en conférence avec Inéni et les autres. Vous pouvez vous fier à Inéni, pour tout ce qui concerne le gouvernement.

La dame du Nil

Vous, Hapousenb, allez exécuter mes ordres. Je compte quitter Thèbes pour Assouan d'ici deux jours.

Dans la soirée, après le coucher du soleil, Hatchepsout et Senmout partirent se promener sur les bords du lac d'Amon. Ils marchaient tranquillement côte à côte, la tête basse sans échanger une parole. Ils en avaient presque achevé le tour lorsqu'Hatchepsout s'arrêta et alla s'asseoir dans l'herbe sur la berge.

— Aurez-vous le temps de faire avancer les travaux dans la vallée ? demanda-t-elle. Je serais heureuse de trouver à mon retour la première terrasse achevée. Mon temple est d'ores et déjà d'une grande beauté.

— Il est le miroir, le reflet de votre grâce. Amon ne pourrait souhaiter monument plus beau de sa fille bien-aimée.

Elle hocha la tête et se baissa pour ramasser les feuilles sèches tombées des branches des saules pleureurs.

— Dites-moi, à présent que vous êtes Erpa-ha et prince de ce pays, vous déciderez-vous à avoir des enfants pour perpétuer votre titre ?

Il lui sourit et répondit avec gravité :

— Je ne sais pas, Majesté, je ne le pense pas. Pour avoir des fils, il faudrait que je prenne une épouse.

— Vous avez Ta-kha'et.

— Il est vrai, mais je ne pense pas l'épouser, bien que je l'aime beaucoup.

— Vous pourriez changer d'avis dans quelques années. Quel âge avez-vous, Senmout ?

— Je suis sur cette terre depuis vingt-six ans.

Les yeux toujours détournés, elle déchiquetait les feuilles mortes de ses doigts nerveux.

— La plupart des hommes prennent au moins une femme. N'aimeriez-vous pas une maison remplie d'enfants ?

— Majesté, vous savez pourquoi je ne puis me marier.

— Oui ! Je sais pourquoi, répondit-elle. Mais ne me le direz-vous pas vous-même ? Est-ce parce que je vous ai chargé de trop lourdes responsabilités ?

— Vous connaissez la réponse à cela.

Il savait ce qu'elle voulait lui faire dire et voulait le dire de tout son cœur, mais sur sa tête le cobra étincelait et à son cou pendaient les cartouches royaux. Il ne pouvait séparer dans son esprit la reine de la femme.

Elle joignit les mains en un geste de supplication et se rapprocha de lui.

— Dites-le-moi. Et n'allez pas croire que j'aie cherché à vous soudoyer en vous offrant ce titre. Je vous connais suffisamment bien. Vous ne mentez jamais ni à vous-même ni à moi. Allons, dites-le-moi.

— C'est bien, dit-il, les genoux dans les mains, en laissant errer ses yeux sur les tours du temple qui se profilaient dans la lumière déclinante. Je vous aime. Non seulement en tant que reine, mais aussi en tant que femme. Vous le savez, mais vous m'avez forcé à le dire au mépris de mon orgueil, parce que vous êtes la reine et que je suis tenu de vous répondre. Cela est cruel de votre part.

Les mains crispées, elle contemplait son profil paisible.

— Ce n'est pas de la cruauté, répondit-elle. Je m'apprête à partir et j'ai peur. J'ai besoin de vos paroles, Senmout, pour me soutenir, pour qu'elles me réchauffent le cœur. En tant que reine, j'attends des hommages de vous, mais en tant que femme — elle posa une main sur son bras — faites-moi un présent, Senmout.

Il ne détachait plus son regard des murs du temple.

— Tout ce que vous voudrez, dit-il avec calme, mais sous ses doigts elle sentit ses muscles se crisper.

— Si j'ôte ma couronne, l'ankh à mon bras et le sceau de ma ceinture, et si je les dépose sur l'herbe, m'embrasserez-vous ?

Il la regarda et vit qu'elle ne lui jouait pas la comédie. Elle le dévisageait, les lèvres tremblantes et les yeux brillant de larmes. Incrédule et joyeux, il lui prit la tête dans ses mains et caressa ses joues soyeuses.

— Non ! murmura-t-il. Non ! puissante reine, je vous embrasserai telle que vous êtes, ma reine divine, ma douleur, ma sœur.

Et, avec une infinie douceur, il posa ses lèvres sur les siennes et sentit ses bras lui entourer le cou, tandis que les derniers reflets du couchant désertaient les tours et que la nuit entourait la terre de son manteau.

15.

Sept jours plus tard, profitant de la précieuse fraîcheur de la matinée, l'armée d'Egypte progressait à travers le désert, non loin de Thèbes. Elle avait pris deux jours de retard, car Djéhouti et ses hommes s'étaient égarés en cherchant un raccourci à travers les collines. Hatchepsout s'était impatientée, mais Aamhès pen-Nekheb lui avait représenté que les Nubiens s'étaient sans doute déjà rendus maîtres de la deuxième garnison et que deux jours de plus ou de moins n'y changeraient pas grand-chose.

Touthmôsis avait passé son temps auprès de sa mère, qui ne lui avait pas ménagé ses conseils. Il s'était ensuite rendu au palais d'Hatchepsout qui l'avait congédié sur un ton sans réplique, et il avait passé sa dernière nuit à Thèbes, seul dans sa chambre royale, assailli de sombres pensées.

Au matin, il passa en revue les troupes levées par Hatchepsout, Pen-Nekheb, Hapousenb et Néhési. La matinée était belle, la brise faisait flotter les étendards et les drapeaux, et le soleil étinceler les lances et les haches. Les quatre mille hommes de l'infanterie se tenaient immobiles à côté des chars en cuivre, légers et brillants. Les chevaux attendaient aussi, en agitant leurs têtes brunes empanachées de plumes blanches, jaunes et rouges. Touthmôsis avait coiffé la double couronne, mais tous les regards se posaient sur Hatchepsout.

Elle portait la tenue du commandement, un pagne blanc et court, un petit casque de cuir qui dissimulait ses cheveux, des gantelets de cuir blanc pour protéger ses mains du frottement des rênes. Sur son front se dressait un petit cobra d'argent, que les hommes pouvaient voir miroiter de loin dans le soleil. Ses yeux allaient et venaient sur les rangées de fantassins et de conducteurs de chars, casqués de bleu, puis elle les posa, par-delà la forêt de lances et d'arcs, sur le palais rougeoyant dans le lointain. Elle se tourna brusquement vers Touthmôsis :

— Allez-vous leur parler ? ou bien le ferai-je moi-même ? demanda-t-elle.

Touthmôsis fit un pas en avant, faisant signe à Ménéna de gravir les degrés de l'estrade avec l'encens. Tandis qu'il parlait de gloire et de récompenses, des dangers à affronter pour la sécurité de l'Egypte, de l'honneur de mourir sur le champ de bataille, les hommes perçurent de lointaines intonations qui leur rappelaient celles de son père et ils acclamèrent son discours.

Ménéna entonna les prières de Bénédiction et de Victoire, puis Hatchepsout et Touthmôsis quittèrent l'estrade.

— Montez dans mon char, lui proposa-t-elle, en prenant les rênes.

— Non, répondit-il, j'irai dans ma propre litière. Il fait trop chaud là-dedans.

Les hommes formaient les rangs, ajustant leurs paquetages. Hatchepsout ordonna à Menkh de descendre de son char :

— Je conduirai moi-même pendant un moment, lui dit-elle.

Elle lui retira le fouet des mains, fit claquer sa langue et les chevaux partirent au trot derrière Touthmôsis. Néhési et ses hommes suivaient derrière ; la cavalcade se mit en branle, tel un serpent multicolore. Le convoi des bagages suivait à l'arrière dans un certain désordre, transportant les tentes, la nourriture, l'eau, les tapis pour le couple royal, les lits pliants et les autels.

Les hommes entonnèrent d'abord un hymne guerrier pour rythmer leurs pas, mais bientôt la musique cessa et le silence tomba, car la chaleur était lourde et Assouan encore loin.

Senmout surveilla l'horizon jusqu'à ce que le vent eut dissipé les derniers nuages de poussière brune.

— Puissent les dieux les accompagner, dit-il à voix basse.

Le vieil Inéni sourit devant son expression.

— Ce n'est qu'une toute petite expédition, dit-il. Douteriez-vous un instant qu'ils ne reviennent chargés de butin pour le temple et d'or pour le trésor ?

— Non, je n'en doute pas, répondit Senmout en se forçant à

sourire et en songeant à la distance croissante qui le séparait de l'armée en marche.

— Ne pensez plus à la guerre, dit Inéni. Les émissaires du Réténou nous attendent dans la Salle des Audiences et nous avons beaucoup à faire, Prince.

Le premier jour, l'armée ne parcourut qu'une courte étape et, au coucher du soleil, on établit le campement au bord du Nil. Hatchepsout se baigna dans le fleuve avec Touthmôsis, heureuse de se purifier de la poussière et de la sueur de la journée. Elle revêtit une ample robe et s'assit devant sa tente, contemplant les spirales de fumée que dégageaient les feux de camp allumés par centaines et écoutant le piétinement des chevaux et les conversations à voix basse des hommes fourbus par cette marche forcée le long de chemins truffés d'ornières et de cailloux. Touthmôsis se préparait déjà à se retirer pour dormir dans la tente bleue et blanche, plantée auprès de la sienne. Elle sourit à la pensée de la joie qu'il éprouverait, en arrivant à Assouan, à retrouver sa couche royale.

Hapousenb vint lui rendre visite. Elle lui demanda quand ils pénétreraient dans le désert.

— Demain, nous devrions couvrir une plus longue étape, répondit-il. Nous arriverons à Assouan dans deux jours. Une autre journée de marche nous conduira aux portes du désert et nous devrons remplir tous les barils d'eau. Etes-vous lasse, Majesté ?

— Un peu. Je crois que je laisserai Menkh me conduire demain.

Ils demeurèrent silencieux. Il faisait sombre à présent et les feux offraient une présence chaleureuse et rassurante, tout comme les propos qu'échangeaient les sentinelles. Hatchepsout étouffa un bâillement et Hapousenb s'inclina pour prendre congé.

Deux jours plus tard, dans l'après-midi, ils atteignirent Assouan et plantèrent les tentes aux abords de la ville. Les hommes avaient trouvé leur second souffle et autour des feux on entendait des éclats de rire et les exclamations des joueurs de dés. Hatchepsout se coiffa de sa perruque et de sa couronne et gagna avec Touthmôsis la résidence royale où il s'empressa de commander du vin et des pâtisseries.

— Reste avec moi cette nuit, plaida-t-il d'un air suppliant. Nous n'allons pas nous voir de plusieurs semaines. Et nous nous lèverons de bonne heure, s'empressa-t-il d'ajouter.

Soumise, elle vint en souriant se blottir dans ses bras, heureuse de lui offrir son corps tandis que son esprit demeurait tourné vers la garnison assiégée. Elle dormit profondément à ses côtés, épuisée par le voyage et l'ardeur de son époux.

Au matin, elle le quitta affectueusement, non sans un certain soulagement. Les cors sonnaient quand elle prit place sur son char derrière Menkh. Comme il était bon, pensait-elle, de se trouver seule et libre à nouveau. Elle se retourna pour faire un signe d'adieu à Touthmôsis qui, l'air sombre, s'apprêtait à partir à la chasse.

Le tintement des harnais, le martèlement des sandales sur le sol, résonnaient autour d'Hatchepsout ; elle aperçut au loin avec enchantement les eaux turbulentes de la Première Cataracte. Au matin, après une nouvelle nuit de campement, les barils d'eau remplis soigneusement, on fit se désaltérer les chevaux et on contrôla avec soin tous les équipements car on allait bientôt aborder le désert hostile. Hatchepsout envoya des hommes en éclaireurs pour reconnaître le chemin le plus rapide, une piste peu sûre empruntée par les négociants, les soldats et les caravanes qui venaient de l'oasis, située loin au nord ; on n'alluma aucun feu de campement dans la soirée, car la deuxième garnison ne se trouvait plus qu'à une journée de marche. Au coucher du soleil, les hommes revêtirent leurs manteaux de laine pour se prémunir contre les nuits fraîches du désert. Hatchepsout commanda du vin et convoqua sous sa tente Hapousenb, Pen-Nekheb et Néhési qui se présenta sans manteau, indifférent au froid comme à la chaleur. Menkh arriva, annonçant que les chevaux étaient nourris et pansés et que les hommes se reposaient. Elle s'enquit des projets pour le lendemain. Néhési répondit :

— Après une journée de marche, les hommes ne peuvent se battre utilement. A mon avis, il est préférable de camper une nuit de plus dans le désert et de tomber à l'aube sur l'ennemi, s'il se trouve encore à la garnison.

— Je connais cette région, annonça Pen-Nekheb dont les yeux clairs témoignaient du secret bonheur qu'il éprouvait à participer à cette campagne en dépit de son air fatigué. Nous sommes à une demi-journée d'un escarpement rocheux derrière lequel s'abrite la garnison. Les rochers dissimuleront notre approche et nous pourrons camper de ce côté-ci demain soir. Si nous envoyons dans la nuit les

Braves du Roi attaquer la garnison par le nord, nous obligerons les Nubiens à se rabattre sur le reste de l'armée.

— Reste à savoir si l'ennemi assiège toujours la garnison, dit Hapousenb. Pour moi, je préférerais avancer à découvert à l'aube. Si la garnison est investie, ou bien l'ennemi s'y trouve toujours, ou bien il est déjà parti. Et dans le cas contraire, nous mettrons un rapide point final à cette affaire.

— Envoyez un plus grand nombre d'éclaireurs, déclara Hatchepsout, et tâchons de savoir ce qu'il en est demain soir.

— Votre Majesté parle avec une grande sagesse, dit Néhési en souriant pour la première fois. Quel est l'intérêt de prévoir une stratégie quand on ignore tout de la situation ?

Hatchepsout inclina la tête :

— Très bien, nous attendrons des nouvelles de nos éclaireurs.

Ils burent leur vin et se retirèrent de bonne heure, laissant Hatchepsout préoccupée par l'issue de la campagne.

Le lendemain matin, les rangs se reformèrent en silence, et les colonnes s'ébranlèrent avant le lever du soleil. A trois reprises, une halte fut ordonnée afin de permettre aux hommes de boire et de manger rapidement. Au milieu de l'après-midi, le porte-étendard se retourna vers Hatchepsout en criant quelque chose : elle aperçut à l'horizon une crête déchiquetée qui semblait suspendue, immobile, au-dessus de la surface désertique. Comme ils en approchaient, les éclaireurs revinrent et Hatchepsout écouta leur rapport en compagnie de Néhési et des autres généraux.

— La garnison semble déserte, dirent-ils, mais les alentours sont jonchés de corps et de flèches indiquant qu'un combat a été livré. Nous ne nous sommes pas trop approchés de peur qu'on ne nous repère.

— A quelle nation appartenaient les cadavres ? demanda Hatchepsout.

L'éclaireur lui adressa un sourire fatigué et cruel.

— Ils sont noirs pour la plupart, et rouges, Majesté, dit-il. Je pense qu'un combat s'est déroulé, car il y a une centaine de corps et des restes de butin abandonnés sur le chemin du désert.

Pen-Nekheb prit la parole :

— Je suggère d'avancer, dit-il. Bien que je ne sois pas joueur, je suis prêt à parier que la garnison tient toujours.

Les autres acquiescèrent.

— C'est bon, ne perdons pas de temps, dit Hatchepsout. Placez les troupes d'assaut à l'avant-garde, sous vos ordres, Néhési. Ne péchons pas par excès de confiance.

Chacun retourna à son char et le cor sonna le départ. Deux heures plus tard, après avoir franchi le défilé, ils gagnèrent la plaine et Hatchepsout découvrit du regard la garnison, entourée de hauts murs dont les portails de bois étaient clos.

Néhési lui cria :

— Regardez, Majesté, on voit flotter l'étendard blanc et bleu.

Et, soulagée, elle reconnut le drapeau impérial.

Elle entendit alors les ordres fuser et vit l'escadron des chars et les troupes d'assaut la dépasser dans un bruit de tonnerre, leurs drapeaux gonflés par la brise du soir. Bientôt ils rencontrèrent des cadavres gisant pêle-mêle dans le sable et Hatchepsout dut s'armer de courage pour ce premier affrontement avec la mort. Elle aperçut deux hyènes qui s'éloignaient furtivement, ombres grises, traînant derrière elles un bras humain ; une vague de nausées souleva son estomac. Elle porta ses regards sur la garnison toute proche à présent et entendit un cri retentir derrière les murailles :

— L'Egypte, c'est l'Egypte !

Les portes s'ouvrirent lentement, et six soldats sortirent de l'enceinte, conduits par un officier portant le casque blanc de son grade. Hatchepsout mit pied à terre, surprise de se sentir les jambes faibles et chancelantes. Elle marcha à leur rencontre avec Néhési. Le commandant embrassa ce dernier d'un air heureux, mais lorsqu'il vit la jeune femme à ses côtés et la couronne en forme de cobra miroitant dans le soleil couchant, il se jeta face contre terre :

— Majesté, c'est un grand honneur. Nous avions espéré... nous ne savions pas. Hier, nous avons vu des éclaireurs aller et venir dans les rochers, mais nous craignions que ce ne soient ceux de l'ennemi.

— Relevez-vous, dit-elle. Nous avons fait aussi vite que possible, nous redoutions d'être arrivés trop tard. Quel est votre nom ?

— Zéserkérasomb, commandant en chef de la division de Ptah.

— Conduisez-nous à l'intérieur, Zéserkérasomb, car la nuit tombe. Néhési, faites distribuer de la nourriture, établissez le camp et assurez-vous du pansage des chevaux. Y a-t-il de l'eau ici ?

— Oui, puissante Reine, les rochers, là-bas, offrent de nombreuses sources et nous avons construit un puits à l'intérieur de l'enceinte.

— C'est bien, entrons.

La garnison était dépouillée et fonctionnelle. Ils pénétrèrent dans une vaste pièce dépourvue de coussins, à peine meublée; le sol dur, en terre battue, était nu. Par l'unique fenêtre, le vent de la nuit s'engouffrait et faisait danser la flamme des torches que l'on venait d'allumer. Zéserkérasomb avança un siège pour Hatchepsout et envoya son serviteur chercher de la nourriture et de la bière. On devinait les traces d'un récent combat à l'intérieur même de la pièce. Une pile de linge sale traînait au pied du lit, le bureau était encombré de cartes, un arc et des flèches gisaient abandonnés dans un coin et l'encens manquait devant le petit autel d'Amon. Une odeur de brûlé, âcre et désagréable, flottait dans les lieux.

— Mes hommes sont occupés derrière les murs à brûler les cadavres de Nubiens morts au combat, dit Zéserkérasomb sur un ton d'excuse. Malheureusement, nombreux sont ceux qui nous ont échappé.

C'était un bel homme, sombre, austère, peu prolixe, mais aussi un bon et rude soldat. Il se demandait, tout en parlant, où était le pharaon et jetait sur la reine des regards curieux. Mais il pensa qu'il valait mieux ne pas poser de questions. L'armée était là et cela seul comptait.

— Où sont vos hommes? demanda brusquement Hatchepsout.

Il se tourna vers elle et répondit sur un ton respectueux:

— Ils sont à la poursuite de l'ennemi, mais je crains que ce soit en vain. Je dispose à peine de quelques centaines d'hommes. Nous patrouillons le long de la frontière où nous réglons les sempiternelles querelles et les petites insurrections, mais nous ne sommes pas équipés pour les grands engagements. J'ai ordonné à mes hommes de se contenter de harceler le flanc des Kouchites. Nous avions appris l'incendie de la première garnison. Nous étions parés pour tenir l'ennemi à distance jusqu'à ce qu'il comprenne que nous ne tomberions pas. Il s'est replié vers l'intérieur. Je doute que ce soit pour battre en retraite. D'après moi, il a l'intention de se livrer au pillage de l'Egypte.

— Espoir bien vain, répondit Hatchepsout.

Le serviteur apporta des plats fumants et des pots de bière médiocre. Ils burent et mangèrent sans cérémonie, jusqu'à la tombée de la nuit. Puis Hatchepsout fit appeler Néhési, les généraux Djéhouti, Yamou-néfrou, Sen-néfer et les autres. Zéserkérasomb débarrassa son bureau autour duquel tous s'installèrent.

La dame du Nil

— Veuillez commencer, dit Hatchepsout à Hapousenb.
— A combien évaluez-vous les forces des Kouchites ? demanda Hapousenb à Zéserkérasomb.

Le commandant de la garnison lui adressa un pâle sourire :

— Cette question est évidemment de la plus haute importance pour vous. Sachez que j'ai dénombré à peu près trois mille cinq cents hommes, des fantassins, armés de gourdins grossiers et de haches, mais quelque huit ou neuf cents d'entre eux possèdent aussi des arcs.

— Des escadrons de chars ? demanda Pen-Nekheb.
— Non, répondit le commandant. Pas de chars. Et aucune discipline. Les chefs conduisent leurs troupes dans le plus grand vacarme, mais les hommes courent de-ci, de-là en tuant tout ce qui passe à leur portée. Il sera très facile de les encercler...

— Et de les liquider. Ces mots d'Hatchepsout tombèrent sur eux comme une douche glacée. Je veux que vous compreniez, que chacun de vous comprenne, que les ordres du pharaon doivent être exécutés. Pas une tête ne sera épargnée. Je ne tiens pas à ce que mon règne baigne dans un fleuve de sang égyptien. Ce peuple servira d'exemple à tous ceux qui seraient tentés de défier le pouvoir de l'Egypte. J'ai un meilleur usage à faire de mon or et de mes soldats que de les gaspiller en éternelles batailles. Je n'ai pas l'intention de laisser mon armée s'amollir, ajouta-t-elle en esquissant un sourire en direction de Zéserkérasomb. Le nombre des troupes en stationnement sera maintenu, mais il n'y aura plus de guerre. Puisse l'Egypte vivre en paix tant que je gouvernerai ! J'ai dit !

— Vos paroles sont sages, Majesté, répondit Néhési. Pas un homme ne doit survivre.

— Mais les femmes et les enfants ne doivent pas mourir. Je ne veux ni massacre ni pillage. Je distribuerai personnellement les récompenses le moment venu.

Tous acquiescèrent de la tête et elle sentit posé sur elle le regard froid et spéculatif de Néhési.

— A quelle distance l'ennemi se trouve-t-il ? demanda Djéhuti.

Le commandant lui répondit aussitôt :

— A moins d'une journée d'ici. Ils doivent progresser lentement, exténués par le combat et harcelés par mes hommes.

— Bien ! annonça Hapousenb. Laissons les troupes se reposer aussi longtemps que possible. Si Amon est avec nous, nous combattrons demain matin.

— Qu'il en soit ainsi, grommela Pen-Nekheb d'un air satisfait. Si nous devons leur tomber dessus par surprise, nous n'avons pas besoin d'échafauder un plan de bataille complexe. Il serait préférable de placer les troupes d'assaut et les Braves du Roi en tête, avec un escadron de chars sur les ailes et l'infanterie à l'arrière. De cette façon, on devrait rapidement pouvoir les encercler et les anéantir. Majesté, avez-vous l'intention de vous tenir aussi à l'arrière, au milieu des lanciers ?

C'était une prière qu'il lui adressait, mais rejetant sa chevelure en arrière et secouant la tête, elle répondit fièrement :

— Je suis le commandant en chef des Braves du Roi, et là où ils seront, je serai. Ne craignez pas, Néhési, d'avoir à vous occuper de ma sécurité au lieu de harceler l'ennemi. Je suis le dieu et je n'ai rien à craindre. Et je vous ordonne de ne vous préoccuper que de vos troupes !

— Votre qualité de commandant des Braves du Roi fait de moi votre officier et je vous dois obéissance, répondit-il. Mais en tant que général, je placerai les Braves du Roi là où il convient. Ils marcheront derrière les troupes d'assaut et leur rôle sera de vous préserver constamment.

Elle inclina la tête.

— Bon, essayons de dormir, si possible, car nous sommes tous bien las. Lorsque tout sera fini, je vous renverrai vos hommes, Zéserkérasomb. Leur bravoure et la vôtre ne resteront pas sans récompense.

Ils se levèrent et se dispersèrent tous rapidement, après s'être inclinés pour prendre congé.

Au milieu de la nuit glaciale du désert, Menkh vint la réveiller et ils s'apprêtèrent à entamer cette ultime marche. Les hommes étaient placés en formation de combat et les officiers s'affairaient à prodiguer instructions et encouragements. Les tentes furent démontées rapidement et on effaça les traces du campement.

Hatchepsout prit congé de Zéserkérasomb hors des murs de la garnison.

— Connaissiez-vous mon frère Wadjmose ? dit-elle. Elle en parlait, inconsciemment, comme s'il était mort.

Il lui répondit d'une voix grave :

— Je le rencontrais très souvent. C'était un homme remarquable et un officier très apprécié et très valeureux.

— Dites-moi la vérité, Zéserkérasomb. A-t-il été dépassé par la puissance de l'ennemi ?

Il se tut un long moment, puis secoua la tête et dit de mauvaise grâce :

— Non. Wadjmose aurait facilement tenu la garnison pendant plusieurs semaines, jusqu'à ce que les hommes privés de ravitaillement meurent de faim. Mais ce n'est pas de ce genre de défaite que j'ai entendu parler. Mes renseignements affirment que la garnison a été incendiée et que les hommes se sont fait massacrer pendant qu'ils cherchaient encore leurs armes.

— Quelqu'un aura ouvert les portes ?

— Je pense que oui !

— Les misérables ! siffla-t-elle à voix basse, sur un ton venimeux. Je les retrouverai et, à ce moment-là, ils souhaiteront n'être jamais nés. Je ferai déchirer leurs corps et je les jetterai aux chacals. Je ferai disparaître jusqu'à leurs noms, afin que les dieux ne les retrouvent jamais !

Elle prit place derrière Menkh et son messager lui tendit son arc et sa lance.

— Adieu ! Zéserkérasomb, et ne craignez pas que les dieux vous oublient, valeureux serviteur de l'Egypte.

Menkh fit claquer les rênes. La trace de l'ennemi était facile à suivre. De toute évidence, les Nubiens tentaient de faire un large détour et de traverser la frontière plus au sud. Le désert s'étalait calme et tranquille, sous un ciel sans lune illuminé d'étoiles. A l'aube, Menkh pointa son fouet vers un nuage qui s'élevait à l'horizon :

— Ce sont eux. Voyez la poussière qu'ils soulèvent. On les cueillera avant que le jour ne soit complètement levé.

Hatchepsout approuva d'un signe de tête et la troupe accéléra le pas. Le soleil s'annonçait à présent et le nuage se faisait de plus en plus proche. Les ordres commencèrent à fuser de toutes parts. Les troupes d'assaut la dépassèrent, suivies par les chars. Les Braves du Roi se regroupèrent autour d'elle, Néhési en tête. Derrière elle, l'infanterie se déployait. L'exaltation des hommes la gagna soudain. On distinguait à présent l'arrière-garde des Kouchites en mouvement. Néhési, le bras levé, ordonna de sonner les cors. Les troupes d'assaut, lances baissées, s'élancèrent au pas de course. Les Nubiens comprirent soudain qu'ils étaient poursuivis et commencèrent à se débander. Hatchepsout vit des vagues d'archers sillonner leurs rangs et les encercler ; d'une main tremblante elle choisit une flèche et banda son arc.

Menkh fit claquer son fouet et les chevaux partirent au galop, tandis qu'une clameur s'élevait dans les rangs des Nubiens. Menkh était plié en deux et le sable projeté par les sabots des chevaux lui cinglait le visage. Hatchepsout voyait les autres chars filer droit sur l'ennemi. Ses poignets et ses genoux devenaient douloureux dans son effort pour garder l'équilibre, son arc toujours bandé. Tout à coup, les rangs réguliers des Egyptiens se défirent, les chars se perdirent au milieu d'une marée de corps bruns où émergeaient les casques blancs, jaunes et bleus des conducteurs et des lanciers. Elle vit un homme brandissant une hache. Son bras cessa de trembler et, de sa main gantée de cuir, elle tira froidement. L'homme tomba en hurlant dans le sable et elle ajusta une autre flèche.

Il y avait de quoi devenir sourd dans cette cacophonie ; les chevaux étaient immobilisés sous la pression des corps hurlants et haletants, et Menkh tentait désespérément de se frayer un passage tandis qu'Hatchepsout bandait à nouveau son arc. Une pluie de flèches s'abattit soudain sur le char et elle se baissa pour prendre sa lance. Soudain, elle vit Néhési bondir de son char et un autre officier le remplacer. En un clin d'œil il était derrière elle, la hache levée pour protéger ses arrières, alors qu'elle brandissait son propre javelot.

« Je n'en peux plus », se dit-elle épouvantée, l'exaltation première passée.

Elle regardait alentour, prise de panique. Elle aurait voulu hurler et prendre la fuite. Au-dessous d'elle une tête apparut, haletante, et deux mains ensanglantées s'agrippèrent aux rebords de son char. Elle se ressaisit, leva sa lance et la planta profondément dans la gorge découverte.

Menkh insultait les chevaux, les injuriant dans un langage peu châtié et les Braves du Roi, voyant leur commandant se mettre en mouvement, reformèrent les rangs et se mirent à le suivre.

— Restez où vous êtes et battez-vous, leur cria Hatchepsout. C'est un ordre !

Elle les perdit de vue dans la poussière de sable. Le char fonçait dans les rangs qui s'amenuisaient et, lorsqu'ils se trouvèrent à l'écart, Menkh ralentit l'allure.

— Que faites-vous ? hurla-t-elle, furieuse.

Il secoua la tête, lâchant les rênes d'une main pour s'essuyer le front et sourit devant le spectacle qu'offrait la reine ruisselante de transpiration, le visage souillé de sang et de khôl.

— Majesté, le général Néhési m'a ordonné, lorsque vous auriez perdu votre lance et ne pourriez plus utiliser votre arc, de vous conduire immédiatement à l'écart du champ de bataille, sous peine de mort. C'est ce que j'ai fait.

Elle lui sourit :

— Néhési agit sagement en cherchant à préserver la fleur de l'Egypte, dit-elle, et, devant son expression, elle éclata de rire. Je sais que je n'ai jamais si peu ressemblé à une fleur.

— Vous ressemblez à ce que vous êtes, Majesté, répondit-il, au commandant des Braves du Roi.

Il vit son visage s'éclairer et ils constatèrent soudain que le soleil était plus haut dans le ciel.

— Nous ne pouvons rester plantés là à ne rien faire, tandis que les hommes meurent, dit-elle. Conduisez-moi à l'orée de la bataille. J'ai encore beaucoup de flèches, Menkh, et j'entends les utiliser toutes. Ainsi, vous obéirez simultanément à Néhési et à votre reine puisque nous resterons éloignés du cœur des combats.

Il reprit les rênes et se mit à décrire un large cercle pour se rapprocher des autres chars lancés à la poursuite des Nubiens qui tentaient de fuir. Néhési aperçut la couronne en forme de cobra au-dessus de la forêt de têtes. Parfois les hommes lançaient des acclamations à son passage, mais la plupart du temps, ils ne la voyaient même pas. Les Nubiens, acculés, rassemblaient leurs dernières forces et se battaient avec furie, avec leurs dents et leurs mains nues, leurs armes brisées gisant dans la poussière. Hatchepsout en visa plusieurs et un bon nombre d'entre eux tombèrent sous le coup de ses flèches à la pointe dorée.

Plus tard, tandis que le soleil commençait à descendre, ils ralentirent l'allure. Hatchepsout tira une dernière flèche et déposa son arc, comme assommée, les os rompus et tremblant de tous ses membres. Pourtant, elle se força à demeurer debout, s'agrippant au prix d'un effort considérable aux rebords de son char. Autour d'elle régnait la désolation et la mort. Le sol était jonché de cadavres parfois amoncelés. Çà et là, de petites escarmouches se poursuivaient. Ailleurs, des soldats égyptiens épuisés et maculés de sang se regroupaient autour de leurs drapeaux et de leurs officiers. Le sang souillait aussi le sable en petites mares ou en longues taches brunes.

La dame du Nil

Elle dépassa un officier et deux soldats qui passaient parmi les Nubiens blessés et leur tranchaient méthodiquement la gorge d'un coup bref. Elle détourna la tête et s'entendit hurler qu'il était temps de partir. Elle souhaitait ardemment que Touthmôsis fût présent en ce moment pour qu'il comprenne les réalités de la guerre, tout en pensant à la douceur de son corps et à ses manières efféminées.

Elle finit par retrouver Néhési en compagnie de Pen-Nekheb, d'Hapousenb et d'autres officiers aux pieds desquels gisaient plusieurs hommes à la peau sombre que, de prime abord, elle crut morts. Les officiers s'inclinèrent, sans oser croiser leur regard avec celui de la vengeresse fille d'Amon qui se campa face à eux, en esquissant un sourire malgré son épuisement.

— Ainsi, la victoire nous appartient, dit-elle. Vous avez vaillamment combattu, et je ferai ériger en ces lieux un monument commémorant votre bravoure.

Soudain, l'un des hommes noirs frémit dans le sable et elle recula d'un pas.

— Qui sont ces hommes ? demanda-t-elle.

Hapousenb, épuisé lui aussi, lui répondit sur le ton calme et apaisant qui lui était habituel, en dépit de la flèche qu'il avait reçue dans le bras au cours de la bataille :

— S'ils n'étaient pas nus, vous sauriez, Majesté, que ce sont les princes de Kouch.

Un intérêt nouveau et une colère croissante l'animèrent soudain. Elle baissa les yeux sur les corps luisants et les têtes rasées.

— Debout, cria-t-elle, en donnant un coup de pied à l'homme le plus proche.

Ils se relevèrent aussitôt, le regard abattu.

— Imbéciles, siffla-t-elle. Triples fous, vos pères maudits et leurs propres pères ont péri sous les coups des soldats de l'Egypte. Ne vous a-t-on jamais inculqué la sagesse ? Ne pensez-vous ni à vos femmes ni à vos enfants ? Les destinez-vous seulement à grossir les rangs de nos ennemis et à nourrir les chacals ? L'Egypte vous apporte la sécurité. L'Egypte vous apporte paix et protection. Et pour aboutir à quoi ? Elle cracha au visage d'un des chefs qui s'abstint du moindre mouvement et laissa le crachat dégouliner le long de sa joue. Pour que vous puissiez détruire, brûler, piller, espèces d'ordures !

Elle fit volte-face vers ses généraux :

— Rassemblez les troupes. Avant de vous mettre en quête d'un campement pour la nuit, emmenez ces hommes, tranchez-leur publiquement la tête et plantez-la sur des piques, car je veux que le peuple de Kouch tout entier sache ce qu'il en coûte de défier la puissante Egypte. Gardez-en un que nous ramènerons à Assouan pour le sacrifier à Amon et ce sera pour lui une mort plus convenable que celle qu'il mérite.

Elle laissa échapper un grognement et s'agita comme frappée d'une attaque. Hapousenb se précipita vers elle :

— Allez vous reposer, Majesté, lui dit-il doucement. Vous vous êtes montrée digne de vos ancêtres aujourd'hui au combat. Permettez à Menkh de vous conduire dans un endroit où vous pourrez dormir.

Comme il parlait, elle passa une main tremblante sur ses yeux et ses épaules s'affaissèrent.

— Je suis épuisée, admit-elle enfin. Mais je ne puis encore aller me reposer. Dites-moi, Hapousenb, combien de vos hommes sont-ils tombés ?

— Nous ne le savons pas. Le décompte n'est pas encore fait, répondit-il. Un petit nombre seulement, d'après mes estimations.

— Qu'avez-vous appris concernant les traîtres ? Avez-vous constaté la présence d'Egyptiens parmi les rebelles ?

— Ça non plus, nous ne le savons pas encore.

En une enjambée, il s'approcha de l'un des chefs :

— Parle à présent, dit-il, sur un ton calme mais cependant menaçant. Ce faisant, tu pourrais allonger ta vie de quelques jours et mourir d'une bonne mort devant le dieu. Comment la garnison est-elle tombée ?

L'homme le regarda, renfrogné, et demeura silencieux, l'air agressif. D'un coup de poing Hapousenb l'envoya au sol, assommé, le sang lui coulant de la bouche et du nez.

— Relevez-le, dit Hapousenb tranquillement.

Des mains se précipitèrent pour remettre sur ses pieds le prisonnier qui se tint debout, vacillant, en s'essuyant le nez de ses doigts bruns et sales.

— Je te pose à nouveau la question : qu'est-il arrivé à la garnison ?

Hapousenb fit à nouveau un pas en avant et l'homme faiblit :

— Je vais vous le dire et, puisque je dois mourir, je vous dirai aussi que j'ai pris un grand plaisir à trancher la gorge à vos soldats. Mon peuple est las de procurer des richesses à l'Egypte, une année après l'autre. Sachez que vous nous battez aujourd'hui, que vous nous battrez demain et l'année prochaine et l'année suivante, mais sachez aussi que nous ne cesserons jamais lutter contre vous.

Néhési broncha, mais Hatchepsout fit un mouvement de la main et il se calma, ses yeux foudroyant le Nubien.

— La garnison, espèce d'idiot, rugit-elle.

L'homme dodelinait de la tête. Ses compagnons demeuraient immobiles, dans cet état d'apathie qui précède une mort imminente.

— Un officier nous a ouvert la porte, un sympathisant de longue date dont le frère a été mis à mort par le pharaon, il y a longtemps. Le reste fut facile.

— Son nom ? hurla Hatchepsout, hors d'elle.

— Je ne connais pas son nom. Personne ne le connaissait. Le commandant l'a tué sur le pas de la porte.

— Que sais-tu du commandant Wadjmose ?

— Il est tombé, lui aussi ; il gît quelque part à l'intérieur du fort.

Ils gardaient tous le silence, puis Hatchepsout se détourna :

— Il est heureux que mon père n'ait pas vécu pour connaître une telle journée, dit-elle en reprenant place sur le char derrière Menkh. Néhési, rendez-vous à la garnison avec vos hommes et ramenez le corps de mon frère, si vous le trouvez. Il recevra la plus grande des tombes et des funérailles dignes du prince qu'il était. Hapousenb, apportez-moi la liste des morts et des blessés. Menkh, plantez pour moi une tente éloignée de cet endroit pestilentiel. Elle s'effondra sur le plancher du char, en laissant dodeliner sa tête, pendant que Menkh emmenait les chevaux et établissait un campement à proximité du convoi d'approvisionnement.

Néhési et la moitié des Braves du Roi partirent le lendemain matin pour effectuer leur quête macabre. Le reste de l'armée attendit leur retour en empilant les cadavres nubiens avant de les brûler. Quant aux Egyptiens, ils furent sommairement embaumés et inhumés dans le sable. Ensuite, Hatchepsout se rendit à la tente des blessés et passa en revue tous les hommes, l'un après l'autre, apportant à chacun un mot de réconfort. Puis elle se rendit dans la tente de Néhési. Les événements de la campagne s'étaient déjà presque effacés de sa mémoire, et elle éprouvait le sentiment d'avoir fait son devoir. Elle savait qu'elle ne retournerait jamais à la guerre et qu'elle n'aurait plus jamais besoin de prouver par ses actes ou ses paroles qu'elle était digne de la double couronne. Elle assista, néanmoins impassible, à l'exécution des Nubiens, qui se rendirent à la mort dans le même lourd silence que le jour précédent.

Néhési revint au soir du troisième jour, rapportant le cadavre méconnaissable de son frère. Hatchepsout, horrifiée par le spectacle, ordonna qu'on l'enterre dans le sable.

Au matin, alors qu'on s'apprêtait pour le retour, Hatchepsout se sentit envahie de réticence. Par de nombreux côtés, l'expérience de la vie militaire, de la liberté, des voyages, du plaisir des campements lui convenait. Elle dut s'avouer à elle-même que la perspective de retrouver Touthmôsis la préoccupait. Lorsque le camp se mit en mouvement, elle se leva avec l'envie de prendre un bain dans le fleuve. Le nombre des blessés à transporter était suffisant pour ralentir la marche, et un air de vacances planait dans l'air.

Hapousenb et Pen-Nekheb se retiraient chaque nuit pour dicter au scribe les événements de la campagne.

Un soir, Hatchepsout s'approcha de Néhési et lui demanda si une femme l'attendait à Thèbes. Son visage s'illumina de surprise :

— Ni femme, ni concubine, Majesté. Mes seules amours sont pour l'Egypte, l'armée et mes loisirs. Je lis et je pense beaucoup.

Surprise, Hatchepsout répondit :

— Un soldat capable de lire, c'est tout à fait singulier.

— En effet. C'est ma mère qui s'est chargée de mon éducation. J'ai lu les écrits de votre père sur la guerre et ceux de vos ancêtres, mais je ne pense pas avoir désormais beaucoup de temps à consacrer à la lecture.

— Pourquoi donc ? Vous pensez peut-être que j'ai pris goût à la guerre et que je vais vous entraîner sans cesse dans de nouvelles campagnes ?

Elle rit en le regardant et il lui répondit dans un sourire :

— Peut-être. Je suis fier d'être général sous vos ordres.

Elle secoua la tête, l'air tout décidé :

— La guerre, sauf si elle est défensive ou s'il s'agit d'un simple incident frontalier comme c'est le cas à présent, est un pur et simple gaspillage. Je veux que mon peuple vive dans la paix et la sécurité. Mais vous avez raison de penser que vous aurez désormais peu de temps à consacrer à des activités personnelles, car je nourris le projet de vous nommer Garde du Sceau royal.

Il la regarda calmement :

— Le grade de général me suffit, Majesté, commença-t-il.
Elle lui coupa la parole :
— Ce n'est pas assez. Je veux un homme fort à mes côtés, un homme auquel on ne puisse arracher le Sceau royal que par la force. Le pharaon n'a que faire du sceau, mais moi j'en ai besoin. Accepterez-vous de le porter à votre ceinture et de m'accompagner partout, Néhési ? Je puis vous relever de vos fonctions de général et je pense que je vous confierai aussi le commandement de l'Escorte de Sa Majesté ; vous ferez un garde du corps idéal.
— Je suis un homme rude qui n'a pas l'habitude d'évoluer dans les hautes sphères, répondit-il avec un sourire légèrement sarcastique, mais je ne veux rien d'autre que vous servir, vous et le pharaon. Vous êtes le dieu, car seul le dieu peut animer le corps d'une femme et combattre comme vous l'avez fait. Tous les hommes le savent. Vous m'accordez un grand privilège.
— J'espère que vous n'avez pas parlé à la légère, Néhési, et dans l'avenir, n'oubliez pas les mots que vous venez de prononcer. Je pourrais encore avoir besoin du secours de votre bras.
Il inclina la tête en signe d'acceptation silencieuse de la confiance qu'elle venait de lui manifester. Lorsqu'il fut sorti, la certitude qu'elle éprouva d'avoir pris une bonne décision la rasséréna.
Ils atteignirent le fleuve et elle put enfin se baigner. Mais ils ne s'attardèrent pas, car Assouan se trouvait à une journée de marche seulement et les messagers devaient y avoir déjà annoncé la victoire. Hatchepsout ouvrit son nécessaire de voyage en ivoire et en sortit sa perruque, sa couronne et ses bracelets d'or. Le cortège se forma et elle prit place à l'avant de son char étincelant, précédée par les porteurs d'étendard.
Ils défilèrent lentement dans Assouan, au milieu de la foule en délire qui leur lançait des fleurs à la volée et offrait aux soldats du vin et des mets sucrés. Touthmôsis les attendait aux portes du palais, assis sur son trône dans le plus grand apparat. Hatchepsout le salua et prit place à ses côtés, pendant que les généraux défilaient devant eux et baisaient ses pieds peints avant de recevoir leurs récompenses.
Le chef nubien, étroitement lié avec les rênes d'un cheval tué, vint en dernier, titubant d'épuisement. Tout au long du chemin, les soldats l'avaient harcelé du bout de leurs fouets et son dos strié était sanguinolent et couvert de mouches. Néhési le conduisit devant le pharaon et le poussa avec rudesse sur le sol, où il tomba visage contre

terre. Touthmôsis leva le pied et le posa sur son cou, et la foule rugit son approbation.

Pen-Nekheb relata les événements des semaines écoulées dans le silence général ; Touthmôsis ponctuait le récit de sourires et de mouvements d'enthousiasme. Lorsque le vieil homme eut terminé, le pharaon brandit la crosse et le fléau étincelants en un geste de victoire.

— Qu'ainsi périssent tous les ennemis de l'Egypte, cria-t-il. Vous savez tous, sans doute, comment mon frère, le noble Wadjmose, a péri et comment il a été vengé. Il est temps à présent de remercier Amon et de porter ce sacrifice à son temple de Thèbes pour qu'il sache que sa confiance n'a pas été déployée en vain.

On remit le Nubien sur ses pieds et on l'emmena. Touthmôsis et Hatchepsout se rendirent dans la salle des banquets où l'on avait préparé une fête à leur intention et à celle de tous les officiers.

— Est-ce que ce fut très dur ? demanda-t-il sur un ton hésitant.

Elle lui sourit d'un air indulgent.

— Ce fut à la fois très dur et très bien, répondit-elle. Je suis plus que désolée pour ce qui est arrivé à Wadjmose, mais extrêmement heureuse de mieux connaître mes officiers.

Il ne faisait pas allusion à cela et elle le savait, mais elle s'obstinait à le taquiner, tout en lui souriant d'un air énigmatique propre à le rendre furieux.

Elle était impossible, pensait-il. Pendant son absence, il l'avait imaginée revenant brisée, en larmes et en quête de réconfort ; or elle rentrait aussi bien portante et radieuse qu'une jeune gazelle et elle avait à peu près autant besoin de lui que des pierres du temple. Entre les plats, elle interpellait les hommes qui lui adressaient en retour des boutades pleines de respect mêlé d'affection. Il avait commandé trois groupes de musiciens pour la divertir et quatre pleines charretées de fleurs de lotus étaient arrivées de Thèbes pour flatter son odorat, mais elle ne pensait pas à le remercier de toutes ces attentions. Il était décidé à en finir avec elle et à l'abandonner à son palais et à ses gouverneurs pour ne la rencontrer que dans les grandes circonstances. Mais devant ses yeux rayonnants, sa grâce naturelle, ses mains parfaites, il comprit qu'il l'aimait ardemment.

Elle se tourna vers lui, lui prit la main et lui sourit en le regardant dans les yeux :

— C'est bon d'être ici, dit-elle. A présent, je sais ce que c'est que de revenir de la guerre et rentrer chez soi.

— Tant mieux, répondit-il d'un air gêné. Tu m'as manqué, Hatchepsout.

— Tu m'as manqué aussi, répondit-elle légèrement. Mais qu'est cela ?

Un homme venait d'entrer, vêtu d'un simple pagne, et s'inclinait devant eux, un tambour à la main. Une femme lui emboîtait le pas et en la voyant, Touthmôsis eut un sourire de satisfaction. Tandis qu'elle se prosternait devant eux, il glissa à Hatchepsout :

— C'est Aset, ma nouvelle danseuse. Elle travaille ici dans la maison du gouverneur, mais je pense la ramener à Thèbes et la mettre dans mon harem. Elle me plaît beaucoup.

— Toujours l'œil sur les jolies femmes, le réprimanda-t-elle en riant. Elle posa son regard sur la femme qui se relevait d'un mouvement souple. Elle était grande, avec de longs membres fuselés, les hanches étroites, la taille fine, les seins petits et haut placés. Son opulente chevelure noire lui couvrait les reins. Elle ne ressemblait en rien aux servantes voluptueuses et frétillantes que Touthmôsis aimait à mettre dans son lit. Le batteur s'assit en tailleur, son tambour entre les genoux. Il commença sur un rythme lent, la femme leva les bras, se dressa sur la pointe des pieds et tourna le visage vers Hatchepsout qui fut déçue par les lèvres trop minces et les yeux trop rapprochés. Un instant leurs regards s'affrontèrent, puis le rythme s'accéléra et tous les hommes se turent, les yeux rivés sur le ventre plat et lisse et sur les seins dressés. Hatchepsout regardait, soudain dégrisée. Une flamme prometteuse brûlait dans le regard de la jeune femme et Touthmôsis la contemplait comme ensorcelé, le souffle court, en la dévorant de ses yeux avides.

« Pourquoi me dérange-t-elle ? se demanda Hatchepsout. Ce n'est pas la première fois que Touthmôsis se laisse séduire pour un certain temps par une jolie danseuse. »

A la fin de la danse, lorsque les applaudissements retentirent, c'est une main glacée qu'elle posa sur le bras de Touthmôsis.

— Qu'en penses-tu ? lui demanda-t-il avec impatience, les joues en feu, le regard brillant. N'est-elle pas extraordinaire ?

Hatchepsout le regarda, d'un air tendre :

— Elle n'est pas aussi belle que moi, dit-elle tranquillement. Mais ella a un certain charme pour une petite danseuse.

— Eh bien! elle me plaît, répondit Touthmôsis en colère, et je compte la ramener à Thèbes avec moi.

— Je n'ai pas dit qu'elle ne me plaisait pas, mais je la trouve un peu froide, malgré le feu qui couve en elle. Quoi qu'il en soit, prends-la, si elle fait ton bonheur.

Il fut surpris de la voir accepter Aset aussi vite. Il s'était attendu à ce que sa sœur montre quelques signes de jalousie, mais elle continuait à boire son vin et à produire un sourire agaçant. Il se leva d'un bond. Aset attendait la permission de se retirer.

— Vous partez déjà, Touthmôsis? lui demanda Hatchepsout, en prenant un morceau de melon. Ne viendrez-vous pas me rendre visite cette nuit dans mes appartements?

— Non, je ne viendrai pas! Enfin, je ne sais pas, Hatchepsout. Peut-être. Enfin, oui, je viendrai si vous m'y invitez.

Il se pencha vers elle et fit le geste de la prendre dans ses bras, et tout sourire s'évanouit sur le visage d'Aset. Touthmôsis lui lança un bijou. Elle sortit avec tous les signes du plus grand respect, mais Hatchepsout lui trouva quelque chose d'effronté. « Je crois qu'elle est dangereuse », se dit-elle, sans savoir pourquoi. Le bras de Touthmôsis lui entourait toujours la taille et elle se sentit soudain avide de ce corps, envahie par une brusque explosion de sensualité. Elle s'appuya lourdement contre lui, en attendant qu'il ait fini de boire son vin.

— Partons, lui murmura-t-elle dans l'oreille. Je suis malade de désir de toi.

Surpris, il se leva.

— Continuez à manger, à boire et à vous réjouir, cria-t-il à l'assemblée.

Alors qu'ils se prosternaient, il se sentit poussé vers la sortie par cette femme qui lui murmurait des mots enflammés en l'entraînant dans le jardin sous le couvert d'un épais bouquet d'arbustes. Il la prit vite, presque brutalement, à la manière dont un soldat possède une esclave capturée et ils demeurèrent allongés, haletants, tandis que leur parvenait dans l'air de la nuit la musique de la fête.

Ils regagnèrent Thèbes en deux jours sur leurs litières. A leur arrivée, la ville leur réserva un accueil triomphal. Avant de se rendre au palais, ils allèrent rendre hommage à Amon. Tandis qu'elle avançait avec Touthmôsis au milieu de la forêt de colonnes du temple que son père avait édifié, Hatchepsout aperçut Senmout, en compagnie de Bénya et d'Ouser-amon, dont les yeux brillaient d'une grande joie et elle lui rendit son sourire. Ils prirent place sur leurs trônes devant le dieu couvert d'or, le Nubien affalé sur le sol à leurs pieds. La sauvage cérémonie qui suivit fut brève : Ménéna lui fit sauter la cervelle à coups de massue. Un tel sacrifice n'avait pas été offert au dieu depuis longtemps. Touthmôsis semblait franchement mal à l'aise, tandis qu'Hatchepsout et les généraux regardaient impassibles, l'esprit absorbé par la mort de Wadjmose et par les tombes fraîches piétinées en ce moment même par les chacals du désert.

16.

D'un signe, elle invita Senmout et Ouser-amon à la suivre et, une fois dans son palais, elle s'installa sur son siège d'argent et les pria de s'asseoir auprès d'elle.

— Qu'avez-vous à m'apprendre ? demanda-t-elle. Tout s'est-il bien passé ?

— Très bien, répondit Senmout. Le tribut du Réténou est arrivé et Inéni s'est occupé de le distribuer. Ahmose, le vizir du Sud est ici, il apporte les impôts et, au temple, les greniers du dieu se remplissent.

— Bien. Et mon temple, Senmout ?

— La première terrasse est terminée, comme vous le vouliez, et elle est plus belle que tout ce que j'avais imaginé. On prépare les terrassements pour la seconde.

Le regard d'Hatchepsout s'illumina :

— Nous devons aller voir cela tout de suite. Ah ! j'oubliais, Senmout, j'ai nommé Néhési, le Noir, Porteur du Sceau royal. Apportez-lui tous les documents à sceller. Il est évident qu'il n'en reste pas moins votre subordonné. Essayez de le trouver. Pour l'instant, laissez-moi le temps de prendre un bain, puis nous traverserons la rivière pour aller voir ma chère vallée, qui m'a tellement manqué.

Ils traversèrent le Nil ensemble et montèrent sur des litières à baldaquin pour se faire porter jusqu'au site. Entre la rivière et les falaises se dressait le village des esclaves travaillant sur les chantiers du temple, constitué de rangées de maisons de terre séchée. Ils les contournèrent et gagnèrent le défilé profond qui débouchait sur le lieu sacré.

Une terrasse était suspendue comme par magie sur le flanc de la falaise, devant une colonnade dont la pierre rouge captait la lumière rosée de l'après-midi. L'édifice dont la façade longeait le flanc de la vallée, s'appuyait sur un mur construit par Bénya. De forme oblongue, car un carré aurait juré avec les lignes de la vallée, il semblait avoir été là de toute éternité, à peine modifié par la main de l'homme. Mais Hatchepsout savait que derrière les colonnes délicates se dressaient deux autels, taillés dans la masse de la falaise, dédiés l'un à Hathor et l'autre à Anubis. Au milieu de la façade, des hommes se pressaient par centaines autour d'un trou béant aux contours irréguliers.

— C'est là que la prochaine terrasse sera reliée à celle qui est achevée, par une rampe semblable à celle dont nous avons parlé, dit Senmout. Mais votre place est à l'intérieur, parmi les autels des dieux, dont aucun n'est encore achevé. Voulez-vous approcher, Majesté ?

— Non, répliqua-t-elle. Je préfère regarder de l'endroit où je me trouve. Quand tout sera fini, je poserai mon pied sur la pierre. Vous avez réalisé un miracle, prêtre. Tous ont crié à l'impossible, mais votre génie a donné forme à mes rêves.

Son émotion était vive comme chaque fois qu'elle venait inspecter les travaux. Mais ce jour-là, elle se sentait faible, malade, prise de vertiges. Senmout remarqua sa pâleur et s'en inquiéta. Elle le quitta brusquement pour aller s'allonger sur la litière, les yeux clos.

Senmout sentit l'anxiété le gagner. Etait-elle malade ? Victime d'une maladie contractée dans les sables inhospitaliers du désert ? Mais le lendemain, elle se présenta à la Salle des Audiences, un peu blême certes, mais l'air vigoureux et il s'accusa de folie. Néanmoins, il continua à l'observer avec attention, hanté une fois encore par le souvenir de l'empoisonnement de Néférou.

Senmout était très fatigué. Partagé entre ses devoirs au temple, au palais et ses visites quotidiennes sur le chantier, il se voyait souvent obligé de confier à Senmen des responsabilités qu'il aurait préféré assumer en personne. Il n'aimait guère ses fonctions au temple où il se trouvait souvent face à face avec Ménéna. Il s'acquittait envers le grand prêtre des révérences dues à son rang, ne recevant en retour que des saluts donnés de mauvaise grâce. Senmout n'avait aucune confiance en Ménéna, qui avait jadis trahi le pharaon, et il se demandait si le jeune Touthmôsis avait jamais réfléchi aux raisons de son bannissement. Pour sa tranquillité d'esprit, il en vint à placer dans le temple des espions parmi les serviteurs du grand prêtre, persuadé qu'un jour cet esprit rusé et calculateur les conduirait au désastre.

Deux mois après le retour d'Hatchepsout, Nofret cessa soudain, un matin, de forcer pour fermer le pagne dont elle drapait la taille de la reine.

— Majesté, pardonnez-moi, mais vos pagnes sont trop étroits. Vous devriez peut-être en commander de plus amples.

— Tu veux sans doute insinuer que je devrais cesser de plonger la main dans la boîte à sucreries, lui répondit Hatchepsout en souriant. Mais soudain elle envisagea une autre possibilité et se palpa le ventre d'une main hésitante. Nofret, envoie chercher mon médecin. Qu'il vienne immédiatement et surtout sois sans inquiétude. Je ne pense pas être malade.

Elle s'assit sur sa couche, en proie à une vague d'exaltation mêlée d'appréhension et de crainte. « Bien sûr, cela devait arriver tôt ou tard, se dit-elle. Que n'y ai-je pensé plus tôt ! » Le médecin arriva et elle se laissa examiner.

— Eh bien ! Qu'en pensez-vous ? dit-elle.

— Il est un peu tôt pour se prononcer, Majesté.

— Je sais, je sais. La prudence est nécessaire dans votre profession. Mais vous pourriez peut-être tenter un pronostic ?

— Je pense que votre Majesté attend un enfant.

— Ah ! L'Egypte va avoir un héritier ! Nofret, court chercher le pharaon. Il devrait être revenu du temple à présent. Dis-lui que j'ai besoin de lui de toute urgence.

Nofret sortit en courant et le médecin reprit :

— Votre Majesté devra abandonner les sucreries, s'abstenir de boire trop de vin. Il lui faudra, autant que possible, se coucher de bonne heure et surveiller son alimentation.

Elle allait et venait dans la pièce tandis que le médecin lui prodiguait des conseils de prudence de sa voix sèche et froide. Mais elle ne l'écoutait pas. Ses pensées étaient tournées vers les mystères qui s'élaboraient dans son corps. Touthmôsis fit irruption, hors d'haleine, le visage empourpré.

— Que se passe-t-il ? demanda-t-il, pantelant. Ce ne doit pas être bien grave, tu n'as jamais eu meilleure mine.

Elle courut à lui, le visage illuminé :

— Touthmôsis, l'Egypte va avoir un héritier, grâce à moi.

Il sursauta et la prit dans ses bras avec un air hésitant dont elle ne comprit pas le sens.

— N'es-tu pas heureux ? demanda-t-elle. Tu devrais te réjouir de savoir qu'un prince étranger ne viendra jamais s'asseoir sur le trône d'Horus.

— Tout dépendra du sexe de l'enfant, remarqua-t-il à voix basse.

— Enfin, je vois bien que cela ne te fait aucun plaisir, malgré tout ce qui nous sépare, tu pourrais au moins te réjouir pour l'Egypte !

— Mais, je me réjouis, dit-il avec précipitation. Bien sûr que je me réjouis. Néanmoins tu sais que j'ai raison, Hatchepsout. Si tu donnes le jour à une fille, tout sera à refaire.

— Cela te coûtera-t-il donc tant ? lui lança-t-elle d'un air moqueur. Vraiment, tu me déçois, Touthmôsis.

— Pardonne-moi, dit-il. C'est que...

— Eh bien, quoi ? Son humeur joyeuse s'était évanouie et elle lui faisait face, les mains sur les hanches. Pourquoi les Touthmôsides sont-ils donc si difficiles à comprendre ? ajouta-t-elle.

— Et toi ? répondit-il irrité, personne au monde n'est plus difficile que toi à percer à jour. Sache que l'on m'a apporté une nouvelle du même genre pas plus tard qu'hier. Aset est enceinte elle aussi.

— En quoi cela me concerne-t-il ? dit-elle avec surprise. Des kyrielles de bâtards royaux s'ébattent librement dans le palais. Ce n'est pas un de plus qui va te déranger ou m'inquiéter. Mes enfants par contre seront parfaitement légitimes.

Il eut un mouvement de malaise et répondit, les yeux baissés :

— L'enfant d'Aset sera légitime lui aussi. J'ai l'intention d'en faire ma seconde épouse.

Hatchepsout, la bouche entrouverte, se laissa tomber sur sa couche. Elle ne pouvait en croire ses oreilles.

— Laisse-moi essayer... essayer de comprendre, dit-elle, interloquée. Tu vas épouser cette vulgaire petite danseuse ?

— Oui, répondit-il sur un air de défi. Je l'aime beaucoup. Elle est intelligente, affectueuse et capable de diriger les autres femmes. Elle me rend heureux.

— Et à quoi mesures-tu l'intelligence d'une femme de ton harem, lui lança-t-elle, furieuse, à la longueur de ses jambes ? Sur quel autre critère te fondes-tu, Touthmôsis ?

Son intuition lui dictait où se nichait le pouvoir d'Aset. Plus que les autres femmes, minaudières et sans cervelle, elle savait flatter la virilité de son époux. Aux lèvres pincées et aux sourcils froncés de Touthmôsis, Hatchepsout vit le signe d'une détermination farouche qui se manifestait peu souvent, mais qui, une fois réveillée, ne fléchirait pas. Elle éleva les mains en un geste de soumission.

— C'est bien. C'est ton droit d'épouser qui te chante. Je regrette simplement que tu n'aies pas cru devoir choisir une femme de la noblesse, une fille d'Inéni, par exemple, ou l'une des jolies sœurs d'Ouser-amon. Cette femme n'est pas digne d'un pharaon, Touthmôsis, ce n'est qu'une intrigante, une faiseuse de troubles et tu pourrais regretter de l'avoir introduite dans ton palais.

— Je ne veux pas t'écouter, dit-il l'air emporté. Depuis quand ton intuition serait-elle infaillible ? Tu te trompes parfois, tout comme moi, et cette fois-ci, c'est toi qui as tort.

— Je me trompe rarement, Touthmôsis, et je puis te dire qu'Aset n'est qu'une petite misérable.

— Foutaises, railla-t-il, en tremblant de rage. Tu es jalouse. Tu as peur de te trouver un jour supplantée par Aset et son enfant.

Il ne savait plus ce qu'il disait, et ses paroles la firent sourire de bon cœur, car elle savait, tout comme lui, que rien de tel ne pouvait survenir.

— C'est bon, grommela-t-il. Je ne vois pas pourquoi tu fais tant d'histoires. Je l'aime vraiment, tu sais, et de plus, elle est toujours là où je veux, quand je le veux.

— Je sais, je sais, dit-elle radoucie. Eh bien ! épouse-la et fait de son enfant un enfant royal. D'après toi, ce sera un garçon ou une fille ?

— Cela t'amuserait que vous ayiez toutes les deux une fille, dit-il d'un ton aigre, et aucun garçon à asseoir sur le trône d'Horus.

— Dans ce cas, ma fille monterait sur le trône sacré, en tant que seule et unique héritière de sang parfaitement royal.

— Ne sois pas stupide, aucune femme n'a jamais porté la double couronne.

— Si, moi !
— Cela n'a rien à voir. Tu l'as portée en tant que régente et non en tant que pharaon.
— Ne ranimons pas cette vieille querelle, dit-elle gentiment. Nous avons tout le temps de nous disputer au sujet de la succession.
Il se leva d'un bond :
— Il n'y aura pas de dispute. En ma qualité de pharaon, je nommerai qui je veux pour me succéder.
— A condition que ton héritier épouse une femme de sang royal.
— Bien entendu. A présent, je dois m'en aller. Je suis heureux pour nous, Hatchepsout, et pour l'Egypte.
Il rassembla ce qui lui restait de dignité, se retourna pour dire quelque chose, mais au dernier moment se ravisa et disparut. Hatchepsout était trop distraite pour se moquer de lui.
— Une vulgaire petite danseuse, c'est à peine croyable, marmonna-t-elle.

Avant la fin de la semaine, la ville entière sut que l'Egypte attendait un héritier et que Touthmôsis s'apprêtait à prendre une seconde épouse. Au bout d'un mois, la nouvelle avait fait le tour du pays, du delta aux Cataractes et chacun soupirait de soulagement. Certes, Touthmôsis était un grand pharaon et son Epouse Royale un puissant gouverneur, mais le souvenir de la domination étrangère restait encore trop frais dans la mémoire des Egyptiens pour qu'ils acceptent sereinement l'idée de voir monter sur le trône un prince qui ne soit pas de leur sang. La naissance d'un héritier royal résolvait le problème.
Senmout accueillit la nouvelle sans commentaire. Hatchepsout la lui annonça elle-même, non sans une certaine anxiété, mais il s'inclina profondément et lui présenta ses compliments. Pourtant, elle sentit de la tristesse en lui, et elle le congédia. Pour elle, cet enfant apporterait une sécurité nouvelle à l'Egypte. Il serait le nouveau dieu qui continuerait son œuvre lorsqu'elle quitterait cette vie épuisante pour aller s'asseoir là-haut aux côtés de son père dans la Barque céleste.
Elle possédait une statue de Ta-ourt, la déesse de la naissance, sculptée dans le granit, qu'elle fit placer dans sa chambre, à côté de l'autel d'Amon. Elle demeurait souvent, perdue dans ses pensées,

devant le bienveillant hippopotame souriant, les pattes croisées sur son ventre rebondi.

Elle se rendait plus fréquemment en litière dans la vallée, accompagnée d'un Nubien sourd et muet, qui portait son éventail écarlate et elle restait assise à l'écart, comme de coutume, à contempler les lignes harmonieuses et les rampes de son monument. La seconde terrasse était presque terminée, mais elle ne voulait pas approcher de plus près.

La police apprit qu'au nord-est les Hanebou se soulevaient et elle décida d'entreprendre sur-le-champ une nouvelle campagne. Cette fois-ci, ses officiers refusèrent catégoriquement qu'elle se joignît à eux et elle dut admettre de mauvaise grâce que ce serait folie, ajoutant qu'elle n'accepterait de demeurer à Thèbes que si le pharaon partait à sa place. Après avoir échangé nombre de regards furtifs avec ses conseillers, Touthmôsis donna son consentement. Hatchepsout jubilait en l'imaginant, suant et soufflant au soleil, et tremblant de peur, mais elle se réjouissait plus encore de la fierté des troupes à se savoir conduites par le pharaon en personne. Il s'agissait d'une petite campagne insignifiante, d'une simple démonstration de la force de l'Egypte plutôt que d'un combat indispensable. Elle lui fit de brefs adieux et retourna s'asseoir à l'ombre des sycomores pour jouer aux dames avec Nofret ou aux dés avec Senmout.

Elle envoyait parfois son héraut dans les appartements d'Aset prendre des nouvelles de sa santé ; et elle l'apercevait quelquefois le soir lorsqu'elle se promenait dans le jardin des femmes, attenant à celui du palais. Aset gardait la souplesse du léopard en dépit de son état. Hatchepsout entendait son rire aigu et scrutait son visage sur lequel on lisait un air d'indifférence qui n'était que le masque de sa haine et de ses spéculations. Elle avait demandé à Senmout de s'assurer de la surveillance constante d'Aset, et il avait obéi tout en sachant que l'Epouse Royale, au courant de la présence des espions, s'en souciait fort peu. La témérité de son dédain l'alarmait, mais, lorsqu'il tentait d'exprimer son malaise à la souveraine, elle ne faisait qu'en rire.

— Laissez-la se pavaner comme un paon, disait-elle. Elle sera obligée un jour de se dépouiller elle-même de ses propres plumes.

17.

Cinq mois plus tard, l'armée revint chargée d'un beau butin en provenance des riches terres du delta, et Touthmôsis, fort satisfait de lui-même, réunit l'Assemblée pour la distribution des récompenses. Il exigea la présence de ses femmes, et Hatchepsout exigea en retour que son trône fût placé à côté de celui de son époux ; Aset prit place sur un tabouret en or aux pieds du pharaon, s'appuyant contre lui avec effronterie. Elle arborait des vêtements aux couleurs chatoyantes qu'elle affectionnait particulièrement. Moutnefert, présente elle aussi, était tout sourire.

Depuis la mort de son royal époux, elle avait complètement abandonné toute tentative pour modérer son appétit et elle était devenue ronde comme une bille. Chacun remarqua que la mère du pharaon et sa nouvelle épouse partageaient une commune prédilection pour les bijoux et les couleurs bigarrées. En dépit de l'affection évidente que le pharaon manifestait envers Aset, des sourires qu'il lui adressait et du fait qu'il lui tapota la tête à plusieurs reprises de sa main grassouillette, la royale supériorité d'Hatchepsout n'échappa à aucun des courtisans et des généraux réunis. Vêtue de lin blanc tissé d'argent, elle demeurait immobile tout en examinant les trésors qu'on lui remettait.

Après la fin de la cérémonie, Moutnefert et Aset se mirent à gazouiller comme deux moineaux au petit matin. Touthmôsis s'inclina vers elles, mais c'est Hatchepsout qu'il escorta jusqu'à la salle du festin et il l'aida gracieusement à s'installer sur ses coussins comme si elle était aussi fragile que le cristal le plus délicat, avant de lui présenter lui-même une coupe de vin. Le corps ferme et mince d'Aset lui avait manqué durant ces mois d'absence, mais Hatchepsout avait hanté ses rêves et c'est sa voix qu'il entendait à l'aube, à son réveil, mêlée au rude son des cors.

Aset accoucha la première, triomphante, avec force gémissements. Penché sur l'enfant vagissant, Touthmôsis applaudit.

— C'est un garçon, par Amon ! Et un garçon vigoureux en plus ! Entendez-le brailler.

Il le prit vivement dans ses bras malhabiles et l'enfant hurla de plus belle, agitant d'un air combatif sa petite figure toute rouge.

— Remets-le à sa nourrice, dit Aset.

Touthmôsis tendit l'enfant à la femme silencieuse qui l'emporta, criant encore. Il s'installa sur le bord de la couche d'Aset et lui prit les deux mains. Elle lui sourit, les yeux creusés d'épuisement.

— Tu es heureux d'avoir un fils, puissant Horus ?

— Très, tu as fait du bon travail, Aset. As-tu envie de quelque chose ? Quelque chose qui te rendrait la vie plus confortable ?

Aset baissa les yeux et retira ses mains.

— Savoir que tu me portes un amour indéfectible, tel est ce que je désire. Je n'ai d'autre confort que de me sentir sous ta protection.

Touthmôsis, heureux et flatté, l'attira contre lui et elle posa l'épaisse masse de sa chevelure noire contre son épaule, confiante et fragile comme un chaton.

— L'Egypte entière te bénit en ce jour, lui dit-il. Ton fils sera un prince puissant.

— Peut-être même un pharaon ?

Il y avait une intonation étouffée dans sa voix et soudain la joie de cette première naissance s'estompa et il se sentit un peu las et légèrement triste.

— Peut-être, répondit-il, mais tu sais aussi bien que moi que son accession à la couronne dépendra pour beaucoup de l'enfant qui naîtra de la reine.

— Mais tu es le pharaon tout-puissant, et si tu veux que mon fils te succède, il te suffira de l'ordonner et ton peuple te suivra.

— Les choses ne sont pas si simples et tu le sais fort bien, la réprimanda-t-il gentiment. N'en demande pas trop, Aset.

Elle rougit car elle découvrait un trait de son caractère qu'elle ne lui connaissait pas. Elle n'avait jamais connu ces crises d'entêtement qu'Hatchepsout provoquait si souvent en lui. Elle ne revint plus sur ce sujet, mais sa détermination n'en fut pas moins renforcée et elle se iura que ce qu'elle ne pouvait accomplir directement, elle l'obtiendrait à force de douceur et de persuasion. Derrière la porte, dans la chambre d'enfant, son fils laissa échapper un dernier petit vagissement puis se tut. De mauvaise humeur, elle se détourna de Touthmôsis et s'installa sur le lit pour s'endormir. Son fils serait pharaon, un point c'est tout.

Touthmôsis consulta soigneusement les astrologues et les prêtres sur le nom à donner à son fils et, unanimement, ils lui répondirent qu'il était destiné à s'appeler Touthmôsis. Telle était bien la réponse qu'il escomptait. Il alla annoncer la nouvelle à Hatchepsout, heureux et fier comme un jeune coq. Elle était en train de se préparer, après sa sieste quotidienne, les paupières encore lourdes de sommeil. Elle le pria d'entrer.

— Je ne vous ai pas encore présenté mes compliments pour la naissance de votre fils, dit-elle, et je vous en fais mes excuses, Touthmôsis, mais je suis fort occupée depuis deux jours. Il semble qu'il y ait quelques problèmes pour la collecte des divers impôts que vous avez ordonnée. Ha-nébou et mes percepteurs se sont livrés à de véritables marchandages de bonnes femmes. Mais comment va l'enfant ?

Touthmôsis avança un siège et s'assit en la regardant peigner ses lourdes tresses.

— Il est très fort et très vigoureux et il ressemble extrêmement à notre père. C'est un vrai Touthmôside.

Les lèvres pincées, elle lui répondit :

— Il faudra que vous me le présentiez, pour que je juge par moi-même dans quelle mesure c'est un authentique Osiris-Touthmôsis, ou si la vanité paternelle vous égare.

— Hatchepsout ! protesta-t-il d'une voix offensée. Même les serviteurs s'extasient devant une telle ressemblance. Aset aussi s'en réjouit.

Il venait de prononcer des mots maladroits et Hatchepsout fit un pas en arrière :

— Je ne doute pas qu'elle s'en réjouisse. Quel bonheur pour elle que votre fils porte l'empreinte de sa royale ascendance et non les marques dégradantes de la misérable extraction de sa mère.

Il ouvrit la bouche, l'air outragé. Elle alla verser du vin et lui tendit une coupe avant d'aller s'asseoir à nouveau devant sa table de toilette.

— Et quel sera son nom ? demanda-t-elle.

Sa colère quelque peu apaisée, il répondit :

— Les prêtres ordonnent de l'appeler Touthmôsis, car ce nom lui apportera pouvoir et bénédictions. Aset...

— Je sais, coupa-t-elle avec impatience. Aset est ravie.

— Non, dit-il, Aset n'est pas contente, elle voulait l'appeler Sékhénenré.

Hatchepsout éclata de rire, s'étrangla et toussa en avalant le vin. Lorsqu'elle put parler, elle remarqua que Touthmôsis était souriant, gagné malgré lui par son hilarité.

— Oh ! Touthmôsis, imaginez un peu, Sékhénenré ! Aset voit-elle son fils frappant l'ennemi, comme un héros dans la bataille, un soldat de légende ? Le nom du grand, du vaillant Sékhénenré, mon ancêtre divin, est sans aucun doute un nom puissant, mais cette pauvre Aset réalise-t-elle que ce nom n'est pas sans tache, et que le bon Sékhénenré a péri dans les souffrances, vaincu par Hyksôs. Je ne le pense pas.

— Peut-être pas, mais c'est néanmoins un nom sacré.

— Vous avez raison, finit-elle par convenir, mais Touthmôsis est un nom plus convenable pour le fils du vivant pharaon.

Elle avait envie de lui poser des questions sur les rêves qu'il caressait à l'égard de son enfant, sur les espoirs et les craintes que tout père nourrit, mais ils étaient trop éloignés l'un de l'autre pour échanger des confidences. Sans avoir besoin de le questionner, elle savait tout de l'ambition et de la vanité d'Aset en ce qui concernait l'avenir de son petit garçon.

Et c'est plus que de l'ambition à présent, se disait-elle, en songeant avec anxiété aux années à venir. Touthmôsis, était-ce là le nom doux et bienveillant de son frère ? ou bien celui d'un roi puissant ? Mais pourquoi ruminer cela, se demandait-elle, alors que son enfant à elle n'avait pas vu la lumière de Râ ?

— Accompagne-moi dans le marais ce soir, dit-il soudain. Je veux aller chasser le gibier d'eau. Ce sera une petite randonnée tranquille jusqu'à Louxor et retour. Tu pourrais venir savourer la brise sur la rivière.

— C'est entendu, je viendrai, acquiesça-t-elle. Je ne me suis pas beaucoup reposée aujourd'hui, et mon dos ne cesse de me faire souffrir. Je me réjouis pour toi et pour l'Egypte, Touthmôsis, dit-elle en se rapprochant de lui. En dépit de tout ce que je viens de dire, je reconnais que ce n'est pas une mince affaire que d'engendrer un fils de roi.

Elle l'embrassa tendrement sur les lèvres et ils marchèrent lentement en se tenant par le bras à travers le jardin jusqu'à l'embarcadère où ils s'assirent un moment sur une pierre tiède, regardant leur esquif glisser lentement jusqu'au mouillage. Puis ils montèrent à bord et, assis à l'avant, ils virent une grue prendre son envol, tandis que l'embarcation s'éloignait dans la lumière rasante du couchant.

Trois semaines plus tard, de bon matin, les nobles et les dignitaires de Thèbes furent convoqués dans la Salle des Audiences de la reine. Encore à moitié endormis, ils y trouvèrent le pharaon qui les attendait en proie à la plus grande agitation.

— Sa Majesté a commencé d'accoucher, annonça-t-il. En tant que princes d'Egypte vous possédez le privilège de vous trouver présents avec moi dans la chambre.

Il passa dans la pièce voisine où filtrait une douce lumière dorée. Les hommes le suivirent, sauf Senmout qui montra peu d'empressement et se serait plutôt glissé dans l'ombre si Hapousenb ne l'avait entraîné par le bras.

— Où allez-vous, serviteur d'Amon ?

— Je sors, Vizir, je rentre chez moi attendre la nouvelle. Croyez-vous que j'ai le droit d'entrer ici ?

Hapousenb lui dit d'un air affable :

— Je pense même que vous en avez l'obligation. Premièrement vous êtes Erpa-ha et de plus, prince héritier de l'Egypte. Vous vous devez d'assister à l'événement et d'apposer votre sceau à côté des autres pour témoigner de cette naissance.

— Vous ne me ferez pas changer d'avis, dit Senmout d'un ton sec. Avant que la reine ne me confère mes titres, j'étais simple paysan et fils de paysan et j'ai gardé l'entêtement de ma race.

— Quand cesserez-vous d'insulter la fille du dieu, la reine immortelle, en la considérant comme une simple et faible femme ? Croyez-vous qu'elle s'apercevra seulement de votre présence ou qu'elle proférera un simple mot ou un cri ? Pensez-vous qu'une reine enfante dans les gémissements comme une femme du harem ? Détrompez-vous ! Vous vous êtes élevé dans les honneurs. Mais en ce moment vous êtes en proie à la folie et à l'orgueil.

— Arrêtez, répondit Senmout. Je ne suis pas un petit garçon sans expérience, un savant obtus. Je n'ai nul besoin de vos leçons car je sais mieux que vous ce qui se passe dans mon esprit. Soyez indulgent, Hapousenb. Chaque jour m'apporte un fardeau nouveau à porter, lourd comme un sac de grains et je finirai ma route marchant la tête haute ou rampant comme un aveugle. Je suis prince, oui, et même autant que vous, mais je suis aussi une bête de somme.

— Vous parlez à quelqu'un qui s'est débattu avec les astreintes du pouvoir bien avant que vous n'abandonniez vos balais et vos brosses au service du temple, lui rappela doucement Hapousenb. Pourquoi luttons-nous, Senmout, jour après jour ? Par désir de nous occuper ? Non, mon ami, parce que nous savons qui représente le salut de l'Egypte. Venez avec moi. Il s'agit d'une circonstance extraordinaire.

Senmout entra, se laissant guider par Hapousenb à travers l'assistance rassemblée dans la chambre parfumée d'encens. Mais tandis que son compagnon prenait place au chevet de la couche comme son rang le lui permettait, Senmout s'assit au pied du lit, sur le sol, d'où il ne pouvait rien voir.

Hatchepsout reposait, les yeux clos et les mains abandonnées sur la couverture de fine toile blanche. Si ses doigts ne s'étaient agités et si sa tête n'avait tressauté de temps à autre, on aurait pu la croire endormie. Le travail avait commencé la veille, et elle était épuisée. Le médecin lui avait administré un calmant. Ses rêves étaient entrecoupés de moments de lucidité pendant lesquels elle ouvrait les yeux et contemplait le visage de Touthmôsis penché sur elle. Elle reprit enfin conscience et entendit le signal de la sage-femme.

— La naissance est imminente.

Un spasme la saisit, elle serra les lèvres et fit rouler sa tête dans un suprême effort pour ne pas crier.

Lorsque la douleur la quitta, le médecin se pencha sur elle, la bouche contre son oreille :

— L'enfant vient, Majesté. Je ne puis vous administrer de nouveaux calmants.

Elle acquiesça faiblement et se détourna, rassemblant toutes ses forces alors qu'une nouvelle vague de douleur l'envahissait. Sur son front perlaient des gouttes de sueur, mais elle ne poussa que de petits gémissements soudain couverts par le cri de la sage-femme.

— C'est une fille, nobles de l'Egypte. C'est une fille.

Les hommes se penchèrent pour tenter d'apercevoir la princesse qui laissait échapper de petits vagissements. Senmout vit Hatchepsout se dresser sur le coude, les yeux agrandis par les calmants, le visage pâle et un peu émacié.

— Relevez-moi, commanda-t-elle, et le médecin la redressa avec douceur. Elle tendit les bras pour bercer son enfant. Touthmôsis s'agenouilla et elle lui adressa un sourire embrumé.

— C'est une fille, Touthmôsis, une belle et délicate fille d'Amon. Regarde comme ses doigts minuscules entourent les miens.

— Elle est délicate et jolie comme toi, Hatchepsout, dit-il en souriant. Un bouton de la fleur d'Egypte.

Il l'embrassa sur les joues, se releva et s'adressa au groupe des hommes assemblés :

— Les documents sont prêts à recevoir les sceaux. Anen, le scribe, vous assistera à la sortie.

Ils se dirigèrent à la file vers la porte en chuchotant.

— Sa Majesté a accouché sans trop de peine, qu'Amon en soit loué, dit Ouser-amon à voix basse à Hapousenb et les autres acquiescèrent.

— Elle témoigne d'une grande force, et l'Egypte va sentir de nouveau avant longtemps le poids de sa puissance, répliqua Hapousenb.

Senmout allait franchir le seuil lorsqu'il entendit une voix en provenance de la couche. Elle l'appelait. Il revint sur ses pas, en saluant. Pen-Nekheb se trouvait aussi présent et ils attendirent tous deux qu'elle eût dégagé les doigts minuscules agrippés à sa robe de chambre. Elle tendit l'enfant :

— Prenez ma fille, Senmout. Comme il hésitait, elle le brusqua. Prenez-la donc. Je la mets sous votre responsabilité. A partir de ce jour, vous êtes responsable de sa santé et de sa sécurité, et je suis certaine que vous veillerez à ce qu'elle ne soit ni trop gâtée ni trop sévèrement élevée. Vous serez responsable de la chambre d'enfant et de la nourrice ici présente.

Il prit le minuscule paquet avec précaution et une douceur infinie, en regardant ce petit visage si semblable à celui qu'il aimait. Ils échangèrent un regard et Hatchepsout se rallongea en soupirant :

— Je voulais m'assurer qu'elle est placée en de bonnes mains, lui dit-elle. Tant de choses se passent dans un palais de cette taille, et comment tout savoir ? En ce qui vous concerne, Pen-Nekheb, je compte sur vous pour son éducation. Je souhaite qu'elle apprenne librement, comme moi, tout ce qu'on peut apprendre dans une salle de classe et sur un terrain d'entraînement. Je veux qu'aucune porte de la connaissance ne lui soit fermée. Elle aura besoin de votre sagesse et de votre expérience.

Elle ferma les yeux et ils crurent qu'elle s'endormait déjà. Mais elle les rouvrit pour congédier les deux hommes.

Pen-Nekheb rentra se coucher, mais Senmout se rendit à la chambre d'enfant où il déposa lui-même le bébé dans le berceau doré, remonta les couvertures et s'assura qu'un soldat de l'escorte de Sa Majesté se trouvait bien en faction devant la porte et un autre dans le jardin sous l'ouverture haute et étroite. Il partit à la recherche de Néhési et quand il l'eut trouvé, il lui demanda qu'un plus grand nombre de sentinelles soit affecté à la garde de l'enfant.

Une fois assuré d'avoir pris toutes les mesures nécessaires, il se dirigea vers son petit palais. Tout était calme. Ta-kha'et lui avait dit qu'elle attendrait les nouvelles, mais il la trouva assoupie sur le tapis, son chat auprès d'elle et il se coucha sans la réveiller.

Les célébrations au temple se poursuivirent pendant plusieurs jours en présence du pharaon et de toute la cour. Senmout passait le plus clair de son temps dans la chambre d'enfant, veillant heure après heure au bon déroulement des soins apportés à la petite princesse. La nourrice semblait fort riche en lait, et toutes les servantes étaient des femmes d'un certain âge, choisies dans le harem pour avoir passé plusieurs années à s'occuper de leurs propres enfants. Senmout les réunit pour leur donner des consignes sévères. Il les quittait à contrecœur pour aller inspecter les nouveaux enclos pour le troupeau d'Amon et pour parler à Bénya de l'évolution des travaux du temple dans la vallée.

Hatchepsout attendait avec impatience et anxiété de connaître le nom qui serait donné à son enfant. Elle se levait déjà, abandonnant sa couche au profit de sa petite chaise de chevet, mais elle se sentait encore faible. Le second grand prêtre d'Amon se fit un jour annoncer. Impatiente, elle ordonna qu'on le laisse entrer et, sans perdre de temps en menus propos, elle demanda sur un ton cassant :

— Alors, dites-moi vite le nom qui lui sera donné.

— La décision a été longue et difficile à prendre, répondit-il en souriant, car le nom d'une princesse royale doit posséder un grand pouvoir et lui offrir une totale protection.

— Oui, oui, bien entendu.

La dame du Nil

— Le nom qu'elle portera sera Néféroura, Majesté.

Les mots restaient en suspens. La chambre fut soudain comme balayée par un vent froid et le visage de Hatchepsout perdit ses couleurs. Nofret frissonna et se retourna vivement pour jeter un regard vers la statue d'or du dieu. Mais le prêtre sembla ne rien remarquer. Hatchepsout lui fit signe d'approcher :

— Veuillez répéter ce nom, Ypouyemré. Je crains de n'avoir pas très bien entendu.

— Néféroura, Majesté. Néféroura.

Elle insista :

— C'est impossible. Ce nom est certes un nom empreint de puissance, mais d'une puissance néfaste. Vous vous êtes trompés.

Ypouyemré se sentit offensé, mais ne le montra pas.

— Il n'y a pas eu d'erreur, Majesté. Les signes ont été interprétés à plusieurs reprises. C'est bien Néféroura.

— C'est bien Néféroura, répéta-t-elle tristement. Parfait, Amon a parlé et l'enfant portera ce nom. Vous pouvez vous retirer.

Il se dirigea vers la porte en saluant, le garde lui ouvrit et il sortit.

Hatchepsout resta assise, les yeux perdus dans le vague, en répétant sans cesse le nom.

— Envoie Doua-énéneh auprès du pharaon, dit-elle enfin à Nofret, afin de lui apprendre le nom. Je ne peux pas y aller moi-même. Je pense que je vais rester allongée toute la journée. Néféroura, répéta-t-elle lentement, mauvais présage pour ma jolie petite fille. Je devrais faire venir un sorcier pour l'interroger sur son avenir.

Mais elle savait que des procédés de ce genre étaient étrangers à sa nature et qu'elle ne ferait jamais appel aux prêtres de Seth.

Touthmôsis renvoya Doua-énéneh porteur de l'accord officiel pour le choix du nom, mais il s'abstint de se présenter en personne. Hatchepsout le savait en compagnie d'Aset dans la chambre du petit Touthmôsis. Elle se coucha sur le côté, la tête reposant sur son bras et se mit à penser à sa sœur Néférou-khébit et au petit faon, morts l'un et l'autre depuis longtemps.

Dès lors, elle refusa de se lever à nouveau. Senmout lui apportait l'enfant chaque jour, elle jouait avec elle, la caressait, lui souriait, mais ne quittait pas sa couche. Une terrible lassitude l'avait envahie, une apathie dangereuse qui l'incitait à se cantonner dans la sécurité de sa chambre. A la Salle des Audiences et au conseil, Hapousenb, Inéni et Ahmose, le père d'Ouser-amon, se débattaient désespérément pour venir à bout d'une montagne toujours grandissante de travail. Pendant ce temps, Touthmôsis et Aset s'adonnaient à la chasse, aux parties de bateaux ou aux festins au milieu des éclats de rire et des allées et venues d'esclaves. Senmout tenta d'intéresser Hatchepsout à la grande machine du gouvernement égyptien sur le point de s'arrêter puisque sa main n'était plus là pour la guider, mais elle lui répondit, irritée, d'aller vaquer à ses occupations, lui rappelant qu'on ne nommait pas les ministres pour ne rien faire.

En dernier recours, Senmout s'était alors tourné vers le pharaon, encore qu'à contrecœur. Mais il avait choisi un très mauvais moment : Touthmôsis s'apprêtait à partir pour une petite excursion le long du fleuve, en compagnie d'Aset et du petit Touthmôsis, afin d'aller à Memphis rendre hommage à Sekhmet, et Senmout dut lui parler sur l'embarcadère envahi de badauds devant la barque royale sur le point d'appareiller, tous ses drapeaux au vent.

Touthmôsis l'avait repoussé d'un geste :

— Je verrai cela à mon retour, lui avait-il crié sur un ton sec en regardant Aset qui lui faisait signe depuis le pont.

Senmout s'était retiré, impuissant et furieux, et, lorsque Touthmôsis rentra, rien ne changea et les festins reprirent.

Néhési prit finalement la décision d'aller trouver Hatchepsout. Un soir où l'atmosphère était suffocante, il fit irruption dans sa chambre, sans se faire annoncer. Il la trouva assise sur sa couche, pratiquement nue, une coupe de vin vide à son chevet. Il s'inclina devant elle :

— Majesté, il est temps de vous lever, dit-il sur un ton péremptoire. Les jours passent et l'Egypte a besoin de vous.

Elle le regarda, les yeux cernés :

— Comment êtes-vous entré, Néhési ?

— J'ai donné ordre à mes soldats de me laisser passer, naturellement.

— Qu'est-ce que vous voulez ?

— Personnellement je ne veux rien, dit-il, en se penchant vers elle avec un geste suppliant, mais votre pays en larmes vous réclame, une fois de plus, Majesté. Pourquoi rester au lit comme un enfant malade ? Où est le commandant des Braves du Roi ? Je ne voudrais pas, à présent, combattre sous vos ordres, même si des milliers de Kouchites se pressaient à nos portes.

— Trahison, cria-t-elle, retrouvant soudain toute son âpreté. Pour qui vous prenez-vous, noir Néhési, pour dire des mots de traître en présence de votre reine ?

— Je suis le Porteur du Sceau royal et ne porte à ma ceinture qu'une pièce de métal sans valeur, et cela devient fatigant. Je suis votre général et je commande à des soldats qui deviennent gras, agités et indisciplinés. Pourquoi ne vous levez-vous pas ?

Elle considéra les deux bras noirs et massifs qui s'ouvraient en un geste d'appel, la conviant à se lever, et elle eut un mouvement d'humeur :

— La tête me brûle, dit-elle, et chaque jour je me sens oppressée. Depuis le jour où le prêtre m'a annoncé le nom que porterait ma fille, je me sens affaiblie, épuisée, comme si ce nom pompait toutes mes forces. J'y pense sans cesse, Néhési. Cela devient une hantise.

— Mais ce n'est qu'un mot, lui répondit-il. Certes, ce nom possède un grand pouvoir, mais l'homme ou la femme qui le porte peut librement l'orienter vers le bon ou le mauvais.

— Néférou-khébit est morte, répondit-elle à voix basse. Est-ce seulement par accident que ce nom apparaît une nouvelle fois dans ma vie ?

— Non, cria-t-il. Ce n'est pas un accident, c'est un nom favorable, un nom royal, un nom aimé d'Amon. Donnerait-il à la fille de sa fille un nom susceptible de lui nuire ? Votre sœur est-elle morte à cause d'un nom ? Et vous porterait-elle la malédiction à vous qui l'avez tant aimée et qui avez tout partagé avec elle ? Majesté, vous vous déshonorez vous-même et vous déshonorez votre sœur et votre père Amon.

Il n'attendit pas qu'elle lui donnât congé et sortit en lui jetant un regard méprisant et en donnant un ordre au garde de sa voix sèche. Après son départ, elle resta allongée, le cœur battant. Ces paroles l'avaient touchée et elle se demandait, soudain prise de panique, ce qu'elle faisait dans cette douce obscurité, alors que dehors brillait la lumière de Râ et que la verdure sortait de terre. Cependant, elle ne bougea pas.

Un matin, alors qu'Aset se sentait mal et s'irritait d'un mal de gorge, Touthmôsis alla voir sa fille. Elle était endormie. Elle semblait d'ailleurs dormir toujours, tandis que le petit Touthmôsis gigotait, souriait et s'empêtrait dans ses langes. Il lui jeta un regard perplexe et une ride d'inquiétude vint creuser son front serein. Puis il se rendit dans la chambre d'Hatchepsout et s'assit auprès d'elle :

— Comment vous sentez-vous aujourd'hui ? lui demanda-t-il.

Elle le regarda du coin de l'œil :

— Très bien. Et pour vous, Touthmôsis, comment vont les affaires du gouvernement ?

— Je n'en sais rien. Je laisse ce soin aux ministres. Ne sont-ils pas là pour ça ?

Ces propos ressemblaient tant à ceux qu'elle avait tenus à Senmout qu'elle en fut stupéfiée.

— Voulez-vous dire que vous ne prenez pas chaque jour connaissance des dépêches ?

— Non, je n'ai jamais été très porté sur la lecture, et l'écriture monotone des scribes m'ennuie. Mais, par contre, j'ai fait très bonne chasse.

Elle contemplait son expression béate avec une émotion qu'elle n'avait pas éprouvée depuis longtemps. Elle aurait voulu effacer d'une gifle ce sourire imbécile et, sentant la colère monter, elle quitta sa couche et demanda sa robe à Nofret.

— Je pense que vous avez été satisfait d'agir à votre guise pendant tout ce temps. Pendant que je me reposais, n'avez-vous rien fait d'autre que de vous amuser ?

— M'amuser ! Mais il n'y a que les enfants qui s'amusent !

— Ma chère Egypte, que t'ai-je fait ? murmura-t-elle.

Il se tourna vers elle, l'air embarrassé, pendant qu'elle enfilait sa robe.

— Hatchepset, commença-t-il. Mais elle commanda de la nourriture et du lait sans vouloir le regarder. Je venais vous parler de Néféroura, continua-t-il.

Elle entendit prononcer ce nom sans frémir et se demanda pourquoi elle s'était tant désespérée à ce sujet. Elle retrouvait rapidement toutes ses facultés, bien qu'elle se sentît les jambes faibles. Elle pensait déjà à la pile de missives qui devait attendre son approbation dans la Salle des Audiences.

— A quel sujet ?

— Que disent les médecins ? Elle semble un peu frêle.

— Senmout l'a aussi remarqué, mais les médecins affirment qu'elle est tout simplement délicate et qu'en grandissant elle deviendra forte et pleine de santé comme un jeune taureau de votre lignée. Elle fera un bon pharaon.

Il se leva d'un bond :

— Ça, c'est moi qui en déciderai.

Nofret reparut, suivie par une nuée d'esclaves portant des plateaux garnis de nourriture. Il y avait longtemps qu'Hatchepsout n'avait pris un repas aussi copieux. Elle se cala dans ses coussins et huma l'air avec impatience.

— Du poisson ! dit-elle en fixant soudain Touthmôsis d'un air hautain. Je ne suis pas de cet avis, ajouta-t-elle. Avez-vous, en tant que pharaon, l'intention de nommer Néféroura princesse héritière ?

— Certainement pas, c'est une idée absurde.

— Votre père l'a bien fait en ce qui me concerne, et sans vous je serais pharaon à présent. Accuseriez-vous votre père d'absurdité ?

Nofret souleva le couvercle d'un plat d'argent et disposa la nourriture dans l'assiette d'Hatchepsout.

— Oui, parfaitement. Inutile de prolonger cette dispute au sujet de la succession. Je vais officiellement déclarer pour mon héritier mon fils Touthmôsis et, en temps voulu, je le marierai avec Néféroura pour légitimer cette déclaration.

— Non, vous ne le ferez pas. Vous pouvez vous livrer à toutes les déclarations que vous voulez, Touthmôsis, mais je ne laisserai pas Néféroura épouser votre fils. J'ai décidé de fonder une nouvelle dynastie, une dynastie de reines. Je changerai la loi.

— Vous ne pouvez changer la loi, répondit Touthmôsis, consterné. Le pharaon doit être de sexe mâle.

— Voulez-vous dire par là que le pharaon doit posséder les attributs d'un homme ou bien qu'il doit gouverner avec l'énergie et la détermination d'un homme ? Qui est l'Egypte, Touthmôsis, vous ou moi ? Vous n'avez pas besoin de répondre. S'il vous plaît, taisez-vous, vous m'écœurez. C'est moi qui dirige l'Egypte et Néféroura sera élevée pour exercer après moi les pouvoirs du pharaon.

— C'est Touthmôsis qui sera pharaon.

— Ce ne sera pas lui.

Il se leva avec l'intention de donner un coup de pied dans la table et de faire voler tous les plats.

— Amon en est témoin, aussi vrai que je suis le pharaon de l'Egypte, il régnera ! gronda-t-il. Vous êtes complètement folle !

— Oh ! Touthmôsis, sortez, répondit-elle avec un sourire. Un dernier mot pourtant : si vous ne vous prononcez pas en faveur de Néféroura, vous ne partagerez plus jamais ma couche, j'en fais le vœu solennel.

Il se précipita vers la porte, fou de rage.

— Chienne ! ce ne sera pas une grande perte. Je ne veux plus jamais avoir à supporter vos agressions.

Il poussa violemment derrière lui les lourdes portes de bronze et sortit. Mais tout en courant à demi trébuchant le long des couloirs, la nostalgie des longues nuits passées dans ses bras le gagnait déjà, et il la maudissait en passant sous les vastes saules pleureurs de son jardin.

Une heure plus tard, les hommes réunis dans la Salle des Audiences entendirent approcher un pas rapide et décidé. Devant la porte, le garde sursauta et s'empressa de saluer en frappant le sol de sa lance. Quelques secondes plus tard, Hatchepsout surgit, la couronne en forme de cobra scintillant sur sa tête et son pagne de garçon flottant autour de ses cuisses. Tous se prosternèrent. Le poing sur la hanche, elle promena ses regards sur l'assistance.

— Relevez-vous tous. Par Amon, vous êtes submergés de paperasses. Néhési, le sceau ! Hapousenb, nous commencerons par traiter les affaires de votre ressort. Inéni, apportez-moi un siège. Je désire m'asseoir. Bande de paresseux que vous êtes, cette salle est dans un désordre inconcevable.

Ils se relevèrent en souriant. On pouvait lire de la reconnaissance et un immense soulagement sur leur visage. Elle leur sourit, comprenant ce qu'ils ressentaient.

— L'Egypte vous est revenue, dit-elle en prenant place sur son siège et tendant une main vers le premier rouleau de papyrus. Mes amis, nous allons faire de ce pays l'un des plus grands de toute l'Histoire, et nous tiendrons les rênes serrées jusqu'à ce qu'il ne reste plus la moindre opposition dans Thèbes ni dans toute l'Egypte. Le travail que nous avons accompli jusqu'à présent n'est rien en regard de celui que nous allons fournir ensemble à partir d'aujourd'hui. Et le pharaon lui-même en sera tout étonné.

Elle chercha des yeux le visage de Senmout et, dans le regard qu'ils échangèrent, il y avait un message et un défi. Elle se pencha pour lire une missive et Anen installa son plateau de scribe, ses plumes et ses encres, sur ses jambes croisées.

— Le pharaon est sur le point de rendre publiques ses intentions concernant la succession, annonça-t-elle, et tous comprirent la raison de ce retour soudain. Il déclare... — elle fit une pause en promenant un regard perçant sur toute l'assistance — il déclare que le Faucon-dans-son-Nid sera le petit Touthmôsis. Ils demeuraient tous silencieux. Mais nous irons au temple pour écouter ce qu'Amon veut nous dire ; mon père ne saurait souhaiter ce choix, j'en suis sûre.

Ouser-amon s'apprêtait à dire que les intéressés étant encore en bas âge toute discussion à ce sujet présentait un caractère de futilité, mais Hapousenb le fustigea d'un regard foudroyant et il referma les lèvres en simulant un toussotement.

— En attendant, au travail, dit-elle. Nous devons œuvrer pour la paix et croître en force et en vaillance pour mériter les dons du dieu.

Lorsque la nouvelle année arriva, l'arriéré de travail était rattrapé et Hatchepsout put se consacrer pleinement à la consolidation du pouvoir que son père avait remis entre ses mains. Consciente de représenter, et elle seule, l'espoir de l'Egypte, elle tenait toutes choses d'une poigne énergique. Elle savait que si elle voulait que Néféroura devienne roi, elle devait combler le gouffre qui la séparait encore du trône d'Horus. Elle discuta longuement de ce problème avec Senmout et Hapousenb et ils s'accordèrent à reconnaître que du vivant de Touthmôsis et de son vivant à elle, on ne pouvait entreprendre grand-chose. Mais Hatchepsout désirait chaque jour avec une vigueur croissante voir Néféroura monter sur le trône, et elle décida de n'épargner aucun moyen pour assurer la succession de sa fille après sa mort ou celle de Touthmôsis.

Avec prévoyance et non sans astuce, elle entreprit de remplacer par des hommes à elle un grand nombre de prêtres qui occupaient au temple de très hautes fonctions. Mais elle restait impuissante à se débarrasser de Ménéna tant qu'il jouissait de l'appui de Touthmôsis, car le choix du grand prêtre relevait du seul pharaon. Aussi, Ménéna conserva-t-il son rôle de conseiller royal, laissant Hatchepsout sans autre recours que de l'entourer d'espions. Avec patience et discrétion, elle s'assura de l'allégeance de tous les vizirs, vice-rois et gouverneurs de province. Elle passa une partie considérable de son temps dans les casernes avec les soldats et dans la résidence de ses généraux, qu'elle gagna à sa cause grâce à son charme et à sa fougue. Pourtant, elle n'était pas inspirée par des motifs égoïstes. Elle voulait une Egypte forte, établie sur la souveraineté absolue d'Amon.

Elle nomma Senmout grand majordome, sachant qu'ainsi rien ne se passerait dans le palais que son regard perçant et infatigable ne détecterait. Sa fille grandissait sous sa protection attentive et elle faisait ses premiers pas, en sécurité dans ses bras bienveillants. Hatchepsout invitait souvent les jeunes aristocrates de Thèbes à une partie de chasse ou à un festin, sachant que Yamou-néfrou, Djéhouti ou Sen-néfer appartenaient à des familles presque aussi anciennes que la sienne, profondément enracinées dans les traditions de leurs ancêtres. Au début, elle se demandait comment ils se comporteraient à l'égard d'une femme qui était roi et non pas reine. Ils lui apportaient de riches présents, la couvraient d'éloges et de flatteries, mais certains regards noirs indiquaient assez dans quel mépris ils tenaient les parvenus comme Senmout, en dépit des marques de respect qu'ils lui témoignaient avec la plus grande exactitude. Senmout était à présent un grand personnage, le plus grand du pays après la reine, et ils le savaient tous.

Lorsqu'en raison de sa vigilance constante, la machine du gouvernement fonctionna sans à-coup, elle tourna son attention vers l'école des architectes qui représentait une classe à part, tenue en grande révérence par les rois depuis des temps immémoriaux. Son regard attentif lui permit de découvrir un jeune homme prometteur en la personne du silencieux Pouamra. Elle lui confia des travaux à exécuter tant pour elle que pour Touthmôsis, et il s'en acquitta avec calme et promptitude. Mais elle éprouvait de la difficulté à le comprendre. On le voyait très peu au temple et il ne semblait pas avoir beaucoup d'amis. Il se rendait souvent dans le Nord, à Boubastis, pour rendre son culte à la déesse Bast. Néanmoins, il était tout dévoué à Hatchepsout, de façon discrète mais intense, et assistait de plus en plus à ses réunions intimes, le plus souvent attentif et silencieux, mais aussi capable de lancer parfois un commentaire judicieux qui clarifiait les idées, avant de se replonger dans ses pensées secrètes.

Amounophis était un autre nouveau venu dans l'entourage d'Hatchepsout qui lui avait confié les fonctions de second majordome, fonctions dont il s'acquittait avec exactitude, partageant avec Senmout la responsabilité de l'administration du palais. C'était un homme efficace, d'un physique agréable, aussi solide que ses chevaux, qu'il affectionnait. Quelle que soit l'importance de ses tâches quotidiennes, il trouvait toujours le temps d'atteler son char et de s'entraîner pendant une heure ou deux sur le parcours entre Thèbes et Louxor. Senmout se joignait à lui parfois et ils faisaient la course, soulevant des nuages de poussière, dans la lumière orangée du soleil du désert. Amounophis gagnait immanquablement car, à cette heure de la journée, Senmout était souvent très fatigué.

Hatchepsout avait besoin de s'appuyer sur des hommes de génie et de grande endurance. Son pouvoir de concentration, son sens des priorités ne l'abandonnaient jamais et ses politiciens, ses messagers et ses scribes suppliaient le dieu de ne pas les laisser succomber sous le poids des lourdes tâches dont elle les accablait.

Mais elle aussi travaillait durement et ne se ménageait guère. Elle finit par constater avec satisfaction un renversement subtil et progressif de la balance du pouvoir. Une à une, elle réunissait entre ses mains les rênes du gouvernement.

Par un chaud après-midi, Hatchepsout alla rendre une visite personnelle à l'enfant d'Aset. Elle avait d'abord pensé à se faire amener le petit garçon, puis elle décida qu'il serait aussi bon d'aller passer quelques instants dans le quartier des femmes, afin de rappeler à Aset et à ses suivantes qui commandait dans le palais.

Elle se fit accompagner de Senmout et d'Hapousenb, et se présenta dans la salle de réception d'Aset sans se faire annoncer. Aset jouait aux dames avec une de ses servantes, si concentrée sur son jeu qu'Hatchepsout put approcher et dut attendre une bonne minute avant que les deux femmes ne sentent sa présence. Aset sursauta et percuta le damier du genou, envoyant valser les pions sur le sol.

Hatchepsout considéra la pièce, vaste et ensoleillée, où de toute évidence on vivait fort peu, car elle savait Touthmôsis et Aset inséparables. Le lit, les sièges, les statues, les autels, tout était en or. On devinait partout la générosité du pharaon. Hatchepsout se promit, en son for intérieur, de demander à Inéni, son trésorier, d'évaluer le montant des richesses prodiguées par Touthmôsis en faveur d'Aset. Elle regarda la femme prosternée dont la chevelure brune était répandue sur le sol.

— Relevez-vous, Aset, dit-elle enfin. Je suis venue pour voir votre petit garçon.

Aset se leva, un sourire sournois sur les lèvres proclamant sa colère, ce qui incita Hatchepsout à effacer le sien. Elle n'avait pas vu la danseuse depuis fort longtemps, et s'était préparée à faire un effort pour lui faire bonne figure. Mais, cette fois encore, elle se heurta aux airs d'arrogante supériorité d'une parvenue nourrie de rêves ambitieux.

— Envoyez votre nourrice chercher l'enfant, dit-elle sur un ton sec. Nous avons le désir de nous faire une opinion à son sujet. Le pharaon persiste à affirmer qu'il ressemble à mon père.

— C'est la vérité, répondit Aset avec empressement en donnant ordre d'un geste à sa servante. La femme s'empressa de sortir et Hatchepsout retint une réplique toute prête tout en se demandant comment Aset pouvait juger d'une telle ressemblance, du fait qu'elle n'avait probablement jamais vu Touthmôsis 1er. Elle ne pouvait imaginer son père entretenant le moindre rapport avec cette petite effrontée qui ressemblait à un chat efflanqué et mal nourri. Elle s'étonna une fois encore de la monumentale absence de discernement de Touthmôsis. Peut-être Aset nourrissait-elle déjà de telles ambitions qu'elle lui avait jeté un sort avant sa venue à Assouan.

Tout en rêvassant, elle interrogeait Aset sur les occupations journalières du petit Touthmôsis. Comment dormait-il ? Mangeait-il bien ? Qui étaient ses camarades de jeux ? Aset répondait respectueusement mais avec brièveté, en regardant de temps à autre les deux hommes silencieux qui se tenaient de chaque côté de la reine.

La porte du fond s'ouvrit enfin et la nourrice se présenta, tenant par la main un petit garçon vigoureux et au teint sombre, encore peu solide sur ses jambes, qui néanmoins se tenait bien droit, sans crainte de tomber. En le regardant s'avancer vers elle sur le parquet brillant, Hatchepsout perdit contenance.

C'était, à n'en pas douter, un vrai Touthmôside, les épaules fières et le port altier. Les yeux ronds et noirs la questionnaient sans crainte. Son visage qui semblait taillé à l'emporte-pièce et ses jeunes dents, saillantes sous son petit nez, lui rappelaient les traits arrogants de son grand-père.

La nourrice s'approcha et s'inclina, tandis que l'enfant s'agitait, plein de hardiesse, son petit casque princier lui tombant sur les yeux. Hatchepsout s'agenouilla en invitant l'enfant à venir dans ses bras. Il trottina vers elle mais refusa de se laisser embrasser, en regardant alternativement sa mère et la visiteuse, un de ses petits doigts dans la bouche qu'il suçait consciencieusement et soudain, du coin des lèvres, il proféra un vilain mot.

La dame du Nil

— Qu'en pensez-vous, Senmout ? demanda Hatchepsout.

Senmout imaginait l'avenir, et voyait l'enfant devenu jeune homme, semblable à Touthmôsis 1er, doté d'une volonté de fer. Il fut surpris par la douceur de l'expression de la reine et par le calme de sa voix, mais il lui répondit aussitôt :

— De toute évidence, il porte la marque de son ascendance royale.

— Et vous, Hapousenb, qu'en pensez-vous ?

Hapousenb hocha la tête, dissimulant comme toujours ses pensées derrière un masque de courtoisie chaleureuse.

— Je vois en lui votre père, sans aucun doute, dit-il.

Hatchepsout fit signe à la nourrice d'emmener l'enfant et se tourna vers Aset qui souriait d'un air empreint de reconnaissance affectée.

— Je ne veux plus lui voir ce casque sur la tête, dit-elle. Ils perçurent l'avertissement sous-entendu, en dépit de son intonation tranquille. Mon époux l'a proclamé prince héritier, mais pour l'instant c'est un petit garçon qui doit se sentir libre, les cheveux rasés comme tous les autres enfants. Veillez à ne pas lui bourrer la tête d'idées vaines et stupides, car ce serait vous préparer tous deux à une vive déception.

Aset s'inclina, son museau de renard affichant soudain une expression maussade.

Hatchepsout se prit à sourire :

— C'est un très beau garçon, un vrai prince d'Egypte et un fils dont Touthmôsis a tout lieu d'être fier, dit-elle. Tâchez de ne pas trop le gâter. A présent, retournez à votre jeu, je ne vais pas vous déranger plus longtemps.

Hapousenb se baissa pour ramasser les pions éparpillés sur le sol et les reposa gravement sur le damier. Aset se prosterna une fois encore et les portes se refermèrent derrière les trois visiteurs. A nouveau seule, elle se rassit, les yeux dans le vide, les sourcils froncés en se mordillant nerveusement les ongles de ses petites dents aiguës.

18.

Au cours des années qui suivirent, Touthmôsis dut repartir à trois reprises en campagne, en dépit de ses protestations, et chaque fois, Hatchepsout le vit s'éloigner avec soulagement. Il ne participait à aucun engagement et ne versait jamais le sang mais, du moins, conduisait-il ses troupes, ce qui le remplissait de fierté. Ses généraux dispersèrent sans peine les tribus belliqueuses des Neuf Archers, infligeant aux habitants du désert oriental une salutaire démonstration de la puissance de l'Egypte.

Pendant ses absences, les travaux d'édification d'un temple, utopique et éphémère, étaient menés rondement dans la vallée. A chacun de ses retours, Touthmôsis s'empressait d'aller constater l'avancement des travaux et ce sujet fournit rapidement un terrain d'entente entre lui et Hatchepsout. Passionné d'architecture, les chefs-d'œuvre de Senmout l'intriguaient et l'enthousiasmaient. Il possédait indubitablement une âme d'architecte et par sympathie, Senmout lui montra ses plans et prêta l'oreille à ses commentaires et à ses timides conseils, devinant les pathétiques pincements de jalousie qui travaillaient ce pharaon trop bien nourri, lorsque Hatchepsout soulignait sèchement la somptuosité des édifices qu'elle laisserait en glorieux hommage à la postérité.

Touthmôsis, lui aussi, faisait bâtir de son côté, et tenait Hatchepsout au courant de ses projets. Il avait entrepris d'édifier à Medinethabou un petit monument commémoratif dédié à sa personne et il demanda à son épouse si elle consentirait à lui prêter les services de son habile architecte. Elle le taquina un peu, lui demandant de lui désigner ceux parmi ses autres collaborateurs qu'il convoitait également, mais dans un élan de tolérance bienveillante, elle lui accorda finalement Senmout. Ce dernier établit un plan conforme aux indications de Touthmôsis, mais ce travail le tracassait et une nuit, il s'en ouvrit à Hatchepsout.

Elle jeta un coup d'œil sur son projet et éclata de rire :

— Pauvre Touthmôsis ! C'est lui qui a dessiné cela ?

— Non, c'est moi qui l'ai fait, Majesté, d'après les indications que m'a données le pharaon.

— Pauvre Touthmôsis, répéta-t-elle, en laissant s'éteindre son rire. Ils échangèrent un regard, puis elle lui rendit le rouleau de papyrus :

— Laissez-le suivre son idée, décida-t-elle. Mais il ne pourra jamais rivaliser avec mon chef-d'œuvre dans la vallée, bien que son projet soit fort similaire. Medinet-habou est un site complètement différent qui entraîne l'édification d'un temple complètement différent. Quel fou ! Il a du goût pourtant et serait capable de concevoir des plans d'une grande originalité, mais tant de choses s'opposent à l'épanouissement de ses dons.

Senmout participa aussi à l'édification du temple que Touthmôsis destinait au culte d'Hathor.

— Ce sera, lui dit le pharaon, en observant sa réaction du coin de l'œil, une action de grâce rendue à la déesse pour m'avoir donné ma chère Aset.

Senmout se vit donc contraint de dessiner un projet à l'intention d'une femme qu'instinctivement il méprisait, à la demande d'un pharaon qu'il s'efforçait désespérément de respecter. Il trouva pourtant l'énergie d'ajouter à la liste de ses tâches quotidiennes le soin de satisfaire aux exigences de Touthmôsis.

Il débordait d'affection pour la petite princesse Néféroura. C'était une jolie petite fleur fragile et, quand il jouait avec elle dans sa chambre ou observait sa démarche chancelante dans le jardin, le sentiment de l'urgence de ses tâches ne le traquait plus. Somme toute, pensait-il, j'ai réalisé toutes mes ambitions et les soins que je prodigue à cette enfant représentent la récompense et la culmination de mes efforts. Mais tout en écoutant la voix de son cœur, il savait qu'il avait encore un long chemin à parcourir avant d'atteindre les limites de ses possibilités.

Il se sentait tourmenté par l'obscurité de ses origines et il finit par demander la permission d'aller rendre visite à ses parents. Hatchepsout, après avoir remarqué combien son visage accusait la fatigue, lui donna son accord. Il quitta Thèbes sur sa barque dorée en compagnie de Senmen et ils couvrirent la distance en moitié moins de temps qu'il ne lui en avait fallu pour la parcourir à pied avec son père.

Il trouva ses parents vieillis, ahuris devant le spectacle de ces deux hommes parfumés, maquillés, qui s'entretenaient avec un accent cultivé de sujets qui leur étaient parfaitement étrangers, et dont les tentes blanches et jaunes, plantées sur le terrain aux abords de leur maison de torchis, étaient emplies d'objets précieux et entourées d'esclaves hautains.

Sa mère, Hat-néfer, et Ta-kha'et s'aimaient beaucoup et cette dernière passait le plus clair de son temps, perchée sur un siège en bois, dans la cuisine qu'elle embaumait de son parfum, à dépeindre à l'intention de la vieille femme silencieuse la vie que menait son fils. Par contre, Senmout et son père connaissaient de longs silences embarrassants qu'ils ne parvenaient pas à rompre.

Au moment du départ, Senmout mentionna la promesse qu'il avait faite bien des années auparavant d'édifier pour ses parents une sépulture splendide afin que les dieux ne les oublient pas. Mais lorsqu'il leur offrit de l'or et des esclaves pour cultiver leur terre, Kames secoua la tête :

— Je ne suis qu'un paysan, fils de paysan, dit-il. Si des esclaves travaillent ma terre, à quoi donc vais-je m'occuper ? Je vieillirai très vite et je mourrai avant que ma noble tombe ne soit prête.

Les deux hommes se sourirent et s'embrassèrent. Senmout et Senmen retournèrent, bien reposés, à Thèbes, Senmout la conscience tranquille et Senmen heureux de quitter cette ferme aride et pauvre pour retrouver la vie du palais.

Tandis que le gouvernement de l'Egypte gravitait autour d'elle et satisfaite de constater que toutes les provinces sans exception se trouvaient sous la dépendance de sa volonté, Hatchepsout entreprit de parsemer la terre de ses monuments : stèles, obélisques, pylônes, construits pierre après pierre dans les matériaux les plus variés, du marbre et du granit au grès rose ou gris. Partout elle voulait rappeler au peuple la présence de celle qui le tenait sous son joug sacré. Touthmôsis continuait à festoyer et à chasser, sans se soucier de la popularité et du pouvoir croissant de son épouse. Les cérémonies en l'honneur des dieux se succédaient et en ces occasions on les voyait tous les deux, marchant dans Thèbes derrière les effigies en or, au rythme des saisons et des traditions immuables.

Le petit Touthmôsis entra au service d'Amon en tant qu'acolyte sous l'œil circonspect de Ménéna, et désormais Hatchepsout le voyait chaque fois qu'elle venait rendre le culte du dieu. C'était un petit garçon belliqueux, aux traits durs, qui l'observait avec intérêt et parfois avec une telle intensité dans le regard qu'elle se sentait alors incapable de prier. Néféroura grandissait, gracieuse et aussi douce que sa grand-mère Ahmès, et Hatchepsout veillait à ce qu'à chacune de ses apparitions en public, la petite princesse se présentât devant le peuple dans le plus riche appareil.

Il n'y avait plus jamais eu de propos amoureux échangés entre elle et Senmout, mais les sentiments qu'ils éprouvaient l'un pour l'autre s'étaient élevés à un degré supérieur en dépit de la retenue que leur imposait la prudence. Hatchepsout chargea son sculpteur de réaliser une statue géante le représentant, la petite princesse dans les bras. Senmout posa pour l'ouvrage des mois durant et le sculpteur s'imprégna si bien de son sujet qu'Hatchepsout et tous ceux qui étaient présents lorsque l'œuvre achevée fut enfin dévoilée en furent séduits. L'artiste avait sculpté un bloc de granit noir représentant les deux têtes, l'une près de l'autre, émergeant au-dessus de la longue robe de Senmout dans les plis de laquelle la petite fille semblait se réfugier. Hatchepsout se déclara satisfaite et fit placer la sculpture devant la chambre de l'enfant, afin que tous ceux qui passaient gardent présent à l'esprit que s'ils portaient le moindre tort à Néféroura, ils pourraient avoir à s'en repentir.

Touthmôsis, de son côté, passa commande d'une statue en ébène représentant sa mère, Moutnefert, assise les mains sur les genoux, le regard perdu dans le lointain, qu'il plaça au milieu de ses jardins. Avec délicatesse, l'artiste l'avait représentée plus mince et plus belle qu'elle ne l'avait jamais été, même dans sa jeunesse. L'œuvre plut à Touthmôsis qui exigea la présence de Moutnefert le jour où Ménéna bénit la statue. Le piédestal portait cette inscription : « L'épouse d'un roi, la mère d'un roi. »

Hatchepsout trouvait cette effigie un peu ridicule lorsqu'elle passait devant au cours de ses promenades, et elle se demandait si un jour le petit Touthmôsis en ferait édifier une autre, où il ferait graver les mêmes mots et si la sculpture représenterait le mince visage d'Aset.

Le temps passa. Hatchepsout approchait de son vingt-cinquième anniversaire, indifférente à son âge, sans constater le moindre changement sur son visage lorsqu'elle se contemplait chaque matin dans son miroir.

Elle emmena Néféroura au-delà du fleuve dans le sanctuaire érigé en l'honneur de cette tante défunte qui portait son nom. Dans le silence du petit temple, accompagnées du prêtre Ani, elles contemplèrent la statue de Néférou-khébit, qui souriait depuis plus de dix ans. La fillette pria, le front appuyé contre la pierre froide, tandis qu'Hatchepsout contemplait l'ovale parfait du visage, les yeux noirs et la bouche bien dessinée, dotée d'une perfection qui rappelait ses propres traits. Une foule de souvenirs l'assaillit et elle éprouva soudain une sensation d'étouffement qu'elle ne parvint pas à chasser. Elle lutta contre la dépression pendant plusieurs semaines en s'absorbant dans son travail.

Un soir, elle prit une décision. Elle se vêtit et se maquilla avec soin, envoya quérir deux suivants de Sa Majesté, et se rendit dans les appartements de Touthmôsis. Pendant qu'on l'annonçait, elle entendit des murmures à l'intérieur et, lorsqu'on la pria d'entrer, elle vit se refermer doucement la porte derrière la couche royale. Sans nul doute, Aset dormirait seule cette nuit.

Touthmôsis était allongé, une coupe de vin à la main selon son habitude et son crâne rasé brillait. Il s'assit bien droit lorsqu'elle entra et le salua. Elle se releva, toujours sans proférer un mot, et il se gratta la gorge avant de lui demander ce qu'elle voulait, empli de méfiance devant cette jeune femme qui attendait les yeux baissés et la tête courbée.

— Que faites-vous ici ? dit-il enfin sur un ton peu amène en reposant sa coupe sur la table et en se croisant les bras.

— J'ai besoin de réconfort, Touthmôsis, je me sens seule.

Interloqué, il laissa échapper un grognement, mais déjà les paroles et le parfum de son épouse faisaient leur effet et il sentait renaître son désir.

— Je ne vous crois pas, dit-il froidement. Depuis quand auriez-vous besoin de mon réconfort ? En outre, si vous vous sentez seule, ce dont je doute fort, dites-moi ce qu'il est advenu de votre troupeau d'adorateurs ?

— Autrefois, nous nous réconfortions l'un l'autre, répondit-elle calmement. Je dois t'avouer que je rêve de ton corps, Touthmôsis. Je me réveille la nuit, tout embrasée et je ne puis trouver le repos à cause de toi.

Elle releva la tête, mais derrière le frisson implorant de sa bouche sensuelle et les gestes éloquents de ses mains aux paumes teintes en rouge, il crut discerner un soupçon de moquerie. Il bondit de son lit :

— Vous mentez ! s'écria-t-il. Vous mentez ! Ce n'est pas moi que vous voulez. Vous êtes ici dans un autre but, un but que vous ne parviendrez pas à me cacher, Hatchepsout. Vous m'avez banni de votre couche et je ne vous ai jamais vue revenir sur vos paroles.

Elle s'avança vers lui, posa les mains sur ses épaules et lui répondit tout en le caressant :

— Mais je n'ai rien juré devant les dieux.
— Si, vous avez juré. Laissez-moi, dit-il sans la repousser.

Elle se rapprocha encore et posa les lèvres sur son cou.

— J'étais sous le feu de la colère, chuchota-t-elle. A présent, laisse-moi te parler d'un autre feu.

Il la prit dans ses bras d'un geste rude, la fit basculer sur le lit et s'assit auprès d'elle. On frappa à la porte et il cria qu'il ne voulait pas être dérangé. Il regarda Hatchepsout qui lui sourit.

— Je déteste qu'on se moque de moi, dit-il d'une voix insistante, et je vais vous mettre à la porte si vous ne m'avouez pas ce que vous voulez.

Elle eut un large sourire, car elle savait que de sa vie, il n'avait jamais jeté personne dehors.

— Allons, j'écoute, insista-t-il en lui secouant le bras.
— C'est bien, mais je ne te mentais pas, Touthmôsis. Je désire vraiment partager ta couche cette nuit.
— Pourquoi ?
— Vous qui êtes si astucieux, mon frère, vous ne devinez pas ?
— Non ! Et je n'aime pas jouer avec vous Hatchepset, car je perds toujours.
— Et vous allez perdre une fois encore, car je constate que vous pouvez à peine celer votre désir de moi. J'ai décidé d'attendre un nouvel enfant de vous.
— Il ne s'agit que de ça ?
— Comment ? Ce n'est pas là une mince affaire. Mais pour vous répondre : oui, il ne s'agit que de ça !

Il cherchait le moindre signe indiquant qu'elle se moquait, mais elle continua à le regarder d'un air innocent et limpide, et, en haussant les épaules, il se résigna à lui demander :

— Pourquoi voulez-vous un autre enfant ? Touthmôsis et Néféroura sont là pour assurer la succession au trône d'Horus.

— Dans votre esprit peut-être, mais pas dans le mien. Je puis changer d'avis et décider de partager à nouveau votre couche, mais je continue à m'opposer à ce que vous songiez à marier Néféroura à Touthmôsis.

— Mais par tous les dieux, Hatchepset, pourquoi ? Pourquoi donc ? Quels démons vous habitent ? Touthmôsis présente toutes les caractéristiques d'un puissant pharaon et Néféroura est belle et fera une bonne épouse. Qu'est-ce donc qui vous déplaît tant dans tout cela ?

— Touthmôsis a peut-être toutes les caractéristiques voulues, mais il n'est pas de moi, répondit-elle doucement les yeux baissés. De plus, je prétends que ma fille a trop de qualités pour se tenir, jour après jour, derrière son époux. Je veux un pharaon de mon sang et de mon sang seulement sur le trône d'Egypte.

Il la regarda avec admiration.

— Vous êtes ensorcelante, dit-il. Ainsi, vous voulez avoir un fils de moi afin de le marier à Néféroura et lui donner le pouvoir ?

— Parfaitement : mon fils et ma fille, dieux l'un et l'autre.

— Mais nous pourrions donner le jour à une autre fille.

— Je dois courir le risque, Touthmôsis. Le rejeton d'Aset ne portera pas la double couronne tant que je pourrai faire quelque chose pour l'en empêcher.

— Vous me flattez, dit-il sur un ton sarcastique.

Elle posa la main sur sa cuisse.

— Je n'avais pas l'intention de t'insulter, s'exclama-t-elle. Nous sommes tous les deux issus de la même royale extraction.

Il haussa les épaules.

— Je suis pharaon, et je me moque de ce que vous pouvez me dire, car vous ne me priverez pas de mes droits, dit-il, la bouche tordue.

— Cher Touthmôsis, répondit-elle gentiment, ne t'ai-je pas toujours témoigné le respect dû au pharaon ?

— Certainement pas ! mais peu importe ; je t'ai dans le sang comme une humeur maligne, Hatchepset. Pendant toutes les années où nous avons été séparés, je n'ai pas réussi à oublier ce désir ardent que j'ai de toi.

— Alors, verse-moi du vin et ferme les portes, nous allons rattraper le temps perdu en raison de ma folie.

Il prit la jarre dorée et la servit, sans plus se préoccuper, dans sa vanité, des raisons qui la motivaient.

Ils s'enlacèrent et burent lentement. Réchauffée par le vin, la tête vacillante, elle ferma les yeux et lui offrit ses lèvres. Elle savait que dans un instant la répulsion qu'elle éprouvait allait s'évanouir et que son propre désir s'éveillerait, brûlant.

Elle attendit avec anxiété les premiers signes de sa grossesse, harcelant son médecin et observant les symptômes sans répit. Lorsqu'elle fut enfin rassurée et sut qu'elle allait donner un nouvel enfant à Touthmôsis et à l'Egypte, elle courut au temple pour supplier Amon de lui faire engendrer un garçon. Le pays se réjouit et seule Aset accueillit la nouvelle dans un silence hostile, en pressant le petit Touthmôsis contre son sein avec un acharnement qui effraya l'enfant. Elle ne fit aucune allusion à la future naissance auprès de son royal époux et Touthmôsis lui-même, bien déterminé à ne pas offenser Hatchepsout afin de continuer à jouir du plaisir qu'elle lui donnait, se gardait bien d'afficher le moindre sentiment, car elle consentait à le recevoir encore dans sa couche.

Une sorte de léthargie envahit peu à peu Hatchepsout et elle se demandait comment elle réagirait si l'enfant se révélait être une fille. Amon n'avait fait aucune promesse et, malgré les nuits passées agenouillée devant son autel dans sa chambre, elle n'avait pu recueillir de lui la moindre certitude en réponse à ses prières. Elle donna ordre de multiplier les sacrifices et commanda à Tahouti la construction de nouvelles portes pour son temple, en bronze et en cuivre martelé recouvert d'électre afin que le dieu reconnaisse la dévotion qu'elle lui portait.

La naissance approchait et son anxiété gagnait son entourage et la cité entière, laissant la ville de Thèbes, le palais et tous les prêtres absorbés par les mêmes spéculations. Senmout fit de son mieux pour tenir son esprit occupé par le train des affaires quotidiennes mais, même en sa présence, elle ne trouvait pas le repos. Elle sentait avec amertume qu'elle jouait son dernier atout, consciente que seul le fait

La dame du Nil

d'engendrer un pharaon mâle, de pur sang royal, lui permettrait de continuer à cacher sa toute-puissance dans l'ombre de Touthmôsis jusqu'à la fin de ses jours.

Enfin, le moment arriva et les nobles se réunirent une fois encore autour de la couche royale. L'accouchement se passa rapidement cette fois.

Il y eut un moment d'attente passionnée, puis la nourrice se retourna souriante.

— C'est encore une fille, une jolie petite fille.

Hatchepsout laissa échapper un long cri de protestation et enfonça sa tête dans ses oreillers, tandis que les hommes sortaient un à un, en silence, intrigués par la réaction de la reine, mais heureux de la naissance d'une nouvelle princesse qui venait à point combler le vide que laisserait la mort éventuelle de Néféroura et garantir la légitimation de la couronne du prince, le moment venu.

Senmout hésita à la porte, assailli par le désir de retourner dans la chambre et de réconforter la femme dont les sanglots lui parvenaient, mais il décida de la laisser seule et de regagner ses appartements.

Touthmôsis ne fit pas preuve d'une telle délicatesse. Debout près du lit, penché sur elle sans oser exprimer sa sympathie, il lui caressait doucement les épaules. Mais lorsqu'il essaya de l'aider à se redresser, elle se dégagea de ses bras avec colère et, après un moment d'hésitation impuissante, il la laissa.

Aset avait fait promettre à Touthmôsis de lui donner aussitôt des nouvelles de l'accouchement. Avant d'aller se reposer, il lui envoya son héraut lui porter la nouvelle. Il imaginait déjà sa réaction et regrettait que parfois elle soit si malveillante. Mais après tout, se disait-il, alors que son esclave arrangeait sa couche et sortait après avoir salué, même un pharaon ne peut pas tout avoir.

La réaction d'Aset se révéla conforme aux prévisions. Le héraut la trouva dans le jardin, jouant à la balle avec son fils. En voyant l'homme venir à grands pas, flanqué de deux gardes du corps, elle se leva, le cœur battant d'impatience, et laissa la balle lui échapper des mains. Le héraut et les deux suivants de Sa Majesté s'inclinèrent.

— Eh bien! dit-elle, la reine a-t-elle accouché d'un garçon ou d'une fille?

Le messager eut un léger sourire.

— L'Epouse Divine a donné le jour à une fille.

Le regard d'Aset s'éclaira subitement et elle éclata de rire. Elle se prit à rire aux larmes, elle rit jusqu'à ne plus pouvoir tenir debout. Les trois hommes l'observaient, incrédules devant une telle démonstration d'irrespect. Elle finit par se ressaisir et s'essuya les yeux avec son mouchoir. Impassible et froid, le messager attendait.

— Y a-t-il une réponse à transmettre au pharaon ? demanda-t-il.

Devant le ton glacial, elle se redressa et lui jeta un regard impudent.

— Non ! dites-lui simplement que je me sens très bien et très heureuse aujourd'hui.

Le héraut s'inclina avec raideur, pivota sur ses talons et s'éloigna. Aset, débordante de joie, s'agenouilla devant le petit Touthmôsis et se mit à caresser sa tête rasée et ses bras bruns et puissants.

— Tu as entendu, petit prince, tu as entendu ? Tu seras roi, tu seras le pharaon Touthmôsis III ! Tu seras grand et puissant sous l'éclat de la double couronne ! Et moi, simple danseuse d'Assouan, je suis la mère d'un pharaon.

La nouvelle se répandit et deux jours plus tard, tout le monde savait qu'Aset, la seconde épouse, avait ri à perdre haleine en apprenant la naissance de la fille d'Hatchepsout et avait poussé l'effronterie jusqu'à envoyer au pharaon un message lui faisant part de sa satisfaction.

Yamou-néfrou commenta l'événement sur un ton ironique un soir où il dînait avec son ami Djéhouti.

— Que pouvait-on attendre d'autre d'une petite parvenue rachitique qui se prend pour une reine ? dit-il en choisissant une pâtisserie et en la dégustant avec délicatesse. Je n'ai jamais vu d'aussi déplorables manières.

Djéhouti acquiesça en souriant :

— Si le pharaon ressemblait le moins du monde à son illustre père, cette chienne aurait été renvoyée sur-le-champ, fit-il observer, mais nous sommes sous la férule d'un homme aux médiocres talents et de telles failles ne se présentent que trop souvent, même dans les meilleures dynasties.

— Je suis surpris de le voir la garder près de lui aussi longtemps.

Yamou-néfrou termina sa pâtisserie et se rinça les doigts dans le bol d'eau parfumée.

— Touthmôsis n'a pas un goût bien sûr en ce qui concerne les femmes.

— Attention, vous parlez du pharaon ! s'écria Djéhouti, en jetant un regard furtif sur l'esclave qui remplissait leurs coupes.

Ils gardèrent le silence pendant un moment, puis Djéhouti reprit :

— Il m'empêche, mon ami, qu'Aset a un fils du pharaon, lequel selon la loi sera aussi pharaon le moment venu.

— La fleur de l'Egypte a du mal à avaler ça, mais il faudra bien qu'elle le fasse un jour ou l'autre.

— J'aurais du mal, moi aussi, si l'enfant ressemblait par trop à son père. Yamou-néfrou dégusta son vin et ajouta : Mais vous savez, Djéhouti, j'ai de l'affection pour cet enfant. Rien ne lui fait peur.

— Il ne serait pas le premier pharaon d'extraction populaire capable de réaliser de grandes choses. Mais la reine ne le verra pas de cet œil-là.

— La reine veut être roi, dit Yamou-néfrou, et je suis certain que si quelque chose arrivait au pharaon, Aset aurait intérêt à surveiller son petit prince comme la prunelle de ses yeux.

Ils échangèrent par-dessus leurs coupes un regard indiquant qu'ils se comprenaient à demi-mot. Djéhouti haussa les épaules :

— Ce n'est pas une petite affaire que d'être la fille du dieu, dit-il. Mais, vous et moi, Néfrousi, n'avons rien de mieux à faire que d'accomplir les tâches qui nous incombent aussi bien que nous le pouvons.

Un matin, le ragot revint aux oreilles d'Hatchepsout par la bouche de l'esclave qui soignait sa chevelure ; elle conserva un masque impassible, dissimulant la rage qui montait en elle, jusqu'à ce que la sotte femme se soit retirée. Alors, d'un geste violent, elle envoya valser ses cosmétiques sur le sol et se dirigea, furieuse, vers la Salle des Audiences où se trouvait Touthmôsis, bousculant le garde avec une telle force que, projeté contre le mur, il lâcha sa lance. Encore un peu affaiblie, elle se précipita néanmoins vers le trône au pied duquel se tenait Aset et elle donna à tous l'ordre de se retirer.

— Et vous aussi, petite garce, cria-t-elle à la jeune femme, le visage empreint d'une telle férocité animale qu'Aset se leva d'un bond et passa devant elle en prenant soin de l'éviter, renonçant pour une fois à son aplomb et à ses airs effrontés.

Touthmôsis descendit de son trône, stupéfait.

— Vos maladresses, lui cria Hatchepsout, vos grossières inepties, vos stupides attitudes, je peux encore les supporter, mais me faire insulter dans mon propre palais, devant un haut fonctionnaire de la cour, par une paysanne déguisée en princesse, cela je ne le supporterai jamais. J'ai toléré sa présence par égard pour vous, Touthmôsis. Je sais que le pharaon a le droit de prendre une seconde épouse et je me suis inclinée devant ce privilège qui vous revient, bien que votre choix se soit porté sur une femme dont les origines et la profession me sont une offense personnelle. Elle est stupide et mesquine, Touthmôsis, et elle n'acquerra jamais les manières qu'elle n'a pas de naissance. Mais en tolérant un affront de cette importance, un pareil blasphème, sans intervenir, c'est comme si vous criiez à la ville : « Regardez : ma seconde épouse tourne mon Epouse Divine en dérision et moi aussi je me ris d'elle. »

Elle s'arrêta, hors d'haleine, les poings serrés et le visage blême. Mais elle n'avait pas encore tout dit.

— En outre, ajouta-t-elle, quelque peu calmée, en marchant sur lui, si vous ne lui intimez pas l'ordre de se confiner dans ses appartements jusqu'à ce que ma colère soit apaisée, je veillerai personnellement à la faire fouetter ; j'en suis capable, Touthmôsis, et ce n'est pas vous qui m'arrêterez. Aset doit recevoir une leçon et dès à présent, avant que ses ambitions cupides ne la conduisent à sa perte.

Touthmôsis, agité et mécontent, faisait nerveusement tourner ses bagues autour de ses doigts. La rage d'Hatchepsout ne l'impressionnait pas car il connaissait son tempérament aussi prompt à s'emporter qu'à se calmer. Il reconnaissait la justesse de ses propos et savait bien que par lâcheté il avait toléré ce manquement à la bienséance qui méritait une punition.

— Je suis sincèrement désolé, Hatchepsout, et vous avez parfaitement raison, lui dit-il, voyant sa colère se résorber. Aset sera punie par mes soins, mais vous devez comprendre qu'elle n'a pas reçu une éducation aussi policée que la nôtre. Elle a connu une vie rude et difficile.

— Oh ! Touthmôsis, dit-elle sur un ton las, bien des gens de basse extraction se montrent pourtant capables aujourd'hui de vivre humblement et honnêtement au service de leur dieu et de leur prochain. Il n'y a pas dans Thèbes une femme susceptible de montrer

La dame du Nil

une telle dureté de cœur à l'égard de son pire ennemi, et je ne suis pas l'ennemie d'Aset. J'aurais pu devenir son amie.

— Elle a peur de vous, fit remarquer Touthmôsis. Elle n'a pas confiance en elle et se méfie de tout ce qui se passe derrière son dos. La reine représente pour elle une rivale redoutable.

Hatchepsout se mit à rire.

— Mais comment ose-t-elle se mesurer à moi en termes de rivalité ? Je suis le dieu et, elle, qui est-elle ?

— Je suis désolé, répéta Touthmôsis. M'obligerez-vous à la faire fouetter ?

Hatchepsout jeta un regard de dédain et de pitié sur son visage inquiet.

— Non, ce ne sera pas nécessaire, pas cette fois-ci en tout cas. Mais si elle persiste dans ses errements, ce pourrait être la seule solution. Non, Touthmôsis, contentez-vous de la faire boucler dans ses appartements et de lui interdire l'accès du jardin. Je ne souhaite la rencontrer d'ici longtemps, ni dans mes promenades, ni pendant les dîners ou autres circonstances officielles. A présent, je retourne à ma couche.

Elle s'inclina rapidement, presque négligemment, et se dirigea vers la porte. Soudain, elle se retourna, un sourire de dérision sur les lèvres :

— Que pensez-vous de votre seconde fille ? demanda-t-elle.

— A dire vrai, Hatchepsout, répondit-il sur un ton hésitant, je ne sais guère. Elle est certainement plus robuste que Néféroura mais ses traits sont encore mal dessinés et je ne puis discerner aucune ressemblance avec moi, avec vous, ou avec ses grands-parents.

Hatchepsout fit la grimace :

— Moi non plus, dit-elle avec légèreté. Enfin, ce n'était pas la volonté d'Amon de me donner un roi.

Elle sortit en refermant la porte doucement. Une fois dehors, elle s'arrêta devant le garde.

— Vous ai-je fait mal ?

Surpris et touché, il secoua la tête.

— Non, Majesté, répondit-il, c'est à moi de m'excuser pour m'être trouvé sur votre passage.

— Vous avez fait preuve de bravoure, répondit-elle. Ils ne sont pas nombreux ceux qui osent se tenir sur mon passage.

Elle lui toucha le front de la main et traversa le couloir d'un pas rapide.

L'enfant reçut le nom de Méryet-Hatchepset et Hatchepsout accepta ce choix sans ressentir la moindre crainte. Le nom lui plaisait car il n'était associé à aucun souvenir, à aucune prémonition. Le moment venu, on porta le bébé au temple pour l'offrir au dieu.

Senmout n'éprouvait aucune crainte pour cette petite fille ; elle était robuste et poussait sans difficulté, mais il ne ressentait pas à son égard les sentiments qu'il nourrissait pour sa chère Néféroura, et il se réjouit de ne pas la voir placée, elle aussi, sous sa responsabilité. Il éprouva un vif soulagement à voir Hatchepsout se remettre rapidement de l'accouchement et présider à nouveau, au bout de quelques semaines, les séances de travail. Le palais reprit son aspect de ruche bourdonnante.

Hatchepsout se remettait doucement de sa déception, mais tout comme Senmout, elle ne parvenait pas à s'enthousiasmer pour sa seconde fille et elle se demandait si son désir violent d'avoir un fils n'en était pas la cause. Quoi qu'il en soit, le minuscule visage rose ne l'émouvait pas le moins du monde et elle s'en chagrinait. A mesure que Méryet-Hatchepset approchait de son premier anniversaire, Hatchepsout décela en elle une ressemblance consternante avec Aset, non seulement dans son apparence, mais aussi dans son caractère. La petite fille se montrait fort capricieuse et ses pleurs se révélaient souvent inspirés par le désir d'imposer sa volonté. Jour après jour, elle mettait à rude épreuve la patience de ses nourrices. La chambre d'enfants devint un endroit fort bruyant et Senmout finit par demander que Néféroura soit transférée dans un petit appartement indépendant. Hatchepsout y consentit.

Elle veilla à ce que Méryet soit entourée de tous les soins possibles et elle allait souvent jouer avec elle et lui prodiguer son affection, mais elle était toujours occupée et pressée par quelque chose. Il lui était plus facile de prendre Néféroura avec elle pour l'accompagner au temple, à son cabinet de travail ou à la Salle des Banquets. Alors le bébé se mettait en colère et, de rage impuissante, agitait ses petits pieds en voyant sa mère et sa sœur sortir ensemble, tandis que les nourrices s'affairaient autour d'elle. Ainsi Méryet fit-elle de très bonne heure l'expérience de la jalousie.

19.

Au début du mois de Thot, tandis que le fleuve commençait sa crue et que les fellahs s'épuisaient jour et nuit à rentrer les récoltes avant que les eaux hivernales envahissent les champs, Touthmôsis s'enrhuma. Depuis quelques jours il refusait toute nourriture et se plaignait de maux de tête. Dès que sa température monta, il resta couché. Son médecin lui prescrivit du jus de citron chaud avec du miel additionné de pulpe de cassier qu'il prenait avec répugnance, et il s'entoura de toutes sortes d'amulettes et de fétiches. Au bout de trois jours, la fièvre n'était pas tombée bien que les symptômes du rhume aient disparu.

Le médecin alarmé alla trouver Hatchepsout qui, en compagnie d'Inéni, contrôlait les dépenses du temple, tandis que dans un coin Néféroura jouait avec ses poupées.

— Comment se porte Touthmôsis aujourd'hui ? demanda-t-elle brièvement, le regard fixé sur le rouleau de papyrus, l'esprit toujours absorbé par ses comptes.

Le médecin se tenait, mal à l'aise, devant elle, une main sur le scarabée d'or qui pendait sur sa poitrine creuse.

— Le puissant Horus n'est pas bien du tout, commença-t-il. Devant le ton qu'il employa, Hatchepsout se retourna vivement, toute son attention concentrée sur lui à présent. Le rhume est terminé, mais la fièvre ne tombe pas et Sa Majesté s'affaiblit.

— Alors, faites immédiatement venir les magiciens. La fièvre est une question que l'on règle avec les charmes et les amulettes. Quels soins lui avez-vous donnés ?

— J'ai soigné la gorge et le nez, Majesté et le mal est parti. Mais je ne peux rien faire de plus. Le pharaon réclame votre présence, mais je ne suis pas favorable à une visite.

— Pourquoi ?

— Son souffle dégage des humeurs malignes. Je suis désolé d'avoir à le dire, Majesté, mais je pense qu'il serait mieux de ne pas l'approcher.

— Sottises que tout cela. Depuis quand pense-t-on que je redoute une odeur déplaisante ? Inéni, nous nous en tiendrons là pour aujourd'hui.

— Est-ce que mon père est très malade ?

Néféroura avait abandonné ses poupées et scrutait de ses yeux sombres le visage du médecin, qui regarda Hatchepsout avec un air d'impuissance. Hatchepsout s'agenouilla vivement et, retenant de ses mains une mèche rebelle, posa un baiser sur la joue de la petite fille.

— Oui, il est malade ; mais il ne faut pas t'inquiéter, dit-elle doucement. Le pharaon n'est-il pas immortel ?

L'enfant inclina la tête avec solennité.

— Vous allez le voir à présent ? Puis-je venir moi aussi ?

— Non, prends tes poupées et va retrouver Senmout. Si tu le désires, tu peux aller voir les animaux pendant que je suis occupée. Ça te fait plaisir ?

Néféroura fit un nouveau signe de tête, mais elle ne courut pas ramasser ses jouets. Hatchepsout la laissa là, debout, le regard fixe, tandis qu'Inéni regroupait ses rouleaux.

L'atmosphère de la chambre de Touthmôsis était suffocante et malodorante. Il était allongé sur le dos et gémissait doucement. Elle se pencha pour l'embrasser et sentit qu'il avait la peau brûlante et toute sèche. Elle eut un mouvement de recul, soudain alarmée.

— Hatchepset, murmura-t-il, en roulant la tête de son côté, dis à ces imbéciles de m'apporter de l'eau. Ils ne veulent pas me donner à boire.

Elle jeta un regard de reproche au médecin, prête à laisser exploser sa colère, mais le vieil homme répondit avec fermeté :

— Sa Majesté n'a droit qu'à de petites gorgées, dit-il. Je lui ai dit que boire trop à la fois ne ferait qu'augmenter ses souffrances.

— Sornettes que tout cela, grommela Touthmôsis en s'agitant sur sa couche.

— Du moins doit-on pouvoir lui donner un bain, dit Hatchepsout sur un ton tranchant. Qu'on apporte de l'eau chaude et des linges. Je vais le laver moi-même. Et qu'on tire les rideaux. Comment peut-on dormir dans cette atmosphère étouffante ?

Les esclaves, serrés les uns contre les autres dans un coin de la pièce, s'empressèrent vers les fenêtres.

— Vous, là, approchez avec votre éventail, ordonna-t-elle, la voix cassante.

Touthmôsis ferma les yeux pour savourer l'air caressant qui balayait son corps.

— Je suis brûlant, murmura-t-il à nouveau.

Il se prit à grelotter et à claquer des dents, en agrippant ses couvertures de ses mains tremblantes. Vivement inquiète, elle tapota ses oreillers.

— Ne t'inquiète pas, Touthmôsis, dit-elle. J'ai fait appeler les magiciens et bientôt la fièvre te quittera.

Il s'agita et gémit sans répondre. Un esclave s'approcha avec un bassin d'eau chaude. Tout en retirant ses bagues elle lui ordonna de le poser à côté du lit. Elle additionna l'eau d'un peu de vin, y plongea un linge et frotta le visage de Touthmôsis. Il eut un faible sourire en prenant ses mains dans les siennes. Avec douceur, elle repoussa les draps et entreprit de laver entièrement ce corps qui présentait un aspect terne, malsain et gonflé. Sans savoir de quoi il était atteint, elle pensait que les formules magiques se révéleraient sans doute d'une piètre utilité.

Quand elle eut fini, elle se lava les mains à l'eau claire et remit pensivement ses bagues. Penchée sur lui, elle lui dit à l'oreille :

— Touthmôsis, les magiciens sont arrivés. Je dois m'en aller à présent car on m'attend. Mais je reviendrai et je te laverai à nouveau. Cela te fera plaisir ?

Il respira son parfum, léger et agréable. Il avait envie de se retourner, d'ouvrir les yeux, mais l'effort était au-dessus de ses forces et il se contenta d'un signe de tête.

Elle se leva :

— Commencez immédiatement, ordonna-t-elle aux magiciens silencieux. Vous ne vous arrêterez que lorsque le pharaon sera en état de quitter sa couche pour retourner à la chasse.

Elle leur adressa un rapide sourire et, à peine refermait-elle la porte, qu'elle entendit retentir les sons de la profonde mélopée.

Elle fit tenir un message à Aset, lui donnant l'autorisation de rendre visite à Touthmôsis, mais lui interdisant de se faire accompagner de son fils sous quelque prétexte que ce soit. Elle donna ordre au garde du corps chargé de porter le message d'attendre pour s'assurer que ses ordres seraient bien obéis.

Elle s'arrêta un instant dans l'escalier de Tahouti, une vaste pièce toujours emplie des fumées du métal brûlant. Ils discutèrent des projets concernant les sols du temple, qui devaient être d'or et d'argent martelés, et posés par ses soins. Il profita de sa présence pour lui montrer quelques coffres de cuivre qu'il préparait à l'intention du maître des Mystères. Elle en fut bien impressionnée, appréciant la délicatesse de la ciselure et l'assemblage fait avec amour, et elle se promit de parler à Inéni de ce jeune artiste.

Lorsqu'elle retourna dans la chambre de Touthmôsis, elle trouva le médecin qui l'attendait à la porte, les membres de l'entourage du pharaon, en cercle autour de lui, l'air effrayés.

— Majesté, il vaudrait mieux ne pas entrer. Le pharaon dort mais d'un sommeil qui n'augure rien de bon. Sa peau est couverte de pustules.

— Où se trouve Aset, la seconde épouse ? demanda-t-elle.

— Elle était là il y a un instant, mais je l'ai priée elle aussi de regagner ses appartements.

En dépit des protestations du médecin, Hatchepsout pénétra dans la pièce.

— Arrêtez ! dit-elle aux magiciens dont le bourdonnement s'interrompit aussitôt.

Elle s'approcha de Touthmôsis. Il reposait sur le côté, la bouche ouverte et respirait difficilement. Ses couvertures avaient glissé jusqu'à la taille et elle constata que le haut de son corps était recouvert de petites pustules blanches qui ressortaient sur la peau luisante d'un jaune malsain.

— C'est bien la peste, murmura-t-elle à l'intention du médecin qui l'avait suivie.

Il secoua la tête et leva les bras d'un air abattu.

— L'une des formes de la peste, s'empressa-t-il de répondre.

Silencieux, abîmés dans leurs pensées, ils contemplaient le pharaon endormi.

— Ne le quittez pas un instant, lui ordonna-t-elle et tenez-moi informée du moindre développement.

Il s'inclina et elle sortit pour se rendre au temple, accompagnée de sa suivante. Elle trouva le sanctuaire fermé et appuya sa poitrine contre la porte, les bras levés, les yeux clos, et elle pria : « Oh ! mon père ! Touthmôsis va-t-il mourir ? S'il mourait... » Il lui sembla entendre un écho moqueur de sa pensée se répercuter dans un chuchotement à travers les colonnes et la cour intérieure vide.

S'il mourait. S'il mourait. S'il mourait...

Le soir venu elle retourna dans la chambre du malade et s'assit à son chevet. Une humeur incolore suintait des pustules, qui coulait sur les draps et le mettait à l'agonie. Il l'appelait sans cesse, en faisant rouler d'un bord à l'autre de sa couche son gros corps flasque et mou, semblable au cadavre d'une bête. Elle se pencha sur lui et vit qu'il était inconscient et ne l'appelait que dans ses rêves. Il semblait se décomposer avant même d'avoir rendu le dernier souffle. La puanteur de cette putréfaction envahissait l'air, provoquant la nausée. Mais Hatchepsout ne broncha pas et elle continua à le contempler sans que la moindre expression vienne altérer la perfection de ses traits.

Aset se glissa à l'intérieur, hésitante, les yeux rivés sur Hatchepsout, et, voyant que la reine gardait le silence, elle s'approcha de la couche en se bouchant les narines. Elle ne put retenir une légère exclamation en contemplant la masse humaine qui s'agitait en murmurant. La nuit était tombée et on avait allumé les lampes, mais leur douce lumière dorée ne parvenait pas à masquer la décomposition du corps. La seconde épouse se détourna aussitôt et rencontra le regard insistant d'Hatchepsout posé sur elle.

— Vous l'aimez toujours à présent, Aset ? dit-elle d'une voix calme. Seriez-vous déjà lasse de contempler votre royal époux ? Auriez-vous l'intention d'aller vous réfugier dans la sécurité douillette de vos appartements ?

Elle appela le majordome de Touthmôsis qui se tenait derrière elle.

— Apportez un siège pour la seconde épouse et placez-le de l'autre côté de la couche. Asseyez-vous, Aset, asseyez-vous donc !

La jeune femme se laissa tomber sur son siège mais elle détourna la tête, jusqu'à ce qu'Hatchepsout lui dise d'une voix sifflante :

— Regardez-le. Il vous a sortie de la bassesse de votre condition et vous a comblée de plus de trésors et d'amour qu'aucune femme n'ose rêver d'en recevoir dans le courant de plusieurs vies. Et voilà que vous détournez les yeux comme s'il était un vulgaire mendiant aux portes du temple ! S'il se réveille, je veux qu'il voie posé sur lui votre regard adorateur, pauvre ingrate !

Les lèvres blanches, Aset obéit. Mais Touthmôsis ne se réveilla pas. Vers le milieu de la nuit, il se mit à geindre pitoyablement, comme un chien blessé, le visage inondé de larmes. Hatchepsout lui prit les mains et les serra avec force, et il soupira. Lorsque les cors sonnèrent la minuit, il mourut sur sa couche baignée de ses larmes.

Longtemps après le dernier soupir, elle demeura assise, les yeux fixés sur lui, en songeant au petit garçon grassouillet qu'elle taquinait gentiment, à l'adolescent grincheux qu'elle dédaignait un peu, au pharaon dont l'importance à ses yeux était moindre que celle de ses ministres. A présent qu'il était mort elle éprouvait pour lui une sorte de pitié qu'elle n'avait jamais ressentie de son vivant. Que lui avait servi d'être Touthmôsis II ? Qu'avait-il jamais accompli, outre ce dont chaque homme se révèle capable, assurer sa postérité ? Elle pleura un peu sur lui, incapable de croire que le pharaon était mort, lui qui la semaine précédente avait encore abattu une trentaine d'oies et qui reposait à présent, ses mains dépourvues de vie crispées sur sa poitrine comme les serres d'un oiseau.

Elle se releva et s'adressa à l'assistance encore pétrifiée.

— Envoyez chercher les prêtres de Sem et lorsqu'ils auront emporté le corps, veillez à ce que les draps soient soigneusement purifiés ainsi que la couche.

Aset était toujours effondrée sur son siège, une expression d'incrédulité peinte sur son visage. Hatchepsout alla vers elle et la fit lever avec douceur.

— Allez retrouver votre fils, lui dit-elle. Il vous aimait tous les deux. Pour l'instant les mesures qu'il avait prises visant à restreindre votre liberté de mouvement sont levées. Vous pouvez vous promener où bon vous semblera.

Aset quitta la pièce d'un pas lourd, en marchant comme dans un rêve.

Enfin, Hatchepsout partit à son tour. Elle ne pouvait toujours croire à la mort de Touthmôsis et il lui semblait qu'elle reprendrait demain sa routine quotidienne, pendant qu'il serait à la chasse, et que le soir ils dîneraient ensemble comme à l'accoutumée, tout en échangeant des plaisanteries. Le fait qu'à l'exception de cette pièce dorée et fétide rien n'avait changé lui paraissait presque une insulte à sa mort.

L'Egypte entière était effondrée. C'était une époque de l'année particulièrement défavorable pour la mort d'un pharaon et plus spécialement d'un pharaon jeune et vigoureux. Les moissons étaient presque achevées et les fellahs n'avaient rien d'autre à faire que de demeurer assis à échanger des commérages en regardant le fleuve monter. Et il était inévitable que des rumeurs contradictoires se mettent à circuler.

Hatchepsout était au courant de chacune d'elles. Un jour, vers la fin de la période officielle du deuil, elle envoya quérir le médecin de Touthmôsis ainsi que ses juges, Aset et le jeune Touthmôsis. Lorsqu'ils furent tous assemblés elle alla droit au fait.

— On m'a rapporté, dit-elle d'emblée, que certaines rumeurs insensées et infamantes sont en train de circuler. Du fait que nous savons tous de quoi il s'agit, je crois inutile de me souiller les lèvres à les répéter. Médecin, dites-nous de quoi mon frère est mort.

L'homme répondit sans la moindre hésitation :

— Il est mort de la peste, Majesté. Il n'y a pas l'ombre d'un doute à ce sujet.

— Serait-il possible d'administrer un poison susceptible de produire des symptômes comparables à ceux qu'il présentait ?

Le médecin secoua la tête :

— J'ai soigné des maladies de toutes sortes, pendant des années, et je n'ai jamais entendu parler d'un tel poison.

— Vous voyez les documents étalés devant vous ? Seriez-vous prêt à prêter serment devant Amon et Osiris ainsi que sur le nom de vos ancêtres, que le pharaon est mort de mort naturelle ?

Hatchepsout adressa un regard foudroyant à Aset qui restait silencieuse, ses yeux d'oiseau fixés sur le visage de l'homme. Il inclina la tête avec assurance.

— Je suis prêt à prêter serment.

— Est-ce parce que vous me craignez, noble seigneur ?

Il lui sourit.

— Majesté, je suis un homme âgé et à présent je ne crains personne d'autre qu'Anubis et son jugement. J'ai dit la vérité. Le puissant Horus est mort de la peste. C'est aussi simple que cela.

— Alors, asseyez-vous et veuillez apposer votre sceau sur ces documents. Mes hérauts les diffuseront dans toutes les villes et toutes les agglomérations du royaume ; et à dater de ce jour quiconque affirmera le contraire sera condamné à mort.

Le regard significatif qu'elle adressa à Aset n'échappa à personne. Il y eut un murmure d'approbation au milieu des juges. Elle leur demanda s'ils étaient satisfaits ; ils exprimèrent en chœur leur assentiment et sortirent en s'inclinant très bas. Aset sortit aussi sans proférer un mot.

Pendant les semaines qui suivirent, l'Egypte attendit que la reine ratifie les prétentions au trône de Touthmôsis III et se proclame régente jusqu'à ce que l'enfant parvienne à l'âge adulte. Seuls ses proches ne furent pas surpris de constater que la proclamation attendue ne venait pas. Et les grandes roues du gouvernement continuèrent à tourner comme à l'accoutumée. Hatchepsout continuait à prier, à chasser, à danser et à donner des fêtes, tout comme si Aset et son enfant n'existaient pas.

Aset avait passé les jours consécutifs aux funérailles sous l'emprise d'une terreur incessante, s'attendant à se voir exilée d'un moment à l'autre ainsi que le petit Touthmôsis. Le temps passa et ses craintes s'estompèrent. Elle s'aventura à tâter le terrain dans l'espoir de parvenir à déceler les intentions de la reine. A chacune de ses tentatives, elle reçut une fin de non-recevoir polie mais ferme et dut se retirer, mal à l'aise et déconfite. Hatchepsout n'avait plus reparlé de lui interdire à nouveau l'accès des jardins et Aset les parcourait, furieuse, à longueur de journée, la colère l'emportant à présent sur la peur. Comme la reine ne se décidait toujours pas à proclamer les droits de son fils à la double couronne, elle décida de prendre les choses en main.

Un matin, tandis qu'Hatchepsout dépouillait les dépêches en compagnie de Senmout, d'Inéni et d'Hapousenb, Doua-énéneh, le chef des hérauts, fit irruption dans la salle, hors d'haleine, les yeux hagards. A peine allait-il ouvrir la bouche qu'Ipouyemré, le second prophète d'Amon, se présenta suivi de Ménéna, les mains jointes sur sa bedaine, une expression de joie pieuse peinte sur son visage luisant.

— Prosternez-vous tous, hurla Senmout. Où vous croyez-vous, dans une taverne ?

Devant cette injonction ils s'aplatirent tous sur le sol.

— Relevez-vous, dit Hatchepsout sans mauvaise humeur, en promenant sur eux un regard perçant pour essayer de deviner la raison de cette irruption soudaine ; mais ils demeuraient silencieux.

— Ipouyemré, mon ami, vous qui paraissez le plus pondéré, dit-elle, vous pouvez parler, car j'ai juré de ne jamais plus adresser la parole au premier prophète d'Amon.

Il s'inclina et elle vit que ses mains tremblaient, bien qu'il essayât de les dissimuler.

— Un grand signe nous a été donné ce matin au temple, Majesté. Tandis que le prince héritier accomplissait ses devoirs d'acolyte avec les autres garçons et le grand prêtre, le puissant Amon s'est incliné devant lui.

La respiration d'Hapousenb se fit sifflante, Inéni laissa tomber son rouleau et Senmout sentit son cœur cesser de battre, mais ne bougea pas, le regard dardé sur le visage de Ménéna qui ne bronchait pas mais dont les lèvres tremblaient.

Hatchepsout aussi se tenait immobile, la main posée sur le Sceau, son collier d'or scintillant au soleil. Elle se détendit et sourit d'un air railleur.

— Vraiment? dit-elle, en s'approchant de Néhési à qui elle rendit le Sceau. Et quelles conclusions tirez-vous de ce signe?

— Eh bien, qu'Amon est satisfait du prince.

Elle eut un large sourire.

— Mon cher Ipouyemré, vous êtes comme toujours un loyal et fidèle serviteur, mais vous me redoutez beaucoup trop, comme il convient, bien entendu. Doua-énéneh, je vous remercie d'être accouru si vite. Dites-moi à présent ce qui s'est passé exactement.

Le héraut s'inclina, les lèvres pincées, les yeux durs.

— Le prince était en train de prier et il a demandé à Amon s'il serait un jour pharaon, comme son père le souhaitait.

— Et ensuite?

Elle avait l'air de s'amuser d'une plaisanterie connue d'elle seule, mais Senmout sentit combien malgré tout elle restait tendue.

— Ensuite, au bout d'un moment, Amon a incliné sa tête d'or.

Doua-énéneh s'exprimait sur un ton neutre et dépourvu d'émotion. Son regard rencontra celui d'Hapousenb et ils se sourirent.

— Amon a incliné sa tête d'or, répéta-t-elle en posant les doigts sur ses lèvres d'un air pensif. Doua-énéneh, allez chercher le prince et sa mère et faites-les venir sur-le-champ. Ménéna, sortez et attendez dans l'antichambre. Ipouyemré, vous pouvez rester.

Une fois le héraut et le grand prêtre sortis, elle se tourna vivement vers les hommes qui demeuraient présents.

— Eh bien? demanda-t-elle en haussant les sourcils.

Inéni prit la parole.

— Bien entendu, tout ceci doit être vrai, dit-il. Le signe a certainement été donné, sinon Ménéna et le prêtre ne feraient pas un tel battage à ce sujet. Pourtant...

— C'est une supercherie ! hurla Néhési. Le dieu ne s'incline devant personne, si ce n'est devant vous, puissante reine.

— Je le sais, répondit Hatchepsout. Nombreux sont ceux qui inclinent devant lui leur tête et non leur cœur.

— Je crois moi aussi qu'il s'agit d'un coup monté, dit Hapousenb. Qui se trouvait près de l'enfant au moment où cela s'est produit ?

— Ménéna, bien évidemment, répondit aussitôt Senmout.

— Ainsi que les autres acolytes, lui rappela Ipouyemré.

— Dans ce cas, fit remarquer Hatchepsout avec calme, si Ménéna était avec le prince, qui se trouvait derrière Amon dans le sanctuaire ?

Tous regardèrent Ipouyemré qui répondit en secouant la tête.

— Je ne sais pas. Je me trouvais avec les danseurs sacrés dans la cour intérieure où je ne voyais le prince et le dieu que de loin.

Doua-énéneh revint accompagné d'Aset et de Touthmôsis. Aset semblait tout excitée, les joues rosies sous le maquillage. Le petit Touthmôsis, l'air solennel, s'inclina devant sa belle-mère et tante.

— Je te salue, Touthmôsis, dit-elle. Je viens d'apprendre la faveur dont le dieu t'a gratifié et j'aimerais en savoir plus. Raconte-moi cela.

Le regard clair de l'enfant croisa le sien. Sa mère l'avait prévenu que la reine ne l'aimait pas, qu'elle souhaitait lui voir quitter le palais, afin de pouvoir gouverner seule, mais il lui était difficile de haïr cette belle et grande dame au visage si parfait qu'il aurait voulu le contempler sans cesse.

— J'étais en train de prier. Je prie souvent, vous savez ? ajouta-t-il sur un air de défi.

— Tu pries souvent, c'est bien ! C'est une chose bonne et excellente que de prier, l'encouragea-t-elle avec un sourire.

Il sentit son courage revenir.

— J'avais décidé de solliciter l'avis d'Amon, dit-il de sa petite voix. Ceux qui l'écoutaient eurent alors le sentiment qu'il ne faisait que répéter une leçon bien apprise. Levant bien haut ma cassolette d'encens, je l'ai supplié de me dire si je serai pharaon.

— Vraiment ? Et qu'a-t-il répondu ?

— Il m'a souri, puis il a gracieusement incliné la tête. Il l'a penchée très bas, jusqu'à ce que son menton vienne toucher son auguste poitrine. Tous ceux qui étaient présents autour de moi l'ont vu.

— Hmm ! Dis-moi, Touthmôsis, sais-tu qui je suis ?

— Vous êtes la reine d'Egypte.

— Et qui d'autre encore ?

— Je... je ne sais pas.

— Bien, je vais te le dire, puisque ta mère ne semble pas avoir été capable de le faire. Je suis aussi la fille d'Amon, son émanation sur terre, le fruit de ses entrailles sacrées ; et même avant ma naissance, il m'aimait déjà. Ses pensées sont mes pensées. Sa volonté est ma volonté. Crois-tu qu'il t'aurait dit que tu seras peut-être pharaon sans que je le sache ?

Aset émit un son à demi étouffé et fit un pas en avant. Touthmôsis, embarrassé, secoua la tête.

— Non... non, je ne le crois pas. Mais alors qu'est-ce que le dieu voulait dire ?

— Il voulait dire qu'il est content de toi. Il veut que tu travailles dur pour son service et celui de l'Egypte. Et alors peut-être un jour seras-tu pharaon. Mais pas encore.

— Pas maintenant ?

Ses lèvres tremblaient et il les pinçait de colère.

— Mais je suis le prince héritier et par conséquent je dois devenir pharaon.

— Si Amon me dit qu'il veut que tu sois pharaon, je te le dirai. Mais ce ne sera pas avant longtemps. Tu n'es encore qu'un petit prince et tu as beaucoup à apprendre avant de pouvoir monter sur le trône d'Horus. Tu comprends ?

— Oui, dit-il sur un ton sec. Mais j'apprends vite, Majesté.

Elle baissa les yeux sur son visage rebelle.

— C'est vrai. Tu ressembles en tous points à ton grand-père, Touthmôsis 1er, mon père. A présent retourne dans tes appartements. Je désire parler à ta mère.

Il sortit la tête haute, les épaules en arrière. Hatchepsout ordonna de faire entrer à nouveau Ménéna. Elle se contenait avec difficulté, s'efforçant de se montrer juste face à cette stupide manigance pour s'approprier le pouvoir. Comme Ménéna reprenait sa place auprès d'Aset, Hatchepsout s'aperçut qu'elle avait retrouvé tout son sang-froid.

— Le dieu ne s'incline devant personne, si ce n'est devant moi, dit-elle. Toute l'Egypte le sait depuis le jour de ma naissance. En essayant de faire jouer cette ignoble et lamentable comédie à un enfant qui croit en son dieu, vous avez déshonoré Amon et n'avez réussi à rien d'autre qu'à provoquer un semblant d'agitation parmi ceux qui n'ont rien de mieux à faire que de se livrer aux commérages. Si vous avez cru pouvoir me forcer la main, cela prouve seulement votre folie et votre naïveté. Comment avez-vous pu croire que j'allais me précipiter pour poser la couronne sur la tête de Touthmôsis et abandonner le pays entre les mains de quelqu'un comme vous ? Elle eut un sourire dédaigneux. Mais vous ne méritez même pas mon mépris.

Aset écoutait en témoignant la plus vive agitation et en chiffonnant ses robes. Soudain elle éclata.

— Mon fils est de droit le prince héritier de la couronne. Telle fut la volonté de son père.

— Mais son père est mort, rétorqua Hatchepsout. De son vivant j'étais déjà l'Egypte et je suis toujours l'Egypte. Le petit Touthmôsis ne serait que trop malléable entre vos mains et vous auriez tôt fait de rendre exsangue mon pays bien-aimé. Croyez-vous que les soldats et les prêtres répondraient à votre appel ? Auriez-vous traversé les sept dernières années dans le plus parfait aveuglement ? Elle éleva les bras. Vous avez joué votre dernière carte. Ma patience est à bout. Je ne veux plus entendre parler du moindre complot. Dans le cas contraire, je n'hésiterai pas à vous condamner pour trahison et à vous faire exécuter. Votre fils et vous vous représentez un danger pour ce pays que vous prétendez aimer tous les deux. A présent, sortez.

Aset aurait voulu répondre. Ses lèvres remuaient et ses yeux lançaient leur venin vers Hatchepsout. Mais Néhési fit un pas en avant qui la fit reculer et sortir en toute hâte.

— Vous êtes trop clémente, Majesté, dit Senmout. Ces serpents ne sont bons qu'à être écrasés sous le talon.

— Peut-être, répondit-elle avec lassitude, mais je ne veux pas priver un beau-fils de sa mère naturelle, juste après la mort de son père. Je ne pense pas que Ménéna puisse faire grand-chose à présent que Touthmôsis n'est plus là pour le soutenir. Néhési, assurez-vous que les suivants de Sa Majesté les surveillent sans répit. Senmout, je veux la liste de tous les prêtres en fonction dans le temple, depuis le plus petit acolyte en remontant jusqu'à Ménéna. Je n'ai pas encore décidé de ce que je vais faire, mais je suis loin de songer encore à abandonner la couronne au petit Touthmôsis.

Quatrième partie

20.

Hatchepsout attendit deux ans avant de se décider, deux années qu'elle consacra essentiellement à éprouver son pouvoir sur l'Egypte, à assurer son emprise sur le peuple. Puis survint de nouveau le mois de Méchir. Entre les palmiers et les acacias, la terre se couvrit d'un tapis de jeunes pousses tendres et les oisillons s'essayèrent à voler près du fleuve. De nouveaux canaux s'entremêlant aux anciens sillonnaient les champs ondoyants, reflétant le pâle ciel printanier.

Le temple de la vallée était achevé. Les derniers travailleurs réquisitionnés avaient regagné leurs villages et leurs fermes, une fois les vestiges du chantier nettoyés. Le monument resplendissait de tout l'éclat de sa pierre, niché au creux de son abri ensoleillé, et n'attendait plus que l'hommage de la créature divine qui allait bientôt en fouler le sol d'or et d'argent. Hatchepsout avait chargé le sombre Tahouti d'élever en ces murs un nouvel autel secret en ébène dédié à la Nubie, en commémoration de sa victoire. Il avait également dessiné les portes intérieures, en cèdre et en bronze, mais c'étaient surtout les portes principales, en cuivre foncé, massives et assez impressionnantes pour décourager les visiteurs mal intentionnés qui révélaient l'ampleur de son talent. Incrustées d'électre, cet alliage d'or et d'argent qu'affectionnait tant Hatchepsout, elles étaient aujourd'hui grandes ouvertes et renvoyaient le soleil en de longs faisceaux dorés.

Les prêtres avaient calculé le jour le plus favorable à la consécration du temple et choisi le vingt-neuvième du mois. Hatchepsout récitait ses prières, face au jardin. Derrière elle, dans sa chambre à coucher, ses servantes préparaient son pagne court aux plis brodés d'or et la perruque de cérémonie bleue et or ainsi que sa lourde ceinture, en or également. Elle regarda les prêtres qui arrivaient dans la cour intérieure vêtus de leurs robes blanches éclatantes. La vision fugitive de Ménéna, en peau de léopard, ne vint pas altérer le fil de ses prières.

Elle se sentait néanmoins convaincue que son destin allait prendre un nouveau tour en cette journée. Le sentiment de sa puissance l'envahit soudain. Elle se savait immortelle, dominant le monde en étroite communion avec Râ qui baignait sa peau couleur de miel. Lorsqu'elle eut terminé ses prières, après avoir jeté un dernier coup d'œil vers le fleuve et la nécropole tremblante sous le soleil ardent, elle pénétra dans la fraîcheur de sa chambre où ses femmes l'attendaient pour la vêtir.

Elles lui nouèrent le pagne autour de la taille, puis la ceinture et lui mirent enfin le lourd pectoral orné de pierres précieuses. Elles lui passèrent ses bracelets et ses bagues, et Hatchepsout, les bras tendus en avant, songeait aux longues années au cours desquelles, jour après jour, les pierres et les colonnes furent taillées, polies puis érigées, ainsi qu'aux agréables moments passés en compagnie de Senmout et de Touthmôsis à observer la progression des travaux. Avec fierté elle se remémora les merveilles entrevues avec son père. « Vous avez donc ma réponse, dieux des Plaines, pensait-elle. Je vous fais don de ce monument, le plus somptueux que je connaisse et j'en suis fière. »

Elle s'assit, les paumes tournées vers le haut pour qu'on les lui teigne de henné rouge. Pendant qu'elles séchaient, la plante et les ongles de ses pieds furent peints à leur tour. On lui passa ses sandales dont les jaspes rouge sang brillaient de tous leurs feux. On lui maquilla le visage d'une poudre d'or qui lui collait aux lèvres et aux cils et on lui appliqua du khôl autour des yeux. Tandis qu'elle souriait à son image resplendissante, on lui posa la perruque sur la tête, puis la petite couronne en forme de cobra. Elle était bien la déesse qui symbolisait ce merveilleux pays.

Senmout et les autres l'attendaient au bord du fleuve. Une centaine de bateaux ornés de drapeaux et de guirlandes attendaient également à quai pour transporter la cour et les prêtres sur l'autre rive. Senmout était paré comme le prince qu'il était, avec son heaume blanc incrusté d'or, ses bracelets et les attributs de sa charge étincelant sur sa peau sombre, un grand pectoral doré composé de chaînes et de scarabées en turquoises lui recouvrant les épaules, le cou et le dos, et l'emblème des princes royaux, seigneurs héréditaires de l'Egypte s'étalant sur sa large poitrine. Ta-kha'et se trouvait parmi les autres femmes, son chat dans les bras. Elle portait une légère robe bleue. Senmout s'en aperçut au moment de l'embarquement et s'étonna de ce qu'elle portât une couleur de deuil pour une telle cérémonie.

L'un après l'autre, les bateaux s'élancèrent sur le Nil dont les eaux vives baissaient encore. De l'autre côté du fleuve, la foule se forma en un cortège gai et bruyant sous les dais et les oriflammes qui bordaient ce qui n'avait été autrefois qu'un misérable sentier. Hatchepsout en prit la tête. Décidée à se rendre au temple à pied, elle avait laissé sa litière au bord du fleuve. Elle aperçut Senmout qui allait prendre place dans les rangs avec Hapousenb, Menkh et ses autres ministres et lui fit signe d'approcher.

— Où est Néféroura ?

— Avec les femmes, Majesté, encadrée par les hérauts, sous la garde de Néhési. Quant à la petite fille, il est préférable, je pense, qu'elle fasse la route en litière.

— Parfait, approuva-t-elle, car Méryet-Hatchepset n'avait que trois ans, et un tel parcours l'aurait fatiguée. Ce jour est le vôtre aussi bien que le mien, noble Senmout. J'ai décidé d'en partager la gloire avec vous, vous marcherez à mes côtés.

Senmout stupéfait prit place à côté d'elle. Elle fit signe aux trompettes de sonner. Il est incontestable, poursuivit-elle alors que le cortège s'ébranlait, que vous avez marqué autant que moi ce temple de votre empreinte. J'y ai bien songé, Senmout, et je voudrais que vous graviez votre nom dans ces murailles sacrées afin que les générations futures apprennent en quelle estime je vous tenais et quels honneurs je vous ai réservés.

Il se tourna vers elle et s'inclina, bouleversé ; une telle distinction était d'une extrême rareté et le seul précédent qu'il pût se rappeler était celui de Djoser, qui avait autorisé le dieu Imhotep à signer de son nom ses extraordinaires réalisations. Il savait où il allait inscrire le sien, avec ses titres ainsi que l'histoire de sa vie. Ce serait derrière la porte du sanctuaire intérieur, où seuls les dieux et la famille royale pourraient les voir en fermant la porte, privilège que les prêtres mêmes se voyaient refuser.

— C'est un grand honneur, Majesté, dit-il gaiement.

Elle tourna vers lui son visage doré et rit aux éclats.

— Je n'en ai pas encore fini avec vous, fier et brave prince !

Ils atteignirent le premier et unique pylône qu'ils franchirent sans cesser de plaisanter. Hatchepsout s'arrêta et contempla avec plaisir et reconnaissance son chef-d'œuvre. A quelques pas de là, la première rampe montait doucement jusqu'à la première terrasse, sous laquelle une enfilade de colonnes jouait avec les rayons de soleil. La seconde rampe conduisait également à une autre salle garnie de colonnes, et le regard se posait ensuite sur le sommet de la colline, de telle manière que le temple, la vallée et la falaise ne semblaient faire qu'un tout, harmonieuse combinaison entre la beauté de la pierre brute et l'œuvre de l'homme.

Les jardins n'avaient pas encore été dessinés. L'allée prévue par Hatchepsout restait encore à l'état de projet ; mais la roche et la pierre du temple, dans leur simplicité naturelle, ne requéraient aucun élément supplémentaire qui ajoute à la pureté et à la puissance de leur architecture. Elle avait fait placer l'autel d'Amon aux côtés de son image dans la chapelle centrale ; elle fit signe de s'approcher aux porteurs de la litière du dieu. Les prêtres avancèrent leur lourd fardeau. Le jeune Touthmôsis avait été choisi pour porter l'encens aux côtés d'Amon. La procession se remit en marche et atteignit lentement la première rampe où elle s'arrêta pour prier. Les prières se poursuivirent jusqu'à la seconde rampe, rythmées par la mélodieuse voix grave de Ménéna. Hatchepsout pénétra dans l'obscurité de son sanctuaire en pensant à Touthmôsis, son époux défunt, et au plaisir qu'il aurait eu à vivre ce jour à ses côtés.

Amon fut hissé sur le trône qui lui était destiné à côté de la gigantesque statue dorée d'Hatchepsout dont les yeux semblaient scruter le moindre recoin du temple. Puis, tous ceux qui avaient été admis dans le Saint des Saints se prosternèrent sur le sol d'argent lustré, et rendirent hommage aux deux dieux qui régentaient leurs vies. Ménéna se fraya un chemin entre les corps prosternés pour se placer aux côtés d'Amon, et les rites de la consécration commencèrent. Les prêtres, demeurés sur la première terrasse, remplirent leurs cassolettes d'encens en écoutant les litanies et le roulement des sistres. En dessous d'eux, les membres de la cour regardaient en silence s'élever les volutes de fumée jusqu'au sommet des falaises qui surplombaient le lieu.

A la fin de la cérémonie, Hatchepsout s'agenouilla devant Amon et récita ses prières avec le sentiment que tout n'était pas encore vraiment terminé. Le soleil déclinant commençait à atteindre les deux statues. Un silence pesant se fit dans le sanctuaire. Touthmôsis s'inclina devant Amon et répandit de nouveau l'encens. Ménéna

La dame du Nil

entreprit de réunir ses officiants, tandis que les nobles, la gorge sèche à force d'avoir chanté, songeaient au repas qui allait suivre. Mais Hatchepsout attendait sans bouger, convaincue au plus profond d'elle-même que quelque chose allait se produire. Et, lorsqu'elle se prosterna jusqu'à terre pour la dernière fois, une voix claire s'éleva des lèvres de l'idole qui fit frémir toute l'assemblée.

— Relève-toi et pars, bien-aimé roi d'Egypte.

Hatchepsout releva brusquement la tête. Tous les souvenirs, les ambitions, les échecs et les rêves de ces dernières années affluèrent en masse et explosèrent en un formidable cri de triomphe. Elle se leva et pivota, les bras tendus au-dessus de la tête.

— Le dieu a parlé ! s'écria-t-elle en proie à l'exaltation de la victoire. Je me proclame pharaon !

Au-dehors, tout le monde avait entendu l'agitation qui régnait dans le sanctuaire et chacun se regardait avec anxiété.

— Elle n'en a pas le droit ! s'exclama brusquement Yamou-néfrou, dans l'ombre, sortant de son habituelle torpeur.

Tout à coup les nobles se mirent à applaudir. La salve d'applaudissements se répandit en s'amplifiant dans tout le sanctuaire. L'assemblée levée l'acclamait. Elle passa au milieu d'elle, suivie de Néhési et de Senmout, les bras levés, le visage radieux. Au-dehors, l'ovation atteignit son comble au fur et à mesure que la foule apprenait la nouvelle.

— Je me proclame pharaon, s'écria-t-elle de nouveau.

Ces mots vibrants furent renvoyés des milliers de fois en écho par la foule qui les reprenait en hurlant : « Pharaon ! Pharaon ! »

Néféroura contempla avec stupeur sa mère, trônant sur la litière qui venait de transporter le dieu, élevée au-dessus des visages tendus vers elle. Aset et Touthmôsis se tenaient à l'écart. Poussés en avant par la foule en délire, ils se retrouvèrent derrière la litière, entourés par les gardes de Sa Majesté. L'excitation était à son comble. Hatchepsout ôta le petit cobra de sa tête et le tint à bout de bras ; puis elle le tendit vivement à Néféroura. Un peu plus tard la barque royale la ramena au palais, vers un nouveau destin.

A la veille de son couronnement, elle s'isola pour méditer dans l'obscurité. Toutes ces années d'efforts n'avaient pas été vaines. « J'ai enfin réalisé les désirs de mon père, pensait-elle. Personne aujourd'hui en Egypte ne peut plus s'opposer à moi. Touthmôsis n'est plus. Aset et Ménéna ont échoué dans leurs machinations. J'ai accompli mon destin. Je suis plus forte que jamais, plus belle et plus puissante que jamais, la seule femme digne du titre de pharaon. » Elle pensa à Néféroura qui dormait, la petite couronne serrée contre son cœur, et au jeune Touthmôsis dont les rêves de puissance avaient succombé à sa force inégalée, et son immense puissance. Cette nuit, il n'existait plus qu'elle et son dieu, en communion étroite. Elle se sentait immortelle, comme les étoiles qui brillaient dans le firmament, comme le pays qui dormait sous son contrôle. Elle passa sur son balcon la plus grande partie de la nuit, en buvant du vin frais, en regardant sa garde patrouiller dans les jardins traversés par instant par la furtive silhouette blanche d'un prêtre se rendant à ses obligations. Lorsque l'aube commença à poindre, elle s'étendit sur sa couche, les yeux grands ouverts, l'esprit occupé par une multitude de projets.

Le barbier se présenta dans la matinée, muni de ses tranchants rasoirs. Elle resta immobile tandis que tombaient ses tresses noires tout autour d'elle. Nofret ramassait soigneusement chaque mèche de ses cheveux et Hatchepsout se regarda dans le miroir. L'homme aiguisa son rasoir et entreprit de lui raser la tête, silencieux et adroit ; pas une seule goutte de sang ne jaillit. Elle vit son visage se transformer sous ses mains. Elle avait à présent l'air asexuée ; ses pommettes ressortaient plus nettement, ses yeux semblaient beaucoup plus grands et plus clairs, sa bouche plus hautaine. Après le départ du barbier, Nofret lui mit sur la tête le heaume de cuir qu'elle garderait jusqu'à ce que la double couronne vienne le remplacer. Il lui pendait jusqu'aux épaules et lui barrait le front, conférant à son visage une sévérité et une simplicité nouvelles. Nofret lui noua autour du cou l'œil d'Horus ; il pendait lourdement et lui couvrait les seins. Son garde ouvrit la porte et s'effaça devant Senmout, en grand apparat de prince. Il tenait Néféroura par la main, somptueusement vêtue, couverte d'or et de lapis-lazuli. Lorsqu'elle s'inclina avec Senmout, la couronne en forme de cobra, posée maladroitement sur sa petite tête rasée, pencha dangereusement.

— Non, ma chérie, lui dit gentiment Hatchepsout en souriant. Tu n'es pas encore reine. J'espère un jour te nommer roi, mais pour l'instant, tu n'as pas le droit de porter le cobra.

— Mais puis-je quand même le garder dans ma chambre et le

regarder de temps en temps ? demanda l'enfant en enlevant la couronne.

— Oui, si tu me promets de ne jamais le porter pour sortir ni de laisser Méryet jouer avec. Eh bien, prêtre, êtes-vous prêt ?

Senmout regarda un instant la grande femme éclatante de jeunesse, le heaume viril et l'œil d'Horus. Il s'inclina profondément.

— Nous sommes prêts. Vos bannières ont été hissées et les étendards flottent dans le ciel. Le chemin est bondé de monde.

— Et mon char ?

— Il est dans la cour, Majesté, répondit-il en souriant, et Menkh s'impatiente.

— Cela ne m'étonne pas. Allons-y.

Il faisait très chaud dehors. Hatchepsout s'élança derrière Menkh, et, les jambes bien plantées, se retint au bord doré de son char, tandis que la foule hurlait ses acclamations. Menkh fit claquer son fouet et les chevaux partirent au petit trot, sans aller trop vite car Hatchepsout voulait que tous puissent la voir traverser la ville. La somptueuse procession parcourut lentement les rues. Les enfants jetaient des fleurs sur son passage et leurs parents baisaient le pavé devant ce dieu qui semblait avoir dissimulé en lui toute douceur féminine pour ressembler à un beau jeune homme.

Arrivée au temple, elle ôta elle-même son heaume et prit des mains des dieux la couronne pharaonique. Senmout eut un moment de stupéfaction à la vue de son crâne rasé. Elle posa doucement la double couronne rouge et blanche sur sa tête et saisit le fléau et la crosse d'or que lui tendait Ménéna, ainsi que le fier uræus, le cobra et le faucon de la royauté, qui se dressèrent de nouveau au-dessus du visage du pharaon. Puis on lui posa sur les épaules la lourde robe précieuse.

Après avoir fait le tour du sanctuaire, précédée de Ménéna, elle se tourna vers l'assemblée.

— Je reprends aujourd'hui tous les titres de mon père, dit-elle. Héraut !

Doua-énéneh s'avança et les récita :

« Horus, Bien-aimé de Maât, Seigneur de Nekhbet et Pen-Ouarchet, Celui dont la tête porte le fier uræus, Horus d'or, Beauté des temps, Roi du Sud et du Nord, Hatchepset, l'Eternel. »

Senmout remarqua que Doua-énéneh avait omis d'énoncer « Taureau puissant de Maât », et cela le fit sourire intérieurement.

Puis, la tête droite, elle poursuivit :

— Je prends aussi les titres qu'Amon m'a donnés lors de mon premier couronnement. Je suis Maât-l'élu-de-Râ, Enfant du Soleil, Enfant du Matin. Et j'ai décidé de me nommer dorénavant Hatchepsou, Première d'entre les puissants et les nobles du royaume.

On lui noua au menton la barbe pharaonique. Et, loin de prêter à sourire, cette transformation accusait au contraire sa puissance, plus encore que s'il se fût agi d'un homme. Hatchepsou Ier, roi d'Egypte, sortit lentement du temple de Karnak, et offrit son beau visage de marbre au soleil éclatant. Elle reçut, imperturbable, les hommages de ses soldats, puis rentra au palais sur son char.

Avant le début des réjouissances, elle s'assit sur le trône d'Horus, la crosse et le fléau croisés sur sa poitrine tandis que ses conseillers s'assemblaient devant elle. Dans un accès de perversité, elle ordonna à Touthmôsis de s'asseoir à ses pieds. Il obéit sans un mot, mais elle sentit fort bien sa rage contenue.

— Eh bien, dit-elle en souriant, commençons. Comment pourrais-je vous oublier, vous mes fidèles, en ce jour béni des dieux ? Senmout, approchez !

Il se prosterna, elle l'invita à se relever. Les apparences étaient sauves, mais par-delà le protocole, son amour pour lui éclatait au grand jour.

— Je vous fais Surveillant des travaux de la Maison d'Argent, Chef des prophètes de Montou, Servant de Nekhen, Prophète de Maât, et enfin Noble d'Egypte.

L'un après l'autre les honneurs pleuvaient sur lui. L'assemblée attentive sut alors avec certitude qui partageait le pouvoir du pharaon ; et c'est avec un réel sentiment d'infériorité qu'ils regardèrent le fier Senmout. Il s'inclina et vint se mettre à ses côtés.

Elle fit signe à Hapousenb.

— Vous souvenez-vous, lui dit-elle, du jour où je vous ai fait Chef des Prophètes du Sud et du Nord ?

— Je m'en souviens parfaitement, Majesté. C'était juste avant votre expédition contre les Kouchites.

— Néhési, allez me chercher Ménéna.

Hapousenb comprit ce qui allait se passer. Tout le monde retint son souffle jusqu'à ce que le grand prêtre se fut approché du trône.

Hatchepsout parla calmement, mais ses yeux brillaient de colère sous l'imposante double couronne.

— Ménéna, un grand prêtre ne peut être nommé que par le pharaon en personne, n'est-ce pas ?

Il pâlit, mais s'inclina.

— C'est ainsi qu'en a décidé Maât, répondit-il.

— Or, aujourd'hui, je suis pharaon. Je nomme donc le vizir Hapousenb grand prêtre d'Amon. Quant à vous, Ménéna, je vous ordonne de quitter Thèbes avant la fin du mois de Plaménoth.

Ménéna s'inclina de nouveau et quitta la salle aussi imperturbable qu'à l'accoutumée. Hatchepsout le suivit des yeux un moment en se rappelant la haine de son père pour cet homme et elle surprit le regard que lui lança Senmout. Le visage de son majordome reflétait la peur et le dégoût. Etonnée, elle décida de lui en demander plus tard la raison. Senmout était vraisemblablement au courant de choses qu'elle ignorait.

Elle nomma Néhési chancelier, honneur que chacun briguait, mais qui revenait de droit au Porteur du Sceau royal. Lorsque arriva le tour d'Ouser-amon, elle le fit appeler et il s'approcha d'elle en souriant. Mais avant de l'aider à se relever, elle lui ordonna de se prosterner jusqu'au sol une fois encore.

— Il y a très, très longtemps, dit-elle, vous vous êtes prosterné ainsi devant moi en manière de plaisanterie, et je vous ai juré qu'un jour vous répéteriez votre geste et vos paroles. Vous rappelez-vous les mots que vous aviez prononcés ?

Une vague de rires parcourut l'assemblée tandis qu'Ouser-amon essayait désespérément de secouer la tête avec dénégation, le nez dans la poussière.

— Je vous assure, grand Horus, que mon extravagance m'est totalement sortie de l'esprit. Puis-je vous en demander humblement pardon ?

— Anen ! s'écria-t-elle en riant franchement. Lisez-moi ce que je vous ai demandé d'écrire.

Le scribe se leva et lut solennellement :

— Je vous salue Majesté ! Votre beauté est plus éblouissante que celle des étoiles. Ah ! C'en est trop pour mes pauvres yeux, je ne peux plus vous regarder !

— Redites-le à présent ! dit-elle secouée par le rire. Et Ouser-amon s'exécuta, mais sa position amortit sensiblement le son de sa voix.

— Vous pouvez vous relever à présent, dit-elle enfin.
— Votre Majesté a une mémoire sans défaillance, remarqua-t-il.
— Absolument, approuva-t-elle calmement. Et pour vous, bel oiseau, j'ai prévu une inspection du vizirat de votre père, que vous avez bien négligé ces temps-ci, préférant celle de mes suivantes.

La distribution des privilèges et des récompenses suivit son cours. Au coucher du soleil, les trompettes sonnèrent le dîner. Hatchepsout se leva, visiblement éprouvée par le poids considérable de sa robe d'apparat.

— Dînons ensemble, dit-elle en les regardant chacun leur tour. Puis nous achèverons ensemble ce que nous avons commencé à faire pour l'Egypte. Personne, dans les temps futurs, ne pourra dire que ce pays aura souffert sous notre domination !

Ils se rendirent dans la salle du banquet et prirent place sur l'estrade pour y boire à sa santé. Personne, à l'exception du vigilant Senmout, ne remarqua Yamou-néfrou, Djéhouti et Sen-néfer, en train de dîner gravement dans un coin de la salle, blottis derrière une colonne lotiforme. Non loin de là, Touthmôsis et sa mère jetaient de furieux regards de haine en direction du dais.

Aux environs de minuit, Hatchepsout se débarrassa de son inconfortable robe, frappa dans ses mains, et les réjouissances commencèrent. Elle avait exprimé l'envie de voir la troupe de danseurs qu'Hapousenb avait ramenée du Nord. Les hommes, à la fois acrobates et danseurs, exécutèrent des bonds, des sauts, des tournoiements au rythme de leurs tambours et de leurs étranges instruments à cordes, qui la fascinèrent. Une fois la représentation terminée, elle leur offrit de l'or, et Hapousenb les lui proposa en cadeau. Elle prit aussi plaisir à regarder les tours d'un léopard dressé, qui lui fut également offert. Jusqu'à une heure avancée, les plus extraordinaires réjouissances du royaume la tinrent en haleine tandis que les coupes de vin étaient sans cesse remplies ainsi que les cônes parfumés placés sur la tête des invités.

Hatchepsout ordonna le silence.

— Il est grand temps de prendre quelque repos, dit-elle. Mais avant votre départ, j'aimerais entendre chanter le grand Ipouky, chanteur béni des dieux. Ouser-amon, aidez-le.

Le vieillard s'avança jusqu'à l'estrade en s'appuyant sur l'épaule d'Ouser-amon. Il marchait plié en deux avec la plus grande difficulté, accablé par l'âge et la maladie, mais sa voix n'avait rien perdu de son pouvoir enchanteur. Hatchepsout lui avait donné une maison et un jardin pour y finir ses jours en paix. Il installa son luth sur ses jambes maigres, accorda son instrument sous les regards impatients des invités et commença à chanter.

Aux premiers mots, Senmout irrité se tourna vers Hapousenb.

— Mais c'est le chant dédié à Imhotep ! chuchota-t-il avec colère. Pourquoi l'a-t-il choisi pour un jour comme celui-ci ?

Hatchepsout le fit taire brutalement et il se recula, intrigué, pour écouter la poignante mélodie qui tomba sur l'assemblée tel un couperet.

« Les uns trépassent, et d'autres restent jusqu'à ce que leur temps sur la terre se soit écoulé.
Les dieux reposent dans leurs pyramides, ainsi que les nobles et les plus dignes d'entre nous.
Les demeures des grands bâtisseurs ont disparu. Que sont-elles donc devenues ?
J'ai maintes fois entendu répéter les discours d'Imhotep et d'Hardedef.
Que sont devenues leurs demeures à présent ?
Leurs murs sont écroulés, leurs demeures ne sont plus, comme si elles n'avaient jamais existé.
Nul n'est revenu nous dire comment ils se portent, ni ce dont ils ont besoin,
Et nos cœurs ne trouveront le repos qu'au moment où nous irons les rejoindre.
Réjouis-toi de pouvoir oublier qu'un jour les hommes te rendront hommage.
Suis tes désirs autant que tu vivras.
Parfume-toi de myrrhe, vêts-toi des toiles les plus fines, et pare-toi des merveilles des dieux.
Accrois encore le nombre de tes plaisirs.
Suis tes désirs et fais ce qui te plaît.
Fais ce que tu veux sur terre et ne tourmente pas ton cœur avant le jour des lamentations.
Et encore, Celui qui a le Cœur Tranquille n'entend pas les lamentations, et les cris n'ont jamais sauvé personne
Du monde souterrain. »

La dame du Nil

Les derniers accords planèrent au-dessus de l'assemblée ; personne n'applaudit. Ipouky n'en attendait pas moins.

— Je vous remercie de la leçon, très sage Ipouky, dit Hatchepsout en rompant le silence. Il est bon qu'un roi garde ces préceptes en mémoire le jour de son couronnement.

Il inclina doucement la tête puis se releva, le luth sous le bras Ouser-amon l'aida à redescendre de l'estrade et il disparut dans la foule.

Hatchepsout congédia tout le monde et quitta rapidement la salle, les traits tirés de fatigue. Quelques privilégiés la suivirent en se frayant un chemin entre les amas de coussins, de coupes renversées et de corps vautrés, jusqu'aux paisibles couloirs de ses appartements.

21.

Epuisée par les excès de la veille, Hatchepsout dormit longtemps et profondément. Elle se réveilla juste avant l'aube, se leva et attendit anxieusement ce moment tant désiré. Nofret avait installé son siège face à l'orient et, tout en prenant place, elle entendit arriver le grand prêtre, le deuxième grand prêtre et leurs acolytes. A son ordre, Nofret ouvrit la porte devant laquelle se tenaient respectueusement Hapousenb, Ipouyemré, le petit Touthmôsis ainsi que les autres prêtres portant les encensoirs. Hatchepsout ne bougea pas, les yeux fixés sur l'horizon où Râ pointait à peine, et les prêtres entonnèrent l'hymne des louanges : « Salut à toi ô puissante incarnation qui t'élèves tel Râ à l'orient ! ô Emanation du dieu sacré ! »

Elle reçut leurs hommages avec une sorte d'orgueil et de rapacité jalouse. Somme toute, le trône, le pays et le dieu lui revenaient de droit, de par sa naissance. A la fin des prières, Râ s'élevait déjà haut dans le ciel, libéré des griffes de la nuit. Puis les portes se refermèrent derrière les prêtres qui se rendirent au temple pour y attendre la venue du pharaon.

Nofret ordonna les préparatifs du bain. Les gardes laissèrent entrer l'un après l'autre les princes et les nobles autorisés à assister aux ablutions du pharaon. Elle fit glisser sa longue robe et plongea dans l'eau puis, après les avoir salués, profita de l'occasion pour s'entretenir avec eux des travaux de la journée, tout en se laissant laver par ses esclaves. Après le départ de ses conseillers elle s'étendit sur une banquette de cèdre pour y être parfumée, massée et frictionnée. Une fois vêtue, portant le cobra et le faucon, symboles de son immense puissance, elle se rendit au temple afin d'y accomplir les rites sacrés, pour la première fois depuis son couronnement.

Dans le sanctuaire, assistée de Thot et d'Horus, elle ouvrit la châsse et encensa le dieu. Elle écouta les prières des prêtres consacrées à la santé et la sécurité du pharaon. Tout en procédant à ces rites, elle se sentit envahie d'une joie profonde. Depuis son enfance elle avait toujours su qu'un tel jour arriverait.

Inéni était déjà dans la Salle des Audiences, les dépêches empilées devant lui sur la table. Anen et les autres scribes attendaient aussi, prêts à consigner les ordres du jour. Inéni, les traits tirés et les rides du nez et de la bouche fortement marquées, salua Hatchepsout, cassé en deux. Ses membres étaient douloureux et toutes ses articulations le faisaient souffrir ; il ne lui tendit pas, comme à l'accoutumée, le premier dossier.

— Que se passe-t-il donc mon ami ? lui demanda-t-elle.

Il s'inclina de nouveau avec la plus grande difficulté.

— Majesté, je ne sais comment vous annoncer cela, mais je voudrais démissionner de mes fonctions de trésorier.

Elle regarda à nouveau le beau visage fatigué et remarqua sa pâleur.

— Etes-vous mécontent de moi, Inéni ? Ma politique vous déplairait-elle ?

— Non, répondit-il en souriant, rien de tel. Mais je commence à me sentir vieux, et mes responsabilités sont de plus en plus lourdes. Je continuerai toutefois de bâtir pour vous, mais à mon propre rythme, si vous le voulez bien. En tant que gouverneur de Thèbes, j'ai déjà tant de travail que ma vie entière ne pourrait y suffire ; de plus j'aimerais passer un peu plus de mon temps parmi les miens et travailler à mon tombeau.

— Voilà longtemps que vous êtes à notre service, admit-elle. Vous étiez déjà indispensable à mon père, et je dois avouer que vous me manquerez énormément, car votre savoir est considérable. Eh bien, soupira-t-elle, qu'il en soit ainsi. Vous partez avec ma bénédiction. Accepterez-vous tout de même mes invitations à dîner ?

— Toutes les fois que vous le désirerez !

— Qui serait susceptible de vous remplacer ? Avez-vous un autre trésorier à me recommander ?

Elle était allée droit au but, mais Inéni tenait déjà sa réponse prête.

— Je vous propose Tahouti. Il est honnête et consciencieux, et, bien que rarement frappé d'éclairs de génie, il travaille avec une grande assiduité.

— J'accepte donc Tahouti. Doua-énéneh, allez le chercher. Il commencera immédiatement. Inéni, restez encore un mois ou deux pour le mettre au courant, et ensuite, je vous laisserai partir. Le gouvernement subit de véritables bouleversements... En attendant, nous pourrions commencer. Qu'avons-nous reçu ce matin ?

Inéni choisit un rouleau.

— Il y a une lettre d'Inebny, votre vice-roi de Nubie. Il vous fait savoir qu'il ne pourra pas vous envoyer davantage d'or que ce qu'il vous remet d'habitude...

Le règlement des affaires courantes prit fin aux environs de midi ; Hatchepsout déjeuna seule dans ses appartements avant de faire la sieste, et prit conscience pour la première fois de l'isolement où la confinait le pouvoir absolu, mais elle n'aurait jamais songé à échanger sa double couronne contre un palais rempli d'amis. Elle cala son cou contre l'appui-tête et, un majestueux sourire aux lèvres, ferma les yeux.

Avant la fin de la première année de son règne, elle avait entièrement fait transformer les appartements pharaoniques, abattant des murs, relevant la hauteur des plafonds, perçant de nouvelles ouvertures. Une fois les travaux achevés, elle emménagea dans des pièces plus vastes, plus hautes, plus riches qu'auparavant. Elle n'avait pas touché aux sols, déjà revêtus d'or et fort beaux, mais Tahouti avait réalisé sur les murs de gigantesques reliefs en argent massif qui s'élevaient jusqu'aux plafonds bleus. Allongée sur sa couche dont la tête représentait celle d'Amon et les pieds ses pattes de lion, elle pouvait voir les trois murs lui renvoyer son image pharaonique, le menton accusé par la petite barbe droite, le front large et serein sous la double couronne ornée du cobra et du faucon.

Elle n'avait pas pour autant oublié Amon. Son effigie brillait dans toutes les pièces ; devant chacune de ses représentations étaient déposés de la nourriture, du vin et des fleurs ; l'encens y brûlait jour et nuit, répandant dans tout le palais son parfum de myrrhe.

Ses architectes, artistes et tailleurs de pierre n'avaient pas été ménagés non plus. L'allée prévue entre le fleuve et le temple était enfin réalisée. Elle l'avait fait border de sphinx, aux corps de lion comme le dieu-soleil, mais les visages impassibles devant lesquels défilaient les fidèles n'étaient autres que le sien, répété à l'infini, merveilleux de beauté, royal et distant. Des bassins et des jardins furent aménagés autour du temple, et bientôt les oiseaux s'y abritèrent. Mais, lors de ses fréquents séjours de l'autre côté du fleuve, elle sentait que quelque chose manquait pour rendre Amon vraiment satisfait des efforts de sa fille, pour faire de ce lieu le plus beau de l'Egypte. Il n'avait pas encore daigné lui en donner la raison, mais elle demeurait convaincue qu'il la lui apprendrait tôt ou tard.

Elle commença à faire inscrire l'histoire de sa vie sur les murs éclatants de soleil des terrasses. Les artistes se mirent au travail et sous la surveillance impitoyable de Senmout, peignirent sa conception miraculeuse, sa naissance royale, son couronnement, et les hauts faits de sa vie.

Senmout passait aussi de nombreuses heures dans le sanctuaire taillé dans la montagne, où ses propres artistes s'appliquaient à inscrire pour l'éternité ses titres et le récit de son accession dans les sphères du pouvoir. Mais le succès ne l'aveuglait pas, et il fit inscrire son nom sous la fine couche de plâtre sur laquelle on appliquait la peinture, de sorte que si les vents changeaient et si son roi venait à perdre le pouvoir, les dieux puissent encore se souvenir de lui.

Dans toute l'Egypte et loin dans le désert, Hatchepsout laissa de monumentaux témoignages de son règne. Partout où se pouvait tourner le regard de ses sujets, ils rencontraient son portrait royal, symbole de la pérennité du pharaon ; et tous de s'émerveiller et de louer le Fils du Soleil.

Du riche palais parfumé jusqu'aux champs, aux villages et aux villes, en passant par le temple, Hatchepsout imposait partout sa volonté. En nommant Hapousenb grand prêtre, elle avait habilement réuni la religion à l'Etat, sûre à présent de ne rencontrer aucune opposition d'un côté ni de l'autre.

Cinq ans après le couronnement, Napousenb abandonna ses charges de vizir, afin de se consacrer entièrement à ses fonctions thébaines. Il n'était toujours pas marié. Nombreuses étaient les femmes d'Hatchepsout qui le désiraient pour époux et nombreuses aussi celles qui s'étaient ridiculisées en essayant d'attendrir cet implacable regard toujours souriant. Il les traitait toutes avec la même amitié réservée et polie, mais sa belle demeure aux larges allées descendant vers le fleuve demeurait encore dépourvue de maîtresse de maison. Certes, il avait des concubines, et au moins cinq ou six enfants, mais elles le voyaient assez rarement. Il passait silencieusement du temple au palais, et ne rentrait chez lui que pour se reposer, lire et dormir.

Cette même année, le père d'Ouser-amon mourut et son fils devint vizir du Sud. Il fut rapidement submergé par l'abondance de travail lié à la gestion de son patrimoine, mais ne perdit pas pour autant son effronterie légendaire ni son goût pour le beau sexe. Il faisait à la fois la terreur et les délices du palais et Hatchepsout le tenait en affection.

Un matin glacial apporta à Hatchepsout la surprenante nouvelle de la mort de Moutnefert. Elle avait complètement oublié l'imposante vieille femme, qui ne s'était jamais remise de la mort de son fils et vivait confinée dans ses appartements. Ses larmes et ses lamentations avaient fini par lasser ses femmes, et progressivement ses cris de chagrin avaient fait place à une muette indifférence envers tout, exceptés les souvenirs de Touthmôsis et les prières des morts. Elle ne cessait pas pour autant de manger avec excès, mais ses bijoux demeuraient abandonnés dans leurs coffrets, les bavardages et commérages ne retentissaient plus dans ses appartements, et personne ne lui rendait visite, à l'exception de Néféroura, qui venait de temps en temps s'asseoir à côté d'elle sur sa couche pour l'entendre raconter les histoires du temps où son père était prince et sa mère une enfant. Moutnefert n'aimait pas Aset et avait souvent reproché à son fils de l'avoir introduite au palais. Elle n'avait jamais exprimé le désir de voir son petit-fils, mais par contre elle affectionnait Néféroura et, à la fin de sa vie, sa douce présence la réconfortait.

Néféroura ne pleura pas lorsque sa mère lui apprit la mort de Moutnefert. Elle se contenta de hocher la tête.

— Ma grand-mère était morte intérieurement bien avant de mourir extérieurement... à cause de mon père, fit-elle froidement remarquer à Hatchepsout. A présent, elle doit être heureuse, tranquillisée par sa présence. Je ne la pleurerai pas, cela lui aurait déplu.

Moutnefert fut donc ensevelie dans le splendide tombeau que lui avait fait élever Touthmôsis Ier, et Hatchepsout assista à ses funérailles, encore étonnée d'avoir pu vivre aussi longtemps sous le même toit qu'elle, totalement oublieuse de sa présence.

Pendant la sixième année de son règne, des voleurs furent surpris à essayer de pénétrer dans le tombeau de son père. Pâle de colère, elle siégea en personne au palais de justice, lors de leur interrogatoire. Ses pensées se portèrent sur Bénya, seul survivant des travaux de la vallée où reposaient sa mère, son père et son frère. Elle l'envoya chercher ainsi que Senmout, mais leur parla en particulier dans ses appartements.

— Six hommes attendent le bourreau en ce moment même, leur apprit-elle rapidement. Ils ont juré être les seuls à avoir profané le dieu mon père, mais comment puis-je en être absolument certaine ?

Elle regarda intensément Bénya, pâle et tendu entre deux gardes, mais il soutint calmement son regard. C'était à présent un beau jeune homme et un ingénieur de talent, et elle était la première à reconnaître ses nombreux mérites. Elle se tourna vers Senmout.

— Il y a de nombreuses années mon père a épargné à votre ami une mort certaine. Quel est l'état de ses richesses depuis lors ?

Senmout lui répondit avec colère, conscient de sa peur et de son désarroi, mais blessé par son manque de confiance.

— Majesté, depuis ce temps-là, Bénya n'a jamais soufflé mot de cette histoire. Dans le cas contraire, le tombeau du dieu Touthmôsis aurait été profané depuis longtemps. Quant à ses richesses, vous feriez aussi bien de lui poser directement la question.

— C'est à vous que je la pose. Répondrez-vous insolemment à votre roi ? lui rétorqua-t-elle. Bénya est le seul à avoir pu renseigner ces profanateurs. Que puis-je penser d'autre ?

Bénya, loin d'avoir perdu l'usage de ses facultés, lui répondit avec sang-froid.

— Et que dire de tous ceux qui ont accompagné le dieu à son tombeau ? des femmes, des prêtres et de tous les autres ? Pensez-vous vraiment que je puisse m'abaisser à voler le dieu qui m'a épargné ?

— C'est bon ! coupa-t-elle avec un geste d'impatience. Je ne vous croyais pas réellement coupable, Bénya, et je suis navrée de vous avoir fait arrêter. Relâchez-le !

Les gardes le libérèrent et sortirent. Il se frotta les poignets.

— Majesté, je vous conseille de faire transporter en un lieu plus sûr le corps de votre père ainsi que tous ses biens, proposa Senmout.

— Je me fais fort de lui trouver un endroit convenable, ajouta Bénya, le visage éclairé d'un large sourire. Je vais m'en occuper.

Elle resta un moment bouche bée devant une telle audace, mais ils finirent par éclater de rire.

— Quoi qu'il en soit, reprit-elle, sérieuse, l'affaire est importante. Puisque vous aimez à ce point votre travail, Bénya, je vous autorise à vous en occuper. Vous devriez penser aux falaises derrière mon temple. Il y a toujours beaucoup d'allées et venues dans ces parages, même la nuit, et cela m'étonnerait fort que quiconque ose s'aventurer si près de mes prêtres.

— C'est une excellente idée, Majesté, approuva Bénya.

— Et puisque vous êtes si empressé à me témoigner votre zèle aujourd'hui, poursuivit-elle avec une pointe de malice, j'ai encore autre chose à vous demander. Je ne veux plus du tombeau qu'Hapousenb a construit pour moi. Percez un tunnel à partir de mon autel, Bénya, le plus profondément possible dans la roche. Ainsi je reposerai plus près de ceux qui me sont chers. Je ferai ériger une statue de mon père dans l'autel, à côté de la mienne et de celle d'Amon. Ainsi les fidèles pourront nous prier tous les trois car il n'existe assurément aucun dieu plus puissant qu'Amon, aucun pharaon plus grand que Touthmôsis, ni d'Incarnation plus belle que moi-même.

Les enfants royaux se développaient comme de jeunes pousses vigoureuses. Touthmôsis devint prêtre et officiait tous les jours au temple, mais tous ceux qui le connaissaient doutaient qu'il y restât longtemps. Il était trapu et fort, et commençait à passer ses après-midi à regarder les troupes s'entraîner au champ de manœuvres, impatient de se mêler à leurs activités.

Sa mère attendait sagement son heure. Les années passant, elle avait cessé de mettre trop ouvertement son fils en avant ; mais ses murmures sournois, ses allusions insidieuses, ses insinuations que Touthmôsis deviendrait un aussi grand pharaon que son grand-père faisaient leur chemin dans l'entourage du jeune prince. En dépit de l'indifférence générale, la graine semée donnait un fruit qui mûrissait peu à peu.

Hatchepsout balayait d'un éclat de rire les rumeurs empoisonnées propagées par Aset. Elle se sentait si assurée dans son rôle de pharaon, qu'elle se croyait enfin à l'abri de tout danger, les rênes du gouvernement politique et religieux bien en main, se faisant obéir par la voix et le fouet. Mais Senmout, que ses fonctions de majordome amenaient à connaître les moindres recoins du palais, se sentait inquiet, et Néhési, particulièrement anxieux.

— Majesté, lui dit-il un jour qu'ils se rendaient ensemble au bord du lac pour y déjeuner après les audiences, il est grand temps d'avoir l'œil sur le jeune Touthmôsis.

— Avoir l'œil? répliqua-t-elle. Mais pourquoi donc? Je l'ai constamment sous les yeux : au temple, à ma table, au cours de mes sorties en char. Que voulez-vous de plus? Elle riait et le soleil se reflétait sur son heaume incrusté d'or chaque fois qu'elle tournait la tête.

— Il grandit, répondit-il brutalement. Il commence à en avoir assez des interminables psalmodies de ses compagnons chantres et de l'obscurité du sanctuaire. Il s'impatiente et guigne les soldats à l'exercice.

— Bah! Il n'a que douze ans. Vous êtes resté inactif trop longtemps, Néhési. Dois-je faire une autre guerre pour vous donner de nouveau l'occasion de vous battre?

— Je sais ce que je vois, ajouta-t-il avec entêtement. Puis-je vous faire part de mon avis, Majesté?

Elle s'arrêta soudain au milieu de l'allée et se tourna vers lui, exaspérée.

— Oui, si vous ne pouvez vous en empêcher, et je vois que c'est le cas.

— Une nouvelle génération de jeunes gens est en train de fleurir au palais : Touthmôsis et ses amis, Yamou-nedjeh, Menkheperrasonb, Min-mose, May, Nakht, et les autres. Ils possèdent l'impétuosité et l'impatience caractéristiques de leur âge, et n'ont rien d'autre à faire qu'à s'agiter en classe ou à courir dans les jardins. Faites entrer Touthmôsis dans l'armée, Très Noble, ainsi que quelques-uns de ses compagnons. Faites-le commencer comme simple recrue et travailler dur. Ne le laissez surtout pas inactif.

Elle scruta son visage noir et fut surprise de le voir aussi expressif. Elle l'avait cru jusqu'à présent imperméable à tout sentiment en raison de la suprême indifférence qu'il affichait mais, cette fois-ci, ses yeux semblaient la supplier.

— Est-ce ainsi que vous agiriez à ma place? lui demanda-t-elle.

— Non, répondit-il en évitant son regard.

— Alors pourquoi me donner un conseil que vous ne voudriez suivre ? Que feriez-vous de mon fougueux beau-fils et neveu ?

Néhési sursauta brusquement.

— Ne me le demandez pas, Majesté.

— Mais il faut que je sache ! Dites-le-moi, Néhési. N'êtes-vous pas mon garde du corps et le gardien de ma porte ?

— Souvenez-vous bien, Majesté, que c'est vous qui me l'aurez demandé, dit-il désespéré. Si j'étais vous, je prendrais les mesures nécessaires pour que le prince ne me gêne plus jamais, et j'expulserais sa mère d'Egypte.

Le visage d'Hatchepsout prit progressivement une expression d'intense concentration, et ses yeux le scrutèrent profondément.

— C'est donc là ce que vous feriez ? dit-elle doucement. Et ne pensez-vous pas, général, qu'une telle idée ait déjà pu me venir à l'esprit, en le voyant grandir et ressembler à son grand-père, grand et fier, et déjà habile malgré ses douze ans ? Mais dites-moi, qu'aurait pensé le dieu d'une telle intervention ?

— Il aurait dit que sa fille incarne toute loi et toute vérité, parce qu'elle est son Emanation.

— Non, sûrement pas, répondit-elle en secouant la tête. Voilà ce qu'il aurait dit : « Où est mon fils Touthmôsis, sang de mon sang ? Je ne le vois nulle part, ni au travail, ni au jeu. » Et il aurait puni.

— Majesté, répliqua Néhési en se campant fermement sur ses deux pieds et la regardant dans les yeux, vous vous trompez.

— Néhési, répondit-elle en le défiant du regard, je ne me trompe jamais, jamais, au grand jamais.

Ils achevèrent leur promenade en silence, et, avant la fin de la semaine, Touthmôsis, ainsi que Nakht, Menkheperrasonb et Yamounedjeh, se trouva enrôlé dans la division de Seth, et s'adonna à l'exercice militaire avec fougue, comme un soldat-né.

Néféroura grandissait elle aussi. A douze ans, elle était le fragile et pâle reflet de sa puissante et resplendissante mère ; plutôt bonne élève, c'était une enfant grave qui parcourait le palais de ses pieds nus, en tenant dans ses bras des chats, des petits chiens ou bien des fleurs. L'esprit encore enfantin, son innocence mêlée à une certaine froideur hautaine la rendait difficile à comprendre. Toute son affection profonde et bien cachée, tous les élans de son amour étaient d'abord réservés à sa mère et ensuite à sa nourrice. Mais, il lui arrivait de plus en plus souvent de se rendre au champ de manœuvres où, à l'abri d'un parasol, elle regardait le jeune Touthmôsis tirer à l'arc, les muscles tendus sous sa peau mate, et rire avec ses amis.

Néféroura n'avait à présent plus rien en commun avec sa petite sœur. Méryet-Hatchepset, à six ans, était une enfant criarde et capricieuse. Elle surgit un jour dans les appartements de sa mère et, rouge de rage et de jalousie, l'accusa de lui préférer Néféroura. Hatchepsout ne nia nullement le fait, mais la corrigea très sévèrement, et la petite fille partit se coucher, les fesses cuisantes et la tête pleine de noirs projets de vengeance.

22.

Hatchepsout parvint au sommet de sa glorieuse destinée, éclatante de santé, de force et de beauté. Telle une immortelle déesse, la puissance et le mystère qu'elle tenait directement d'Amon lui soumettaient tous les hommes. Les années passant, on la considérait avec un respect de plus en plus superstitieux, et la foule des pèlerins venus se recueillir devant sa chapelle ne cessait d'augmenter.

Mais au plus profond d'elle-même, elle ne parvenait pas à trouver le repos. Allongée sur sa couche durant les chaudes nuits d'été, elle ne cessait de penser à Senmout, mais sa position de pharaon, condamné à la solitude, la faisait reculer. Cependant, ses nuits agitées et ses rêves fiévreux l'avertirent qu'il était grand temps de prouver une fois pour toutes et de façon irréversible sa confiance en celui qu'elle aimait plus que quiconque.

Par une chaude soirée, elle décida de se faire parfumer avec les huiles les plus exquises, revêtit une longue robe transparente et fit appeler Senmout. Cette nuit-là, elle négligea son casque pharaonique, bien que, s'étant à nouveau laissé pousser les cheveux, elle fût tenue de garder la tête couverte en toutes circonstances. Elle ceignit son front d'un simple bandeau blanc et argent et fit apporter des fruits et du vin ainsi que ses plus précieuses lampes d'albâtre. Elle renvoya Nofret et ses esclaves pour qu'il la trouve seule et sans fard, comme à leur première rencontre ; elle l'attendit en écoutant se lever la brise du nord.

Le garde l'annonça enfin. Il s'avança vers elle et s'inclina profondément, tandis que se dissipait sa première surprise. Il ne portait qu'un simple pagne blanc, la tête et les pieds nus, car il s'apprêtait à aller se baigner dans le fleuve avec Ta-kha'et. Rien sur son visage ne révélait les tumultueuses pensées qui l'agitaient, mais un coup d'œil rapide et perspicace lui avait révélé une nouvelle femme, à la merveilleuse chevelure brillante, au regard à la fois alangui et provocant... Combien de fois avait-il été tenté de la toucher, lorsqu'elle le frôlait en travaillant, lorsqu'elle l'enivrait de son chaud parfum. Mais chaque fois, suivant en cela les conseils d'Hapousenb, il avait refoulé en lui ses désirs blasphématoires.

Hatchepsout remarqua sa surprise et lui sourit en lui tendant la main.

— Il y a fort longtemps que nous n'avons eu l'occasion de nous retrouver seuls, à parler d'autre chose que des affaires de l'Etat, remarqua-t-elle tandis qu'il lui baisait la paume de la main. Venez vous asseoir, Senmout. Comment se porte Ta-kha'et ?

Il se laissa conduire jusqu'à la table basse, et s'assit avec grâce sur les coussins, tout en cherchant des yeux l'esclave qui aurait dû les servir, tandis qu'elle prenait place à ses côtés.

— Ta-kha'et va très bien, répondit-il. Nous menons une vie paisible et agréable lorsque Votre Majesté n'a pas besoin de moi. Je crois que mes absences la contrarient quelque peu, car elle aime par-dessus tout à s'amuser.

Hatchepsout lui versa elle-même à boire et lui offrit des figues au miel et des melons au vin doux.

— Vraiment ? Vous devriez lui procurer des musiciens et de nombreux autres divertissements.

— C'est ce que j'ai fait, mais Ta-kha'et est assez capricieuse. Elle prétend qu'aucun musicien ne peut la distraire comme moi !

Ils se sourirent et la gêne de cet étrange entretien commença à se dissiper.

— Elle a parfaitement raison ! s'exclama Hatchepsout en levant sa coupe. Je vous ai déjà conseillé de l'épouser et d'en faire une princesse. C'est son vœu le plus cher.

— J'en suis tout à fait conscient, dit-il.

— Que ne le faites-vous alors ? Je la doterai convenablement. Je sais combien vous êtes pauvres, vous, les princes !

— Il me semble, dit-il gaiement, que nous avons déjà eu une conversation de ce genre. Le roi a-t-il si piètre mémoire qu'il ne s'en souvienne plus ?

— C'est fort possible, répondit-elle simplement, mais les années ont passé, grand prince, et les sentiments des hommes changent.
— Ceux des autres, mais pas les miens.
— Cela vous ennuierait-il de m'expliquer de nouveau pourquoi Ta-kha'et n'est encore qu'une esclave ?

Il reposa sa coupe dorée et resta un moment à la contempler. Un silence épais planait sur la pièce. Hatchepsout soupira doucement et s'installa plus confortablement. Senmout finit par lui répondre.

— Cela ne me gêne aucunement. Mais aujourd'hui, Majesté, vous êtes roi, et j'estime que c'est à vous d'aborder le sujet, car, sans redouter le moins du monde de vous sembler ridicule à présent, je crains que mes paroles ne tombent dans des oreilles rendues sourdes au fil des années.

— Ah ! Senmout, répondit-elle doucement, pourquoi tergiverser comme si nous avions quelque chose à redouter ? Ne savez-vous donc pas que toute ma vie durant j'ai voué mon amour à un seul homme et que je l'aimerai jusqu'à la mort ?

Elle lui saisit brusquement les mains et y enfouit son visage en les baisant avec avidité.

— A présent c'est à moi de t'écouter, dit-il en se penchant vers elle. Dis-moi, Hatchepsout, dis-moi donc !

Elle gémit en laissant retomber les mains de Senmout sur ses genoux.

— Je t'aime, Senmout, je t'aime. Je te désire depuis si longtemps. Je te veux de tout mon corps et de toute mon âme. Je me remets humblement à toi, à ton amour, à ta colère ou à ta redoutable indifférence. Prends-moi !

Ses doigts tremblants lui caressaient les yeux, les joues, et elle fondit en larmes.

Il l'attira à lui et l'étreignit violemment en lui murmurant à l'oreille les mots d'amour qu'il gardait en lui depuis si longtemps.

— Hatchepsout ! Ma bien-aimée, ma sœur...

Il lui prit le visage dans ses mains tandis qu'elle s'accrochait à lui de toutes ses forces. Leurs lèvres se joignirent en un douloureux baiser baigné de larmes.

— Es-tu bien sûre de toi ? lui demanda-t-il doucement. Un pharaon ne peut pas prendre une telle décision à la légère.

— Il y a bien longtemps que ma décision est prise, répondit-elle en lui embrassant les yeux, le cou, le menton. Aimons-nous pendant qu'il en est encore temps, mon frère, car il est horrible de vieillir et de sentir son amour se consumer en vain.

Les douces mains de Senmout accomplirent les gestes dont elle avait si souvent rêvé. Agenouillée à ses pieds, Hatchepsout les sentit parcourir les formes parfaites de son jeune corps. Il la serra contre lui et leur joie explosa en un formidable éclat de rire. Ils se levèrent enlacés et s'embrassèrent de nouveau passionnément, avides de recueillir tout le plaisir qu'ils pouvaient se donner mutuellement.

Les relations de Senmout avec Ta-kha'et étaient empreintes d'une attirance physique liée à une tendre affection. Mais cette passion brûlante, ce violent désir de ne faire qu'un avec la femme vénérée et adorée, jour après jour, année après année, dépassait de loin tout ce qu'il avait pu rêver en secret. Il l'allongea sur les coussins, caressant son corps souple et velouté, en proie à un bonheur aussi douloureux que bienfaisant. Oubliant sa divinité et sa royauté, il ne voyait plus en elle que la femme, sa vraie femme, la compagne de sa vie, celle qui le désirait et ne satisferait que lui seul jusqu'à la fin des temps. Il la prit lentement et tendrement, sans quitter des yeux le beau visage bouleversé de plaisir. Puis ils restèrent allongés côte à côte, souriants ; une tiède brise glissait sur leurs corps moites et, sans relâcher leur étreinte, ils songeaient aux jours et aux nuits à venir.

— Comment avons-nous pu attendre aussi longtemps ? demanda-t-elle.

— Le moment n'était pas venu, Majesté, répondit en riant Senmout.

— Je t'en supplie, Senmout, mon amour, ne m'appelle plus Majesté en privé. Appelle-moi Hatchepsout, car dans tes bras je ne suis plus la Première d'entre les grands du royaume, mais tout simplement le chef des femmes nobles.

— Pour moi, tu es la seule femme et l'as toujours été.

— Et Ta-kha'et alors ?

Senmout baissa la tête, mais il ne parvint pas à discerner l'expression de son visage enfoui sous ses cheveux défaits.

— Ta-kha'et est aussi douce et pâle que la lune d'été ; je l'approche sans crainte, dit-il. Mais toi, tu es le soleil ardent de midi. Comment puis-je songer encore à Ta-kha'et après avoir été si cruellement brûlé ?

— Tu ne vas tout de même pas la renvoyer ? lui demanda

La dame du Nil

Hatchepsout qui dans son bonheur désirait également celui de la jeune esclave.

— Non, ce serait cruel. Mais je ne l'épouserai pas ; ce qui lui sera cruel aussi.

Envahie d'une douce torpeur, Hatchepsout commençait à sombrer dans le sommeil.

— Alors tu n'épouseras jamais personne, murmura-t-elle. Je puis te partager avec une esclave, mais maudite soit celle que tu appellerais ton épouse !

— C'est toi mon épouse, mon amour, dit-il en resserrant son étreinte. Seule la mort pourra m'enlever à toi.

A l'aube, Hapousenb et les autres prêtres vinrent à leur habitude chanter l'hymne au dieu devant la porte d'argent. Le couple endormi ne les entendit pas.

A mots couverts, le bruit se répandit bientôt que le puissant prince était devenu l'amant du pharaon. Ta-kha'et accepta sa nouvelle situation sans rechigner, mais les fréquentes absences de Senmout la contrariaient. Elle l'aimait à sa façon et prenait grand plaisir en sa tendre compagnie. Il continua à la traiter affectueusement, à bavarder plaisamment avec elle, mais il ne l'invita plus à partager sa couche. Si seulement elle avait pu lui donner un enfant, elle se serait certainement sentie plus rassurée ; mais elle était stérile. Il tenta de lui expliquer que cela n'avait aucune importance à ses yeux et qu'il lui conserverait son estime et son amitié, mais elle ne pouvait comprendre qu'un homme puisse vivre sans assurer sa descendance.

Chaque fois que les lourdes responsabilités du pouvoir les réunissaient, Senmout et Hatchepsout ne se départissaient jamais du ton officiel qu'exigeaient leurs entretiens de travail. Leurs conversations ne portaient que sur les affaires et la politique. Personne ne pouvait mettre en évidence le moindre changement dans leurs manières. Il y avait cependant une imperceptible différence, et personne n'était mieux placé qu'Hapousenb pour s'en apercevoir. Bien avant que le bruit ne commençât à courir, il avait instinctivement perçu une modification dans les rapports entre son roi et le grand majordome. Il s'y était attendu, mais cela ne l'empêcha pas de traiter Senmout avec une froideur nouvelle qui ne put échapper à ce dernier.

Décontenancé, un soir, Senmout fit part à Hatchepsout du changement d'attitude de son ami.

— Hapousenb a un secret, dit-elle après un long silence, quelque chose qui s'est passé entre lui et moi. Malgré tout l'amour que je te porte, Senmout, je ne le trahirai pas.

— Ce secret ne fut pourtant jamais un obstacle entre nous auparavant... Comment pourrai-je encore travailler avec lui ? Il m'a pris sous sa protection alors que je n'étais qu'un simple apprenti auprès d'Inéni et m'a fait confiance avant même de connaître ma dévotion pour toi. Pourquoi ce brusque revirement ?

— Hapousenb est très fin, c'est un juge infaillible du caractère des hommes. Mais n'oublie pas, Senmout, que nous avons grandi ensemble, tout partagé, et que je l'ai connu bien avant toi. Je ne peux t'en dire davantage.

Une lueur concernant la vérité se fit jour dans l'esprit de Senmout.

— Je ne savais pas ! s'exclama-t-il. Je n'y avais pas pensé ! Pourquoi ne m'en a-t-il jamais parlé ?

— C'est un homme orgueilleux. Ne crains rien, tout continuera comme avant. Il est juste et bon et n'a aucune envie de faire de toi son ennemi, mais il est très malheureux. Je l'aime aussi beaucoup, Senmout, comme mon plus vieil ami et le meilleur d'entre eux, et lorsqu'il souffre, je souffre également.

Tout comme Hapousenb cette même nuit, perdus dans leurs pensées, ils demeurèrent allongés en silence dans l'obscurité, les yeux grands ouverts.

La fête de son jubilé approchait, et Hachepsout se demandait comment célébrer au mieux cet événement unique dans le cours d'un règne. Elle se rappela le jubilé de son père et les extraordinaires réjouissances qui s'étaient déroulées en ville et au palais. Considérant d'une part le jeune Touthmôsis qui commençait à grandir, et de l'autre ses nombreux accomplissements, elle décida d'en avancer la date, dans l'intention de faire mieux sentir à chacun les améliorations apportées par son gouvernement et dans le but de consolider sa couronne. Non qu'elle eût besoin d'être soutenue, mais le nom du petit Touthmôsis revenait bien trop souvent sur les lèvres pour qu'elle n'y prît garde. Tout le monde parlait volontiers de son adresse à l'arc, de ses prouesses au javelot et de son étonnante conduite du char. Elle se demanda si Néhési n'avait pas raison somme toute. Elle imagina ce que serait le palais sans Touthmôsis : il n'y aurait plus aucune opposition à redouter, et rien n'empêcherait Néféroura d'être son héritière. Mais passé le premier moment de soulagement que lui avait apporté ce noir dessein, elle se vit comparaître devant Amon, muette et coupable, et renonça définitivement à toute idée d'empoisonner son beau-fils. Le poison était l'arme grossière des faibles, ce qu'elle n'était aucunement, pour l'instant. Elle maîtriserait Touthmôsis à sa manière.

En passant ses troupes en revue, elle examina l'impétueux jeune homme qui fouettait ses chevaux lancés à un train d'enfer. De plus en plus arrogant il se pavanait du haut de ses quatorze ans avec sa bande d'amis dont il exigeait l'obéissance. Tout ceci l'inquiétait fort. Les discrètes mais ardentes œillades de Néféroura la décidèrent à envisager au plus vite avec ses ministres la possibilité d'éventuelles fiançailles pour réprimer en Touthmôsis tout projet de sédition. Les fiançailles seraient la meilleure manière de promettre beaucoup sans rien donner. Et, lorsqu'il s'apercevrait que c'est à Néféroura que devait revenir le trône, il serait trop tard. Néféroura hériterait de son puissant cabinet ; quant à Touthmôsis, il serait ainsi parfaitement neutralisé et réduit à l'impuissance.

Mais le jour du jubilé approchait à grands pas, sans qu'elle fût encore parvenue à décider de quelle manière elle allait le célébrer. L'idée lui vint en faisant ses prières, face aux jardins. A peine rentrée dans ses appartements, elle envoya chercher Senmout.

— Il faut que vous partiez sur-le-champ à Assouan, lui dit-elle à son arrivée. Emmenez Bénya et tous ceux dont vous pourriez avoir besoin. Vous taillerez deux obélisques et les ferez venir ici avant ma fête.

— Mais, Majesté, protesta-t-il, vous ne me donnez que sept mois ! Ils ne seront jamais terminés !

— Ils le seront, et vous y veillerez. Partez dès que possible. Par ailleurs, vous demanderez aux ouvriers de démolir le toit de cèdre de la maison d'Amon, vous m'avez dit vous-même qu'il menaçait de s'effondrer. J'y installerai les deux obélisques, et s'il est possible de sauver une partie du toit, je le ferai reconstruire tout autour.

— Vous me confiez là une tâche monumentale, remarqua-t-il calmement. S'il est quelqu'un au monde capable de la mener à bien, c'est assurément moi, mais cette fois-ci, je ne peux rien vous promettre.

— Vous y parviendrez, dit-elle. J'ai fait suspendre tous les autres travaux afin que vous puissiez disposer d'autant d'hommes qu'il le faudra. Hapousenb se chargera du toit pendant votre absence, si vous le voulez bien. Senmout, j'ai déjà beaucoup exigé de vous dans le passé, mais aujourd'hui je vous le demande encore une fois : tenterez-vous l'impossible pour moi ?

— Pour vous je le ferai, comme je l'ai toujours fait, Majesté, répondit-il en s'inclinant vers la jeune femme souriante.

— Parfait. Je n'ai donc rien de plus à ajouter.

Senmout partit en courant presque — il lui semblait que le temps s'élançait déjà à ses trousses comme un chien méchant —, persuadé néanmoins de pouvoir réaliser juste à temps les travaux, si tout se déroulait normalement. Il adressa une rapide prière à tous les dieux, tout en envoyant chercher Bénya et en demandant à Ta-kha'et de lui préparer ses affaires. La saison était particulièrement mal choisie pour travailler dans la fournaise des carrières d'Assouan. Il se demanda combien d'ouvriers allaient succomber sous le fouet de Bénya avant que les blocs de pierre ne soient hissés sur les radeaux. Outre les difficultés de l'entreprise, le pharaon avait exigé que ses obélisques soient les plus hauts jamais érigés. Les eaux du fleuve allaient bientôt monter, et si Amon voulait voir les offrandes de sa fille, il lui faudrait faire en sorte qu'elles montent à temps pour supporter les énormes radeaux. Il n'était pas question de perdre un temps précieux à construire des baraquements pour les ouvriers, c'est pourquoi il ordonna aux scribes de réunir toutes les tentes disponibles. Il fit ensuite dresser la liste de l'outillage nécessaire, du matériel, du ravitaillement, puis se fit conduire au port en litière tout en se demandant où trouver assez de bois pour construire un radeau susceptible de transporter ces énormes pierres.

Avant la fin de la semaine, Bénya, Senmout et des centaines d'ouvriers partirent pour Assouan. La flottille se détacha de la rive où brûlait de l'encens pour s'élancer vers le milieu du fleuve et remonter le courant.

Ils débarquèrent au bout de deux jours. Bien que l'après-midi fût déjà fort avancée, Senmout n'autorisa personne à se reposer. Il envoya les hommes planter leurs tentes là où ils pourraient trouver un peu d'ombre et les prévint que les portes de la ville leur seraient

La dame du Nil

fermées. Pendant le déchargement du matériel, il se mit à étudier la carrière avec Bénya.

— Par Amon ! jura Bénya. Nous allons tous crever dans cette fournaise ! Bon, nous allons appeler les apprentis et commencer à chercher le bloc qu'il nous faut. Deux obélisques, autrement dit deux bourreaux ! Maudit soit le jour où je t'ai rencontré, ô redoutable meneur d'hommes !

— Choisis-le soigneusement, mais ne sois pas trop long, lui recommanda Senmout. Nous disposons de très peu de temps. Les ouvriers travailleront par équipes et à la nuit tombée, je ferai allumer des lampes.

— Je sais ce que j'ai à faire, grommela Bénya. Grâce aux dieux, ma tombe est prête.

« Pas la mienne, et je ne suis pas encore prêt à m'y étendre », pensa Senmout en se précipitant vers les bateaux pour faire activer le déchargement du matériel.

Bénya sonda les plissements de la roche et choisit les veines avec la perspicacité et la dextérité d'un grand géologue. Ses assistants délimitèrent les deux longues formes effilées. Senmout fit apporter sur-le-champ les masses à tailler la pierre et les ouvriers se mirent à marteler la roche en soulevant d'épais nuages de poussière blanche qui les faisait tousser. Quand vint son tour, Senmout s'acharna sur la pierre de toutes ses forces, mêlant sa sueur à celle des fellahs. Jour après jour, Bénya surveilla sans relâche cette rangée de dos luisants et tendus par l'effort, hurlant et jurant, mais sans jamais brandir le fouet qui pendait à son poignet comme un serpent.

Au bout d'un mois les obélisques commencèrent à prendre forme, sans être toutefois complètement dégagés de leur gangue de granit. Senmout ordonna alors un jour et une nuit de repos. Il envoya des hérauts à Thèbes, porteurs des nouvelles de leurs progrès. Durant ce jour, il contempla inlassablement les longues formes obstinément immobiles, guettant le moindre signe de lézarde ou d'éboulement.

Puis, las et endoloris, tous se remirent au travail. Peu à peu, le fleuve commença à s'enfler. L'humidité apporta avec elle son lot d'insectes harcelants et Senmout chargea six hommes de chasser les mouches et les moustiques autour de leurs compagnons au travail.

Trois mois après, les marteaux furent remplacés par les burins. Le rythme ralentit quelque peu et le travail devint plus délicat. Bénya cessa ses allées et venues dans le dos des hommes et pria Senmout de suspendre le travail de nuit redoutant, en raison de l'insuffisance de lumière, un éclatement soudain de la pierre. Mais Senmout resta inflexible. S'ils arrêtaient de travailler la nuit, l'ouvrage ne serait jamais terminé à temps. Bénya céda et le travail reprit.

Le premier obélisque fut enfin sur le point d'être dégagé. L'estomac noué, Senmout donna l'ordre de passer les cordes autour de la large base et du sommet. Bénya en vérifia lui-même les nœuds et la tension. Il jeta un dernier coup d'œil aux rondins disposés jusqu'au fleuve sur lesquels on ferait rouler l'énorme pierre. Puis il leva le bras, les yeux rivés sur le granit qui commençait à s'ébranler tout doucement.

— Retenez-le ! hurla-t-il. Maintenant tirez le sommet, encore, pas si vite, il va glisser ! Tirez tous ensemble !

Senmout regardait la scène du haut d'un rocher tandis que le colosse de pierre écrasait les rondins.

Un cri de rage retentit soudain. Senmout se précipita vers Bénya qui hurlait et jurait en se tordant les mains ; les ouvriers éreintés laissèrent tomber les cordages, et il vit à la base de l'obélisque une immense fissure et un morceau de granit s'en détacher et tomber à ses pieds sur le sable. Il le ramassa, anéanti.

— Dieu ! Oh dieu ! murmurait Bénya tout tremblant d'accablement. C'est ma faute.

Senmout, plus déterminé que jamais à poursuivre son ouvrage, le prit par les épaules.

— Ce n'est pas vraiment ta faute. Nous avons trop longtemps travaillé avec une lumière insuffisante la nuit. Quelqu'un aura donné un mauvais coup de marteau dans l'obscurité. Il jeta au loin le morceau de granit. Recommençons ! s'écria-t-il. Et maintenant Bénya, cesse immédiatement de blasphémer et retourne à la carrière. Essaye donc là. Trouve une autre veine et nous allons reprendre nos marteaux. Au travail ! Le roi a commandé deux obélisques pour son jubilé et il les aura, fût-ce au prix de nos vies !

Les hommes épuisés le suivirent car ils lui savaient gré de travailler à leurs côtés.

Ils achevèrent leur ouvrage quatre jours avant la fin du délai prévu. Une fois les gigantesques aiguilles de pierre solidement amarrées au radeau, Senmout offrit à boire à toute son équipe, et les congratulations se succédèrent joyeusement. Cependant, certains ouvriers avaient payé de leur vie cette dangereuse entreprise. Trois hommes avaient succombé sous la chaleur, six autres s'étaient fait écraser en dégageant l'obélisque.

Il ne fallut pas moins de trente-deux barques à toute épreuve pour remorquer les monolithes jusqu'à Thèbes, malgré le secours considérable qu'apportait la montée des eaux du Nil. Senmout regarda, du haut de la cabine, le lourd convoi s'ébranler.

Tendus par l'inquiétude et l'épuisement, ils redescendirent le courant, sans même s'arrêter pour la nuit. Longtemps avant la fin du parcours, ils furent rejoints par une multitude d'embarcations les plus diverses, des barques de pêcheurs, de petits esquifs, et de superbes bateaux de nobles. Hatchepsout les vit arriver à l'aube. Elle avait fait aligner ses troupes devant le débarcadère et toute la ville affluait dans les jardins du temple pour assister à la venue des deux colosses. Hapousenb, drapé dans sa peau de léopard, commença à réciter les prières. Senmout se fraya un chemin vers la rive et donna l'ordre aux soldats de hisser les blocs de pierre sur les rondins. Petit à petit les obélisques furent roulés jusqu'au premier pylône, sous les cris de la foule surexcitée. Là où s'élevait auparavant le toit de cèdre, une ouverture béante recueillait à présent les rayons de soleil. Senmout et le jeune architecte Pouamra inspectèrent les derniers préparatifs et Hatchepsout vint se joindre à eux. Les obélisques allaient tout d'abord être installés dans leurs fosses, puis érigés.

— Ce sont les doigts des dieux, murmura Hatchepsout. Vous avez réussi un exploit, Senmout. Ne vous ai-je pas dit que votre talent était illimité ?

Senmout s'inclina d'un air absent en regardant Bénya s'agiter et hurler ses ordres aux esclaves. Il leur laissa un instant de repos pour reprendre leur souffle avant l'ultime effort.

— Commencez à relâcher les cordes ! Doucement ! Attention ! Ne lâchez pas d'un coup !

Le premier obélisque s'enfonça dans le sol avec un bruit sourd et les esclaves tirèrent sur les cordes arrimées au sommet, reculant au fur et à mesure que s'élevait le monolithe. Hatchepsout poussa un cri et Min-mose, un sourire aux lèvres, chuchota quelque chose à Touthmôsis.

La même opération fut répétée pour le second obélisque, mais à peine érigé, il se mit soudain à vaciller.

— Il ne s'est pas bien mis en place ! cria Senmout.

Bénya hurla quelque chose et Hatchepsout fit un pas en avant, aussitôt arrêtée par Pouamra.

— Reculez-vous, Majesté ! Il peut encore tomber !

Touthmôsis et Menkheperrasonb s'étaient approchés et Senmout en se précipitant eut le temps d'apercevoir leur sourire satisfait.

L'obélisque se stabilisa enfin devant l'assistance muette d'admiration.

— Laissez le sable tout autour, ordonna Hatchepsout à Pouamra. Il faut encore plaquer d'or les deux pyramidions et procéder aux inscriptions sur chaque face.

Hatchepsout avait eu l'intention de les recouvrir d'électrum de la base au sommet, ce qui ne manqua pas d'horrifier Tahouti.

— Majesté, lui avait-il dit, vos richesses sont considérables, mais il n'en restera très vite plus rien si vous persistez dans cette idée.

Elle avait ri mais s'était inclinée devant ces remontrances, se contentant de peser le poids d'or nécessaire pour recouvrir les pointes.

Touthmôsis surgit pendant qu'elle s'entretenait avec Néféroura et Senmout. Il s'inclina négligemment, une lueur d'insolence dans le regard.

— Félicitations, Fleur de l'Egypte, dit-il. Vos monuments reflètent bien la pérennité de votre règne !

— Je suis heureuse qu'ils vous plaisent. Mais où est donc votre mère un jour comme aujourd'hui ? lui répondit Hatchepsout en feignant de ne pas avoir perçu ses intentions sarcastiques.

— Elle s'est sentie légèrement indisposée, répondit-il en haussant les épaules.

— J'espère qu'elle sera remise pour ma fête. Dois-je lui envoyer mon médecin ?

— Ce ne sera pas nécessaire. Je ne pense pas que sa maladie mérite l'attention de celui qui a l'honneur de veiller sur la santé du pharaon.

Senmout écoutait avec quelque appréhension ces joutes oratoires en se demandant pourquoi Hatchepsout persistait à traiter Touthmôsis comme un enfant. Il remarqua le regard insistant de Néféroura à son frère, mais ni le pharaon ni le prince ne semblaient faire attention à elle.

— Votre bel obélisque a eu bien du mal à se laisser ériger, remarqua Touthmôsis en jetant un regard dans la direction de Min-mose et Menkheperrasonb. Peut-être auriez-vous besoin de l'assistance de mon architecte et de mon maître d'œuvre. On dirait que vos experts se font vieux.

— Vraiment ? Quelles prouesses vos amis ont-ils donc accomplies ? Où puis-je aller contempler leurs merveilleuses réalisations ?

— Ils n'ont pas encore fait grand-chose pour l'instant, répliqua-t-il d'un air furieux. Mais d'ici peu tout ce qu'ils bâtiront en mon honneur non seulement égalera mais dépassera grandement ce que je vois ici !

— Eh bien, je vous suggère de les renvoyer à leurs études, prince, ainsi, le moment venu... Hatchepsout insista en souriant sur ces mots, le moment venu, ils pourront peut-être tenter d'édifier quelque bagatelle.

Touthmôsis luttait entre la colère et l'admiration : et ce fut l'admiration qui l'emporta.

— Vous êtes très dure, ma chère mère. Et comme la double couronne vous va bien !

— Elle ne vous irait pas du tout, Touthmôsis, répliqua-t-elle en sortant du temple. Elle est encore beaucoup trop large pour votre tête.

— Mon tour de tête a fort peu à y voir, répondit-il sèchement. L'important est ce qu'il y a dedans !

— Tiens donc ! Alors, je vous prie d'apporter votre impressionnante tête à mon jubilé. C'est un ordre, Touthmôsis. Vous négligez depuis trop longtemps vos devoirs au temple ainsi que mes fêtes. Je ne supporterai pas votre insoumission. Par ailleurs, je vous défends de critiquer mes collaborateurs.

Touthmôsis partit sans répondre rejoindre ses deux amis.

— Pourquoi avez-vous mis Touthmôsis en colère ? demanda Néféroura à sa mère en lui prenant le bras. Vous ne l'aimez donc pas ?

— Je l'aime beaucoup, répondit Hatchepsout. Il ressemble à ton grand-père : il est aussi fort, impatient et parfois aussi brutal que lui. Il a besoin d'être dressé comme on dresse les chevaux sauvages.

Néféroura ne dit rien, mais Senmout sentit sa petite main chaude se glisser dans la sienne. Il la serra tendrement, et ils prirent tous ensemble le chemin du palais.

23.

La célébration de la fête du Jubilé fut l'occasion de nombreuses réjouissances. Dans l'après-midi, Hatchepsout, installée sur le trône d'Horus, la double couronne sur la tête, la crosse et le fléau bien en mains, reçut tous ses conseillers. Elle rappela dans un discours bref et concis tout ce qu'elle avait réalisé depuis son couronnement et même avant la mort de son époux. Elle demanda à son scribe de leur lire les inscriptions qu'elle avait fait graver sur ses obélisques, profitant de la lecture pour parcourir l'assemblée du regard.

Touthmôsis était assis parmi les conseillers, les bras croisés sur sa large poitrine, le visage fier et provocant. La conclusion du scribe, qu'il écoutait attentivement, l'impatienta fort.

— Le dieu se reconnaît en moi, Amon-Râ, roi de Thèbes. Il m'a récompensée en me donnant à régner sur les deux royaumes. Je n'ai aucun ennemi ; tous les peuples alentour sont mes sujets. L'infini est l'unique limite qui me soit fixée ; tous ceux que Râ éclaire dans sa course œuvrent pour me servir. Le dieu m'a comblée de ses bienfaits.

Elle soutint le regard de Touthmôsis d'un air où la raillerie se mêlait à la tristesse. Il y reconnut cependant un éclair de sympathie et lui sourit faiblement avant de baisser les yeux.

Le matin même, il s'était rendu dans la vallée pour y contempler son temple et avait constaté, stupéfait et rageur, l'ajout de nouvelles inscriptions depuis sa dernière visite : « Je suis le dieu, le commencement de la Vie. » Il avait senti le brusque désir d'effacer cette phrase à coups de marteau, jusqu'à ce qu'elle tombe en poussière à ses pieds. Il savait cette assurance profondément ancrée en elle et que la justesse de ses affirmations ne faisait aucun doute pour tous ceux qui la côtoyaient. Dans le sanctuaire, il alla jusqu'à menacer son image dans un accès de jalousie sauvage mêlée d'un sentiment qui ressemblait dangereusement à l'affection.

Toute sa cour vint à elle, chargée de présents, et au coucher du soleil, on ne comptait plus les éventails, les coffrets aux précieuses incrustations, les miniatures et autres cadeaux de choix. Senmout fut le dernier à se présenter, suivi de Paeré, son serviteur personnel, courbé sous le poids d'une impressionnante fourrure. Senmout la prit et l'étendit à ses pieds. Elle descendit de son trône en poussant un cri de joie, et caressa l'épaisse peau de bête aux poils brillants. Elle n'avait jamais rien vu d'aussi beau.

— Elle vient des montagnes du Réténou, dit-il. Seule une fourrure aussi rare m'a semblé digne de toucher le corps du pharaon.

Il se retira calmement sans prêter attention aux murmures de surprise qui parcouraient l'assemblée. La fourrure réchauffait déjà les pieds peints d'Hatchepsout qui le suivait du regard en songeant avec délices aux nuits d'hiver où ils feraient l'amour sur cette moelleuse peau de bête d'un bleu noir.

Cette nuit-là, en se présentant aux portes de la salle du festin où un héraut annonçait ses titres pendant que tous les invités attendaient qu'il se dirigeât vers l'estrade d'Hatchepsout, les pensées de Senmout roulaient, aussi sombres que le ciel qu'on apercevait à l'extrémité de la grande salle brillamment éclairée. En ce jour, précisément, où Hatchepsout fêtait son pouvoir absolu sur l'Egypte, il prit conscience de ce que son emprise sur Touthmôsis et sur Aset, sa mère, commençait à se relâcher. Tant que Touthmôsis n'était qu'un enfant, il lui avait été facile de le faire surveiller par ses espions, ses serviteurs et ses amis. Mais à présent, le jeune prince devenait intouchable et de plus en plus puissant. Tout en s'asseyant sous le dais, après avoir gratifié son roi d'un sourire, Senmout vit se profiler confusément le moment où Hatchepsout serait cernée, traquée et acculée à lutter désespérément pour sauvegarder son trône. Un roi ne pouvait perdre son royaume qu'en perdant la vie.

Les clameurs du festin résonnaient loin dans la nuit. Les cris et les rires des invités retentissaient en écho dans toutes les rues de la ville où le peuple lui aussi fêtait son pharaon. En dépit de la bonne humeur générale, Senmout ne parvenait pas à se détendre. Aset était présente, couverte de bijoux, impassible. Touthmôsis lui aussi était là ; entouré de ses amis, il mangeait et buvait, l'air maussade mais vigilant.

La dame du Nil

Enfin, le brouhaha s'apaisa, la gaieté tomba peu à peu à l'approche de l'aube et Hatchepsout ôta de sa tête le cône parfumé en se levant pour congédier ses invités. Dans une heure, l'hymne au dieu retentirait, prémisse à une nouvelle journée de labeur. Elle voulait prendre un bain et changer de tenue avant de se rendre à ses prières.

Senmout savait qu'elle n'aurait pas besoin de lui avant les audiences matinales et, tandis qu'elle s'éloignait escortée de ses nombreux gardes du corps, il s'approcha d'Hapousenb.

— Venez avec moi dans les jardins, lui dit Senmout à mi-voix. J'ai besoin de vos conseils.

Ils se frayèrent un passage à travers la foule jusqu'au jardin où quelques invités se promenaient par petits groupes, savourant la fraîcheur de la nuit à la lueur des torches de leurs esclaves. Senmout et Hapousenb les dépassèrent et se faufilèrent sous les arbres jusqu'au mur nord du temple. Il n'y avait pas un bruit et seule la pâle lueur de la lune soulignait les contours de la muraille. Ils s'assirent dans l'herbe ; Hapousenb replia sa robe sous ses pieds tandis que Senmout s'installait en tailleur, s'efforçant de chasser de son esprit le tohu-bohu de la fête et les vapeurs du vin avant de parler.

— Ecoutez-moi bien, Hapousenb, dit-il en jetant un coup d'œil autour de lui, puis vous me ferez part de votre avis en essayant d'oublier, au nom du pharaon, tous nos différends.

Hapousenb acquiesça dans l'obscurité et Senmout lui exposa ses pensées en espérant de tout son cœur qu'elles ne se réaliseraient jamais.

— En tant que grand majordome, je me dois de surveiller toutes les allées et venues du palais. Mais je suis aussi majordome d'Amon et c'est pourquoi rien de ce qui se passe au temple ne m'échappe. Il y a longtemps que sous l'autorité du roi je contrôle absolument la marche des affaires du gouvernement ; et vous admettrez avec moi que je tiens l'Egypte en main car je la connais intimement. Or j'ai bien l'impression de perdre mon emprise sur ce pays, Hapousenb. Il me semble que mon pouvoir se lézarde de toutes parts sans que je puisse y remédier car l'entreprise de destruction est menée par le prince héritier en personne. Il sait que les jours du pharaon sont comptés.

Hapousenb esquissa un geste mais n'interrompit pas Senmout qui poursuivit son discours après quelque hésitation.

— Il est grand temps de sortir de l'ombre et de protéger le trône d'Horus contre cette force naissante, reprit Senmout en se passant la main sur le visage. Je vais essayer de m'exprimer plus clairement ; si nous ne nous débarrassons pas de Touthmôsis au plus vite, il sera trop tard et le pharaon verra sa personne et son œuvre anéanties.

— Il est déjà trop tard. La voix grave de Hapousenb brisa le silence qui avait suivi les paroles de Senmout. Moi aussi, j'ai pu voir germer la graine. J'ai bien cherché un moyen de la faire dépérir, mais il est trop tard. Si nous avions assassiné Touthmôsis dans son jeune âge, la chose serait passée inaperçue car les jeunes enfants succombent fréquemment. Mais aujourd'hui, nous ne pouvons plus faire disparaître ce jeune homme débordant de vie et de santé.

— Néhési me l'avait suggéré ainsi qu'au pharaon, mais Sa Majesté s'y était absolument opposée.

— Elle agirait de même à présent. Contrairement à la mère du prince, elle n'est ni cupide ni rapace ni indélicate. C'est une femme noble qui gouverne par la grâce du dieu, mais aussi en respectant sa loi. Touthmôsis est de son sang ; peu importent les origines de sa mère, elle le laissera vivre.

— Ce sera sa perte.

— Je le pense aussi, approuva Hapousenb. Mais elle préférera mourir plutôt que d'offenser son Père.

— Et nous, Hapousenb ? Peu m'importe de mourir si c'est pour la servir. Ne pouvons-nous nous charger de cela dans le plus grand secret ?

— Le secret sera de courte durée. Comment voulez-vous vous débarrasser d'un jeune homme aussi vigoureux sans attirer les soupçons ? Et ils se porteront inévitablement sur l'Unique, qui devra en supporter seule les conséquences.

— Nous aurions dû passer outre à ses ordres et l'empoisonner bien plus tôt !

— Cela l'aurait peut-être soulagée, mais nous aurions perdu sa confiance, et qui sait si elle ne nous aurait pas renvoyés. Elle sait qu'elle court à sa perte en retenant son bras, mais elle ne fera rien. C'est un très, très grand roi.

— Allons-nous rester sans rien faire, mon ami ? demanda Senmout d'une voix brisée. Devons-nous donc voir, impuissants, tomber l'Egypte aux mains de Touthmôsis ? Et qu'adviendra-t-il de Son Altesse Néféroura ?

— Néféroura n'a rien à craindre. Touthmôsis doit l'épouser pour assurer son trône et il ne manquera pas de le faire. Vous savez que l'Unique a l'intention de les fiancer.

— Pour retarder sa défaite ! Mais Touthmôsis ne se laissera pas faire. Il n'est pas aussi scrupuleux qu'elle. Une fois qu'il aura épousé Néféroura...

— C'est possible. Je ne sais plus. Nous devons nous contenter de la servir comme par le passé en faisant tout notre possible pour que son règne dure encore. Elle s'est occupée de l'Egypte comme d'un enfant chéri. Touthmôsis lui-même est bien obligé de reconnaître son talent.

— Si nous parvenions à faire disparaître Touthmôsis, sa colère pourrait fort bien retomber sur nous, mais après... après...

— Elle se sentirait coupable et Touthmôsis mort lui pèserait plus encore que vivant. Pensez-y bien, Senmout, elle ne désire pas la mort de son beau-fils. Sinon, la chose serait faite depuis bien longtemps, par vous, par moi, par Néhési, par Menkh, par n'importe lequel d'entre nous qui l'aimons.

Hapousenb parlait avec véhémence et chacun de ses mots atteignait Senmout avec force quand tout à coup il leva la main et le fit taire brusquement. Ils retinrent leur respiration et, aux aguets, scrutèrent l'obscurité. Ils entendirent un bruissement de feuilles sous les arbres à leur droite. Senmout mit un doigt sur les lèvres et s'élança dans le bosquet. Il revint peu après, poussant devant lui un petit personnage malingre, un jeune prêtre, au visage déformé par la peur, tenant une oie à la main.

— Qui est-ce là ? demanda Hapousenb d'un air mauvais. Senmout relâcha le garçon bouleversé qui se laissa tomber à terre. L'un de mes prêtres dirait-on. Lève-toi, espèce d'idiot, et explique-moi ce que tu fais loin de ta cellule.

Senmout sentit sa mémoire se brouiller et à la place de la voix calme mais légèrement menaçante d'Hapousenb, le ton tranchant de Ménéna lui parvint aux oreilles. Il ressentit à nouveau la peur qui l'avait saisi autrefois, caché sous les sycomores.

Le jeune garçon se remit debout, en serrant l'oie contre lui et en jetant des regards affolés aux deux hommes froids et implacables.

— Je sais ce qu'il faisait dans les parages, répondit Senmout avec difficulté, en proie au vertige. Il est allé faire un tour dans les cuisines du dieu, parce qu'un prêtre novice travaille dur du matin au soir et a toujours le ventre vide.

La dame du Nil

— Il a donc entendu toute notre conversation, articula lentement Hapousenb. Qu'allons-nous faire de lui, Senmout ?

Le garçon tressaillit en émettant un son inintelligible, mais ne chercha pas à s'enfuir.

Le cœur lourd au souvenir du temps où tous les espoirs et ambitions lui étaient permis, du temps de sa folle jeunesse enthousiaste, Senmout s'approcha du garçon.

— Alors, as-tu entendu, oui ou non ? lui demanda-t-il posément.

Le jeune homme acquiesça.

— Et qu'as-tu l'intention de faire à présent ?

— Je ne sais pas, répondit-il sur un ton brusque et nerveux sans laisser son regard vaciller pour autant.

— Tu es courageux ! Qui sers-tu ?

— Je sers Amon, roi des dieux, et le pharaon.

— Et le prince ?

— Je le sers également, mais je ne sers pas ceux qui ont le meurtre dans le cœur, dit-il en relevant la tête, plein de défi malgré le tremblement de ses mains.

— Il vient de signer son arrêt de mort ! dit Hapousenb. Si cette affaire revient aux oreilles de Touthmôsis, c'est nous qui mourrons plus tôt que prévu !

— Je n'en suis pas si sûr, dit Senmout en s'accroupissant sans quitter des yeux le maigre visage du petit prêtre. Veux-tu aller raconter toute ton histoire au pharaon ?

— Je le voudrais bien, mais le pharaon est peut-être au courant de votre complot et me tuera.

— Le pharaon est effectivement au courant car il s'agit d'une très vieille histoire. Mais il ne veut pas nous laisser agir, c'est pourquoi il ne te sera fait aucun mal. Tu me crois ?

— Non.

Senmout se redressa en se souvenant qu'il était lui-même reparti se coucher au lieu de se présenter sur-le-champ au palais. C'est alors qu'il prit conscience du remords qui le poursuivait depuis toujours, et il ne fut pas long à décider de ce qu'il allait faire.

— Vous avez raison, Hapousenb. Assez de complots. Je devais avoir perdu l'esprit. Laissons faire les choses et que la volonté d'Amon soit accomplie. Il prit le petit prêtre par le bras. Tu vas me suivre tout de suite chez le pharaon et lui dire tout ce que tu as entendu.

La dame du Nil

Hapousenb ne réagit pas, mais le jeune garçon s'affola.

— Vous allez m'égorger et me jeter dans le fleuve !

— Je te jure sur la tête du pharaon que tu auras la vie sauve, répondit Senmout. Je vous remercie de m'avoir écouté, Hapousenb. L'aube arrive et le pharaon attend l'hymne au dieu. Vous le chanterez la conscience en paix !

Il poussa devant lui le garçon atterré, et tous deux s'éloignèrent vers les jardins baignés d'une tendre lumière rosée.

— Il est encore trop tôt pour déranger le pharaon, expliqua Senmout au jeune prêtre. Attendons que le grand prêtre ait chanté son hymne aux cieux. Nous allons nous restaurer chez moi. Que désires-tu manger ? Comment t'appelles-tu ?

— Smenkhara, prince.

Il était encore abasourdi et quelque peu méfiant, et Senmout le tint par le bras jusqu'à la porte d'or de son palais.

— Depuis quand sers-tu au temple ?

— Deux ans. Mon frère est maître des Mystères.

— Ah oui ? Et toi, que veux-tu faire plus tard ?

Ils dépassèrent les gardes et pénétrèrent dans l'obscurité du palais. Senmout le conduisit dans ses appartements privés et appela Paeré.

Le jeune garçon jetait des coups d'œil tout autour de lui, la curiosité l'emportant sur sa peur. Il avait entendu parler du favori du pharaon et de sa puissance et il l'avait déjà vu accompagner son roi au temple, dans tout l'éclat de sa splendeur.

— Je ne sais pas, puissant majordome, répondit-il. J'aimerais bien devenir un jour grand prêtre.

— Tu as de l'ambition, toi aussi ! dit Senmout en le relâchant. Il envoya Paeré chercher du lait et de quoi se restaurer, et fit asseoir le jeune homme intimidé dans un superbe fauteuil de cèdre sculpté.

Hatchepsout leur accorda audience une heure plus tard. Elle s'était préparée pour se rendre au temple, mais elle reçut obligeamment le petit prêtre décontenancé. Il n'avait plus la moindre envie d'attirer des ennuis à l'homme qui l'avait si bien nourri ; mais Senmout le poussa de force devant le pharaon en lui ordonnant discrètement de faire son devoir. Le garçon se prosterna et raconta son aventure sans oser lever une seule fois les yeux sur l'extraordinaire créature au casque d'or surmonté du cobra et du faucon.

La dame du Nil

A la fin du récit, le sourire d'Hatchepsout s'était évanoui. Elle lui ordonna de se relever tout en posant sur Senmout un regard interrogateur. Il fit un signe de tête.

— Smenkhara, tu as très bien agi, dit-elle. Nous sommes satisfaits de ta fidélité et de la confiance que tu nous portes. Je vais prendre les dispositions nécessaires, car l'affaire est grave ; mais tu dois me promettre de ne jamais révéler à quiconque ce que tu as entendu. Je sévirai à ma manière, le moment venu.

— Oui, Majesté, murmura l'enfant.

— A présent, qu'est-ce qui te ferait plaisir ? Veux-tu porter mon encens ce matin ? Nous rendrons ensemble hommage au dieu.

Il la regarda bouche bée, le visage rayonnant de joie, puis sortit l'attendre devant sa porte. Une fois seuls, Hatchepsout en colère se tourna vers Senmout.

— Quelle maladresse ! Je connais parfaitement vos sentiments, Senmout, ceux d'Hapousenb aussi, de même que ceux de Néhési, et de tous les autres. Je connais également le désir pressant de Touthmôsis de me renverser pour prendre ma place. Mais il n'y aura pas de meurtre ! Je ne le répéterai pas deux fois ! ajouta-t-elle en martelant ses mots. Et si je vous surprends une fois de plus à y songer, je vous châtierai comme un vulgaire criminel. Elle le foudroya du regard et se détourna de lui. Touthmôsis est de mon sang. Personne n'y touchera.

— Mais éloignez-le pour le moins.

— Pour qu'il complote dans mon dos ? Non ! Pourquoi m'avez-vous amené ce garçon au lieu de vous entendre avec lui ?

— Puis-je m'asseoir, Majesté ? Hatchepsout acquiesça. Je l'ai fait pour que retombe enfin le jugement d'Amon sur un jeune prêtre lâche qui n'a pas eu le courage de faire son devoir.

— Je ne vous comprends pas.

— Il y a bien longtemps, dit-il en souriant d'un air las, je me suis trouvé moi aussi dans la situation de ce petit prêtre affamé, et je suis allé en pleine nuit chaparder de la nourriture dans les cuisines royales. Tout comme lui, j'ai entendu une conversation que je n'aurais jamais dû entendre. Hatchepsout l'écouta soudain avec la plus grande attention, et Senmout poursuivit : Votre sœur, Néférou-khébit, n'est pas morte de maladie. Ménéna l'a fait empoisonner.

Ses paroles retentirent lugubrement dans le silence entrecoupé par la faible respiration du pharaon. Senmout s'élança vers Hatchepsout.

Elle avait pâli et de vagues bribes de souvenirs commençaient à surgir confusément, comme dans un rêve...

— J'avais envie d'aller tout raconter à votre père, comme vient de le faire ce prêtre, mais j'étais d'autant plus terrorisé que je pensais que l'Unique approuvait ce sombre projet. Et pendant que je me débattais dans les tourments de l'angoisse et de l'indécision, Néférou fut empoisonnée.

— Enfin, enfin..., soupira Hatchepsout. Je m'étais bien rendu compte de votre haine envers Ménéna sans en connaître la raison. Je n'ai jamais cessé de songer à cette mort avec effroi, mais aujourd'hui tout s'éclaire. Et vous pensez que mon père souhaitait la mort de sa fille ?

— Je n'en suis pas certain, Majesté, mais c'est ce qu'il me semble.

— Mais pour quelle raison ? Pourquoi lui aurait-il voulu du mal ? Elle désirait simplement qu'on la laisse vivre en paix !

— Il envisageait déjà de vous voir porter un jour la double couronne, et si Néférou avait vécu, sur la tête de qui serait-elle aujourd'hui ? C'est votre époux Touthmôsis qui l'aurait épousée, et à sa mort son fils lui aurait succédé...

— Vous avez raison, dit-elle les yeux pleins de larmes. Je sais que les choses se sont passées ainsi, je l'avais deviné. Mon enfance fut longtemps tourmentée par les horribles cauchemars entretenus par mes soupçons, et pourtant, même aujourd'hui, c'est une vérité difficile à supporter. Hatchepsout luttait désespérément contre les larmes. Retirez-vous Senmout ; votre confiance me fait du bien... et m'accable aussi. Je vais aller réciter mes prières en compagnie de ce fortuné jeune homme. Je pense comme lui que vous auriez pu l'égorger et le jeter dans le fleuve.

Hatchepsout esquissa un faible sourire et lui donna sa main à baiser.

Hatchepsout fiança Touthmôsis à une Néféroura radieuse avant la fin de l'hiver, puis elle envoya immédiatement son beau-fils en manœuvre avec ses troupes dans le nord du pays. Elle lui avait toutefois fait clairement comprendre qu'il ne s'agissait nullement d'un mariage, mais d'une simple promesse.

— Vous vous êtes engagée, Majesté, lui avait-il précisé. Libre à vous de m'envoyer en expédition aux quatre coins du pays, mais tôt ou tard vous devrez nous conduire au temple et me donner Néféroura; je ne suis plus un enfant.

— J'ai des yeux pour voir! Oh! Touthmôsis pourquoi toujours revenir là-dessus? Ne vous ai-je pas promis le trône?

— C'est exact, mais aujourd'hui je ne crois pas que vous ayez jamais eu l'intention de me le remettre. Je vous craignais étant petit. Mais à présent que je suis presque un homme vous me refusez encore l'entrée de la Salle des Audiences, où je serai en droit de siéger en tant que pharaon. Je pense que vous destinez le trône à Néféroura.

— Vous avez tort de penser de telles bêtises et de les crier à tort et à travers. Qu'est-ce qui m'empêche de me débarrasser de vous? Je pourrais alors effectivement remettre la double couronne à Néféroura et la marier à un quelconque général.

— Vous savez aussi bien que moi que Néféroura est douce, bonne, gentille et absolument incapable de faire un bon pharaon.

— Et Méryet, alors? demanda Hatchepsout avec le plus grand sérieux car elle savait bien que Touthmôsis avait raison. Néféroura était totalement dépourvue de la flamme et de l'ambition qui l'avaient dévorée au même âge. Malgré son amour pour elle et son profond désir de lui léguer la couronne, Hatchepsout voyait bien que Néféroura serait incapable de tenir en respect Touthmôsis et les jeunes nobles sans scrupules qui convoitaient le pouvoir.

— Méryet! s'exclama Touthmôsis avec un rire méprisant. Elle est tout feu, tout flamme et commence déjà à s'intéresser aux plus jeunes de vos conseillers... Elle? pharaon? Elle est aussi peu profonde que le fleuve en plein été; elle se moque de l'Egypte, autant que de vous! Touthmôsis s'approcha en haussant les épaules. J'accepterai ces fiançailles si elles se concluent par un mariage. Je ne suis pas mécontent de partir jouer les soldats, j'aime me battre, et comme vous vous plaisez à le répéter, je suis encore jeune. Mais ne me faites pas attendre trop longtemps!

— Vous vous oubliez! Je représente l'Egypte, et lorsque je donne un ordre, j'entends être obéie! Ne me poussez pas à bout, Touthmôsis. Vous êtes arrogant et ridicule, mais je constate que vous avez encore beaucoup à apprendre et c'est pourquoi je vous pardonne. Si votre mère ne vous avait pas rempli la tête de balivernes, nous aurions pu faire de grandes choses ensemble. Mais elle vous a appris à me haïr bien avant de vous apprendre à parler.

La dame du Nil

Touthmôsis grimpa les quelques marches qui menaient au trône et se balança avec désinvolture d'un pied sur l'autre.

— Vous avez bafoué la loi en me privant de la couronne, et ma mère n'a rien à voir à cela. Quant à ce que nous pouvons faire ensemble, ne suis-je pas déjà capitaine et promis à de plus grands honneurs ? N'est-ce pas pour vous servir que je consacre mes journées à l'entraînement militaire, pour vous servir comme tout un chacun en Egypte ?

Elle resta un long moment seule après son départ. Les rayons du soleil illuminaient les murs argentés et la brise apportait toutes les exquises senteurs de son domaine. Les fresques lui renvoyaient son image, indomptable et toute-puissante au milieu de ses ennemis figés en une attitude de soumission éternelle.

— Ah ! Touthmôsis ! soupira-t-elle, que n'es-tu mon fils !

24.

Pour la première fois de sa vie, Hatchepsout sentit cette nuit-là le poids des années. En attendant Senmout dans la pénombre de sa chambre, elle approcha le miroir de son visage pour y chercher la moindre ride naissante, l'ombre de la marque du temps, tout en se représentant à elle-même la vanité d'espérer conserver à trente ans la beauté de ses quinze ans. Mais la femme qu'elle y vit possédait toujours les yeux lumineux et limpides de la jeunesse, et la peau encore lisse et parfaite. Elle admira son corps nu, ses longues jambes fuselées, son ventre musclé et ses seins hauts.

« Mes inquiétudes ne sont que le fruit de mon imagination, se dit-elle en reposant le miroir avant de s'allonger sur sa couche. Les contraintes du pouvoir m'absorbent trop ; j'ai l'impression que mon esprit est aussi engourdi que celui d'une vieille femme. »

Elle l'entendit s'arrêter devant la porte. Le garde le fit entrer, et c'est un regard nouveau qu'elle porta sur lui : grand, mince, musclé par l'exercice quotidien, le visage altier et rassurant, le regard vif, les lèvres sensuelles qui souriaient en la saluant, tel était l'homme qu'elle aimait depuis tant d'années.

Il comprit instantanément son état d'esprit et, sans un mot, s'approcha de la couche et caressa son front chaud pour en chasser les préoccupations de la journée.

Elle se redressa pour l'attirer à elle en cherchant avidement ses lèvres, mais cette nuit-là, les débordements de sa passion ne parvinrent pas à éloigner le souvenir de son pénible entretien avec Touthmôsis.

La dame du Nil

Lorsqu'au printemps Touthmôsis rentra de son expédition, elle le renvoya aussitôt inspecter les garnisons du désert, occasionnant ainsi le chagrin de Néféroura qui lui fit ses adieux en larmes. Néanmoins elle avait ordonné sans pitié au commandant de Touthmôsis d'effectuer une tournée d'inspection approfondie afin de l'occuper pendant six mois. Elle aurait aimé elle aussi s'éloigner quelque temps, partir, peu lui importait où. Elle se sentait de plus en plus mal à l'aise dans ce palais plein de serpents souriants et obséquieux. Elle se rendait beaucoup plus fréquemment au temple où Amon l'attendait pour lui faire partager les secrets de son âme immortelle, et elle allait se recueillir quotidiennement dans son propre temple, agenouillée devant son image, celle de son père et du dieu, comme pour y puiser de nouvelles forces. Un jour, en rentrant, elle comprit la raison pour laquelle Amon n'était toujours pas satisfait de ses multiples offrandes. Elle courut à la bibliothèque du palais où étaient conservés dans de grands coffres de bois rangés le long des murs tous les papyrus, anciens et récents.

— Le Pount ! s'écria-t-elle haletante, suivie de près par Nofret et ses servantes.

Le bibliothécaire interloqué quitta son siège et se prosterna à ses pieds.

— Majesté ?

— Le Pount ! Le Pount ! Trouvez-moi les cartes et les écrits d'Osiris-Mentou-hotep-Râ sur le Ta-Neter, la terre sainte des dieux. Apportez-les-moi dans la Salle des Audiences. Dépêchez-vous ! Doua-énéneh, allez me chercher Senmout et Néhési.

— Néhési est à l'entraînement des Braves du Roi, Majesté.

— Envoyez-le-moi dès qu'il aura fini.

Elle sortit en courant accompagnée de ses femmes qui avaient le plus grand mal à la suivre. Elle ordonna qu'on débarrasse le bureau de la Salle des Audiences, et envoya Amon-hotep chercher Inéni à Karnak où il supervisait la construction de portiques à colonnades.

Couvert de poussière, Inéni arriva dans la Salle des Audiences en même temps que le bibliothécaire. Senmout fit son entrée quelques instants plus tard et tous prirent place autour de la table. La réunion ressemblait fort à un conseil de guerre.

— Bien, dit Hatchepsout en posant ses mains à plat sur la table. Qu'avez-vous trouvé, bibliothécaire ?

— Fort peu de documents, Majesté, avoua-t-il. Votre illustre ancêtre ne nous a laissé qu'un récit de son voyage ainsi que la liste des merveilles qu'il en rapporta à l'intention du dieu.

— Une carte ?

— En quelque sorte. En ce temps-là, vos ancêtres n'avaient pas besoin de cartes car l'Egypte et le Ta-Neter faisaient fréquemment du commerce ensemble.

— C'est ce que disent les légendes, précisa Inéni. Depuis des générations, on raconte aux enfants les merveilleuses histoires du pays de Pount.

— Mais nos bateaux ne croisaient-ils pas au large des côtes du Ta-Neter avant l'invasion des Hyksôs ? demanda Senmout. De nombreux monuments relatent ces voyages.

— C'est exact, approuva Hatchepsout. Bibliothécaire, quelle était la plus précieuse marchandise du Pount ?

— La myrrhe, évidemment, répondit-il en souriant.

— La myrrhe, parfum sacré entre tous. J'ai une autre idée, Senmout. Imaginez un instant avec moi les jardins de mon temple transformés en une mer de balsamiers. Leur senteur ravira les narines de mon père Amon, et peut-être alors seulement sera-t-il content.

— Si je comprends bien, dit posément Senmout en se penchant vers elle, vous avez l'intention d'envoyer une expédition à la recherche de cette terre sainte ?

— Absolument, et vous m'avez fort bien comprise. Les Hyksôs ont disparu, et il est largement temps de rouvrir l'ancienne route entre l'Egypte et le Ta-Neter.

Tout le monde se regarda, interloqué.

— Je ne sais pas, dit tout doucement Inéni, mais j'ai entendu dire que le Ta-Neter est très, très loin. Il se pourrait que nos bateaux ne reviennent jamais.

— Ils partiront et reviendront, dit Hatchepsout avec conviction. Mon père a parlé. Il aura de la myrrhe et dans les siècles à venir, les hommes se souviendront de celle qui a redonné le Ta-Nater à l'Egypte.

Néhési entra sur ces mots, encore tout imprégné de sueur au sortir du champ de manœuvre. Il tendit au garde son arc et sa lance, s'inclina et prit place à la droite d'Hatchepsout.

— Je vous fais mes humbles excuses pour mon retard, dit-il. Votre Majesté a-t-elle besoin du Sceau ?

La dame du Nil

Elle lui exposa brièvement son projet et prit la carte décolorée des mains du bibliothécaire qu'elle congédia, puis la déroula sur la table.

— Ma mère m'a parlé de ce pays légendaire, dit Néhési. Mais je sais aussi qu'aucun homme n'en est revenu. Elle disait que c'était le pays d'origine des dieux.

— C'est bien de là que viennent les dieux, approuva Hatchepsout. Mais Mentou-hotep a réussi à y aller, et nous y parviendrons à notre tour.

Ils semblaient tous subjugués par la carte qu'ils ne pouvaient quitter des yeux. Puis Inéni rompit le silence.

— Cela prendra des mois, dit-il, jugeant par-devers lui cette expédition parfaitement irréalisable et en jetant un coup d'œil à Senmout qui jouait avec le bord de la carte d'un air songeur. Néhési par contre semblait fort intéressé.

— Senmout, dit Hatchepsout au bout d'un moment, je vous relève de toutes vos fonctions au palais. C'est vous qui allez organiser et commander l'expédition en mon nom. Néhési vous accompagnera. Désormais, Tahouti aura la charge du Sceau royal. Prenez la carte pour l'étudier, puis vous me soumettrez vos projets pour ce voyage. Vous pourrez disposer d'autant de bateaux qu'il le faudra, et s'il est nécessaire d'en faire construire de nouveaux, mes arsenaux vous sont ouverts. Avez-vous quelque chose à ajouter ?

Ils secouèrent la tête en proie à la plus grande indécision, abasourdis par le brutal changement survenu dans leurs vies. Elle les congédia tous d'un ton impératif, à l'exception de Senmout.

Il était encore assis à la table, le visage empreint d'une prudente réserve.

— Eh bien ? dit-elle. Il me semble que vous ne m'approuvez pas. Qu'en pensez-vous ?

— J'estime cette entreprise digne d'être tentée, votre gloire n'en sera que plus grande ; mais je ne veux pas partir. Qui veillera sur le palais en mon absence ? Et qui donc commandera votre garde en l'absence de Néhési ? Majesté, je vous en supplie, désignez quelqu'un d'autre. Ce ne sont tout de même pas les marins expérimentés qui manquent à Thèbes !

— Vous ne voulez pas m'abandonner sans défense, n'est-ce pas ? lui demanda-t-elle en souriant faiblement. Ce que vous dites est vrai ; vous êtes avec Néhési mes deux soutiens les plus sûrs. Mais vous n'êtes pas les seuls et cette expédition est pour moi d'une extrême importance. Or je ne peux m'assurer de son succès qu'en envoyant les meilleurs hommes de l'Egypte.

— Et ne craignez-vous pas que dès que nous aurons le dos tourné Touthmôsis et ses partisans fassent pression sur vous ?

— Nous verrons bien. Je peux faire en sorte que Touthmôsis soit toujours assigné aux quatre coins du pays. Il y a bien longtemps que vos occupations au palais ne vous ont laissé quelque loisir.

— L'oisiveté ne m'intéresse guère, répliqua-t-il sèchement. Permettez-moi de vous dire, Majesté, que c'est folie de vous séparer de vos compagnons les plus loyaux au moment où votre avenir est en jeu.

— C'est donc ainsi que vous voyez les choses ?

— Et je ne suis pas le seul. L'assurance de Touthmôsis augmente chaque jour. Laissez-moi rester, Hatchepsout ! Vous avez besoin de moi !

— C'est un piètre pharaon, celui qui doit toujours s'abriter derrière ses ministres ! répondit-elle calmement. Et si le moment dont vous parlez est arrivé, autant mourir. Mais partez sans crainte, Senmout, je serai encore là à votre retour.

Ravalant sa colère, Senmout se leva.

— Je suis à vos ordres, dit-il sèchement. Je partirai donc. Je vais voir avec Néhési si nous pouvons envisager notre départ sous peu.

— Parfait. Je suis satisfaite.

Senmout sortit suivi de son secrétaire et Hatchepsout, en attendant sa suite, pensa à ce que serait sa vie sans lui. Elle savait qu'il avait raison de ne pas vouloir partir au moment où son pouvoir était aussi fragile. Elle fut tentée, l'espace d'un instant, de changer d'avis et de le rappeler, mais elle ne le fit pas. Elle voulait vérifier si elle était capable de régner sur l'Egypte sans Senmout. S'il restait, il risquait de s'ensuivre de longues années de lutte incessante pour la couronne. Touthmôsis ferait tout son possible pour s'en emparer, quitte à ce qu'éventuellement elle se brise en deux. Alors, comme autrefois, le royaume serait à nouveau divisé.

Nofret entra et s'inclina en attendant les ordres d'Hatchepsout qui se leva en poussant un soupir. Il allait partir et avec lui, toute joie et tout repos. Mais elle se devait de faire face seule à cette dernière épreuve. Serait-elle encore là à son retour ?...

25.

La construction de cinq navires et les préparatifs de l'expédition durèrent quatre mois. Senmout assumait tous les problèmes d'approvisionnement. Hatchepsout lui conseilla d'emporter des tissus et des armes ainsi que d'autres marchandises à troquer, et jour après jour il en dressa et vérifia la liste. Menkh la supplia de le laisser partir avec les autres, mais elle refusa en le nommant garde du corps en l'absence de Néhési. Elle passa de longues soirées avec Néhési et Senmout, penchés sur l'unique carte susceptible de leur indiquer la route de ce mystérieux pays. Ils décidèrent enfin de faire voile vers le nord en profitant du courant jusqu'au delta, puis de couper à l'est par le canal creusé par les ancêtres du pharaon, jusqu'à la mer Rouge. Au nord, il n'y avait qu'un vaste océan; ils choisirent donc de se diriger vers le sud en longeant la côte orientale. Une fois le canal traversé, ils leur faudrait se fier aux récits et légendes pour se guider. Néhési passa des journées entières avec le vieux bibliothécaire à écouter maintes fois les merveilleux contes sur le Ta-Neter afin de se souvenir du moindre détail susceptible de servir. Senmout et Hapousenb arpentaient longuement les jardins du temple en discutant de la conduite à tenir, s'ingéniant à prévoir l'avenir, élaborant toutes sortes d'obscures stratégies.

L'été tirait à sa fin et, depuis les montagnes du Sud, Isis commençait à verser les larmes bénéfiques qui allaient inonder la vallée et pousser les navires vers l'inconnu.

La veille de son départ, Senmout fit ses adieux à Ta-kha'et, sincèrement affligé de la quitter. Elle pleura en le retenant et le supplia de ne pas partir. Il demanda à Senmen de veiller sur elle, et lui confia le rouleau de papyrus qui lui rendrait sa liberté et l'autoriserait à jouir de tous ses biens s'il ne revenait pas. Ses sanglots le suivirent longtemps, mais il préféra ne pas se retourner, fermement décidé à revenir, persuadé de pouvoir un jour jouer de nouveau aux dés avec elle à l'ombre des sycomores. Par contre, il ne savait pas si le pharaon l'attendrait encore.

Senmout passa sa dernière nuit dans la douce pénombre des appartements d'Hatchepsout. Ils firent tendrement l'amour, sans un mot, comme si c'était la dernière fois. Aucune prémonition ne lui permettait d'espérer la revoir. Il la berça longuement dans ses bras, le cœur serré. Seul le dieu était capable de déchiffrer l'énigme que présentait cette femme complexe, mélange de caprices, de chimères, de clairvoyance, et d'amour de la paix et de l'Egypte.

Lorsque, avec une étrange célérité, la nuit céda la place à l'aube, ils se levèrent et, agenouillée devant lui, Hatchepsout lui embrassa les pieds. Puis, elle murmura en l'enlaçant : « Puissent tes pieds te porter vaillamment. » Ce furent les seules paroles prononcées au cours de cette nuit d'adieu.

Toute la population de Thèbes affluait déjà vers le fleuve pour assister au départ des navires. Les marins, les soldats et les ambassadeurs commençaient à charger leur équipement à bord.

Senmout alla se baigner et se changer dans les appartements de Menkh. Tout en se préparant fiévreusement il fit ses ultimes recommandations à son ami désolé, et resta en sa compagnie jusqu'à la dernière minute.

Précédé de son escorte, Senmout traversa lentement Thèbes aux côtés de Ta-kha'et pour se rendre au port, où Néhési avait déjà pris place sur le navire de tête. Hatchepsout, les traits tirés et les yeux cernés, l'attendait sur le quai. Elle avait revêtu le vêtement qu'elle portait le jour de son couronnement en raison de la solennité de la circonstance. Touthmôsis, placé à ses côtés, observait impassible la foule et le fleuve. Senmout et sa suite les saluèrent, puis il monta seul à bord La présence de Touthmôsis, si promptement revenu de sa tournée, l'irrita fort, et il salua froidement Néhési sans quitter des yeux le sombre visage du jeune prince. Après les sacrifices rituels à Amon et à Hathor, déesse des vents, on largua les amarres et les navires lourdement chargés s'ébranlèrent.

Senmout entendit à peine les acclamations de la foule. Saisi d'un violent pressentiment, son regard troublé par un dernier sursaut de regret croisa celui de Hatchepsout. Son visage semblait calme sous la couronne rouge et blanche mais, au fond de ses yeux noirs il pouvait lire tout son amour pour lui et tout son désespoir.

Les clameurs s'évanouirent peu à peu, bientôt remplacées par la plainte du vent, le crissement des cordages et le claquement des voiles. Son image subsista longtemps devant ses yeux ; il la voyait encore lui dire adieu, les doigts crispés sur sa lourde robe battue par le vent.

— Ils ont belle allure ces cinq oiseaux rouges qui s'envolent vers l'inconnu, dit Touthmôsis à Hatchepsout en s'approchant d'elle. J'étais en train de me demander s'ils reviendraient un jour...

Elle sursauta comme tirée d'un rêve profond, étonnée de l'absence de cette ironie qui teintait d'ordinaire ses propos. Cette fois-ci, il avait parlé d'un ton égal et lui souriait amicalement.

— Bien sûr qu'ils reviendront, répliqua-t-elle. Amon a ordonné leur départ. Il veillera sur eux et me les renverra.

— Ah ! dit-il d'un ton mielleux. Mais quand ? Il leur faudra au moins un an pour arriver jusqu'au Pount.

— Je sais. Si toutefois le Pount existe.

— Vous en doutez ?

— Non, pas vraiment. Mais tout comme vous Touthmôsis, je connais moi aussi mes moments d'indécision.

— Je ne crois pas que vous puissiez désormais vous permettre cela, dit-il en retrouvant sa perfidie coutumière.

— Oh ! Touthmôsis ! s'exclama-t-elle en riant. Pensez-vous sérieusement qu'à partir d'aujourd'hui je vais me cloîtrer et pleurer le départ de Senmout ? Je suis pharaon et j'ai encore beaucoup à faire !

— Vous peut-être, mais moi ? lui demanda-t-il tandis qu'ils quittaient le port. J'en ai plus qu'assez de vos expéditions et de vos tournées d'inspection. Regardez-moi, Hatchepsout, j'ai bientôt dix-sept ans. Donnez-moi un poste à la cour.

— Me prenez-vous pour une folle ou pour une simple d'esprit ? dit-elle en secouant vigoureusement la tête. Comptez-vous sur mon indulgence, Touthmôsis ? J'ai consulté vos généraux et ils m'ont conseillé de vous nommer général en chef. Vous semblez être un brillant tacticien. Dorénavant, vous voilà généralissime !

— Et que peut donc faire un général en temps de paix ? Entretenir son harnachement ? Nettoyer ses armes ?

— Tout ce que vous voudrez. En tant que prince héritier l'armée est totalement vôtre. Je puis vous trouver de nombreuses missions à remplir, escorter les caravanes, traquer les fraudeurs d'impôts, et bien entendu d'effectuer d'autres inspections !

— Quelle joie ! Un général soumis, à la tête d'une armée soumise, aux ordres d'un pharaon soumis qui n'est même pas un vrai pharaon !

Elle s'arrêta brusquement au milieu de l'allée et lui saisit les bras, lui enfonçant les ongles dans la chair.

— Je vous préviens, Touthmôsis, lui dit-elle tout doucement, soumettez-vous ou vous le regretterez. N'oubliez jamais que j'aurais pu vous faire disparaître depuis longtemps. Et je profite de l'occasion pour vous rappeler que vous êtes général sous mes ordres. Contrairement à vous, j'ai déjà fait la guerre, moi. Si jamais j'apprends que vous avez franchi avec vos troupes les limites de l'Egypte, je vous ferai jeter en prison. Me suis-je bien fait comprendre ?

Touthmôsis ne fit aucun geste pour se libérer de son emprise et ne la quitta pas des yeux une seconde.

— Parfaitement, répondit-il. Et je comprends certainement beaucoup plus de choses que vous, Pharaon, Eternel. Ouvrez les yeux !

Elle le lâcha et, fou de rage, les traces de ses ongles encore marquées aux bras, Touthmôsis s'éloigna.

Deux mois plus tard, on apprit au palais que la flotte, arrivée au delta, s'apprêtait à traverser le canal des Pharaons. Hatchepsout ordonna un plus grand nombre de prières et de sacrifices après avoir passionnément écouté la dépêche que lui lut Anen. Elle les imagina, naviguant silencieusement, franchissant les vastes étendues qui les séparaient de la Grande Mer. Sous le regard de Touthmôsis, elle emporta une lettre personnelle de Senmout pour la lire dans ses appartements. Elle en brisa le sceau et la dévora, le cœur gros. Il lui donnait de ses nouvelles ; tout se passait pour le mieux. Le canal était toutefois en fort mauvais état et il faudrait songer à le réparer. Il lui conseillait de profiter des crues pour réquisitionner les paysans en vue des travaux. Il lui parlait de choses et d'autres, de la faune et de la flore, de la beauté des couchers du soleil, mais à la fin de sa lettre, il n'avait pu s'empêcher de lui avouer à quel point elle lui manquait, comme l'eau en plein désert, et il l'appelait de tout son corps et de toute son âme. Elle serra la lettre dans le coffret d'ivoire où elle rangeait tous ses souvenirs, puis se rendit au temple pour implorer la protection du dieu pour les mois à venir, lui demander de bénir les navires et de refréner les ambitions de Touthmôsis.

Un soir, alors qu'elle se préparait pour la nuit, Néféroura vint la voir. Les pieds nus de la jeune fille sur le sol doré ne firent aucun bruit lorsqu'elle entra après avoir été annoncée. Hatchepsout fit signe à Nofret de poser sa robe de nuit, et la congédia après s'être fait apporter son vin du soir. Néféroura s'inclina devant elle. Elle portait une robe blanche transparente qui laissait deviner ses hanches fines et ses seins naissants et, autour du cou, un collier d'or incrusté d'améthystes. Un bandeau blanc et or enserrait son front, mais elle n'était pas maquillée et ses yeux noirs rencontrèrent avec gêne ceux de sa mère. Hatchepsout lui sourit et lui offrit de s'asseoir, mais Néféroura resta debout, les yeux baissés, en se frottant nerveusement les mains.

— Quelle agréable surprise ! dit Hatchepsout. Les préparatifs de l'expédition l'avaient empêchée de voir sa fille aussi souvent qu'elle l'aurait désiré, mais elle se tenait au courant de ses progrès. Pen-Nekhet l'avait informée quelques mois auparavant qu'il déconseillait tout entraînement militaire à cette jeune fille trop fragile. Hatchepsout, très contrariée, avait admis néanmoins que rien ne devait compromettre la santé de l'héritière.

— Qu'as-tu fait aujourd'hui ? Es-tu restée plantée en plein soleil à regarder les soldats s'entraîner ? Elle se moquait gentiment de Néféroura, mais celle-ci ne sourit pas à ses questions.

— Mère, je voudrais vous parler de Touthmôsis.

Hatchepsout réprima un soupir. Décidément, tout le monde voulait lui parler de Touthmôsis ! Elle s'installa dans son fauteuil tandis que Nofret remplissait sa coupe de vin.

— Eh bien, parle. Tu sais que tu dois toujours tout me dire.

— Il y a déjà longtemps que nous sommes promis l'un à l'autre et pourtant vous n'avez rien fait pour nous conduire au temple. Qu'attendez-vous ? Avez-vous changé d'avis ?

— Est-ce Touthmôsis qui t'envoie plaider sa cause ? lui demanda-t-elle.

— Non ! Je lui ai parlé au déjeuner, mais il n'avait pas grand-chose à me dire. Elle rougit et baissa les yeux. Il ne me parle jamais beaucoup.

— L'aimes-tu vraiment, Néféroura?

— Oh oui! s'écria-t-elle avec ferveur. Je l'aime depuis toujours! Je veux l'épouser et vous me l'avez promis. Mais le temps passe et je ne fais rien d'autre qu'attendre.

— Vous êtes encore trop jeunes tous les deux. Ne peux-tu patienter encore un peu?

— Mais pourquoi? Quel âge aviez-vous quand vous êtes tombée amoureuse du majordome Senmout? Oh! mère, je ne peux plus supporter de n'être qu'un pion sur votre échiquier. Ne puis-je vivre pour moi et épouser Touthmôsis?

Hatchepsout porta vivement la coupe à ses lèvres afin de dissimuler le trouble que lui causaient ces paroles. « Suis-je vraiment si dure? se demanda-t-elle consternée. Suis-je en train de perdre l'amour de ma chère Néféroura? » Elle but une gorgée de vin et reposa la coupe sur la table. Puis elle se leva et enlaça les frêles épaules de sa fille qui se raidit à ce contact.

— C'est ainsi que tu me vois, Néféroura? Sais-tu ce que cela signifie d'épouser un prince héritier, et surtout un prince comme Touthmôsis?

— Je le sais fort bien! s'exclama la jeune fille en repoussant dédaigneusement le bras de sa mère. Et vous vous opposez à mon mariage parce que vous craignez qu'il ne légitimise ses droits et ne vous chasse du trône d'Horus!

— C'est juste. Et c'est ce qu'il fera. Tu crois le connaître, Néféroura, parce que tu l'aimes, mais moi je le vois avec les yeux de l'Egypte. Je le connais depuis sa plus tendre enfance. Sache qu'en l'épousant, tu me condamnes à mort. Je suis navrée, mais c'est ainsi.

— Je n'en crois rien! Touthmôsis est violent, mais il n'est pas cruel!

Hatchepsout retourna s'asseoir avec lassitude.

— C'est vrai. Mais je ne peux prendre ce risque. Encore une fois, Néféroura, je suis navrée, mais tu n'épouseras jamais Touthmôsis.

— Puisque c'est ainsi je le conduirai moi-même au temple! Ses yeux lançaient des éclairs et brillaient du même feu que ceux de sa mère. Elle s'enfouit le visage dans les mains. Non, je ne ferai jamais ça. Je ne le laisserai jamais vous faire de mal, mère. Puis elle s'approcha de la table sur laquelle reposait la petite couronne en forme de cobra. Je ne veux pas être pharaon. C'est pourtant ce que vous auriez souhaité, n'est-ce pas? Je préfère rester princesse toute ma vie. Je préférerais même reposer en paix, comme Osiris-Néférou-khébit. Et que penseriez-vous, proposa-t-elle désespérément, de nous marier et de nommer Touthmôsis vizir ou gouverneur ? Nous irions vivre loin de Thèbes et de vous, et vous n'auriez plus rien à craindre.

— Ma pauvre Néféroura, dit calmement Hatchepsout. Pendant combien de temps penses-tu que Touthmôsis se contentera de gouverner un petit nome alors qu'il pourrait régner sur un royaume ? Laisse-moi encore une année, une seule année, et je te promets de vous conduire tous les deux au temple. Cela, je te le promets.

— Non ! Je ne veux pas me sentir responsable de votre mort !

— Il se peut que les choses n'en arrivent pas là. Touthmôsis s'apercevra l'année prochaine que je ne suis en rien une menace pour lui et il me laissera vivre en paix.

Néféroura éclata de rire et se pencha pour embrasser Hatchepsout sur la joue.

— Oh ! mère, vous n'abandonnez jamais la partie, n'est-ce pas ? Vous avez consacré toute votre vie au pouvoir, au pouvoir et à l'Egypte. Ils se confondent d'ailleurs souvent à vos yeux. Et que me direz-vous dans un an ? Que vous partez gouverner un nome en abandonnant l'Egypte à Touthmôsis ? Je n'en crois rien ! Et lui non plus. Je sais qu'il ne m'aime pas, mais cela n'a aucune importance. Je ferai une excellente épouse pour lui.

— J'en suis certaine ; dans un an.

— D'ici là Senmout sera sur le chemin du retour. Néféroura rit à nouveau en retenant ses larmes. Quel malheur d'être Première Fille royale, je déteste cela ! dit-elle en prenant la petite couronne. Je déteste vos projets à mon égard, et je déteste les nécessités du pouvoir qui m'éloignent de Touthmôsis. Mettez Méryet à ma place !

— Néféroura, la rapacité de Méryet ruinera ce pays si jamais elle devient pharaon, et tu le sais aussi bien que moi ! Elle allait ajouter que Touthmôsis n'aurait jamais fait attention à elle si elle n'avait pas été Première Fille royale, mais à la vue du petit visage bouleversé et malheureux de Néféroura, elle s'abstint de tout commentaire.

— Je le sais bien. Il vaudrait mieux que la double couronne revienne à Touthmôsis plutôt que de laisser à Méryet la moindre occasion de devenir pharaon, reconnut Néféroura.

— C'est aussi mon opinion, dit Hatchepsout. Je ne le hais pas, Néféroura. Il est de mon sang royal, et je l'ai toujours traité avec tendresse. Mais je jure qu'il n'aura pas ma couronne de mon vivant.

Elle n'est pas à lui ! Elle ne l'a jamais été ! Elle est et sera toujours à moi, l'incarnation d'Amon.

— Mais après vous, mère, que va-t-il se passer ?

Hatchepsout leva de nouveau sa coupe en évitant soigneusement le regard de Néféroura.

— Si tu n'en veux pas, elle reviendra à Touthmôsis.

— Je n'en veux pas.

— J'en suis désolée, dit Hatchepsout en regardant la porte se refermer derrière sa fille.

Aucun message ne parvenait plus de l'expédition et Hatchepsout s'exhorta à la patience. Ses pensées allaient souvent à Senmout et à Néhési, et, pour vaincre sa tristesse, elle se consacra plus que jamais à l'exercice du pouvoir. L'anniversaire de ses trente-cinq ans approchait, et elle entra dans cette nouvelle année avec l'enthousiasme de ses vingt ans. Mais Touthmôsis et sa meute se faisaient toujours plus pressants et elle dut monopoliser toute la force de son caractère pour ne pas abandonner l'Egypte et s'enfuir le plus loin possible.

Le même appétit de puissance qui avait animé son grand-père vivait en Touthmôsis. Tout en prenant bien garde de ne pas dépasser les limites du royaume, il ne restait jamais inactif, passant d'un nome à l'autre avec ses soldats, fouettant ses chevaux et sillonnant le désert avec ses fougueux amis ou traversant les rues de Thèbes dans un train d'enfer.

Hatchepsout continua à expédier les affaires courantes du royaume, assistée de Menkh, d'Ouser-amon et de Tahouti, en feignant d'ignorer les fréquentes allées et venues aux alentours des baraquements militaires, et jusque dans les couloirs du palais où Touthmôsis passait en riant bruyamment. Certes, il allait bientôt repartir vers la frontière nubienne, au nord du pays, ou bien à l'ouest, dans le désert qui s'étendait loin derrière la nécropole. Mais Hatchepsout savait que les dernières années de son règne approchaient à grands pas.

Par un bel après-midi d'hiver, elle se rendit au terrain militaire avec Menkh pour y conduire son char. Ils virent en approchant un groupe de soldats réunis. Son porte-enseigne courut en avant pour lui dégager la route. Elle traversa paisiblement la foule jusqu'au circuit. Une cible avait été installée, face au centre, et une ligne blanche tracée sur le sol à cent pas de là. Nakht et Touthmôsis étaient en train de discuter derrière le char de bronze de ce dernier, auprès d'une jeune recrue qui tenait deux lances à la main. Curieuse de savoir ce qui se passait, elle se dirigea vers eux, toujours suivie de Menkh.

— Mes salutations, Touthmôsis. Que faites-vous donc ?

Ils levèrent les yeux vers elle, et la saluèrent. Touthmôsis mit son casque et ses gants.

— Mes salutations, Pharaon. Nous venons de mettre au point un nouveau jeu.

— Dites-moi vite de quoi il s'agit !

Un soldat lui tendit une lance et il la soupesa d'une main experte tout en regardant Hatchepsout. Elle portait son habituel pagne court, des sandales de cuir blanc, un casque blanc orné d'un uræus, et un pectoral de cuivre incrusté de jaspe.

— Si vous voulez, dit-il. En partant de la cible, je fais en char le tour du circuit en gagnant de la vitesse, de façon à me trouver au maximum de ma puissance en abordant la ligne droite. Alors je dois projeter ma lance et toucher la cible avant d'avoir franchi la ligne blanche.

— Vous avez déjà commencé ?

— Pas encore, mais j'y vais. Que faites-vous ici ?

— Je suis venue m'entraîner, dit-elle en montrant son char doré conduit par un de ses Braves.

— Dois-je enlever la cible et attendre que vous ayez terminé ?

— Non. Une idée divertissante commençait à se faire jour dans son esprit. Laissez la cible, j'aimerais jouer avec vous à votre nouveau jeu.

— Vraiment ? Allons-nous donc nous mesurer ?

Son char s'arrêta à la hauteur de Touthmôsis ; le soldat du roi en descendit en tendant les rênes à Menkh.

— Donnez-moi une lance, dit-elle ; l'honneur de commencer vous revient de droit.

— Non, non. Il revient au pharaon. Mais nous devrions fixer l'enjeu.

— J'ai de l'or à ne savoir qu'en faire. Fixez vous-même votre prix, Touthmôsis. A peine eut-elle achevé sa phrase, qu'elle regretta sa proposition. Touthmôsis réfléchit un instant, puis un large sourire éclaira son visage.

— Si je touche le centre de la cible et vous non, vous devrez nous marier, Néféroura et moi, avant la fin de ce mois-ci.

La dame du Nil

Une rumeur approbative courut dans les rangs des soldats.

— Refusez, Majesté, lui chuchota Menkh. L'affaire est d'importance, ne jouez surtout pas avec ce genre de choses.

Tout en comprenant parfaitement ce qu'il voulait dire, elle n'y prêta guère attention et regarda calmement Touthmôsis dans les yeux.

— D'accord. Et si la mienne touche le centre, vous perdrez Néféroura à jamais.

Touthmôsis acquiesça, les lèvres serrées.

— Nous sommes bien d'accord sur les termes du pari ?

— Absolument. Allons-y. Je veux bien commencer la première. Menkh, mes gants !

Hatchepsout enfila les épais gants de cuir blanc tout en regardant d'où venait le soleil. Elle sauta lestement sur le char et prit les rênes des mains de Menkh. Les chevaux s'agitèrent et, à son ordre, s'élancèrent en fendant la foule des soldats. Elle fit une première fois au trot le tour du circuit, les yeux fixés sur le petit cercle de bois peint en blanc. Elle s'arrêta à son point de départ pour vérifier la solidité du harnachement et prit la lance que lui tendait une recrue. Après un dernier coup d'œil autour d'elle, elle prit les rênes d'une seule main et les enroulant fortement autour de son poignet, cria un ordre aux chevaux qui s'élancèrent sur le circuit en prenant peu à peu de la vitesse.

Touthmôsis, les poings sur les hanches, la regarda partir en clignant des yeux sous le soleil aveuglant. Les soldats l'accompagnèrent de leurs cris tandis qu'elle se penchait de plus en plus après avoir parcouru pratiquement la moitié du circuit. Ils l'entendirent encourager les chevaux qui, au grand galop, la crinière au vent, martelaient fougueusement la piste de sable gris. Elle prit le virage et s'engagea sur la ligne droite. L'espace d'un instant, ils réussirent à voir l'expression tendue et concentrée de son visage, les yeux rivés sur la cible, et la lance soudain s'éleva dans le ciel bleu. Elle toucha la cible avec un bruit sourd et vibra quelques secondes, fichée dans l'épais morceau de bois ; Hatchepsout poussa un cri en tirant violemment sur les rênes pour arrêter les chevaux. Tout le monde se précipita vers la cible en poussant de grandes acclamations. Pendant qu'elle faisait demi-tour, Touthmôsis s'approcha de la lance. Elle était plantée en plein centre.

Hatchepsout sauta du char et s'avança en riant devant la mine déconfite de son beau-fils.

— Vous pensiez que je n'y arriverais pas, n'est-ce pas ? lui dit-elle. Vous auriez mieux fait de consulter mes généraux avant de vous lancer à la légère dans une telle aventure ! Ils ont eu l'occasion d'apprécier mes talents bien avant votre naissance !

— Enlevez la lance ! ordonna-t-il à une recrue qui l'arracha aussitôt. Ne vous réjouissez pas trop tôt, Hatchepsout, vous n'avez pas encore gagné. Vous pouvez encore perdre.

— Et comment le pourrais-je, puisque j'ai touché la cible en plein centre !

Ils se dirigèrent au bord de la piste où Touthmôsis monta sur son char, sa lance à la main. Hatchepsout enleva ses gants qu'elle tendit à Menkh et vit que Touthmôsis était déjà parti et fouettait sauvagement ses chevaux. Elle se demanda s'il n'allait pas tirer dès le premier tour. Tous les soldats lui hurlaient leurs encouragements, et prise par l'excitation du moment, elle joignit ses cris aux autres. Touthmôsis allait aborder la ligne droite et redoubla d'entrain à fouetter ses chevaux. La ligne blanche apparut soudain, la cible surgit devant lui. Il lança son javelot en poussant un juron. Hatchepsout se précipita aussitôt avec les soldats tandis que Touthmôsis sautait de son char encore en mouvement et accourait vers elle.

Hatchepsout rayonnait de joie.

— Embrassez-moi, Touthmôsis ! Les dieux ont guidé votre bras ! Regardez, elle est plantée dans le trou que j'ai fait ! Nous avons réalisé deux lancers parfaits !

Menkheperrasonb arracha la lance. Il n'y avait effectivement qu'un seul et unique trou, à peine plus large que le précédent.

Hatchepsout éclata de rire à nouveau.

— Qui a gagné ? trancha brusquement Touthmôsis.

Elle s'arrêta de rire et le regarda en feignant la surprise.

— Mais c'est moi ! J'ai lancé la première !

— J'aurais gagné si j'avais commencé !

— C'est possible, mais ce n'est pas le cas. J'ai donc gagné.

— Ce n'est pas vrai ! Nous avons gagné tous les deux !

— Mais mon cher Touthmôsis, vous voyez bien que c'est tout à fait impossible. Toute la gaieté qui avait présidé au jeu avait à présent disparu pour faire place au plus grand sérieux. Nous ne pouvons ni gagner, ni perdre tous les deux. L'un de nous doit se retirer, et ce ne sera certainement pas moi.

— Ni moi.

— Voulez-vous que nous recommencions ?

— Non. La règle du jeu ne permet pas de recommencer une seconde fois.

— Je le sais. Eh bien je vais faire un tour en char avec Menkh, du côté du fleuve. Vous pouvez rester à vous entraîner !

Et avant même que Touthmôsis trouvât le temps de répondre, le char d'Hatchepsout s'éloigna dans un nuage de poussière.

Touthmôsis passa le reste de la journée en proie à un sentiment de rage impuissante, auquel l'issue du tournoi était tout à fait étrangère. Il la détestait tant ! Pendant tout le dîner, il eut devant les yeux son beau visage hâlé, et ses propos caustiques lui parvinrent aux oreilles. Il sortit prendre l'air dans les jardins, et là encore se retrouva face à elle, à son sourire moqueur, à sa silhouette élancée. Il cracha sur la statue et se détourna de ce visage dédaigneux et impassible. La haine formidable qui le dévorait se transforma soudain en un désir irrépressible pour cette femme capable de conduire son char comme un homme et de décider à sa guise du sort de ses sujets. Il la revoyait, vêtue de son ridicule pagne court, les seins pointant sous les lourds pectoraux d'or qu'elle affectionnait, les yeux constamment rivés sur lui. Il avait passé les dix-sept années de sa vie à la haïr et l'admirer. Mais aujourd'hui, son esprit enfiévré et tourmenté par une insatisfaction croissante faisait battre en lui un cœur agité du même désir auquel avaient succombé son père, ainsi que Senmout, Hapousenb et tous ceux qui avaient eu la chance de l'approcher. Il gémit de douleur au souvenir de son splendide corps souple, de sa bouche sensuelle toujours prête à rire et à se moquer de lui.

Il quitta les jardins pour prendre la direction du palais royal. Il tomba sur une ronde de sentinelles qui le laissèrent passer après l'avoir reconnu, et se mit à courir dans l'allée qui menait à la Salle des Banquets, puis dans le couloir conduisant aux appartements d'Hatchepsout, à l'entrée duquel un garde de Sa Majesté l'arrêta.

— Salutations, Prince. Vous voulez voir le pharaon ?

Touthmôsis acquiesça :

— L'Unique est-il là ?

La dame du Nil

— Oui. Vous pouvez passer.

Touthmôsis, brûlant d'un feu qui le fit sourire, pénétra doucement dans le corridor désert éclairé par les torches. Deux autres gardes l'arrêtèrent de nouveau à l'entrée de sa chambre. Le héraut se leva à son arrivée et le salua.

— Salutations, Prince.

— Salutations, Doua-énéneh. Le puissant Horus est-il déjà couché ?

— Pas encore, mais il ne va pas tarder.

— Veuillez m'annoncer.

Doua-énéneh se glissa dans la pièce en tirant à demi la porte derrière lui. Touthmôsis entendit les bribes d'une conversation, puis un joyeux éclat de rire.

— Vous pouvez entrer, lui annonça le héraut quelques instants plus tard.

Touthmôsis avait rarement eu l'occasion de lui rendre visite chez elle. Ses sens en émoi le rendaient tout particulièrement sensible à son lourd parfum ; la myrrhe semblait émaner de son corps, de sa couche, et même des tentures et des murs argentés. A peine entré, il la vit debout, vêtue de sa longue robe de nuit transparente en lin blanc, les cheveux défaits et le tête nue. Il aperçut, posés sur une petite table, son casque et ses bracelets, ainsi que le précieux coffret d'or et de turquoises où reposaient ses insignes royaux, le faucon de Nekhbet et le cobra de Bouto.

Hatchepsout répondit d'un signe de tête à son salut.

— Bonsoir, Touthmôsis ! Quelle heure étrange pour venir me voir ! Voulez-vous que je m'habille pour que nous retournions régler nos différends sur le champ de manœuvres ? Peut-être avez-vous d'autres idées d'enjeux ?

Elle n'aimait pas du tout son air ce soir-là ; il ne la quittait pas des yeux et semblait hébété. Une curieuse lueur brillait au fond de ses yeux noirs.

— Majesté, je voudrais vous parler en privé, dit-il en s'approchant d'un pas mal assuré. Veuillez, je vous prie, renvoyer Nofret.

— Touthmôsis, je ne suis pas sûre de vouloir rester seule en votre compagnie. Malgré tout mon respect à votre égard, je n'ai aucune confiance en vous. Nofret restera.

— Je ne vous veux aucun mal, Hatchepsout, répondit-il en lui tendant les mains. Je suis venu pour vous parler, rien de plus. Et vous aurez toujours la ressource d'appeler vos gardes si vous vous sentez menacée. Auriez-vous peur de moi ? lui demanda-t-il en souriant imperceptiblement.

— Non, je n'ai pas peur de vous, c'est pour le bien de mon pays que je suis obligée de me méfier de vous. Pensive, Hatchepsout se tut un instant. Très bien. Nofret, vous pouvez disposer. Je vous appellerai. Ils attendirent en silence que Nofret eût refermé la porte derrière elle. Alors, que voulez-vous ? lui demanda-t-elle impatiente d'en terminer avec lui et de se coucher.

Il resta un moment indécis, prêt à se précipiter vers elle et à la serrer dans ses bras. Dans un éclair de lucidité il réalisa l'étrangeté de sa conduite, mais le sourire étonné d'Hatchepsout l'encouragea à aller de l'avant.

— Nous pourrions peut-être vider quelques coupes en bavardant, lui proposa-t-il. Allez-vous me laisser encore longtemps debout ?

— Vous avez du vin à votre droite ainsi qu'un siège. Etes-vous vraiment venu pour bavarder, Touthmôsis ?

— Eventuellement. J'ai une proposition à vous faire, dit-il en se versant à boire. Il vida sa coupe d'un trait et s'en resservit une autre, sous l'œil amusé d'Hatchepsout.

— Vous m'intriguez. Allez-y.

Il s'assit tout en souhaitant qu'elle en fît autant.

— J'irai droit au but, Majesté, et ne vous retiendrai pas longtemps. Voici ce à quoi j'ai pensé. Vous m'avez bien promis de me donner Néféroura en mariage pour que je puisse gouverner, n'est-ce pas ?

— Oui.

— Mais vous ne le ferez jamais, j'en suis persuadé.

— Je n'en sais rien encore. Cessez donc d'essayer de deviner mes projets, Touthmôsis !

— Nous savons tous les deux que je ne suis plus un enfant, et que d'ici peu je pourrai jouir à ma guise de ce qui m'appartient de droit, sans que vous puissiez m'en empêcher.

— Vous êtes bien le seul à penser cela. Au nom d'Amon, où voulez-vous en venir, Touthmôsis ?

— Pourquoi ne gouvernerions-nous pas ensemble ?

Hatchepsout s'assit lentement sur sa couche.

— Continuez, je ne vous suis pas très bien, répondit-elle prudemment.

— C'est très simple, dit-il en faisant un grand geste. Nous pouvons en un clin d'œil abolir tout ce qui nous sépare, à notre satisfaction mutuelle. Nous allons nous marier. C'est vous qui allez me conduire au temple pour me légitimer et me donner la double couronne.

Elle sembla le regarder sans le voir pendant un long moment, l'air absent, tandis qu'il la dévorait passionnément des yeux, le visage tendu.

— Est-ce une mauvaise plaisanterie? s'exclama-t-elle enfin en vidant à son tour sa coupe. Il se rassit après lui avoir versé de nouveau à boire.

— Pas le moins du monde. Je n'aurais pas à attendre en vain la main de Néféroura, et quant à vous, vous seriez enfin libérée du fardeau que je représente pour vous et de toute crainte à mon égard.

— Les choses ne sont pas aussi simples, dit-elle. Votre père, Touthmôsis, a cherché à me séduire exactement comme vous le faites aujourd'hui. Ma jeunesse et mon inexpérience m'ont fait lui céder, mais je ne lui ai offert qu'un semblant de couronne et une autorité factice. Je ne suis pas sotte au point de m'imaginer que vous serez aussi souple et docile que lui. Vous ne me laisserez jamais gouverner seule. En vous épousant, je cesserai aussitôt d'être pharaon pour n'être plus qu'une simple Epouse Royale, impuissante devant vous. Vous me tiendrez, ainsi que l'Egypte, à votre merci. Elle but une longue gorgée de vin et se leva sans cesser de le regarder. Redoutez-vous de vous battre seul pour la couronne? Estimez-vous ma puissance insurmontable au point d'abandonner la lutte? Elle se pencha vivement vers lui. Non, vous désirez cette couronne par-dessus tout, mais vous avez encore peur de moi! Vous ne pouvez rien faire parce que vous me craignez!

Touthmôsis se leva brusquement en renversant sa coupe de vin, et en deux enjambées fondit sur elle.

— Tout cela n'a rien à voir avec la couronne, répliqua-t-il. Je peux l'obtenir dès demain si je le décide!

— Vous mentez, dit-elle calmement. Vous n'êtes pas encore assez sûr de vous pour vous permettre une telle initiative, et vous le savez aussi bien que moi! Pourquoi êtes-vous venu, Touthmôsis? Que voulez-vous exactement?

Il lui arracha la coupe des mains et la jeta par terre, puis la saisit par les poignets en l'attirant violemment à lui.

— C'est vous que je veux! s'écria-t-il fougueusement. C'est vous, fier pharaon! Il tenta vainement de l'embrasser et d'une main la saisit par les cheveux pour l'empêcher de se débattre. Regarde-moi, Hatchepsout ! Je suis un homme, et ton amant est au loin. Je t'aurai ! Et si jamais tu cries, je te casserai le bras avant l'arrivée de tes gardes. Il lui tordit le bras derrière le dos, et l'embrassa sauvagement en l'obligeant à se ployer à l'extrême.

Un goût de sang lui vint à la bouche, et de sa main libre elle lui griffa le visage de toutes ses forces pour lui faire lâcher prise, et le mordit sauvagement à l'épaule. Elle se précipita sur un lourd encensoir de cuivre. Elle essuya ses lèvres ensanglantées d'un revers de la main tout en brandissant son arme.

— Chienne ! murmura-t-il en frictionnant son épaule endolorie, prêt à se jeter de nouveau sur elle.

Elle brandit à deux mains l'encensoir et le fit tournoyer au-dessus de sa tête.

— Si jamais tu me touches encore une fois, je te fracasse le crâne ! hurla-t-elle. N'approche pas ! Espèce de lâche, tu profites de ce que je suis sans défense pour m'attaquer ! Je sais à quoi m'en tenir maintenant ! Ce n'est pas ainsi que tu auras le trône !

Ils se regardèrent un long moment, tremblants de rage et d'épuisement. Touthmôsis vida d'un trait la coupe de vin, jusqu'à la dernière goutte, et s'essuya les lèvres sans la quitter des yeux. Elle tenait encore l'encensoir, attentive au moindre de ses mouvements.

— Je suis désolé, dit-il d'un ton froid. Je ne sais pas ce qui m'a pris. Mais vous avez tort de croire que c'est ainsi que je voulais m'emparer du trône. J'étais entré ici avec l'intention de vous demander en mariage.

— Rien moins !

— Je vous aime, dit-il en évitant son regard. Je vous hais plus que quiconque, et je vous aime aussi plus que quiconque. Mais désormais, je ne vous haïrai ni ne vous aimerai plus jamais. Vous n'êtes qu'un piège profond auquel mon père, pour son plus grand malheur, s'est laissé prendre.

— Vous parlez sans savoir. Votre père et moi, nous nous aimions à notre manière, et il était heureux. Il n'aurait pas supporté une seconde de vous voir dans l'état où vous êtes. Vous parlez de l'amour sans en rien connaître, car à dix-sept ans, seul le corps est capable de s'enflammer ainsi, alors que le cœur reste froid. C'est la raison pour laquelle je vous pardonne d'avoir levé la main sur moi. C'est également pour cela que je ne vous ferai pas jeter en prison.

L'amour ? Que savez-vous seulement de mes pensées, de mes souhaits ou même de mes rêves ? Sortez ! Vous n'êtes après tout qu'un stupide Touthmôside...

— Quoi qu'il en soit, dit-il en souriant lentement, je suis prêt à parier que ce doit être une grande expérience que de coucher avec vous.

— C'est ce que vous ne saurez jamais. Mais quand bien même devrais-je me faire une raison et vous accepter dans ma couche, je ne vous donnerai jamais, au grand jamais, mon royaume. Autant épouser Senmout ; il est fin, charmant et habile. Je préférerais encore que ce soit lui qui porte la double couronne. Elle abaissa l'encensoir et le reposa sur l'autel d'Amon. Je peux encore avoir des enfants, Touthmôsis. Vais-je épouser Senmout et donner un fils à l'Egypte ?

Touthmôsis, le souffle coupé, s'étrangla de surprise, incapable de savoir si elle plaisantait ou non.

— Vous me détestez à ce point ? lui demanda-t-il avec le plus grand calme.

Elle s'approcha de lui et lui passa tendrement un bras autour des épaules.

— Je ne vous déteste pas le moins du monde. Combien de fois devrai-je vous le répéter ? Vous vous attirez ma colère par vos actes insensés et vos menaces permanentes. Ne vous ai-je pas promis que l'Egypte vous reviendrait un jour ?

— Oui, à votre mort !

— Si votre père était encore vivant, auriez-vous intrigué pour lui arracher le pouvoir ?

— Sûrement pas. Il aurait été pharaon de par la loi.

— Comme moi aujourd'hui, puisque je suis la loi. Si... si un jour vous êtes pharaon, vous comprendrez ce que cela signifie. Ce n'est en aucun cas la licence d'agir à votre guise, mais une lourde responsabilité.

— Ah ! vous et vos belles paroles ! Vous êtes passée maître dans l'art de retourner les situations ! Eh bien, il ne me reste plus qu'à m'éclipser après cette belle leçon.

Elle le prit tout à coup dans ses bras, et ils restèrent un long moment enlacés avant de se séparer.

— J'aimerais tellement que nous ne soyons pas ennemis, dit-elle tristement.

Bouleversé et honteux, il la salua maladroitement et sortit sans la regarder.

Hatchepsout poussa un soupir de soulagement et se lava le visage avant d'appeler Nofret. Le silence impressionnant de la chambre accrut soudain ses regrets et ses nouvelles craintes. Elle savait que Touthmôsis ne lui ferait jamais plus montre de la moindre affection. Elle devrait désormais redoubler d'attention à son égard et poster un plus grand nombre de gardes à sa porte. Puis elle se coucha et tira à elle la fourrure que lui avait offerte Senmout. Une fois les lumières éteintes, elle la serra bien fort contre son corps brisé, tandis que de grosses larmes lui coulaient lentement le long des joues.

Par une nuit d'hiver glaciale, Néféroura se présenta dans la chambre de sa mère, blême, les traits crispés par la douleur. Hatchepsout se réveilla en sursaut et Néféroura se laissa tomber sur sa couche en pleurant.

— Mère, j'ai très, très mal là, dit-elle en se frottant le côté droit. Je ne peux pas dormir.

Hatchepsout dépêcha Nofret chez le médecin en glissant sa fille sous les couvertures. L'enfant gémissait et tressaillait, le front emperlé de sueur. Hatchepsout fit allumer les lampes et raviver le brasier. Nofret revint avec le médecin et, pendant qu'il examinait Néféroura, Hatchepsout se fit habiller. Elle s'installa sur une petite chaise, auprès du lit où sa fille se tordait de douleur en s'agrippant convulsivement à sa main. Le médecin se releva après avoir remonté les couvertures sur le petit corps.

— Alors ? dit Hatchepsout.

— Elle a l'aine brûlante et très enflée.

— Qu'allez-vous faire ?

— Elle va prendre une potion à base d'arsenic et de pavot pour calmer la douleur, c'est tout ce que je peux faire.

— Et la magie ?

— On peut toujours essayer, il arrive que le charme donne de bons résultats et que la grosseur se résorbe, mais elle réapparaît toujours.

— Pensez-vous que le poison en soit la cause ?

— Aucun poison ne provoque de telles tumeurs locales. Vous pouvez être tranquille de ce côté-là, Majesté.

Elle acquiesça sans le croire pour autant.

— Donnez-lui vite cette potion. Nofret, envoie Doua-énéneh chercher les magiciens. Et qu'Hapousenb vienne au plus vite !

Le médecin prépara minutieusement la potion et la présenta à Néféroura dans une petite coupe d'albâtre. Après l'avoir bue péniblement, la jeune fille laissa retomber sa tête sur l'oreiller, les yeux clos. Hatchepsout espérait qu'elle parviendrait enfin à s'endormir, mais il n'en fut rien. Elle faisait encore rouler sa tête d'un côté et de l'autre à l'arrivée d'Hapousenb et des magiciens, impressionnés par ses plaintes.

— Un mauvais esprit a pris possession de son corps, dit Hatchepsout. Elle souffre horriblement. Préparez une incantation pour chasser ce génie malveillant.

Elle fit asseoir Hapousenb à côté d'elle pendant que les magiciens se consultaient.

— Est-ce l'œuvre de Touthmôsis ? lui demanda-t-il posément.

— Je ne le pense pas, ou du moins, c'est l'avis du médecin. Quel intérêt Touthmôsis aurait-il à se priver de cette possibilité d'accès au pouvoir ? Elle représente encore pour lui le trône d'Horus.

Hatchepsout écouta sans grand espoir les incantations des magiciens tout en songeant à la mort de son époux. Hapousenb regardait impassiblement la jeune princesse qui venait de perdre conscience sous l'effet du médicament sans toutefois parvenir à dormir véritablement ; elle délirait et criait encore en s'agitant sur sa couche dorée. Hatchepsout sentit une présence et reconnut Touthmôsis.

Il portait encore son pagne de nuit, et sa tête nue faisait singulièrement ressortir ses grands yeux noirs et ses hautes pommettes, accentuant la ressemblance avec son père.

— Elle est gravement malade ? demanda-t-il.

— Je n'en sais rien, répondit-elle, impuissante.

— Puis-je rester ?

Elle le regarda dans les yeux et n'y vit que l'expression d'une requête courtoise. Elle lui fit approcher un siège.

Les murmures monotones se poursuivirent une grande partie de la nuit et Néféroura semblait plus calme.

Elle ouvrit les yeux à l'aube et leur sourit faiblement.

— Touthmôsis ? murmura-t-elle.

— Je suis là, ma petite fille, dit-il en s'agenouillant auprès d'elle et en lui caressant le front. Repose-toi bien, je reste près de toi.

— Je me sens légèrement mieux ; je n'ai plus mal.

Le médecin se précipita vers elle.

— La grosseur a brusquement disparu, annonça-t-il gravement.

Hatchepsout fit taire les magiciens et seule la respiration saccadée de Néféroura troubla le silence de la chambre. Hapousenb croisa le regard désespéré du médecin puis dévisagea Néféroura. Elle souriait à Touthmôsis, ses mains dans les siennes.

— Suis-je gravement malade ? Peut-être mère nous laissera-t-elle nous marier à présent..., chuchota-t-elle.

Elle tourna la tête vers Hatchepsout et lui sourit, d'un sourire au fond duquel sa mère reconnut la sinistre lueur de la Salle du Jugement. Elle se précipita vers sa fille en poussant un cri ; au même instant Néféroura eut un dernier petit hoquet et rendit l'âme. Ses yeux perdirent aussitôt toute expression et son sourire se mua en une grimace figée par la mort.

Touthmôsis dégagea délicatement ses mains et se leva. Personne ne bougea ni ne parla. Le soleil commençait à pénétrer dans la chambre, mais tout le monde était glacé d'horreur et de stupéfaction. Au bout d'un long moment, Touthmôsis sortit sans mot dire.

— Elle est morte. Morte ! dit Hatchepsout à Hapousenb sans parvenir à y croire.

Il lui prit ses mains froides et les réchauffa dans les siennes.

— Ces choses-là arrivent, répondit-il calmement. Seuls les dieux en connaissent la raison, Majesté.

— Ils sont tous partis ! Tous ! dit-elle en le regardant sans le voir. Puis elle s'agenouilla devant la couche et enlaça le petit corps inanimé. Reviens, Senmout ! murmura-t-elle, le visage enfoui dans la chevelure de sa fille. J'ai besoin de toi !

Hapousenb s'éloigna, la laissant bercer tendrement le corps de son enfant. Il se rendit à la Maison des Morts pour y convoquer les prêtres. C'est tout ce qu'il lui restait à faire.

Hatchepsout se replia entièrement sur elle-même dans les jours de deuil qui suivirent, et Touthmôsis la laissa seule. Elle avait reporté sur Néféroura tous ses espoirs de fonder une nouvelle dynastie de rois de sexe féminin, mais avec sa mort, ils s'évanouirent dans le splendide sarcophage de quartz qui serait également le sien d'ici peu. Elle eut la désespérante impression que le dieu l'avait abandonnée et que sa vie s'écoulait en luttes vaines soldées par des défaites. Elle oublia toutes ses années de bonheur : Senmout, son couronnement, et l'amour qu'elle portait au dieu qui avait réalisé le désir de sa vie. Amon n'était plus qu'un père ingrat et cruel. Délaissée des dieux et des hommes, Hatchepsout attendit le jour des funérailles dans la plus grande solitude. Cette désolante cérémonie arriva enfin, et avec elle son lot d'éprouvantes lamentations. Elle quitta la nécropole dans la barque royale et, brisée de douleur, se demanda pour la première fois de sa vie à quoi consacrer sa journée et toutes celles qui, hélas, suivraient...

Elle se rendit directement dans sa chambre où elle fit venir Ipouky et passa le reste de l'après-midi allongée sur sa couche, les yeux fermés, à écouter les merveilleux chants de joie et de conquêtes, chants d'un temps révolu où la vie semblait si simple ; et la voix mélancolique de l'aveugle se mêla intimement à ses pensées nostalgiques.

Deux jours après les funérailles, Yamou-néfrou, Sen-néfer et Djéhouti partirent avec leurs chars, leurs tentes et leurs serviteurs chasser dans le désert. Ils arpentèrent pendant trois jours les vastes étendues en rentrant chaque soir au campement dressé à l'ombre des collines thébaines. Aucun d'eux ne semblait vraiment à l'aise. Malgré leur longue amitié, les innombrables moments passés ensemble à l'école, puis à la chasse et aux fêtes, une lourde chape de sujets toujours évités semblait peser sur eux, les isolant les uns des autres.

Pendant la dernière nuit de leur petite expédition, Yamou-néfrou renvoya ses serviteurs dans leur tente, et servit lui-même à boire à ses amis de ses fines mains soignées, en évitant soigneusement leurs regards.

— Nous n'avons pas eu beaucoup de chance cette fois-ci, dit-il à la cantonnade, d'un air détaché. Peut-être avions-nous d'autres préoccupations que les lions ?

— Tu ferais mieux de dire que nous ne pensions qu'à un seul lion, grommela Sen-néfer. Je crois le moment venu de parler franchement.

Djéhouti acquiesça sous les regards scrutateurs de Yamou-néfrou.

— Le lion se débat sauvagement dans le piège, dit-il doucement en regardant le ciel orangé. Il cherche à se libérer de ses liens. Il bondira bientôt de son plein gré et alors, malheur à celui qui ne viendra pas l'assister !

— Nous ne craignons pas sa colère, remarqua Sen-néfer. Tout cela ne nous concerne guère, voyons plutôt où se situe notre devoir. Nous ne pouvons plus longtemps servir deux maîtres à la fois en toute honnêteté, et l'honnêteté, mes amis, ne nous servira pas longtemps non plus.

— Plus de faux-fuyants, je vous prie ! lança Yamou-néfrou. Quant à moi, je serai beaucoup plus direct. Les espoirs du pharaon sont morts avec la princesse Néféroura. Pendant des années Hatchepsout a régné sur l'Egypte avec grande sagesse et fermeté ; mais aujourd'hui il lui faut un successeur énergique. Touthmôsis revendique son accession au trône depuis la mort de son père. En a-t-il le droit ?

— D'après les termes de la loi, oui, répondit Djéhouti. Nous sommes tous d'accord là-dessus. Mais nous servons Hatchepsout depuis de nombreuses années ; nous avons combattu à ses côtés et administré ses terres sous ses ordres ; elle nous a traités avec la plus grande bonté en nous récompensant largement. Son règne de pharaon a été grandement couronné de succès ; sa paix a apporté à l'Egypte une précieuse sécurité, à laquelle nous mettrons fin en l'abandonnant.

— La paix sera compromise quoi qu'il advienne, dit brutalement Sen-néfer. Touthmôsis a l'intention de prendre le pouvoir avec ou sans sa permission. S'il le fait contre son gré, vous pouvez être sûrs que le sang coulera. En continuant à la soutenir, nous ne faisons que différer l'issue du combat, car Touthmôsis possède autant de soldats que nous. Mais en alliant nos forces à celles de Touthmôsis, sa faiblesse l'empêchera de lutter longtemps. Sa défaite sera rapide et peu meurtrière.

— Peu meurtrière pour Touthmôsis ! rétorqua Yamou-néfrou. Elle prendra toute révolte pour une trahison manifeste. Et elle aura raison, car il ne fait aucun doute qu'elle est le dieu incarné. Mais je ne pense pas qu'elle lutte ; elle a consacré toute sa vie à protéger l'Egypte. Si elle s'aperçoit que Touthmôsis a l'intention de se battre, quitte à déchirer le pays, elle préférera abdiquer que de verser une seule goutte de sang égyptien.

— C'est vrai, approuva Djéhouti. Et dans ce cas, Touthmôsis ne sera pas long à prendre le pouvoir. Je suis de son côté. Il est fort et habile ; il fera un excellent pharaon. Hatchepsout est en train de perdre pied ; en se retirant des affaires de l'Etat, comme elle le fait actuellement, elle affaiblit son pouvoir et fait souffrir l'Egypte. Autant me mettre ainsi que mes troupes au service de Touthmôsis, que de voir le chaos s'installer dans le pays.

Ils burent en silence en pensant à ce que venait de dire Djéhouti.

— Je te suis, déclara sombrement Sen-néfer, bien que cela me coûte énormément. C'est une femme de grand courage et de grande ressource. Notre désertion va lui être cruellement pénible.

— Ce n'est pas une désertion ! lui rappela Yamou-néfrou. Nous servons l'Egypte et Touthmôsis sera bientôt l'Egypte. Il nous est très facile de parler de tout cela loin d'elle, mais en serions-nous capables en sa présence ?

— Y sommes-nous obligés ? Ne pouvons-nous pas prévenir Touthmôsis et nous éloigner quelque temps de la cour ?

Sen-néfer semblait visiblement bouleversé.

— Nous ne sommes pas des lâches, lui répondit Yamou-néfrou sur un ton méprisant. Si nous nous rangeons aux côtés de Touthmôsis, elle devra l'apprendre de notre propre bouche, sinon je ne marcherai pas avec vous.

Le soleil avait disparu à l'horizon, laissant dans son sillage un ciel d'abord rouge flamboyant, puis d'un bleu de plus en plus pâle, où apparurent soudain les taches argentées de la lune et d'une étoile.

— Nous aimons tous la Fille du dieu, dit Djéhouti en regardant Yamou-néfrou droit dans les yeux, mais le temps d'un nouvel Horus, d'un Horus mâle et d'un nouveau règne est arrivé. Cela n'adviendra pas tout de suite, ni même demain. Le retour de Senmout et de Néhési risque fort de renforcer la gloire du pharaon et de reculer l'arrivée au pouvoir de Touthmôsis. C'est pourquoi il nous faut encore attendre un peu, tout en restant prêts à intervenir.

Yamou-néfrou posa soigneusement sa coupe sur le sable et s'essuya longuement les mains.

— Tout dépend du retour de Senmout, dit-il posément. Reviendra-t-il ou non ?

— Dans un cas comme dans l'autre, elle est perdue, répliqua brutalement Sen-néfer.

Leur embarras mit fin à la discussion et ils restèrent les yeux fixés sur le feu tandis que les premières étoiles scintillaient au-dessus d'eux dans le ciel bleu roi, tels les yeux avisés et perçants d'Hatchepsout.

Pendant ce temps, Senmout et Néhési, eux aussi assis sur le sable, contemplaient le sombre océan qui s'étendait à perte de vue. Derrière eux se pressait la jungle humide et fertile où brillaient çà et là les rares feux de Parihou. L'air lourd et chaud leur portait par instants les clameurs de leurs marins et des indigènes.

— Ce merveilleux pays ne nous fera pas oublier qu'il est temps de songer au retour, soupira Néhési.

— Plus que temps ! répondit Senmout en s'allongeant sur le sable. Cette chaleur moite est éreintante ; j'ai l'impression qu'il va bientôt me pousser des branches ! J'ai hâte de retrouver la sécheresse des vents du désert !

— L'Unique va être contente, très contente, ajouta Néhési.

Ils songèrent en silence à l'accueillant palais et aux jardins odorants de Thèbes, tout en scrutant l'horizon.

Au printemps, la police d'Hatchepsout lui apporta la nouvelle d'un nouveau soulèvement des peuples du Réténou. Elle tint à contrecoeur un conseil de guerre. Pen-Nekheb était mort et, d'une certaine manière, l'ancienne fougue d'une force unie faisait cruellement défaut aux hommes aujourd'hui en face d'elle.

Ce fut Touthmôsis qui prit en main la séance, le regard brillant d'excitation sous son casque de cuir jaune.

— Le Réténou tient Gaza, dit-il en posant un pied sur un siège, et Gaza est non seulement une grande ville, mais un port de mer des plus importants. Princes d'Egypte, laissez-moi reprendre Gaza et mater ces rebelles tout en gagnant un accès à la mer.

— C'est moi qui donne les ordres, lui rappela Hatchepsout avec entêtement. C'est à moi que vous devez vous adresser, Touthmôsis, et non à mes conseillers. Le Réténou nous est soumis depuis longtemps ; pourquoi ne pas nous contenter de lui donner une petite leçon ?

Mais Touthmôsis voyait beaucoup plus loin.

— Parce que Gaza est une porte ouverte sur d'autres pays, d'autres alliés, d'autres conquêtes et d'autres richesses. Bien que nous tenions effectivement le Réténou, notre emprise n'est pas encore assez forte. Il est grand temps pour nous de peupler Gaza d'artisans égyptiens, de marchands égyptiens, de navires égyptiens.

— Mais pourquoi risquer notre armée à prendre une ville qui peut fort bien se défendre et se retourner contre nous, quand il s'agit uniquement de leur rappeler qui est leur maître. Une expédition punitive suffirait largement.

Touthmôsis la regarda d'un air incrédule. Tous les ministres demeuraient silencieux, y compris Menkh, qui habituellement avait toujours quelque chose à dire ; ils savaient tous leur opinion dépourvue de poids dans ce genre de débat, en fin de compte une simple querelle de famille.

— Pourquoi ? Parce que Gaza est un excellent terrain d'entraînement.

— Pour qui ?

— Pour moi. Pour l'armée qui en a assez des combats simulés et des longues marches sans but. Pour l'Egypte qui, une fois à Gaza, pourra élargir ses frontières.

— Nos frontières sont déjà aussi étendues que la course du soleil.

Elle repoussa les dépêches avec irritation, plus préoccupée par le fier et puissant Touthmôsis que par la fière et puissante Gaza.

— Parfait. Emmenez trois ou quatre divisions et prenez Gaza.

— Comme ça ? lui demanda-t-il stupéfait.

— Comme ça. Jusqu'à présent Gaza ne nous avait pas trop gênés. Mais si vous estimez que sa prise contribuera à la soumission totale du Réténou, prenez-la coûte que coûte. Faites tout ce que vous voudrez, Touthmôsis, mais surtout gardez-vous de mourir !

Ils se sourirent, encore capables de considérer avec un certain recul leurs dissensions personnelles.

— Je vous remercie, puissant Pharaon, dit-il en s'inclinant profondément. Gaza tombera et je reviendrai !

— J'en suis sûre, répondit-elle en souriant à demi. Et n'oubliez pas que c'est à moi que revient le butin !

— Je le déposerai à vos pieds ! dit-il en riant.

Les divisions d'Horus, de Seth et d'Anubis quittèrent Thèbes pour le Nord. Hatchepsout passa la matinée à regarder défiler la cavalcade multicolore des cinq mille soldats. Lorsque le dernier convoi eut disparu, elle rentra dans le palais silencieux et désert. Elle ressentit profondément ce passage du tumulte au calme, et se rappela le temps où elle aussi était partie joyeusement au combat, laissant son époux se prélasser à Assouan. Aujourd'hui, c'était au tour de Touthmôsis de représenter l'Egypte sur le champ de bataille. Comme il serait doux de se faire réveiller par l'hymne matinal, de s'habiller paisiblement avant d'aller au temple, sans avoir à redouter les flèches acérées de votre beau-fils. Elle continua toutefois à rester sur ses gardes, sachant qu'il avait probablement laissé de nombreux espions derrière lui ;

mais elle était assurée qu'il n'entreprendrait rien contre elle, loin de la seule ville où il pouvait se saisir de la crosse et du fléau royaux.

Le sort de son expédition commençait à la préoccuper, et elle posta dans toutes les villes du bord du Nil des messagers chargés de l'avertir dès que les navires seraient en vue. Mais aucune nouvelle rassurante ne lui parvint. Elle consacra davantage de temps en compagnie de Méryet, s'efforçant de s'intéresser à ses perpétuels bavardages stupides et malveillants. Hatchepsout s'était aperçue d'une soudaine intimité entre Méryet et Touthmôsis. Elle savait aussi que le moment venu, Méryet l'accompagnerait avec joie au temple, consacrant ainsi la ruine de sa mère. Et elle regrettait amèrement sa douce Néféroura qui, toute fragile qu'elle était, n'aurait pas hésité à lui offrir son soutien.

Devant la froideur et l'indifférence présumées d'Hatchepsout, Méryet préférait manifestement la fréquentation de la mère de Touthmôsis. Hatchepsout les vit fréquemment se promener dans les jardins, riant et bavardant, tout en se reprochant de n'avoir pas su gagner l'affection de sa seconde fille.

Le printemps arriva avec ses premiers beaux jours, puis l'été et ses chaleurs éprouvantes, et enfin, le jour anniversaire des deux années d'absence de Senmout, sans que le moindre signe vînt annoncer son arrivée prochaine. Hatchepsout recevait régulièrement des dépêches de son armée qui se préparait au combat aux portes de Gaza. De temps en temps, il arrivait à Touthmôsis d'y joindre, outre ses salutations pour Hatchepsout, des missives destinées à Méryet et à Aset. Hatchepsout n'eut aucun scrupule à se les faire lire, mais n'y trouva jamais rien qui la concernât. Elle reconnut bien là toute la prudence et l'habileté de Touthmôsis à s'assurer qu'aucune trace écrite ne pourrait être utilisée contre lui lors d'un éventuel retournement de fortune, et cela lui plut tout particulièrement. L'Egypte allait hériter d'un pharaon sage et avisé.

26.

Lorsque les eaux du Nil eurent inondé la vallée, ralentissant considérablement l'activité du pays, Hatchepsout apprit enfin la nouvelle qu'elle désespérait d'entendre. Doua-énéneh courut à sa rencontre un matin où elle allait se baigner dans le lac. Il trébucha en s'arrêtant devant elle, la mine réjouie, et prit le temps de saluer sa souveraine, ce qui eut le don de l'exaspérer au plus haut point, tant était grande son impatience.

— On les a aperçus! s'écria-t-il. Ils ont quitté le canal pour remonter le fleuve! Le messager vient juste d'arriver!

Hatchepsout fit aussitôt demi-tour, suivie de ses femmes, et se rendit dans la Salle des Audiences où l'attendait le courrier.

— Dites-moi tout ce que vous savez! Y a-t-il toujours cinq navires?

— Oui, Majesté, répondit l'homme.

— Combien de temps leur faudra-t-il pour arriver jusqu'à Thèbes?

— Disons cinq ou six semaines. Ils semblent lourdement chargés, ce qui les obligera probablement à ralentir avec la montée des eaux.

Un sang nouveau coula enfin dans les veines d'Hatchepsout, incapable de remercier Amon qui souriait, impassible, dans le petit autel de la Salle des Audiences. C'est le nom de Senmout qui lui vint aux lèvres dans sa joie inexprimable.

Elle fit appeler Hapousenb qui se présenta aussitôt, rassuré à la vue de son air radieux. Lorsqu'elle lui fit part des dernières nouvelles, il se sentit soulagé d'un grand poids.

— Qu'Amon en soit remercié! Y a-t-il des lettres, Majesté?

— Aucune. Mais nous en aurons certainement d'ici peu; en

attendant, il faut organiser une fête en l'honneur de leur retour, Hapousenb. Nous allons réserver à Senmout un accueil tel qu'aucun pharaon n'en a jamais reçu !

— Je ne vois pas très bien ce que vous voulez dire, répondit froidement Hapousenb avec un regard lourd de reproches.

— Moi non plus d'ailleurs, mais il se pourrait que le trône échappe à Touthmôsis...

Hapousenb comprit alors clairement où elle voulait en venir.

— Majesté ! dit-il en s'approchant d'elle vivement, je vous en supplie, je vous en implore, vous mon maître divin et mon dieu, oubliez ce projet !

— Et pourquoi ne l'épouserais-je pas ? Il ferait un puissant pharaon.

— Oui, beaucoup trop puissant. Pensez-vous qu'il se contentera de n'en avoir que les titres comme votre époux Touthmôsis ? Tant qu'il est votre bras droit, vous pouvez compter sur sa force, mais dès qu'il sera à la tête du pouvoir, c'est vous qui ne compterez plus pour lui. Touthmôsis ne sera pas long à lever une armée pour reprendre à Senmout ce qu'il estime lui revenir de droit. Nous aurons gagné du temps, mais rien de plus.

— Du temps, murmura-t-elle songeuse. Du temps... Pardonnez-moi, Hapousenb, je cherchais simplement à éviter l'inéluctable, dans un moment de faiblesse.

— Nous ne pourrons rien éviter, Majesté. Nous pouvons à la rigueur différer légèrement ce qui doit arriver. Prolonger ainsi votre supplice ne sied guère à votre perfection divine, si je puis me permettre.

— Vous m'offensez, dit-elle doucement en fermant les yeux, mais c'est vous qui avez raison. Vous avez toujours raison, n'est-ce pas, cher ami ? Je vais être au supplice, n'est-ce pas ? Y suis-je seulement préparée ? Mais oublions le futur, et consacrons-nous au présent tant que nous le pouvons. Vous ferez venir Amon dans sa barque sacrée, et nous accueillerons les navires ensemble ; je crois qu'ils ne vont pas trop tarder.

Hapousenb se demanda si les plans qu'elle avait forgés pour Senmout étaient le fruit des pressions de Touthmôsis ou celui d'un brusque sursaut de révolte. Il n'avait aucune envie de consacrer les dernières années de sa vie à se battre, ce qui serait immanquablement le cas si elle maintenait sa décision. Elle le regarda, pensive, mais Hapousenb préféra changer de sujet.

— Vous avez réalisé là un exploit considérable, dit-il. Aucun pharaon ne pourra jamais faire mieux.

— Si, Touthmôsis, dit-elle en regardant droit devant elle.

Les jours qui suivirent apportèrent leur lot de nouvelles fraîches. Les navires remontaient péniblement le fleuve quand Hatchepsout reçut une dépêche portant le sceau de Senmout. Il s'adressait à elle en termes courtois et respectueux, ceux d'un sujet à son seigneur ; aucun accent affectueux ne venait animer ces tristes pages. Hatchepsout avait oublié que Senmout ignorait tout des événements depuis son départ, à peine savait-il qu'elle était prisonnière et Touthmôsis roi en puissance. Hatchepsout rangea la lettre en songeant au bord des larmes à tout ce temps perdu. Une autre dépêche arriva aussitôt de Gaza ; elle la parcourut en souriant peu à peu, puis se mit à rire nerveusement. Touthmôsis lui apprenait la prise de Gaza et son retour au palais.

La nuit qui précéda le retour des navires, Hatchepsout crut qu'elle n'allait jamais réussir à s'endormir ; et pourtant, elle sombra dans un sommeil profond et sans rêve. Elle s'éveilla aux premiers rayons du soleil et aux chants des prêtres, plus détendue et joyeuse que jamais. Elle chargea Hapousenb d'accomplir ses dévotions à sa place pour pouvoir se préparer à accueillir l'homme qui, à ses yeux, revenait d'entre les morts. Elle choisit de mettre un pagne court, un casque doré et des sandales ornées de perles, d'améthyste et de cornaline, para son cou et ses bras, ses mains et ses chevilles de turquoises, d'or et de jaspe. Le palais lui aussi semblait émerger de sa torpeur. La foule commençait déjà à quitter la ville, dans les rires et les cris, pour gagner les environs du port. Les fleurs jonchaient le chemin du débarcadère au palais ; les oriflammes claquaient en haut de leurs mâts, au pied desquels les Braves du Roi, en tenue de parade, graves et imperturbables, observaient attentivement toutes les allées et venues.

Un silence respectueux s'abattit sur la foule au passage de la litière du dieu Amon et du pharaon qui marchait à ses côtés en souriant la tête haute, les symboles de son pouvoir croisés sur la poitrine. Le

La dame du Nil

silence se fit encore plus profond au passage des nobles dont les hauts faits légendaires hantaient toutes les mémoires depuis de longues années. Mais il flottait également dans l'air un étrange sentiment de tristesse mêlé à l'allégresse ambiante ; puis le désenchantement se dissipa et les acclamations reprirent de plus belle, accompagnant Hatchepsout et sa suite jusqu'au fleuve.

Elle s'assit, entourée de toute sa cour et scruta les eaux brunes. Le tumulte se mua progressivement en un calme impressionnant. Tous les visages étaient tournés vers le nord, comme ensorcelés, et chacun conserva la plus parfaite immobilité pendant une heure entière.

Soudain, quelqu'un pointa son doigt vers la rive en poussant un cri. Hatchepsout se leva aussitôt, quelque peu étourdie par les émotions contradictoires qui l'assaillaient. Ils arrivaient, en suivant lentement le méandre du fleuve, les rames se levant et s'abaissant au rythme, les voiles gonflées par le vent du nord. Le pont des navires était bondé de petites silhouettes noires qui s'agitaient en poussant des cris stridents à peine perceptibles par la foule en effervescence. Hatchepsout serra violemment la crosse et le fléau contre son cœur. Au fur et à mesure que les bateaux approchaient, elle put distinguer deux silhouettes immobiles à la proue du navire de tête. Elle ne les quitta plus des yeux. Lorsque les remous du fleuve se furent apaisés et les rames abaissées, les cris des marins furent couverts par une assourdissante ovation.

Après un instant d'attente qui lui parut une éternité, elle croisa enfin son regard ferme et chaleureux. Ils se regardèrent passionnément, sans un geste ni un mot, tandis que la distance qui les séparait diminuait rapidement. Ils se sourirent et Hatchepsout lui tendit les bras. L'encens s'éleva triomphalement vers les cieux, avec le chant des prêtres et les acclamations de la foule.

— Thèbes et l'Egypte entière vous saluent, princes et guerriers ! s'écria-t-elle lorsque le navire de tête toucha quai. La passerelle fut descendue. Les autres navires, chargés à ras bord de magnifiques présents, accostèrent ensuite sous les regards admiratifs de la foule. Mais Hatchepsout n'avait d'yeux que pour Senmout. Il descendit vers elle, accompagné de Néhési, et tous deux se prosternèrent à ses pieds sur les pierres chaudes du quai. Puis ils se relevèrent et restèrent un long moment à se regarder.

Il n'avait pas changé. Peut-être avait-il l'air plus jeune et en meilleure forme qu'à son départ. Son regard était clair, sans nulle trace de fatigue ; les quelques rides qui s'étaient formées autour de son nez et de sa bouche avaient disparu ; son corps avait retrouvé sa force et sa fermeté première. Néhési n'avait pas beaucoup changé non plus ; son visage s'était quelque peu durci, mais sa lourde silhouette semblait s'être assouplie. Il la salua avec le même respect tranquille, toujours aussi indifférent à l'égard de la populace bruyante et des courtisans serviles.

— Des présents pour Amon et pour vous-même, Majesté, dit Senmout en montrant le pont des bateaux. Elle lui sourit à nouveau, heureuse d'entendre la douceur de sa voix, avant de se retourner vers les navires. Un dais avait été dressé sur chaque pont, à l'abri desquels de jeunes balsamiers transportés dans leur terre d'origine agitaient doucement leurs frêles branches. Voici les balsamiers de votre vallée sacrée, ajouta Senmout, et de la myrrhe prête à servir de parfum et d'encens.

— Les arbres à oliban que désirait Amon, murmura Hatchepsout impatiente d'ouvrir les bras à Senmout. Quelles merveilles, Senmout ! Faites-les décharger sur-le-champ pour que les jardiniers puissent les replanter au plus vite. Il leur faudra beaucoup d'eau. Combien y en a-t-il ?

— Trente et un. Nous avons également rapporté du bétail, beaucoup d'or et d'autres objets précieux.

Ils restèrent un moment à observer le déchargement des arbres, puis Amon fut reconduit dans son sanctuaire et Hatchepsout reprit avec sa cour le chemin du palais. Elle prit place sur le trône, dans la Salle des Audiences, les nobles autour d'elle, pour recevoir le tribut. Senmout et Néhési se tenaient de chaque côté du trône doré, et assistaient calmement à la présentation des cadeaux, déposés un à un à ses pieds. Les sacs de myrrhe arrivèrent les premiers, emplissant la salle de leur lourd parfum. Tahouti et ses scribes les pesèrent et inscrivirent leur poids sur leurs registres.

Aset et Méryet, impressionnées malgré elles par cette abondance de richesses, assistaient à la cérémonie du fond de la salle. Elles n'avaient pas cru un seul instant au retour de Senmout ; à vrai dire, elles avaient souhaité de tout leur cœur qu'il ne revînt jamais pour que Hatchepsout perde la face de façon définitive et irrévocable.

L'or était aussi abondant au Pount qu'en Egypte, et Tahouti surveilla d'un air indifférent le partage et le compte des innombrables pépites, des sacs et des anneaux d'or, divisés en deux parts égales, l'une pour Amon, l'autre pour le trésor royal.

— Il y a beaucoup d'anneaux d'or, Majesté, dit Néhési en se penchant vers Hatchepsout. Le peuple du Pount a coutume de les porter aux jambes. Vous allez le constater par vous-même dans un instant, lorsqu'entreront sept chefs et leurs familles qui ont désiré nous accompagner. Ils veulent manifester à Votre Majesté leur joie d'être de nouveau réunis à l'Egypte et faire vœu de paix et de prospérité entre nos deux pays.

Hatchepsout sourit à ce ton ironique, sans croire un seul instant que les chefs de Pount soient venus de leur propre gré.

L'or fut entassé à sa droite pendant que d'autres serviteurs se prosternaient, apportant des défenses d'éléphant en ivoire ou titubant sous le poids des billes d'ébène. De nombreux esclaves attendaient encore à leur suite, croulant sous un amoncellement de peaux de bêtes les plus diverses : des peaux de panthère et de léopard pour les prêtres, entre autres. Hatchepsout mit un moment avant de se rendre compte que ces peaux n'appartenaient pas toutes à des animaux morts ; douze gardiens de son zoo vinrent se prosterner à ses pieds avec la plus grande difficulté, car ils tenaient en laisse des chiens, des singes et des babouins hurlants et glapissants. On lui amena une splendide bête, à la démarche royale et au regard froid et fixe : un guépard. Il se coucha sur le flanc et se mit à se lécher délicatement les pattes. Senmout lui apprit qu'il s'agissait là d'un présent personnel que lui avait destiné Parihou, le plus grand des chefs de Pount. C'était un guépard de chasse, extrêmement rapide et efficace. Elle le tira par sa chaîne d'or et lui fit monter les marches du trône. L'animal se coucha à ses pieds.

La présentation des tributs se poursuivit et la liste des présents s'allongea indéfiniment. Néhési lui avait rapporté un choix de fleurs et de plantes étranges pour agrémenter les parterres de son jardin particulier.

A la fin de la cérémonie, les sept chefs de Pount lui furent présentés. Elle fut étonnée de leur ressemblance avec les Egyptiens ; ils avaient effectivement la peau claire, de longs cheveux noirs et la taille mince. Comme le lui avait annoncé Néhési, ils portaient à la jambe de lourds anneaux d'or superposés de la cheville à la cuisse. Les hommes, les femmes et les enfants étaient vêtus de pagnes courts semblables à celui d'Hatchepsout. Elle les salua avec tout le respect dû aux habitants du pays des dieux en formulant le souhait que la paix règne entre leurs deux pays comme par le passé. Ils l'écoutèrent impassibles, les yeux rivés sur son visage peint. Puis, l'un des hommes s'avança et la remercia précipitamment d'une voix brisée.

Hatchepsout l'interrompit d'un geste. Elle venait de comprendre ce qu'ils redoutaient tous.

— Vous êtes les bienvenus au palais, leur déclara-t-elle, et j'ai fait préparer un grand festin en votre honneur. Mais je vois bien que vous n'êtes pas rassurés ; vous craignez de ne jamais revoir votre pays. Eh bien, je vous fais la promesse suivante : vous resterez en Egypte aussi longtemps que vous le désirerez, mais dès que vous le voudrez, je vous ferai reconduire à Ta-Neter avec une escorte et de nombreux présents. Je vous le jure en mon nom, roi et pharaon d'Egypte.

Les Pountites soulagés se remirent à parler entre eux dans leur étrange dialecte, et Hatchepsout se leva.

— Allons au temple remercier Amon et lui présenter son tribut, dit-elle.

Pour la première fois depuis ces deux longues années d'attente, Hatchepsout parvint à dire ses prières. Elle le fit avec ferveur, prosternée sur le sol, puis debout en s'adressant au dieu.

— J'ai écouté la requête de mon père Amon ; il m'a priée de planter les arbres à oliban du pays des dieux autour de son temple et dans ses jardins. Je n'ai pas négligé de le satisfaire. Sa voix claire et nette s'élevait avec force et arrogance. Il m'a désignée comme sa favorite, et je sais ce qu'il aime. Puis elle lui lut la liste des nombreux présents, et lui rendit un dernier hommage en s'agenouillant sur le sol froid.

La voix de l'oracle surgit soudain de derrière le dieu.

— Le dieu vous remercie, Fille de sa chair et Roi d'Egypte. Le Pount est venu à l'Egypte et Amon est content.

A la fin de la cérémonie, l'assemblée se dispersa pour aller faire la sieste, mais Hatchepsout se rendit dans le jardin avec Senmout. Ils s'installèrent à l'ombre d'un large sycomore tout en gardant une étrange réserve. Ils restèrent un long moment étroitement enlacés, sans réussir à se regarder dans les yeux.

— Parle-moi du Pount, lui demanda tout à coup Hatchepsout. J'ai tant rêvé tous ces derniers mois de ces lieux que je ne verrai jamais !

Hapousenb avait pris Senmout à part avant d'entrer dans la Salle des Audiences pour le mettre au courant de la mort de sa jeune pupille et des pressions de Touthmôsis. Il se trouvait encore sous le choc de ces nouvelles, et en remarquant une nuance de nostalgie et de fatalisme dans le ton de Hatchepsout, il mesura les blessures que lui avait infligées le destin qui semblait par contre l'avoir épargné. Il préféra donc ne pas parler de Néféroura, ce dont Hatchepsout lui sut gré.

— Après avoir quitté le canal des Pharaons, nous avons longé de longs mois la côte en direction du sud. Et au moment où nous commencions à désespérer de découvrir le Pount, nous jetâmes l'ancre une nuit et fûmes accueilli par Parihou. Nos armes l'effrayèrent mais nous parvînmes à le rassurer ; et finalement, c'est Parihou qui crut que nous étions tombés du ciel !

Hatchepsout rit faiblement, la gorge serrée par le bonheur de sentir à nouveau sa chaude présence à ses côtés, puis elle fondit en larmes. Senmout la serra plus fort contre lui et reprit son récit, la laissant pleurer tout son soûl, en lui caressant les cheveux de temps à autre. Il parla ainsi jusqu'au soir, faisant tout son possible pour la distraire enfin des sombres pensées qui l'agitaient. Il la sentit se détendre peu à peu, puis, lorsqu'il fut à court d'anecdotes, elle posa tendrement sa tête sur son épaule en poussant un profond soupir. Il s'aperçut qu'elle dormait et lui déposa un doux baiser sur les yeux, en s'adossant à l'arbre sans relâcher son étreinte. Les événements qui avaient marqué sa vie défilèrent lentement devant ses yeux, nimbés d'une lumière à jamais perdue.

Hatchepsout dormit blottie contre Senmout jusqu'à ce que les trompettes du temple sonnent l'heure tardive. Elle s'éveilla en sursaut sans comprendre où elle se trouvait et reconnut celui qu'elle aimait par-dessus tout.

Ce fut une nuit très étrange où l'enchantement des temps révolus sembla renaître dans le vaste palais illuminé, comme à l'époque où Touthmôsis n'était qu'un enfant et où les fêtes d'Hatchepsout duraient jusqu'à l'aube. Mais l'impression fugitive que cette somptueuse cour brillait pour la dernière fois de tous ses feux n'échappa à personne. Les invités et les serviteurs se pressaient dans les salles embaumées de myrrhe. L'air parfumé résonnait de leurs rires et de leurs voix, mêlés au bruissement de leurs somptueux habits de cérémonie et au cliquetis des perles de leurs sandales.

Une folle gaieté semblait régner dans la petite assemblée réunie sous le dais. Les conversations ponctuées d'éclats de rire allaient bon train parmi l'incessant va-et-vient des esclaves chargés de plateaux où fumaient, entre les guirlandes de fleurs, les mets les plus exquis.

Hatchepsout elle aussi sentit que cette fête serait la dernière. Elle se vêtit aussi somptueusement et soigneusement que pour aller à la mort. Elle décida de porter la double couronne, tout en se demandant si Nofret aurait encore l'occasion de la lui mettre sur la tête, son collier royal en or massif et le lourd pectoral de son couronnement où brillait l'œil d'Horus. Ses sandales étaient en cuir rouge, ornées de fleurs de lotus en or rouge, et son pagne chargé de petites perles d'or.

Elle prit place parmi les hommes qui avaient constitué le plus puissant parti d'Egypte au cours des vingt dernières années : son bien-aimé Senmout, vêtu comme un prince, qui la dévorait du regard ; Néhési le Noir, général et chancelier, qui portait de nouveau à la ceinture le grand Sceau royal ; le calme Hapousenb dans son habit de prêtre, qui se rinçait délicatement les doigts ; Tahouti, qui semblait encore préoccupé par la longue liste des tributs qu'il venait de dresser ; Ouser-amon aux yeux noirs et rieurs, qui, la mine réjouie, racontait une plaisanterie à Menkh en gesticulant ; le mystérieux Pouamra qui mangeait du bout des dents, l'air songeur, entouré de ses chats ; Inebny le juste, en grande discussion avec le vice-roi de Basse-Egypte, penchés l'un vers l'autre et indifférents au brouhaha du festin ; Doua-éneneh, placé au premier degré de l'estrade, qui mangeait de bon appétit en regardant évoluer les danseuses nues ; le courtois Ipouyemré, son second prophète, puis Amon-hotep ; le puissant Senmen ; Amounophis, son majordome. Des noms, des visages entrés dans l'histoire, l'histoire vivante de son pays ; des voix qui bientôt se tairaient, des cerveaux agiles appelés à se dessécher, des vies qui, telles les feuilles mortes, disparaîtraient englouties dans le fleuve... Hatchepsout pensait à chacun d'eux en vidant de nombreuses coupes de vin, toujours resservies.

Ta-kha'et était assise parmi les princesses et les épouses des nobles, un chat gris blotti sur ses genoux. Elle avait terminé son plat et regardait fixement Senmout. Il était venu la voir avant de s'habiller pour le festin et elle s'était jetée dans ses bras en pleurant. Il lui avait apporté de nombreux présents et avait passé un long moment à boire de la bière et à bavarder avec elle ; mais elle savait qu'une fois encore elle passerait la nuit seule, comme toutes les autres nuits. Elle ne se permit aucune plainte ; il était enfin de retour et ils pourraient de nouveau jouer ensemble aux dames ou aux échecs pendant de longs après-midi.

Le vin coulait à flot, les musiciens faisaient entendre leurs mélodieux accords et le fils d'Ipouky chanta le récit de l'expédition de Pount. La lune s'estompait déjà dans le ciel lorsque les clameurs décrurent peu à peu. Les invités s'étaient égaillés dans tout le palais, dans les jardins et même au temple, leurs cris de joie, leurs acclamations et leurs rires sonores portant loin dans la nuit.

Hatchepsout se grisait elle aussi de rires et de vin, tandis que les années se dissolvaient en mois, les mois en jours ; puis les jours en minutes et les minutes en secondes, plus importantes, plus belles et plus éternelles que tout l'or du trésor royal. Enfin, elle lança un regard à Senmout. Ils quittèrent le tumulte de la salle, se frayant un chemin à travers les jardins, pour se rendre dans leurs appartements où la lumière pâle de la lune baignait leur couche. Hatchepsout poussa un profond soupir en déposant la double couronne dans son coffret. Senmout allait allumer la veilleuse quand elle le retint par le bras en l'enlaçant. Les longues années de séparation s'évanouirent sous leurs baisers. Ils se caressèrent lentement dans l'obscurité et le silence de la pièce, redécouvrant les trésors cachés de leurs corps, avides de fêter leurs retrouvailles. Les murailles de la royauté s'écroulaient une à une. Les mots se révélaient inutiles ; leurs mains, leurs lèvres et leurs membres parfumés évoquaient à leur place l'amour et la mort, la conquête et la perte des royaumes, la splendeur du soleil et la joie infinie de la vie. Puis, étendus côte à côte sur la douce fourrure, ils comprirent qu'un tel moment ne reviendrait jamais plus. Seules les ténèbres s'ouvraient devant eux.

Ils somnolèrent quelque temps, tandis que la lointaine rumeur du départ des invités, quelques cris isolés, la course précipitée des pieds nus des esclaves leur parvenaient confusément.

Hatchepsout se dressa sur le coude, caressant tendrement la poitrine de Senmout inondée de sa belle chevelure.

— Senmout, as-tu réalisé tous les désirs qui étaient les tiens le jour où je t'ai fait venir près du lac ? N'y a-t-il rien d'autre que tu veuilles faire avant... avant...

Elle ne put se résoudre à dire : « avant la fin. »

Il lui sourit :

— Absolument rien, Hatchepsout. J'ai largement outrepassé tout ce que je pouvais espérer à l'époque.

— Si à présent je te demandais en mariage, repousserais-tu ma requête ?

Il se redressa brusquement en la regardant. Elle releva la tête d'un air de défi.

— Où veux-tu en venir ? lui demanda-t-il.

Elle se leva et courut à sa table.

— A ceci, dit-elle en brandissant la double couronne. Pour toi !

Il resta un long moment silencieux à la regarder, interloqué par sa proposition. Une voix en lui l'incitait à accepter la couronne. Ne l'avait-il pas amplement méritée ? Mais d'autres pensées se bousculèrent également dans son esprit troublé, et il laissa échapper la chance de sa vie.

— Non, très chère sœur, non, dit-il. Je me connais, et je commence aussi à connaître l'insondable abîme de ton cœur. M'aurais-tu offert la couronne sans les harcèlements de Touthmôsis ? Imagine un instant que j'accepte ; que je devienne pharaon, le pharaon Senmout Ier... Touthmôsis engagera alors les hostilités et je me verrai obligé de défendre un pays qui ne m'aura pas accepté. As-tu l'intention de faire durer ta gloire à mes dépens ? Vas-tu te servir aussi de moi, après tout ce que nous avons vécu ensemble ?

Elle jeta la couronne sur la table et se cacha le visage dans les mains.

— Mais je t'aime ! je t'aime ! C'est tout ce que je sais ! s'écria-t-elle en sanglotant. Je ne veux pas mourir maintenant, ni jamais d'ailleurs ! Je ne veux pas te quitter, ni l'Egypte, ni ceux qui ont contribué au bonheur de ma vie ! Oh ! donne-moi ta force, mon bien-aimé !

Il s'approcha d'elle et sans un mot s'efforça désespérément de dissiper les sinistres fantômes de l'éternité.

Cinquième partie

27.

Un mois plus tard, Touthmôsis rentra triomphalement à Thèbes avec son armée, porteur d'un considérable butin et accompagné d'un grand nombre de prisonniers. Hatchepsout l'accueillit avec une réserve et une froideur qu'il fit semblant de ne pas remarquer. Il assista à ses côtés à la présentation des trésors rapportés de Gaza, en lui faisant le récit des hauts faits de la campagne et du siège de la ville. Puis, après s'être rendue au temple en sa compagnie, Hatchepsout alla retrouver Senmout pour s'informer de l'état d'esprit de son peuple.

— Quel accueil le prince héritier a-t-il reçu de Thèbes ?

— Le passage de l'armée a été salué depuis le delta jusqu'à Thèbes par des foules en délire, lui apprit-il sans ménagement. Paysans et citadins l'ont acclamé et lorsqu'il descendait de son char pour se mêler au peuple, ils lui baisaient les pieds en l'appelant Pharaon. Ils vous aiment encore, Majesté, mais ils ont déjà oublié la paix et la prospérité que vous leur avez offertes. Ils ne rêvent plus que de conquêtes.

— Les foules sont toujours volages, murmura-t-elle. Le peuple désire constamment le contraire de ce qui lui convient. S'il veut la guerre, il l'aura assurément avec Touthmôsis. Comme il m'est pénible de penser que tous mes efforts pour remplir d'or les coffres du temple et ceux de l'Etat, pour procurer au pays une paix bénéfique, vont se trouver anéantis au premier son de trompette guerrière, propre à toucher leurs cœurs naïfs !

Hatchepsout quitta brusquement la pièce et Senmout préféra

sagement ne pas la suivre. Elle devait commencer à affronter seule l'inéluctable réalité.

Deux mois plus tard, Hapousenb fut tiré de son sommeil en pleine nuit par un de ses acolytes terrorisé qui lui apprit que Touthmôsis était à sa porte. Il sortit promptement de sa couche en remerciant le jeune homme et l'envoya prévenir sur-le-champ Néhési et les gardes de Sa Majesté. Il le fit disparaître par une porte dérobée menant directement au sanctuaire d'Amon, puis passa une robe et se rafraîchit le visage, tout en regrettant d'avoir choisi cette nuit-là de dormir au temple plutôt que dans ses appartements. Lorsque les portes s'ouvrirent, il avait pris place sur un large siège, les mains croisées sur les genoux.

Touthmôsis entra seul, mais deux de ses soldats montaient la garde à l'extérieur. Hapousenb ne fut pas long à deviner où étaient passés ses propres soldats ; l'or est toujours un appât efficace. Il ne daigna pas se lever pour le saluer, et se contenta d'incliner légèrement la tête. Touthmôsis s'avança tout près du grand prêtre et alors seulement Hapousenb se leva, et attendit, selon l'usage, que le prince parlât le premier. Touthmôsis, quoique apparemment en pleine possession de ses facultés, empestait la bière. Il se campa fièrement les poings sur les hanches devant Hapousenb en le regardant droit dans les yeux.

— Je serai bref, dit-il, car je désire dormir autant que vous, grand prêtre. J'ai une proposition à vous faire. Hapousenb, un léger sourire aux lèvres, s'abstint de répondre. Le règne de ma belle-mère touche à sa fin, poursuivit-il. Elle en est consciente aussi bien que moi, mais ne fera rien pour y mettre un terme. Je n'ai pas l'intention d'attendre plus longtemps. De considérables bouleversements vont intervenir au palais ; vous savez sûrement lesquels et je ne crois pas avoir besoin de vous donner plus de précision.

— Je le sais, répondit Hapousenb le cœur battant. Nous le savons tous.

— Bien entendu, dit Touthmôsis en arpentant la pièce à grandes enjambées. Hapousenb frissonna et enfouit ses mains sous sa large robe sans quitter des yeux son interlocuteur. Vous la servez avec la plus grande fidélité depuis de longues années, grand prêtre. Votre père, le vizir, servait déjà mon grand-père avec la même estimable dévotion, et c'est pourquoi je suis venu vous voir personnellement

La dame du Nil

sans vous convoquer de manière officielle. Etes-vous au service de l'Egypte ou bien à celui d'Hatchepsout ? demanda-t-il en se retournant brusquement.

Hapousenb s'efforça de lui répondre le plus posément du monde.

— Vous connaissez déjà ma réponse, prince. Je suis au service de l'Egypte incarnée en la personne du pharaon.

— Vous éludez ma question et pour ne plus perdre de temps, car je suis fatigué, je vais vous la formuler plus directement. Accepterez-vous de me servir, ou bien resterez-vous solidaire d'un pharaon qui n'en fut réellement jamais un ?

— Je sers le pharaon, répondit obstinément Hapousenb, et Hatchepsout est le pharaon. Je continuerai donc à la servir aussi longtemps qu'elle vivra.

— Je suis en train de vous offrir plus que la liberté. Je vous offre une possibilité de rester aux postes que vous occupez au temple et à la cour, en tant qu'homme de confiance et conseiller du pharaon. J'ai besoin de vous, Hapousenb.

— Je ne l'abandonnerai pas tant qu'elle gouvernera l'Egypte, répondit Hapousenb avec un léger sourire.

— Mais après ?

Hapousenb fit un effort considérable pour ne pas se laisser convaincre par l'autorité surhumaine du regard de Touthmôsis.

— Je lui suis entièrement dévoué. C'est tout ce que je peux vous dire.

Touthmôsis s'avança vers lui, l'air exaspéré.

— Allons, allons, Hapousenb. Contrairement à Senmout, vous descendez d'une des plus anciennes familles aristocratiques du royaume. Rangez-vous à mes côtés et vivons en bonne entente.

— Je ne trahirai jamais celle qui a daigné me combler d'honneurs et d'affection, fusse au péril de ma vie. Elle est pharaon, prince, et cela depuis la mort de son père. Les traîtres seront ceux qui accepteront de vous suivre.

— Vous êtes stupide ! s'exclama Touthmôsis avec rage. Je vais vous demander votre avis pour la dernière fois. Si vous estimez ne pas pouvoir me servir, accepterez-vous de vous exiler, et de ne jamais plus refranchir les frontières de l'Egypte ?

— Je ne partirai pas, dit Hapousenb en détournant la tête. Plutôt mourir que de l'abandonner sans défense et sans amis.

Touthmôsis se dirigea vers la porte que lui avait ouvert son garde en l'entendant approcher.

— Les choses pourraient fort bien en arriver là, cria Touthmôsis. Réfléchissez bien, et si jamais vous changez d'avis, faites-le-moi savoir avant demain matin.

— Je suis désolé de vous décevoir, prince, mais mon avis ne varie pas au gré des vents, répondit Hapousenb d'une voix douce. Il ne changera jamais.

— Eh bien, vous mourrez ! s'exclama Touthmôsis en claquant la porte derrière lui.

Hapousenb se précipita vers le feu pour l'attiser. Il fut pris d'un violent frisson et se sentit transi de froid. Au même moment surgit Néhési, armé d'un couteau, et à sa suite les gardes de Sa Majesté.

— Je vous remercie d'être venu, lui dit Hapousenb en tendant les mains à la flamme.

— Je me suis dépêché, dit Néhési en rengainant son couteau et en s'approchant d'Hapousenb. Les gardes se retirèrent sur un signe de lui.

— J'étais certain de vous trouver mort, ou blessé. Je viens de croiser Touthmôsis et ses soldats armés jusqu'aux dents.

— Il est simplement venu pour me parler. Nous avons parlé et il est reparti.

— Vous êtes tout pâle, remarqua Néhési.

Hapousenb transpirait abondamment et frissonnait encore légèrement en retrouvant peu à peu son calme habituel. Il conduisit Néhési à sa table et se servit une coupe de vin qu'il but avidement.

— Cela n'a rien d'étonnant. Touthmôsis se prépare à agir, d'ici un jour ou deux, je pense. Il est venu m'offrir une planche de salut.

— Tiens donc ! dit Néhési en riant méchamment. J'en devine aisément le prix... et votre réponse. Où étaient donc vos gardes ?

— Il s'est arrangé pour les éloigner. Je ne les reverrai pas de si tôt, ce me semble. Il faut prévenir immédiatement Senmout, il doit être chez le pharaon. Il haussa les épaules d'un air las et impuissant. Mais que pouvons-nous faire ?

— Il ne nous reste plus qu'à mourir dignement, répondit avec indifférence Néhési. De même que nous pouvons nous enorgueillir d'avoir vécu dignement. Nous trouverons grâce aux yeux des dieux. Notre fin risque d'être rapide ; mais quelle sera celle du pharaon ?

Ils se regardèrent avec désespoir, accablés devant leur impuissance soudaine. Puis ils quittèrent ensemble les appartements d'Hapousenb et s'enfoncèrent dans les ténèbres de la nuit, escortés des gardes royaux sur le qui-vive.

Senmout et Hatchepsout dormaient au moment où Néhési se présenta à la porte de leur chambre, mais s'éveillèrent au bruit des chuchotements animés avant même l'entrée de Doua-énéneh Ils se levèrent promptement et enfilèrent leurs robes à la hâte.

— Le grand prêtre et le chancelier demandent à être reçus, annonça Doua-énéneh en s'inclinant.

Hatchepsout fut soudain prise de panique. Le moment était donc arrivé. Mais pourquoi si vite, pourquoi maintenant ?

— Faites-les entrer, et restez avec nous, Doua-énéneh. Je crains que ce qu'ils ont à nous dire ne vous concerne également.

Il ouvrit les portes toutes grandes en laissant le passage à Hapousenb et Néhési, et les referma sans bruit, après s'être assuré que les gardes royaux étaient bien en faction.

— Parlez, dit aussitôt Hatchepsout, et n'essayez surtout pas de me ménager. Le moment est arrivé, n'est-ce pas ?

Néhési s'assit près de la table et Hapousenb s'avança en lui exposant, le moins brutalement qu'il put, la proposition de Touthmôsis. Elle l'écouta sans l'interrompre et, quand il eut terminé, le prit tendrement par les épaules.

— Pour votre propre sauvegarde, ami bien-aimé, vous devez absolument quitter Thèbes dès cette nuit. Je ne veux pas avoir votre mort sur la conscience.

— Je ne partirai pas. Ma place est ici et je resterai ici. Néhési et Senmout ainsi que tous vos ministres vous feront la même réponse.

— Je vous ai tout pris, Hapousenb, jusqu'à votre cœur. Dois-je aussi vous enlever la vie ? Sa voix n'était plus qu'un doux murmure implorant. Je vous donnerai de l'or et des soldats ; vous pourrez facilement trouver refuge au Réténou. Je vous en supplie, Hapousenb, éloignez-vous de moi !

Il secoua obstinément la tête en lui souriant.

— Non, non et non ! dit-il. Comment supporterai-je de vivre après vous avoir abandonnée à votre destin ?

— Idiot ! Triple idiot ! répliqua-t-elle avec colère. Mais que pourrez-vous faire de plus en restant ici ? On ne peut pas éviter l'inéluctable !

— Nous pouvons mourir. La voix de Néhési leur parvint de l'autre bout de la pièce. Nous pouvons mourir. Hatchepsout se jeta sur sa couche en poussant un cri de détresse. Nous pouvons montrer à Touthmôsis ce qu'est la vraie loyauté, en vous prouvant une dernière fois notre dévouement illimité. Aucun soldat ne pourrait souhaiter fin plus honorable. Néhési s'exprimait sur le même ton détaché que s'il se fût agi de discuter une affaire banale.

— Combien de temps nous reste-t-il ? demanda Hatchepsout.

— Pas une seconde, répondit Néhési en rejoignant le petit groupe. A présent que Touthmôsis nous a dévoilé son jeu, il va agir vite. Et c'est vous, Senmout, qu'il frappera le premier car vous êtes le prince le plus puissant d'Egypte. Puis il supprimera Hapousenb qui détient la plus haute fonction au temple, et il terminera par moi, garde du corps du pharaon.

— Je pense qu'il essayera de nous abattre tous les trois en même temps, dit Senmout. La conversation lui faisait l'effet d'un mauvais rêve ; rien n'y manquait : la lumière blafarde, les silhouettes figées, le mugissement plaintif du vent dans la nuit, et planant autour d'eux, les ténèbres de l'éternité. Il frappera vite et bien, poursuivit Senmout, d'ici un jour ou deux au plus tard, pour ne pas vous laisser le temps de réunir vos hommes.

— Comme il me connaît mal, répondit Hatchepsout. A ma place, Touthmôsis n'aurait certainement pas hésité une seconde à verser inutilement le sang des soldats, mais moi non. Je ne ferai tuer personne.

Un lourd silence s'abattit sur l'assemblée accablée par un vent de défaite. Hatchepsout demanda à Doua-énéneh d'aller chercher Nofret et ses esclaves.

— Nous allons festoyer et boire ensemble jusqu'au lever du soleil, dit-elle, sans plus parler de tout cela. Vous connaissez mes sentiments à votre égard. Si je ne puis rien faire de plus que d'intercéder en votre faveur devant les dieux, je le ferai sans hésiter. Nous nous retrouverons plus tard dans les vertes prairies du paradis, avec l'éternité devant nous et nous nous plairons à évoquer notre vie ici-bas.

Personne ne bougea, ni ne la regarda, chacun ayant la gorge nouée par l'émotion. Nofret leur apporta à manger et à boire et alluma quelques chandelles. Assis par terre sur des coussins, ils soupèrent et se portèrent de nombreux toasts, évoquant à voix basse les souvenirs communs des jours heureux de leur jeunesse, un sourire plein d'amour et de résignation sur les lèvres. Puis ce fut l'aube ;

La dame du Nil

Hatchepsout s'agenouilla devant eux, le visage enfoui sous ses cheveux, et, enlacés, ils entonnèrent l'hymne au dieu, la voix brisée par les larmes soudaines qu'ils ne pouvaient retenir, baignés par la douce lueur des premiers rayons de Râ.

Hatchepsout se releva et les tint longuement et ardemment dans ses bras, mêlant ses larmes à celles de ses amis dans le silence de l'aurore. Ils se prosternèrent l'un après l'autre devant elle en lui baisant les pieds, et s'éloignèrent, emportant avec eux les années de bonheur qu'ils lui avaient procurées. Elle tourna vers Senmout un visage pâle et fatigué qui lui parut étrangement plus jeune.

— Allons sur la terrasse, lui dit-elle en le prenant par la main.

Ils quittèrent la chambre à coucher pour prendre l'escalier conduisant au toit de la Salle des Audiences. Ils s'assirent, main dans la main, et Senmout jeta un dernier regard sur les majestueux pylônes et les pyramides de Thèbes ; les falaises encore nimbées d'un halo de brume ; les eaux miroitantes du Nil bordé de palmiers et de roseaux ; la coque dorée de la barque royale amarrée devant le débarcadère. Il prit une profonde respiration pour ne rien perdre des exquis parfums de l'Egypte, l'odeur du fleuve et des lotus, les senteurs de la végétation environnante mêlées à celles plus proches de la myrrhe.

— Je vous remercie, merveilleuse déesse, dit-il doucement en se tournant vers Hatchepsout. Je vous remercie, Incarnation divine et éternelle.

Il la prit tendrement dans ses bras et l'embrassa longuement, tandis que se dissipaient les brumes matinales.

28.

Senmout rentra à son palais et passa la journée à mettre de l'ordre dans ses affaires. En fin de matinée, il fit monter Ta-kha'et et un grand nombre de ses domestiques dans sa barque en donnant l'ordre au capitaine de les conduire à la ferme de ses parents, dans le nord du pays. Ta-kha'et sentant Senmout en danger protesta énergiquement.

— Inutile de discuter ! lui dit-il fermement. Tu resteras chez mon père jusqu'à ce que je te demande de revenir. Ce ne sera pas long. Tu vois, j'ai même demandé à mes musiciens de t'accompagner ! Je t'en prie, Ta-kha'et, ne fais pas d'histoires, sinon je vais sévir !

L'apaisant sourire de Senmout eut enfin raison de ses réticences.

— Je partirai, Senmout. Mais si je n'ai pas de nouvelles de vous avant la fin de l'hiver, je reviendrai toute seule ! Qu'avez-vous à faire ?

— Quelque chose de très pénible, répondit-il. Au même instant, le chat de Ta-kha'et s'échappa de ses bras pour venir se frotter contre les jambes de Senmout, puis se réfugia dans la barque.

— Vous lui avez fait peur, lui dit-elle en montant la passerelle.

— Ce n'est pas moi, dit Senmout. Il l'embrassa et regarda le bateau s'éloigner tout doucement du quai. Elle agita la main une seule fois avant de disparaître dans la cabine. Senmout quitta lentement le débarcadère et se rendit au bord de l'étang, au cœur de ses jardins. Il s'assit dans l'herbe et, sans plus penser à rien, se réchauffa au soleil hivernal. Malgré tous ses efforts, il ne parvint pas à apaiser son cœur battant à se rompre. Un violent désir de vivre le submergea soudain, et il enfouit son visage dans ses mains en poussant un gémissement.

— Maître, combien de couverts dois-je prévoir pour le dîner ? lui demanda son majordome en lui touchant le bras.

Senmout sursauta et le regarda, interloqué.

— Mais, aucun, mon ami, répondit-il en riant. Il n'y aura pas de festin ce soir ; vous pouvez vous retirer dès que vous le désirerez. Renvoyez tous les serviteurs avant la nuit, et veillez à ce qu'il ne reste aucun esclave chez moi. Je n'aurai pas besoin de leurs services d'ici demain matin.

L'homme s'inclina, perplexe, et se retira. Senmout resta dans le jardin jusqu'au soir à contempler les poissons multicolores, l'esprit libre et léger, puis il regagna rapidement ses appartements.

Ils arrivèrent juste après que la minuit ait sonné au temple. Senmout les attendait en lisant à la lueur d'une veilleuse. Leurs pas furtifs et silencieux lui parvinrent du corridor obscur. Ils s'arrêtèrent un instant, puis se rapprochèrent plus doucement. Senmout sourit devant leur hésitation, posa le rouleau de papyrus et se leva. Ils s'attendaient probablement à trouver de nombreux gardes et des soldats sur le qui-vive dans un palais brillamment éclairé. Quelqu'un essaya tout doucement d'ouvrir la porte ; puis il y eut quelques mots chuchotés suivis d'un ordre sec. Senmout resta immobile, luttant contre la panique. Les grandes portes de cèdre s'entrouvrirent peu à peu. Senmout était toujours immobile. La petite fumée de l'encens qui brûlait derrière lui vacilla, le rouleau de papyrus bruissa, mais les yeux de Senmout fixaient intensément la grande brèche noire qui s'élargissait dans le mur. Une voix de protestation s'éleva en lui, le poussant à s'enfuir, à courir, à vivre ! Une main brune ornée d'une bague se glissa le long de la porte. Senmout ferma les yeux une fraction de seconde, le corps moite de sueur. Les deux battants s'ouvrirent brutalement avec un fracas retentissant. Deux hommes se ruèrent sur lui en brandissant les lames brillantes. Il eut le temps d'entrevoir l'expression sauvage et cruelle de leurs visages surmontés de casques bleus. Dans l'instant qui suivit, il lui sembla qu'ils venaient à lui avec une extrême lenteur, comme si le temps s'était brusquement figé dans l'éternité, il vit le visage immuable de sa souveraine sous la double couronne, ses yeux tendrement sévères fixés sur lui, et il lui sourit. Il tomba à terre, et c'est alors seulement que ses propres cris de terreur lui parvinrent aux oreilles et qu'il sentit le goût du sang dans sa bouche. Au-dessus de lui, le plafond bleu constellé d'étoiles argentées vacilla et s'évanouit dans la profondeur des ténèbres.

Ils abattirent Hapousenb pendant sa promenade solitaire au clair de lune, dans son jardin. Il mourut de ses nombreuses blessures au bout de quelques minutes dans l'herbe humide de rosée.

Ils frappèrent Néhési après avoir maîtrisé ses deux gardes alors qu'il quittait le palais pour gagner ses appartements. Il ne parvint pas à éviter le poignard qui lui trancha la gorge. Il fit quelques pas en titubant puis s'écroula sur les dalles glacées de l'allée, quatre heures avant le lever du soleil.

Hatchepsout était encore debout quand Paeré fit précipitamment irruption chez elle. Nofret dormait déjà, près de la porte, mais Hatchepsout, incapable de trouver le sommeil, arpentait sa chambre de long en large, les bras croisés sur la poitrine et la tête baissée. Le jeune serviteur, suivi d'un garde de Sa Majesté, surgit du passage dérobé. Elle se précipita vers lui, terrorisée. En larmes et tremblant de tous ses membres, il murmurait des mots inintelligibles. Il avait du sang sur les mains, le visage et les vêtements. Il faisait des efforts désespérés pour parler, en agitant frénétiquement ce qu'il tenait à la main. Sur un signe d'Hatchepsout, le garde lui jeta le contenu d'une jarre d'eau au visage. Paeré, le souffle coupé, frissonna violemment sans cesser de pleurer et s'écroula tout à coup dans le fauteuil royal. Il parvint enfin à parler, d'une voix entrecoupée de sanglots, sans lâcher l'objet.

— Ils l'ont tué ! Ils l'ont assassiné ! s'écria-t-il.

Hatchepsout s'élança vers lui et lui arracha ce qu'il tenait entre ses mains ensanglantées. C'était un rouleau de papyrus taché de sang qui portait son sceau, brisé depuis longtemps. Au moment où elle le déroulait nerveusement, la porte principale s'ouvrit d'un coup brusque et Doua-énéneh se précipita dans la pièce.

— Majesté ! Hapousenb ! Néhési ! Morts tous les deux ! Que dois-je...

Mais Hatchepsout fixait sur Paeré un visage empreint d'horreur et de chagrin. C'était le rouleau où Senmout avait dessiné le premier plan du temple qu'il lui avait proposé. Et elle avait écrit au travers de la parfaite épure : « Projet de l'architecte Senmout, autorisé et approuvé par moi-même. Vie, Prospérité et Bonheur ! »

Au petit matin, après une nuit de cauchemar passée à réconforter Paeré et à discuter plus rationnellement avec Doua-énéneh, luttant de toutes ses forces pour ne pas mettre fin à ses jours en se jetant du haut de son temple, Hatchepsout se fit vêtir en blanc et argent et poser la double couronne sur la tête. Elle consacra tous ses soins à estomper les traces cruelles de son affliction en soulignant ses yeux épuisés du khôl le plus noir et en redonnant quelque couleur à ses joues blêmes. Puis elle se rendit dans la Salle des Audiences avec Doua-énéneh. Elle franchit les degrés de son trône doré et glacé, et s'y assit majestueusement.

Les corps de Néhési et de Hapousenb avaient été transportés dans la Maison des Morts, mais personne n'avait pu retrouver celui de Senmout. Hatchepsout avait fait apposer des scellés à la porte de sa chambre, mais au fur et à mesure que lui parvenait le résultat négatif des recherches, elle se prit à redouter de ne jamais le retrouver. Touthmôsis était bien capable de le craindre autant mort que vivant. Il aurait probablement fait déchiqueter le corps de Senmout et en aurait enseveli profondément les morceaux épars, afin que les dieux ne puissent jamais le retrouver pour l'accueillir au paradis. La cruauté démoniaque de Touthmôsis l'horrifiait au plus haut point. Hapousenb... Néhési... Senmout... Il ne restait plus personne à ses côtés. Elle se trouvait irrémédiablement seule.

Elle attendit patiemment l'arrivée de Touthmôsis en compagnie de Doua-énéneh qui, immobile à sa droite, portait son étendard, tandis que le palais sortait peu à peu de sa torpeur.

Elle entendit enfin résonner son pas lourd et assuré. Ecouter et regarder, c'est tout ce que son esprit, encore paralysé par la vision des mains rougies par le sang de ses fidèles compagnons, était capable de faire. Le regard de Touthmôsis reflétait sa provocante culpabilité et le sentiment récent de sa puissance. Elle l'exécrait et le craignait à la fois.

Elle se leva en voyant entrer, Yamou-néfrou, Djéhouti et Sen-néfer à sa suite, sans parvenir à croire à une aussi douloureuse traîtrise. Le souffle coupé par la détresse, elle les vit s'approcher et la saluer. Touthmôsis la regarda un long moment dans les yeux. Une trompette retentit au loin ; un faucon vola devant les fenêtres ; un serviteur passa en chantant dans le jardin. Ils s'affrontèrent du regard dans un silence lugubre et haineux jusqu'à ce qu'Hatchepsout se rassît lentement sur le trône.

— Vous les avez tués.

— Evidemment ! Qu'espériez-vous d'autre ? Vous pensiez peut-être que j'allais encore attendre des mois et des années sans rien faire ?
— Non.
— Je n'avais pas le choix. Vous le saviez bien !
— On a toujours le choix. Vous avez choisi la lâcheté.
— J'ai choisi l'unique possibilité ! cria Touthmôsis.

Elle le regarda, impassible, puis se tourna vers les trois hommes qui se tenaient en retrait derrière lui.

— Avancez, Yamou-néfrou, Djéhouti, Sen-néfer, dit-elle en prononçant posément et lentement leurs noms.

Ils s'approchèrent du trône et s'inclinèrent froidement. Leur sang-froid et leur indifférence manifeste la blessèrent profondément.

— Avez-vous trempé dans ces crimes abjects ?
— Non, Majesté, je le jure sur votre nom ! s'exclama Yamou-néfrou après avoir tressailli de surprise. Nous n'avons appris que ce matin la mort de Senmout et des autres !
— Vous pouvez en rendre grâce aux dieux, répondit Hatchepsout à demi soulagée. Je vous aurais châtiés de ma main. Avez-vous quelque chose à ajouter ? Hatchepsout avait le plus grand mal à croire qu'ils aient pu l'abandonner ainsi.

Ils échangèrent quelques regards, puis Yamou-néfrou reprit la parole.

— Nous vous avons aimée, Fleur de l'Egypte, nous avons risqué nos vies pour vous servir. Nous avons combattu à vos côtés et gouverné honnêtement aux yeux du dieu ainsi qu'aux vôtres. Mais aujourd'hui que le prince héritier fait valoir ses droits légitimes au trône, la loi nous oblige à les reconnaître. Ce n'est pas la peur qui a guidé nos actes.
— Je vous crois.
— Nous avons agi de la sorte parce que nous pensons réellement que Touthmôsis est l'Horus d'or, le véritable héritier de la double couronne.
— En vertu de quelle loi ?
— Selon la loi qui dit que le pharaon doit être du sexe mâle.

Hatchepsout se passa la main sur ses yeux brûlants de fatigue et les congédia d'un geste las.

— C'est bon ! Inutile d'insister ! J'ai compris votre puissant raisonnement et votre étrange conception de l'honnêteté. Moi aussi,

La dame du Nil

je vous ai aimés. Mais à présent, sortez ; à moins que vous ne vouliez voir votre pharaon perdre sa couronne.

Touthmôsis leur fit un signe de tête, et ils se retirèrent.

— Ils veulent éviter toute effusion de sang ; c'est tout. Quant à ce qu'ils pensent réellement, je n'en sais pas plus que vous.

— Les massacres ne vous font pas peur, en tout cas !

— Je ne suis pas venu pour remuer les cendres des morts, dit-il en s'approchant d'Hatchepsout. La journée d'hier est passée, mais par contre demain m'appartient. Descendez du trône.

— Non.

— Descendez, Hatchepsout, ou je fais venir mes soldats !

Hatchepsout eut envie de lui crier de le faire, mais c'eût été une provocation stupide et insensée. Elle descendit lentement les marches du trône, les yeux brillants de rage.

— Va ! Il est à toi !

— Enlevez votre couronne.

Hatchepsout pâlit, sur le point de défaillir. Touthmôsis ne put s'empêcher de ressentir un violent mouvement de sympathie envers elle, en voyant la profonde détresse embuer ses grands yeux noirs. Il faillit lui tendre les bras, mais sa détermination obstinée eut raison de son élan affectueux.

— Enlevez-la !

— Viens la prendre toi-même. Range ton poignard, Doua-énéneh, il y a eu suffisamment de sang versé.

Le chef des hérauts rengaina tristement son arme et détourna la tête. Touthmôsis s'avança et lui ôta la couronne d'un geste prompt. Les cheveux dénoués d'Hatchepsout lui retombèrent sur les épaules, révélant de nouveau la femme, la reine qu'elle était. Touthmôsis se retourna brusquement en entendant le rire sarcastique qui avait le don de l'exaspérer.

— Eh bien, voilà, nous avons un nouveau pharaon ! s'exclama-t-elle. Il ne reste plus qu'à légitimer ton pouvoir, Touthmôsis ! Méryet est impatiente de te conduire au temple pour devenir reine.

— Je ne veux pas de Méryet, répliqua-t-il sèchement. C'est vous que je veux.

— Moi ? répondit-elle médusée. Vous me voulez pour reine ?

— Exactement. Méryet ne me sera d'aucune utilité en tant qu'épouse, alors que vous, vous pourriez prendre une part active au pouvoir. Nous serions invulnérables, à nous deux.

— Vos mains sont encore rouges du sang de mon bien le plus précieux et vous osez me demander en mariage ? Hatchepsout ne résista pas à ce dernier coup et se laissa tomber sur les marches du trône. Et à ma mort, vous épouserez Méryet pour continuer à régner en toute sécurité. Que vous êtes malin, Touthmôsis, malin et grossier !

— Pas autant que vous le pensez ! répondit-il brutalement. Je n'ai aucun besoin de vous, étant donné que j'ai Méryet, comme vous me l'avez fait remarquer. Mais je vous veux !

— Mais pourquoi ? Au nom du dieu, pourquoi donc ? Contrairement à vous je ne suis plus toute jeune. Quel beau couple nous ferions, Touthmôsis !

— Alors, que vais-je bien pouvoir faire de vous ? trancha-t-il exaspéré. Je ne peux tout de même pas vous laisser en liberté, à comploter contre moi où bon vous semble !

— Ceci, Pharaon, Eternel, dit-elle en souriant légèrement, c'est votre affaire ! Elle fit un signe à Doua-énéneh et quitta la Salle des Audiences pour retrouver ses appartements déserts et silencieux, laissant Touthmôsis derrière elle, écumant de colère, la couronne dans les mains.

Elle avait grand besoin de se reposer, mais s'en trouva incapable. Chaque fois qu'elle commençait à se détendre, allongée sur sa couche, d'effroyables images affluaient à son esprit ; elle voyait Senmout gisant dans son sang, le cadavre d'Hapousenb dans la lueur blafarde de la lune, Néhési les yeux grands ouverts, un poignard dans la gorge. Elle préféra quitter sa chambre et se rendit avec Nofret dans les appartements de Méryet. L'atmosphère du palais avait déjà changé ; à son passage les soldats, les esclaves et les nobles la saluèrent avec la même déférence que de coutume, mais elle put lire leur effarement et leur étonnement dans leurs regards. Elle n'entendait que chuchotements dans les vastes couloirs où de petits groupes se formaient soudain aux portes des ministres, parlant avec agitation. Elle sentit plutôt qu'elle ne vit l'étrange confusion qui régnait parmi les nombreux secrétaires, errant sans but d'une salle à l'autre, sans trop savoir auprès de qui prendre leurs ordres et à qui soumettre leurs épais rapports Elle fut obligée de passer devant le bureau de Senmout. Les portes étaient ouvertes, sa table vide, mais sa chaise placée d'une façon telle que l'on eût pu croire qu'il allait s'y asseoir d'un moment à l'autre, les bras chargés de rouleaux. Hatchepsout détourna vivement la tête et poursuivit son chemin.

Elle trouva Méryet debout sur une natte, les bras tendus en avant. Une esclave était en train de lui enrouler une toile de lin autour du corps. Hatchepsout resta bouche bée en la voyant ruisselante d'eau.

— Mais que fais-tu, Méryet, pour l'amour du ciel !

Méryet leva sur sa mère un regard rébarbatif et méfiant.

— On me prépare une nouvelle robe. Le tissu mouillé prendra exactement les formes de ma silhouette en séchant. C'est particulièrement seyant et c'est la dernière mode.

— La dernière... Es-tu au courant de ce qui vient de se passer au palais ? Sais-tu seulement ce qui m'est arrivé ?

L'esclave de Méryet lui attacha sous l'aisselle le tissu trempé à l'aide d'une grande épingle de bronze. Puis la jeune fille glissa délicatement ses pieds nus dans ses sandales.

— Mais oui, je sais ; j'en suis navrée, mère, mais tout cela est votre faute. Si vous aviez accepté plus tôt de vous effacer devant Touthmôsis, il ne se serait rien produit de tel. Vous n'avez à vous en prendre qu'à vous-même.

Hatchepsout resta sans voix et se dirigea vers la porte. Méryet lui demanda la raison de sa visite, mais elle sortit sans mot dire. Au moment de tourner au bout du couloir, elle aperçut Méryet qui la regardait s'éloigner sur le pas de la porte de sa chambre.

— Vous êtes bien dignes l'un de l'autre, Touthmôsis et toi ! lui cria-t-elle. Je vous souhaite bien du plaisir ensemble !

Avant que Méryet ait eu le temps de répondre, Hatchepsout s'était précipitée en courant dans le jardin, aveuglée par les larmes.

Touthmôsis décréta les soixante-dix jours de deuil réglementaires pour Hapousenb et Néhési. Leurs corps furent remis aux mains des prêtres, qui passèrent de longues journées à envelopper leurs membres raides de bandelettes et à les préparer pour leur ultime voyage. Mais Touthmôsis ne prononça pas une seule fois le nom de Senmout. « Les traîtres ne méritent ni deuil ni funérailles », se contenta-t-il de dire à Hatchepsout sur un ton méprisant. Elle le pleura seule devant l'image d'Amon, dans la solitude de sa chambre, et récita les prières des morts sans prêtres ni acolytes pour porter l'encens ou lui répondre. La souffrance grandit en elle sans répit et elle ne fut bientôt qu'une longue et misérable plainte douloureuse. Elle manifesta son profond dégoût en refusant de suivre le cortège funèbre, mais le regarda se former des terrasses du palais, emportant loin d'elle tout ce qui restait de sa vie brisée.

Deux jours après les funérailles, Touthmôsis et Méryet se rendirent au temple où la couronne fut officiellement remise au jeune homme. Méryet reçut la petite couronne en forme de cobra avec un sourire triomphant. Les festivités durèrent jusqu'à l'aube, et Hatchepsout, allongée sur sa couche, entendit déferler le flux et le reflux des vagues de bruyantes réjouissances. Elle avait refusé de se rendre au temple, malgré les cris et les menaces de Touthmôsis, et s'était contentée de le regarder passer en silence sans cesser de hocher la tête.

Touthmôsis nomma son architecte, Menkheperrasonb, grand prêtre d'Amon, et Hatchepsout ne s'habitua jamais à le voir, vêtu de la peau de léopard, devant le sanctuaire, quand elle venait y faire ses dévotions. Jour après jour, elle évita soigneusement de croiser son regard tant elle souhaitait rencontrer celui d'Hapousenb.

Ceci n'était qu'un des nombreux changements survenus au palais. Un jour qu'elle voulait remettre un message à Doua-énéneh, ce fut Yamou-nedjeh qui se présenta à sa place.

— C'est mon chef héraut que j'ai envoyé mander, et non pas vous, dit-elle sèchement. Où est-il ?

— Le noble Doua-énéneh a été rappelé dans ses domaines du Sud, lui répondit-il sans un sourire, le visage parfaitement composé. Le pharaon m'a nommé chef héraut pendant son absence.

Hatchepsout regarda tristement le jeune homme sans répondre. Il était vain de lutter, de crier, et d'exiger le retour immédiat de Doua-énéneh. Elle savait qu'il ne reviendrait jamais. Elle renvoya Yamou-nedjeh et remit son message à Nofret.

Chaque jour et chaque semaine lui apportaient de nouvelles et cruelles preuves de sa déchéance. Hatchepsout entreprit de dépenser ses dernières forces en de violents exercices physiques. Elle chassait tous les jours avec une sauvagerie étonnante de sa part et revenait au palais, son char croulant sous la dépouille des animaux les plus divers, gibier dont elle se désintéressait complètement aussitôt arrivée. Pourtant, malgré ces longues journées éreintantes, sa rage et son insatisfaction étaient toujours aussi profondes.

Menkh l'accompagnait dans ses expéditions ; il n'avait pas changé, plaisantait toujours autant, riait et s'agitait autour d'elle comme à son habitude, sans se préoccuper le moins du monde des soldats de Touthmôsis chargés de les surveiller en permanence ; mais Hatchepsout reconnaissait souvent au fond de son regard les traces d'une profonde blessure qui jamais ne se fermerait.

Touthmôsis avait remarqué, car rien ne lui échappait, leurs excursions quotidiennes. Il pesa longuement les diverses mesures à prendre et prit le parti d'anéantir brutalement cette amitié de plus en plus gênante.

Un jour, Menkh, un ballot à ses pieds et un manteau sur le bras, alla retrouver Hatchepsout près des quartiers militaires. Il s'inclina profondément devant elle et lui découvrit en se redressant un visage bouleversé. Il n'attendit pas qu'elle le salue.

— Je vous fais mes plus humbles excuses, Divine, mais je ne pourrai vous accompagner à la chasse aujourd'hui ni demain d'ailleurs. Je vais partir.

— Quoi ? s'exclama Hatchepsout stupéfaite.

Menkh s'efforça de dissimuler le tumulte des émotions qui le submergeaient, le chagrin et la colère mêlés à un autre sentiment étrange et effrayant.

— Le pharaon a besoin d'un charrier pour les nouvelles garnisons de la frontière nubienne ; c'est là que je dois me rendre. Très, très loin d'ici, ajouta-t-il avec un petit sourire.

— A quelle distance ? lui demanda Hatchepsout la gorge serrée. Elle ne parvenait pas à comprendre comment Touthmôsis avait pu en arriver à suspecter Menkh de comploter contre lui.

— Si loin que je ne crois pas en revenir jamais. Cette garnison se trouve au milieu du désert, entouré de Kouchites. Mais les années comptent plus que la distance... En un mot, Majesté, conclut-il brusquement, je suis banni.

« Le trône ne lui était donc pas suffisant ! pensa amèrement Hatchepsout, sans voix. Oh non ! pas toi, Menkh, mon seul ami ! Avec qui pourrai-je évoquer les jours heureux de ma jeunesse ? »

— Et Inéni ? dit-elle précipitamment. Touthmôsis ne refusera pas de l'entendre.

— Mon père est allé trouver le pharaon, répondit Menkh en haussant les épaules. Touthmôsis l'a traité avec la plus grande déférence, mais père est âgé. Il a perdu sa belle éloquence d'antan. Le pharaon lui a bien fait comprendre que son fils devait payer pour s'être rangé aux côtés d'un traître.

— Et si j'allais le trouver moi-même ?

— A quoi bon ? Pardonnez-moi, Majesté, mais vous ne ferez qu'envenimer sa haine. Quant à moi, il ne me reste que l'espoir.

— Amon, Amon! s'écria Hatchepsout, le cœur brisé. Ne t'ai-je pas servi avec les plus grands égards ? Ne t'ai-je donc pas été fidèle ? Alors pourquoi toutes ces épreuves ? Puis elle se tourna vers Menkh. Espère encore, si tu le désires, mon ami, mais tu y succomberas. Pour moi, c'en est fini à jamais des espoirs et des joies.

— Adieu, Hatchepsout, dit Menkh en s'approchant d'elle. Nous avons réalisé de grandes choses ensemble ; combien aurions-nous pu en faire d'autres sans l'intervention funeste du destin ! Ce n'était plus les paroles du serviteur à son maître, mais bien celles d'un ami.

Hatchepsout fit ses adieux à celui qui, depuis sa plus tendre enfance, l'avait accompagnée de ses rires et de son joyeux réconfort. Mais il ne restait plus rien du frivole Menkh ; seul un étranger se trouvait devant elle, au calme des plus inquiétants.

Elle se pencha vivement vers lui et lui posa un baiser sur la bouche.

— Ne parlez plus de destin, lui dit-elle. Pensez à moi, Menkh, dans la solitude des longues nuits du désert, autant que je penserai à vous.

Menkh ramassa son ballot et le jeta sur son épaule, bientôt rejoint par les soldats prêts à se mettre en marche.

— Vous trouverez probablement un autre charrier, Majesté, mais je vous jure que pas un n'aura mon habileté !

Le sourire de Menkh n'était que le pâle reflet macabre de celui qui avait éclairé si longtemps son beau visage. Hatchepsout ne répondit pas et, immobile, le regarda disparaître dans l'épaisseur des bosquets.

Elle ne retourna jamais plus à la chasse.

Touthmôsis n'arrêta pas là ses remaniements au sein du pouvoir. Tahouti, sauvé par son précieux savoir, fut épargné, mais ravalé au rang de second trésorier, tandis que le grossier Min-mose prenait sa place. Les porteurs d'éventail d'Hatchepsout furent à leur tour renvoyés et ses femmes durent porter à leur place les grands éventails en plumes d'autruche rouges, ce qui n'empêcha pas Hatchepsout de continuer à se promener la tête haute, malgré l'humiliation manifeste ; la charge des éventails royaux était exclusivement réservée aux hommes. Petit à petit le palais résonna du pas pesant des soldats de Touthmôsis et Thèbes entière de leurs propos guerriers et vindicatifs.

Hatchepsout évitait leur présence dans la mesure du possible. Le palais n'était plus l'endroit paisible et bien ordonné d'antan, et ses propres serviteurs ne manquaient jamais l'occasion de faire allusion à la puissance de Touthmôsis et aux réjouissants projets de guerre qu'il nourrissait. Hatchepsout traversait le fleuve à l'aube et se réfugiait seule dans son temple. Elle ne se lassait pas de lire le récit de sa vie et de celle de Senmout. Les hiéroglyphes se gravaient à jamais en elle. Elle était encore le dieu et le serait jusqu'à la fin des temps. Lorsqu'elle se promenait à l'ombre des arbres à oliban, elle avait souvent l'impression que Senmout se trouvait à ses côtés, prêt à l'enlacer.

« Je le revois encore, comme si c'était hier, pensait-elle en contemplant le ruban argenté du fleuve du haut des terrasses ; il était là, dans les roseaux, ma flèche à la main... Demain, je le verrai en grande conversation avec Inéni ; et après-demain, il viendra festoyer avec moi... »

Hatchepsout avait cru un jour que seuls le pouvoir et le peuple revêtaient quelque importance à ses yeux ; mais elle s'était trompée. Derrière le peuple et le pouvoir se cachaient deux mystères bien plus impénétrables : le dieu, et l'amour de Senmout.

Épilogue

Après vingt années de luttes incessantes pour s'assurer le pouvoir, Hatchepsout sombra dans l'oisiveté et le désarroi le plus complet. « Que n'ai-je pas moi aussi succombé sous les coups de l'assassin de Senmout », pensait-elle.

Un jour la porte de sa chambre s'ouvrit brusquement. Son beau-fils pénétra dans la pièce, en repoussant le garde qui tentait faiblement de protester. Touthmôsis embaumait les huiles parfumées, les yeux ourlés de khôl. Il portait sur la tête les symboles du pouvoir, le cobra et le vautour. Il s'approcha de la couche d'Hatchepsout, et, les poings sur les hanches, brisa le silence.

— Il fait froid ici, dit-il. Où sont vos servantes ?

— Vous savez fort bien qu'il ne m'en reste qu'une seule pour la nuit, et deux le jour. Vous avez poussé la cruauté jusqu'à renvoyer mes scribes et ma fidèle Nofret. Que désirez-vous ?

— Vous parler de Qadesh. Vous dormiez ?

— Oui, presque. Alors, vous voulez savoir ce que je pense de Qadesh ? ajouta-t-elle sur un ton caustique.

— Non, mais l'ambassadeur de Qadesh et sa suite sont fort en colère et viennent de décider de repartir demain. Je ne le tolérerai pas.

— C'est la guerre ?

— La guerre.

— C'est de la folie. Ne vous suffit-il pas de savoir nos frontières bien défendues et notre pays en paix ? Ne pouvez-vous donc vous satisfaire de quelques expéditions pour vous approvisionner en esclaves ou bien de quelques intimidations judicieuses ?

— Non. Il est grand temps que nos ennemis comprennent que l'Egypte est le centre du monde. Je vais bâtir un empire dont les hommes parleront jusqu'à la fin des temps. Après tout, c'est vous qui avez fait de moi un soldat.

— C'est vrai, mais pour commander sous mes ordres et vous conformer à mes désirs. Rien de ce que vous entreprenez, fier Touthmôsis, ne pourra jamais faire oublier que vous m'avez enlevé le trône !

Il se pencha soudain sur elle, les yeux flamboyant de colère.

— Ne me parlez surtout pas de trahison, usurpatrice ! C'est ma couronne que vous avez portée pendant vingt longues années. Mais aujourd'hui, c'est moi le plus fort et j'ai enfin repris ce que mon père m'avait légué à sa mort. J'ai mené vos troupes au Réténou, en Nubie. J'ai pris Gaza avec ma puissante armée pour vous la soumettre ; mais à présent, je suis le seul à pouvoir décider des guerres à entreprendre. Je suis le pharaon !

Ils se regardèrent un long moment, se retenant de proférer les paroles fielleuses qu'ils avaient au bord des lèvres, mais Hatchepsout se redressa et lui caressa la joue. Touthmôsis lui sourit et s'assit sur sa couche.

— Combien de fois encore allons-nous répéter les mêmes choses ? dit-elle, et toujours tout recommencer depuis le début... Je suis lasse de ce genre de querelles. Ce soir j'ai quitté la fête parce que ma fille, votre épouse sans cervelle, a refusé de me parler. A moi ! Déesse des Deux Terres ! Ah ! que Néféroura n'est-elle encore en vie !

— Elle est morte !, répliqua brutalement Touthmôsis. Il y eut un instant de silence. Pour ce qui est de Qadesh, reprit-il, j'ai l'intention de mener une campagne de grande envergure dans un proche avenir. Je resterai absent d'Egypte pendant de longs mois...

— Et qui gouvernera à votre place pendant tout ce temps ? lui demanda Hatchepsout en profitant d'une seconde d'hésitation. Votre femme, cette tête de linotte ?

— Les conseillers capables et loyaux ne manquent pas à Thèbes, répondit calmement Touthmôsis. Mais il est une chose dont je puis vous assurer, ma chère belle-mère, vous ne toucherez pas un instant aux rênes du gouvernement. Vous m'avez bien compris ?

— Parfaitement. Pourtant qui serait mieux placé que moi pour prendre la direction du pays ?

— Vous me compliquez sérieusement la vie ! Je ne peux pas vous emmener avec moi, je ne peux pas non plus vous laisser ici, sachant qu'à mon retour je vous retrouverai une fois de plus sur le trône, tous mes ministres remerciés. Abandonnez, Hatchepsout ! Il lui serra le bras, puis se tut, penché sur sa couche. Vous avez vécu comme aucune reine ne l'a fait avant vous. Vous avez pu mesurer votre puissance, vous avez goûté aux plaisirs divins, et vous n'êtes toujours pas rassasiée... Je vois bien dans vos yeux votre espoir le plus cher : que je parte pour que tout redevienne comme avant. Mais ce temps ne reviendra jamais. Senmout le traître est mort ; il n'y a plus personne pour vous aider à gouverner ce royaume qui n'a jamais été le vôtre. Plus personne pour vos sombres complots et vos subtiles machinations.

Hatchepsout dégagea son bras et lui frappa la bouche.

— J'aurais dû te supprimer quand j'en ai eu l'occasion ! siffla-t-elle. Il aurait été tellement simple de le faire quand tu étais petit. Les prêtres et mes ministres auraient fermé les yeux. Mais non ! J'ai choisi de te laisser la vie ! Le bon Senmout a choisi aussi de te laisser la vie sauve ! Prends garde, Touthmôsis. La vieille reine des abeilles peut encore piquer !

— Pas de menaces, je vous prie, répondit Touthmôsis en se frottant la lèvre. Vous êtes mal placée pour agir de la sorte envers moi et une telle témérité ne peut vous conduire qu'à la mort. N'oubliez pas que vous êtes en mon pouvoir et que la gloire de l'Egypte passe avant tout, y compris vous. Si votre mort est indispensable à son salut, eh bien vous mourrez, ne vous faites aucune illusion à ce sujet. Vous me compliquez la tâche, Hatchepsout, contrairement à mon habitude, je ne parviens pas à me décider. A vrai dire, cela fait maintenant quatre ans que votre vie ne tient qu'à un fil, et j'ai chaque fois reculé devant l'irréparable. Ne me demandez pas pourquoi, je n'en sais rien moi-même.

— Moi je le sais, dit Hatchepsout à voix basse. Vous avez une dette envers moi. Etant jeune, vous m'avez aimée comme on aime la première fois, aveuglément, passionnément et avec la plus grande sincérité. Et, comme tous les jeunes gens, votre flamme s'est vite éteinte, mais son souvenir brûle encore en vous. Hatchepsout haussa les épaules d'un air résigné. Oublie tout cela, Touthmôsis et fais ce que tu veux. Je suis prête.

Une faible lueur grise commença à pointer, révélant les traits tirés de Touthmôsis. Lui non plus n'avait pas dormi de la nuit. Ils regardèrent ensemble, sans mot dire, un nouveau jour se lever doucement, dans l'impressionnant silence de l'aube.

Puis Hatchepsout, les mains jointes et immobiles sous la merveilleuse fourrure, parla calmement, sans la moindre trace d'émotion.

— Voici le matin, dit-elle. Le grand prêtre va bientôt arriver ; peut-être est-il déjà en route avec ses acolytes. Ils se mettront tous devant la porte, le porteur des éventails royaux, le gardien du Sceau royal et le chef des hérauts et... ils sont nombreux, n'est-ce pas ? Ils entonneront l'Hymne au dieu : « Salut à toi, immortelle incarnation, toi qui te lèves à l'horizon de l'orient comme Râ-Harakhty ! Salut à toi, qui donnes la vie, seigneur de l'éternité ! » Quel effet cela te fait-il, Touthmôsis, de savoir que tu n'es pas digne de leur prière ? Quel effet cela te fait-il de savoir que je suis l'unique et l'authentique incarnation du dieu, choisie par ses soins avant ma naissance ? C'est lui qui m'a donné le nom que je porte, ainsi que la couronne, longtemps avant que tu ne contemples de tes pauvres yeux la misérable petite danseuse qu'est ta mère. C'est bien la seule chose au monde qui importe, n'est-ce pas ? Tu as cruellement assassiné Senmout, et tu peux encore m'empoisonner silencieusement, mais tu ne pourras jamais rien changer à mes origines divines ! Jamais ! Tu pourras faire disparaître mon nom, interdire mes archives, mais les burins des tailleurs de pierre n'effaceront jamais ta propre indignité. Allez, pars à présent. Va recevoir les hommages des prêtres. Va faire tes guerres. Je suis lasse à en mourir. Pars !

Touthmôsis se dirigea vers les portes et les ouvrit violemment.

— Vous êtes une femme extraordinaire, Hatchepsout, extraordinaire ! s'écria-t-il. Toujours aussi belle et cruelle encore. Vous voyez comme je me répète ! Vous m'avez prodigieusement irrité ! Il franchit la porte, en bombant le torse. Vous n'avez donc peur de rien ? ajouta-t-il avant de disparaître.

Hatchepsout se mit à rire, en s'étirant sous la douce fourrure, sans la moindre envie de se lever. Lorsque Mériré entra, elle ressentit comme chaque matin la même répulsion pour cette petite espionne disgracieuse au regard de fouine. « Qu'il est loin le temps où Nofret me saluait en souriant, me baignait et s'appliquait à répondre à mes questions ! » pensa-t-elle, en proie au désespoir le plus profond.

— Je déjeunerai au lit ce matin, fit-elle savoir à Mériré. Envoie des esclaves m'apporter des fruits et du lait ; puis tu reviendras me préparer un bain.

A peine eut-elle franchi le pas de la porte qu'Hatchepsout poussa une exclamation de dégoût, et ferma les yeux. « Quand je pense que c'est peut-être le dernier visage que je verrai avant de mourir ! » soupira-t-elle.

Elle somnola quelques instants jusqu'à l'arrivée du sous-majordome de Touthmôsis, suivi de près par les esclaves.

— Comment le pharaon se sent-il ce matin ? lui demanda-t-elle.

— Le pharaon va très bien, répondit-il sans un sourire. Il est occupé à répondre aux dépêches.

Pourquoi ne sourit-il pas, se demanda-t-elle en buvant une gorgée de lait avant d'éplucher une orange. Il n'a pourtant jamais manqué de le faire jusqu'à présent. Mais que se passe-t-il donc aujourd'hui ?

— Fait-il beau ? s'enquit-elle à voix haute.

— Très beau.

— Comment se porte mon petit-fils ?

— Le prince Aménophis va très bien également. Il est allé pour la première fois à l'école hier.

— Vraiment ? Le ton enjoué d'Hatchepsout ne laissait rien paraître de ses véritables sentiments. En fait, elle n'avait presque jamais eu l'occasion de voir l'enfant depuis sa naissance ; Touthmôsis avait pris soin de l'éloigner de peur qu'il ne s'attache trop à elle. C'est une bonne chose qu'il commence à s'instruire aussi jeune.

Le majordome attendait debout, l'air embarrassé, les yeux baissés, les mains derrière le dos. Hatchepsout poussa un soupir et le congédia.

— Vous ne me demandez pas si j'aurai besoin de quelque chose aujourd'hui ? lui fit-elle remarquer.

Le jeune homme revint sur ses pas, rougissant de honte. Mais Hatchepsout ne parvint pas à découvrir la vraie raison de sa gêne manifeste.

— Pardonnez-moi, Majesté, c'est un oubli de ma part.

— Mauvais présage pour ma journée, dit-elle gaiement.

— Veuillez accepter mes humbles excuses pour avoir gâché votre journée, Majesté, lui dit-il sur un ton angoissé.

Hatchepsout mordit à pleines dents dans l'orange, buvant le jus avec avidité.

— Ce n'est pas vous qui allez me gâcher ma journée, mon ami, c'est le pharaon. N'ai-je pas raison ? lui demanda-t-elle en lui jetant un regard perçant.

Le jeune homme perdit son beau sang-froid, et après s'être incliné devant Hatchepsout, il tomba à genoux auprès de sa couche pour lui baiser la main ; après quoi il s'enfuit précipitamment.

Hatchepsout, pétrifiée, laissa glisser l'orange sur son lit, l'appétit coupé.

C'était donc pour aujourd'hui. Malgré les longues nuits consacrées à se préparer à une mort prochaine, Hatchepsout se rendit compte qu'elle n'était toujours pas prête. Elle ne le serait jamais. Elle se leva et se précipita dans l'antichambre pour y prendre son petit coffre en ivoire, et se mit à en extraire délicatement et amoureusement tout ce qu'il contenait. Elle caressa tendrement la petite plume d'autruche que lui avait offerte Néféroura pour la nouvelle année ; elle déroula la lettre que lui avait envoyée Senmout en partant pour le Pount, mais elle n'eut pas la force de la relire, et elle la reposa. C'est alors qu'elle découvrit, enfouie sous les fleurs séchées, les rubans et tous ces petits bibelots évocateurs de tendres souvenirs, la grosse bague en or que portait Wadjmose le jour de sa mort. Elle la glissa à son pouce. Wadjmose, ce frère qu'elle n'avait jamais vu... Puis, elle ôta solennellement l'anneau et le rangea dans le coffret qu'elle referma en entendant Mériré frapper à la porte.

Hatchepsout eut envie de mettre une dernière fois le pagne court qu'elle affectionnait tant. Elle repoussa la longue tunique que lui proposait Mériré et lui ordonna de lui apporter les vêtements qu'elle portait autrefois ; ils se trouvaient toujours dans le grand coffre où Nofret les avait soigneusement pliés et rangés. Hatchepsout en prit un et s'en ceignit les reins ; elle agrafa la lourde ceinture d'argent et mit son casque de cuir jaune. Mériré lui passa au cou le collier en électrum rehaussé d'améthyste et de jaspe, puis tout en enfilant ses bottes en cuir blanc, Hatchepsout l'envoya faire préparer son char.

Mériré se rendit directement chez le grand majordome de Touthmôsis avant d'aller prévenir Per-hor, le nouveau charrier de Hatchepsout. Le pharaon devait être averti des moindres faits et gestes de sa prisonnière, a fortiori lorsqu'elle modifiait ses habitudes en décidant de conduire son char le matin plutôt que l'après-midi.

Le grand majordome fit parvenir un message à Touthmôsis qui bivouaquait aux abords de la ville.

— Elle sait, murmura-t-il après avoir pris connaissance de la dépêche.

— Vous désirez, Majesté ? dit le messager.

Mais Touthmôsis se contenta de demander davantage de vin. Il n'en avait plus pour longtemps à attendre et pourrait se mettre en marche avec ses troupes le lendemain matin. Le lendemain...

Per-hor l'attendait sur le circuit, juché sur le char doré. Il descendit en la voyant arriver et lui tendit les rênes des chevaux piaffants.

— Reste derrière moi, aujourd'hui, Per-hor, lui demanda-t-elle en enfilant ses gants. Nous allons faire un tour dans le désert.

Les chevaux s'ébrouèrent et se mirent au trot.

— Le pharaon ne va pas être content, Majesté, lui cria-t-il à l'oreille, en se retenant pour ne pas perdre l'équilibre.

Elle se retourna rapidement pour lui sourire, fouettant légèrement ses chevaux.

— Peu m'importe ! répondit-elle.

Ils prirent au grand galop la route du fleuve, puis longèrent les falaises jusqu'au désert. Elle cingla ses chevaux toute la matinée, parcourant sans répit les grandes étendues sauvages, le visage fouetté par le vent et le sable pénétrant. Per-hor se retenait fermement au char, émerveillé par ce déploiement de force soudaine contrastant singulièrement avec le calme, la nonchalance et la réserve auxquels Hatchepsout l'avait habitué depuis trois ans. Il était en train de se demander comment mettre un terme à cette course éperdue lorsqu'elle emprunta enfin le défilé conduisant au fleuve et à leur salut... Il ferma les yeux et prononça une rapide prière de remerciement.

Les chevaux arrivèrent aux baraquements militaires, fumants et écumants. Per-hor sauta le premier du char pour aider Hatchepsout à en descendre, mais elle resta un long moment immobile à contempler le paysage qui s'étendait devant elle jusqu'au fleuve. Au moment où elle lui donna la main pour sauter à terre, il s'aperçut qu'elle avait pleuré et que des larmes sillonnaient ses joues recouvertes de sable collé.

— Va te changer, Per-hor, lui ordonna-t-elle. Et présente-toi à mes appartements dès que tu seras prêt.

Il s'inclina, puis s'éloigna, intrigué par cette requête inhabituelle.

Hatchepsout regagna le silence et la fraîcheur de ses appartements. Elle se débarrassa négligemment de son casque, de son pagne et de ses bijoux qu'elle jeta sur sa couche et, sans appeler Mériré, elle se lava à grande eau. Son splendide corps brun ruisselait encore lorsqu'elle quitta la salle de bains pour gagner sa chambre. Puis, elle ouvrit toutes ses malles et choisit quelques vêtements avec le plus grand soin : un long pagne bleu tissé de fils d'or, une ceinture tressée d'or et d'argent, de lourds bracelets d'or massif, des sandales dorées, une petite couronne d'or ornée de plumes et un large pectoral incrusté de turquoises.

Elle appela alors Mériré et s'installa devant son miroir de cuivre tandis que l'esclave préparait les petits pots de fards.

— Maquille-moi soigneusement, dit Hatchepsout. Prends le bleu pour mes yeux et mélange-le avec de la poudre d'or. Prolonge bien la ligne de khôl jusqu'aux tempes.

La main légère de Mériré s'activa promptement sur le visage d'Hatchepsout qui la regardait faire, impassible.

Mériré lui lissa les cheveux et Hatchepsout posa la petite couronne sur sa tête, juste au-dessus des sourcils.

— Cela suffit, dit-elle en reposant le miroir. Va dire au grand majordome que je suis prête.

— Je ne comprends pas, répondit Mériré sur un ton hésitant.

— Mais il comprendra très bien, lui. Dépêche-toi, je suis impatiente de le voir arriver.

Hatchepsout quitta sa chambre pour sa petite terrasse inondée de soleil. Elle entendit Per-hor entrer tout doucement dans la pièce et elle lui demanda de lui apporter un siège.

Elle s'installa face au fleuve et aux collines qui s'élevaient derrière les jardins.

— Râ commence à décliner..., dit-elle.

Per-hor hocha la tête sans un mot, accoudé au balcon. Ils restèrent un long moment sans parler, dans un silence empreint de tendresse, Per-hor, impatient de savoir pour quelle raison elle l'avait fait venir, et Hatchepsout jouissant avec avidité des derniers rayons du soleil, tout en sentant s'évanouir peu à peu ce qui la rattachait à la vie.

Lorsque le grand majordome se présenta sur le balcon, un plateau d'argent dans les mains, elle le regarda avec inquiétude et surprise.

— Votre vin du soir, dit-il en déposant le plateau par terre, à côté d'elle.

Per-hor sortit de sa rêverie et s'écria :

— Mais Majesté, vous ne prenez jamais de vin avant le dîner ! Je le sais bien ! ajouta-t-il précipitamment, en regardant tour à tour la coupe d'argent et le visage impénétrable du grand majordome. Mais en croisant le regard d'Hatchepsout il comprit ce qui se passait.

— C'est pour aujourd'hui, Per-hor, dit-elle tranquillement. Vous pouvez vous retirer, majordome.

— Je regrette, Majesté, répondit-il l'air embarrassé, mais le pharaon m'a ordonné de ne pas vous laisser seule.

Per-hor s'avança vers l'homme d'un air menaçant, mais Hatchepsout l'arrêta d'un geste, sans paraître autrement étonnée d'une telle réponse.

— Touthmôsis a encore peur que je lui échappe pour reprendre le pouvoir, s'exclama-t-elle en riant. Pauvre Touthmôsis ! Il est toujours aussi peu sûr de lui ! Mais majordome, je vous prie instamment de vous retirer et d'attendre dans le couloir. Ne craignez rien, je ne risque pas de m'enfuir en sautant par-dessus le balcon !

Le majordome blêmit puis tourna les talons et sortit de la chambre en fermant la porte à clé derrière lui.

Per-hor s'agenouilla aux pieds d'Hatchepsout qui lui prit les mains.

— Ne buvez pas, Majesté, la supplia-t-il. Attendez encore un peu ; la roue de la fortune peut encore tourner !

Elle secoua tristement la tête, se penchant pour déposer un baiser sur ses cheveux noirs.

— Elle tourne beaucoup trop vite, dit-elle. Le sort m'a trop longtemps favorisée pour m'être de nouveau propice. Allons, va me chercher mon luth.

Le jeune homme se releva et revint avec le luth.

— Te rappelles-tu la chanson qu'il me chantait au bord du lac ? Per-hor secoua la tête. Mais bien sûr, reprit-elle en souriant, comment pourrais-tu t'en souvenir ?

Ses doigts trouvèrent les accords et, les yeux perdus vers l'horizon embrasé, Hatchepsout se mit à chanter doucement.

> « Il y a sept jours que je n'ai vu ma bien-aimée,
> Et le mal d'amour s'est emparé de moi,
> Mon corps m'est devenu lourd et étranger.
> Il n'est aucune médecine pour soulager mon cœur,
> Et les magiciens ne me sont d'aucun secours.
> Personne ne sait de quoi je souffre.
> Seule ma bien-aimée pourrait me guérir,
> Elle vaut mieux pour moi que toutes les médecines.

Je recouvre la santé du seul fait de la contempler.
Elle me regarde et mon corps est à nouveau léger ;
Elle parle et me redonne force ;
Et quand je l'embrasse... quand je l'embrasse... »

Sa voix faiblit puis se brisa. Incapable de terminer le chant, elle posa le luth et saisit la coupe pour la porter à ses lèvres. Per-hor, assis devant elle, détourna résolument la tête. Hatchepsout vida la coupe d'un trait, détectant par-delà la fraîcheur capiteuse du vin, un soupçon d'amertume, puis la reposa avec un profond soupir.

— Prends ma main, Per-hor, dit-elle, et ne la lâche pas.

Il la lui prit violemment en la serrant avec désespoir.

— Béni sois-tu, fils d'Egypte, murmura-t-elle. Senmout, Senmout, où es-tu ? Je viens te rejoindre...

Per-hor ne relâcha pas son étreinte en sentant la fine main trembler. Il l'entendit encore murmurer quelque chose, et demeura longtemps sur le balcon rouge dans le soleil couchant. Lorsque la brise du soir se leva, soulevant légèrement le pagne d'Hatchepsout, il tenta de se relever, mais ses muscles refusaient de lui obéir. Il resta assis la main glacée de la Dame du Nil contre son visage, alors qu'un dernier rayon de soleil faisait étinceler ses bijoux.

*Achevé d'imprimer le 23 juillet 1980
sur presse CAMERON
dans les ateliers de la S.E.P.C.
à Saint-Amand-Montrond (Cher)*

N° d'Impression : 729.
Dépôt légal : 2ᵉ trimestre 1980.
Imprimé en France
HSC 80-5-67-0687-3
ISBN 2-7158-0253-6

605.-